MW00463941

L'art de perdre

DU MÊME AUTEUR

Jusque dans nos bras, Albin Michel, 2010 ;
Le Livre de Poche, 2011.

Sombre dimanche, Albin Michel, 2013 ;
Le Livre de Poche, 2015.

Juste avant l'Oubli, Flammarion, 2015 ; J'ai lu, 2016.

De qui aurais-je crainte ? (photographies de Raphaël
Neal), Le Bec en l'air, 2015.

Un ours, of course : un conte musical
(illustrations de Julie Colombet), Actes Sud Junior, 2015.

ALICE ZENITER

L'art de perdre

ROMAN

Pour le poème p. 592 :
Elizabeth Bishop, *Geography III*, 1977

© Circé, 1991, traduction d'Alix Cléo Roubaud,
Linda Orr et Claude Mouchard

© FLAMMARION/ALBIN MICHEL, 2017

Prologue

Depuis quelques années, Naïma expérimente un nouveau type de détresse : celui qui vient désormais de façon systématique avec les gueules de bois. Il ne s'agit pas simplement d'un mal de crâne, d'une bouche pâteuse ou d'un ventre tordu et inopérant. Lorsqu'elle ouvre les yeux après une soirée trop arrosée (elle a dû les espacer davantage, elle ne pouvait pas supporter qu'il s'agisse d'une misère hebdomadaire, encore moins bihebdomadaire), la première phrase qui lui vient à l'esprit est :

Je ne vais pas y arriver.

Pendant quelque temps, elle s'est demandé à quoi se rapportait cet échec certain. La phrase pouvait évoquer son incapacité à supporter la honte que lui procure chaque fois son comportement de la veille (tu parles trop fort, tu inventes des histoires, tu recherches systématiquement l'attention, tu es vulgaire), ou le regret d'avoir tant bu et de ne pas savoir s'arrêter (c'est toi qui as crié : « Allez, là, oh, on ne va pas rentrer se coucher comme ça ! »). La phrase pouvait aussi se rattacher au mal-être physique qui la broie... Et puis elle a compris.

Pendant les journées de gueule de bois, elle touche du doigt l'extrême difficulté que représente être vivant et que la volonté réussit d'ordinaire à masquer.

Je ne vais pas y arriver.

Globalement. À me lever chaque matin. À manger trois fois par jour. À aimer. À ne plus aimer. À me brosser les cheveux. À penser. À bouger. À respirer. À rire.

Il arrive qu'elle ne puisse pas le cacher et que l'aveu lui échappe lorsqu'elle entre dans la galerie.

— Comment tu te sens ?

— Je ne vais pas y arriver.

Kamel et Élise rient ou haussent les épaules. Ils ne comprennent pas. Naïma les regarde évoluer dans la salle d'exposition avec une gestuelle à peine ralentie par les excès de la veille, épargnés par cette révélation qui l'écrase : la vie quotidienne est une discipline de haut niveau et elle vient de se disqualifier.

Comme elle n'arrive à rien, il faut que les journées de gueule de bois soient vides de tout. Des bonnes choses qui ne pourraient que s'y gâcher et des mauvaises qui ne rencontreraient aucune résistance et détruiraient tout à l'intérieur.

La seule chose que les journées de gueule de bois tolèrent, ce sont des assiettes de pâtes avec un peu de beurre et de sel : des quantités rassurantes et un goût neutre, presque inexistant. Et puis des séries télé. Les critiques ont beaucoup dit ces dernières années que l'on avait assisté à une mutation extraordinaire. Que la série télé s'était hissée au rang d'œuvre d'art. Que c'était fabuleux.

Peut-être. Mais on n'ôtera pas de l'esprit de Naïma que la vraie raison d'être des séries télé, ce sont les dimanches de gueule de bois qu'il faut parvenir à remplir sans sortir de chez soi.

Le lendemain, c'est chaque fois un miracle. Quand le courage de vivre revient. L'impression de pouvoir accomplir quelque chose. C'est comme renaître. C'est probablement parce que les lendemains existent qu'elle boit encore.

Il y a les lendemains de cuite – l'abîme.

Et les lendemains de lendemain – la joie.

L'alternance des deux produit une fragilité sans cesse combattue dans laquelle est pétrie la vie de Naïma.

Ce matin-là, elle attend le matin suivant, comme d'habitude et comme la chèvre de Monsieur Seguin attend le lever du soleil.

De temps en temps la chèvre de M. Seguin regardait les étoiles danser dans le ciel clair et elle se disait : « Oh ! pourvu que je tienne jusqu'à l'aube… »

Et puis, alors que ses yeux éteints se perdent dans le noir du café où se reflète le plafonnier, il se glisse une seconde pensée à côté de l'usuelle pensée parasitaire et violente (« je ne vais pas y arriver »). C'est une déchirure en quelque sorte perpendiculaire à la première.

D'abord, la pensée passe si vite que Naïma ne parvient pas à l'identifier. Mais par la suite, elle commence à distinguer les mots plus clairement :

« … sait ce que font vos filles dans les grandes villes… »

D'où vient cette bribe de phrase qui lui traverse la tête en une série d'allers-retours ?

Elle part travailler. Au fil de la journée, d'autres mots s'agglomèrent autour du fragment initial.

« portent des pantalons »

« boivent de l'alcool »

« se conduisent comme des putes »

« Vous croyez qu'elles font quoi quand elles disent qu'elles font des études ? »

Et alors que Naïma cherche désespérément quel est son lien avec cette scène (était-elle présente quand ce discours a été tenu ? L'a-t-elle entendu à la télévision ?), tout ce qu'elle réussit à faire affleurer à la surface de sa mémoire grippée, c'est le visage furieux de son père Hamid, sourcils froncés, lèvres pincées pour ne pas hurler.

« Vos filles qui portent des pantalons »

« se conduisent comme des putes »

« elles ont oublié d'où elles viennent »

Le visage de Hamid, pris dans un masque de colère, se superpose aux photographies d'un artiste suédois accrochées dans la galerie tout autour de Naïma et chaque fois qu'elle tourne la tête, elle le voit, flottant à mi-hauteur du mur blanc sur les verres sans reflets qui abritent les œuvres.

— C'est Mohamed qui a dit ça au mariage de Fatiha, lui apprend sa sœur au téléphone le soir même. Tu ne te souviens pas ?

— Et il parlait de nous ?

— De toi, non. Tu étais trop petite, tu devais encore être au collège. Il parlait de moi et des cousines. Le plus drôle...

Myriem se met à rire et le son de ses gloussements se mêle aux grésillements étranges de l'appel
longue distance.

— Quoi ?

— Le plus drôle, c'est qu'il était complètement
bourré quand il a voulu nous donner à toutes une
grande leçon de morale musulmane. Tu ne te souviens vraiment de rien ?

Quand Naïma gratte sa mémoire avec patience
et acharnement, elle en déterre de petits morceaux
d'images : la robe blanche et rose de Fatiha, en
tissu synthétique brillant, le barnum pour le vin
d'honneur dans le jardin de la salle des fêtes, le
portrait du président Mitterrand dans la mairie (il
est trop vieux pour ça, avait-elle pensé), les paroles
de chanson de Michel Delpech sur le Loir-et-Cher,
le visage empourpré de sa mère (Clarisse rougit par
les sourcils, ça a toujours amusé ses enfants), celui
douloureusement contracté de son père et puis les
propos de Mohamed – elle le revoit maintenant,
titubant au milieu des invités en plein après-midi,
dans un costume beige qui le vieillissait.

*Qu'est-ce que vous croyez qu'elles font vos filles
dans les grandes villes ? Elles disent qu'elles partent
pour leurs études. Mais regardez-les : elles portent
des pantalons, elles fument, elles boivent, elles se
conduisent comme des putes. Elles ont oublié d'où
elles viennent.*

Cela fait des années qu'elle n'a pas vu Mohamed
à un repas de famille. Elle n'avait jamais fait le
lien entre l'absence de son oncle et cette scène qui
ressurgit dans sa mémoire. Elle avait simplement

pensé qu'il avait enfin commencé sa vie d'adulte. Il était longtemps resté dans l'appartement de ses parents, silhouette tardivement adolescente avec ses casquettes, ses vestes de survêtement fluo et son chômage désabusé. La mort d'Ali, son père, lui avait donné une excellente raison de s'attarder encore. Sa mère et ses sœurs l'appelaient par la première syllabe de son prénom, étirée à l'infini, d'une pièce à l'autre de l'appartement ou bien par la fenêtre de la cuisine quand il traînait sur les bancs du terrain de jeu :

— Mooooooooo !

Naïma se souvient que lorsqu'elle était petite, il venait de temps en temps passer le week-end chez eux.

— Il a des peines de cœur, expliquait Clarisse à ses filles avec la compassion quasiment médicale de ceux qui vivent une histoire d'amour si longue et si paisible qu'elle paraît avoir effacé jusqu'aux souvenirs mêmes des peines de cœur.

Dans sa tenue bariolée et ses baskets montantes, Mo paraissait toujours un peu ridicule à Naïma et ses sœurs lorsqu'il marchait dans le grand jardin de leurs parents ou s'asseyait sous la tonnelle avec son frère aîné. Maintenant qu'elle y repense – incapable de savoir ce qu'elle invente sur le moment pour pallier les souvenirs érodés et ce qu'elle a inventé à l'époque pour se venger d'être tenue à l'écart des discussions d'adultes – il était malheureux pour bien d'autres raisons que ses histoires d'amour. Elle croit l'entendre parler de sa jeunesse ratée, ponctuée de canettes de bière dans les cages d'escalier et de petits deals de shit. Elle croit l'entendre dire qu'il n'aurait jamais dû arrêter le lycée, à moins que ce ne soit Hamid ou Clarisse qui se permette un jugement rétrospectif. Il dit aussi à son frère que la cité, dans les années 80, n'avait plus rien à voir avec celle que Hamid avait connue et qu'on ne peut pas lui en vouloir de ne pas avoir cru à des débouchés. Elle croit l'avoir vu pleurer, sous les fleurs sombres de la clématite, pendant que Hamid et Clarisse murmuraient des paroles apaisantes, mais elle n'est sûre de rien. Il y a des années qu'elle n'a pas pensé à Mohamed (il lui arrive souvent de faire la liste silencieuse de ses oncles et tantes, uniquement pour vérifier qu'elle n'en oublie pas et il lui arrive parfois d'en oublier, ce qui la désole). Autant qu'elle se souvienne, il a toujours été triste. À quel moment a-t-il décidé que sa détresse avait la taille d'un pays manquant et d'une religion perdue ?

Les mots de l'oncle fluo tournent dans sa tête comme la petite musique pénible d'un manège installé juste sous ses fenêtres.

Est-ce qu'elle a *oublié d'où elle vient* ?

Quand Mohamed dit ces mots, il parle de l'Algérie. Il en veut aux sœurs de Naïma et à leurs cousines d'avoir oublié un pays qu'elles n'ont jamais connu. Et lui non plus, d'ailleurs, puisqu'il est né dans la cité du Pont-Féron. Qu'est-ce qu'il y a à oublier ?

Bien sûr, si j'écrivais l'histoire de Naïma, ça ne commencerait pas par l'Algérie. Elle naît en Normandie. C'est de ça qu'il faudrait parler. Des quatre filles de Hamid et Clarisse qui jouent dans le jardin. Des rues d'Alençon. Des vacances dans le Cotentin.

Pourtant, si l'on croit Naïma, l'Algérie a toujours été là, quelque part. C'était une somme de composantes : son prénom, sa peau brune, ses cheveux noirs, les dimanches chez Yema. Ça, c'est une Algérie qu'elle n'a jamais pu oublier puisqu'elle la portait en elle et sur son visage. Si quelqu'un lui disait que ce dont elle parle n'est en rien l'Algérie, que ce sont des marqueurs d'une immigration maghrébine en France dont elle représente la seconde génération (comme si on n'arrêtait jamais d'immigrer, comme si elle était elle-même en mouvement), mais que l'Algérie est par ailleurs un pays réel, physiquement existant, de l'autre côté de la Méditerranée, Naïma s'arrêterait peut-être un moment et puis elle reconnaîtrait que oui, c'est vrai, l'*autre* Algérie, le pays, n'a commencé à exister pour elle que bien plus tard, l'année de ses vingt-neuf ans.

Il faudra le voyage pour ça. Il faudra voir Alger apparaître depuis le pont du ferry pour que le pays ressurgisse du silence qui l'avait masqué mieux que le brouillard le plus épais.

C'est long de faire ressurgir un pays du silence, surtout l'Algérie. Sa superficie est de 2 381 741 kilomètres carrés, ce qui en fait le dixième plus grand pays du monde, le premier sur le continent africain et dans le monde arabe ; 80 % de cette surface est occupée par le Sahara. Cela, Naïma le sait par Wikipédia, pas par les récits familiaux, pas pour avoir arpenté le sol. Quand on est réduit à chercher sur Wikipédia des renseignements sur un pays dont on est censé être originaire, c'est peut-être qu'il y a un problème. Peut-être que Mohamed a raison. Alors ça ne commence pas par l'Algérie.

Ou plutôt si, mais ça ne commence pas par Naïma.

Partie 1 :

L'ALGÉRIE DE PAPA

« Il en résulta un bouleversement total auquel l'ordre ancien ne put survivre qu'émietté, exténué et de manière anachronique. »

Abdelmalek Sayad, *La double absence*.

« L'Algérie de Papa est morte. »

Charles de Gaulle

Sous prétexte d'un coup d'éventail que le dey d'Alger donna au consul de France dans un moment de colère – à moins qu'il ne se fût agi d'un chasse-mouche, les versions divergent – la conquête de l'Algérie par l'armée française commence en 1830, au début de l'été, dans une chaleur écrasante qui ne fera que croître. Si l'on accepte qu'il s'agissait d'un chasse-mouche, il faut, en se représentant la scène, ajouter au soleil de plomb les vrombissements des insectes d'un noir bleuté tournant autour des visages des soldats. Si l'on penche pour l'éventail, il faut se dire que l'image orientalisée, cruelle et efféminée du dey qui s'y dessine n'est peut-être que la piètre justification d'une vaste entreprise militaire – comme l'est le coup porté à la tête d'un consul, quel que soit l'instrument utilisé. Parmi les différents prétextes à la déclaration d'une guerre, j'avoue qu'il se dégage toutefois de celui-ci une certaine poésie qui me charme – surtout dans la version de l'éventail.

La conquête connaît plusieurs étapes parce qu'elle nécessite des batailles contre plusieurs *algéries*, celle du régent d'Alger tout d'abord, celle de l'émir Abd el-Kader, celle de la Kabylie et enfin, un demi-siècle plus tard, celle du Sahara, des Territoires du Sud comme on les appelle en métropole et ce nom est à la fois mystérieux et banal. De ces algéries multiples, les Français font des départements français. Ils les annexent. Ils les rattachent. Ils savent déjà ce qu'est une histoire nationale, une histoire officielle, c'est-à-dire une vaste panse dans laquelle peuvent être incorporés de larges pans de terre pour peu que ceux-ci acceptent qu'on leur attribue une date de naissance. Lorsque les nouveaux venus s'agitent à l'intérieur de la grande panse, l'Histoire de France ne s'inquiète pas plus que l'homme qui entend son ventre gargouiller. Elle sait que le processus de digestion peut prendre du temps. L'Histoire de France marche toujours au côté de l'armée française. Elles vont ensemble. L'Histoire est Don Quichotte et ses rêves de grandeur ; l'armée est Sancho Pança qui trottine à ses côtés pour s'occuper des sales besognes.

L'Algérie, à l'été 1830, est clanique. Elle a *des* histoires. Or, quand l'Histoire se met au pluriel, elle commence à flirter avec le conte et la légende. La résistance d'Abd el-Kader et de sa smala, bourgade ambulante qui paraît flotter sur le désert, résistance de sabres, de burnous et de chevaux semble tout droit tirée des *Mille et Une Nuits* quand on la regarde depuis la métropole. C'est charmant d'exotisme, ne peuvent s'empêcher de murmurer quelques Parisiennes en repliant leur journal. Et dans le « charmant », il faut bien sûr entendre que ce n'est pas *sérieux*. L'Histoire plurielle de l'Algérie n'a pas le poids de l'Histoire officielle, celle qui unifie. Alors les livres des Français avalent l'Algérie et ses contes et ils les transforment en quelques pages de leur Histoire à eux, celle qui paraît être un mouvement précis, tendu entre les jalons de dates apprises par cœur dans lesquelles le progrès soudain s'incarne, se cristallise et irradie. Le centenaire de la colonisation, en 1930, est une cérémonie de l'avalement au cours de laquelle les Arabes sont de simples figurants, décoratifs comme des colonnades d'un autre âge, comme des ruines romaines ou une plantation d'arbres exotiques et anciens.

Déjà, pourtant, des voix s'élèvent de part et d'autre de la Méditerranée pour que l'Algérie ne soit pas que le chapitre d'un livre qu'elle n'a pas eu le droit d'écrire. Pour le moment, semble-t-il, personne ne les entend. D'autres acceptent les versions officielles avec joie et se livrent à des compétitions de rhétorique pour mieux vanter l'œuvre civilisatrice qui suit son cours. D'autres encore se taisent parce qu'elles s'imaginent que l'Histoire se déroule dans un univers parallèle au leur, un monde de rois et de guerriers dans lequel elles n'ont pas de place, pas de rôle à jouer.

Ali, lui, croit que l'Histoire est déjà écrite et qu'au fur et à mesure qu'il avance, elle ne fait que se dérouler, se révéler. Toutes les actions qu'il accomplit ne sont pas possibilités de changement mais de dévoilement. *Mektoub*, c'est écrit. Il ne sait pas bien où, peut-être dans les nuages, peut-être dans les lignes de la main, ou à l'intérieur du corps en caractères minuscules, peut-être dans la prunelle de Dieu. Il croit au *Mektoub* par plaisir, parce qu'il trouve agréable de ne pas avoir à décider de tout. Il croit aussi au *Mektoub* parce qu'un peu avant ses trente ans, la richesse lui est tombée dessus presque par hasard et penser que c'était écrit lui permet de ne pas se sentir coupable de sa bonne fortune.

C'est peut-être la malchance d'Ali (se dira plus tard Naïma quand elle tentera d'imaginer la vie de son grand-père) : avoir connu la chance qui tourne sans y avoir été pour rien, avoir vu se réaliser les espérances sans avoir eu besoin d'agir. De la magie est entrée dans sa vie et cette magie-là – ainsi que les comportements qu'elle entraîne avec elle – il est difficile de s'en défaire. La chance brise les pierres, dit-on parfois là-haut, sur la montagne. C'est ce qu'elle a fait pour Ali.

Dans les années 1930, il n'est qu'un adolescent pauvre de Kabylie. À l'instar de beaucoup des garçons de son village, il hésite à se casser le dos sur les parcelles de sa famille, minuscules et sèches comme le sable, à occuper ses bras en travaillant les terres des colons ou d'un paysan plus riche que lui, ou bien à descendre en ville, à Palestro, travailler comme main-d'œuvre. Aux mines de Bou-Medran, il a essayé : ils n'ont pas voulu de lui. Il paraît que le vieux *francaoui* à qui il a parlé a perdu son père dans la révolte de 1871 et qu'il ne veut pas d'indigènes autour de lui.

À défaut d'avoir un métier stable, Ali fait un peu de tout, il est une sorte de paysan ambulant, de paysan volant et l'argent qu'il rapporte, joint à celui que gagne son père, parvient à nourrir la famille. Ali réussit même à amasser le petit pécule nécessaire pour se marier. Quand il a dix-neuf ans, il épouse une de ses cousines, une adolescente au beau visage mélancolique. Cette union lui donne

20

deux filles – c'est bien dommage, commente sévè-
rement la famille au chevet de l'accouchée qui en
meurt de honte. La maison où il n'y a plus de mère,
dit le proverbe kabyle, même quand la lampe est
allumée, il y fait nuit. Le jeune Ali supporte la nuit
comme il supporte la pauvreté, en se disant que
c'est écrit, et que pour Dieu qui voit tout, cette
existence a un sens supérieur aux fragments de
chagrin qu'elle ne cesse d'apporter.

Au début des années 1940, le fragile équilibre
économique du foyer s'écroule lorsque le père d'Ali
meurt d'une chute dans les rochers en tentant de
rattraper une chèvre fugueuse. Ali s'engage alors
dans l'armée française qui renaît de ses cendres et
se mêle aux bataillons des Alliés lancés à la recon-
quête de l'Europe. Il a vingt-deux ans. Il laisse sa
mère s'occuper de ses frères et sœurs ainsi que de
ses deux petites filles.

À son retour (l'ellipse de ma narration, c'est aussi
celle que fait Ali, c'est celle que connaîtront Hamid
puis Naïma lorsqu'ils voudront remonter les souvenirs : de la guerre on ne dira jamais que ces deux
mots, « la guerre », pour remplir deux années), il
retrouve la misère que sa pension vient alléger.

Au printemps suivant, il emmène ses petits
frères, Djamel et Hamza, se laver dans l'oued grossi
par la fonte des neiges. Le courant est si fort qu'il
faut s'accrocher aux rochers ou aux touffes d'herbe
de la rive pour ne pas être emporté. Djamel, le plus
maigre des trois, est terrorisé. Les deux autres rient
aux éclats, se moquent de sa peur, jouent à lui tirer
les jambes et Djamel croit que c'est le torrent qui
l'aspire et il pleure et il prie. Et puis :

— Attention !

Une masse sombre se précipite sur eux. Aux bruits d'éclaboussures et aux grondements des pierres raclées s'ajoutent les grincements de l'étrange embarcation qui se cogne contre les rochers en dévalant la pente. Djamel et Hamza se précipitent hors de l'eau mais Ali ne bouge pas, il se contente de se faire tout petit derrière le roc auquel il s'agrippe. Le projectile s'écrase contre son bouclier de fortune, s'immobilise un instant puis se remet à tanguer, roule sur le côté, s'apprête à céder au courant. Ali escalade son abri et, accroupi sur le caillou, il tente de maintenir en place ce que le flot vient d'apporter : une machine d'une simplicité confondante, une énorme vis de bois sombre qui joue au milieu d'un cadre lourd que les eaux du torrent n'ont pas réussi, encore, à disloquer.

— Aidez-moi ! hurle Ali à ses frères.

De l'après, on parlera toujours dans la famille comme d'un conte de fées. Avec des phrases simples, épurées. Des enchaînements faciles et souples qui réclameraient le passé simple : *Alors ils sortirent le pressoir de l'eau, le remirent en état et l'installèrent dans leur jardin. Peu importait désormais que leurs maigres terres fussent stériles car les autres venaient à eux avec les olives de leurs arpents et eux en faisaient de l'huile. Bientôt, ils furent suffisamment riches pour acheter leurs propres parcelles. Ali put se remarier et marier ses deux frères. La vieille mère s'éteignit quelques années plus tard, heureuse et apaisée.*

Ali n'a pas l'audace de croire qu'il méritait son sort ou qu'il a créé les conditions de sa richesse. Il pense toujours que c'est la chance et le torrent qui lui ont apporté le pressoir, puis les champs, le petit comptoir de vente sur la crête puis le commerce à l'échelle de la région, et surtout la voiture et l'appartement en ville qui viendront ensuite – signes inégalables de la réussite. Il pense, par conséquent, que lorsque le malheur frappe, personne n'est responsable. C'est comme si le torrent enflait jusqu'à venir reprendre le pressoir au milieu de la cour. Pour cette raison, quand il entend des hommes (quelques-uns, pas beaucoup) dans les cafés de Palestro ou d'Alger dire que les patrons créent les conditions de la misère dans laquelle vivent la plupart de leurs ouvriers et manœuvres et qu'un autre système économique est possible – un système dans lequel celui qui travaille aurait droit lui aussi aux profits qu'il dégage, à parts égales, ou presque, avec celui qui possède les terres ou la machine – il sourit et dit : « Il faut être fou pour s'opposer au torrent. » *Mektoub*. La vie est faite de fatalités irréversibles et non d'actes historiques révocables.

Le futur d'Ali (qui est déjà un passé lointain pour Naïma au moment où j'écris cette histoire) ne parviendra pas à faire changer sa manière de voir les choses. Il demeure à jamais incapable d'incorporer au récit de sa vie les différentes composantes historiques, ou peut-être politiques, sociologiques, ou encore économiques qui feraient de celui-ci une porte d'entrée vers une situation plus vaste, celle d'un pays colonisé, ou même – pour ne pas trop en demander – celle d'un paysan colonisé.

C'est pour cela que cette partie de l'histoire, pour Naïma comme pour moi, ressemble à une série d'images un peu vieillottes (le pressoir, l'âne, le sommet des montagnes, le burnous, l'oliveraie, le torrent, les maisons blanches accrochées comme des tiques au flanc de pierres et de cèdres) entre-coupées de proverbes, comme des vignettes cadeaux de l'Algérie qu'un vieil homme aurait cachées çà et là dans ses rares discours, que ses enfants auraient répétées en modifiant quelques mots et que l'ima-gination des petits-enfants aurait ensuite étendues, agrandies, et redessinées pour qu'elles parviennent à former un pays et l'histoire d'une famille.

C'est pour cela aussi que la fiction tout comme les recherches sont nécessaires, parce qu'elles sont tout ce qui reste pour combler les silences transmis entre les vignettes d'une génération à l'autre.

L'accroissement de l'exploitation d'Ali et ses frères est facilité par le fait que les familles qui partagent avec eux les territoires de la crête ne savent que faire des parcelles minuscules et éparses que leur ont laissées des années d'expropriation et de séquestres. La terre est morcelée, émiettée jusqu'à la misère. Sur ce qui appartenait avant à tous, ou ce qui passait d'une génération à l'autre sans besoin de documents ni de mots, l'autorité coloniale a planté des piquets de bois et de fer aux têtes de couleurs vives dont les emplacements ont été décidés par le système métrique et non par les impératifs de subsistance. Il est difficile de cultiver ces parcelles mais il est impensable de les revendre aux Français : laisser une propriété sortir de la famille est un déshonneur dont on ne se remet pas. La dureté des temps force les paysans à élargir l'idée de famille, d'abord aux cousins les plus lointains puis aux habitants du village, à ceux de la crête ou même à ceux des versants d'en face. À tous ceux, en bref, qui ne sont pas les Français. Non seulement de nombreux fermiers acceptent de revendre leurs terres à Ali mais ils le remercient de les sauver d'une autre vente, plus honteuse, qui les exclurait définitivement de la communauté. *Sois béni, mon fils*. Ali achète et regroupe. Il unifie. Il prolonge. Au début des années 50, il est un cartographe qui peut décider des territoires qu'il dessine.

Lui et ses frères font construire deux nouvelles maisons autour de la vieille baraque de torchis blanc. Ils passent de l'une à l'autre, les enfants dorment partout, et le soir quand ils se réunissent dans la pièce centrale de l'ancienne demeure, ils paraissent parfois oublier les extensions qui ont poussé autour d'elle. Ils s'étendent sans s'éloigner. Dans le village, on les salue comme des notables. On les voit de loin : Ali et ses deux frères sont maintenant grands et gros, même Djamel que l'on comparait avant à une chèvre malingre. Ils ressemblent aux géants de la montagne. Le visage d'Ali, surtout, est d'une rondeur presque parfaite. C'est une lune.

— Si tu as de l'argent, montre-le.

C'est ce qu'on dit ici, en haut comme en bas de la montagne. Et c'est un commandement étrange parce qu'il exige que l'on dépense toujours l'argent pour pouvoir l'exhiber. En montrant qu'on est riche, on le devient moins. Ni Ali ni ses frères ne penseraient à mettre de l'argent de côté pour le faire « fructifier » ou pour les générations à venir, pas même pour les coups durs. L'argent se dépense dès qu'on l'a. Il devient bajoues luisantes, ventre rond, étoffes chamarrées, bijoux dont l'épaisseur et le poids fascinent les Européennes qui les exposent dans des vitrines sans jamais les porter. L'argent n'est rien *en soi*. Il est tout dès qu'il se transforme en une accumulation d'objets.

Dans la famille d'Ali, on raconte une histoire plusieurs fois centenaire qui prouve que ce comportement tient de la sagesse et que l'épargne encouragée par les Français est une folie. On la raconte comme si elle venait d'arriver parce que dans la maison d'Ali et dans celles qui l'entourent, on croit que le pays des légendes commence dès que l'on franchit la porte de la maison ou que l'on souffle la lampe. C'est l'histoire de Krim, le pauvre *fellah*, qui mourut en plein désert près de la peau de mouton gonflée de pièces d'or qu'il venait de découvrir. On ne mange pas la monnaie. On ne la boit pas. Elle ne couvre pas la peau, ne la protège ni du froid ni du soleil. Quel genre de bien est-ce ? Quel genre de maître ?

Une ancienne tradition kabyle veut que l'on ne compte jamais la générosité de Dieu. On ne compte pas les hommes présents à une assemblée. On ne compte pas les œufs de la couvée. On ne compte pas les grains que l'on abrite dans la grande jarre de terre. Dans certains replis de la montagne, on interdit tout à fait de prononcer des nombres. Le jour où les Français sont venus recenser les habitants du village, ils se sont heurtés au silence des vieilles bouches : Combien d'enfants as-tu eu ? Combien sont restés vivre avec toi ? Combien de personnes dorment dans cette pièce ? Combien, combien, combien... Les roumis ne comprennent pas que compter, c'est limiter le futur, c'est cracher au visage de Dieu.

La richesse d'Ali et de ses frères est une bénédiction qui pleut sur un cercle de cousins et d'amis beaucoup plus vaste. Elle les oblige à une solidarité élargie, concentrique et elle agrège autour d'eux une partie du village qui leur en est reconnaissante. Mais elle ne fait pas que des heureux. Elle vient déranger la suprématie antérieure d'une autre famille, celle des Amrouche dont on dit qu'ils étaient riches à l'époque où il y avait encore des lions. Eux vivent un peu plus bas sur la crête, dans ce que les Français appellent de manière trompeuse le « centre » de cette succession de sept *mechtas*, des hameaux situés sur le fil de la roche, les uns après les autres, comme des perles éparses sur un collier trop long. En réalité, il n'y a pas de centre, pas de mitan autour duquel se seraient formées ces grappes de maisons, même la maigre route qui les relie n'est qu'une illusion : chaque *mechta* forme un petit monde à l'abri de ses arbres et de ses murs et l'administration française a fusionné ces univers minuscules en une circonscription administrative, un *douar* qui n'existe que pour elle. Les Amrouche ont d'abord ri des efforts d'Ali, Djamel et Hamza. Ils ont prédit qu'ils n'arriveraient à rien : un paysan pauvre ne deviendra jamais un propriétaire compétent, il n'a tout simplement pas assez de suite dans les idées. Le bonheur ou le malheur de chacun, disaient-ils, est gravé sur son front depuis sa naissance. Puis ils ont tordu la bouche devant le succès qui venait couronner l'entreprise d'Ali. Finalement, ils l'ont accepté, ou feint de l'accepter, en soupirant que Dieu est généreux.

C'est pour eux, aussi, qu'Ali dépense et montre l'argent qu'il gagne. Leurs deux réussites se répondent, leurs deux exploitations aussi. Si l'un agrandit son hangar, l'autre rajoutera un étage au sien. Si l'un se munit d'un pressoir, l'autre se dotera d'un moulin. La nécessité et l'efficacité de ces nouvelles machines, de ces nouveaux espaces sont discutables. Mais Ali et les Amrouche s'en moquent : ce n'est pas avec la terre que dialoguent leurs achats – ils le savent bien – c'est avec la famille d'en face. Quelle richesse ne se mesure pas au dépit du voisin ?

La rivalité des deux familles creuse un sillon entre elles comme entre les villageois : chacun son clan. Elle s'installe pourtant sans haine et sans colère. Dans les premiers temps, ce n'est qu'une question de prestige, une question d'honneur. Le *nif* ici est presque tout.

Lorsque Ali se retourne sur les années qui viennent de passer, il a l'impression que le ciel avait tenu écrit pour lui une destinée comme il en existe peu et il sourit en croisant les mains sur son ventre. Oui, tout est un conte de fées.

D'ailleurs, comme souvent dans les contes de fées, le bonheur du petit royaume n'est terni que par un manque : le roi n'a pas de fils. La femme qu'Ali a épousée en secondes noces, après plus d'un an dans son lit, ne lui donne toujours pas d'enfant. Les deux filles de son précédent mariage grandissent et chaque jour, leurs voix aiguës rappellent à Ali qu'elles ne sont pas des garçons. Il ne supporte plus les plaisanteries de ses frères qui sont devenus pères tous les deux et se permettent des allusions à sa virilité. Pour être honnête, il ne supporte plus sa femme elle-même – quand il entre en elle, il croit sentir une sécheresse anormale, il pense à ses intérieurs comme à un jardin désolé, brûlé par le soleil. Il finit par la répudier, parce que tel est son droit. Elle supplie et elle pleure. Ses parents viennent trouver Ali et eux aussi supplient et pleurent. La mère promet que sa fille mangera des plantes qui font des miracles, ou bien qu'elle l'emmènera prier sur la tombe d'un marabout qu'on lui a recommandée. Elle parle d'unetelle et puis d'unetelle, récompensée après des années de vide par un ventre habité. Elle dit qu'Ali ne peut pas savoir : il y a peut-être un enfant qui dort dans le ventre de sa fille et qui se réveillera plus tard, à la saison des récoltes, ou même l'année d'après, cela s'est déjà vu. Mais Ali se montre intraitable. Il ne peut pas supporter que Hamza ait eu un garçon avant lui.

La jeune femme rentre chez ses parents. Elle y restera toute sa vie. La tradition veut que ce soit à Ali et non plus à son père de fixer la somme d'argent nécessaire pour l'épouser. Il ne fixe rien. Il ne veut pas d'argent pour elle. Il la donnerait pour une mesure de farine d'orge. Mais l'occasion ne se présente pas : aucun homme n'épouserait un ventre sec.

Ses yeux noirs et inquiets passent sans cesse du visage de ses parents à celui de cet homme qu'elle n'a encore jamais vu et qui se présente comme le messager de son futur époux. À travers ses traits à lui, elle essaie de deviner ceux de l'autre, celui à qui elle est donnée (parfois l'on dit vendue, crûment, et cela n'offense personne) par son père.

Entre son père et l'homme, un tapis sur lequel sont disposés les présents de son futur mari, diorama de la vie de femme, la vie d'épouse qui l'attend.

Pour sa beauté : du henné, de l'alun, de la noix de galle, la pierre rose que l'on appelle *el habala* parce qu'elle a le pouvoir de rendre fou et qui sert à la confection des cosmétiques et des philtres d'amour, l'indigo qui sert à la teinture mais aussi aux tatouages, des bijoux d'argent pour la valeur et d'autres de cuivre qui ne sont là que pour briller.

Pour son odeur : du musc, de l'essence de jasmin, de l'essence de rose, des amandes de noyaux de cerise et des clous de girofle qu'elle broiera ensemble pour produire une pâte parfumée, de la lavande séchée, de la civette.

Pour sa santé : le benjoin, l'écorce de racine de noyer que l'on utilise pour traiter les gencives, la staphisaigre qui chasse les poux, la racine de réglisse, le soufre qui permet de traiter la gale, le sel gemme et le bichlorure de mercure qui guérit les ulcères.

Pour sa vie sexuelle : le camphre, censé empêcher les femmes de concevoir, la salsepareille que l'on boit en tisane contre la syphilis, la poudre de cantharide – un aphrodisiaque qui provoque l'érection par inflammation de l'urètre.

Pour les plaisirs de la bouche : le cumin, le gingembre, le poivre noir, la muscade, le fenouil, le safran.

Pour lutter contre les sortilèges : de l'argile jaune, de l'ocre rouge, le styrax qui chasse les mauvais génies, le bois de cèdre et de petits fagots d'herbes, soigneusement noués d'un brin de laine, à brûler pour les incantations.

Elle battrait des mains devant cet assortiment hétéroclite et charmant, ce marché miniature que l'on déploie dans sa maison et qui se répand sur le tapis, de toutes les couleurs et de toutes les formes, elle se laisserait enivrer par les parfums lourds si elle n'était pas aussi anxieuse. Elle a quatorze ans et elle épouse Ali, un inconnu qui a vingt ans de plus qu'elle. Elle n'a pas protesté quand on le lui a annoncé mais elle voudrait savoir à quoi il ressemble. Est-ce qu'elle l'a déjà croisé sans le savoir, un jour où elle allait chercher de l'eau ? Elle trouve difficile – presque insupportable – de penser à cet homme avant de s'endormir et de ne pouvoir associer aucun visage à son nom.

Quand elle est hissée sur la mule, immobile dans sa parure d'étoffes et de bijoux, elle a l'impression, l'espace d'un instant, qu'elle va s'évanouir. Elle le souhaite presque. Mais le cortège se met en branle au son des flûtes, des youyous et des tambourins. Elle croise le regard de sa mère, mélange de fierté et d'inquiétude (sa mère n'a jamais posé d'autres yeux sur ses enfants). Alors, pour ne pas la décevoir, elle se redresse sur sa monture et s'éloigne de la maison de son père sans montrer sa peur.

Elle ne sait pas si le chemin sur la montagne lui paraît trop long ou trop court. Les paysans et les bergers qui voient passer le cortège se mêlent un instant aux démonstrations de joie puis retournent à leurs occupations. Elle pense – peut-être – qu'elle aurait voulu être comme eux, qu'elle aurait aimé être un homme, ou même une bête.

Quand elle arrive à la demeure d'Ali, elle le voit enfin, debout sur le seuil entre ses deux frères. Son soulagement est immédiat : elle le trouve beau. Bien sûr, il est considérablement plus vieux qu'elle – et beaucoup plus grand, ce qu'elle lie inconsciemment dans ses pensées comme si l'on ne s'arrêtait jamais de grandir et qu'elle aussi, dans vingt ans, mesurerait près de deux mètres – mais il se tient droit, son visage de lune est franc, sa mâchoire est puissante, il n'a pas les dents pourries. Elle ne pouvait raisonnablement pas espérer plus. Les hommes commencent le baroud en tirant une première salve en l'air pour fêter l'arrivée de la nouvelle épouse – la plupart ont conservé leur fusil de chasse malgré l'interdiction faite par les Français. Étourdie par l'odeur violente et joyeuse de la poudre, elle sourit en pensant qu'elle a de la chance et c'est encore en souriant qu'elle passe autour de sa cheville le *khalkhal* d'argent massif qui symbolise ses liens.

Elle est désormais dans la maison de son mari. Elle a de nouveaux frères, de nouvelles sœurs et, avant même sa nuit de noces, de nouveaux enfants. Elle est presque du même âge que l'une de ses belles-filles, celles qui sont nées de la première femme d'Ali, pourtant elle doit se conduire avec elle en mère, se faire respecter, se faire obéir. Fatima et Rachida, les femmes des frères de son mari, ne l'aident pas. Elles la maltraitent depuis qu'elle a franchi le seuil de la maison parce que la jeune mariée est trop jolie (c'est ce qu'elle racontera ensuite, dans la petite cuisine de son HLM). Fatima a déjà trois enfants et Rachida en a deux. Leur corps est marqué par les grossesses, pesant, écroulé. Elles n'ont pas envie que celui de la jeune fille, galbé, rond et doré, souligne leur effondrement. Elles ne veulent pas se tenir près d'elle dans la cuisine. Elles respectent Ali qui est le chef de la famille mais elles cherchent toujours comment elles pourraient rejeter sa femme sans manquer à ce premier devoir. Elles avancent en hésitant sur ce fil, osant ici et là une remarque blessante, un menu larcin, un service refusé.

À quatorze ans, la mariée était encore une enfant. À quinze ans, elle devient *Yema*, la mère. Là encore, elle se considère chanceuse : son premier enfant est un fils. Les femmes qui l'entourent au moment de l'accouchement passent aussitôt la tête par la porte pour le crier : Ali a un fils ! Pour sa belle-famille, c'est une obligation à lui témoigner davantage d'égards. Elle a donné – du premier coup – un descendant mâle à Ali. Près du lit, Rachida et Fatima ravalent leur déception et, en gage de bonne volonté, elles épongent la sueur au front de l'accouchée, nettoient l'enfant et l'enveloppent de langes.

Après avoir traversé des heures de contractions puis cette naissance qui lui a paru fendre en deux son corps d'adolescente, la jeune mère doit accueillir à son chevet tous les membres de la famille qui viennent la féliciter et la couvrir de cadeaux, tourbillon de visages et d'offrandes que l'épuisement déforme et dont émerge soudain une *tabzimt*, une fibule ronde ornée de corail rouge et d'émaux bleus et verts que reçoit traditionnellement la femme qui donne naissance à un garçon. Celle offerte à Yema pèse si lourd qu'elle ne peut la porter sans avoir mal à la tête, pourtant elle la met à son front avec joie.

Le garçon né à la saison des fèves (c'est-à-dire au printemps 1953 mais on ne lui attribuera une date de naissance sérieuse, française, que lorsqu'il faudra établir les papiers nécessaires à la fuite) s'appelle Hamid. Yema aime son premier fils avec passion et cet amour rejaillit sur Ali. Elle n'a pas besoin de plus pour que leur mariage fonctionne :

— Je l'aime pour les enfants qu'il m'a donnés, dira-t-elle bien plus tard à Naïma.

Ali l'aime pour les mêmes raisons. Il a l'impression de s'être retenu de tout sentiment de tendresse envers elle avant que le garçon ne naisse mais avec l'arrivée de Hamid, c'est comme une rivière qui lui soulève le cœur et il couvre sa femme de sobriquets amoureux, de regards reconnaissants et de cadeaux. Cela leur suffit, à tous les deux.

Malgré le ressentiment, malgré les disputes, la famille opère comme un groupe uni qui n'a pas d'autre but que celui de durer. Elle ne cherche pas le bonheur, à peine un tempo commun, et elle y parvient. Les saisons la rythment, les gestations des femmes ou celles des animaux, les cueillettes, les fêtes du village. Le groupe habite un temps cyclique, sans cesse répété, et ses différents membres accomplissent ensemble les boucles du temps. Ils sont comme les vêtements d'une même lessive qu'emporte le tambour de la machine à laver et qui finissent par ne plus former qu'une seule masse de textile qui tourne et tourne encore.

Assis à l'ombre sur l'un des bancs de la *tajmaat*, Ali observe les garçons du village, une bande disparate où se mêlent les âges, les tailles et les couleurs de cheveux. Les enfants des Amrouche arborent des casques de cuivre, le petit Belkadi est coiffé d'une mousse blonde, les autres ont des boucles noir de jais, comme Omar, le fils de Hamza, celui qu'Ali n'aime pas parce qu'il a eu l'impolitesse de naître deux ans avant Hamid.

Ils se dressent en cercle autour de Youcef Tadjer, le plus âgé d'entre eux, un adolescent que seule la pauvreté maintient encore dans l'enfance. Il n'a jamais acquis la responsabilité d'un homme. Il est pourtant apparenté par sa grand-mère aux Amrouche mais ceux-ci refusent de l'aider en lui donnant un travail, à cause d'une dette que son père n'a jamais honorée. Ici on dit que les dettes se couchent comme des chiens de garde devant la porte d'entrée et défendent à la richesse d'approcher. Bien que le père de Youcef soit mort depuis des années, le garçon a hérité de la honte et il doit se débrouiller seul, à quatorze ans. Il est devenu vendeur à la sauvette à Palestro. Comme le dit souvent Ali, avec un mépris amusé : « On ne sait pas ce qu'il vend et on ne sait pas ce qu'il gagne. Probablement rien, mais ça lui prend tout son temps. » Youcef est toujours en train de monter et de descendre la montagne, entre le village et la ville, toujours en train de s'enquérir d'un bus ou d'une charrette qui irait à tel ou tel endroit, toujours en train de dire que c'est urgent, que c'est « pour le travail » mais malgré son agitation, Youcef n'a jamais un sou en poche.

— Si j'étais payé à l'heure, dit-il souvent, je serais millionnaire.

Comme les hommes moquent ses efforts sans gain, il préfère la compagnie des enfants qui l'idolâtrent. Ce jour-là, têtes penchées protégeant l'intérieur du cercle, les garçons forment à la fois la salle dans laquelle Youcef se produit et le public qu'il charme. Ali se demande ce qu'ils peuvent bien dissimuler derrière leurs petits corps. Peut-être qu'ils fument des cigarettes. Il arrive que Youcef leur en donne. Un jour, Hamza l'a battu à coups de canne parce que Omar était rentré à la maison en sentant le tabac. Ali s'approche pour vérifier. Les garçons s'écartent aussitôt mais ne s'enfuient pas – ils aiment bien Ali et ses poches toujours pleines. Ils s'écartent, tout simplement, parce que la présence d'un adulte rompt l'existence du cercle qui n'est un cercle que de garçons, tient par la magie de l'enfance et s'effondre quand les grands veulent l'approcher (parfois, cela serre le cœur d'Ali, parfois cela serrera le cœur de Hamid : cette frontière qu'on ne peut franchir qu'une fois, dans un seul sens).

— Qu'est-ce que vous regardez ? demande-t-il.

Omar, son neveu, lui montre la petite photographie qu'ils se passaient de main en main. Dessus, se trouve un homme à longue barbe, en costume européen recouvert d'un burnous. Il porte un fez qui doit être rouge mais qui, sur la photographie en noir et blanc, paraît plus sombre encore que ses sourcils. Omar tend la photo au creux de sa paume comme s'il s'agissait d'une relique ou d'un oiseau blessé. Youcef le regarde faire en souriant. Ses dents de devant sont trop écartées et c'est par cette fente qu'il recrache la fumée de sa cigarette. Quand il relève les yeux vers Ali, celui-ci voit le défi qui s'y cache mal.

— Tu sais qui c'est ? demande Omar.

Ali hoche la tête :

— C'est Messali Hadj.

— Youcef dit qu'il est le père de notre nation, annonce fièrement l'un des garçons.

— Ah bon ? Et qu'est-ce qu'il dit d'autre, Youcef ?

L'adolescent ne proteste pas devant cet interrogatoire détourné. Il laisse les petits répondre.

— Il dit que s'il pouvait, il irait se former en Égypte pour rejoindre la rébellion algérienne, déclare un des Amrouche avec beaucoup d'admiration.

— Et toi, tu sais où c'est l'Égypte ? demande Ali.

Dans la seconde qui suit, dix bras se lèvent et pointent des directions différentes.

— Espèces d'ânes, dit Ali avec tendresse.

Il rend la photographie aux enfants et s'éloigne sans rien ajouter. Dans son dos, Youcef l'interpelle :

— Mon oncle !

C'est l'appellation respectueuse que l'on destine aux aînés dans cette société où la famille représente le plus noble degré du lien et où la hiérarchie verticale des colons (marquée quant à elle par la répétition des « *Sidi* », mon maître) n'est pas encore parvenue à s'imposer. Ali se retourne.

— L'indépendance, ce n'est pas juste un rêve pour les enfants, tu sais, lance Youcef. Même les Américains ont dit que tous les peuples devaient être libres !

— C'est loin, l'Amérique, répond Ali après un temps de réflexion. Toi, même pour aller à Palestro, tu dois me demander de l'argent.

— C'est vrai, mon oncle, c'est vrai. D'ailleurs... tu ne peux pas m'emmener demain, par hasard ?

Ali lui sourit. Il ne peut pas s'en empêcher : il aime bien l'adolescent – peut-être tout simplement parce que les Amrouche ne l'aiment pas. Peut-être parce que Youcef a une forme de bravoure joyeuse que sa misère de fils de veuve n'a jamais réussi à briser. Ali se dit que cet automne, au moment de la récolte, il lui proposera de participer à la cueillette ou de s'occuper d'un des pressoirs. Il faudra simplement qu'il fasse attention à ce que le garçon n'approche pas trop les femmes. Sa langue bien pendue offense souvent les maris, les pères et les frères. S'il s'en est tiré chaque fois à bon compte, c'est que tous ont pitié de sa mère. Elle, dès que son nom est prononcé, quelqu'un ajoute : la pauvre. C'est presque devenu la manière habituelle de la désigner dans le village : Fatima-la-pauvre.

Le soir, au dîner qui réunit les familles d'Ali, Hamza et Djamel autour du couscous, Omar demande aux hommes s'ils aiment Messali Hadj. (Il dit « aimer », il ne dit pas « soutenir », ni « être d'accord avec ». Il ne comprend pas encore ce qu'est un meneur politique, il ne voit que la figure du père.)

— Non, dit Ali sèchement.

Le cœur d'Omar se serre car la réponse de son oncle creuse entre Youcef et lui un fossé qui pourra affecter sa place dans la bande de garçons. Youcef est le plus âgé et Omar le plus jeune : Youcef *tolère* donc Omar. S'il changeait d'avis, Omar devrait rester à la maison avec Hamid qui n'est encore qu'un bébé et tenter de lui apprendre des jeux que le petit abêtit sans cesse. Omar est triste car tout à l'heure Youcef lui a donné la photographie et il l'a cachée dans sa ceinture. Mais il sait désormais qu'il ne pourra plus voir le portrait de Messali Hadj sans penser à la réponse de son oncle et que la photo sera donc toujours entachée par ce « non », comme s'il était désormais écrit au travers de la figure du vieil homme aux yeux de prophète courroucé.

— Pourquoi ? demande-t-il timidement.

— Parce que Messali Hadj n'aime pas les Kabyles. (Ali dit aussi « aimer », il ne dit pas « soutenir le mouvement », « encourager le régionalisme », « approuver les revendications ».) Pour lui, l'indépendance de l'Algérie, ça veut dire qu'on deviendra tous des Arabes.

Omar hoche la tête en faisant semblant de comprendre. Pourtant, dans cette famille largement arabophone (seules les femmes n'ont recours qu'au kabyle), et dans cette phrase qu'Ali vient d'ailleurs de prononcer en arabe, il ne voit aucune raison de partager sur-le-champ l'indignation de son oncle. Il regarde avec perplexité les adultes qui acquiescent tous à ses paroles, même les femmes qui, debout, font passer les plats. Le petit garçon compte de longues secondes avant d'oser demander :

— Et... qu'est-ce qu'on a contre les Arabes ?

Autant en être sûr.

— Ils ne nous comprennent pas, dit Ali avant de se tourner vers son frère pour parler avec lui de la prochaine récolte.

Omar, qui ne les comprend pas non plus, s'endort avec au ventre la peur que cela veuille dire qu'il est arabe.

« Se désintéresser de la lutte est un crime. »

premier tract du Front de libération nationale,
1er novembre 1954

Depuis 1949, Ali est le vice-président de l'Association des anciens combattants, à Palestro. Cela ne veut pas dire grand-chose et il ne s'y passe presque rien. L'Association est avant tout un espace : une salle que l'administration française a mise à leur disposition. Parfois, elle est vide. Parfois, quelques hommes s'y retrouvent. Ils jouent aux cartes, aux dominos, s'échangent les nouvelles. Parfois, ils viennent avec leurs médailles. Dans cet espace-là, elles ont une valeur. Là-haut, sur la crête, cela impressionne peut-être les enfants qui aiment tout ce qui brille mais personne ne sait ce que signifie chaque ornement de métal, chaque ruban.

Pour Ali, c'est une bonne raison de ne pas remonter tout de suite sur la montagne lorsqu'il a fini son travail dans la vallée (travail de représentation, travail noble). Il n'y a jamais emmené ses frères ou ses neveux, pas encore son fils. L'Association n'appartient qu'à lui et à ceux qui ont combattu. Ce n'est pas une chose que l'on partage avec sa famille.

Dans le calme de cet espace qui n'est qu'à eux, ils boivent de l'anisette. C'est une habitude que beaucoup ont ramenée de l'armée. Avant 1943, Ali n'avait jamais bu d'alcool. Il a commencé en Italie, lors de la bataille-dont-il-ne-parle-jamais (et c'est ce qu'il aime ici : il n'a pas besoin d'en parler pour qu'elle existe). Cela a commencé comme une forme de protestation un peu absurde : si l'armée exigeait que les soldats venus d'Afrique du Nord mangent le porc contenu dans les rations fournies par les Américains, alors elle devait aussi leur donner le droit aux rations de vin dont ils étaient jusque-là privés. Ali se souvient d'avoir suivi les meneurs qui avaient lancé cette revendication parce que c'étaient des gars qu'il aimait bien et lorsque celle-ci avait abouti, il s'était trouvé comme un idiot devant le verre plein. Alors il l'avait bu, en grimaçant, et en pensant que c'était moins de l'alcool que de l'égalité. Plus tard, quand ils sont arrivés dans l'est de la France, il y avait les bouteilles cachées par les paysans dans les fermes abandonnées où ils établissaient leur campement et surtout il y avait ce froid insidieux qui les rendait nécessaires. Ali a continué à boire. Même son retour en terre de soleil et d'islam n'a pas pu lui ôter le goût de l'alcool. Il sait que Yema n'aime pas ça alors il boit uniquement à l'Association, une fois par semaine, par petites gorgées coupables et délicieuses. Certains, plus amochés que lui, se rabattent sur l'alcool à brûler quand il n'y a plus d'anisette. Ils ne voient pas le problème : c'est moins cher et ça enivre tout pareil. Il faut être un roumi pour penser que l'alcool est un plaisir raffiné.

L'une des explications étymologiques du mot « Bougnoule » le fait remonter à l'expression : *Bou gnôle*, le Père la Gnôle, le Père Bouteille, un terme méprisant employé à l'égard des alcooliques. Une autre la lie à l'injonction *Abou gnôle* (Apporte la gnôle) utilisée par les soldats maghrébins lors de la Première Guerre mondiale et reprise comme sobriquet par les Français. Si cette étymologie est juste, alors dans la salle qui leur est prêtée, Ali et ses compagnons font joyeusement – quoique discrètement – les Bougnoules. Mais en faisant les Bougnoules, ils imitent en réalité les Français.

À l'Association, il y a deux générations qui se croisent mais ne se confondent pas : celle de la Première Guerre et celle de la Seconde. Les vieux de 14-18 ont vécu une guerre de positions et les plus jeunes une guerre de mouvement. Ils ont avancé si vite qu'entre 1943 et 1945 ils ont traversé l'Europe : France, Italie, Allemagne. Ils ont été partout. Ceux d'avant ont vécu enterrés dans une tranchée pendant de longs mois avant de prendre place dans une autre. Rien ne se ressemble plus que deux tranchées. Les vieux voudraient que les jeunes reconnaissent que leur guerre était la pire (c'est-à-dire, en réalité, la meilleure). Les jeunes se désintéressent des histoires de boue et de Flandres. Ils leur préfèrent les chars et les avions. Et puis les Allemands n'étaient pas vraiment les Allemands avant de devenir nazis. Guillaume II, ce n'est pas Hitler. Entre les deux groupes s'est établie une certaine distance, faite d'incompréhension mutuelle et de compétition. Ils sont aimables les uns envers les autres mais ils communiquent peu. Parfois, un Première Guerre et un Seconde Guerre se retrouvent seuls dans l'Association et il y a un moment de gêne, très léger mais indéniable, comme si l'un des deux s'était trompé de porte.

Le président de l'Association, c'est un vieux de la Première, Akli. Pour que les deux générations se sentent également représentées et honorées, il est apparu comme une évidence que le vice-président devait être un homme de la Seconde. C'est Ali qui a été élu. Akli et Ali, ça sonnait bien. Le plus souvent, ils s'appellent « mon fils » et « mon oncle », mais quand ils veulent faire les malins, sur la place publique, ils s'appellent « Président », « Monsieur le Vice-Président », ça les fait rire. Les grades de l'armée, ils les respectent comme des cicatrices sur le corps d'un soldat. Mais ces titres de civils, ça ne veut rien dire. Des petits bijoux sur une femme laide, plaisante le vieux Akli.

Un des autres avantages de l'Association pour Ali, c'est que la petite salle vibre d'informations que l'on n'entend jamais au village. Là-haut, il n'y a pas de poste radio à part le sien et la plupart des montagnards sont, comme lui, analphabètes. En bas, dans la vallée, les nouvelles circulent. À l'Association, il y a des hommes qui savent lire et écrire, qui apportent des journaux pour les commenter. Ali trouve ici un bulletin d'informations national que le village est bien incapable de lui fournir.

C'est à l'Association qu'il entend parler des attaques du 1er novembre 1954 et, pour la première fois, du FLN. Ce jour-là, même les différentes antennes des membres de l'Association ne sont pas suffisantes pour relayer des informations fiables. On ne sait pas d'où sortent ces hommes, au juste, ni les moyens dont ils disposent. On ne sait pas bien où ils se cachent. Leurs liens avec des figures déjà connues du nationalisme, comme Messali Hadj ou Ferhat Abbas, sont flous pour tous les anciens combattants. Ils appartiendraient à une troisième ligne mais ce qui différencie celle-ci des deux autres n'est clair pour personne.

Une chose est sûre, quoi qu'il en soit : ça a pété. Les mieux informés parlent de dizaines d'attentats, à la bombe et à la mitraillette, contre des casernes, des gendarmeries, une station radio, les pétroles Mory. Ils racontent que les fermes de certains colons ont brûlé, ainsi que les dépôts de liège et de tabac de Bordj Menaïel.

— Ils ont aussi tué le garde-champêtre de Draâ El Mizan.

— Lui, c'est bien fait, dit Mohand.

Personne ne défend le garde-champêtre, sa fonction est honnie. Avant que les Français ne tentent de faire des forêts un domaine public comme en métropole, elles constituaient pour les familles une réserve de bois que tous se partageaient, un terrain pour les bêtes. Maintenant, la coupe et le pâturage sauvages sont interdits, ce qui veut dire concrètement qu'ils continuent à se pratiquer mais sont passibles de sanctions. Personne n'aime à voir surgir les gardes-champêtres qui surveillent les forêts et font pleuvoir les amendes, dont on sait qu'une partie restera dans leurs poches. Personne ici ne comprend, à vrai dire, pourquoi les Français ont tenu à devenir maîtres des pins et des cèdres si ce n'est par un excès d'orgueil qui leur paraît ridicule.

Kamel a entendu dire – et cette information les arrête tous un instant, les touche au même endroit dont j'ignore l'emplacement mais qui se cache peut-être juste à côté du foie, organe majeur dans la langue kabyle, cette information les atteint à l'endroit de l'honneur, honneur de l'homme, honneur du guerrier qui bien souvent se confondent – que les auteurs des attaques ont tué une jeune femme, l'épouse d'un instituteur français tombé, lui aussi, sous les balles.

— Tu es sûr de ce que tu racontes ? demande Ali.

— Je ne suis sûr de rien, répond Kamel.

Ils se taisent de nouveau, se frottent pensivement la barbe de la paume de leur main. Tuer une femme, c'est grave. Il existe un code ancestral qui veut que l'on ne fasse la guerre que pour protéger sa demeure – c'est-à-dire la femme qui s'y trouve, dont la maison est le royaume, le sanctuaire – du monde extérieur. L'honneur d'un homme se mesure à sa capacité à tenir les autres à l'écart de sa maison et de sa femme. La guerre, en d'autres termes, se fait uniquement pour éviter que la guerre ne passe la porte du chez-soi. La guerre se fait entre les forts, les actifs, les sujets : les hommes, uniquement les hommes. Combien de fois se sont-ils plaints des insultes que leur faisaient les Français, parfois involontairement, en entrant chez un Kabyle sans y être invité, en parlant à son épouse, en lui confiant des messages à transmettre qui traitaient d'affaires, de politique ou de questions militaires – tous domaines qui ne peuvent que salir la femme et la traîner symboliquement hors de la maison ? Pourquoi le FLN commet-il les mêmes affronts ? Bien sûr, ils peuvent admettre que, dans la précipitation, des erreurs se produisent mais se déclarer publiquement par des attentats qui coûtent leur vie aux faibles, c'est de mauvais augure.

— Si c'est un choix de leur part, alors je voudrais qu'ils m'expliquent, dit le vieux Akli. Et si c'est une bourde, alors j'ai peur que ces gars soient des ânes.

Ils hochent la tête. Ils sont tous plus ou moins d'accord ce jour-là : ils aimeraient qu'on leur explique un peu plus.

— Qu'est-ce qui va arriver maintenant, à votre avis ? demande Kamel.

Il va se passer ce qui est déjà écrit, pense Ali, même si cela ne présage rien de bon. Personne ici n'ignore ce qui s'abat quand la France se met en colère. L'autorité coloniale a veillé à ce que sa puissance punitive marque les mémoires. En mai 1945, lorsque la manifestation de Sétif a tourné au bain de sang, le général Duval – capable de mesurer son propre impact sur la population – a déclaré au gouvernement : je vous ai donné dix ans de paix. Au moment où la région du Constantinois sombrait dans le chaos et les cris, certains des hommes de l'Association défilaient sur les Champs-Élysées à grands éclats de cuivre. Sur la large avenue parisienne, ils paradaient, avançaient à pas rythmés, en héros de la patrie. Les femmes agitaient les mains et les mouchoirs. À Sétif, les corps troués étaient alignés sur les bords de route et comptés par l'armée française qui refuserait toujours d'en donner le nombre exact. Ils n'ont pas oublié. Sétif, c'est le nom d'un ogre terrifiant qui rôde, toujours trop proche, dans un manteau à l'odeur de poudre, aux pans ensanglantés.

Du massacre, aujourd'hui, il ne reste apparemment qu'une unique vidéo (montrée par Barbet Schroeder dans son documentaire sur Jacques Vergès, *L'Avocat de la terreur*) : ce sont presque des images abstraites, taches blanches et noires en mouvement qui se recouvrent et s'avalent et parfois l'on y devine des visages humains, les carrés blancs sur fond blanc des pancartes brandies contre les murs immaculés de chaux, un homme, droit debout, le triangle que forme son burnous sur sa poitrine. Mais surtout il y a le son, voix, bruits de pas, slogans scandés et youyous puis les coups de feu, alors l'image bascule dans le noir complet, on ne voit plus rien, il n'y a plus personne mais le son continue, mitraillette qui ne s'arrête jamais et même – mais qu'est-ce que j'y connais ? – au loin, le fracas des tirs de mortier.

Ali sort de l'Association et se dirige vers la boutique de Claude. Dans la vallée, il a des clients français, peu mais quelques-uns. Ce sont des hommes qui sont venus à l'Association parce qu'ils sont eux-mêmes d'anciens combattants. La plupart ont leurs propres structures, ils ne se mêlent pas à ceux qu'ils appellent les indigènes, les musulmans, les Arabes ou parfois les bicots. Certains, cependant, passent la porte parce qu'ils cherchent à retrouver quelqu'un, un soldat qui a combattu avec eux, sous leurs ordres, ou tout simplement parce qu'ils veulent parler un peu. Claude fait partie de ceux-là : il a servi dans l'Armée d'Afrique, l'Armée B comme on l'appelait alors qu'elle débarquait en Provence. Il aime raconter qu'il a vu la métropole pour la première fois à l'occasion de l'opération Dragoon. C'est un petit mensonge mais cela lui permet d'insister sur l'important : il se considère comme algérien.

Claude tient une épicerie à Palestro et quand il a compris qu'Ali était dans le commerce de l'olive, il lui a demandé d'apporter sa production, pour goûter. C'est un des rares Français qu'Ali connaisse qui ne préfère pas acheter aux colons par principe. Claude a conservé dans son allure quelque chose d'enfantin qui attire immédiatement la sympathie : il est de petite taille, vif, et volubile. Il traîne des pieds en baissant la tête lorsque quelque chose le blesse et quand il est joyeux, son sourire lui prend toute la face comme si une large main lui malaxait le visage.

Le français d'Ali est des plus sommaires et Claude, malgré toute sa bonne volonté, n'est jamais parvenu à maîtriser ni le kabyle ni l'arabe. Il tord quelques mots entre ses lèvres maladroites de temps à autre et Ali cache son amusement en hochant la tête d'un air concentré. Les deux hommes ne parlent pas vraiment entre eux. Au départ, cela créait un malaise : Claude ne savait pas trop quoi faire de cet immense Kabyle planté au milieu de sa boutique qui ne comprenait visiblement pas ses questions, ni d'ailleurs les réponses que le malaise le poussait à faire aussitôt. Il menait à lui seul un dialogue précipité, s'aidant beaucoup des mains, des clins d'œil, des sourires. Le jour où Ali est venu avec Hamid, Claude a oublié sa gêne.

Le garçon paraissait minuscule dans les gros bras de l'homme de la montagne. Claude a cru voir en Ali une tendresse paternelle qui défiait la virilité traditionnelle – cet ensemble de codes qui détermine ce que doit être un homme dans les villages de là-haut, ce règlement qui n'est publié nulle part où Claude pourrait le lire et qui le fascine autant qu'il l'effraie. Il s'est reconnu en l'autre, lui qui est un père transi d'amour. Claude est veuf depuis quatre ans – sa femme est morte en donnant naissance à leur seul enfant. Un portrait d'elle trône en évidence sur un des murs de la boutique. L'immuabilité de son air sévère contraste avec l'émotion qui alourdit les yeux de Claude quand il la regarde.

Annie, la fille de l'épicier, est un peu plus âgée que Hamid. Lorsqu'ils sont ensemble, les deux enfants gazouillent en chœur dans une langue qui n'existe pas et Claude rêve alors à ce qu'aurait pu être sa maison s'il n'avait pas perdu sa femme trop tôt et si, tous les deux, ils l'avaient remplie d'enfants qui leur auraient ressemblé. Parfois, Ali laisse son fils à Claude lorsqu'il va à l'Association et celui-ci le fait asseoir sur le comptoir où Hamid reste souriant, comme un bouddha, jusqu'à ce qu'Annie réclame qu'il vienne jouer avec elle. Ali n'a jamais pu parler avec l'épicier de la situation mais il le plaint de n'avoir qu'une fille, alors dans un geste de générosité que son interlocuteur ne comprend peut-être pas, il lui prête son fils.

Dans la gueule rougeoyante du four en terre, Yema cuit la *kesra*, la galette de pain, pour toute la famille. Hamid bat des mains comme chaque fois que la maison se remplit de cette odeur pleine et chaude. Depuis qu'il a cessé d'être nourri au sein de sa mère, il mange à grosses bouchées, se barbouille d'huile d'olive et en présence de nourriture, il rit toujours de joie. Sa mère lui répète qu'il est beau, qu'il est son soleil, sa lumière, sa petite perdrix. Il rit plus fort. Ali fume une cigarette en observant sa femme et son fils du coin de l'œil. Il voudrait aussi pouvoir regarder à l'intérieur des corps et apercevoir l'enfant qui naîtra très bientôt et qui arrondit le ventre de Yema, tend le tissu de sa robe et l'oblige à nouer trop bas le pagne rayé sur lequel elle trébuche de temps à autre, en soupirant gentiment comme si le pagne était un enfant qui lui jouait sans cesse le même tour et qu'elle n'arrivait plus à s'en amuser. Ali souhaite que ce soit encore un garçon. Un seul, ce n'est pas assez, ça peut mal tourner, ou pire – c'est tellement fragile. L'homme qui n'a qu'un fils marche sur une jambe. Les femmes de ses frères lui assurent qu'à la forme du ventre, elles peuvent prédire que ce sera une fille. Il sera bientôt fixé, de toutes façons ; le ventre de Yema pèse déjà si lourd qu'elle l'appuie dès qu'elle peut sur la table.

Le petit Omar entre en courant dans la maison.

— Mon oncle, dépêche-toi ! Tout le village doit se rassembler sur la place pour écouter le caïd.

Surpris, Ali écrase précipitamment sa cigarette. Le caïd ne vient pas souvent par ici. Il préfère rester dans sa grande maison, plus bas dans la vallée, et faire se déplacer les autres. Comme la plupart de ses pairs, il contrôle le douar de l'extérieur, se reposant sur les rapports des amins et des gardes champêtres pour prendre le pouls du territoire qu'un fonctionnaire français lui a confié (ou plutôt loué, puisqu'il se dit ici que le caïd a payé cher sa charge de « commissaire rural »). Une note gouvernementale de 1954 rappelle qu'il a pour fonction « d'informer, de surveiller et de prévoir ». Du point de vue des villageois, il aurait plutôt tendance à punir et à voler, toujours par intermédiaires. On le voit peu mais on l'aime encore moins. Et on prétend que lui n'aime personne, seulement l'or et le miel. Ali non plus n'apprécie pas cet homme mais il sait ce qu'il lui doit : jamais il n'aurait pu développer son exploitation si le caïd s'y était opposé. Et jamais celui-ci n'aurait donné son accord s'il ne s'était pas trouvé que sa femme était une lointaine cousine d'Ali. Il l'a laissé racheter des parcelles là-haut, sur la montagne, dans un endroit qui ne l'intéresse pas, parce que la fortune providentielle de cet homme qui fait – vaguement, si vaguement – partie de sa famille lui permettait de contrecarrer les ambitions des Amrouche, trop longtemps sans

54

rivaux sur les sommets oubliés. Désormais, le caïd maintient un équilibre en répartissant faveurs et impôts entre les deux familles, sans avoir besoin de s'infliger une pénible escalade – il n'y a que les Jeep des militaires français qui supportent sans ahaner l'ascension sur la montagne. En échange, Ali lui donne parfois, quand la récolte le permet, un peu plus que ce qui est demandé et Yema prépare pour lui des pâtisseries ruisselantes à chaque grande occasion.

Omar trépigne à la porte. Il a déjà prévenu son père et Djamel (pas l'aîné en premier, note Ali en se disant que le garçon est décidément mal élevé) et ceux-ci attendent dehors qu'ils se rendent ensemble, lentement, majestueusement, comme le veut leur statut et comme l'exige leur corpulence jusqu'à la place du village.

Ali prend sa canne au pommeau d'ivoire, il n'en a pas besoin mais elle lui donne de la prestance. Il hésite à passer son uniforme militaire pour envoyer au caïd le signe qu'il n'est pas juste un paysan enrichi mais ces derniers temps, il a du mal à fermer la veste sur son ventre et l'héroïsme se perdrait si l'un des boutons venait à sauter.

Les trois frères arrivent sur la place où l'on s'écarte pour leur laisser un accès au premier rang. Ils prennent position d'un côté du cercle, à l'opposé des Amrouche qu'ils saluent d'un hochement de tête pondéré. En face, ceux-ci font de même.

Le caïd ne sort de son véhicule que lorsque tout le monde est rassemblé, comme un acteur qui sur un tournage s'enfermerait dans sa loge jusqu'à ce que l'on n'attende plus que lui. Sa richesse se montre, parfaitement localisée, dans son ventre énorme et rond qu'on dirait postiche sur ce corps que la vieillesse a asséché partout ailleurs et qui l'oblige à se tenir renversé en arrière pour ne pas laisser le poids de sa bedaine le faire ployer vers la terre. Le caïd dispose de nombreux aides et domestiques mais rien ni personne ne peut empêcher que chaque pas soit un combat entre lui et son ventre, et cela le met toujours de mauvaise humeur.

— En tant que caïd de ce village, dit le caïd – ce qui suscite d'emblée les murmures moqueurs ou courroucés des habitants –, il est de mon devoir de vous mettre en garde contre des événements qui se sont produits dans la région et dont vous avez peut-être entendu parler. Mon poste important dans l'administration me permet d'être particulièrement bien informé alors je vous demande d'avoir confiance en moi et en ce que je vais vous dire. Des fermes ont été pillées et brûlées. Des ponts ont été détruits. Ces fermes, elles donnaient du travail à des fellahs. Ces ponts, ils leur permettaient de se rendre à leur travail. Maintenant il y a des familles dans la pauvreté, qui ne comprennent pas pourquoi et qu'on prétend nourrir avec des tracts. Les hommes qui ont commis ces actions sont des bandits, des repris de justice après lesquels la police court déjà. Dans quelques semaines, quelques mois tout au plus, ils seront arrêtés et jetés en prison où ils finiront leur vie. S'ils croisaient votre chemin, vous ne devez en aucun cas les aider, les nourrir, les cacher. Ils sont dangereux et peuvent vous faire beaucoup de mal. Ces hommes sans honneur tuent des femmes et des enfants. Certains d'entre eux vous raconteront peut-être qu'ils sont des moudjahidines et qu'ils combattent pour l'indépendance de notre pays. Ne les croyez pas. Ils ne connaissent rien à l'Algérie. Ils sont manipulés par les communistes de Russie et par l'Égypte. Ce sont des traîtres prêts à aider des étrangers à entrer chez nous sous prétexte de combattre les Français. Qu'est-ce qu'ils veulent ? Les communistes seront pires que les Français. Ils prendront le peu que les roumis vous ont laissé parce qu'ils ne croient pas à la propriété. Ils ne croient pas non plus à la religion. Ils voudront vous enlever l'islam. Là-bas, en Russie, ils ont détruit les églises. Ils feront la même chose ici avec les mosquées. Et surtout, je vous le dis, si vous prêtez assistance à ces hors-la-loi, personne ne pourra vous protéger des représailles de l'armée française. Ce village sera un nouveau Sétif...

Le caïd sait, lui aussi, que ce nom est celui d'un ogre terrifiant. Il n'hésite pas à l'utiliser. Et imperceptiblement, les têtes des villageois rentrent dans leurs épaules, les dos se courbent pour laisser passer les fantômes que charrient ces deux syllabes.

— La France vous punira, assène le caïd en frappant du pied sur le sol. Et les bandits qui ont attiré la foudre sur vous se replieront tranquillement dans le maquis où ils sont cachés, comme les criminels qu'ils sont, et ils vous laisseront payer pour eux. En tant que caïd, je me suis engagé en votre nom auprès de l'administration française. J'ai promis qu'il n'y aurait pas de trouble, que nous étions des hommes d'ordre et d'honneur, pas des bandits. J'ai réussi à empêcher que l'armée ne monte jusqu'à chez vous pour inspecter les maisons (ici, bien sûr, le caïd ment : l'armée française n'a jamais pensé à venir au village, à des kilomètres de Draâ

El Mizan ou de Bordj Menaïel où les attentats ont eu lieu. Mais il aime, puisque l'Histoire cette fois lui en donne l'occasion, jouer les héros et prétendre qu'il défend ce peuple qui lui paie impôts et amendes depuis des années). Mais je ne pourrai pas vous protéger toujours. Alors, écoutez-moi, ne prêtez pas vos oreilles à la propagande des bandits. Protégez-vous vous-mêmes.

Sur ces mots, il fend la foule entouré de ses hommes de main et remonte dans la voiture que des gamins examinent, escaladent et caressent depuis le début de son discours.

À son départ, le cercle se divise : les amis, partisans et obligés des Amrouche se regroupent autour de ceux-ci, les amis, partisans et obligés d'Ali et ses frères se pressent autour d'eux. Entre les deux foules, restent des hommes dont la loyauté n'est engagée nulle part, soit – fait rarissime – qu'ils s'entendent bien avec les deux familles, soit qu'ils se soient brouillés avec les deux. Les villageois débattent des propos du caïd – ce chien vénal et vaniteux. Comme les Amrouche connaissent le lien familial (si vague, si ténu) qu'Ali possède avec ce dernier, ils partent du principe que tout le discours est un mensonge. Comme Ali sait que les Amrouche vont attaquer le discours, il se sent obligé de le défendre. (Des années plus tard, Naïma se demandera s'il a réalisé les conséquences immenses et désastreuses provoquées par cette rivalité automatique et s'il lui est arrivé de rejouer cette scène en adoptant un point de vue différent, ou s'il est toujours resté englué dans le *mektoub* et dans le *nif* comme dans une indestructible toile d'araignée.)

Ce que veut Ali, pour l'instant, c'est la conservation de ce qu'il a acquis. Le futur ne l'intéresse que s'il est un présent étendu. Ali porte à bout de bras son monde, sa famille, son exploitation, en retenant son souffle pour que rien ne se renverse, que rien ne bouge. Il a réussi à faire de sa maison pauvre une maison pleine et il souhaite que cela dure éternellement. Au-delà des limites de son domaine, le monde paraît trop flou pour qu'il puisse faire des vœux en son nom. Il lui est arrivé de rêver que sa maison pleine puisse se retrouver dans un pays indépendant (et la manière dont il imagine cet événement ressemble, bien qu'il n'en sache rien, au voyage magique de Dorothée lorsque la tornade les emporte, elle et la ferme familiale, jusqu'au pays d'Oz, c'est-à-dire un pays dans lequel il n'ait plus jamais à se lever et à saluer chaque roumi qui passe, c'est-à-dire moins un pays indépendant qu'un pays dans lequel lui-même soit libre, c'est-à-dire qu'encore une fois, le rêve d'Ali n'excède pas les limites de son univers immédiat. Ce qui arrive sur la crête est plus important que tout et demande à être protégé. Il ne faut pas que les soldats français montent jusqu'ici et arrachent aux montagnards le peu qu'ils possèdent, le bonheur apporté par le torrent. C'est parce que les Français sont détestables ou terrifiants, en d'autres termes, qu'il est si nécessaire de les rassurer.

— Vous croyez qu'ils vont attraper les maquisards ? demande quelqu'un.

— Bien sûr que oui, répond Ali sans hésiter.

Il a combattu dans l'armée française, il l'a vue gagner des batailles impossibles. Ce n'est pas une poignée de rebelles qui pourra la défaire. Comme chaque fois qu'il repense à ce qui est arrivé là-bas, en Europe, des ombres passent sur son visage et semblent lui creuser les joues, dessinent dix expressions qui ne se fixent jamais. Il secoue la tête pour chasser les souvenirs qui s'amassent à l'intérieur et se contente de dire :

— Ils ne peuvent pas perdre.

Le vieux Rafik, qui a été employé plusieurs années dans les aciéries de la Haute-Marne, acquiesce :

— Ils ont des machines qu'on ne connaît même pas qui fabriquent des métaux qu'on ne connaît même pas. Qu'est-ce qu'elle va faire la glorieuse armée indépendante algérienne ? Ici, on n'a jamais fabriqué ne serait-ce qu'une boîte d'allumettes.

La conversation dure longtemps. Pour contrer l'assurance du caïd, on cite les noms de ceux qui, par le passé, se sont réfugiés dans la montagne et que la France a eu tant de mal à attraper ou sur lesquels elle n'est jamais parvenue à mettre la main. Les vieux parlent d'Arezki, le bandit d'honneur de la forêt de Yakouren, le Grand du Sebaou, celui que la presse française appela le Robin des Bois kabyle. Ils rappellent en riant qu'alors qu'il était recherché depuis des années, il trouva le moyen d'organiser une fête réunissant plus d'un millier de convives pour la circoncision de son fils et que les gendarmes français, prévenus trop tard de ces agapes, arrivèrent au village pour ne trouver personne.

— Et puis quoi ? dit Ali. Quand même, à la fin, ils l'ont guillotiné.

Le soir tombe et apporte la fraîcheur subite des nuits de montagne. Elle mord comme une petite créature invisible dans les peaux. Pourtant, Ali pourrait rester là. Il aurait envie qu'on lui dise qu'il a raison, ou même qu'on lui prouve qu'il a raison. Il se sent, pour la première fois depuis longtemps, mal assuré dans son discours et dans ses opinions. Il continue pourtant. Il fait ce qu'il est censé faire. Il déclare. Il pontifie. Il représente.

Dans la nuit, après des heures de hurlements, Yema accouche d'une petite fille. L'enfant s'appelle Dalila. Sa mère l'aime un peu moins qu'elle n'aime Hamid. Son père l'accepte.

Quelques années après la mort de sa femme, la sœur de Claude, Michelle, est arrivée à Palestro pour l'aider à tenir l'épicerie. On dit aussi qu'elle avait quelques scandales à faire oublier en France et que son départ était moins altruiste que nécessaire. C'est une femme splendide, à qui la beauté a donné tant d'assurance que Michelle est désormais incapable de voir que ce trait de caractère vient de son physique et de l'effet qu'il produit. Elle pense qu'elle est née sûre d'elle et elle cite pour le prouver son départ précoce de la maison familiale, sa volonté d'obtenir un diplôme, les aventures amoureuses qui ne l'ont jamais asservie. Au sein de la communauté française de la ville, elle est scandaleuse et fascinante. Les hommes de Palestro ne parviennent pas à la décrire, les adjectifs ne semblent pas pouvoir s'appliquer à elle. Ils disent simplement : elle a des seins..., elle a des jambes..., elle a une bouche... et le silence qui vient après la désignation d'une des parties de son corps est plein de leurs fantasmes plus ou moins secrets, de leur admiration et de leur dépit. Quand Ali entre dans la boutique et qu'elle est au comptoir, il perd instantanément tout usage de la parole. Michelle, contrairement aux autres Européennes, ne porte ni bas ni collants sur ses jambes dorées. Elle n'oppose pas aux regards le sous-vêtement fin comme une peau d'oignon ou une pellicule de sueur. Elle dit qu'il fait bien trop chaud et lorsqu'elle se hisse sur le premier ou le deuxième barreau de l'échelle pour éventrer un carton de réserve caché au-dessus des étagères, elle déploie cinquante centimètres de jambes nues, à gauche et à droite, c'est-à-dire un bon mètre de peau si on les mettait bout à bout, et qui sont plus que suffisants pour empêcher Ali de parler. Hamid, en revanche, n'est pas impressionné par Michelle. Il s'accroche à ses mollets, tire sur sa jupe, glisse ses mains potelées dans les boucles de ses cheveux. Michelle raffole du petit garçon, elle l'embrasse, le caresse et quand Ali la voit faire, il ne peut s'empêcher de rêver que ce soit sur lui que se posent les mains et les lèvres de cette femme. Depuis qu'il a une chance de la croiser, il passe de plus en plus fréquemment à l'épicerie, sans vouloir s'avouer les raisons de sa présence accrue. Il l'attribue à l'amitié de Hamid pour Annie et aux bienfaits que celui-ci pourra en tirer. Alors que les garçons du village se déchirent le corps aux épines et aux rochers de la crête, Hamid joue calmement avec une petite Française qui le traite d'égal à égal. Ali pense simplement – avec mauvaise foi – qu'il œuvre pour le bien de son fils quand il l'emmène à la boutique pour y retrouver la fillette.

Claude ne se plaint jamais de leurs visites, au contraire : il les reçoit avec joie et se propose toujours de garder le petit garçon quelques heures.

Quand Michelle, Annie et Hamid se trouvent avec lui dans l'épicerie, Claude se sent bien. Il se dit qu'ils forment ensemble une tribu étrange, une négation de sa solitude et de son veuvage. Il parle de Hamid à son entourage comme de « ce petit Arabe que nous avons quasiment adopté ». Yema se grifferait le visage si elle l'entendait proférer une ineptie pareille mais Claude, qui n'est jamais monté sur la crête, peut imaginer que le garçonnet a besoin de cette nouvelle famille qu'il a décidé de lui donner.

L'affection du commerçant pour Hamid ne parvient pas à briser l'un des interdits tacites de la société coloniale : la séparation du domaine public et du domaine privé. C'est toujours dans l'épicerie que l'on accueille le petit garçon et son père, jamais dans l'appartement au-dessus, ou bien juste le temps qu'Annie monte y chercher un jouet. Et la chose se répète dans tout le pays à diverses échelles : si les différentes populations qui l'habitent se croisent, se parlent, se connaissent, c'est au détour d'une rue, devant l'étalage d'un magasin, aux terrasses de certains cafés mais ce n'est jamais – ou très rarement – dans la sphère domestique, l'antre secret du foyer qui demeure strictement communautaire. Claude aime peut-être le petit garçon comme un fils, ainsi qu'il le dit, mais son amour ne s'épanouit qu'au rez-de-chaussée.

Là, dans la boutique, il apprend à Hamid quelques mots de français pour qu'il puisse saluer les clients qui entrent.

— Boujou ! lance le gamin comme si c'était le cri d'un animal fabuleux chaque fois que quelqu'un passe la porte.

Les réactions sont diverses.

— Vous n'avez pas peur ? demande un jour une cliente qui le voit jouer avec Annie.

— Peur de quoi ? dit Claude.

— Pour des raisons d'hygiène, déjà, hésite la cliente. Et puis... il pourrait l'enlever.

— Il a trois ans !

Claude éclate de rire. La dame, non. Pour elle, les Arabes comme les animaux se développent à une vitesse supérieure à celle des Français. À trois ans, un félin peut chasser, se nourrir seul, se reproduire. Elle ne jurerait pas que les Arabes en font autant mais tout de même...

— Vieille peau, dit Michelle quand elle sort.

— Auvoi ! crie Hamid.

Claude le corrige avec une fermeté de professeur : « Au revoir. » L'épicier rêve que le garçon aille à l'école quand il en aura l'âge. Annie vient d'y entrer et Claude l'a inscrite à l'école publique, pas dans une de ces institutions catholiques que lui préfèrent la plupart des Français. Il voulait que sa fille aille dans un établissement qui soit comme le pays – pas forcément celui qu'il habite mais celui qu'il voudrait habiter : mixte. Il a réalisé lors de la rentrée scolaire que presque tous les élèves étaient des petits Européens, fils et filles de ceux qui ne pouvaient pas payer les écoles privées. Quant aux rares musulmans (Claude ne sait jamais comment les appeler, il passe d'un terme à l'autre sans que jamais aucun d'eux ne le satisfasse), ce sont les fils des dignitaires locaux – tous des garçons, dont les parents sont déjà *francisés*. Il n'y a pas de rencontre, de mixité ni de fraternité joyeuse sur les bancs de l'école. Or, pour Claude, il est évident que l'Algérie ne pourra être construite de manière concertée que si l'on enseigne indifféremment aux enfants de chacun. Il lui paraît également évident que Hamid n'aura de choix dans la vie que s'il a reçu une éducation. C'est pour lui la seule arme dont dispose un fils de paysan.

Quand il parle de l'avenir de Hamid à Ali, celui-ci hausse les épaules. À l'école on n'apprend rien, ou en tout cas rien qui ait trait à la terre, à laquelle est irrémédiablement lié le futur de Hamid (Pourquoi faire naître d'autres possibilités ?). Or ce métier de la terre est si dur, même lorsqu'il apporte la richesse, qu'il vaut mieux laisser les enfants courir là où ils veulent jusqu'au jour où ils auront à travailler. Ce n'est pas une vie de les forcer à s'asseoir sur un banc pendant les seules années dont ils peuvent profiter en toute liberté. Hamid est encore à l'âge où la participation au groupe (famille, clan, village) ne passe pas nécessairement par le travail. De l'enfant, on tolère qu'il ne fasse rien, qu'il joue. De l'homme adulte, en revanche, on méprise l'inoccupation. Celui qui ne fait rien, dit-on au village, qu'il taille au moins sa canne.

La frontière entre les deux âges n'est pas claire. Hamid, pour le moment, croit que son enfance sera éternelle et que les adultes sont une espèce différente de la sienne. C'est pour cela qu'ils s'agitent, partent en ville, claquent les portes de voiture, font le tour des champs, rendent visite au sous-préfet. Il ne sait pas qu'un jour lui aussi devra rejoindre le mouvement permanent. Alors il joue comme s'il n'y avait rien d'autre à faire, ce qui est la vérité – pour l'instant. Il poursuit des insectes. Il parle aux chèvres. Il mange ce qu'on lui tend. Il rit. Il est heureux.

Il est heureux parce qu'il ne sait pas qu'il vit dans un pays sans adolescence. Le basculement est rude, ici, d'un âge à l'autre.

Choisir son camp n'est pas l'affaire d'un moment et d'une décision unique, précise. Peut-être, d'ailleurs, que l'on ne choisit jamais, ou bien moins que ce que l'on voudrait. Choisir son camp passe par beaucoup de petites choses, des détails. On croit n'être pas en train de s'engager et pourtant, c'est ce qui arrive. Le langage joue une part importante. Les combattants du FLN par exemple, sont appelés tour à tour *fellaghas* et *moudjahidines*. *Fellag*, c'est le bandit de grand chemin, le coupeur de route, l'arpenteur des mauvaises voies, le casseur de têtes. *Moudjahid*, en revanche, c'est le soldat de la guerre sainte. Appeler ces hommes des fellaghas, ou des fellouzes, ou des fel, c'est – au détour d'un mot – les présenter comme des nuisances et estimer naturel de se défendre contre eux. Les qualifier de moudjahidines, c'est en faire des héros.

Chez Ali, la plupart du temps, on ne les appelle que le FLN, comme si lui et ses frères sentaient que choisir entre fellag et moudjahid, c'était déjà aller trop loin. Le FLN a fait ci. Le FLN a fait ça. On pourrait presque croire que ce ne sont pas des hommes qui composent ce front, que le FLN est une émanation étrange, une pensée politique qui se serait solidifiée en un corps tentaculaire, capable de tenir des armes ou de voler des moutons. Mais lorsqu'un mot vient sous la langue parce que le besoin se fait sentir de parler de quelques hommes distincts, et non plus de la pieuvre, ou de l'aigle, ou du lion énorme dans son entier, alors c'est fella-ghas qu'ils emploient, Ali et ses frères, sans mépris ni colère, c'est juste ce qui leur vient. Mais qui peut dire si le mot découle d'une position politique déjà campée ou si c'est lui, au contraire, qui va former peu à peu cette position en se sédimentant dans le cerveau des hommes en une vérité inaliénable : les combattants du FLN sont des bandits.

À l'Association, ce jour-là, ils sont plus nom-breux que d'habitude et plus nerveux. Il n'y a pas de jeux de cartes sur les tables. Pas de dominos. C'est une *djemaa* improvisée, une assemblée qui a lieu pour discuter d'événements récents qui les concernent tous et qui les inquiètent.

Dès sa formation, le FLN a interdit aux Algé-riens de traiter avec l'administration française, de voter, d'exercer des fonctions électorales, et surtout – pour les hommes réunis aujourd'hui – de toucher une pension d'ancien combattant. Il n'y a rien de surprenant, rien de nouveau : c'est la position des diverses mouvances nationalistes depuis dix ans déjà. Mais cette fois, le FLN vient de le proclamer à grand renfort d'affiches et de tracts dans le vil-lage de deux hommes de l'Association. Ces affiches affirment que quiconque désobéit est un apostat et sera puni de la peine capitale. C'est pour cela que l'Association est pleine ce soir-là, bruyante et agitée. Les hommes veulent parler de la réaction qu'il convient d'adopter face à ces interdits. Ils se font passer un tract de main en main et même les analphabètes le regardent avec attention, froncent les sourcils, le soupèsent. Ils scrutent ces caractères qui couvrent la page comme des insectes épinglés en espérant – peut-être – que ceux-ci se mettent soudain à bouger, ou à leur parler comme ils semblent parler aux autres.

— Ils interdisent même de fumer des cigarettes, souffle un homme.

Ali ne peut se retenir de rire. Celui qui parlait le foudroie du regard puis peu à peu il se détend, répète la phrase et sourit lui aussi. Ce n'est pas sérieux. Des cigarettes ? C'est à ça que tient le combat pour l'indépendance de l'Algérie ? Au boycott du tabac qu'ils fument tous ?

— En quoi ça nous débarrassera des Français un truc pareil ? demande Ali. C'est surtout nous que ça emmerde…

— C'est comme si je me coupais la main en espérant que ce soit au roumi que ça fasse mal. (Un vieux de la Première)

La formule est saluée de hochements de tête.

— Il faut des sacrifices pour arriver à l'indépendance, proteste Mohand (Seconde). Vous ne pouvez pas rester assis sur vos gros culs et espérer qu'elle arrive dans un claquement de doigts. Tiens…

Il écrase sa cigarette sur le sol carrelé de la salle.

— Moi j'arrête, si c'est nécessaire. C'est rien du tout.

— Et nos pensions, c'est rien du tout, ça aussi ? demande Kamel. Si j'arrête de la toucher, tu crois que le FLN va faire vivre ma famille ?

— Et puis d'où tu parles de l'indépendance, toi ? Avec tes grands mots… L'indépendance, tu la verras pas de ton vivant, crois-moi.

— Les Français, ils ne repartiront pas d'ici, dit Guellid. Tu as vu tout ce qui est en construction ? Tu t'imagines qu'ils vont nous le laisser ?

— Alors on n'essaie même pas ? demande Mohand en tordant la bouche.

— Le FLN, il n'arrivera à rien qu'à foutre le bordel. Sur qui ça retombe, le bordel ? Sur eux ? Tu parles. Sur nous, toujours.

Quelqu'un va forcément le dire, prononcer le nom de l'ogre. Ça ne manque pas :

— Tu as vu Sétif ?

— Des milliers de morts ! Des milliers ! Tout ça pour avoir montré le drapeau algérien. On a bien le droit d'avoir un drapeau, non ?

— Moi je ne l'ai jamais vu…

— C'est le drapeau de qui, ce drapeau ? Tu crois que c'est le drapeau de nous, les Kabyles ? Tu crois que les Arabes, ils vont être plus tendres que les Français ?

— Krim Belkacem, il est kabyle.

— Krim Belkacem, il veut que tu lui donnes tes cigarettes !

Il y a de nouveaux éclats de rire, plus brefs, plus aigus. Et Mohand crie :

— Et les Français, eux, ils veulent qu'on leur donne tout le pays !

Pays, drapeau, nation, clan, ce sont des mots qu'ils emploient peu. Des mots qui, en 1955, peuvent encore avoir des sens différents pour chacun, le sens que l'on veut leur donner, que l'on espère qu'ils prennent ou que l'on craint qu'ils ne revêtent. Mais une chose qui est sûre, tangible pour tous les hommes de l'Association, une chose qui paraît peut-être mesquine lorsqu'on la regarde à l'échelle de l'Histoire mais qui dans cette salle blanche vibre de toute sa force, c'est que pour suivre les commandements du FLN, il leur faut renoncer à leur pension.

— Mais alors…, murmure Akli, on se serait battu pour rien ?

Il en a presque les larmes aux yeux. Ce n'est pas seulement l'argent qui s'envolerait, ce serait le statut et tous les souvenirs, la raison même de l'Association : faire en sorte que ces hommes donnent une signification aux boucheries absurdes auxquelles ils ont pris part. Et pour Akli, si la pension est le signe qu'il s'est vendu aux Français, il voit cette vente comme la preuve de sa dignité et non du contraire. La pension signifie que les colons ne peuvent pas simplement se servir dans les réserves de chair des colonies, la pension signifie que le corps d'Akli lui appartient et que s'il décide de le louer, il est en droit d'obtenir une compensation. Sans cette compensation, alors, à qui est le corps ?

— Il n'est pas au FLN, quand même ?

Ali est mal à l'aise. Il sait que pour lui, l'argument de la nécessité ne fonctionne pas. Il pourrait renoncer à sa pension et continuer à faire vivre sa famille, à la différence de la plupart des hommes réunis autour de lui. Mais si la faim ne le menace pas directement, faut-il pour autant qu'il ampute ses revenus ? Il transforme sa gêne en altruisme pour ne plus la sentir :

— Et les veuves de guerre, demande-t-il, il faudrait qu'elles renoncent à la pension, elles aussi ?

Elles n'ont plus rien. Elles n'ont plus d'hommes. Leurs enfants n'ont plus de père. Ils vont faire quoi, le FLN, les épouser et venir s'occuper de leurs terres ?

— Après des mois dans le maquis, je suis sûr que beaucoup d'entre eux seraient contents de *s'occuper de leurs terres*, dit Guellid avec un petit sourire.

Il y a des gloussements et des froncements de sourcils.

— Donne-moi la figue et l'eau de ta source, chantonne Guellid, ouvre-moi la porte de ton jardin...

C'est une vieille chanson qu'ils connaissent tous mais ce soir-là, aucun homme ne la reprend et Guellid laisse mourir le chant sur ses lèvres comme si ça avait été son intention dès le départ. Il rallume une cigarette.

— N'empêche qu'après la Toussaint rouge, ils ont fait les malins, dit Mohand, les roumis, les caïds, tout le monde. Ils nous ont dit qu'ils ne feraient qu'une bouchée du FLN. Et alors quoi maintenant ? Le FLN, il est toujours là et c'est lui qui écrit les lois dans les villages.

— Moi j'y croirai quand je les verrai, marmonne Ali.

— Et moi, je préfère ne pas les voir, murmure Guellid.

La discussion se poursuit tard mais elle ne fait que tourner en boucle.

Ce qu'Ali ne dit pas, ce sont les raisons personnelles qui le poussent à se défier du FLN. Ali a désormais trente-sept ans et il supporte mal la jeunesse des dirigeants rebelles dont les noms ont commencé à apparaître, une partie dans les journaux, d'autres uniquement par le bouche-à-oreille. Il supporte mal leur manque d'éducation aussi. Il les voit comme de jeunes paysans en colère et il ne comprend pas pourquoi il serait dirigé par ces hommes qui n'ont jamais rien fait pour mériter leur titre, les grades dont ils se parent. La plupart ne sont même pas mariés ni chef de famille. Et ils prétendent diriger une *katiba*, toute une région et pour certains d'entre eux, même, le pays. S'il doit obéir à quelqu'un, Ali veut que ce soit quelqu'un qui l'impressionne et par là, ce qu'il pense sans tout à fait se l'avouer, c'est : quelqu'un qui ne soit pas comme moi. Quelqu'un dont la supériorité me soit montrée comme évidente si bien que je ne puisse pas le jalouser. On raconte qu'avant de lancer le soulèvement de 1871, El Mokrani – qui jusque-là avait suivi et même devancé les ordres des Français – a déclaré : « Je consens à obéir à un soldat, mais pas à un marchand. » Ce qu'Ali ressent n'est pas très différent.

Quand il quitte l'Association, il rappelle aux hommes présents que la circoncision de Hamid aura lieu le mois prochain. Il a prévu un vrai festin. Il liste les viandes et les plats. Et malgré la gravité de la soirée, malgré les tensions, il les invite tous, même les vieux de la Première Guerre aux histoires qui se ressemblent toutes, même Mohand qui croit à la Révolution comme un enfant croit pouvoir trouver les racines du brouillard. Ils se séparent sur cette note joyeuse qui leur donne l'impression que la vie est là, impérieuse, et que les coups de feu sont trop loin pour infléchir son cours.

Il fait nuit, nuit totale, nuit dense, une de ces nuits qui ne permettent pas de dire si ce qui est là-haut, tout proche dans l'étendue noire, c'est le ciel obscurci ou le flanc invisible de la montagne. Il fait nuit calme et profonde.

Soudain, un trou de lumière dans le tissu opaque : jaune, orange, rouge, qui déchirent la nuit de flammes et la percent d'étincelles. Le premier qui les voit réveille les maisons alentour par un cri :

— Le feu ! Le feu dans la montagne !

Un deuxième foyer s'embrase alors, sur la crête qui fait face à celle d'où est parti le premier.

— Là aussi ! Un feu !

Un troisième, un quatrième s'allument à leur tour. Le village est encerclé de ces feux perchés sur les hauteurs, dont on sent la fumée, dont on entend les craquements. La nuit n'a rien d'autre à porter – les lumières et les bruits de la ville sont à des kilomètres – alors les flammes, apparues à intervalles trop réguliers pour annoncer un incendie sauvage, semblent démesurées dans le vide et le calme de la montagne. Pourtant, elles ne s'étendent pas, ne lancent pas de langues brûlantes à la recherche de la moindre herbe sèche. Elles se dressent seulement, menaçantes et contrôlées par des êtres invisibles.

Les hommes sortent des maisons. Ceux qui possèdent un fusil de chasse le tiennent à la main. Les enfants, réveillés dans leur sommeil, crient et pleurent. Bientôt, un âne s'y met aussi – immensité baroque de son braiment qui se répercute contre les rochers.

Dans le village entrent trois formes sombres. Quand elles s'approchent, on distingue que ces hommes portent des vêtements militaires et paraissent lourdement armés. Ils alpaguent les villageois qui sont dehors et leur ordonnent de se rendre à la place principale puis ils cognent aux portes des notables, celle des Amrouche puis celle d'Ali et de ses frères :

— Rassemblez les hommes, disent-ils d'un ton calme mais qui n'admet pas d'objection, on va parler.

Le pantalon de fine toile que Djamel a passé à la hâte pour leur ouvrir dissimule mal son érection nocturne.

— Pardon de te déranger, mon frère, glisse l'un des hommes avec un sourire complice.

— Rends-toi présentable, commande durement Ali à son cadet.

On lui avait dit que les hommes du FLN étaient des brutes. Il est surpris de leurs bonnes manières, de leurs tenues correctes. En comparaison, Djamel avec son pyjama impudique et ses yeux gonflés de sommeil a l'air d'un animal.

En route vers la place, Ali observe les feux qui entourent le village, évalue la distance à laquelle ils se trouvent. Ce sont des réflexes lointains qui reviennent alors qu'il croyait les avoir perdus et, avec eux, la peur revient aussi, un frisson le long de l'échine qu'il essaie de maîtriser ou du moins de dissimuler. Devant les flammes, il voit passer les silhouettes de plusieurs hommes, la ligne droite du fusil leur dessine dans le dos une antenne unique en ombres chinoises. Combien sont-ils ? Vingt ? Cinquante ? Cent ? Le mouvement permanent rend toute estimation impossible. L'homme qui paraît être le chef du détachement FLN regarde Ali regarder.

— Oui, dit-il, nous sommes nombreux.

Et avec une solennité telle qu'Ali se demande si elle n'est pas empreinte d'ironie :

— Nous sommes la nation.

Cet homme est le seul à porter une mitraillette, une Sten – Ali la reconnaît immédiatement (même Naïma la trouverait familière : c'est l'arme des Résistants dans tous les films de guerre qu'elle a pu voir). Il a le visage amaigri des maquisards, le nez saillant, les yeux légèrement enfoncés dans leur orbite. Il est rasé de près, ce qui n'a pas dû lui arriver depuis longtemps car la peau reparue sous la barbe est blanche et fragile. Elle brille dans la lumière du feu. Cette tendre pâleur fait ressortir encore davantage l'épaisse moustache brune qui tombe parfaitement autour de la lèvre supérieure. Cet homme a fait un effort de présentation avant de venir et cette observation rassure Ali : s'il veut faire bonne impression, c'est qu'il n'est pas venu pour les tuer.

Les deux autres lui inspirent moins confiance. L'un a les yeux crottés et le second une cicatrice sur le sourcil qui lui dévie le regard. Seul l'homme à la moustache, celui que les autres appellent lieutenant, correspond à l'image qu'Ali se fait d'un guerrier. Les autres sont au mieux des voleurs de poules. Il sent que le lieutenant pense comme lui et que la proximité de ses deux acolytes le rend nerveux : il ne les quitte jamais tout à fait du regard.

Quand le village est réuni, le lieutenant fait asseoir la foule et lui-même s'assied en tailleur. Ali note la souplesse de ses mouvements et pense que son corps osseux comme celui d'un affamé est loin d'avoir perdu tous ses muscles. L'homme a quelque chose du fauve. Ali ne sait pas que les militaires et la police française l'appellent entre eux le « Loup de Tablat ». C'est un nom qui lui va bien. La presse s'empressera bientôt de le reprendre. Quand il commence à haranguer la foule, il ne se présente pas. Il va droit au but :

— Nous avons pris le maquis pour nous battre au nom de notre pays. Nous sommes là pour tenir tête à la France car il est temps pour nous de gagner notre indépendance ou de mourir au combat. Hier, nous n'étions qu'une poignée, nous marchions en cachette. La France en a profité pour dire sur nous des mensonges et des injures. Elle essaie simplement de vous tromper. Nous ne sommes pas des voleurs, nous ne sommes pas des bandits. Nous sommes des moudjahidines, des combattants. C'est la France qui vous vole, c'est la France qui vous tue. De combien d'innocents ont-ils le sang sur les mains ? La France nous a poursuivis longtemps. Elle ne nous a jamais trouvés. Aujourd'hui nous nous montrons. Voyez : nous ne sommes pas des hors-la-loi ! Nous sommes comme vous : des Kabyles, des musulmans et surtout nous voulons être des hommes libres. Cette montagne, elle est à nous. Cette terre (ici, il prend une poignée de sable et de gravats sur le sol et la consistance le fait sourire), cette terre, elle est dure, elle est maigre, mais elle est à nous ! Les oliviers, les sources, les chèvres, les céréales, les vignes de la vallée, le liège, les minerais qu'ils sortent de la terre éventrée à Bou-Medran, est-ce que ce n'est pas à nous aussi ?

Le village oscille entre l'exaltation et la peur. Exaltation parce que tous ici pensent en effet que les Français n'ont aucun droit sur ce que le sol de la montagne donne aux Kabyles. Peur du « nous » utilisé un peu trop légèrement par cet homme que personne ici n'a jamais vu.

— Nous sommes un pays riche. La France nous l'a fait oublier parce qu'elle a tout gardé pour elle. Mais quand elle partira, ce sera le paradis. Le temps est venu. Vous n'avez pas à avoir peur. Nous sommes puissants, nous avons des armes et nous ne sommes pas seuls. La Tunisie, le Maroc, l'Égypte vont nous aider. Croyez-moi : la France partira bientôt, qu'elle le veuille ou non. Ce n'est pas une émeute. C'est la Révolution.

Des cris de joie s'élèvent sur la place et, sans voir ce qui se passe, les femmes dans les maisons répondent par des youyous qui traversent les murs de torchis et montent dans la nuit noire, jusqu'aux feux, jusqu'aux étoiles.

— Nous sommes un peuple fier, reprend le lieutenant, un peuple uni dans la lutte. La Révolution est l'affaire de tout le monde. Vous aiderez, vous aussi, à chasser l'envahisseur.

— Comment ? demande Ali.

Le lieutenant se tourne vers lui, le jauge du regard (vaut-il la peine qu'on prenne en compte son interruption ?) puis incline la tête sur le côté.

— Le FLN ne vous demande pas de vous battre, pas aujourd'hui. Mais vous pouvez nous prévenir des mouvements de l'armée française, de leurs allées et venues sur la montagne, des endroits où ils établissent des barrages. Toi...

Il désigne Walis, le jeune fils de Farid Belkadi, qui bombe le torse.

— Tu seras le guetteur.

Walis improvise un salut militaire. Quelque chose dans la scène dérange Ali. La fierté de Walis ne suffit pas à masquer le fait qu'il s'attendait à cette nouvelle, qu'il connaît déjà cet homme peut-être. Ali regarde discrètement autour de lui. Combien sont dans le même cas ? Quelqu'un a-t-il fait venir le FLN jusqu'au village ? Qui ? Et en échange de quoi ?

— Toi, dit ensuite le lieutenant.

Son doigt pointé désigne un des fils Amrouche. Ali sent son cœur se figer, comme si son sang tout à coup était devenu froid et pâteux.

— Tu prélèveras l'impôt. Désormais, vous ne paierez plus le caïd – ce chien vendu aux Français. Nous organiserons dans ce village la collecte de l'impôt révolutionnaire. Je vous promets qu'il sera juste mais qu'il est nécessaire. Si nos hommes ont besoin de se reposer ici avant de remonter au maquis, vous leur fournirez une cachette et de la nourriture. C'est pour vous qu'ils se battent. C'est pour l'Algérie. Vive l'Algérie !

À ces mots, les cris de joie s'élèvent de nouveau. L'orateur est habile, pense Ali : il soulève les poitrines de la foule suffisamment vite pour qu'elle ne puisse pas réfléchir au coût de ce qu'il vient de lui demander. Il a connu des hommes comme ça, il y a dix ans, de l'autre côté de la mer. Des officiers qui savaient mener leurs troupes à la mort en chantant, sans leur laisser le temps d'y penser.

— Vive l'Algérie algérienne ! crie le village.

— Vive la Kabylie ! crie un vieil homme.

— Vive l'Algérie algérienne ! reprennent plus fort les deux acolytes du lieutenant.

Le vieil homme ne se laisse pas voler la parole et il entonne :

J'ai juré que de Tizi Ouzou
Jusqu'à Akfadou,
Nul ne me fera subir sa loi.
Nous nous briserons
Mais sans plier.

Le poème de Si M'hand est repris en chœur. Pendant le tumulte heureux, le moudjahid sort de sa besace un coran et de sa ceinture un long poignard.

— Maintenant, dit-il, jurez sur le Coran que nous sommes tous frères, tous unis dans le combat pour notre pays et que vous ne préviendrez personne de notre passage.

Et le village entier jure, dans une unité qu'on ne lui connaît pas, Ali comme l'aîné des Amrouche, Walis le guetteur, le jeune Youcef en criant très fort, le petit Omar avec une gravité nouvelle.

— C'est bien, dit le lieutenant. Le Coran, c'est bien. La parole donnée, c'est beau. Mais souvenez-vous aussi de ça...

Il fait alors sauter son poignard d'une main à l'autre, non pas dans un geste agressif et brutal, mais avec une nonchalance joueuse. Il sourit de toutes ses dents pour la première fois et Ali revoit en lui le fauve de tout à l'heure, magnifique et terrible :

— On ne gaspillera pas de balles pour les traîtres, conclut-il simplement.

Sur ce, il se lève, marquant la fin de la réunion. Les villageois, encore tout échauffés, le regardent avec surprise. Ils ont l'impression que la musique s'arrête au milieu de la danse. On vient de leur annoncer la Révolution, on leur a fait jurer fidélité à la lutte mais tous les détails leur demeurent encore mystérieux. Ils ne veulent pas laisser partir les trois hommes. Ils ont mille questions à poser. Par exemple : Quel est le plan de la Révolution ? Quelle en sera la prochaine étape ? Les hommes du FLN répondent qu'ils ne peuvent rien leur dire.

— C'est mieux pour toi, mon frère. Tu n'auras rien à raconter aux Français, s'ils t'interrogent.

Un autre voudrait savoir ce qui se passera si l'armée a vent de cette visite, de la promesse du village et décide de se venger. Comment peut-on prévenir le FLN ?

— Vous ne pouvez pas, dit le moudjahid moustachu.

— Vous ne nous protégerez pas ?

L'homme hésite.

— Vous ne courez aucun risque, finit-il par dire.

— Est-ce qu'on pourra monter dans le maquis avec vous si l'on est menacé ?

Le lieutenant rajuste la bandoulière de la Sten sur son épaule et fait signe à ses hommes. Ils quittent le village à pas rapides et la nuit les engloutit bientôt. Sur la crête, presque simultanément, les feux s'éteignent et les silhouettes disparaissent. C'est comme si le village venait de rêver ce moment.

Ali ne rentre pas se coucher au côté de Yema. Il marche entre les oliviers en inspirant l'air du soir à grandes goulées. Il aurait envie d'une anisette. L'air, ça n'apaise rien. Dans le noir revenu, les feuilles lui balaient le visage, ses pieds oscillent sur les racines et les branches cassées. Il tourne et retourne en pensée ce qui vient de se passer. Il ne peut pas nier qu'il a crié et juré comme les autres. Plus que le discours, c'est l'homme qui lui a plu. Cet homme-là, il pourrait le suivre sans honte, oui. Mais contrairement à la majeure partie des villageois que cette scène a impressionnés au point qu'ils s'attendent à ce que l'indépendance arrive dans les prochains jours, Ali n'a pas été convaincu par ce qu'a dit le lieutenant sur la puissance du FLN. Il peine à croire que les pays voisins puissent faire monter des fusils jusque dans les montagnes. Et si l'Égypte envoyait des armes, est-ce que ces hommes n'auraient pas de meilleures machines entre les mains ? Ali a vu l'unique Sten contre le flanc du chef et les fusils de chasse dont se contentaient ceux qui l'entouraient. Il raisonne, calcule, se dit que pour venir ici les rebelles ont fait en sorte de se présenter sous leur meilleur jour comme le prouvaient les tenues militaires impeccables et le rasage frais du jour, c'est-à-dire qu'ils ont aussi présenté leurs meilleures armes. Ceux qui sont encore là-haut n'ont donc que des pétoires de paysans, au mieux. Et puis il y a la question des munitions. Ali sait à quel point il est difficile de s'en procurer : lui-même n'en a plus depuis longtemps. Les Français ont imposé un rationnement. Si les fusils sont déclarés, on peut acheter des cartouches une fois par an, et c'est tout. Sinon, il faut trouver de la poudre au marché noir et les confectionner soi-même. Ali a déjà essayé et une fois sur deux, les cartouches pètent à la gueule du tireur. Le reste du temps, elles se désagrègent dans l'arme au moment où le percuteur les frappe.

Il va s'asseoir sous la tonnelle qui protège le nouveau pressoir, une mécanique bien plus élaborée que celle apportée par le torrent. Tout près, il entend le bruit de l'âne qui mâchonne. Il allume une cigarette et, à la lumière de la flamme, il se laisse surprendre par l'âge qu'affichent ses mains, des mains devenues grassouillettes et flétries avec le temps. Est-ce qu'il pourrait encore combattre ?

Il y a dix ans, on lui a promis que la guerre ferait de lui un héros. Il ne peut plus y penser sans être pris de tremblements. Il sait que les promesses se font d'autant plus belles qu'elles doivent masquer les risques et maquiller la mort. Il a peur. Il ne pensait pas qu'il vivrait suffisamment longtemps pour voir la guerre se présenter de nouveau à sa porte. Il s'était dit, naïvement : à chaque génération la sienne.

Mais croit-il seulement le lieutenant aux gestes de loup quand celui-ci affirme que le moment est venu, que la guerre est là ? Si le FLN avait de quoi armer les villages, il le ferait sûrement : il déclencherait l'insurrection générale. Or, ce soir, le lieutenant paraissait plutôt pressé de repousser les hommes qui voulaient monter au maquis. Pourquoi ? Ali est sûr qu'il manque et d'armes et de structures capables d'encadrer les nouvelles recrues.

— Tu as vu combien ils étaient tout autour ? demande Hamza le lendemain matin.

Le ballet des foyers allumés sur la montagne lui a coupé le souffle. Il n'a pas deviné, comme son frère aîné, qu'il s'agissait justement d'une mise en scène, élaborée en fonction d'un effet à produire, pensée pour être regardée de loin et qui, de près, perdrait sa magie, révélerait ses trucages.

— Quand tu es dans le noir et que tu repasses trois fois au même endroit, toi aussi tu as l'air de trois hommes, répond Ali en haussant les épaules.

Il a décidé cette nuit. Il a besoin de preuves pour croire à la lutte. S'il n'est pas sûr d'être du côté des gagnants, il n'ira pas. Il a déjà donné.

Yema est enceinte de son troisième enfant et les préparatifs de la fête l'épuisent. La sueur amène dans les plis de son cou un peu du henné qui teint ses cheveux et dessine des ruisseaux sombres sur sa peau dorée. Penchée au-dessus de la bassine, elle se lave à la va-vite pour pouvoir retourner près de son fils avant le début de la cérémonie. Elle a mal au dos. Elle a roulé le couscous avec soin, aidée de ses belles-sœurs et de ses belles-filles. Elle n'a pas encore vingt ans mais elle se sent vieille. De toutes façons, elle ne connaît pas son âge. Elle ne sait que le nombre de ses enfants, et au troisième, elle sera vieille.

Elle a à peine le temps d'embrasser Hamid avec appréhension qu'elle est écartée. L'enfant reste dans la maison avec son père et ses oncles, hommes montagnes réunis autour de lui, pareils à des statues grandioses et kitsch dans leurs vêtements traditionnels, Kabyles s'amusant pour l'occasion à se grimer en Kabyles. Tout d'abord, le coiffeur vient procéder à la coupe de cheveux. Il ne prélève qu'une mèche noire et bouclée mais par ce seul geste, il entame le processus au bout duquel le petit garçon sortira de l'enfance. Alors, de leur voix de basse, les hommes parlent à celui qui deviendra bientôt un homme de ce que les hommes doivent être. Bravoure, disent-ils, décence, fierté, force, pouvoir. Et ces mots inquiètent Hamid comme des taons.

À l'école, Annie apprend que la Méditerranée traverse la France comme la Seine traverse Paris.

Lorsque les hommes quittent la pièce, les femmes sont de nouveau autorisées à y entrer. Elles font pleuvoir les baisers et les compliments sur Hamid. Elles lui tendent une corbeille pleine de pâtisseries, de douceurs minuscules qui fondent sous la langue, de miel qui empoisse les doigts et Hamid y pioche avec une joie évidente. Yema le regarde faire, le cœur serré. Elle sait que son fils ignore tout de la douleur à venir. Il est heureux de cette cérémonie parce qu'on lui a répété qu'il changerait de statut grâce à elle mais il ne connaît pour l'instant des meurtrissures de la chair que les éraflures laissées par les rochers et les buissons d'épines. C'est sans doute comme cela qu'il imagine ce qui lui arrivera demain : une éraflure supplémentaire. Mais surtout, Yema est triste parce qu'après la cérémonie, Hamid ne sera plus un enfant – c'est-à-dire un être au genre indéfini – mais un homme, ou du moins un garçon. Ce qui veut dire qu'il ne pourra plus rester près d'elle, accroché à ses jupes, à portée de ses caresses. Il sera désormais le fils d'Ali, son associé, son futur. Elle va le perdre demain, lui qui n'a que cinq ans.

— Mange, mon fils, mange, murmure-t-elle.

À l'école, Annie apprend que René Coty est le président de la République. L'institutrice montre son portrait aux enfants. Annie trouve qu'il est un peu trop vieux pour ça.

Une fois qu'il est repu, Hamid tend sa main droite pour qu'on y applique le henné. Les femmes chantent :

Tes mains prendront la couleur du henné,
Et seront celles d'un homme, un sage.
Oh, petit frère chéri, comme tu dors,
Dans ton lit de prince et de roi !

Claude sort une table devant l'épicerie et profite des derniers rayons du soleil, sur le trottoir.

On couche Hamid dès qu'il montre les premiers signes de fatigue. Autour de lui, ses demi-sœurs, ses tantes, ses cousines s'assemblent dans un murmure d'étoffes et un tintement de bijoux. Elles lui chuchotent à l'oreille des contes dans lesquels les hommes sont de vaillants guerriers, les femmes des joyaux de pureté, des contes dans lesquels la guerre ne connaît pas la trahison et l'amour ne connaît pas de lassitude. Tandis qu'il s'endort en souriant pour sa dernière nuit d'enfance, la fête continue dans la maison et au-dehors, sous les oliviers et les figuiers qui peuplent les champs de son père. Les ombres des arbres multiplient celles des danseurs aux lueurs des torches et des lampes en fer forgé. Yema, malgré sa fatigue, malgré son dos qui la ferait pleurer, chante et danse elle aussi en l'honneur de son premier-né, son soleil, qui lui échappe. L'aube blanchâtre se lève sur la fête épuisée.

Après avoir terminé sa mise en place matinale, Michelle ouvre le nouveau numéro de *Paris Match* sur le comptoir de l'épicerie. Elle lit : « Bigeard frappe comme la foudre. »

Les femmes se regroupent pour accueillir les invités qui commencent déjà à arriver. La fête de la veille était réservée aux intimes mais désormais les portes de la maison sont ouvertes à tous ceux qui veulent constater la générosité d'Ali. Blêmes de fatigue sous les fards, le khôl et les tatouages, Yema et ses belles-sœurs se tiennent pourtant vaillamment debout et cherchent pour chacun un mot aimable.

En fin de matinée, il y a des hommes partout dans la maison, assis sur les banquettes, les coussins, les tapis, innombrables : il y a tous ceux de la famille d'Ali, ceux de la famille de Yema, les villageois, les membres de l'Association dont certains sont montés de la vallée – périple épuisant dont l'accomplissement rejaillit en gloire sur Ali. Ils partagent ensemble l'*asseksou*, le repas traditionnel. Les plats de viandes et de couscous sont énormes, on ne peut les porter qu'à plusieurs et ils semblent sans fond malgré l'enthousiasme des mains et des mâchoires qui les attaquent.

Cette vignette-là, quand elle est racontée, paraît sortie de l'*Odyssée*. Elle rappelle le chant dans lequel les compagnons d'Ulysse profitent du sommeil de leur capitaine pour se servir dans le troupeau sacré d'Hélios : *ils égorgent les génisses, les dépouillent, leur coupent les cuisses, les enveloppent dans une double couche de graisse et les recouvrent de chairs palpitantes. Les guerriers font rôtir les génisses et les arrosent avec de l'eau. Lorsque les cuisses sont consumées et qu'ils ont goûté les entrailles, ils divisent les restes des victimes et les percent avec de longues broches.*

Cependant, au cœur même de cette scène de liesse, alors que chacun ne cesse de manger que pour éclater de rire, la joie d'Ali est gâchée par une sourde inquiétude qui lui obstrue la gorge de moitié et empêche la nourriture d'y descendre : les Amrouche ne sont pas là. Ils ne sont pas venus partager le repas. L'inimitié des deux familles est réelle, elle est connue, cependant c'est lors d'occasions comme celles-ci que le village dépasse ses clivages et affirme qu'il peut fonctionner comme un tout. C'est au cours de ces fêtes que l'on vérifie que la rivalité n'est pas une blessure de colère qui creuse les chairs mais simplement une ligne d'honneur tracée entre les clans.

Les Amrouche ne sont pas là. Ali ne peut s'empêcher de penser que le passage des hommes du FLN dans le village est responsable de cette absence. Depuis qu'un des leurs a été désigné comme collecteur, les Amrouche ont décidé qu'ils appartenaient désormais à un nouveau camp qui ne vivait pas selon les préceptes du village. Ils ont des impératifs extérieurs. Ils ont adopté une logique de guerre.

À une cliente qui remarque l'article sur lequel le *Paris Match* est resté ouvert, Michelle glisse dans un murmure souriant :

— J'en ai connu des hommes qui frappaient comme la foudre. Franchement, il n'y a pas de quoi se vanter.

90

— Pensez donc, répond la cliente sur le même ton, tous ces hommes qui tombent du ciel et jusqu'à présent, aucun n'a eu la bonne idée d'atterrir dans mon jardin.

Les pâtisseries remplacent les viandes et les lèvres brillantes de graisse se couvrent à présent de sucre glace, de miel, de miettes dorées et croustillantes.

Le rituel est ordonné comme une pièce de théâtre, un opéra, avec ses trappes à double fond d'où peut jaillir le *deus ex machina*. Sitôt le dernier gâteau disparu du plateau, on entend à l'extérieur les cris aigus qui annoncent l'arrivée du *hadjem*, le circonciseur. C'est le signal pour Messaoud, le frère de Yema, qu'il faut aller chercher l'enfant, le retirer au groupe des femmes. Il se lève aussi souplement que le lui permet le festin qui pèse sur son ventre et qui a endormi ses jambes.

À sa vue, Yema serre Hamid plus fort contre sa poitrine. Elle ne sait plus si elle joue le rôle qui lui est attribué dans la cérémonie ou si son refus de laisser partir son fils est réel. Hamid, troublé, apeuré par les gémissements qu'émet sa mère, commence lui aussi à pleurer. Il perd de son assurance de prince et de roi. Il oublie les mots qu'hier lui répétait son père. Il oublie bravoure, il oublie décence, il oublie force. Messaoud attrape le petit garçon sous les bras. Yema le retient par un pied, elle épingle à sa tenue une broche en argent qui le protégera, elle l'embrasse. En chacun de ses gestes elle suit le rite et, alors qu'elle voudrait que tout s'arrête, elle chante, ou plutôt elle sanglote de façon mélodieuse :

Fais ton travail, circonciseur,
Que Dieu guide tes mains,
Ne blesse pas mon fils,
Je risque de t'en vouloir,
Fais ton travail...

Messaoud tient désormais fermement son neveu, Yema finit par lâcher prise. Autour d'elle, les femmes reprennent le chant :

Fais ton travail, circonciseur,
Le couteau risque de refroidir.

Le *hadjem* est un vieil homme de la crête dont la date de naissance se perd dans le temps. Il a l'habitude des pleurs des enfants comme de ceux de leur mère. Il défait calmement dans un coin de la pièce le baluchon qui renferme son matériel : une planche trouée, un couteau, une ficelle terminée à chaque extrémité par une boule de bois, des graines de genévrier. Ali quitte alors la pièce. Au moment où le couteau tranche la chair, aucun des deux parents n'est présent. C'est seul, ou du moins sans leur aide, que le garçon doit affronter la première douleur de sa vie d'homme. Hamid passe entre les mains de ses oncles : Messaoud, le frère de sa mère, le donne à Hamza, frère de son père, qui le place sur ses genoux. Le *hadjem* écarte les jambes du petit garçon et dispose au sol un plat empli de terre qui recueillera le sang et le prépuce.

Lorsqu'il attrape entre ses doigts l'extrémité du pénis et y fait pénétrer la graine de genévrier pour protéger le gland, Hamid se met à hurler, pleinement, franchement. Il ne veut plus être un homme. Il appelle à l'aide son père et sa mère. Tout lui paraît devenir un piège : les beaux vêtements qu'on lui a passés, la nourriture, les rires et les chants. Tout n'était destiné qu'à lui trancher le sexe. Malgré ce qu'on lui a raconté, il *sait* désormais que c'est l'entièreté de l'organe, passé à travers l'ouverture de la planchette, que va couper le vieil homme à la lame. (Vingt ans plus tard, Naïma pleurera avec une intensité similaire lorsque son père jouera pour la première fois à lui faire croire qu'il a volé son nez, montrant l'extrémité de son pouce qu'il fait saillir entre l'index et le majeur. Et devant les pleurs de sa fille, Hamid se souviendra vaguement de l'angoisse de la circoncision.)

Il a cinq ans et il croit qu'il va mourir atrocement mutilé. Il faut qu'il sorte d'ici. Il se débat sur les genoux de Hamza qui ne parvient pas à le maintenir en place et qui lui souffle, dans une tentative maladroite pour le calmer :

— Si tu bouges trop, il coupera à côté.

Cela ne fait que redoubler les pleurs de Hamid. Dehors, Yema hésite à bondir dans la maison pour sauver son fils. Les autres femmes la retiennent. Tu ne veux donc pas que ton fils devienne un homme ? Plus tard, voudrait dire Yema, plus tard. Il a toute la vie pour ça. Mais qu'on arrête de le faire pleurer. Vous n'entendez pas qu'il a peur ? Qu'il a encore besoin de sa maman ?

À l'intérieur, le vieil *hadjem* regarde Hamid droit dans les yeux avec beaucoup de douceur.

— Je ne vais t'enlever qu'un petit morceau, explique-t-il. Il empêche ton sexe de grandir.

Quand je l'aurai ôté, alors tu pourras te développer comme un homme.

Hamid, le visage couvert de larmes et de morve, se calme un peu.

— Tchac, dit le *hadjem* en souriant comme s'il s'agissait d'une bonne plaisanterie.

Il joint le geste à la parole. La terre du plat boit immédiatement le sang qui jaillit et le morceau de prépuce reste là, sur la surface sombre, comme s'il s'agissait d'une bouchée tombée lors du festin.

La réaction de Hamid est double : dans un premier temps, il constate avec soulagement que la majeure partie de son pénis demeure attachée à son corps. Dans un second temps, la douleur le frappe comme un coup de fouet. Il voudrait hurler de nouveau mais déjà ses oncles le félicitent : *Tu as supporté ça comme un brave. Tu es un petit homme courageux. Nous sommes fiers de toi.* Et Hamid n'ose pas les faire mentir. Avant la circoncision, il pouvait encore se permettre les pleurs mais à présent ? Ce jour-là, il commence sans en être conscient une vie de dents et de poings serrés en silence, une vie sans larmes, sa vie d'homme. (Plus tard, par automatisme culturel, il dira parfois « j'ai pleuré » pour signifier qu'il est ému mais en réalité ses yeux s'assèchent l'année de ses cinq ans.)

Le vieil homme se nettoie soigneusement les mains puis prépare une pâte composée de résine de pin et de beurre qu'il applique sur le gland du petit garçon. Celui-ci se mord les lèvres pour ne pas gémir. Enfin, avec des gestes de magicien, le *hadjem* perce un œuf et y introduit le pénis de l'enfant. Tous les hommes se lèvent alors à tour de rôle pour laisser tomber des billets de banque dans les mains du nouveau circoncis. Dehors, les voix des femmes et les sons de la flûte et du tambour reprennent. Hamid est devenu un homme.

— Des Flandres jusqu'au Congo, répète avec application Annie à son père au moment du dîner, partout la loi s'impose et cette loi est la loi française.

— Qu'est-ce que tu dis, ma chérie ?

— C'est un poème de François Mitterrand.

Quand ils vont enfin s'allonger côte à côte après les trois jours de fête, Ali fait semblant de ne pas entendre les pleurs de Yema. La tête cachée sous la couverture, elle sanglote longtemps avant de trouver le sommeil. Dans les petits bruits de colombe qu'elle émet en tentant de ravaler ses larmes, il y a encore tant d'enfance, tant de naïveté qu'Ali finit par se résoudre à ne pas dormir et il la prend dans ses bras pendant qu'elle murmure :

— Mon tout-petit, mon tout-tout-petit... je l'ai perdu.

— Rien ne va changer, la rassure Ali, tout ira bien.

Il voudrait lui aussi que des bras plus grands, plus forts que les siens – ceux de Dieu ? Ceux de l'Histoire ? – le prennent et le bercent ce soir-là, et lui fassent oublier la détestable angoisse que l'absence des Amrouche lui a fait entrer dans le cœur.

Un couloir de pierres monte à la verticale pour redescendre en éboulis, se troue en dentelles calcaires, se creuse pour accueillir une petite rivière que l'été boit et assèche. Le paysage ressemble alors à un décor de western. Mais quand l'eau y jaillit, il s'adoucit de cascades, de ruissellements, de vaguelettes. Il reverdit en guirlandes et en coussins. Le long des pentes, les coquelicots fragiles et hâtifs jettent les taches rouge sang de leurs pétales. Les poissons et les anguilles se glissent en éclats argentés dans le courant. Quatre kilomètres de défilé rocheux longent l'Isser changeante et la route étroite, établie entre l'eau et la roche. Les gorges au nord de Palestro ont attiré beaucoup de touristes au début du vingtième siècle et ont largement contribué au développement de la ville : les auberges et les cafés y ont fleuri pour accueillir les promeneurs aux souples bottines de cuir, coiffés de chapeaux aux tons pastel. Les gorges de Palestro font partie de ces merveilles de la nature que très peu de gens pensent à aller visiter de nos jours, alors que Palestro ne s'appelle plus Palestro et que les touristes étrangers ont fui l'Algérie après la décennie noire.

Le 18 mai 1956, la section Artur part pour une mission de reconnaissance. Elle est composée en majorité de jeunes soldats qui viennent d'arriver en Algérie. Jusque-là, ils n'ont eu que le temps de s'installer à la Maison Cantonnière, de s'étonner de la chaleur blanche et de prendre quelques repas communs aux grandes tables du réfectoire, épaule contre épaule, mastications voisines. Ils ont tendu un filet pour jouer au volley-ball. Dans ce décor magnifique, ils oublient leurs uniformes et offrent leur peau au soleil en s'imaginant déjà rentrer brunis et musclés pour parader dans les rues de leur village. Ils nouent de ces amitiés éclairs que permet le partage de chaque moment d'une journée. Ils prennent des photos pour ceux qui n'ont pas la chance de contempler cette nature éclatante. « Qu'il serait bon de venir ici pour les vacances ! » écrit l'un des garçons à ses parents. Mais le 18 mai, alors qu'ils avancent dans les gorges de Palestro en direction d'Ouled Djerrah, celles-ci se referment sur eux et les broient. La section Artur tombe dans une embuscade tendue par le FLN et les jeunes soldats, leurs caporaux, et l'aspirant, pris en joue par les combattants installés sur les hauteurs, tombent les uns après les autres. Des surplombs rocheux, coincés qu'ils sont dans un goulet étroit, ils sont presque trop faciles à abattre. La mission de reconnaissance prend fin quelques heures à peine après avoir commencé.

Est-ce parce qu'ils sont jeunes que l'armée oublie que sa vocation, tout comme celle du FLN, est, précisément, de combattre, de tuer et peut-être de mourir ? Est-ce parce qu'on refuse encore en métropole d'employer le mot « guerre » ? Est-ce parce que l'embuscade n'a duré que vingt minutes, un temps si court que c'en est insultant ? Est-ce parce que les corps sont retrouvés égorgés, lardés de coups de couteau et les yeux crevés ? Toujours est-il que de ce jour de mai, en France, on parlera comme d'un massacre auquel personne ne pouvait s'attendre. La presse dira que les cadavres des hommes de la section Artur ont été vidés de leurs entrailles puis remplis de cailloux. Elle dira que les organes génitaux des soldats ont été coupés puis fourrés dans leur bouche. Elle soulignera le raffinement écœurant de la barbarie. Elle montrera à la métropole que l'on *meurt* en Algérie et dans un même temps, elle laissera entendre que l'on meurt davantage lorsque l'on meurt jeune et que l'on meurt encore plus quand on est mutilé.

Les soldats restés à la Maison Cantonnière, tout comme bon nombre de ceux postés dans cette zone de Kabylie, deviennent fous de douleur et de rage en apprenant le sort de la section Artur. Les informations – réelles ou mensongères – les piquent comme des frelons. Dans leurs yeux, de minuscules vaisseaux sanguins éclatent. Ils crient.

En mai 1956, les représailles de l'armée française rayonnent autour de la ville de Palestro, colonnes de soldats qui partent tout autour à l'assaut des montagnes. Vengent. Tuent. C'est en libre service, leur a-t-on dit en haut lieu. Certaines cohortes de vengeance prennent la bonne direction, pour peu qu'on puisse dire bonne, du moins justifiée, elles se rendent à Ouled Djerrah, elles rentrent dans les gorges et déchirent tirent tuent, elles déferlent sur Toulmout et Guerrah. D'autres sortent juste pour tuer taper fendre, n'importe qui, n'importe où.

Ça n'a aucune logique stratégique. Elles foncent vers Bouderbala, atteignent presque Zbarbar.

Ces colonnes qui partent venger croisent des colonnes de villageois qui partent, tout simplement, qui s'enfuient, sans but, sans rien, juste la panique. Si l'on pouvait trouver un point d'observation plus haut que les sommets des montagnes, on verrait que les versants de celles-ci sont parcourus en tous sens, on verrait des lignes mouvantes, une fourmilière devenue folle.

En 2010, Naïma passe une nuit à boire des bières dans la galerie vide avec un artiste irlandais qui expose des photos de Dublin dévasté. Tout en la prévenant qu'il s'agit d'un film médiocre, il insiste pour lui montrer une scène de *Michael Collins* en lui disant :

— C'est ça une guerre d'indépendance.

Sur le petit écran de son ordinateur, les véhicules blindés, anguleux comme des mantes, hérissés de mitraillettes, entrent dans le stade de Croke Park pendant une partie de football gaélique. La foule regarde le match en famille, vêtue de blanc et de vert, cris et sourires aux lèvres. C'est évidemment un dimanche. Elle voit les chars avancer sur la pelouse. Ils s'arrêtent. Un joueur termine son action au-dessus des tourelles de ces bestioles étranges. La foule applaudit. Les Anglais ouvrent le feu et tirent au hasard sur les quinze mille personnes présentes.

C'est *ça*, une guerre d'indépendance : pour répondre à la violence d'une poignée de combattants de la liberté qui se sont généralement formés eux-mêmes, dans une cave, une grotte ou un bout de forêt, une armée de métier, étincelante de canons en tous genres, s'en va écraser des civils qui partaient en promenade.

Pour la première fois au village d'Ali, arrive une file de Jeep pleines de soldats français qui portent tous des masques de colère. Ils font sortir les habitants des maisons à coups de pied, à coups de crosse. Ils les forcent à s'allonger par terre, mains sur la tête. Ils fouillent et retournent les intérieurs, brisent les jarres, éventrent les lits. Ils montrent une brutalité si capricieuse qu'il est évident qu'ils ne savent pas ce qu'ils cherchent.

Ils veulent surtout montrer qu'ils ont compris : la montagne, c'est la mort. Les indigènes, c'est la mort. Finies les colonies de vacances. Ils sont en guerre, quoi que puisse dire la métropole.

Ali s'allonge sans attendre et ses frères l'imitent. Couchés là, côte à côte, les trois géants de la montagne ressemblent à des animaux marins échoués sur une plage. La vieille Tassadit, une femme que l'âge a presque momifiée de son vivant, une veuve qui ne mange que grâce à la générosité d'Ali, ne réagit pas quand on lui ordonne de sortir. Les militaires la traînent hors de chez elle en l'insultant. Ils interprètent ses mouvements confus comme une provocation.

— Elle est sourde ! proteste Ali en se redressant à demi.

Et il mime, les mains contre les oreilles, le fait de ne rien entendre.

— Sourde ! Vous comprenez ?

— Toi, ta gueule, lui crie un soldat en lui lançant un coup de pied dans le ventre.

Ali retombe lourdement. Sa mâchoire heurte une pierre et il sent la chaleur et le goût du sang se répandre dans sa bouche.

Maintenant qu'ils l'ont tirée de sa maison, les soldats arrachent à Tassadit sa canne et l'un d'eux – le plus jeune, presque un enfant – la roue de coups. Le sergent, assis sur la marche de la Jeep, ne fait rien pour l'en empêcher. Sous les yeux des villageois immobiles, la peau de la vieille femme tourne au rouge, puis au bleu, puis au noir. Le soldat ne s'arrête que lorsque la canne se rompt brutalement dans sa main.

— Merde ! crie-t-il.

— Ça va ? demande un autre avec une sollicitude qui semble irréelle dans ces circonstances.

Ali a les yeux au niveau des bottes, les yeux au niveau des canons bien graissés, de la poussière volante, des corps sans volonté. Il entend des coups de feu, se force à penser qu'ils sont tirés en l'air. Il se risque à soulever la tête de quelques centimètres, dans l'espoir qu'il verra surgir le lieutenant-loup de la dernière fois. S'il a des guetteurs dans chaque *mechta*, il a dû être informé du passage des Jeep avant même que le village n'entende le bruit des moteurs... Et s'il se montre, Ali s'en fait la promesse, il ne le quittera plus, le suivra comme son ombre, tuera pour lui s'il le faut. Une nouvelle salve retentit, suivie de prières gémies, broyées entre les dents. Ali ferme les yeux et attend.

À force d'être ainsi allongé, il est perclus de crampes atroces. C'est assez incroyable, pense-t-il, que ne pas bouger puisse faire aussi mal. Il reste étendu pendant un temps qui s'étire jusqu'à paraître ne plus passer. Dans le ciel, le soleil s'est arrêté, écrasant, terrible, les heures ne défilent plus. Ali est immobile dans un temps immobile et il a mal.

— Allez, c'est bon ! crie soudain le sergent.

Les soldats se rassemblent auprès des Jeep. Ils s'apprêtent à y remonter mais, au dernier moment, deux d'entre eux entament un conciliabule avec leur chef. Ali n'entend pas ce qu'ils disent mais au prix d'une contorsion pénible il les voit hocher tous les trois la tête puis les soldats se tournent à nouveau vers la population du village, toujours plaquée au sol. Ils font quelques pas rapides, attrapent les deux hommes qui se trouvent les plus près des véhicules. Le militaire qui a frappé Ali regarde dans sa direction, pose les yeux un bref instant sur lui puis sur ceux qui l'entourent. Ali comprend que l'autre le cherche – où est le Bougnoule héroïque qui a cru bon d'ouvrir sa gueule ? – mais il ne parvient pas à le reconnaître. Pour lui, les villageois d'ici se ressemblent tous. Le Français fait quelques pas vers Ali, hésite, attrape Hamza. Ali veut se lever :

— Arrête, imbécile, lui souffle Djamel en l'attrapant à la ceinture, ou on y passe tous.

Ali hésite, ne sait pas qui protéger. C'est son petit frère que le Français est en train de mettre debout. C'est son petit frère aussi qui, allongé à côté de lui, le supplie de ne rien faire. Plus loin, devant la maison, Yema, Rachida et Fatima sont trois paires d'yeux écarquillés, trois respirations tremblées de larmes. Yema est couchée sur le côté et son énorme ventre semble comme posé à côté d'elle tant sa pleine rondeur se détache de son corps. Cette fois, ses belles-sœurs ont assuré à

Ali que ce serait un garçon. Ali s'écrase contre le sol de tout son poids, souhaitant que le sol puisse l'attraper et le serrer contre lui.

Hamza est trop grand et trop gros pour être traîné d'une main jusqu'au véhicule. Le soldat doit se contenter de le pousser, en braquant son arme sur lui. Humilié de ne pas pouvoir faire une démonstration de force, il se venge en faisant pleuvoir les injures sur Hamza. Fils de pute, dit-il. Sale crouille. Enfoiré de bicot. Enculeur de chèvre. Ta mère est une chèvre. Les Jeep démarrent dans un nuage de poussière qui vient couvrir le visage des habitants allongés. Elle a goût de craie et d'essence.

Chacun, se relevant, vérifie autour de lui que les siens sont vivants. Deux femmes se précipitent vers Tassadit. La vieille respire encore faiblement. Elles la portent dans sa maison. Omar, le fils de Hamza, a la joue ouverte : une balle a fait sauter un éclat de branche qu'il a reçu au visage. Ahmed le rouquin a le bras cassé. Les corps grincent. Mais personne n'a été tué.

— Ils savent..., dit le vieux Rafik.

Il s'époussette lentement :

— Ils savent que le FLN est venu chez nous.

— Non, répond Ali suffisamment fort pour que tout le monde entende, c'est juste une punition après ce qui est arrivé dans les gorges.

Si l'armée française les soupçonnait d'être des indépendantistes, il ne croit pas qu'ils s'en seraient tirés à si bon compte. S'ils avaient pris connaissance de ce qui s'est passé cette nuit-là, la nuit du poignard et du Coran, ils n'auraient sûrement pas – par exemple – épargné Walis, le guetteur, qui se relève à son tour, les yeux roulant dans tous les sens, les cheveux en bataille et blancs de poussière, comme s'il s'était déguisé en vieux fou.

— Moi je te dis qu'ils savent, répète Rafik, têtu.

Ali lui jette un regard agacé. Il est persuadé que ceux qui savent ce qui vient d'arriver, ceux qui n'ont pas levé le petit doigt, ce sont les hommes du maquis. Ils ne protègent personne. Ils ne protègent pas Ali. Ils ne protègent pas Hamza.

— Qu'est-ce qui va lui arriver ? demande Rachida en pleurant.

Yema et Fatima tentent de l'apaiser par des caresses et des murmures mais elle refuse de se laisser consoler par ses belles-sœurs qui n'ont pas perdu leur homme. Elle gémit de plus en plus fort.

— S'ils lui font du mal, je les tuerai, déclare le petit Omar, l'éraflure de sa joue comme une peinture de guerre.

Ali le gifle sans réfléchir.

— J'irai demain, dit-il pour rassurer Rachida. Je mettrai mon uniforme et mes médailles. Ils verront que nous ne sommes pas des terroristes. Ils le libéreront.

Au petit matin, Hamza revient de lui-même, hébété mais intact. Il n'a reçu ni coup ni blessure. Il a passé sa nuit dans une cellule dont on lui a ouvert la porte au bout de douze heures sans une explication.

— Je ne comprends rien, dit-il.

Les familles des deux autres prisonniers attendent toute la journée que leurs hommes remontent à leur tour. Mais la route se déroule dans le vide et le silence, entre les pins de la montagne. Personne ne revient de Palestro. Devant les supplications et les menaces du village, l'amin se rend à la caserne pour obtenir des informations. Il marmonne tout au long du chemin. Nommé par le caïd, lui-même nommé par un haut fonctionnaire, lui-même nommé par le sous-préfet, l'amin est le dernier dépositaire d'une autorité coloniale fragmentée par les délégations jusqu'à son niveau, le plus bas qui soit. Il n'a jamais eu à aller réclamer des comptes à l'armée française et c'est le ventre retourné par une diarrhée peureuse qu'il demande à voir un officier. Le sergent qui dirigeait la colonne de Jeep le reçoit avec courtoisie. Il lui assure que les deux villageois ont été libérés à l'aube, tout comme Hamza, à peu près à la même heure, d'ailleurs. Je ne comprends pas, murmure le sergent, où peuvent-ils être allés ? L'amin ne parvient pas à savoir si l'autre se moque de lui. Il répond qu'il n'en a aucune idée.

— Si vous avez de leurs nouvelles, dit le sergent au moment où il sort, surtout n'hésitez pas à passer me les donner. Je m'inquiète pour eux.

Il a un sourire contrit. Il fait un petit signe de la main.

Au village, l'amin raconte son entrevue en boucle, lentement, laborieusement, comme si du récit pouvait soudain jaillir une réponse, un indice. Hamza affirme que lorsqu'on l'a fait sortir de la caserne, il était seul, il n'a pas vu les autres. Dans un premier temps, on lui répète qu'il est chanceux, on le félicite. Mais au fil des jours, comme l'absence des deux hommes se creuse de plus en plus, on commence à le regarder de travers et à murmurer que si lui s'en est tiré, c'est qu'il a parlé. Mais parlé de quoi ?

— Ils savent mieux que toi et moi ce qui se passe dans les maquis, dit-il à Ali. Je ne vois pas ce que j'aurais pu leur apprendre.

La rumeur traverse tout de même le village et trouve chez les Amrouche une caisse de résonance toute prête à l'amplifier : Hamza a trahi le serment fait sur le Coran, le poignard viendra bientôt. Pendant quelque temps, Ali et ses frères dorment avec un fusil. Mais le poignard n'arrive pas plus que l'aide n'est venue et Ali y voit la preuve qu'il cherchait : le FLN n'a pas assez de puissance pour mener sa guerre de libération.

La mort dans la montagne a ébranlé dans les fondements de leur vie quotidienne les Européens de Palestro. Les gorges se vident de leurs randonneurs, pêcheurs, aquarellistes et des cueilleurs de fleurs sauvages. Le français chantonnant des chasseurs de papillons ne résonne plus d'une paroi à l'autre. Les clients sont de plus en plus nombreux à poser un regard torve sur Hamid lorsque celui-ci joue dans l'épicerie de Claude. Certains changent de boutique, donnent leur loyauté à ceux qui en sont dignes. On raconte que le propriétaire du grand Café du Centre offre sa tournée pour tout soldat qui lui rapportera l'oreille d'un fellouze. Qu'est-ce qu'on ne ferait pas pour boire un Fernet-Branca avec des allures de héros ? Quelques recrues, au soir tombé, posent sur le comptoir de zinc un morceau sanglant de cartilage. À la santé de la France, les gars ! Vous l'avez bien mérité.

Dans la famille de Claude, on ne fait plus de promenade dans la campagne le dimanche. Annie trépigne. Elle veut aller voir les anguilles se tordre dans l'Isser. Elle a trop chaud en ville. Son père lui raconte que le soleil est si fort qu'il a fait fuir les poissons. Il lui demande de patienter.

— Quand même, dit-il à Hamid, c'est triste de choisir le plus bel endroit de la région pour une tuerie pareille... C'est un peu égoïste.

— Egote, répète Hamid.

Les mots français le font rire. Ils ressemblent à des pets.

À la fin de l'été, alors que la chaleur paralyse la montagne, et que seules les mouches restent vivaces, Yema donne naissance à Kader. Le premier cri du bébé est d'une discrétion inhabituelle.

— Il sait que c'est la guerre, plaisante Fatima.

En septembre 1956, Ali se rend à Alger pour des affaires. Il cherche un appartement à acheter. Officiellement, il veut franchir le dernier pas qui le sépare de la réussite et avoir une existence dans la plus grande ville du pays. Dans la paysannerie, le succès se mesure – paradoxalement – à la distance que l'on peut prendre avec la terre. La faire travailler par d'autres, puis par des machines, c'est-à-dire ne plus se courber sur le champ. Ensuite, ne plus vérifier soi-même que le travail est bien fait, n'avoir plus besoin d'approcher le champ. Enfin, confier jusqu'à la vente des produits à d'autres. N'avoir plus besoin de rien faire. Pouvoir être partout. Ou nulle part.

C'est ce dernier point qui constitue la raison officieuse de la venue d'Ali à Alger, il pense que la situation au village pourrait se détériorer. Les passages successifs du caïd, des militants du FLN et finalement celui de l'armée ont défloré le sanctuaire qu'il constituait jusque-là. Il s'y crée des tensions malsaines. Le village est soumis à des pressions contraires et peut-être le barrage opposé par une longue et lente vie commune aux forces

extérieures finira-t-il par craquer, libérant des ran-
cœurs dont Ali sait qu'il peut être la cible. Alger,
ses dédales de rues et ses dizaines de milliers de
visages lui offriraient pour un temps l'anonymat
nécessaire. Sa haute taille y disparaîtrait. Dans
un mouvement inverse à celui des combattants
réfugiés sur la montagne, lui situe son maquis au
cœur de la plus grande ville du pays.

Il n'aime pas l'Algérois qui lui fait visiter l'appartement, à Bab-el-Oued. L'homme pose beaucoup
de questions, parle trop d'argent, il compte à la
manière des Français comme si la vie elle-même
pouvait se diviser en gouttes dénombrables. Ali
trouvera autre chose. En attendant, il se promène
dans le centre, savoure la fraîcheur de la mer qui
monte jusqu'au boulevard, se perd entre les hauts
bâtiments. Il croise des hommes rougis par le soleil
et des femmes en robe légère, motifs floraux répan-
dus en corolle autour de leurs jambes. Alger est
pleine de leurs grâces, de leurs rires, de leurs longs
cheveux et du rouge de leurs lèvres maquillées. Il
passe devant des devantures de tailleurs, de tan-
neurs, une poissonnerie dont l'odeur le cingle et
sur l'étal de laquelle se débattent des monstres à
écailles. Est-ce qu'il pourrait vivre ici, lui l'homme
de la montagne ? Et Yema ? Et les petits ?

Il flâne en essayant de s'imaginer ce que serait
l'existence si rien de tout cela ne lui était étranger.
Il sourit presque, observe un café de l'autre côté
de la rue, propre, brillant, avec des fausses allures
de Paris. D'ailleurs, ce n'est même pas un café
– tradition maure que les Européens et les Arabes
pourraient partager – c'est un SALON DE THÉ
CLIMATISÉ comme le proclame la vitrine. Ali ne

109

mettra jamais les pieds dans un endroit pareil. Non que ce soit interdit, pas même parce qu'il n'oserait pas mais il n'aurait tout simplement pas le réflexe d'y entrer et de se mêler à la jeunesse dorée qu'il aperçoit, pantalons de lin, jupes au genou, sweat-shirts à rayures, têtes nues. Peut-être que s'ils vivaient ici, Hamid franchirait tout naturellement la porte pour y retrouver des amis... Ali rêve à tout ce que son fils peut devenir. Soudain, une gifle brûlante lardée d'éclats de verre le précipite au sol.

Les lourdes vitres du Milk Bar sont soufflées par une explosion spectaculaire. Le mobilier de la terrasse glisse ou s'envole pour retomber au milieu de la rue comme s'il ne pesait plus rien. La fumée monte en lourdes volutes dans l'air. Puis, par la porte, par les trous dentelés qui furent autrefois des fenêtres, s'échappent des clients hurlants. Les valides d'abord. Ensuite les blessés, certains qui se traînent. Des enfants. Beaucoup d'enfants. Un petit garçon barbouillé de glace à la vanille et de sang, à qui il manque un pied. Ses yeux croisent ceux d'Ali.

J'avais juré de ne plus mettre de bombes, déclare en 2007 Yacef Saâdi, commanditaire des attentats du Milk Bar et de la Cafétéria, *pas à cause des morts, les morts je m'en foutais on meurt tous, mais à cause des mutilés, les bras coupés, les jambes coupées, ça me faisait mal au cœur alors je me suis dit plus de bombes plus de bombes. Et puis on se fait rattraper par... J'oublie tout ça et je recommence.*

À l'intérieur, il y a des corps partout. Peut-être une cinquantaine, mais de là où il est, Ali n'en est pas certain. Tout ce que ses yeux lui assurent, c'est qu'il y en a trop. Des râles lui parviennent et à travers la fumée, il finit par percevoir des tressautements. Il remarque aussi cette absurdité : certains verres sur les tables sont intacts, élégamment coiffés d'une ombrelle de papier. Ils se dressent comme des détails absurdes dans cet amas de chair, de verre et de poussière. *À la santé du FLN*, semblent-ils dire, *et bon dimanche !*

Ali se relève, sonné. Sans même réfléchir, il part en courant. Il s'enfuit avant que n'arrive la police ou l'armée. Il ne veut pas être le basané trouvé au mauvais endroit au mauvais moment. Il court aussi vite qu'il le peut. Il ne sait plus où il a laissé la voiture. Il est perdu. Il dépasse des groupes de gamins qui jouent pieds nus, dansant autour d'une boîte de conserve qui tournoie sur la chaussée. Il croise les regards inquiets de femmes qu'un sac de linge sale tient courbées vers le sol et qui cherchent derrière lui, avec appréhension, les silhouettes des policiers qui ne manquent jamais de suivre celle de l'Arabe qui court. Il fait fuir devant lui les chats malingres et pelés qui se nourrissent des poubelles de la rue et de la pitié des vieilles. Il ne reconnaît rien, il tourne au hasard. Le labyrinthe de ruelles et d'escaliers d'Alger semble être un piège qui se referme sur lui, le force à courir sans but.

Ses poumons le brûlent et paraissent se recroqueviller à l'intérieur de sa cage thoracique. Il ne s'arrête pas. Il tiendra. Douze ans plus tôt, il neigeait sur l'Alsace et il a tenu. Il s'est échappé. Il a l'impression soudain d'entendre à nouveau crier en allemand autour de lui. Pour chasser les fantômes, il hurle. Et soudain, la voiture est là, îlot paisible le long du trottoir. Il s'y engouffre, manque d'emboutir un camion de laitier en démarrant.

— C'est ce qui arrive quand tu files une bagnole à un Arabe, commente laconiquement le conducteur pour son petit livreur.

Ali roule. Il s'efforce de ne penser à rien qu'à maintenir droit son véhicule. Alors qu'il quitte Alger, se mettent en place derrière lui des barrages, des points de contrôle, comme des plantes carnivores qui pousseraient vite et sans à-coups. La ville se ferme, devient souricière. Quelques jours plus tard, la bataille d'Alger commence. Ali n'achètera jamais son appartement.

— *Baba*, arrête-toi, *baba* !

Hamid laisse tomber sur la banquette les pâtes de fruits données par Claude et se met soudain à crier en désignant une silhouette sur le bord de la route.

— Là, *baba*, c'est Youcef !

L'adolescent tient d'une main un journal au-dessus de sa tête pour se protéger de la fine pluie d'automne et, de l'autre, il tente d'arrêter un véhicule. Il ne porte qu'une chemisette grisâtre et un large pantalon, les pieds nus recouverts d'une poussière détrempée qui se transforme en croûte. Ses boucles noires lui dégoulinent sur le front et dans le cou. Camus trouverait qu'il ressemble à un pâtre de la Grèce antique mais Hamid pense simplement qu'il doit avoir froid. Ali freine et lui ouvre la portière, sans s'arrêter tout à fait. Youcef monte d'un bond, salue d'un large sourire. À peine est-il assis qu'Ali lui envoie dans l'épaule un coup de poing qui lui tire un petit cri de douleur.

— Je voulais juste vérifier que tu n'étais pas un fantôme.

Voilà trois semaines que Youcef n'a pas remis les pieds chez lui. L'amin est redescendu à la caserne (« ça devient une habitude... », a-t-il bougonné) et n'a rien appris (ce qui, pour le village, constitue la réelle habitude). Ali a activé les réseaux d'informations parallèles que fournit l'Association, mais en vain. Personne ne savait où était le jeune homme dont la paillasse, nuit après nuit, demeurait vide. Le village a ployé sous le coup de cette disparition supplémentaire. Sa mère a commencé à se demander si elle devait prendre le deuil et ses gémissements ordinaires se sont compliqués de sanglots. Youcef n'a pas l'air de s'en soucier. Il s'applique à enfoncer tant qu'il peut son corps malingre dans le rembourrage du siège. Ses pieds laissent sur le sol de la voiture une traînée de boue qui fait grimacer Ali. L'adolescent rit de sa mauvaise humeur et Hamid, de manière presque automatique, se met à rire avec lui.

— Donne-moi une pâte de fruits, lui dit Youcef en se retournant.

Il pose la sucrerie sur sa langue avec une grimace de gourmandise heureuse. Il en rajoute à l'intention du petit garçon, roule des yeux, feint de mourir d'extase, fait pointer le bout rose de sa langue dans la fente entre ses incisives. Hamid rit plus fort, public toujours acquis aux pitreries de Youcef, ou plutôt à Youcef en personne, quand bien même il ne ferait rien.

— Tu étais où, espèce de vagabond ? interrompt Ali.

— Oh, ça ne va pas te plaire, mon oncle...

L'appellation respectueuse est plus ironique que jamais dans la bouche de Youcef. Il se pelotonne de nouveau sur son siège et, dans le rétroviseur arrière, lance un dernier clin d'œil à Hamid.

— Qu'est-ce que tu as fait ?

— Des choix, répond l'adolescent d'une manière vague. Tout le monde fait des choix en ce moment.

Ali hausse les épaules.

— Tu appelles ça choisir, toi ? Quand l'autre en face tient un fusil braqué sur ta tempe ?

— J'en avais marre d'attendre, je suis parti rejoindre le FLN, dit Youcef en faisant semblant de ne pas l'entendre.

Ali ne répond rien mais, à l'arrière du véhicule où il s'agite, Hamid s'écrie joyeusement :

— Messali Hadj !

Les deux autres sursautent. Quelques mois après la circoncision de son cousin, Omar a tiré de sa cachette la photographie du chef du Mouvement national algérien et l'a tendue à Hamid. Il lui a dit qu'il avait l'âge de comprendre la politique désormais, l'Égypte, la rébellion, le droit des peuples *à diploser d'eux-mêmes*, et cetera. Le discours n'a laissé qu'un souvenir confus à Hamid mais il a retenu le nom et celui-ci lui revient d'un coup lorsqu'il entend le ton sérieux des passagers de l'avant. Il le répète comme s'il s'agissait d'une invocation qui lui permettrait d'avoir accès aux conversations des adultes.

— *Ouechkoun* ? répond sèchement Youcef. Il est fini Messali Hadj. Il est vieux. Il a peur des Français.

Exit le prophète aux yeux de charbon. Les héros de Youcef ont désormais une trentaine d'années et le goût des armes. Ils ne disent plus : Négocie. Ils disent : étape 1, détruire le sentiment d'impunité qui habite les colons, instaurer la peur. Pour l'étape 2, on verra quand on y sera.

— Et qu'est-ce que tu fais là, alors, ô guerrier de la Révolution ? veut savoir Ali.

Youcef soupire, tord la bouche, se retourne encore pour prendre une pâte de fruits. La bouche pleine, il commence à expliquer :

— Quand je suis parti de chez ma mère, j'ai essayé de rejoindre le maquis. J'avais rencontré un type ici, à Palestro, il m'a dit que son cousin y était. Il m'a dit : tu verras, il pourra t'emmener. Le type, déjà, on l'attend deux soirs, trois soirs, il ne vient pas. Finalement, il arrive et il me regarde avec une moue, comme ça, l'air de penser que je ne fais pas l'affaire. Quoi ? Je demande. J'aime pas ta gueule, il me dit directement. Et alors ? Je dis. Tu cherches quoi ? Des combattants ou bien une fiancée ? Ça le fait rire. Il me dit : ce n'est pas moi qui décide, de toutes façons. Je vais t'emmener voir un chef mais ne te fais pas de faux espoirs, ils sont très durs. Je dis : j'y vais pas pour rencontrer des gentils. Je pars avec lui et on fixe un rendez-vous avec un gradé. Je dis au cousin du type : ils vont me demander quoi ? Ils vont me demander si je sais me servir d'une arme ? Parce que j'ai déjà tiré au fusil de chasse mais c'est tout. Par contre, j'apprends vite, je lui dis, la débrouille c'est mon deuxième prénom. Le cousin il a haussé les épaules et il a dit : moi je ne sais pas. Tu parles ! Il savait très bien. Là-haut, c'est encore du service-camarade. Le chef arrive, il a une tête de cul de chien. Je lui dis que je veux venir avec eux. Je lui dis tout comme je le pense, que j'en ai marre, que je veux me battre, que j'aime l'Algérie. Je lui dis

que j'ai plus de père. Que c'est la France qui me
l'a pris. Bon, j'enrobe un peu, mais y a pas de mal.
Il m'a dit : tu connais qui là-haut ? J'ai dit : je ne
connais personne. Alors, je ne peux rien pour toi,
m'a répondu le type. Quand j'ai insisté, il m'a dit :
tu es prêt à quoi ? Moi j'ai dit : je suis prêt à tout.
Très bien, il a fait, prends cette arme et descends
à Palestro ce soir. Tu vas dans la rue je sais pas
quoi, et là, au numéro tant, il y a un grand portail vert avec derrière une maison blanche de trois
étages. Tu entres et tu tires sur tous ceux que tu
vois. Mais c'est la maison de qui ? j'ai demandé.
Ça, il m'a dit, c'est pas ton affaire. Bien sûr que si,
je lui ai dit – il ne me faisait pas peur – parce que
moi je crois que c'est la maison du sous-préfet et
je sais très bien qu'elle est gardée, sa maison. C'est
un coup à me faire tuer directement. Tu mourras
pour ton pays, il m'a dit. Explique-moi, mon frère
– ça l'a mis en rogne que je l'appelle comme ça, j'ai
bien vu – explique-moi : en quoi ça sert l'Algérie si
je meurs ? C'est pas lui rendre service. Moi je suis
jeune, je suis fort et j'aime mon pays. Je veux être
là pour le construire. Si les gars comme moi vont
tous se faire tuer, qui va la construire, ton Algérie
libre ? Les vieillards et les femmes ? Tu ne comprends rien, il m'a dit, je te ferai pas entrer, sauf
si tu tues un colonialiste ou un traître, c'est ce qu'a
dit Krim Belkacem. Lui, il a tué qui ? j'ai demandé
en montrant le cousin du type, celui qui m'avait
amené. Quelqu'un, il m'a répondu. Personne dont
j'ai entendu parler en tout cas, j'ai dit. Alors quoi,
les autres ils ont le droit d'entrer en tirant sur
un petit vieux ou sur un âne et moi il faut que je
défasse à moi tout seul l'armée française ? C'est

117

ça la justice ? À cause de toi on dirait que le FLN c'est comme les clubs sélects des Français où on n'arrive jamais à entrer mais personne ne nous donne les raisons. Pourquoi tu veux entrer dans ces clubs ? il m'a dit, tu les aimes les Français ? C'est juste un exemple, j'ai dit, pour comparer. Il m'a dit : moi j'emmerde les poètes. Je lui ai dit qu'il ne comprenait rien. Il m'a filé une baffe et je suis redescendu avec le cousin qui m'insultait tant qu'il pouvait en disant que j'avais fait mal à son honneur, à sa réputation. Tu y crois, toi, Hamid ?

Youcef se tourne vers le petit garçon, avec un large sourire :

— Même pour faire la Révolution, il faut être pistonné...

— Laisse-le en dehors de ça, commande Ali.

Sur la banquette arrière, Hamid a de toutes manières cessé d'écouter et ôte les grains de sucre qui sont tombés sur sa tunique du bout de son index humidifié. Ali ajoute :

— Ta mère, elle va mourir d'inquiétude avec un fils comme toi, tu le sais ?

— Et moi, si je reste chez elle, elle va me tuer de reproches. Tu le sais, ça ?

Ali éclate de rire en pensant à Fatima-la-pauvre. Youcef renverse la tête contre le haut du siège et ferme les yeux. Il tend, sans même regarder, sa main gauche vers l'arrière du véhicule et Hamid, généreusement, y dépose la dernière pâte de fruits.

C'est un matin de janvier 1957. Il fait froid comme jamais Naïma ne pourra imaginer qu'il fasse froid en Algérie, elle qui pensera jusqu'à son voyage que le pays est un gigantesque désert, pilonné de soleil. L'air est glacé et Ali, malgré son grand manteau et sa toque en mouton, le sent qui cherche à se glisser tout contre sa peau. Il remonte son col et se hâte d'arriver à l'Association. Il y est presque, s'encourage-t-il, encore quelques pas et il tournera devant le Café des Sports, dépassera la boutique de l'électricien. S'il y a un gamin qui traîne dans les parages, il l'enverra acheter des oranges qu'il pèlera patiemment dans la grande salle blanche pour son petit déjeuner. La rue est étonnamment calme, se dit-il en remarquant les volets fermés sur son passage.

Le cadavre d'Akli paraît l'attendre, appuyé contre le mur barbouillé de l'Association. Le vieux de la Première Guerre mondiale a les yeux ouverts, d'une fixité grise. Il est nu. Instinctivement, Ali détourne les yeux pour ne pas voir son sexe, trop tard pour ne pas noter que celui-ci paraît ridiculement petit, fripé et malheureux. De la bouche d'Akli sort, comme une langue de pantin grotesque, une médaille militaire qui brille sombrement. Sur sa poitrine, quelqu'un a gravé FLN de la pointe d'un couteau. Derrière lui, sur le mur, la même inscription est répétée en lettres de sang et, à côté du vieux, une pancarte de carton informe que les chiens vendus aux Français connaîtront le même sort. Ali repense à ce qu'Akli expliquait de la « vente » de ses bras à l'armée française lors de la *djemaa* extraordinaire de 1955. À qui est le corps, disait-il, si l'on ne demande plus aux Français de payer pour les efforts que le corps a fournis ? Aux Français. En touchant sa pension, il considérait qu'il s'extrayait de la servitude. Le FLN, lui, pensait le contraire. Ali est sûr, de toute manière, que les hommes qui ont tué Akli n'ont jamais parlé avec lui, ils ne le traitent de chien et de vendu qu'à cause de son titre de président de l'Association, ce bijou de femme laide dont il était le premier à se moquer.

Akli a été égorgé, ouvert d'une oreille à l'autre. Les Français ont appelé ça le « sourire kabyle », comme s'il s'agissait d'une pratique commune, peut-être même quotidienne dans la région des montagnes – au même titre que l'oléiculture ou la fabrication de bijoux. C'est pourtant la première fois qu'Ali voit un cadavre mutilé ainsi. La gorge bée comme une seconde bouche, ouverte sur un cri formidable que personne n'a entendu. Ali est perturbé par la proximité que cette mort nécessite entre le tueur et la victime : un homme s'est tenu tout contre le vieux, l'a pris dans ses bras pour pouvoir l'ouvrir de sa lame. On l'a obligé à une dernière étreinte, à sentir la chaleur de la peau de l'autre, et sa sueur, et son souffle. Ali aurait préféré qu'Akli ait été abattu d'une balle.

Le vieux lui avait dit un jour, en parlant des Flandres et de sa guerre : un cheval, c'est trois fois plus gros qu'un homme, alors quand ça meurt, c'est trois fois plus impressionnant. Lui est minuscule contre le mur barbouillé. Une bombe explose en silence, qui n'excède pas les limites du corps d'Ali. Fragments de tristesse et de colère viennent rebondir partout contre sa peau mais restent à l'intérieur, repartent dans d'autres directions après s'être cognés, courent dans les veines, bondissant plus vite que le sang qu'ils remontent. Shrapnels de haine. Tue. Venge. Éclats fichés dans la chair que le moindre mouvement suffit à réveiller.

Lorsqu'un petit détachement de soldats arrive sur les lieux, leur capitaine remarque immédiatement cet homme immense qui regarde la scène sans paraître se soucier du froid. Une rage métallique lui mange les yeux – un sentiment que l'officier connaît, dont il sait qu'il peut se servir. Peut-être même a-t-il reçu un manuel comme le *Guide pratique de pacification* ou une directive pour lui apprendre à tourner à son avantage la colère des indigènes. Il le fait amener jusqu'à la caserne et demande qu'on l'installe dans son bureau.

Dans un coin, un poêle à pétrole dégage une chaleur assommante. La lumière hivernale filtre à travers les lamelles métalliques du store. La petite pièce au mobilier gris-vert, encombrée de cartes et de dossiers, est plutôt agréable mais elle rend Ali nerveux. Il ne sait pas ce qu'il y fait. Il a peur qu'on l'accuse du meurtre. Engoncé dans son manteau, il étouffe et se couvre de sueur. Lorsque le capitaine entre dans la pièce avec le traducteur, il se détend un peu. Il connaît le petit gars qui sert d'interprète, son père vend des poulets sur le marché. Il ne savait pas qu'il s'était *habillé* (c'est l'expression qu'on utilise au village pour ceux qui rejoignent l'armée). Déguisé serait plus approprié pour celui-là, il flotte dans son uniforme. Ali le salue.

— Vous vous connaissez ? demande aussitôt le capitaine.

L'interprète, avec un sérieux exagéré comme celui de ces majordomes à gilets rayés qui se tiennent à la porte des palais viennois et annoncent les visiteurs (Naïma en a vu beaucoup dans *Sissi impératrice*), lui explique qui est Ali. Il lui parle du village là-haut, sur les crêtes, et des champs d'oliviers. Ali croit voir un sourire passer sur le visage du capitaine mais celui-ci se détourne pour regarder par la fenêtre. Lorsqu'il lui fait de nouveau face, il affiche la gravité de circonstance. Il a de beaux cheveux noirs, épais et pommadés qui rappellent à Ali les acteurs sur les affiches du cinéma de Palestro. Ses traits larges et surtout son nez – anormalement mobile – amplifient chacune de ses émotions. On dirait que le masque arrive en avance ou en retard sur son discours, que le visage est indépendant de la parole comme de la volonté de l'officier et qu'il suit son propre rythme, mené par la pointe souple et palpitante du nez. Le capitaine demande :

— Le mort, tu le connaissais ?

— Oui, dit Ali.

— Tu sais pourquoi il est mort ?

Le nez remue, vit sa vie de nez, avec une liberté qui a quelque chose d'obscène. Ali le regarde s'agiter et peine à se concentrer sur ce que lui traduit l'interprète.

— Il a continué à toucher sa pension, répond-il en s'obligeant à détourner les yeux. Le FLN l'avait interdit.

— Il est le seul à avoir continué ?

— Non, dit Ali, nous tous, on a continué.

Il se redresse sur la chaise métallique et inconfortable et déclare d'une voix ferme :

— Cet argent, il est à nous.

— Je suis d'accord, répond l'officier. Mais tu sais ce que ça veut dire ? Tu peux imaginer qu'ils ne vont pas s'arrêter là.

Ali hausse les épaules. Il voudrait presque qu'ils viennent maintenant, si seulement ils arrivaient à découvert, il voudrait pouvoir se battre, leur fracasser le visage de ses poings.

— L'armée peut te protéger, dit le capitaine, vous protéger, toi, l'Association, ta famille. C'est pour ça que nous sommes là.

— Qu'est-ce que tu veux, en échange ? demande Ali. Je suis trop vieux pour *m'habiller*.

Le capitaine se tait un instant, se balance en arrière sur sa chaise en regardant Ali.

— C'est vrai ce qu'il a dit ? demande-t-il en montrant l'interprète d'un signe de tête. Tu viens des Sept Crêtes ?

Ali hésite un moment. Il ne les a jamais appelées comme ça. La manie des Français de tout compter le perturbe – d'autant plus qu'on ne peut pas venir des *sept* crêtes, il faut bien en choisir une. Il hoche cependant la tête. Le visage du capitaine reforme lentement le sourire entraperçu au début de la conversation. Cette fois, il est énorme. Il prend toute la place, il élargit la mâchoire, remonte les pommettes et plie le nez. L'officier ramène sur le sol les quatre pieds de sa chaise puis il déclare, presque avec tendresse :

— Je veux le Loup de Tablat.

— Qui ?

— Le lieutenant du FLN qui est là-haut. Je suis sûr que tu l'as déjà rencontré. Et si ça n'est pas le cas, tu connais sûrement quelqu'un dans ton village qui pourra m'en parler. Donne-moi un nom.

La phrase fait sursauter Ali plus sûrement qu'une gifle ou qu'une insulte. C'est une chose qu'on peut demander aux enfants, aux malheureux, aux brebis galeuses, ceux que la solidarité ne lie pas claire- ment au groupe. Mais ce n'est pas une chose que l'on demande à un homme, à un chef de famille, à l'un des piliers du village. Il regarde avec mépris l'officier et répond sèchement :

— Je ne peux pas t'aider.

— Alors moi non plus.

Le capitaine a cessé de sourire. Dans le bureau gris et vert, aucun des trois hommes ne bouge. Même la pointe du nez s'est immobilisée. On n'en- tend que les efforts asthmatiques du poêle et la déglutition de l'interprète mal à l'aise.

— Le mort ? reprend l'officier après quelques secondes.

L'image du cadavre revient d'un coup à Ali. Elle se reforme par deux endroits : autour du sexe minuscule et de la blessure immense. Il cligne plusieurs fois des yeux dans l'espoir de la chasser mais elle persiste.

— C'était un ami ?

Ali hoche la tête, lentement. L'image est désormais si nette devant lui qu'il se demande si les autres peuvent la voir aussi. Les taches d'un rouge-brun épais. Le gris de la vieille peau.

— Je suis désolé pour toi, murmure le capitaine.

Il repousse sa chaise dans un grincement métallique. L'interprète se dirige aussitôt vers la porte et l'ouvre en grand. Le froid bondit à l'intérieur de la pièce, bouscule les trois hommes et sous l'assaut de l'air glacial, la vision d'Ali se délite. Il se lève aussi vite qu'il le peut.

— Tu fumes ? demande le capitaine au moment où il sort. Attends-moi dehors, je vais te trouver une cartouche ou deux.

Alors qu'Ali fait les cent pas dans la cour en grelottant, des soldats français sortent de leur baraquement. En avisant l'homme de la montagne qui patiente, une idée leur vient.

— Hé, psst, hé, Mohamed !

Ali se tourne, un peu agacé. Les soldats entrouvrent plusieurs magazines aux couleurs vives, sur les pages desquels s'étalent des images de femmes nues, chevelure d'or, chevelure de jais, seins haut perchés, arrogants, fesses pleines. Ils ricanent :

— Qu'est-ce que tu en dis, Mohamed ? Ça te plaît ?

Longues jambes recouvertes de bas noirs aux jarretelles compliquées, pieds déformés par la courbure extraordinaire d'escarpins à talons vernis. Ali ne comprend pas ce qu'ils veulent. Il détourne les yeux mais les soldats, dans des éclats de rire, agitent alors les photos plus près de son visage, le poursuivent de nichons, cul, chatte partout où il tourne la tête.

125

Pourquoi est-ce qu'ils font ça ? Qu'est-ce qu'ils s'imaginent ? Ali a été marié trois fois, il a probablement vu plus de femmes nues que ces gamins qu'on a sortis de leurs fermes pour les traîner dans des chambrées où soudain ils se sentent obligés de jouer les hommes, de rivaliser de virilité.

En revenant, le capitaine les chasse comme s'il s'agissait de chiots affectueux mais bruyants. Les soldats s'égaillent, sans insister, et quelques pages tombées des magazines restent sur le sol de la cour. Une bouche carmin entrouverte. Un buste sur le point de jaillir d'une combinaison de dentelles trop serrée. L'officier tend les cigarettes à Ali. Celui-ci s'éloigne sans même dire merci – il s'éloigne dans ce qu'il espère être la noblesse de son silence.

Alors qu'il quitte la caserne, l'interprète commente, comme déçu :

— Vous n'avez pas beaucoup insisté…

L'officier le regarde avec une douceur moqueuse :

— Pourquoi insister ? On l'a vu entrer ici. Il a parlé avec moi. Il comprendra bientôt que c'est suffisant pour le compromettre. À ce moment-là, il nous aidera.

Les gamins jouent à pourchasser les poules entre les trois maisons. Ils poussent des cris sauvages et les volatiles leur répondent par des gloussements indignés. Ali et Djamel discutent à voix basse en les regardant faire.

Les deux frères sont assis devant la vieille baraque de torchis. Les mains d'Ali tremblent encore lorsqu'il évoque le cadavre misérable que la mort a jeté contre le mur blanc de l'Association.

— Je ne savais pas qu'Akli était un traître, dit Djamel.

— Il ne l'était pas.

— Alors pourquoi ils l'ont tué ? Il a bien dû faire quelque chose de mal.

Ali voudrait gifler son frère qui ne comprend rien. Il se force à rester calme (il refuse que la guerre pénètre aussi au sein de sa famille).

— Il n'a rien fait de mal, répond-il, à part mourir.

Rien n'est sûr tant qu'on est vivant, tout peut encore se jouer, mais une fois qu'on est mort, le récit est figé et c'est celui qui a tué qui décide. Ceux que le FLN a tués sont des traîtres à la nation algérienne et ceux que l'armée a tués des traîtres à la France. Ce qu'a été leur vie ne compte pas : c'est la mort qui détermine tout. Ali réalise en parlant avec Djamel que ses actes n'ont plus d'importance, que le silence qu'il a choisi face au capitaine ce matin-là n'a aucun poids puisque le FLN décidera pour lui qu'il a trahi si jamais ses hommes l'égorgent d'une oreille à l'autre. Et tout l'honneur dont Ali aura fait preuve de son vivant disparaîtra d'un mouvement de lame pour l'afficher comme un traître mort.

La semaine suivante, il retourne à la caserne.

— Demande aux Amrouche, dit-il au capitaine. Eux, ils sauront où est ton homme.

Maintenant, il est traître de son vivant. Et il avait raison : ça ne fait aucune différence.

— Tu bois trop, dit Claude en vendant à Ali une bouteille d'anisette.

— Je sais.

C'est surtout qu'il boit seul. Plus personne ne vient à l'Association depuis la mort d'Akli. Mohand et Guellid ont annoncé qu'ils renonçaient immédiatement à leur pension – Guellid parce qu'il avait peur, Mohand parce que, depuis le premier tract, il en avait envie. Les autres continuent probablement de la percevoir, simplement ils ne viennent plus s'asseoir ici. C'est trop compromettant. Conformément aux promesses du capitaine, des militaires patrouillent régulièrement dans la rue, devant la porte qu'Ali ferme sur sa solitude et ses verres d'anisette.

Depuis son dernier passage à la caserne, les Français ont pris deux des fils Amrouche, celui qui collectait et un de ses jeunes frères. Ali s'efforce de ne pas y penser. Ce sont eux qui ont commencé. Il n'y peut rien. Il fallait qu'il se protège.

Il remplit de nouveau son verre puis repose la bouteille sur une pile instable de brochures. Il regarde son reflet dans la fenêtre dont il n'a pas ouvert les volets. Ses yeux ont jauni, ils sont devenus vitreux.

Les militaires qui montent la garde dans le voisinage sont entrés il y a quelques jours pour lui demander d'exposer à l'Association ce que Robert Lacoste a appelé, dans une note, des « brochures fortement illustrées ». Ali a reçu quelques centaines de tracts qui sont entreposés aux quatre coins du local. Il ne voit pas pourquoi il aurait refusé. Il prend une brochure sur la pile et boit son verre à petites gorgées en la regardant. Elle a pour titre *Aspects véritables de la rébellion algérienne* – il ne peut pas la lire mais l'un des soldats lui a expliqué – et elle est consacrée au massacre de Melouza. Là-bas, sur les hauts plateaux au nord de M'Sila, le FLN a tué près de quatre cents villageois, accusés d'avoir soutenu le MNA de Messali Hadj, son concurrent direct dans la lutte pour l'indépendance. Les cadavres alignés ne paraissent pas plus gros que des brindilles sur les photographies. Ali tire sur sa cigarette, recrache la fumée et, dans l'Association déserte, il aligne les questions : Et eux ? Pourquoi ? Eux, des traîtres ? Ils étaient indépendantistes avant vous ! Comment auraient-ils pu vous trahir alors que vous n'existiez pas ! Pour eux aussi, vous avez une justification ? Un beau discours ? Il fait résonner sa voix grave et tremblante et lui qui n'est jamais allé au théâtre, lui qui ne saurait même pas dire pourquoi les Français se pressent devant les portes de ces établissements, acquiert malgré tout, au fil des verres d'anisette, des maniérismes dans la tristesse ou dans la colère qui ressemblent à ceux de Madeleine Renaud, à ceux de Robert Hirsch ou d'André

Falcon quand ils interprètent sur les planches les rois et les reines de tragédie.

Le plus souvent, après qu'il a passé deux ou trois heures enfermé à l'Association, la honte le rattrape et l'oblige à retourner à sa vie. Il vérifie le niveau d'alcool dans la bouteille, espérant toujours en avoir bu moins que ce qu'il découvre. Lorsqu'il se lève, le monde tangue un peu mais rien qu'il ne puisse affronter. Il se lave le visage à grande eau et se rince la bouche. Dans la fenêtre, il attrape une nouvelle fois son reflet, contemple ébahi cette face de lune qui est la sienne et dont la graisse masque encore l'âge. Il remet debout une pile de tracts qui s'est effondrée puis s'apprête à sortir.

Il sait que les brochures sont de la propagande dont les Français se servent pour recruter des partisans, notamment chez les chefs de village. Ils en déploient les photos macabres imprimées en accordéon puis prétendent avoir trouvé sur un de leurs prisonniers une liste noire du FLN contenant le nom de leur interlocuteur. Ça sent le roussi, pour toi, disent-ils. Tu ferais bien de placer tout ton village sous notre protection ou il t'arrivera la même chose qu'à Melouza. Souvent, ça marche. Après tout, on sait que les Français ont les moyens – se sont donné tous les moyens – d'obtenir des informations des fellaghas qu'ils capturent. Celle-là doit être vraie. Ensuite, bien sûr, le chef de village découvre qu'une protection *s'achète* et que, comme dans n'importe quel film sur la mafia, son prix va croissant.

Oui, Ali sait qu'il regarde un outil de propagande élaboré par la puissance coloniale, il n'est pas stupide, il n'est pas né de la dernière pluie, mais il se trouve que la France et lui ont désormais un ennemi commun et que la propagande est un excellent combustible pour la colère.

Dans l'arrière-boutique, Hamid et Annie construisent un château à base de conserves de tomates. Elle veut que ce soit Versailles, il veut que ce soit la maison d'un Ogre. Le jeu dégénère rapidement en dispute. Annie est redoutable dès qu'on la contrarie.

— Silence, les enfants ! crie Claude avec une nervosité qu'ils ne lui connaissent pas. On ne s'entend plus causer.

Annie fait s'écrouler le château plutôt que d'avoir à céder. Hamid boude longtemps, les yeux fixés sur les carreaux blancs et noirs. Elle le prend dans ses bras et l'embrasse.

— Je t'aime, dit-il.

— Tu n'es qu'un bébé, répond-elle.

Ce soir-là, Hamid demande à son père ce qu'il pense de l'amour. En temps normal, Ali lui aurait dit qu'il n'avait pas le temps pour ces enfantillages mais, amolli par l'anisette, il prend le temps d'y réfléchir.

Le mariage, c'est un ordre, une structure. L'amour, c'est toujours le chaos – même dans la joie. Il n'y a rien d'étonnant à ce que les deux n'aillent pas de pair. Il n'y a rien d'étonnant à ce que l'on choisisse de construire sa famille, son foyer, sur une institution qui est durable, sur un contrat évident plutôt que sur le sable mouvant des sentiments.

— L'amour, c'est bien, oui, dit Ali à son fils, c'est bon pour le cœur, ça fait vérifier qu'il est là. Mais c'est comme la saison d'été, ça passe. Et après il fait froid.

Pourtant, il ne peut pas s'empêcher d'imaginer ce que ce serait de vivre avec une femme qu'il aimerait comme un adolescent. Dont le sourire le paralyserait chaque fois. Dont les yeux lui feraient perdre les mots. Michelle, par exemple. C'est plaisant de rêver quelques secondes. Il ignore que pour ses enfants et encore plus pour ses petits-enfants ces quelques secondes de rêve qu'il s'autorise parfois deviendront la norme à partir de laquelle ils jaugeront leur vie sentimentale. Ils voudront que l'amour soit le cœur, la base du mariage, la raison qui pousse à fonder une famille et ils se débattront en tentant d'articuler l'ordre du quotidien et la fulgurance de l'amour sans que l'un des deux n'étouffe ou ne détruise l'autre. Ce sera un combat permanent et souvent perdu mais toujours recommencé.

À la fin de l'année 1957, Yema accouche d'un nouveau petit garçon que son père décide d'appeler Akli. Il a de grands yeux bleu-noir qu'il garde fixement ouverts. Dès les premiers jours, sa santé vacillante inquiète ses parents. Il est malingre, respire mal, a souvent de la fièvre.

— C'est à cause du nom que tu lui as donné, reproche Yema à son mari, autant lui jeter un sort.

Ali ne veut pas croire à ces histoires de bonne femme. Il répond qu'à l'arrivée du printemps, le petit se portera mieux, comme tout le monde. C'est le froid qui lui fait mal, et cette neige qui s'est mise à tomber et qui ralentit tout. Hamid attend avec impatience que son petit frère se rétablisse parce qu'il voudrait le montrer à Annie. C'est un jeu passionnant, lui dira-t-il, c'est un jeu *vivant*.

Une nuit, alors que le silence de la montagne est encore épaissi par la neige qui ouate toutes les surfaces, endort les paysages, Akli se met à hurler dans son berceau et ne s'arrête plus. Toute la famille s'attroupe autour du petit corps secoué de cris. Son front est brûlant, des plaques rouges

133

sont apparues sur sa poitrine. Yema tente de lui donner le sein mais le bébé se détourne sans cesse. Elle le masse, force sa bouche d'un doigt trempé de miel mais Akli brûle et crie sans discontinuer.

— Il faudrait peut-être faire venir un médecin, dit son père.

Il ne prononce ces mots que pour les entendre, pour qu'une parole rationnelle résonne au milieu du tumulte. Il sait que c'est impossible : la neige a bloqué la route et il est impossible de descendre jusqu'à Palestro comme d'en monter. Pendant que ses parents s'agitent autour de lui, le bébé crie comme s'il ne savait pas lui-même qu'il criait, comme si c'était quelque chose d'étranger qui sortait de lui.

— Va chercher le cheikh, ordonne Yema à Ali.

— Pour qu'il nous raconte je ne sais quelles âneries sur les djinns avant de faire des tours de passe-passe ?

— Pour qu'il sauve ton fils.

Dès que l'aube jette quelques lueurs pâles sur la crête, Ali quitte la maison sur un âne (la voiture ne connaît pas la neige, elle paraît se cabrer et s'enfuir devant elle comme un animal pris de panique) et se rend jusqu'à la demeure du guérisseur. Celui-ci vit à l'écart des *mechtas*, dans une maison au toit rond qui rappelle à Ali les tombes des saints sur lesquelles sa mère l'emmenait se recueillir quand il était enfant. Cette demeure aux allures de *kouba* l'impressionne malgré lui : il entre dans la bâtisse avec le même effroi respectueux que s'il avançait dans un cimetière. Il n'y a ni femme, ni enfant, ni serviteur pour l'accueillir. Le cheikh vit seul – comme un ascète disent ses partisans, comme un pervers ou un alcoolique disent ses ennemis. Il regarde entrer le visiteur de l'aube sans prononcer un mot.

— Mon fils est malade, dit Ali timidement, en ôtant son couvre-chef couvert de neige.

— Je ne suis pas médecin, répond le cheikh avec beaucoup de douceur. Je n'ai pas de médicaments.

— Il hurle et... tout le temps il hurle... ma femme..., tente d'expliquer Ali. Bon... Elle pense que c'est un démon qu'il a dans le corps. Parce que je lui ai donné le nom d'un mort.

Le cheikh hésite puis hoche la tête.

— Je vais venir avec toi.

Il rassemble quelques affaires dans une grande besace de cuir et il murmure, pour lui-même autant que pour Ali :

— Si on écoute les femmes, le monde est rempli de djinns qui se glissent partout. Comme si les démons n'avaient pas mieux à faire... C'est rare, en réalité, très rare, qu'il y ait des rencontres entre eux et nous. Souvent, on vient me chercher et il n'y a pas de démon. Il faudrait juste prendre de l'aspirine ou arrêter l'alcool ou je ne sais pas. Mais les gens sont trop déçus lorsque je leur dis. Ils veulent à tout prix avoir des démons.

Le trajet inverse est long. Sous le poids des deux hommes, la bête avance avec peine, son dos se creuse. Ali sent le corps de l'autre contre lui et l'âne les ballotte chaque fois que son sabot fatigué heurte une pierre. Quand ils arrivent à la maison, le soleil est un rond franc dans le ciel et la neige brille sous ses rayons comme une parure de mariée. Les hurlements d'Akli se sont faits plus faibles, enroués, douloureux mais le petit garçon continue cependant à les tirer de sa poitrine, bouche palpitante, yeux exorbités. Le cheikh paraît satisfait en l'examinant.

— Vous avez bien fait de venir me chercher, dit-il aux parents.

Yema ne peut s'empêcher, dans son dos, de jeter à Ali un regard de triomphe. Le guérisseur fait d'abord rouler un œuf lentement sur le petit corps, en insistant sur les aisselles, l'aine et la gorge. Il demande ensuite à Hamid d'aller enterrer l'œuf au fond du jardin. Puis il sort de son sac plusieurs rubans de papier sur lesquels sont inscrits certains versets du Coran. En se balançant d'avant en arrière, il les chantonne plusieurs fois au-dessus de l'enfant qui hurle toujours. Après de longues minutes, il tend les rubans à Yema.

— Couds-les dans l'ourlet de ses langes, dit-il.

Finalement, comme le nourrisson ne cesse pas de pleurer, le guérisseur fait brûler des herbes qui dégagent une fumée et une odeur lourdes dans la pièce. Il passe dans la flamme le tranchant d'une pierre plate et à l'aide de celle-ci, il incise l'enfant au front, aux bras et sur la poitrine en une série de fines coupures verticales. Akli se tait enfin, ses yeux noirs démesurés se posent sur le guérisseur, deux lacs de nuit perdus dans sa petite figure fripée et couverte de sueur.

— Là, là, chuchote le cheikh. C'est bien...

Ali le raccompagne sur son âne. À présent que l'urgence est passée, ils s'endorment presque le temps du trajet jusqu'à la petite maison ronde, leurs corps effondrés l'un sur l'autre.

— Tu n'y croyais pas, n'est-ce pas ? demande le cheikh en attisant les braises du *kanoun*.

Ali, gêné, hausse les épaules.

— Moi non plus, je n'y croirais pas, je suppose, dit gentiment le guérisseur, si je n'étais pas né comme ça, capable de voir.

Sous les mouvements du tison, des étincelles jaillissent en craquant et bientôt quelques flammes réapparaissent le long du bois carbonisé. Les deux hommes en approchent leurs mains engourdies avec un soupir de soulagement.

— Je ne prétends pas avoir des pouvoirs, tu sais, reprend le cheikh. En réalité je n'ai rien que la parole de Dieu et ça je l'ai apprise – ce n'est pas un don. Mais je sais que les djinns rôdent parmi nous et je sais que la bonne sourate peut les renvoyer au désert.

— Est-ce qu'il y a une sourate pour tout ?

— Il y a deux ans, j'ai vu venir chez moi une vieille femme dont le fils avait été torturé par l'armée. Elle m'a demandé une sourate qu'elle pourrait mettre sur sa maison et qui tiendrait les Français à l'écart...

Les deux hommes se sourient.

— Je n'ai rien non plus contre le FLN..., avoue le cheikh, pourtant je commence à croire que ça me serait utile.

C'est peut-être l'épuisement qui permet cette intimité entre les deux hommes, ou la chaleur qui suit les trajets dans la neige, ou le soulagement d'avoir entendu les cris d'Akli s'arrêter. Ils parlent simplement, franchement, dans la maison blanche et verte en forme de *kouba*.

— Tu es menacé ? demande Ali.

— Leurs oulémas ne nous supportent pas. Ils disent que nous avons perverti l'islam avec ce qu'ils appellent notre idolâtrie. Ils parlent au nom d'un islam *pur*. Mais qu'est-ce que ça veut dire ? Pour moi, la religion que je pratique est pure. Je passe ma journée à penser à Dieu, je lui confie chaque seconde de ma vie. On ne peut rien vouloir de plus. Alors c'est qu'ils veulent moins... Et moi, ça ne me va pas.

À son retour, Ali trouve Yema en train de bercer le nourrisson endormi. Elle a le visage mangé de cernes grisâtres mais elle sourit à son mari.

— Regarde comme il est calme.

Dans ses bras, Akli rêve et une bulle de bave se forme doucement sur ses lèvres minuscules. Roulé en boule sous la banquette, Hamid s'est lui aussi abandonné au sommeil. Il émet un ronflement très léger, comme un petit animal satisfait. Alors que le soleil monte rapidement dans le ciel, la maisonnée d'Ali, ignorant la lumière, commence la nuit dont elle vient d'être privée.

— Quand tu dors, tu oublies tous tes soucis, a toujours dit Ali à ses fils pour les obliger à aller se coucher, c'est une chance merveilleuse et ça ne dure que quelques heures, alors profite.

Quand ils se réveillent en milieu d'après-midi, hagards, perdus par le rythme que leur a imposé la fatigue, ils découvrent qu'Akli a cessé de respirer. L'enfant est froid, immobile, d'un bleu presque violet aux lèvres et aux extrémités des doigts. Comme des couvercles de pierre posés sur ses yeux noirs, ses paupières sont closes et roides. Et quand

Naïma pense à cette scène, un vers appris il y a bien longtemps remonte dans sa mémoire : *Nul ne réveillera cette nuit le dormeur.*

La neige fond, minuscule bruit de cascade qui monte de partout, invite à se pencher pour observer comment les flocons aux branches étoilées deviennent l'eau protéiforme, fantomatique. Mais Ali reste droit entre les oliviers coiffés de blanc et de givre. Derrière lui, Hamid et Kader trottinent. Il leur a demandé de l'accompagner. Les garçons soufflent de la buée épaisse dans l'air froid et vif de l'hiver qui paraît donner à tous les éléments du paysage une forme plus précise que jamais.

— Pourquoi on est là, baba ? demande Hamid.

— Pourquoi baba ? répète Kader.

— Pour être ensemble, répond Ali. Entre hommes. Faire face au malheur entre hommes.

Tous les trois continuent à marcher en silence sur les champs hivernaux. Ali se retourne parfois vers ses deux fils aînés et il pense, sans oser leur dire mais en espérant qu'ils puissent le comprendre : Regardez bien tout ce qui se trouve autour de vous, fabriquez-vous des souvenirs de chaque branche, de chaque parcelle, car on ne sait pas ce qu'on va garder. Je voulais tout vous donner mais je ne suis plus sûr de rien. Peut-être que nous serons tous morts demain. Peut-être que ces arbres brûleront avant que j'aie réalisé ce qui se passe. Ce qui est écrit nous est étranger et le bonheur nous tombe dessus ou nous fuit sans que l'on sache comment ni pourquoi, on ne saura jamais, autant chercher les racines du brouillard.

C'est à partir de là qu'il n'y a plus de vignettes, plus d'images aux couleurs vives que l'âge a délavées jusqu'aux pastels qui rendent toute scène charmante. Elles sont remplacées par des morceaux tordus ressurgis des souvenirs de Hamid et retravaillés par des années de silence et de rêves hirsutes, éclats d'information que lâche Ali au détour d'une phrase avant de répondre le contraire quand on l'interroge, bribes de récits que l'on dirait tirés de films de guerre sans que personne n'ait été là pour les vivre. Et entre ces poussières, comme une pâte, comme du plâtre qui se glisserait dans les fentes, comme les pièces d'argent que l'on fond sur la montagne pour servir de montures aux coraux parfois gros comme la paume, il y a les recherches menées par Naïma plus de soixante ans après le départ d'Algérie qui tentent de donner une forme, un ordre à ce qui n'en a pas, n'en a peut-être jamais eu.

En juin 58, le général de Gaulle arrive au pouvoir. Dans la caserne de Palestro, c'est la liesse. De Gaulle, c'est le sauveur de la France, le père de l'armée ; de Gaulle, c'est de Gaulle, merde. Lui saura quoi faire et puis internationalement, ça a de la gueule. Aux terrasses des cafés, les soldats lèvent leurs verres dans un cri – *Au Général ! À l'Algérie française !*

Derrière son comptoir, l'oreille collée au poste de radio, Claude est plus hésitant :

— Il dit qu'il nous a compris... D'accord, mais c'est qui « nous » ?

Depuis la mort de leur fils, Yema refuse qu'Ali la touche. Il dort de plus en plus souvent seul, dans l'appartement de Palestro. Ces dernières années, le logement ne servait à rien d'autre qu'à être mentionné dans les conversations pour illustrer la réussite d'Ali. Il sent le renfermé et la poussière. Parfois Ali préfère rester sur une chaise à l'Association, en attendant que le jour se lève.

Vu, peint sur les rochers de la petite route qui serpente jusqu'à Zbarbar :

L'ARMÉE FRANÇAISE RESTERA
ET VOUS PROTÉGERA TOUJOURS

— Pourquoi tu rentres si tard à la maison ? demande Annie à Michelle.

— Je fréquente quelqu'un... Un militaire. Je n'aurais jamais cru que je me mettrais, moi aussi, à cette mode du militaire.

Sur les étals du marché couvert, le parfum qu'exhalent fruits, fleurs et légumes frappés, caressés par la chaleur du matin qui monte, est si prenant qu'il est impossible de dire s'il est délicieux ou ignoble. On pourrait enfoncer un doigt jusqu'au cœur des tomates en essayant de les tâter. Au Café des Halles, un homme lit un article sur le plan de Constantine annoncé par le Général le 3 octobre. C'est une longue liste de chiffres et de promesses : construction de logements, redistribution de terres, industrialisation et création de dizaines de milliers d'emplois, exploitation du pétrole et du gaz découverts dans le Sahara.

— Ils n'investiraient jamais autant s'ils voulaient partir, commente l'homme. Ils vont s'accrocher.

Youcef disparaît à nouveau du village. On ne le voit plus sur la place. On ne le voit plus au torrent, point de rendez-vous obligatoire pour tous les jeux de garçons. Il n'épuise plus sa vie en trajets le long des routes.

Omar en profite pour monter en grade dans le groupe. Hamid ne fait qu'attendre son retour.

Conformément au plan Challe, une pluie de pierres précieuses s'abat sur le pays à l'automne : opérations Rubis, Topaze, Saphir, Turquoise, Émeraude. La mort qui tombe sur la région du Constantinois a rarement porté d'aussi jolis noms.

Des villages sont évacués de force et sommairement rebâtis ailleurs, derrière des barrières et des fossés. Il y a des processions d'hommes escargots portant sur leur dos, presque comme dans la comptine, leur maisonnette – en pièces détachées. Les autorités françaises qualifient sobrement ces populations de « regroupées ».

Sur les zones fantômes, vidées de leurs habitants, on lâche des bombes et parfois du napalm. Naïma n'en croira pas ses yeux quand elle lira cette information, tant elle a toujours été persuadée que le liquide meurtrier appartenait à une autre guerre, plus tardive, qui en aurait eu l'exclusivité. Les militaires, entre eux, parlent de « bidons spéciaux ».

Cette guerre avance à couvert sous les euphémismes.

La neige revient, précoce. Sur la tombe d'Akli, elle forme une couverture épaisse que personne n'ose ôter. L'ombre penchée de Yema s'y distingue à peine.

Souvenirs confus, croisés de Hamid et d'Ali, situés de manière imprécise à la fin de l'année 59. Les soldats français atteignent le sommet de la montagne en une noria de petits camions verts, laids comme des crapauds.

— Tu connais Youcef Tadjer ?

Main au collet ou directement refermée sur les cheveux.

— Youcef Tadjer, ça te dit quelque chose ?

Le pouce qui s'enfonce sous la clavicule, le poing qui broie le poignet.

— Il est où ?

Chaque « je ne sais pas » est suivi d'un coup de crosse ou d'un coup de pied. Ils s'acharnent particulièrement sur Fatima-la-pauvre, la mère de Youcef. Elle leur explique, mots perdus dans les larmes et les morceaux de dents, qu'elle n'a aucune idée de l'endroit où peut se trouver son fils, qu'il est un mauvais fils, une absence de fils, même. Elle oublie presque que ce sont des militaires qui se tiennent en face d'elle et, en kabyle, elle entame la litanie de ses reproches à l'encontre de Youcef. Comme quoi il ne s'est jamais comporté en homme après la mort de son père, comme quoi il était son unique fils mais qu'il l'a laissée seule et pauvre.

— Tu ne manqueras à personne, alors, dit le sergent.

Et il lui tire une balle dans la tête. Hamid est là, tout près, la main dans celle de son cousin Omar. Il voit le corps de Fatima qui s'affaisse. Poupée fanée, coupée dans sa rengaine. Sang projeté en pluie fine sur le mur. Au sol, en grande flaque, sous les chiffons de son corps. Quand le vieux Rafik se précipite vers elle, le sergent l'abat à son tour. Les enfants s'enfuient.

Plus bas, des champs éloignés dans lesquels les paysans ont décelé la présence de mouches de l'olive. Occupés à chercher sur les fruits les

144

traces de piqûres de ponte, les hommes n'ont rien entendu. Ce sont les cris des enfants qui les alertent. Ils se mettent aussitôt à courir dans leur direction. Lorsqu'ils se rejoignent, les hommes ne demandent pas « Qu'est-ce qui se passe ? » mais « C'est qui ? ».

— Les Francaoui, crie Omar, ils cherchaient Youcef. Ils ont tué Fatima-la-pauvre !

— Restez là, intime Ali aux petits en leur montrant un fossé. Allongez-vous tout au fond et ne bougez pas, d'accord ?

Dociles et tremblants, les deux garçons obéissent. Ils se blottissent là, dans l'odeur de l'herbe et de la terre, le visage écrasé sur les brins qui chatouillent l'intérieur des narines, offerts aux mouvements rapides et contradictoires des insectes. Ce sont des enfants, il ne leur est jamais rien arrivé – même les quatre années de guerre sont passées au-dessus de leur tête, comme des avions lointains dont ils ne peuvent distinguer les passagers par le hublot. Et puisque ce sont des enfants, ils rêvent depuis l'âge où l'on peut rêver qu'il leur arrive quelque chose, mais sûrement pas ça, pas cette rencontre frontale avec la mort, le coup que la mort vient de leur foutre en pleine gueule ni cette attente dans le fossé qui fait que la mort ressemble aux herbes et que la mort ressemble aux fleurs tubulaires et ressemble à un scarabée dont le dos se divise en deux boucliers noirs.

Sur la route, les figues trop mûres se sont détachées des arbres et changées en une pâte sombre et visqueuse. Ali glisse, il tombe, s'écorche les mains et les genoux, se relève, repart.

L'interprète du capitaine, le fils du marchand de poulets, fait partie du détachement qui a envahi le village. C'est vers lui qu'Ali court, les mains en l'air, comme s'il se rendait en attaquant, ou attaquait tout en se rendant. Il donne sa parole d'honneur que Youcef n'est plus là et que personne ne le cache. Dis-leur ça, dis-leur. Il est parti depuis des semaines, on ne l'a pas vu, ça lui arrive souvent. Dis-leur ça, s'il te plaît, dis-leur. Ali répète le nom du capitaine, pointe du doigt ceux qui, parmi les soldats, l'ont vu à la caserne. Ils me connaissent, dis-leur ça, ils savent qu'ils peuvent me faire confiance.

Le sergent le regarde gesticuler et supplier devant son traducteur. Il finit par faire signe à ses hommes de se regrouper. Deux d'entre eux abaissent le vantail arrière d'un des camions. Ils en sortent un corps rigide, couvert de crasse et de sang séché qu'ils jettent au sol. C'est le lieutenant du FLN, le Loup de Tablat. Les soldats français l'attachent à un poteau.

— Il va rester ici pour que vous n'oubliiez pas ! crie le sergent. La mort n'épargne personne, c'est clair ? Il n'y a pas de héros, c'est clair ?

Les Français repartent en trombe. Le cadavre reste là. Avec sa moustache croûteuse de poussière et sa rigidité mortuaire, le moudjahid a l'air d'une piètre marionnette de lui-même, une représentation de guerrier algérien dans une mauvaise pièce de Guignol.

— Merci, mon fils, dit la vieille Tassadit à Ali.

Elle boîte jusqu'à lui et lui embrasse les mains. D'autres villageois s'approchent à leur tour pour le

146

remercier. Quand Ali repensera plus tard à cette scène, c'est ce moment qui lui reviendra toujours à l'esprit, rendu incompréhensible par l'Histoire : personne ne lui crache à la face, personne ne lui reproche ses liens avec l'armée. Les villageois considèrent qu'il leur a sauvé la vie.

Le corps du Loup de Tablat, prisonnier de sa pose verticale, regarde de ses yeux grumeleux passer les gens en pleurs et en hululement qui accompagnent au cimetière pentu les dépouilles de Fatima et du vieux Rafik. Il attire les bêtes, les chacals, les vautours, les chats rayés, les renards et puis des choses plus petites, sorte de musaraignes, rats ou mulots, minuscule masse grouillante aux dents aiguisées. Est-ce qu'il sert vraiment d'exemple ? Il faudrait être idiot à ce stade des « événements », ou des « troubles », ou de la guerre – vous pouvez appeler cela comme bon vous semble – pour ne pas avoir compris que la mort menace tout un chacun, qu'importe le côté d'où elle vient. Un cadavre, finalement, c'est peut-être moins effrayant pour les villageois des sommets que tous ces disparus dont l'absence creuse au fond des mémoires une blessure qui a leur forme, leur voix, une blessure rieuse des jours tendres, une blessure grise des jours de pluie.

Il y a des disparus qui attendent au fond de l'eau que quelqu'un les réclame, d'autres au fond d'un trou dans le désert, au fond d'un ravin de montagne. Il y a des disparus dont les corps ont été retrouvés mais pas les visages que l'acide a dissous.

Le Loup de Tablat, lui, a au moins l'avantage de mourir avec son nom, ou plutôt de pouvoir mourir de tous les côtés en même temps : nom, corps, et visage. Âme ? Qu'advient-il de son âme ? Hamid et Omar qui reviennent observer le cadavre malgré les interdits de leurs parents peinent à croire qu'elle soit au paradis d'Allah pendant que le corps pourrit, attaché au poteau de bois. Elle doit encore être là, quelque part, à regarder.

« Tous les hommes bien nés / Ont pris la forêt »,
affirme un vieux poème de Si M'hand, laissant entrevoir un monde uniquement peuplé de
femmes, d'enfants et de pleutres, entourés d'arbres
qui dissimulent les combattants ou entourés de
combattants si nombreux qu'ils pourraient remplacer les arbres – je ne sais pas. Pourtant, sur le
chemin du torrent et tout le temps de sa baignade,
Hamid n'a vu personne. Il remonte la pente couverte de graminées et de lauriers-roses. Les flots
ont emporté une de ses chaussures et il sautille. Il
sait que Yema va crier, lui reprocher de s'être aven-
turé si loin et d'y avoir laissé sa godasse. Chaque
jour, elle réitère son interdiction de sortie, chaque
jour il négocie, par des colères, des sourires et des
cajoleries, toutes les armes que l'enfance tient à
sa disposition, de pouvoir aller un tout petit peu
dehors. Il ne peut pas comprendre la peur de sa
mère parce qu'il ne peut pas s'imaginer mourir
– c'est une occupation d'adulte. Aujourd'hui, il a
quitté la maison en cachette mais il ne redoute
pas vraiment l'engueulade qui l'attend. Yema fera
semblant d'être en colère alors qu'elle tremble de

joie de le voir revenu intact. Il fera semblant d'être triste, tout plein encore du plaisir de sa fuite. C'est un jeu auquel ils jouent souvent tous les deux.

Il entend siffloter de l'autre côté des pins et reconnaît un air familier, une chanson un peu sale que les garçons du village fredonnent pour s'amuser, dans le dos des parents. Il se dirige vers le siffleur malgré ce que lui a dit son père : *Plus rien de bon n'arrive sur la montagne*. La mélodie l'entraîne jusqu'à un endroit qu'il connaît bien, où les rochers forment un trône massif aux courbes douces. C'est là que les gamins venaient se sécher et paresser au soleil après leurs baignades, à l'époque où ils étaient libres de passer leurs journées dehors. Quand Hamid aperçoit la silhouette dégingandée allongée sur la pierre grise, son cœur fait un bond dans sa poitrine. Est-ce que c'est possible ?

Le siffleur ouvre les yeux et lui sourit, Hamid reconnaît ses dents écartées – celles dont le village disait qu'elles lui permettaient de stocker toujours un peu de nourriture au milieu, des dents de misère et de ruse.

— Youcef !

Le cri de joie du petit garçon fait s'envoler quelques oiseaux et la réponse du jeune homme en est l'écho moqueur :

— Hamid !

Ils se serrent la main puis collent leur front l'un à l'autre et s'attrapent par le cou. Hamid n'a jamais su ce qui tenait de l'amour ou de la lutte dans ce geste mais c'est le leur, celui de tous les garçons de la crête. Pour mettre son visage à la hauteur des huit ans de Hamid, Youcef doit se plier en deux. Après quelques secondes de ce face-à-face silencieux et souriant, ils se détachent.

Youcef est très maigre, sa peau s'est collée à l'os comme un linge blanc mouillé ou du papier à cigarettes, elle paraît si fine qu'elle pourrait se rompre sous les mouvements de la mâchoire. Cela fait des mois qu'il a disparu, que personne au village ne l'a revu, des mois que Fatima-la-pauvre est morte. Tout le monde sait désormais que Youcef a pris le maquis. Les garçons parlent souvent de lui, même ceux qui sont trop petits pour s'en souvenir. Présent, il était leur chef, absent, il est devenu leur idole, le seul d'entre eux à avoir eu l'âge de choisir. Parfois, Ali dit qu'on ne peut pas être sûr de ce qui s'est passé, que Youcef a peut-être « disparu » comme tant d'autres, ou qu'il croupit dans une geôle de Palestro. Mais Omar, Hamid et tous les autres croient aux récits glorieux qu'ils inventent et qui font du jeune homme un chef de guerre, un nouvel Arezki, un Robin des Bois kabyle. Or voilà qu'aujourd'hui, Youcef – vivant et libre comme il se l'est toujours imaginé – se tient devant Hamid et le petit garçon en est heureux comme d'une apparition divine.

— Raconte, raconte, supplie-t-il. C'est comment là-bas ?

— Ça a été très dur au début... J'ai failli mourir de faim, de plusieurs autres choses aussi, mais la faim, c'était le pire. Parfois, j'ai pensé que j'allais redescendre uniquement parce que je voulais manger. Ça fait des crampes dans le ventre, pire que ce que j'imaginais. Je rêvais même des plats que je détestais avant, les galettes de graisse de mouton ou la queue, cette horrible queue de mouton qui me faisait vomir. La nuit, je voyais le fantôme de ma mère se pointer à mon chevet avec un plat de queues de mouton et je pleurais de joie, je lui embrassais les pieds et je lui demandais de me pardonner tout ce que j'avais pu lui dire de son vivant...

Youcef grimace et son beau visage d'os se déforme entièrement :

— Ils nous promettaient que tout irait bien. Ils nous assuraient que l'armée de Nasser allait venir nous aider. Tu parles. On n'a pas vu l'ombre d'un Égyptien. On était là, à se planquer... Parfois, je me disais que j'avais vingt ans et que je passais ma vie caché dans une grotte, comme une bête, et ça me mettait hors de moi.

— Pourquoi tu es resté avec eux, alors ?

— Est-ce que tu veux cautionner toi aussi plus longtemps un système économique fondé sur l'oppression et sur l'incohérence ? demande Youcef à Hamid.

— Hein ?

Ils éclatent de rire tous les deux, conscients que la phrase du jeune homme n'a aucun sens pour un gamin de huit ans. Youcef, lui-même, n'est pas toujours sûr de la comprendre mais il a appris à la répéter. Parfois, elle lui paraît limpide. Parfois, elle n'est qu'une succession de mots alignés au bord du chemin comme des cailloux.

— J'ai souffert comme un chien pendant les quinze premières années de ma vie, explique-t-il une fois le rire épuisé. Je ne voulais pas continuer. Le FLN me promet que la souffrance peut s'arrêter si on chasse les Français. Les Français promettent que la souffrance pourra s'arrêter si je vais à l'école, que j'apprends à lire et à écrire, si je passe un diplôme de technicien, si je trouve un travail dans une bonne entreprise, si j'achète un appartement dans le centre-ville, si je renonce à Allah, si je mets des chaussures fermées et un chapeau de roumi, si je perds mon accent, si je n'ai qu'un ou deux enfants, si je donne mon argent au banquier au lieu de le garder sous mon lit...

Hamid le regarde en écarquillant les yeux, la bouche entrouverte. Il a la concentration exaltée des enfants devant le spectacle d'un magicien.

— Ça fait beaucoup de si, dit Youcef avec douceur, tu ne trouves pas ?

Le petit garçon hoche vigoureusement la tête. Ils se taisent un instant, peut-être qu'ils comptent les « si » en regardant le haut des pins s'agiter dans la brise.

— On les aura, dit Youcef. Ce n'est plus qu'une question de jours...

— Et Annie ? demande Hamid avec inquiétude.

— Eh ben quoi, Annie ?

— Je veux l'épouser, déclare Hamid avec le plus grand sérieux.

C'est la première fois qu'il formule cet espoir à voix haute et l'instant revêt pour lui le caractère d'une cérémonie fragile.

— Ça n'arrivera jamais, lui répond Youcef hilare.

— Vous allez la renvoyer en France ?

L'autre hausse les épaules :

— Elle repartira d'elle-même. Tu crois que les Français sont ici parce qu'ils aiment le paysage ? Le jour où on leur dira qu'ils ne peuvent plus s'engraisser sur notre dos, crois-moi, ils feront tous

leurs bagages en moins de temps qu'il n'en faut
pour dire « République française ».

— Pas Annie, maintient Hamid.

— Espèce d'âne, rit Youcef et il lui tape du plat
de la main sur la tête.

Il remet son maillot de corps, sa veste militaire,
ses bottines à lacets. Hamid le trouve impressionnant dans cette tenue, corseté d'une virilité nouvelle et, du coin de l'œil, il épie chacun de ses
gestes pour pouvoir les imiter.

— Je peux venir ? demande-t-il timidement.

Youcef éclate de rire.

— Toi ? Toi ? Pauvre de toi… Ton père en aurait
une crise cardiaque que tu prennes le maquis.

Hamid ne comprend pas pourquoi : le problème,
ce serait surtout Yema. Elle aurait trop de peine.
Il agite la main alors que le jeune homme se met
en marche. Par sens du suspens, en souvenir de
leurs anciens jeux d'espionnage, à moins qu'il ne
s'agisse d'une consigne réelle, celui-ci se retourne
et demande au petit garçon de ne pas regarder
la direction dans laquelle il part. Hamid plaque
aussitôt une main contre ses yeux.

— Écoute, reprend la voix de Youcef qui
s'éloigne, écoute bien… pour ceux qui ont pris le
côté des Français, les cons, ils se sont trompés.
Mais ce n'est pas trop tard. Ils peuvent encore nous
rejoindre. S'ils montent avec une arme, en ayant
tué un officier, on leur pardonnera. L'Algérie ne
dévore pas ses enfants. Fais passer le mot.

Ali se rend désormais souvent à la caserne pour échanger quelques informations avec le capitaine. Il ne dit pas grand-chose (rien, racontera-t-il après, lors des procès imaginaires qui se tiendront dans le camp, rien du tout, quand je donnais des noms, c'étaient ceux des morts), juste ce qu'il faut pour conserver avec l'armée ce lien de confiance qui peut protéger le village.

Il fait le choix, se dira Naïma plus tard en lisant des témoignages qui pourraient être (mais qui ne sont pas) ceux de son grand-père, d'être protégé d'assassins qu'il déteste par d'autres assassins qu'il déteste.

Au mois de juin 1960, des représentants français rencontrent une délégation du Gouvernement provisoire de la République algérienne à Melun pour négocier.

— De Gaulle est en train de nous lâcher, maugréent les soldats.

L'échec de ces premières négociations ne parvient pas à les convaincre que leur ancien héros est toujours de leur côté.

Dans les rues de Palestro, quelques commerces tenus par des Européens commencent à fermer. Ils ne sont pas nombreux. C'est à peine décelable. Une vitrine désormais vide, une enseigne décrochée, une lampe éteinte.

Alors qu'il se rend chez les militaires, Ali voit Michelle sortir à pas vifs de la caserne. Comme à son habitude, la présence de cette femme lui ôte tous les mots qu'il croyait connaître. Mais, cette fois, Michelle aussi reste muette. Deux points d'un rouge brûlant, de la largeur d'une pièce de monnaie, apparaissent sur ses joues puis se diluent, teintent tout le visage jusqu'aux oreilles de rose vif et de rose tendre. On voudrait y enfoncer le bout des doigts. Elle se retourne brusquement et Ali voit, de l'autre côté de la cour, le capitaine au grand nez souple qui les fixe. Ils se tiennent là, tous les trois, personne ne sait quoi dire et chacun réalise qu'il est impossible de regarder deux personnes à la fois.

Dans la caserne, les soldats font la gueule et lancent des regards méchants à Ali qui entre dans le bureau du capitaine.

— De Gaulle a annoncé un référendum sur l'autodétermination, explique l'interprète. Ils ne savent plus quoi penser.

Autour du marché couvert, le crieur public bat son tambour énorme et rond et, de sa voix de crécelle, annonce la venue du président du Conseil pour le mois de décembre. Certains Européens crachent par terre ou haussent les épaules. Tu parles, Charles. Ils n'y croient plus.

— C'est une feinte de De Gaulle, dit Ali à ses frères. Ils ne lâcheront jamais l'Algérie : ils ont écrasé les maquis, militairement ils dominent tout. Le FLN prend ses rêves pour des réalités.
— Mais si l'indépendance arrivait quand même, *rhouya* ?
— Est-ce qu'on ne devrait pas... ?
Ils ont tous les trois en tête le message de Youcef.

La nuit, dans l'antre silencieux des casernes du pays, les vols de fusils, les désertions et les meurtres se multiplient. L'ambiance se dégrade entre les militaires français et leurs supplétifs indigènes. Ils ne jouent plus aux dés ensemble au pied des Jeep. Ils ne s'amusent plus à s'apprendre des jurons dans leurs langues respectives. Sur les montagnes, on voit remonter des hommes que les baraquements recrachent après des années d'enrôlement.
— Le chef m'a dit de rentrer, commentent-ils en haussant les épaules.
À peine franchies les limites de leur village, parfois avant, là où la route fait un coude, là où pousse un bosquet d'yeuses sombres, certains d'entre eux disparaissent. On ne demande pas ce qu'ils sont devenus. Le FLN l'a annoncé : pour celui qui s'est *habillé*, il ne sera pas possible d'ôter son uniforme et de reprendre le cours de sa vie. Il faudra au préalable se laver le corps dans le sang d'un gradé.

En entendant ces nouvelles, Ali doit sans doute comparer le rôle qu'il joue auprès du capitaine avec celui que tenaient les récents disparus dans l'armée française. Il lui est probablement facile de se convaincre que ceux-ci n'ont rien à voir. De Fattah, un maigrichon de Tablat, on dit qu'il a participé aux séances d'interrogation spéciale, la main sur la manivelle. Boussad, le colosse de Mihoub, on raconte qu'il creusait les tombes. Ces hommes avaient laissé derrière eux un sillon de guerre si profond que même si le FLN n'avait pas touché à leur tête, les familles des morts auraient pris les armes contre eux. Ils étaient condamnés, ils ne pouvaient plus trouver la paix dans leur village. Mais Ali n'a fait que demander une protection pour lui et pour les siens – protection dont tous autour de lui ont bénéficié. Il a payé cette protection comme il se doit, comme un homme d'honneur qui refuse de laisser la dette se coucher devant sa porte. Personne ne peut le lui reprocher. La place qu'il tient là-haut, sur la crête, le protège de représailles hâtives – c'est du moins ce qu'il croit, ce qu'il veut croire, ce qu'il dira plus tard qu'il a cru.

Depuis la découverte du pressoir dans les eaux du torrent enflé, il a trop bien joué son rôle de propriétaire terrien pour que le village oublie les services rendus. Il a donné du travail à ceux qui en avaient besoin : les fils de pauvres, les fils de veuves. Il les a traités en amis, leur a offert la possibilité d'être des hommes et pas des moins-que-rien. Ceux-là s'en souviendront sûrement. Il croit qu'on dira de lui qu'il a peut-être fait une erreur de jugement politique mais qu'à l'échelle de la montagne, il a toujours été un bon fils, un bon frère, un bon père, un bon cousin, un bon chef, un bon mari, bref un bon Algérien.

Cette année-là, il récolte les olives au milieu de son clan sans savoir qu'il ne verra plus jamais ses arbres se couvrir de fruits.

Comment naît un pays ? Et qui en accouche ?

Dans certaines parties de la Kabylie, il existe une croyance que l'on appelle « l'enfant endormi ». Elle explique pourquoi une femme peut donner naissance alors que son mari est absent depuis des années : c'est que l'enfant a été conçu par le mari puis s'est assoupi dans le ventre pour n'en sortir que bien plus tard.

L'Algérie est comme l'enfant endormi : elle a été conçue il y a longtemps, si longtemps que personne ne parvient à s'accorder sur une date, et elle est restée des années en sommeil, jusqu'au printemps 1962. Au moment des accords d'Évian, le FLN tient à faire préciser que l'Algérie *recouvre* son indépendance.

Près d'un demi-siècle après leur signature, Naïma établit des accords le résumé suivant, sur un document Word, à grand renfort de coupes et d'italiques.

Déclaration générale des délégations
du 18 mars 1962

I – ACCORD DE CESSEZ-LE-FEU EN ALGÉRIE

ARTICLE PREMIER

Il sera mis fin aux opérations militaires et à toute action armée sur l'ensemble du territoire algérien le 19 mars 1962, à 12 heures.

ARTICLE 2

— Les deux parties s'engagent *à interdire tout recours aux actes de violence collective et individuelle.*
— Toute action clandestine et contraire à l'ordre public devra prendre fin.

II – DÉCLARATIONS GOUVERNEMENTALES
DU 19 MARS 1961 RELATIVES À L'ALGÉRIE

A) DÉCLARATION GÉNÉRALE

Le peuple français a, par le référendum du 8 janvier 1961, reconnu aux Algériens le droit de choisir, par voie d'une consultation au suffrage direct et universel, leur destin politique par rapport à la République française.

La formation d'un État indépendant et souverain paraissant conforme aux réalités algériennes et la coopération de la France et de l'Algérie répondant aux intérêts des deux pays, le gouvernement français estime avec le FLN que *la solution de l'indépendance de l'Algérie en coopération avec la France est celle qui correspond à cette situation.*

CHAPITRE PREMIER
De l'organisation des pouvoirs publics pendant la période transitoire et des garanties de l'autodétermination

a) La consultation d'autodétermination permettra aux électeurs de faire savoir s'ils veulent que l'Algérie soit indépendante et, dans ce cas, s'ils veulent que la France et l'Algérie coopèrent dans les conditions définies par les présentes déclarations.

c) La liberté et la *sincérité* de la consultation seront garanties.

h) Le plein exercice des libertés individuelles et des libertés publiques sera rétabli dans les plus brefs délais.

i) Le FLN sera considéré comme une formation politique de caractère légal.

l) Les personnes réfugiées à l'étranger pourront rentrer en Algérie. Les personnes regroupées pourront rejoindre leur lieu de résidence habituel.

CHAPITRE II
De l'indépendance et de la coopération

A) DE L'INDÉPENDANCE DE L'ALGÉRIE

I. – L'État algérien exercera sa souveraineté pleine et entière à l'intérieur et à l'extérieur

Cette souveraineté s'exercera dans tous les domaines, notamment la défense nationale et les affaires étrangères. L'État algérien se donnera librement ses propres institutions et choisira le régime politique et social qu'il jugera le plus conforme à ses intérêts.

Sur le plan international, il définira et appliquera en toute souveraineté la politique de son choix.

L'État algérien souscrira sans réserve à la Déclaration universelle des droits de l'homme et fondera ses institutions sur les principes démocratiques et *sur l'égalité des droits politiques entre tous les citoyens sans discrimination de race, d'origine ou de religion.*

II. – Des droits et libertés des personnes et de leurs garanties

Dispositions communes

(Au moment de taper sur son clavier les quelques lignes ci-dessous, Naïma a pensé que celles-ci étaient d'une clarté et d'une brièveté remarquables. Elles devaient protéger son grand-père. Les quelques lignes ci-dessous – a pensé Naïma au moment de les taper – se sont aussi avérées d'une inefficacité remarquable.)

Nul ne pourra faire l'objet de mesures de police ou de justice, de sanctions disciplinaires ou d'une discrimination quelconque en raison :

— *d'opinions émises à l'occasion des événements survenus en Algérie* avant le jour du scrutin d'autodétermination ;

— *d'actes commis à l'occasion des mêmes événements* avant le jour de la proclamation du cessez-le-feu ;

— *aucun Algérien ne pourra être contraint de quitter le territoire algérien ni empêché d'en sortir.*

Dispositions concernant les citoyens français de statut civil de droit commun

(Les articles qui suivent sont, pour Naïma, les plus compliqués de chiffres et de durées légales, les moins faciles à lire. Elle les a d'ailleurs retranscrits tels quels, en pâtés imposants, par des opérations de copier-coller, sans parvenir à les résumer. Ce sont les lignes suivantes qui protégeaient ceux que l'on allait appeler désormais les pieds-noirs. Naïma trouve amusant ou tragique de penser que, malgré la précision des dispositions exposées, la plupart de ceux à qui elles promettaient une place ont quitté le pays bien avant la fin des délais définis, par exemple, à l'article *a*.)

a) Pour une période de trois années à dater du jour de l'autodétermination, les citoyens français de statut civil de droit commun nés en Algérie et justifiant de dix années de résidence habituelle et régulière sur le territoire algérien au jour de l'autodétermination ; ou justifiant de dix années de résidence et dont le père ou la mère né en Algérie remplit, ou aurait pu remplir, les conditions pour exercer les droits civiques ; *bénéficieront, de plein droit, des droits civiques algériens et seront considérés, de ce fait, comme des nationaux français exerçant les droits civiques algériens.*

Au terme du délai de trois années, ils acquièrent la nationalité algérienne par une demande d'inscription ou de confirmation de leur inscription sur les listes électorales.

b) Afin d'assurer aux Algériens de statut civil français, *la protection de leur personne et de leurs biens*, et leur participation régulière à la vie de l'Algérie, les mesures suivantes sont prévues :

— ils auront une juste et authentique participation aux affaires publiques ;

(Comment – se demande Naïma – peut-on prévoir une participation *juste* et *authentique* ? Quel est même le sens de ces deux adjectifs dans la phrase ci-dessus ?)

— dans les assemblées, leur représentation devra correspondre à leur importance effective. Dans les diverses branches de la fonction publique, ils seront assurés d'une équitable participation ;

— leurs droits de propriété seront respectés. *Aucune mesure de dépossession ne sera prise à leur encontre sans l'octroi d'une indemnité équitable préalablement fixée.*

Ils recevront les garanties appropriées à leurs particularismes culturel, linguistique et religieux. Ils conserve-

164

ront leur statut personnel qui sera respecté et appliqué par des juridictions algériennes comprenant des magistrats de même statut. Ils utiliseront la langue française au sein des assemblées et dans leurs rapports avec les pouvoirs publics.

(Il y avait un grand B au chapitre 2 mais elle ne le relit jamais. Il porte sur les titres miniers et l'exploitation des hydrocarbures que la France se refuse à abandonner au nouvel État indépendant. Naïma n'est pas du genre à faire semblant de découvrir que la colonisation s'est poursuivie par des voies multiples et souterraines. Elle rencontre le mot « Françafrique » dans les journaux depuis qu'elle est en âge de les lire. Elle note, cependant, que le grand B et ses articles de coopération économique occupent plus de place dans les accords d'Évian que les dispositions censées protéger son grand-père. Elle le note, c'est tout, avec cette fausse légèreté qui essaie d'en dire tellement long en ne commentant pas.)

III. DU RÈGLEMENT DES QUESTIONS MILITAIRES

Les forces françaises, *dont les effectifs auront été progressivement réduits à partir du cessez-le-feu,* se retireront des frontières de l'Algérie au moment de l'accomplissement de l'autodétermination ; leurs effectifs seront ramenés, *dans un délai de douze mois à compter de l'autodétermination,* à quatre-vingt mille hommes ; *le rapatriement de ces effectifs devra avoir été réalisé à l'expiration d'un second délai de vingt-quatre mois.*

— l'Algérie concède à bail à la France l'utilisation de la base de Mers-el-Kébir pour une période de quinze ans, renouvelable par accord entre les deux pays ;

— l'Algérie concède également à la France l'utilisation de certains aérodromes, terrains, sites et installations militaires qui lui sont nécessaires.

165

IV. DU RÈGLEMENT DES LITIGES

La France et l'Algérie résoudront les différends qui viendraient à surgir entre elles par des moyens de règlement pacifique.

Hamid court le long de la route, il dégouline de sueur et ses genoux lui font si mal qu'il a l'impression d'être en train de se disloquer.

— Tu vas jusqu'au magasin, tu donnes l'argent à Hamza et tu reviens, lui a fait promettre Ali. Tu ne perds pas de temps en route, tu ne t'arrêtes pas.

Hamid a promis et il fonce malgré le soleil de plomb. Il se grise du sentiment de sa propre vitesse. Un homme surgit soudain sur le chemin et tend les bras pour arrêter le petit garçon. Dès que Hamid ralentit, il sent l'odeur de sa propre transpiration qui lui entre dans le nez.

L'homme au milieu du chemin lui sourit. Il a de belles dents blanches dans le mur noir et roux de sa barbe. On dirait qu'elles dorment là, dans le nid de poils.

— Tu es le petit d'Ali, toi ?

Il a l'air très heureux de tomber sur lui. Hamid hoche la tête.

— Tu fais les commissions pour ton père ?

Nouveau hochement de tête. Le sourire s'élargit.

— Alors, fais-en une pour moi aussi.

Hamid acquiesce en sautillant. Il espère que ce ne sera pas trop long. Il voudrait repartir en courant, si vite qu'il distancerait l'odeur de son propre corps.

— Dis à ton père, articule lentement l'homme en passant un doigt sur sa gorge, que d'ici peu, on lui fera la peau.

Il prononce la phrase en souriant, comme s'il n'essayait pas d'effrayer le petit garçon, comme s'il s'agissait d'une perspective certaine et agréable. Longtemps après, Hamid se demandera encore si l'homme a voulu les aider, leur permettre d'échapper au couteau qu'il annonçait ou s'il avait simplement partagé avec lui un petit morceau de ce futur radieux que le FLN instaurait pour tous. *C'est comme ça que ça va se passer, voilà, merci.*

Une part de lui s'obstine à vouloir que ce soit Youcef qui lui ait envoyé ce dernier messager, au nom des anciens jours de la rivière.

Hamid répète à son père les propos de l'homme souriant, en guettant sur son visage le moindre tremblement. Il voudrait qu'Ali balaie la menace d'un revers de la main et continue de boire son lait caillé, imperturbable, royal. Mais Ali devient blême et repose son verre sur la table dans un claquement.

— Qui c'était ? demande-t-il.

Sans s'en rendre compte, il a attrapé Hamid par le col et le secoue. La petite Dalila se cache les yeux.

— Un des fils de Farid, je crois, bégaie Hamid.

Ali tord la bouche en un rictus méprisant :

— Lui, il t'a dit ça ? Lui, il veut venger le pays ? C'est un martien ! L'indépendance, il a commencé à y croire une fois que les accords ont été signés ! Et maintenant il roule des épaules à dire qu'il a fait la peau à la France. Il aurait vendu son père et sa mère à la France, si la France elle en avait voulu !

Hamid entendra plusieurs fois cette expression dans les années qui vont suivre : c'est un martien. Il finira par comprendre qu'elle désigne ceux qui ont rejoint le FLN au mois de mars, au moment de la signature des accords. Mais pour l'instant, elle ne signifie rien, n'évoque même pas les créatures vertes et lumineuses qu'il découvrira sur les pages crépusculaires des bandes dessinées. C'est une insulte flottante et dépourvue de sens.

Au-dessus des restes du dîner, les murmures sifflants de Djamel, Hamza et Ali traversent les murs et parviennent aux enfants qui ne dorment pas.

— C'est ta faute, Ali. C'est ta faute, mon frère. Pourquoi tu as voulu dire partout que tu étais pour les Français ? Maintenant le FLN va venir et ils nous tueront tous.

— Tu délires, répond Ali. Je n'ai jamais dit que j'étais pour les Français et je n'ai pas touché un fusil. Ils n'ont aucune raison de nous en vouloir. Moi, on m'a demandé qui étaient les familles de la crête, j'ai répondu. J'ai dit : untel est le cousin d'untel. Mais tout le monde le savait. On m'a demandé : explique-nous tel endroit, j'ai expliqué l'endroit, où était le ruisseau, où étaient les rochers. Mais c'est tout. Je ne suis pas un traître.

— Même si tu avais fait moitié moins, ils trouveraient que c'est trop. Tu crois que les Amrouche ont besoin de preuves pour venir nous prendre la ferme ? Tu crois qu'ils n'attendent pas que ça ? Ils salivent dessus depuis des années. Et maintenant, les fils de Farid s'y mettent aussi !

— Ils vont tout prendre ! Bien sûr qu'ils vont tout prendre. C'est ta faute, Ali.

— Parce que toi, peut-être, tu étais un moudjahid ? demande méchamment Ali, c'est pour ça qu'ils t'ont laissé remonter sans même t'arracher un cheveu ?

— Je ne sais pas pourquoi ils m'ont relâché ! hurle Hamza.

Ils se taisent, abattus, déchirés, trois grands corps écrasés par le poids de ce qui va venir.

— Ils vont lâcher sur nous les chiens de l'indépendance...

Le printemps chaud devient l'été brûlant et les chansons moqueuses qui accompagnent Ali lorsqu'il se promène sur la crête se changent en insultes. Il ne pourrait même pas dire quand s'opère la transformation, elle paraît être une sorte de croissance naturelle et continue, comme pour une plante dont les bourgeons lentement deviennent fleurs puis fruits. Les hommes au bord de la route, la houe sur l'épaule, sifflent entre leurs dents à son passage. Un par un, les ouvriers qui cultivaient ses terres cessent de venir au travail. Ali et ses frères doivent se résoudre à reprendre leurs outils. Au soir, leurs mains attendries par des années d'inactivité saignent et brûlent.

Un beau matin, Ali constate que les enfants lui jettent des pierres. Ce pourrait être terrifiant mais ils le font comme des enfants : avec un mélange de cruauté et de joie rayonnante, sans cesser de babiller.

Au comptoir déserté comme autour de ses granges, des hommes qu'il ne connaît pas rôdent, tête baissée, regards brillants. Interrogés sur les raisons de leur présence, ils répondent qu'ils passent simplement acheter des olives mais quand Ali veut leur tendre un seau ou une jarre, ils refusent avec de grands gestes.

— Non, non, on ne prend pas maintenant. On reviendra chercher tout à l'heure. Tu entends ? *On reviendra...*

Ils s'en vont en riant, leurs yeux roulant dans tous les sens.

Yema décide de ne plus sortir parce qu'à la fontaine un homme l'a insultée et a arraché son fichu jaune frangé de noir. La nuit, au moment de s'endormir, elle se pelotonne contre Ali de sorte que ni bras ni jambe ne dépasse du grand paravent de son corps.

En se glissant en douce hors de chez eux avant que ses parents ne se réveillent, Hamid découvre qu'on a chié devant leur porte. Curieusement, l'odeur ne le dérange pas. On dirait des fleurs qui ont pourri.

Le lendemain, il trouve une oreille. Cette fois, il va chercher son père.

Contre les murs de la caserne, la tension grandissante se constate à l'empilement de plus en plus haut et épais de sacs de sable. Plusieurs fois, les soldats ont demandé à Ali d'aider à décharger les camions et le poids de ces boucliers naturels lui a fait grincer le dos. Ce matin de juin, c'est la totalité du bâtiment qui exhibe sa doublure interne de jute et de sable et, dans la cour rétrécie, le son prend un caractère mat.

Ali demande, comme d'habitude, à parler au capitaine. Le soldat en faction lui répond, en levant à peine les yeux de son magazine, qu'il est sorti.

— À qui je peux parler, alors ?

— Le sergent Daumasse est là.

Daumasse a une tête de rat ou de coucou avec sa pomme d'Adam proéminente. C'est lui qui a regardé ses hommes battre la vieille Tassadit sans intervenir, c'est lui qui a tué de sang-froid Fatima-la-pauvre et Rafik. Ali le déteste et Daumasse le lui rend bien : c'est plus fort que lui, il n'aime aucun indigène. Il pense qu'il aurait fallu les gazer comme les Américains ont gazé les moustiques au DTT en débarquant dans les îles Pacifique. C'était le seul moyen de rendre l'endroit habitable.

— Qu'est-ce que tu veux ? demande le sergent. Il ne pose la question que pour la forme.

— Protégez ma maison, dit Ali.

— Ce n'est pas possible.

— Donnez-nous des armes.

— Pas possible.

— Emmenez-nous ailleurs, dans une des bases françaises qui va rester.

— Ce n'est pas possible.

— Mettez-nous en prison, alors ! Là, au moins, on sera en sécurité.

L'autre hausse les épaules :

— Le FLN s'est engagé à ne pas maltraiter les harkis.

Ali éclate d'un rire amer, répercuté dans le nez, dissonant :

— Et vous les croyez ?

Daumasse ne peut pas ignorer ce qui se passe partout dans le pays depuis quelques mois : les tribunaux improvisés dans les villages, les règlements de comptes au milieu de la nuit, les embuscades sur les routes. La nouvelle de la signature des accords n'était pas encore parvenue aux habitants des campagnes les plus reculées que les « veuves de la libération » commençaient à fleurir.

Ali passe d'un pied d'appui à l'autre, grand corps oscillant comme l'aiguille d'un métronome, ses yeux plantés dans ceux du sergent qui s'impatiente. C'est toujours pareil avec les Bougnoules : on leur donne la main, ils veulent le bras. Daumasse se demande qui est l'enfant de putain au cœur de catéchumène qui a eu la brillante idée de les enrôler.

— Écoute, mon vieux, dit-il dans un dernier effort, tu n'avais qu'à choisir le bon côté.

— Toi, tu as choisi le mauvais ?

— Non, mais moi je suis français.

— Moi aussi.

Quand Daumasse désarmera la harka de la caserne quelques jours plus tard, au moment de quitter la base, il dira à ses hommes en montrant les supplétifs désavoués après des années d'obéissance : « S'ils essaient de monter dans les camions, marchez-leur sur les mains. » Il leur montrera même l'exemple, semelle noire des godillots contre jointures blanchies par l'effort. « Allez, pas d'état d'âme ! »

Sur une vieille affiche annonçant le référendum, à côté de la gare de Palestro :

Le général de Gaulle a confiance en vous.
Ayez confiance en Lui. Votez oui.

Les trajets de la crête à la vallée sont trop risqués maintenant que chaque coin de forêt aux branches enchevêtrées, chaque taillis de cistes aux feuilles velues paraît abriter des maquisards. Ali se résout à quitter les sommets et installe toute sa famille dans le petit appartement du centre-ville, loin des territoires contrôlés par les Amrouche ou par les fils de Farid. Dans les rues larges et droites de Palestro, il est possible de croire encore que la police et l'armée françaises font régner l'ordre.

Yema et les enfants n'ont pas le droit de sortir, pas le droit de répondre aux coups de sonnette. Ali ferme la porte d'un double tour de clé chaque fois qu'il s'en va, ce qu'il ne fait jamais sans vérifier préalablement, caché derrière le rideau de la cuisine, que personne ne l'attend dans la rue.

Le premier jour, Hamid, croyant qu'il peut esquiver les ordres parentaux comme il le faisait sur la montagne, tente de se faufiler dehors à la suite de son père. Il reçoit une dérouillée comme il en a peu connu. Les bleus, avant de disparaître, passent par toutes les couleurs du marché de la grande place qui n'a d'ailleurs plus lieu : aubergine, pomme blette, banane, citron...

174

Chaque matin, Ali retourne à la caserne et tente de s'entretenir avec le capitaine. Chaque matin, on lui répond qu'il n'est pas là.

Les départs des Européens forment désormais une hémorragie continue qui laisse au cœur de la ville des poches de silence. Le Café du Centre a fermé, et la boutique de l'électricien, celle du disquaire. Il y a des planches clouées en X sur la vitrine de celle du charbonnier.

— C'est peut-être une feinte de De Gaulle, se répète Ali. C'est juste pour faire sortir les derniers maquisards du bois et pour que les rebelles planqués à l'étranger se montrent.

Il ne peut pas croire que ce soit la fin. Il n'a jamais vu de pays changer de main. Il ne saurait pas en reconnaître les signes.

C'est par hasard qu'il croise le capitaine. (Ou du moins les deux hommes font-ils semblant de croire qu'il s'agit d'un hasard alors que l'officier sort de la boutique de Claude – c'est-à-dire de chez Michelle.) L'absence d'interprète les oblige à des phrases courtes, des phrases hachées échangées en urgence sans certitude d'être compris.

— Je suis venu plusieurs fois, dit Ali au capitaine.

Celui-ci soupire :

— Je suis désolé.

— Il faut que tu m'aides, dit Ali. J'ai perdu la montagne. Je ne veux pas perdre la vie.

Ils se tiennent devant la petite épicerie dont la vitrine s'est vidée et qui exhibe les espaces laissés à l'abandon de ses étagères.

— Ils vont me muter, dit le capitaine en mimant de la main le mouvement, brutal et en même temps si facile, de la mutation. Dans quelques jours je serai parti. Je ne peux rien.

— Pourquoi tu vas ailleurs ?

Le capitaine soupire à nouveau.

— Oh écoutez, dit-il, autant être sincère : ils ne veulent pas que je voie ce qui va arriver. Ils ont peur que je réagisse mal. Apparemment, en haut lieu, on me trouve trop sensible...

Entre les tomates séchées et les paquets de semoule, il n'y a plus l'habituel cageot de poivrons. La planche est nue et se couvre déjà de poussière.

Claude, Michelle et Annie vont partir, eux aussi. Ils ne croient pas aux clauses des accords d'Évian qui leur assurent une pleine protection des personnes et des biens. Ils ne savent plus exactement en quoi ils croient mais ils se disent qu'ils auront le temps de le déterminer une fois qu'ils seront au calme. Claude a organisé leur départ. D'ici à deux semaines, ils quitteront Palestro.

— Il y a des gars qui sont venus me voir, me dire de ne pas le faire, raconte-t-il à Ali. Le genre patibulaire. Ils prétendent que c'est à nous de donner l'exemple maintenant que de Gaulle s'est débiné. C'est chez nous, on reste ici et tout le tralala... Qu'est-ce qu'ils croient ? Que j'ai envie de quitter l'Algérie ? Que je le fais par plaisir ?

Il se tait.

— Moi je veux partir aussi, dit Ali. En France.

— Venez ! s'exclame Claude presque gaiement. Je me sentirai moins seul.

176

— J'ai pas les papiers. J'ai peur. J'ai peur pour les enfants. Pour Hamid...

Au nom du petit garçon, Claude sursaute. Il se cogne le coude contre la caisse métallique qui trône encore sur le comptoir. Elle projette brusquement son tiroir vide avec un tintement mélodieux.

— C'est stratégique, pense Ali le visage collé à la vitre de la cuisine, une fois qu'ils auront vidé le pays des Français et des Algériens qui leur sont restés fidèles, alors ils vont revenir pour bombarder. Rien que pour ça, il faut partir...

La mauvaise conscience de Claude se cristallise autour d'une bribe de phrase : « Ce petit Arabe que nous avons quasiment adopté. » Les huit mots suffisent à le priver de sommeil. Dans l'appartement du premier, malgré l'énorme ventilateur de bois suspendu au plafond, il fait une chaleur étouffante et ses paroles lui reviennent sans cesse.

Il ne peut pas avoir dit, répété cela et abandonner pourtant Hamid au moment de son départ, sans se soucier de ce qui adviendra de sa famille. Alors dans la précipitation des préparatifs, il supplie Michelle de parler au capitaine. Tout le monde sait dans la ville qu'il dispose encore de puissants réseaux. On dit qu'il s'est procuré des papiers pour certains des harkis de Palestro.

Claude empile les meubles et plie les vêtements, il balaie et dévisse de grands cadres de bois tout en disant, d'un air peu convaincu :

— Il faudrait peut-être repousser le départ.

Sur l'oreiller, dans le demi-sommeil qui suit l'amour, le capitaine promet à Michelle qu'il fera tout son possible. Dans son logement de fonction vide, il ne reste pas grand-chose sinon ce matelas imposant sur le sol. Les doigts de Michelle courent sur le ventre plat et blanc, jouent avec la toison pubienne, contournent délicatement le nombril.

Il y a quelque chose d'absurde, d'obscène ou de tendre dans le fait que la survie d'une famille puisse être rendue possible par les courbes du corps de Michelle, par ses seins lourds, ses fesses pleines, son visage dans la pénombre de la chambre et les mèches de cheveux qui lui tombent sur les yeux.

— Si tu arrives à te rendre jusqu'à Téfeschoun, dit le capitaine à Ali, tu pourras passer en France. Là-bas ils ont un camp qui héberge les supplétifs et ils les mettent dans les bateaux. Je les ai appelés pour donner ton nom. Ils pensent que tu as fait partie de mes hommes.

— On se reverra en France, dit Claude en faisant semblant d'y croire.

Bruit du rideau métallique qui tombe. Dernière vision de la jupe blanche et bleue d'Annie qui monte dans une grosse automobile noire. Les gestes de Claude, vifs comme des mouvements d'oiseau. La bouche de Michelle. Sa peau dorée. Les cartons, les malles et les quatre pieds d'une table qui hérissent le véhicule.

À la fin des années 2000, Naïma finit de mettre en pages le catalogue d'une exposition de Thomas Mailaender. La galerie présentera le mois prochain son travail sur les voitures cathédrales, ces véhicules chargés jusqu'à la gueule (coffre ouvert) de paquets multicolores et sur les toits desquels s'entassent les couches de valises à l'équilibre plus ou moins fragile. L'artiste les a photographiées en 2004 sur le port de Marseille. Elles n'ont plus de plaque d'immatriculation. Elles peuvent venir de n'importe quel pays et aller partout, ou nulle part. Peut-être qu'elles sont arrêtées là pour de bon, sur ce parking fantôme. Peut-être que l'une d'elles contient un nounours râpé qui ressemble à celui d'Annie. « Ces containers roulants sont une matérialisation évidente du concept de frontière et des frottements culturels qui en découlent », nous dit Thomas Mailaender.

À l'arrière du véhicule, coincée entre une valise et un bureau d'enfant, Annie se retourne à grand-peine pour faire des signes de la main.

Liste des priorités probablement établies par Ali (plus ou moins consciemment) :
1. Sauver Hamid ;
2. Se sauver lui-même ;
3. Sauver Yema, Kader et Dalila ;
4. Tout le reste.
Les yeux fixés sur les ombres qui strient le plafond, il se repasse mentalement la route qui les sépare du camp de Téfeschoun.

Note du général de brigade Le Ray, datée du 24 août 1962 : « Le respect de l'indépendance du jeune État algérien et le souci d'épargner à la France une surcharge stérile nous font une obligation de n'accorder notre protection qu'à des personnes dignes d'intérêt et réellement menacées pour leur action à nos côtés, à l'exclusion de toute autre catégorie [...]. L'accueil ne peut être accordé qu'à des personnes qui viennent se présenter à nos postes pour solliciter leur protection. Il est interdit d'aller, dans les villages, chercher ces personnes pour procéder à la récupération des familles. »

Dans le chaos de l'été brûlant, Djamel, le petit frère d'Ali, disparaît. Les deux ouvriers agricoles qui l'accompagnaient sont égorgés.

— Je reste, décide Hamza malgré tout.

Les filles de la première femme d'Ali, déjà mariées, ne partent pas non plus. La famille tenue ensemble au gré du cycle des saisons éclate : la guerre entre finalement en elle comme le soc dans la motte de terre et l'éparpille en multiples adieux.

Téfeschoun (aujourd'hui Khemisti) est située entre Tipaza et Alger, sur la côte. Depuis le village d'Ali, c'est à moins de deux cents kilomètres. Deux heures et demie de route, annonce Google Maps à Naïma. Mais il s'agit là d'une durée idéale, qui n'inclut ni les ralentissements à chaque virage ni les points de contrôle multiples de l'année 1962, tantôt tenus par l'armée française, tantôt par le FLN. Au moment où Ali part, surtout, c'est une durée qui peut basculer brutalement dans l'infini de la mort.

Dans la voiture, contrairement à celle de Claude, il n'y a aucune valise, aucun meuble. Il n'y a pas non plus l'entièreté de la famille. Il n'y a que le père et son fils aîné. Rien qui puisse laisser croire qu'ils chercheraient à quitter l'Algérie. Ce n'est qu'un trajet habituel, un court voyage d'affaires. Yema les rejoindra plus tard, avec les deux autres enfants. Son frère Messaoud les amènera jusqu'au camp.

— Qu'est-ce qu'il se passera si on nous arrête, baba ? demande Hamid quand son père se met à rouler.

— Ne t'inquiète pas.

Quinze ans plus tôt, les officiers qui donnaient des ordres à Ali sur les champs de bataille européens ne mentionnaient jamais le danger en envoyant leurs hommes à l'assaut. Ils ne voyaient sans doute pas pourquoi fournir cet effort inutile : même s'ils avaient annoncé le pourcentage estimé de pertes, chaque homme aurait pensé que ce nombre était composé uniquement des autres, pas de lui. Les soldats peuvent comprendre *théoriquement* que la mort est pour eux l'issue la plus probable au combat mais cette compréhension demeure de l'ordre mathématique – c'est du moins ce que j'imagine. Ils ne l'intériorisent pas. Moi, le « moi », ne peut pas mourir. Ali se sent peut-être protégé par son incapacité à se penser mort. C'est une des raisons qui expliqueraient qu'il ait eu l'audace d'effectuer ce voyage. Cette incapacité ressemble, s'il ne se montre pas trop regardant, à l'immortalité.

Entre 1954 et 1962, nombreux sont ceux qui ont fait l'expérience de cette espérance magique. Ceux que l'on a traînés dans les villas dévoreuses de la capitale, dans les fermes mâchoires perdues dans la campagne, dans les détachements de protection aux dents de loup, ceux que l'on a tenus au bord du vide, ou la tête sous l'eau, ceux dont on a fendu le gland à force de décharges électriques appliquées directement sur la verge, ceux dont les corps ont été sectionnés, partie par partie, ont continué à croire qu'au dernier moment – sans cesse repoussé – quelque chose appellerait la mort ailleurs et qu'eux, même diminués, exsangues, même en charpie, pourraient vivre encore. La mort se tenait juste à côté d'eux dans la pièce, la mort multipliait les signes de son inexorabilité et pourtant, ils la chassaient de leurs gestes désordonnés, de leurs grimaces, de leur écume rougeâtre au bord des lèvres et de leurs râles et de leurs cris de terreur, de leur urine qui se répandait sous eux, de leurs doigts crispés sur les bras de leurs frères. Jusqu'au dernier moment, ils continuaient à croire que leurs faibles soubresauts pourraient éloigner la mort.

Naïma ne sait pas comment, par quelle chance réitérée à chaque kilomètre, son grand-père et son père, suivis de sa grand-mère, de son oncle et de sa tante parviennent indemnes à Téfeschoun et en franchissent les barrières.

Elle imagine des miradors dressés sur le désert et une porte de fer, immense comme un animal préhistorique, sur laquelle les survivants, hagards, cognent à poings fermés.

Du camp, très rapidement, en grappes cachées dans des camions, on amène toute la famille jusqu'au port d'Alger.

Sur les murs de la capitale, entraperçus par les trous dans la bâche du véhicule :

VIVE SALAN

TU VAS NOUS COMPRENDRE

OAS VEILLE
LA FRANCE RESTERA

Les bateaux sont énormes et sur la mer, leurs flancs sont un mur de métal. Les bateaux sont énormes, comme l'est la foule qui cherche à embarquer et qui s'agglutine sur les quais. Les bateaux sont énormes mais vus derrière cette marée humaine qui exige ou supplie d'obtenir une place, ils le sont un peu moins.

Qui a décidé de ceux qui pourraient y trouver refuge ?

Ils font monter à bord des animaux français, des poules, des moutons, des ânes et des chevaux français. Les chevaux sont absurdes au-dessus des flots, sanglés au ventre, pris aux jambes, entravés et levés comme des caisses, poussant des hennissements, montrant des yeux affolés qui tournoient sur eux-mêmes dans le crâne oblong, la capsule des os.

Ils font monter des chevaux sur le pont, la houle et le roulis les rendent fous. Certains se brisent net la jambe avant. D'autres tombent par-dessus bord. On dirait qu'ils se jettent.

Ils font monter des chevaux.

Ils prennent à bord des meubles français, des plantes en pot dont les fleurs se détachent, des buffets larges comme des automobiles. D'ailleurs ils chargent aussi des automobiles. Françaises.

Un peu plus tard, ils rapatrieront même des statues, déboulonnées des places devenues algériennes pour gagner l'abri de petits villages de France où les officiers de l'armée de 1830, figés pour toujours dans une pose de bronze, pourront continuer à saluer bravement, à tendre leur lunette ou à commander leurs soldats invisibles.

Ils font monter des statues.

Mais à des milliers d'hommes à la peau sombre, ils disent – en essayant peut-être de dissimuler dans leur dos les chevaux, les voitures, les buffets et les sculptures :

Ça n'est pas possible.

Ils piétinent sur le pont en attendant de descendre un par un à la cale. La haute taille d'Ali se remarque dans la file d'attente d'hommes et de femmes voûtés. Il a perdu son chapeau dans la bousculade et son large front, agrandi aux tempes par les pointes de peau nue qui s'avancent de plus en plus loin dans sa chevelure, luit dans le soleil pâle. Il broie d'une main nerveuse l'épaule de son fils aîné mais il reste droit. Aux balustrades des étages, quelques pieds-noirs en larmes et d'autres en colère l'insultent de leur voix cassée, faisant de lui le représentant et le responsable de tous ceux qui seront bientôt les Algériens d'Algérie mais dont lui, pourtant, ne fera jamais partie.

— C'est une feinte. Dans six mois, maximum, dit-il à Yema, on sera de retour au village.

— Inch'Allah, ajoute-t-elle.

Pour la première fois, il a l'impression qu'elle le rabaisse en disant ça, qu'elle lui rappelle que Dieu est au-dessus de lui et de ses analyses géopolitiques comme des moindres de ses velléités d'action (ce qu'il a toujours cru au village, ce qui le rendait heureux). Aujourd'hui, il a besoin du contraire, il

a besoin que sa femme, que ses enfants, croient à
sa force et à son pouvoir.

— Dans six mois.

— *Azka d azqa*, dit Yema – cette fois en kabyle.
Elle ne veut pas jouer le jeu de la confiance, de
la croyance. Elle ne veut pas de promesses. *Azka
d azqa*, c'est-à-dire : demain, c'est le tombeau.

Lorsque le bateau se met à vibrer de toute la
puissance de ses moteurs, bourdonnement qui fait
écumer la mer, au cas où il aurait tort, au cas où
la France abandonnerait vraiment l'Algérie (impossible), Ali tente de fixer le paysage dans sa tête,
pour emporter de l'autre côté de la Méditerranée
un souvenir précis.

Mais qu'est-ce que c'est, ce paysage ? Ce n'est
pas le sien. Ce n'est pas la Kabylie. C'est la ville
d'Alger, une succession de rues et de maisons sans
souvenir qui y soit attaché. Il voudrait regarder
avec intensité mais rien ne fait bloc, ni sens dans
ce qu'il voit. Ce sont, pan de mur après pan de
mur, des immeubles où vivent des gens qu'il ne
connaît pas et qui ne lui sont rien, des rues dont
il ignore les noms, et il sent qu'au moment même
où il les voit, les images s'effacent de son cerveau,
il n'emporte rien, il ne retient rien de ce paysage
qu'il observe. Il commence même à croire qu'à
force de fixer, il efface d'autres souvenirs. Comme
si l'énergie qu'il mettait à ce dernier regard (pas le
dernier, six mois, maximum) provenait de la même
source que celle nécessaire à la conservation des
images anciennes. Et c'est peut-être des images
de sa mère, peut-être des images du figuier, des
images de l'Italie, ou de l'un de ses mariages qui

186

disparaissent – même pas effacées par Alger mais effacées par rien. Le soleil aveuglant. Un paysage qui paraît éclater et se diviser en morceaux.

Le bateau recule lentement dans les eaux du port. Vient alors à Ali l'image étrange d'une corde attachée à l'arrière de l'énorme ferry et reliée à la côte, de sorte qu'au fur et à mesure que le bateau s'éloigne c'est tout le pays qui est entraîné lentement mais inexorablement dans la mer : la cathédrale et la Casbah, la Grande Poste, le Jardin des plantes, puis l'intérieur des terres qui se fait tracter à son tour et vient disparaître dans les vagues. Médéa. Bouira. Une embardée tire sur la corde un grand coup sec : Biskra et Ghardaïa plongent à leur tour, puis Timimoun et le sable du désert qui s'écoule de la plaie ouverte par le ferry en partance. Tout le Sahara grain par grain disparaît dans la Méditerranée.

Pour Hamid, ce sera différent. Ils n'en parleront jamais. Mais dans la tête du petit garçon, la vision reste. Alger la Blanche. Éblouissante. Prompte à réapparaître dès que l'on parle du pays. Précise et lointaine à la fois, comme une maquette de ville présentée sous vitrine dans un musée. Les ruelles qui découpent les maisons en blocs, l'escalade de la colline par des bâtiments lépreux. Les villas. Notre-Dame d'Afrique qui déguise Alger en Marseille.

Ce sera cette image-là qui s'installera derrière les yeux de Hamid et ressurgira chaque fois que quelqu'un dira « Algérie ». Et c'est pour lui un phénomène étrange car cette ville, il la voit pour la première fois au moment où le bateau s'en éloigne. Ce n'est pas elle qui devrait représenter le pays perdu. Cette ville, elle n'est pas perdue puisqu'elle n'a jamais été possédée (de cette manière dont les êtres humains peuvent posséder les villes par les heures de marche et par la faculté de remplacer mentalement chaque plaque de nom de rue par une scène qui s'y est déroulée). Pourtant c'est elle qu'il emporte, sans même le vouloir. Alger se glisse dans ses bagages.

Pour Naïma, ce sera différent, encore. Parce que pour elle, le bateau se prendra dans l'autre sens. Elle verra Marseille s'éloigner et Alger devenir proche. Elle pensera à son père, à son grand-père. Elle pensera Alger n'est pas si blanche. Elle pensera je vais pleurer mais les larmes ne viendront pas et elle essaiera même de les forcer un peu en se disant je voudrais que quelque chose se passe, même si c'est désagréable ou affecté, parce que j'arrive en Algérie et que je ne peux pas simplement me tenir là, debout contre la balustrade.

Elle pensera que ça a été une erreur de faire le voyage seule parce qu'elle aurait voulu partager ce moment avec quelqu'un.

Elle pensera à Christophe. Elle se dira, une fois de plus, qu'il faut qu'elle arrête de le voir. Parce qu'elle ne peut pas du tout l'imaginer sur ce bateau avec elle. Ce n'est pas qu'elle ne veut pas. Peut-être qu'elle voudrait. Mais il est tellement évident qu'il ne fera jamais rien de tel que même son imagination ne parvient pas à contourner cet obstacle pour créer une scène qui l'enchanterait quelques secondes. Même dans son imagination,

Christophe-sur-le-pont-du-ferry a un petit sourire ironique qui signifie : Enfin, Naïma... Cesse de faire l'enfant et sors-moi de ce bateau. Nous savons tous les deux que ce n'est pas en train d'arriver.

Partie 2 :

LA FRANCE FROIDE

« Coincés entre le désert saharien et le socialisme, ils ont pu avoir la tentation de venir en France. »

Jean-Marie LE PEN

« Les jeunes n'accepteront plus ce que les parents ont accepté. »

Reportage sur le Logis d'Anne, 1976 (archive de l'INA)

« Il n'est pas de famille qui ne soit le lieu d'un conflit de civilisations. »

Pierre BOURDIEU, *Algérie 60*

Je ne sais plus comment commence l'*Énéide*, quelles sont les premières aventures que connaissent Énée et ses compagnons lorsqu'ils quittent Troie – ou plutôt l'endroit où Troie se tint par le passé et dont il ne reste que des ruines, l'odeur du sang et celle de la fumée. Je me souviens uniquement du premier vers que j'ai traduit en version latine, il y a plus de dix ans désormais : *Arma virumque cano...* Je chante les armes et le héros. Je suppose que venait ensuite une proposition relative, « le héros qui... », grâce à laquelle se déroulait toute l'histoire mais ma mémoire n'a conservé que ces trois mots. Malgré le silence qu'est devenu ce long poème brodé de péripéties, il est évident qu'à la fin de sa pénible errance, Énée arrive dans le Latium et que sa descendance y fondera Rome.

Entre le moment où Ali pose le pied en France, au mois de septembre 1962, et celui auquel Naïma réalise qu'elle ne connaît pas le récit de sa famille mieux que je ne me rappelle l'*Énéide*, qu'advient-il ? Une histoire sans héros, peut-être. Une histoire – en tout cas – qui n'a jamais été chantée. Elle commence dans un carré de toile et de barbelés.

Le camp Joffre – appelé aussi camp de Rivesaltes – où, après les longs jours d'un voyage sans sommeil, arrivent Ali, Yema et leurs trois enfants est un enclos plein de fantômes : ceux des républicains espagnols qui ont fui Franco pour se retrouver parqués ici, ceux des Juifs et des Tziganes que Vichy a raflés dans la zone libre, ceux de quelques prisonniers de guerre d'origine diverse que la dysenterie ou le typhus ont fauchés loin de la ligne de front. C'est, depuis sa création trente ans plus tôt, un lieu où l'on enferme ceux dont on ne sait que faire en attendant, officiellement, de trouver une solution, en espérant, officieusement, pouvoir les oublier jusqu'à ce qu'ils disparaissent d'eux-mêmes. C'est un lieu pour les hommes qui n'ont pas d'Histoire car aucune des nations qui pourraient leur en offrir une ne veut les y intégrer. Ou bien un lieu pour ceux auxquels deux Histoires prêtent des statuts contradictoires comme c'est le cas des milliers d'hommes, de femmes et d'enfants qu'on y accueille à partir de l'été 1962.

L'Algérie les appellera des rats. Des traîtres. Des chiens. Des terroristes. Des apostats. Des bandits. Des impurs. La France ne les appellera pas, ou si peu. La France se coud la bouche en entourant de barbelés les camps d'accueil. Peut-être vaut-il mieux qu'on ne les appelle pas. Aucun nom proposé ne peut les désigner. Ils glissent sur eux sans parvenir à en dire quoi que ce soit. Rapatriés ? Le pays où ils débarquent, beaucoup ne l'ont jamais vu, comment alors prétendre qu'ils y retournent, qu'ils rentrent à la maison ? Et puis, ce nom ne les différencierait pas des pieds-noirs qui exigent qu'on les sépare de cette masse bronzée et crépue. Français musulmans ? C'est nier qu'il existe des athées et même quelques chrétiens parmi eux et ça ne dit rien de leur histoire. Harkis ?... Curieusement, c'est le nom qui leur reste. Et il est étrange de penser qu'un mot qui, au départ, désigne le mouvement (*harka*) se fige ici, à la mauvaise place et semble-t-il pour toujours.

Les harkis à proprement parler, c'est-à-dire les supplétifs engagés dans des harkas – sorte de détenteurs d'un CDD paramilitaire renouvelable, comme le comprendra plus tard Naïma –, ne constituent qu'une portion des milliers de personnes qui peuplent le camp. Ils côtoient les moghaznis qui travaillaient pour les SAS (section administrative spécialisée) et les SAU (section administrative urbaine), les membres des GMS (groupe mobile de sûreté) et des anciens GMPR (groupe mobile de police rurale) appelés familièrement les Jean-Pierre, les habitants des GAD (groupe d'autodéfense à qui l'armée française avait confié fusils et grenades pour protéger leur village), les « auxiliaires musulmans » de l'État français (caïds, cadis, amins et gardes champêtres), les élus locaux, les petits fonctionnaires, les militaires de métier, les PIM (prisonniers internés militaires, des hommes du FLN capturés par l'armée que l'on forçait à prendre part aux assauts sous haute surveillance), les marabouts, les chefs de zaouïa... Et à ce bataillon masculin déjà disparate, il faut ajouter l'ensemble des familles qui sont arrivées là, elles aussi, femmes, enfants, vieillards. Tous désignés désormais par le terme de harki.

Est-ce que le fils du boulanger est boulanger ?

Est-ce qu'un coiffeur qui change de métier est toujours coiffeur ?

Est-ce qu'un vendeur de vêtements est tailleur, sous prétexte que les deux métiers *se ressemblent* ?

Le camp est une ville précaire, poussée dans la précipitation sur les ruines de l'utilisation précédente et dont les nouveaux baraquements sont à peine assemblés que déjà ils sont insuffisants. Chaque jour, ou plutôt chaque nuit car les transports se font dans la clandestinité, le camp grossit davantage, alimenté par le flux continu des camions bâchés venus tout droit de Marseille ou bien du Larzac que l'on désengorge pour éviter la catastrophe humanitaire. À l'automne, cette ville de fragilité et d'urgence, cette ville peuplée de perdus, compte près de dix mille habitants, ce qui en fait la deuxième du département, juste après Perpignan.

Hamid et sa famille remontent une allée le long de laquelle les tentes s'entrouvrent pour laisser apparaître des visages curieux et fatigués. Les regards insistent et s'attardent, détaillant leurs traits, évaluant la taille des paquetages qu'Ali porte sous son bras. Hamid et Dalila, agacés par cette haie d'yeux perçants, tirent la langue aux observateurs. Kader, effrayé, pleurniche dans les jupes de Yema. Ils feront bientôt pareil, eux aussi : ils guetteront les nouveaux arrivés dans l'attente d'une silhouette connue ou dans l'espoir que son bagage contienne l'une des trop nombreuses denrées qui manquent ici.

Quand un soldat leur montre la tente où ils peuvent « s'installer » (la voix du soldat hésite et faiblit en prononçant ce mot), Ali dit :

— Merci, monsieur.

Il n'est pas possible à Rivesaltes d'oublier la guerre qu'ils ont fuie. Tout la rappelle. Les rituels du camp, sa dureté, ses clôtures sont des émanations de l'armée. Alors que les familles sont officiellement « en transit », elles sont dépossédées de leur liberté de mouvement. « Il conviendra de soumettre les allées et venues à une certaine surveillance, les sorties du camp ne doivent être autorisées que pour des motifs sérieux », rappelle Pompidou dans une note. Ce qu'Ali bégaie dans son français saccadé n'est jamais « sérieux » aux yeux des militaires à qui il s'adresse. La pantomime par laquelle il cherche à combler les manques de la langue le discrédite. Alors il reste là, dans l'enclos de Rivesaltes, en tentant de se faire à ce rythme de vie imposé, en tentant de donner à sa famille l'image d'un homme fort alors qu'il n'est plus en charge de rien, pas même des minuscules détails de la vie quotidienne.

Au matin, ils assistent au lever des couleurs, accompagné d'une trompette maladroite et poussive, et debout dans le froid, ils regardent le drapeau tricolore monter en grinçant le long du mât métallique. Les repas sont annoncés par une sirène que diffusent des haut-parleurs perchés sur des poteaux. On voit alors sortir des tentes ou des baraques de tôle et de carton qui ne protègent de rien (et surtout pas du vent, ce vent tenace qui entre à l'intérieur de la tête, cette tramontane dont le nom enchante Hamid autant que son souffle l'irrite) des hordes de désoccupés qui tiennent une gamelle en aluminium. Des distributions d'habits ont lieu régulièrement, chiffons déversés à même le sol sur des bâches et à la tonne pour vêtir des milliers de grelottants que la boue et le froid prennent par surprise.

Les enfants ont reconstitué des bandes dans les allées et se mesurent aux fils barbelés qui entourent le camp. Hamid dépasse un peu le quatrième. Kader atteint à peine le troisième. Dans la journée, on peut parfois les entendre rire, les voir passer en courant entre les baraques, comme une envolée d'oiseaux sauvages mais quand la lumière descend, quand le ciel s'éteint, les sons de Rivesaltes se transforment.

Les nuits du camp sont un théâtre d'ombres et de cris. C'est comme si des ogres invisibles parcouraient les allées, pénétraient dans les tentes et serraient leurs grosses mains noircies de sang et de poudre autour des gorges, pressaient leurs paumes énormes contre les poitrines – enfonçant les cages thoraciques – ou embrassaient de leurs larges bouches aux dents pourries, au souffle de mort les visages minuscules des enfants. Il est loin le temps où il n'existait qu'un ogre commun qui s'appelait Sétif. Désormais chacun porte son ogre individuel, un ogre de poche qui a pris lui aussi le bateau et qui sort la nuit. Alors les cris s'élèvent, d'une tente à l'autre, puis les voix des mamans qui chantent les berceuses, les reproches des voisins qui demandent le silence, les murmures étouffés par les épaisseurs de toile.

Les ogres de la nuit sont nés des souvenirs mais ils se renforcent des peurs du présent et de celles de l'avenir. Quand ceux que, faute de mieux, on appelle les harkis ont demandé pourquoi ils étaient parqués ici, où elle était la France, le reste du pays, on leur a répondu que c'était pour leur bien, que le FLN les recherchait encore et qu'il fallait les protéger. Depuis, chaque nuit, ils tremblent qu'on les égorge sans bruit, un par un, pour finir le travail. Le matin, machinalement, ils portent la main à leur cou.

Pour occuper ces hommes et ces femmes sans cesse plus nombreux, on leur propose des classes d'Initiation à la Vie Métropolitaine dans lesquelles les hommes pourront apprendre à écourter un message en vue d'envoyer un télégramme et les femmes comment utiliser une machine à coudre électrique ou un fer à repasser. Quant aux enfants, on leur enseigne immédiatement – comme si leur vie en dépendait – les vieilles chansons populaires. L'utilité de ces classes, bien que leurs élèves ne s'en doutent pas encore, ne réside pas dans l'enseignement qu'elles peuvent délivrer mais dans la publicité soigneusement orchestrée autour de leur existence. Il s'agit de montrer aux Français que les nouveaux arrivants aux mœurs mystérieuses sont immédiatement pris en charge, de sorte qu'ils deviendront à leur tour de bons Français, sachant

199

lire, écrire, tenir une maison et fredonner. Au début, en effet, il y a des caméras braquées sur le camp. Les journaux télévisés évoquent les trajectoires de ceux qui ont débarqué ici par milliers. Les caméramans adorent prendre des gros plans de leurs visages singuliers : le noir de leurs cheveux épais, leur port de tête, la profondeur de leurs yeux, le geste par lequel les femmes ramènent sur le côté de leur visage le *haïk* blanc ou les fichus colorés qu'elles ont noués autour de leur tête, les dents écartées des enfants, les bébés tenus dans les bras, les corps flottants ou au contraire enserrés dans des vêtements de la Croix-Rouge qui n'ont pas la bonne taille. Le silence, surtout. Ce que les journaux télévisés filment, c'est l'absence de langue dans laquelle parler. Le silence de ceux qui attendent.

Le site de l'INA regorge de ces images, prises dans le camp de Rivesaltes, dans celui du Larzac, dans les premiers hameaux de forestage où l'on envoie travailler les harkis. Sur l'une de ces vidéos d'archives, réutilisée dans le documentaire *Musulmans de France, de 1904 à nos jours*, on peut voir Hamid, minuscule mais aisément reconnaissable à la paupière légèrement tombante sur son œil gauche, qui s'époumone au milieu d'une cinquantaine d'enfants dans un bâtiment préfabriqué :

On y danse, on y danse !

Sur le pont d'Avignon, on y danse tous en rond !

Aucun gamin ne sourit et la chanson a rarement semblé aussi sinistre.

— Qu'est-ce que tu préfères ? demande un journaliste aux enfants qu'il parvient à arrêter (certains ne veulent pas lui parler, ils ont clairement peur de lui). La France ou l'Algérie ?

Quand on lui répond « la France », il dit « Alors, tu dois être content ». Et quand on lui répond « l'Algérie », il s'étonne « Ah bon, mais pourquoi ? ». Et devant la gêne de l'enfant, il suggère :

— Parce qu'il fait plus chaud ?

Il pose la même question aux adultes, avec à peine moins de paternalisme. Et les adultes répondent, avec à peine moins de gêne et de peur que les enfants : « La France. » Il y a un homme, ses épais sourcils noirs froncés, qui se mord les lèvres comme pour ne pas crier et qui répond :

— Pas l'Algérie, non. Plus jamais. Il faut oublier l'Algérie.

C'est une chose qui lui demande des efforts énormes. Tout son visage est crispé. Pour oublier ce pays entier, il aurait besoin qu'on lui en ait offert un nouveau. Or, on ne leur a pas ouvert les portes de la France, juste les clôtures d'un camp.

— Je ne voyais pas ça comme ça.

C'est une phrase qui revient souvent, au détour des allées, mais qu'aucune caméra ne saisit. Les hommes la mâchonnent et la crachent à regret, les femmes la soupirent entre elles. La plupart, même sans avoir quitté le bled, avaient une idée, une image de ce qu'était la France. Et elle ne ressemblait en rien au camp de Rivesaltes.

La France, depuis le village de la crête, n'était ni terrifiante ni inconnue. Elle n'était pas vraiment l'étranger et encore moins *el ghorba*, l'exil. Les ministres français avaient affirmé les uns après les autres pendant les années du conflit que *l'Algérie, c'était la France*, mais la phrase fonctionnait en sens inverse pour la plupart des villageois. La France, c'était l'Algérie, ou du moins une extension de l'Algérie où partaient les hommes depuis près d'un siècle, d'abord les paysans qui travaillaient plusieurs mois aux champs avant de rentrer au village, ensuite les ouvriers d'usine. Pour Yema, c'était une grande ville plus lointaine qu'Alger, plus lointaine encore que Constantine mais dans laquelle se croisaient et s'entrecroisaient les Algériens. Ali lui-même y était allé pendant la guerre en 1944. Ça n'avait rien pour l'impressionner. La France, disait le vieux Rafik au village, c'est comme le marché : on y va un peu plus longtemps mais on revient avec les marchandises.

— Je ne voyais pas ça comme ça...

Pourquoi est-ce que rien ici ne ressemble aux récits entendus ? Est-ce que les anciens ont menti ?

Tous les mercredis, se déroule l'étrange cérémonie que l'on appelle « procédure de déclaration recognitive de nationalité. » Devant un juge et son assesseur, les habitants du camp sont invités à répondre à une question unique :

— Voulez-vous garder la nationalité française ?

On a affirmé à ces hommes, enrôlés de gré ou de force, complices parfois sans le savoir d'une guerre qui ne disait pas son nom, qu'ils étaient français. Depuis, ils ont perdu l'Algérie. Et on leur demande maintenant s'ils ne veulent pas – par hasard – renoncer à la France. Ils ne voient pas ce que ça leur laisserait. Tout le monde a besoin d'un pays.

— Voulez-vous garder la nationalité française ?

— Oui, monsieur, dit Ali.

— Et vous, madame ?

Le juge regarde Yema, toute petite devant le bureau, mais c'est encore Ali qui répond :

— Oui, monsieur.

— Alors signez ici, dit froidement l'assesseur.

Ali se tord nerveusement les mains. Depuis le couloir sombre où on lui a ordonné de se tenir tranquille, Hamid regarde la gêne courber la nuque de son père. Comme il le voit de dos, il a l'impression que sa tête disparaît lentement dans les épaules larges, se fait absorber par leurs sables mouvants.

— Qu'est-ce qu'il y a ? demande l'assesseur.

— Je sais pas écrire, monsieur.

L'autre lui fait signe de tremper son doigt dans l'encrier et d'apposer son empreinte digitale au bas du document. De là où il se trouve, Hamid ne peut pas entendre ce qui se dit dans la salle mais il voit les lèvres bouger, du moins celles de l'assesseur et du juge, pas celles de ses parents qui présentent leur dos muet, uniquement deux paires de lèvres sur les quatre mais cela lui suffit pour savoir qu'aucun des deux hommes assis derrière le bureau n'est en train de raconter une histoire, de prendre des nouvelles ou même d'expliquer à ses parents que la situation est un peu plus délicate qu'ils ne pourraient le croire – vous comme nous, notez bien – parce que, voilà, comment peut-on formuler cela, la démocratie, si vous voulez, ou les droits de l'homme ou les Trente Glorieuses sont comme un gâteau appétissant, un gros gâteau si vous le regardez sur les photographies, admettons, d'un magazine de cuisine ou d'un livre de recettes qui le présente en train de trôner, ou de flotter, sans aucun référentiel extérieur à partir duquel appréhender sa taille réelle, mais une fois posé sur la table, entouré de tous ses mangeurs de droit et de ses mangeurs putatifs, ou de ses prétendants mangeurs, ce gâteau – avouez-le – ne paraît plus aussi gros, loin de là, et le diviser en miettes est une activité longue et pénible dont nul ne sortira rassasié malgré les efforts qu'elle exige, c'est pourquoi nous sommes – comprenez-le – nous sommes obligés de vous demander si par hasard vous n'auriez pas plutôt envie d'une pomme pour le dessert, ou même de passer directement au café – si vous voyez ce que je veux dire. Non, Hamid en sera certain quand il repensera à la scène : ni le juge ni l'assesseur ne prennent le temps de filer des métaphores, culinaires ou non (la France est un potager que trop de plantations épuisent ? La France est un océan dépeuplé par la surpêche ?). Ils agitent les lèvres pour donner des instructions lapidaires et son père obéit chaque fois, pressant son doigt taché sur le document qu'on lui tend, hochant la tête, s'éloignant d'un pas lourd quand on le lui demande. Le petit garçon découvre un nouvel Ali, empressé, soucieux de bien faire et pourtant incapable de répondre à une des premières choses que la France attend de lui – à savoir qu'il puisse écrire son nom. Malgré lui, Hamid fait confiance aux sourires polis mais légèrement méprisants du magistrat et de son assesseur et il se dit que savoir écrire ne doit pas être si compliqué. Il voit Ali et Yema quitter le bureau en tendant en l'air leur index noirci dont ils ne savent que faire et il y a quelque chose d'idiot dans leur posture et dans leurs regards perdus.

Rivesaltes est en mouvement permanent. Arrivées et départs. Addition, soustraction. Certains semblent quitter le camp avant même d'y être entrés. Ce sont, pour la plupart, des militaires restés dans l'armée française et qui peuvent obtenir rapidement un ordre de mission, ou bien des civils dont la famille est déjà installée en France et qui disposent d'un point de chute. Pour les autres, c'est le flottement. Entourés de départs et d'arrivées de tous côtés, la tête leur tourne. Au fil des semaines puis des mois, les hommes et les familles sont triés, répartis, redistribués. On sépare des voisins, des amis, des proches qui venaient de se retrouver ici et à qui ce regroupement fortuit offrait une consolation appréciable. Ils attribuent ce nouveau déchirement à leur malchance, à la cruauté du hasard ou aux nécessités d'un monde du travail qu'ils connaissent mal. Personne ne leur explique que le Service des Français musulmans, rattaché au tout nouveau ministère des Rapatriés, a recommandé qu'on veille « à ne pas mettre dans les hameaux des familles de même origine » car cela « amène inévitablement, en cas de difficulté, les membres de cette famille à faire bloc, et de ce fait à opposer une résistance accrue en cas d'application de mesures de discipline ». Selon un principe que certains font remonter à la Grèce antique et d'autres au Sénat romain, un principe que Machiavel a rendu si populaire qu'il est devenu platement proverbial, on les divise pour mieux régner sur eux. Certains partent dans le Nord, où les bouches ouvertes des mines les attendent. Ceux-là sont généralement des grands gaillards aux épaules solides, du muscle sans langage. D'autres s'éparpillent en étoiles vers la centaine de hameaux créés par l'Office national des forêts pour générer de l'emploi. D'autres encore s'éloignent vers l'ouest, en direction des Landes, pour y trouver non pas un travail mais un autre camp, celui de Bias, où ils prennent la suite des Français d'Indochine, eux-mêmes envoyés vers un autre camp – c'est la danse des perdants des guerres coloniales. En regardant ceux qui montent dans ces camions-là, il est facile pour ceux qui restent à Rivesaltes de comprendre que leur destination est un mouroir pour les vieux et les invalides.

Ali et sa famille, pendant de longs mois, ne sont envoyés nulle part. Hamid éprouve de la honte à ce que personne ne veuille des bras de son père, ceux-là mêmes qu'il a toujours regardés comme des émanations de puissance brute et qui pendent maintenant le long de ses flancs, inutiles et flaccides. Ils se résolvent à aménager l'espace qui est le leur, ici, à Rivesaltes, en attendant que quelque chose de l'ordre de la vie commence.

En agrafant des sacs poubelles dépliés sur des cadres de bois, ils ont fabriqué une porte qu'ils

placent devant l'ouverture de la tente. Le lendemain, d'autres familles les imitent. Il se crée une
sorte de mode dans le camp – il faudrait, un jour,
analyser comment ou pourquoi cela est possible :
que des modes apparaissent jusque dans le dénuement extrême, qu'il se dégage tout à coup *une*
manière d'être pauvre que les autres veulent imiter. À chaque coup de vent, il faut aller chercher
la porte mobile quelques allées plus loin. Mais les
familles le font, patiemment, soigneusement. La
porte leur donne l'illusion qu'ils peuvent préserver
à l'intérieur de la tente une intimité encombrée
qui leur appartient, qu'ils peuvent choisir d'ouvrir
ou de fermer leur domaine, qu'ils en sont maîtres.

Plus bas dans le camp, il y a le quartier dit
des célibataires dans lequel Ali a défendu à ses
enfants de s'aventurer. C'est un nom amer pour
les hommes seuls qui y sont regroupés car nombre
d'entre eux ne sont pas, en réalité, célibataires. Certains sont veufs, d'autres n'ont pas réussi à venir
accompagné de leur famille. On leur a dit : Ils te
rejoindront plus tard mais les papiers, il n'y a que
toi qui les as. On leur a dit : Pars d'abord, tu feras
le nécessaire une fois en France. Mais ensuite, il
n'y a eu que le chaos, d'un côté comme de l'autre
de la mer : l'administration française qui refuse
de pratiquer le regroupement familial, le gouvernement algérien qui dénie aux familles de harkis
le droit de sortir du territoire et puis les maisons
pillées par vengeance et abandonnées à la hâte,
les lettres qui reviennent parce que personne ne
vit plus à l'adresse indiquée, et comment savoir
alors où écrire, où s'est cachée l'épouse, si un

proche l'a recueillie... Dans cet endroit du camp, les bagarres éclatent à tout moment, celles qui ne servent à rien d'autre qu'à sentir un poing s'écraser contre sa gueule, en espérant que l'impression de cauchemar, ténue mais permanente, se dissipera alors, des bagarres sans colère et sans joie. Pourtant, Hamid aime défier les ordres paternels et s'y rendre. Il y a un vieux qui lui plaît, sa tête lui rappelle les bandes dessinées qu'ont apportées des bénévoles du Secours catholique, ou de la Cimade, ou de la Croix-Rouge – il ne fait pas la différence, ils se ressemblent tous avec leur sourire humide et doux. Hamid regarde les dessins et son imagination supplée aux dialogues des bulles qu'il ne peut pas lire. Le mage indien qui aide Mandrake dans l'une de ses aventures parle comme le vieux du quartier des célibataires. La tristesse appuie sur sa voix, la maintient dans les fréquences basses, coincée au fond, proche du grondement. Et même si la bulle est toute petite, Hamid y fait entrer toute une histoire :

— Une nuit, dit le vieux mage, un groupe de moudjahidines frappe à ma porte. Moi j'ouvre et je leur donne à manger. Ils me demandent si j'ai un chien et je dis que oui. Ils disent : Il va falloir le tuer. Au début, je ris : Pourquoi tuer mon chien ? Tu penses qu'il est vendu à la France ? Je peux te garantir que non. Il m'explique que les chiens aboient chaque fois que leurs combattants passent et que ça les signale aux Français. Pas le mien, je lui réponds, le mien il est dressé. Tu as entendu quelque chose quand vous êtes entrés ? Rien du tout. Quand même, il dit, il va falloir le tuer. J'ai répondu : Ce n'est pas possible, je suis un homme saint, ma religion, ma confrérie m'interdisent la violence. Ils ont demandé : Tu es un marabout ? Et avant même que je réponde, ils avaient lâché leur assiette en disant qu'ils regrettaient d'avoir partagé le pain avec moi. J'ai cru qu'ils allaient partir mais ils m'ont donné un bâton, ils m'ont dit tape. J'ai dit non. Ils se sont mis en colère. Ils ont dit c'est le chien ou toi. J'aurais dû dire moi. Je ne sais pas ce que j'ai cru. J'ai cru que tout pourrait s'arranger, peut-être. Si j'avais su que la vie d'après, c'était le camp, que demain c'était le tombeau, alors j'aurais dit frappez ma tête à moi, mes frères, et laissez-moi mourir ici, sur ma terre, parmi les membres de ma *zaouïa*, près de mon cheikh. J'ai eu peur, j'ai été lâche, j'ai tapé le chien. C'est fou comme c'est résistant, un chien, ça ne veut pas mourir, ça s'accroche. Et ça hurle comme une tout autre bête quand ça commence à souffrir, commence à mourir, ça hurle comme les hiboux, et puis je voyais à ses yeux de bon chien qu'il ne comprenait pas pourquoi je lui faisais ça. À la fin, ça prenait trop de temps, ils l'ont égorgé. Ils ont dit : la prochaine fois, tu obéiras directement ou c'est toi qui y passes.

— Je te vengerai, promet Mandrake dans un mouvement de sa cape soyeuse, et je vengerai aussi ton chien.

Au cours d'une distribution de vêtements, Kader reçoit un pyjama rouge vif qui – pour une fois – est parfaitement à sa taille. C'est une combinaison en pilou qui se boutonne devant, de l'entrejambe au cou, et qui s'orne derrière, au niveau du coccyx, d'un pompon de laine. C'est moins une tenue pour dormir qu'un déguisement de lapin, ou de petit animal fabuleux.

Sitôt qu'il l'a passé, le pyjama devient son vêtement préféré et Kader refuse de le quitter. Il le porte tous les jours et le cache où il peut au soir venu pour que Yema ne le fasse pas disparaître dans le tas triste des vêtements à laver. Entre les tentes et les baraquements aux couleurs ternes et militaires, Kader-le-lapin-rouge jette les éclats de rire de son pyjama. Sur la tête, il enfonce un bonnet trop grand qui lui recouvre presque les yeux mais qui a l'avantage de tenir chaud à son crâne rasé – tous les enfants ont dû laisser leurs cheveux à l'entrée du camp par mesure d'hygiène. Aux pieds, il chausse des bottes en caoutchouc, légèrement trop serrées, qu'il ne parvient jamais à retirer seul. Ainsi paré, Kader court dans le camp. Il saute au-dessus des flaques et de la boue, il tourne à angles droits d'une allée à l'autre en imitant le crissement des freins (les freins d'un lapin ?), il fait craquer sous ses bottes les planches et les palettes qui constituent les seuls chemins secs et qu'il voit comme des passerelles suspendues au-dessus d'un vide terrifiant. Il troue les cartons du talon. Parfois, il se rate, il dérape de la passerelle et sa botte rencontre la flaque (attention au crocodile !), fait jaillir des gerbes d'éclaboussures brunâtres qui viennent maculer son pelage de lapin magique.

À la fin de la journée, il est une petite boule rouge et crottée que Yema peine à nettoyer dans une bassine (il n'y a toujours pas de douche, dans le camp, mais bientôt, bientôt, leur promet-on). Quand elle lui retire sa fourrure vermillonne, le

210

petit garçon se contorsionne et proteste, il voudrait être lavé avec elle, qu'elle ne le quitte jamais.

— Kader, laisse faire Yema, ordonne Hamid.

Il lui envie son enfance que la guerre ne paraît pas avoir mordue. Une enfance pleine de lapins fabuleux et d'aventures à passerelles. Dalila n'est pas comme ça. Elle vient d'avoir huit ans et ressemble davantage à Hamid : la guerre leur a fait tomber une nuit sur le regard qui a sorti leur visage de l'enfance d'un coup. Hamid rêve d'y retourner – pour lui, le territoire perdu, c'est l'insouciance plutôt que l'Algérie. En lui, il cherche à faire grossir l'imaginaire – qu'il se représente comme une sorte de soufflé rose – au point que le monde extérieur n'ait plus de place. C'est ce qu'il parviendra presque à faire quand il rencontrera Clarisse, mais ce sera dix ans plus tard. Pour l'instant, au camp de Rivesaltes, ni Mandrake ni Tarzan ne parviennent à empêcher les stimuli du dehors de venir cogner à la porte de son monde.

Au début du mois de novembre 1962, les camions apportent un nouveau convoi, plein d'éclopés. Parmi eux, la tête entourée d'un bandage grisâtre, se trouve Messaoud, le frère de Yema. Hamid est le premier à reconnaître sous sa blessure un visage familier surgi du temps de la crête. Il crie de joie et saute dans les bras de son oncle. À sa suite, Ali lui donne une virile et brève accolade. Yema prend tout son temps. Elle le regarde, le caresse, pleure sur son épaule, dit :

— Comme tu as maigri…

— Au moins, je suis entier, répond Messaoud.

Il leur raconte brièvement qu'en août, après avoir amené Yema et les enfants à Téfeschoun, il a été arrêté par le FLN. Après deux mois de captivité, il s'est échappé (comme Mandrake ! pense Hamid avec excitation).

— Le garde m'a laissé m'échapper, corrige son oncle. Il a dit : Demain, c'est ton exécution mais je crois que ce soir, je serai tellement fatigué que j'oublierai de fermer la porte... Je me suis enfui et j'ai marché deux jours. Les cousins d'Alger m'ont caché.

La suite (bateau, train, camion, camp), ils la connaissent tous. Ils n'en parlent même pas et cette ellipse du voyage qui se répète dans les discours des nouveaux arrivés donne l'impression qu'Alger et Rivesaltes sont des villes voisines, que la mer entre elles n'existe pas. On fait une place à Messaoud dans la tente déjà surpeuplée pour lui éviter une installation dans le quartier des célibataires et la soirée prend des airs de fête. Ali et Yema veulent partager avec lui tout ce qui constitue le peu qu'ils ont. Ils l'assaillent de pull-overs, de chaussures dépareillées, une boîte de sardines, des carrés de sucre... Messaoud rit et repousse les objets tendus une fois, deux fois, avant d'accepter. Même ici, il se doit d'obéir aux lois tacites du village : on ne refuse pas un cadeau. On réfléchit seulement à ce qu'on pourra offrir plus tard. On crée une obligation de reconnaissance, ce qui est un lien comme un autre, peut-être le seul qu'il leur reste à tisser ici.

— Demain, je t'apprendrai ce qu'il faut savoir pour s'en sortir dans le camp, promet Ali.

212

Et dans cette simple annonce, il retrouve un peu de son aura de patriarche, de notable, un peu de la confiance qu'il avait avant, sur la crête. Aux yeux de Hamid, il semble à nouveau grandir dans le petit espace de la tente, redevenir homme montagne.

Une fois les enfants couchés, les adultes boivent le thé que Yema a préparé sur le réchaud bancal et leurs murmures se font tristes.

— J'ai vu brûler les oliviers, dit Messaoud.

Il vérifie que les enfants sont endormis (Hamid ferme les yeux avec souplesse et décontraction pour imiter le sommeil) et il montre sur ses poignets les cicatrices laissées par le barbelé des menottes artisanales dont il a subi la morsure de longues semaines.

Ce sont les récents arrivés, comme Messaoud, qui donnent des nouvelles du bled, qui mettent des mots sur les peurs silencieuses. Ils servent de bulletins d'information aux enfermés. La population des allées s'assemble autour d'un homme sitôt qu'on apprend le nom du village ou de la ville dont il est originaire.

— Est-ce que tu sais ce qui est arrivé à mon frère, Taleb ?

— Et Malika, tu dois la connaître, elle avait la petite ferme à la sortie du village, juste avant le croisement. Tu sais ce qu'elle est devenue ?

— La maison est toujours debout ?

— Est-ce qu'ils ont fait quelque chose à mon père ?

Parfois il y a des réponses qui guérissent :

— Je l'ai vu, tout va bien.

D'autres qui tirent des gémissements :

— Ils l'ont envoyé à la frontière tunisienne, pour le déminage.

(C'est une des punitions que le FLN a choisie pour les traîtres : déminer à mains nues les frontières que les Français avaient truffées de pièges.)

Parfois, il n'y a que des questions à ajouter aux questions.

Hamid, corps tendu de la pointe des pieds à la main qui cherche à gagner quelques centimètres en direction de la pomme, essaie d'attraper son dessert avant de se faire éjecter de la file. S'il crée un bouchon, on le chassera d'un coup de hanche, d'un coup d'épaule, ou même en l'attrapant sous les aisselles pour le poser plus loin, comme l'enfant qu'il est mais surtout comme si sa petite taille lui défendait d'être affamé, comme si ce n'était pas vraiment être vide que d'être vide dans un corps minuscule. Il a horreur du moment des repas où il doit réussir à tirer de la distribution de quoi manger mais aussi de quoi nourrir Kader et Dalila que sa mère lui confie. Il est l'aîné, le père de la fratrie, il ne peut pas échouer. Sa main gagne un demi-centimètre et il sent sous ses doigts la peau lisse de la pomme. Malheureusement au lieu d'agripper le fruit, il ne fait que le repousser.

— Tiens, mon fils.

Un homme à la peau très mate – un presque Nègre, comme les appelle Yema à qui un demi-siècle en France ne pourra pas enseigner à prononcer le mot *khel* (noir) sans une moue dépréciatrice – lui attrape la main, l'ouvre et y dépose la pomme.

— Tu en veux une deuxième ?

Derrière la longue table de distribution, le jeune militaire proteste : c'est un fruit par personne. L'homme brun lui jette un regard qui le fait taire instantanément. La parole se coupe dans sa gorge avant même qu'il réalise qu'il a cessé de parler. L'homme referme la main sur un autre fruit, puis un troisième sans que quiconque ne s'y oppose. Il entraîne Hamid avec lui, un peu plus loin, le fait asseoir sur un carré d'herbe galeuse.

— Tant qu'on les laissera croire qu'ils nous font l'aumône, on n'arrivera à rien, dit-il au gamin, ou à lui-même, ou à un interlocuteur imaginaire que Hamid ne peut que deviner. Ce qu'ils nous donnent nous est *dû*. Il faut qu'ils le réalisent. Et nous aussi, il faut que nous en soyons convaincus.

Hamid croque dans la pomme en hochant la tête.

— Tu as quel âge, petit ?

— Je suis né l'année des fèves, répond Hamid.

C'est la dernière fois qu'il emploie cette réponse. Les Français ne l'acceptent pas. Très rapidement, il va donner un âge chiffré, calculé à partir d'une date de naissance dont rien ne prouve qu'elle soit vraie, qu'elle n'ait pas été entièrement inventée au moment d'établir les papiers qui ont rendu la fuite possible. Pourtant, même si cette date est fausse, l'âge qu'elle permet de donner rassure davantage les roumis que l'information véritable qu'ils ne peuvent pas comprendre (l'année des *quoi* ?) et que Hamid apprendra bientôt à taire.

Il croque avec joie dans la pomme, même si le fruit est farineux, gâté. Rapidement, il arrive au trognon et tourne la colonne centrale du fruit dans sa bouche pour en détacher les moindres morceaux de chair, il opère des dents et de la langue une dissection minutieuse. Il ne recrache que les pépins et les fils internes. L'homme le regarde faire en souriant.

Hamid ne comprend pas pourquoi, soudain, Yema se jette sur lui en criant, pourquoi elle le tire par l'oreille, le ramène dans la tente, le gifle sous le coup de la colère et de la peur, s'excuse, le gifle à nouveau, l'embrasse, le secoue. Il se laisse faire, éberlué, tête, bras, jambes partant dans toutes les directions. Dalila se met à pousser de longs cris suraigus, sans nuance, une note à laquelle elle peine d'abord à s'élever puis qu'elle tient longtemps, pure, alarme interne, corps-machine, quand elle crie comme ça, elle n'est plus une enfant, elle est un système de survie.

— Tu sais c'est qui, cet homme ? demande Yema à Hamid tout en continuant de le secouer. Tu le sais ?

Hamid se débat, proteste, il ne sait rien sinon que l'homme lui a donné une pomme – il s'aperçoit alors que les fruits qu'il avait pris pour son frère et sa sœur ont roulé hors de sa poche. Il veut partir à leur recherche mais il ne parvient pas à échapper aux mains de sa mère.

— Plus jamais tu ne l'approches celui-là ! Tu m'entends ? Jamais !

— Mais pourquoi ? geint le petit garçon.

— Ce n'est pas un homme. C'est une panthère. Un démon.

— Qu'est-ce qu'il a fait ?

— Tout. Il a tout fait ce que contiennent les cauchemars. Il est du commando Georges.

Trois ans auparavant, le démon qu'évoque Yema se tenait en ligne au milieu de ses frères d'armes et recevait une décoration des mains du général de Gaulle. La vidéo est passée aux informations nationales. On lui assurait qu'il était un héros. On lui disait que la France avait besoin de lui, on lui disait aussi que la France serait bientôt victorieuse, toutes ces choses que l'on dit en temps de guerre, n'importe quelle guerre, à ceux qui courent le risque de se faire crever la carcasse. À force, les mots auraient dû être usés, pourtant le démon y croyait encore. Il serrait des mains avec enthousiasme. On le remerciait, à demi-mot, de bien vouloir tuer et torturer parce que le commando Georges, malgré sa devise « Chasser la misère », chassait surtout les humains et qu'il y excellait.

Aujourd'hui, le bref héros du journal télévisé de 1959 se trouve derrière des barbelés. Bien sûr, l'Algérie le hait, bien sûr, la France ne le connaît pas – il s'y attendait depuis qu'on a désarmé son commando en mars. Ce qui le surprend, c'est que même ici les autres le craignent, le fuient et le méprisent. Il existe à Rivesaltes une hiérarchie du crime qui l'exclut de la vie commune. Dans la société du camp comme en Algérie, la sortie de guerre signifie qu'il y a des comptes à faire, des comptes à régler et dans l'immobilité de Rivesaltes, les rapatriés ont le temps de les examiner. La plupart de ceux qui sont ici nient avoir trahi, avoir fait mal, ils rêvent d'une chance de s'expliquer avec l'Algérie, de présenter une défense. *J'ai pas tué, j'ai pas torturé, qu'est-ce qu'on me reproche exactement ?* Parfois, entre eux, ils se jouent ces procès imaginaires. Si tu étais Ben Bella, disent-ils, je t'expliquerais tout. Et même si l'interlocuteur en face connaît déjà l'histoire, ils la racontent à nouveau, s'exposent au jugement en espérant la grâce – qui vient presque toujours. Pour les membres du commando Georges, en revanche, parler ne les exposerait qu'à la condamnation et ils ne s'y risquent pas. Ils ont fait le mal trop publiquement pour pouvoir ensuite s'en défendre ou plaider les circonstances atténuantes – ils ont fait le mal *télévisuellement*, ils ont creusé leur tombe. Après leur avoir attribué une trentaine de médailles et près de quatre cents citations, les autorités françaises ont refusé leur rapatriement. Ceux qui n'ont pas réussi à fuir clandestinement l'ont payé cher – même ici, ça se sait. Le FLN a réussi à mettre la main sur beaucoup d'entre eux. Le lieutenant qui dirigeait le commando, la population l'a ébouillanté vivant pendant l'été. C'est une scène qui paraît tirée des vieux films de Tarzan, des BD de *Tintin au Congo* ou de la première trilogie de *Star Wars* : un homme ligoté dans une marmite géante sous laquelle le feu crépite alors que tout autour la population hurle sa joie farouche. Jugé traître parmi les traîtres et criminel parmi les criminels, le lieutenant méritait la mort la plus douloureuse. La décision de son mode d'exécution a été – j'imagine – difficile à prendre : personne n'a pu, revenu de morts diverses et successives, présenter d'études comparatives. Je ne sais pas qui a suggéré qu'on l'ébouillante – c'est original.

— On ne parle pas à ces gens-là, assène Yema à destination de Hamid comme des autres enfants. On ne les approche pas. C'est clair ?

Les Français qui encadrent le camp ne comprennent pas pourquoi les hommes s'y battent autant. Certains sont prompts à y voir des habitudes d'Arabes, d'autres parlent des perturbations que cause le déracinement. D'autres, encore, pointent du doigt les insuffisances de cette ville précaire. Ils ne semblent pas voir qu'ils n'ont pas enfermé ensemble des gens ayant une cause commune. Pour Yema, un membre du commando Georges est un monstre. Pour Ali, un partisan de Messali Hadj est un fasciste de l'arabisation. Pour les indépendantistes rivaux du FLN comme pour les anciennes élites francisées, Ali n'est jamais qu'un péquenot égoïste, et ainsi de suite. Les antagonismes sont exacerbés par la proximité constante qu'exige la vie du camp. Les insultes partent vite, les coups de poing aussi, plus rarement les coups de couteau encore qu'il arrive qu'une lame – sortie on ne sait d'où – se mette soudain à briller dans la main qui frappe.

L'administration trouve dans la distribution de neuroleptiques à grande échelle une réponse rapide et efficace aux flambées de colère qui ponctuent les allées. Lorsque les médicaments ne suffisent plus, elle les redouble d'un séjour à l'hôpital psychiatrique. Hamid s'habitue à la présence des gros corps blancs des ambulances, garées entre les baraques. Il en voit parfois descendre des créatures étranges, au regard vide, au visage brouillé et mou, à la tête couturée qui ressemblent (vaguement, si vaguement) à des hommes. De ceux-là, on dit à voix basse qu'ils ont trop crié, ils devenaient gênants alors le toubib a pris soin d'eux. Au nom du calme et de l'ordre, ils sont envoyés par les médicaments ou la lobotomie à l'endroit où poussent les racines du brouillard. Ils n'en reviendront jamais.

À vivre séparés du ciel comme du sol par des couches trop minces, les familles de Rivesaltes connaissent une existence que la météo détermine et déforme. À la fin de l'automne, des pluies torrentielles s'abattent sur le camp. Contre la toile de tente, les gouttes cognent encore et encore dans un fracas formidable. La première nuit d'averse, Hamid ne fait aucune différence entre les sons, et les rafales sans cesse répétées de la pluie l'inquiètent.

— Ils peuvent vider leurs mitraillettes, le rassure Mandrake alors que le petit garçon sombre dans le sommeil, ils ne m'atteindront pas.

Le lendemain, il commence à distinguer les différents bruits de la pluie. Sur les tôles et les toiles différemment empilées, c'est toute une symphonie de gouttes qui s'abat, résonne, se double en croches, s'alourdit en roulement. Au bout de longues nuits d'écoute, il apprend à les reconnaître et il peut visualiser la manière dont elles s'écrasent au-dessus de lui. Presque machinalement, le petit garçon sort ses mains de sous la couverture et de ses gestes invisibles, dans le noir, il s'improvise le chef d'orchestre de l'orage.

Un matin, il apprend qu'il a tellement plu qu'un torrent de boue a emporté quatre tentes. Il regrette d'avoir dormi lors de la catastrophe. Il aurait voulu voir les flots avaler les frêles constructions et la misère de Rivesaltes acquérir une dimension dramatique qui l'aurait rapprochée des bandes dessinées.

L'hiver 62 est particulièrement froid. Parmi les Algériens du Sud et de la plaine, beaucoup voient la neige pour la première fois. Stupéfaction devant ce ciel blanchâtre et laiteux qui s'émiette sur le camp en flocons. Des enfants pleurent d'effroi quand la neige entre en contact avec leur peau. D'autres rient et ouvrent la bouche, agglomèrent dans leurs petits poings des glaçons compacts pour pouvoir les suçoter longtemps. Quelques heures plus tard, ils sont saisis de crampes d'estomac. Hamid connaît trop bien la neige pour s'émerveiller de sa venue soudaine et puis sa mère a besoin de lui. Pendant que les autres gamins courent dans tous les sens, il l'aide à disposer autour de la tente les gamelles en aluminium de la famille. Quand elles sont pleines, Yema fait fondre la neige sur le petit réchaud et la conserve dans des jerricans. Les tuyaux ont gelé dans les blocs sanitaires et le camp connaît, sous la neige, des pénuries d'eau répétées.

À partir de bidons découpés, Ali fabrique un poêle à charbon de fortune. Ça sent la peinture brûlée et les enfants toussent. C'est mieux qu'à côté, chez Younès, on ne sait pas quels produits chimiques a contenu son bidon mais ça pue la mort quand il veut se chauffer. Les hommes installent aussi des braseros à l'extérieur, pour pouvoir continuer à discuter hors de l'espace réduit et encombré des habitations.

Les mouvements des allées sont étonnants, vus de haut. Les marcheurs ne se déplacent que de feu en feu, sauts de puce tremblants que l'on fait en se frottant les mains, en haletant, petites goulées d'air glacé qui descendent à peine dans la gorge. Il fait trop froid pour s'éloigner vraiment des flammes. La mobilité est réduite, morcelée par les haltes. Les habitants du camp développent une sociabilité de l'urgence et des frissons : ils ne regardent pas qui se trouve près du feu. Quand le froid les mord trop, ils s'agrègent au cercle le plus proche et se retrouvent épaule contre épaule avec des inconnus qu'ils ne saluent qu'après s'être soigneusement glissés auprès d'eux. Pour aller aux douches, enfin installées de l'autre côté du camp, sans cesse hors service, Hamid doit prévoir trois arrêts. Avant de quitter sa tente, il liste les emplacements de braseros disponibles sur son trajet : devant chez Ahmed, devant l'infirmerie, devant la benne... Il fonce. Buée blanche de son souffle, si épaisse qu'elle paraît ralentir son haleine.

Très vite, sous les pas pressés des marcheurs, la neige se change en une boue glaciale et collante qui refuse de se détacher des semelles.

Pour les protéger du froid, Yema double les chaussures et les vêtements des enfants de feuilles de journaux. Elle déchire ce qui lui tombe sous la main, et peut-être que parmi ces publications qu'elle est incapable de comprendre, se trouvent quelques numéros du *Travailleur catalan* que Naïma lira plus tard, lors de ses recherches, et qui exhorte la municipalité de Rivesaltes à se débarrasser des « mercenaires » et des « racailles » hébergés dans le camp. Les mots importent peu à Yema, c'est le papier qui compte. En couches suffisamment épaisses, les quotidiens locaux coupent non seulement de la morsure de l'hiver mais constituent aussi de parfaits boucliers qui permettent aux petits de se frapper le ventre sans que la douleur ne les plie en deux. Ils combattent dans les bruits sourds du papier journal martelé et les cris de vengeance. Pour être sûr que Mandrake ne subisse pas le sort honteux qui consiste à retapisser ses galoches dégoûtantes, Hamid cache soigneusement les bandes dessinées entre plusieurs épaisseurs de bâches, sur le haut de la tente. Le magicien prend l'humidité et se gondole mais il résiste au passage de l'hiver.

Au printemps, avec la fin des températures glaciales, le territoire de chacun s'accroît. Hamid peut recommencer à traîner sans but et sans halte, Kader-le-lapin-magique reprend lui aussi du service et le voilà qui bondit, qui bondit, qui bondit. Des tentes, on retire une à une les bâches accumulées pendant l'hiver qui donnaient l'impression d'habiter une maison oignon, faite uniquement de pelures.

Dans le soleil tiède et la boue qui s'assèche, le camp recommence à ressembler à un camp. Quand Hamid et sa famille sont finalement envoyés à Jouques, dans un hameau de forestage nouvellement ouvert, le petit garçon réalise avec une lente stupeur qu'ils viennent de passer huit mois à Rivesaltes. À l'exception des variations météorologiques, il a l'impression de n'avoir vécu qu'une seule journée, sans cesse répétée.

— Tu seras content, lui dit un gendarme au moment du voyage, ça ressemble un peu à la Kabylie là-bas.

Les lettres du préfet des Bouches-du-Rhône dont Naïma a retrouvé des photocopies désignent le camp de Jouques par le nom de « cité du Logis d'Anne », en hommage à une bergère devenue sainte sur laquelle elle ne trouve aucune information. Créé en 1948 près des rives de la Durance et de la RD96 pour les ouvriers occupés à creuser le canal de Provence, il a accueilli les harkis à partir de 1963 et – présenté comme un hébergement provisoire, lui aussi – il n'a fermé qu'en 1988.

Aujourd'hui, il n'en reste rien. À son retour d'Algérie, Naïma voudra voir l'endroit où son père a passé près de deux ans et elle roulera le long de l'A51, franchira le pont de Mirabeau accoté aux anciennes piles, construites en 1845 et restées debout devant la falaise de Canteperdrix, avec leurs doubles tours et leurs arches de pierres beiges qui s'affinent au gré des étages, belles et étranges comme un élément de décor oublié par Peter Jackson à la fin du tournage du *Seigneur des anneaux*. Elle ne verra à l'emplacement du hameau forestier qu'un portail vert foncé, fermé par une chaîne, derrière lequel se trouve – elle ne comprend pas pourquoi – un gros rocher taché de peinture rose fluo. Tout le site est entouré de grillage. Elle cherche à apercevoir ce que les clôtures abritent mais il lui semble que la route qui part du portail ne mène nulle part, sinon dans les pins et la broussaille. À droite de l'entrée, entre la départementale et le grillage, se dresse le mémorial érigé en 2012. Haut de presque cinq mètres et habillé de marbre, il représente – je l'ai lu quelque part – une porte de style oriental, ou approchant. De loin, Naïma trouve qu'il a l'air d'une serrure géante qui porterait des cornes.

Elle s'aide des barreaux du grand portail pour se hisser au-dessus du grillage. La clôture métallique s'agite et tinte au gré de ses mouvements désordonnés. Quand elle est de l'autre côté, elle marche tout droit, de plus en plus loin dans les pins. Il n'y a rien. La route s'arrête. Naïma continue dans les herbes, monte la pente sur laquelle poussent des arbres maigres. En se baissant vers le sol, en écartant les ronces et les fourrés, elle tombe sur des traces de la vie antérieure : bras d'une poupée devenu grisâtre, détendeurs de bonbonnes de gaz, bouches d'égout ouvertes dans le sol – signes de civilisation anachroniques là où la végétation a repris tous les droits.

Une fois en haut, elle se retourne et voit la Durance qui serpente grassement, reflets laiteux, bleutés entre les rochers pâles. Elle entend les cigales qui stridulent régulièrement sur les troncs des arbres, invisibles luths à la couleur d'écorce.

Cette vue-là, ces sons, sûrement, elle les partage avec Hamid, avec Ali, malgré les années.

Ils habitent désormais des logements de bois, de fibrociment et d'amiante construits quinze ans plus tôt. Ceux qui sont logés le plus près de la route ont droit à des préfabriqués jaunes et blancs dotés d'un étage, dont l'aspect hésite entre le bungalow de vacances et la cabane à outils. Dedans, ils sont souvent une dizaine. Ali et Yema ont de la chance : ils vivent avec leurs trois enfants et l'oncle Messaoud. Six, ce n'est pas tant. Quand même, au matin, ça sent les pets des gamins et la sueur des endormis.

Dans les petites maisons trop pleines, avant qu'elles s'aperçoivent que le liquide mange toute couleur, les femmes récurent chaque centimètre carré à la Javel dont les assistantes sociales leur ont garanti qu'en termes de propreté, c'était le must. Le bois, l'émail, les vitres et le plâtre, tout y passe. Yema et les voisines discutent même de la possibilité de rincer avec le liquide magique les fruits et les légumes. Seule la crainte que la Javel ne contienne de l'alcool les en dissuade.

Yema veut que son logis minuscule soit impeccable, qu'il soit le plus propre de tous. C'est sa manière à elle de refuser la pauvreté, de remplacer une hiérarchie par une autre en haut de laquelle elle puisse encore trouver une place. Chez elle, on ne verra aucun mouton de poussière, aucune chiure de mouche, aucun reste de nourriture caché sous un pied de table, aucune dégoulinure sombre sur la surface lisse des meubles en Formica. Chaque portion qu'elle astique devient sienne.

— Elle va user les murs, dit Ali à ses voisins.

Mais le règlement du hameau, imposé par les autorités françaises comme le proclame la première ligne du document qu'on leur a lu dès leur installation, stipule que la propreté est une des conditions sine qua non de leur séjour, alors Ali laisse Yema gratter la maison. Le règlement commence ainsi :

Les habitants des hameaux forestiers ont largement bénéficié de la sollicitude du gouvernement.

Ils bénéficient non seulement des ressources que procure un travail régulier et assuré mais encore d'un logement gratuit que beaucoup de mal-logés souhaiteraient posséder.

Par ailleurs, un personnel qualifié leur distribue les soins nécessaires, facilite leurs démarches et leur apporte un appui constant.

Ces avantages ont pour contrepartie un certain nombre d'obligations et d'interdictions.

Vient ensuite une liste relativement courte que l'on peut résumer de façon plus lapidaire encore : il leur faut être sain, sobre et docile. *L'inobservation d'une des règles énoncées ci-dessus entraînera l'éviction immédiate du contrevenant. Le logement rendu disponible sera mis à la disposition d'un autre rapatrié et de sa famille.* On a vu plus chaleureux en guise de discours d'accueil, même le « personnel qualifié » qui leur donne lecture du texte en a conscience.

Il est convenu que les enfants du Logis d'Anne seront répartis entre les trois écoles environnantes, celles de Jouques, de Peyrolles et de Saint-Paul-lez-Durance – mais uniquement à partir du CM1. Au sein du camp sont mises en place une classe de maternelle et une classe de rattrapage qui réclament un système d'éducation particulier : comment apprendre quoi que ce soit à des enfants dont on ignore tout ? On doute de leurs facultés intellectuelles. On doute de leur capacité d'adaptation. On doute de leur honnêteté. Les instituteurs paraissent moins enseigner que mener une expérience de première approche avec une espèce jusqu'ici inconnue d'extraterrestres. Les cours débutent comme à tâtons.

— Je suis Hamid, je viens de Kabylie.

— Je suis Mokhtar, je viens de Kabylie.

— Je suis Kader, je viens de l'Algérie française.

— Non, Kader, non, l'interrompt nerveusement l'instituteur. Ça n'existe plus l'Algérie française.

Un moment de perplexité rend les enfants muets. La phrase fait écho à certaines déclarations de leurs parents : ne plus penser à l'Algérie, oublier l'Algérie. Et pour eux, c'est comme si le pays avait été physiquement effacé. Comment fait-on disparaître un pays ? se demandent-ils.

— Quand j'étais au collège, raconte Hamid bien plus tard, peut-être cinquante ans après ce moment et quelques années aussi après le voyage de Naïma, j'ai accroché une mappemonde au mur de la chambre pour réviser. Un soir je suis rentré et l'Algérie avait été brûlée d'une braise de cigarette. Il restait un trou rond.

— Qui avait fait ça ? demande Naïma.

— Ton grand-père, je suppose...

Très vite, l'instituteur en charge de la classe de rattrapage renonce à apprendre aux élèves à lire et à écrire. C'est trop compliqué. Les écarts d'âge sont considérables. Les échanges se passent dans trois langues brisées, tronçons sanglants : arabe, kabyle, français. Entre le peuple du ‫ق‬ et le peuple du ⵝ,

comment espérer tirer des résultats d'une méthode qui a été élaborée pour éduquer des Français, déjà bercés par la langue depuis leur enfance ? Il préfère leur faire dessiner des fleurs. Il préfère leur apprendre le rugby.

— On ne peut pas en vouloir à cet homme, dira Hamid à Naïma, il nous a rendus heureux, je crois. Ce n'était pas gagné. À chaque bruit d'avion, les petits se pissaient dessus et nous, les plus grands, on se jetait au sol. À chaque bruit de pas, on guettait la porte et on n'écoutait plus. Ce n'était pas rien de nous faire sourire, de nous réapprendre à jouer. Mais quand même, ce n'était pas l'école. Ou en tout cas, ce n'était pas celle des Français.

Or, c'est ce dont Hamid rêve depuis qu'il est arrivé dans ce pays : se mêler aux Français. Il n'a, pour le moment, aucune revendication d'égalité ou de justice. Il voudrait seulement revoir Annie et il sait que ce ne sera pas sur les bancs de cette classe au rabais. Les rires de la fillette lui manquent, il pense que s'il pouvait les entendre à nouveau alors il réintégrerait l'enfance. La France qu'il a aperçue depuis son arrivée paraît si petite qu'il se rassure en se disant qu'il la croisera bientôt.

De l'autre côté de la mer, à Palestro qui a perdu son nom, l'épicerie et l'appartement qui la coiffe, précipitamment abandonnés par la famille de Claude, ont été pillés plusieurs fois. Les derniers venus ont emporté jusqu'aux robinets. Après des mois de poussière et de grincements, la boutique est finalement attribuée au jeune Youcef Tadjer, combattant de la Révolution. Le sourire de celui-ci quand il en passe la porte dévoile ses dents trop écartées, ses dents de gamin de la crête, de petit vendeur ambulant que l'indépendance vient de transformer en commerçant respectable. Du pied, il envoie une boîte de conserve vide rouler jusque sous le comptoir et hurle silencieusement, bras en l'air, bouche énorme : GOAAAAAAAAAAAAL !

Comme tous les hommes du Logis d'Anne, Ali travaille pour l'Office national des forêts. Le logement et le poste sont arrivés couplés, siamois. Personne ne leur a demandé de réinventer ou de rêver leur vie française. Ils vivront dans les arbres, ils travailleront dans les arbres. Quand Ali repense au hameau, des années plus tard, des gros plans d'écorce se présentent à son esprit, des îles brunes et rouges séparées par des crevasses et des craquelures profondes dans lesquelles se cache toute une vie grouillante, reproduction miniature d'une tectonique des plaques dont il ne connaît rien. Il coupe les troncs qui pèlent comme des peaux brûlées, dégage des allées, débroussaille les bords de route. Les petits groupes de travailleurs croisent rarement des locaux lors de leurs sorties. C'est un emploi idéal pour éviter que la présence des harkis ne se fasse trop pesante dans les villages voisins. Ils aménagent discrètement les bois pour éviter que les incendies ne s'y propagent.

Un jour, alors qu'Ali est occupé à tronçonner des arbres avec trois hommes du camp, ils sont pris dans une pluie de chenilles processionnaires au moment où le pin s'effondre. Éventrés par l'affolement des branches, les nids filandreux vomissent sur eux des lépidoptères bruns et noirs, minuscules monstres velus dont les soies leur mettent le corps en feu et les yeux au supplice. Quelques heures plus tard, leurs bras, gorges, poitrines, ventres, visages sont couverts de plaques rouges. Les poils urticants naviguent dans les rigoles de sueur des travailleurs et se dispersent sur tout le corps. Les quatre hommes se grattent et jurent, leurs paupières gonflent et dans la fente de l'œil resté ouvert, un larmoiement permanent leur trouble la vue. Quand ils rentrent au Logis d'Anne, les femmes regardent avec étonnement avancer ce groupe d'hommes rouges et enflés, agités de mouvements frénétiques. Bachir, le plus vieux de tous, dit en grimaçant :

— On est tombés dans une embuscade. On n'a rien pu faire. Ils étaient trop nombreux.

Ils éclatent de rire et Ali s'étonne, alors même qu'il rit lui aussi, que cette plaisanterie guerrière puisse les amuser. Il sent bien qu'il n'est pas le seul à être surpris : les hommes et les femmes présents rient plus longtemps et plus fort que la réplique de Bachir ne le mérite. Ils rient de pouvoir rire. Ils rient de constater que la guerre a reculé dans leur esprit, comme les flots à marée basse et que sur la plage qu'elle a découverte, ils peuvent employer le vocabulaire de l'affreux sans céder à la panique.

— Déshabille-toi dehors, dit Yema à son mari, tu ne rapportes pas tes habits qui grattent à la maison.

Ils font tous de même et se dévêtent entre les cabanes, révélant sous les vêtements de travail toute la surface de la peau attaquée par le prurit. Lorsque les femmes leur apportent des bassines d'eau et du savon, ils se lavent comme des enfants, en poussant de petits cris joyeux et en se poursuivant pour s'asperger.

Pour finir, les femmes les font asseoir au sol, leur brossent les cheveux à grands gestes brusques et, à l'aide de papier collant, elles cherchent à retirer les dernières soies vicieuses. D'autres préfèrent racler doucement la peau avec la lame d'un couteau. La femme de Bachir verse doucement du lait sur les gonflements orangés de sa peau. On dirait un salon de beauté improvisé en plein air et elles s'amusent des grimaces de leurs hommes incapables de supporter une douleur infime, aspirant l'air et la salive entre leurs dents serrées chaque fois qu'elles décollent d'un coup sec une bande de scotch.

À partir de cette embuscade, les processionnaires des pins obligent les hommes à travailler couverts des pieds à la tête, suant comme dans un hammam à l'intérieur de leurs combinaisons, gants, lunettes et chaussettes hautes et, en les voyant partir ainsi harnachés, les petits trouvent qu'ils ressemblent à des cosmonautes sans le sou ou des savants crasseux cherchant à rejoindre de leurs pas maladroits un laboratoire secret. Ali développe à l'égard des chenilles une aversion sans bornes qui le pousse à les halluciner sur les murs de la maison, le bord du lit, ou parfois dans son assiette. Chaque léger mouvement dans le décor lui tire un sursaut qui fait rire ses enfants.

Hamid croit se souvenir que c'est ici, peu de temps après leur installation, qu'ils ont fêté leur premier Aïd el-Kébir depuis le départ d'Algérie. Il conserve des images du camp envahi de moutons bêlants que les hommes et les femmes tirent par une corde, en maudissant les animaux rétifs. De peur, les moutons chient partout dans les allées des perles brunes et malodorantes. Une partie non négligeable du salaire d'Ali est allée à l'achat de la bête. Il n'a pas pu s'en empêcher : il voulait un mouton plus gras, plus imposant que ceux des voisins. Lorsqu'il est revenu avec la grosse créature bêlante, il souriait comme s'il s'était agi d'un animal sauvage qu'il avait capturé lui-même. Hamid, lui, déteste entendre le mouton se frotter contre le mur de leur maison et donner de petits coups de tête obstinés au pilier qui retient sa corde et ce n'est pas – comme l'imaginent ses parents – parce qu'il est sensible au sort de la bête. Il est simplement furieux qu'elle ait coûté autant d'argent. Pendant les premières années de France, ses parents se comportent comme s'ils allaient un jour retrouver leur ancien statut. Ils ne parlent plus de rentrer en Algérie, des feintes du général de Gaulle ni de la puissance militaire française mais ils rêvent encore de la richesse, de ce qu'ils appellent – dans leurs expressions de village, leurs expressions de déjà-vieux – la maison pleine. Le garçon les écoute et il lui arrive de croire, lui aussi, aux beaux jours qui ne manqueront pas de revenir mais, le plus souvent, il en veut à ses parents de donner aux dehors des signes d'aisance que lui et sa fratrie auront à payer ensuite. Il se moque de la taille du mouton, il aurait voulu une paire de chaussures neuves.

Le jour de l'Aïd, l'odeur du sang monte de derrière chaque maison. La proximité des foyers et le nombre de sacrifices rendent assourdissante la conjonction des bêlements. C'est la première fois que Hamid prend l'Aïd en horreur. Pendant des jours, les plats voyagent d'une maison à l'autre. Hamid refuse d'avaler ne serait-ce qu'une bouchée de viande.

Quand ses filles lui demanderont plus tard à quel moment il a cessé de croire en Dieu, il parlera de son adolescence et de Marx, avec une certaine emphase, mais tout en tenant un discours raisonnable, il verra ressurgir quelques images plus anciennes : le sang, la laine, et les trous à ses semelles.

Quelques mois après son arrivée au Logis d'Anne, Yema tombe à nouveau enceinte. Elle a peur, comme la toute première fois, comme si elle avait oublié comment on donne naissance. Elle pense au petit garçon aux yeux noirs qui est enterré là-bas, sur la crête. Elle se demande s'il reste quelqu'un de la famille pour se souvenir de lui, pour s'asseoir un instant sur sa tombe minuscule dans la stèle de laquelle le croissant couché ouvre un sourire franc.

— Tu es bien trop triste, lui dit une voisine. Ce n'est pas bon pour l'enfant. Tu te laisses aller.

Yema s'excuse silencieusement auprès de celui qui est niché dans son ventre. Elle veut de lui, bien sûr, ce n'est pas la question, elle est heureuse qu'il existe et qu'il l'agrandisse déjà mais elle aimerait ne pas le laisser sortir, le garder toujours à l'intérieur d'elle et le protéger. Tout en lui murmurant des mots tendres, elle l'enjoint à ne pas la quitter trop vite, l'assure qu'elle est prête à le porter des années s'il le souhaite.

L'assistante sociale vient la voir pour parler avec elle du futur de ce bébé, « si spécial » dit-elle, parce qu'il naîtra en France. Une femme traduit les paroles de l'assistante mais même traduites, elles ne ressemblent pas à une langue que Yema comprend.

— Bien sûr, susurre l'assistante, il faut mettre toutes les chances du côté de ce bébé. Faire en sorte qu'il se sente à sa place dans ce pays et surtout que les Français – pardon – les autres Français le reconnaissent comme un des leurs.

— Moi je veux bien, dit Yema, mais alors c'est à vous de m'apprendre la technique pour qu'il naisse avec des cheveux lisses.

La traductrice lui fait les gros yeux.

— C'est important, par exemple, reprend l'assistante sociale, de lui donner un prénom qui reflète votre volonté de vous intégrer ici. Vous avez déjà pensé au prénom ?

— Omar, dit Yema, ou Leïla.

Ce sont les noms des premiers-nés de Djamel et Hamza. Ceux qui sont restés là-bas. Yema pense qu'en reprenant leurs noms, c'est un peu comme si elle les faisait revenir jusqu'à eux, comme si elle reconstituait coûte que coûte la famille.

— Et pourquoi pas Mireille ? demande l'assistante en faisant semblant de ne pas avoir entendu. Ou Guy ?

— Parce qu'on ne cache pas le soleil avec un tamis, répond Yema.

Cette fois, la traductrice glousse. Pourtant, au soir, Ali donne raison à l'assistante sociale.

— Elle sait mieux que nous, dit-il avec la résignation de celui qui ne comprend plus rien.

L'enfant s'appellera Claude et quand Naïma s'essaiera plus tard à faire la liste de ses oncles et

237

tantes, elle aura l'impression de jouer à « cherchez l'intrus », comme dans ses cahiers de vacances : Hamid, Kader, Dalila, Claude, Hacène, Karima, Mohamed, Fatiha, Salim.

Une drôle de vie se forme ici, pour la famille d'Ali et pour les centaines d'autres habitants du Logis d'Anne. Une vie agréable au printemps et aux premiers temps de l'automne, une fournaise l'été, un long tremblement l'hiver. Une vie cachée par les pins.

— À part le bureau d'embauche, commente un homme dans une vidéo d'archives tournée dix ans plus tard, je ne sais pas qui c'est qui sait qu'on existe.

Ils restent entre eux et, à la fin de la journée de travail, les hommes se retrouvent pour jouer aux dominos devant une des maisons. On sort la table, on apporte des chaises, des tabourets, les plus jeunes s'assoient sur les marches du perron. Dans l'air du soir, au moment où les odeurs de résine et de nourriture se mêlent, on entend les claquements secs des dominos, les comptes des points faits à la vitesse des salles de Bourse à la criée, les rires des hommes qui se moquent du malchanceux ou du maladroit, les exclamations de colère des mauvais perdants et les aboiements des chiens qui tournent autour de la table en espérant qu'on leur lance un peu de nourriture, perturbés par ces rectangles blancs et noirs qui ne sentent rien mais qui réclament tant d'attention.

Parfois, l'un des hommes annonce qu'il a invité des villageois, ou le chef d'équipe et que, cette fois, ils vont venir. On leur laisse des chaises libres mais on ne les attend pas pour commencer à jouer. Tout le monde sait que personne ne vient, c'est comme si les autres avaient oublié le chemin qui mène ici.

Au moment des élections, pourtant, on paraît se souvenir d'eux. Les politiques locaux affrètent des bus pour qu'ils puissent aller voter. Maires, députés, sénateurs, ils viennent serrer des mains dans le camp et promettre. Si les habitants du Logis d'Anne pouvaient se nourrir de promesses, ils auraient tous le visage de lune qu'arborait Ali au temps du conte de fées.

Lors de ces visites, les élus et leurs assistants les remercient – toujours avec les mêmes mots – de leur amour sans faille pour la France et personne ne leur répond rien, sinon un sourire pâle. C'est une chose étrange : pour avoir le droit d'exister, il faut qu'ils se présentent comme des patriotes de la première heure, des amoureux du drapeau tricolore qui n'ont jamais douté. Dans ce camp, pourtant, il y a quelques hommes qui ont d'abord travaillé avec le FLN, qui ont guetté, qui ont collecté, certains ont gagné pour lui des batailles dans la montagne, il y a même un ancien commissaire politique – avec une tendresse étonnée, on le surnomme « Mao ». Mais ici, après la fuite, ils n'osent plus le dire parce qu'on les a accueillis en leur racontant que c'était justement au nom de leur amour *sans faille* pour la France qu'ils avaient eu droit à un logement, à un emploi. Leur présence ici semble toujours si fragile, si suspendue au bon vouloir des autres qu'ils s'imaginent peut-être qu'on les remettra sur les bateaux s'ils avouent que non, la France, vous savez, pas forcément plus que ça. Ils taisent leur histoire individuelle et ses complexités, ils acceptent en hochant la tête une version simplifiée qui finit par entrer en eux, par recouvrir la mémoire et quand leurs enfants voudront creuser en dessous, ils découvriront que tout a pourri sous la bâche de l'amour sans faille et que les vieux disent qu'ils ne se souviennent plus.

Parfois, Ali ne supporte plus le camp ni la forêt et il marche le long de la départementale pendant une heure ou deux à la recherche d'autre chose. Le plus souvent, quand il arrive dans la bourgade voisine, il ne fait rien d'autre que s'asseoir sur la margelle de la fontaine et regarder les passants. De temps à autre, il entre au bureau de tabac et achète un paquet de Gitanes – en Algérie, le gouvernement s'apprête à nationaliser « l'ensemble des biens, droits et obligations des manufactures et entreprises de tabacs et allumettes » – ou bien des biscuits pour les petits à l'épicerie – le décret du 22 mai 1964 nationalisera ensuite les meuneries, semouleries, fabriques de pâtes alimentaires et couscous. Chaque échange, même bref, avec un commerçant lui procure un soulagement intense : il n'est pas invisible. Au camp, il lui arrive d'en douter. Il fait souvent le même rêve : un des enfants est malade et doit être amené à l'hôpital en urgence, Ali descend alors sur la route et cherche à arrêter une voiture. Au milieu du ruban de goudron, il agite ses grands bras en direction des véhicules qui foncent vers lui mais aucun ne ralentit. Ils traversent son corps de fumée sans remarquer sa présence. Hamid le sait parce qu'il a entendu, au milieu de la nuit, Ali chuchoter son cauchemar à

Yema dans le noir de cette chambre exiguë qu'ils partagent tous. Quant à l'histoire qui suit, il la connaît parce qu'elle est une des rares que son père ait racontées, après leur départ de Jouques, aux nouveaux voisins qui l'interrogeaient sur le hameau. Elle est aussi – par conséquent – une des seules qu'il ait lui-même partagées avec ses filles et que Naïma racontera à son tour, sans jamais l'avoir entendue de la bouche de son grand-père, sans être certaine que son grand-père l'ait réellement vécue.

Début juillet 63, Ali entre dans un bar et s'assied au comptoir. C'est la première fois qu'il vient là et l'établissement est plutôt sale, même la lumière paraît poisseuse, mais cette crasse sombre lui fait du bien après l'aveuglant soleil du dehors qui lui a cassé la tête tout le temps qu'a duré la marche.

— Une bière, dit-il au patron.

C'est ce que lui pense dire, du moins, mais aux oreilles du patron, ça sonne comme « ounbire » et ça l'irrite. La blessure faite aux mots lui déplaît, comme si elle s'accomplissait à même son oreille, en charcutant les conduits. Il hausse nerveusement les épaules et ne répond pas. Quand Ali racontera ensuite cette histoire, il dira que l'homme avait décidé de ne pas le servir dès qu'il l'a vu passer la porte mais ce n'est peut-être pas si simple. Le cafetier lutte contre la colère qui l'envahit. Il voudrait pouvoir la contrôler ou même ne pas la ressentir du tout.

— Une bière, répète Ali sans hausser la voix.

Ses yeux déjà peinés achèvent de mettre hors de lui le tenancier. Des yeux de victime qui l'obligent à devenir bourreau avant même qu'il ait fait quoi que ce soit, le privent de sa liberté d'agir. Des yeux qui ont l'air d'avoir accumulé toute la souffrance du monde.

Et puis ses putains de médailles sur sa poitrine. Il n'arrive pas à y croire : le type a mis sa parure d'ancien combattant. C'est sa défense contre les Français, son mot d'excuse rédigé par la mère-République.

— Je sers pas les crouilles.

La phrase s'échappe entre ses dents. Jusqu'à la dernière seconde, il ne savait pas qu'il allait la dire. Mais maintenant qu'elle est sortie, il ne peut plus la rattraper. Alors au contraire, il s'entête, il la répète plus fort.

— Tu m'as compris ? Je sers pas les crouilles.

Au village, Ali l'aurait frappé et on lui aurait donné raison. Ici, il sent ses deux mètres qui se recroquevillent sur le tabouret, sa force qui se dérobe, le sang qui se change en eau et les jambes comme des collants de nylon sur un fil à linge qui ne sont plus qu'une vague forme de jambes, inutiles et grotesques.

— Très bien, murmure-t-il, pas de bière, je vais juste me reposer un peu.

— Tu es demeuré ou quoi ? Tu sors ! Tu sors tout de suite.

— Non, non, dit Ali tout doucement. Je ne sors pas.

— Jisorpa, jisorpa ! hurle l'autre derrière le comptoir, son visage devenu rouge brique. Mais tu t'es cru où ? Tu t'es cru chez toi ? Sale Bougnoule ! J'appelle la police.

Alors qu'il fait les quelques pas qui le séparent du téléphone, il prie intérieurement pour qu'Ali soit raisonnable et qu'il sorte ou au moins qu'il esquisse un geste vers la sortie. Il ne veut pas avoir à décrocher le téléphone. Il ne veut pas avoir à justifier sa fureur à une tierce personne. C'est déjà assez difficile de se persuader lui-même qu'il a raison.

Mais Ali ne bouge pas. Son grand corps de crouille courbé sur le tabouret, il ne touche pas le comptoir, il a retiré ses mains. Il ne veut pas être en tort ni provoquer. Il veut simplement qu'on ne le mette pas à la porte. Il est persuadé que c'est son droit. Il attend le policier municipal, muré dans un silence qu'il espère digne, et le tenancier, de l'autre côté du comptoir, fait pareil. Nul ne sait plus aujourd'hui à quoi ressemblait l'agent qui pousse la porte du bar dans la version d'Ali. Celle de Hamid en fait une sorte d'équivalent du sergent Garcia, tout en moustache et en ceinturon, alors que Naïma le dépeint plutôt comme un CRS archaïque dont le corps est recouvert de boucliers et d'écailles.

Une fois qu'on lui a expliqué la situation, le policier renifle et se gratte le long de l'arête du nez. Puis il se place face à Ali, toujours immobile sur son tabouret, Ali qui essaie de sourire pour montrer sa bienveillance mais l'agent ne remarque pas le sourire, il baisse les yeux. Est-ce qu'il veut éviter le regard d'Ali ? Est-ce qu'il a honte ? Est-ce qu'il s'apprête à le frapper ? Ali regrette d'être resté. Et puis le policier relève la tête et lance :

— Il a sept kilos de ferraille sur la poitrine. Et toi, tu ne lui sers pas à boire ?

Le patron du bar rougit mais persiste dans son attitude hargneuse. Il est trop tard maintenant pour qu'il fasse volte-face. Les gens que l'on prend pour des salauds, souvent, sont des timides qui n'osent pas demander qu'on recommence à zéro.

— Y a rien qui me garantisse qu'elles soient à lui, ces médailles.

Le policier hausse les épaules. L'argument est si faible qu'il ne mérite même pas de réponse.

— Ça vient d'où ? demande-t-il en montrant l'une des décorations.

— Monte Cassino, répond Ali dans un murmure.

Il n'a pas prononcé ce nom depuis près de vingt ans. Il croyait qu'il ne le dirait plus jamais. Et soudain, le flic tape du poing sur le comptoir, très fort :

— Maintenant ! crie-t-il à l'adresse du patron qui n'a pas pu retenir un sursaut, tu nous donnes deux bières maintenant !

Puis, se tournant vers Ali :

— J'y étais aussi.

Et avant que l'homme montagne n'ait pu faire un geste, le policier lui tombe dans les bras.

— Monte Cassino, merde...

Pendant un bref moment, le café-bar de Jouques devient pour Ali un lieu amical et accueillant, il se sent comme à l'Association, protégé par la communauté des souvenirs. Le policier et lui boivent leur bière en souriant, émus au point de sentir qu'ils pourraient pleurer. Mais quand ils quittent le bar, Ali croise le regard haineux du patron et il sait qu'il ne reviendra jamais ici. D'un dernier coup d'œil, il dit adieu aux tabourets hauts, au comptoir à l'odeur de métal et de graisse, aux affiches du Tour de France sur les murs, et aux souvenirs de Monte Cassino.

Monte Cassino

Naïma a prononcé plusieurs fois la phrase :
« Mon grand-père a fait Monte Cassino », avec
ce qu'il faut d'effroi dans la voix, même si elle
n'est pas sûre de la formulation. Il serait peut-être
plus juste de dire qu'on lui a fait Monte Cassino,
comme on dit « on lui a fait à l'envers ». Le nom,
pour elle, désigne à la fois un lieu précis, cinq
mois de l'année 1944 et quelques souvenirs que
son grand-père a conservés toute sa vie au fond de
sa mémoire, cadavre si bien lesté de pierres qu'il
ne pouvait plus remonter à la surface.

Monte Cassino. Une colline haute de cinq cents
mètres qui domine la route menant de Rome à
Naples, dans la région du Latium – celle-là même
où Énée finit par arriver après tant d'errances – et
au sommet de laquelle, au sixième siècle, Benoît
de Nursie fonda une abbaye.

Monte Cassino. Un verrou de la ligne Gustave
que les Alliés ont besoin de faire sauter pour continuer leur progression en Italie. Naïma a regardé
plusieurs documentaires pour comprendre les
mouvements militaires qui ont composé cette

bataille (en réalité quatre batailles successives). Elle n'a toujours rien compris.

Monte Cassino. Les bombes lancées par des centaines de bombardiers qui pleuvent à verse et dessous, les bâtiments de l'abbaye déjà plusieurs fois détruits au fil des siècles qui meurent à nouveau, se mettent à pleuvoir eux aussi en gravats poudreux.

Monte Cassino, parois inhospitalières, rochers debout dont on a éliminé la végétation pour mieux voir et qui n'offrent ni caches ni boucliers.

Monte Cassino ou la bataille des phasmes, minces présences suspendues au roc et s'épuisant à se rendre invisibles. Une fois entamée l'escalade, les assaillants ne peuvent plus bouger, manger ni boire chaud car le moindre panache de fumée signale leur présence aux Allemands installés sur le mont. Mitraillettes et tirs de mortier en grêlons.

Monte Cassino, le fleuve, tout en bas, sur lequel les Alliés tentent de construire des ponts. Souvent, il coule rouge.

Monte Cassino. Les gémissements dans six ou sept langues différentes. Tous les mêmes, pourtant : J'ai peur, j'ai peur. Je ne voudrais pas mourir.

Durant les quatre batailles du Mont, les hommes des colonies ont été envoyés en première ligne : Marocains, Tunisiens et Algériens du côté français, Indiens et Néo-Zélandais du côté anglais. Ce sont eux qui fournirent les morts et les blessés qui permirent aux Alliés de perdre cinquante mille hommes sur un massif montagneux.

Je crois que le début du film *Indigènes* est supposé montrer la bataille de Monte Cassino. On y voit l'assaut difficile d'un mont. Mais comme c'est le début du film et que l'on ne peut pas sacrifier les personnages auxquels le spectateur vient tout juste de s'attacher, c'est une bataille qui, curieusement, se passe mal sans qu'aucun gentil ne meure. Dans ma tête, Monte Cassino ressemble davantage à *La Ligne rouge* de Terrence Malick. C'est une longue boucherie lassante dans un lieu qu'aucune topographie ne peut rendre compréhensible.

Parmi les soldats de l'armée d'Afrique accrochés au flanc du mont, il y a Ali, mais aussi Ben Bella et Boudiaf, respectivement premier et quatrième présidents de la future Algérie indépendante. Ils ne se sont pas rencontrés. Peut-être cette histoire eût-elle été très différente s'ils en avaient eu l'occasion.

Lorsque la température chute brutalement, Yema se démène pour trouver des tapis supplémentaires et elle les empile les uns sur les autres au sol de la cabane pour empêcher qu'on ne sente l'humidité qui monte du ciment. Ali cloue aux murs une partie des couvertures. Dans cette grotte au ventre laineux, les matelas étalés autour du poêle, les enfants se sentent bien. Hamid parvient désormais à reconnaître, dans les bulles de ses bandes dessinées, le A et le H – premières lettres de son prénom – c'est-à-dire qu'il peut déchiffrer les cris de douleur et les rires des personnages.

AAAAAAAAAAH !
Ha ha ha !

Les autres bulles sont pleines de trop de mots et de signes de ponctuation pour qu'il s'y intéresse. Il continue à inventer l'histoire et il la raconte à Dalila, à Kader et à Claude qui gazouille, allongé à côté d'eux sur un coussin, addition toute neuve à leur clan, tour à tour cobaye, corvée ou poupon.

— Les oliviers sont à moi, dit le méchant caporal en arrivant dans la jungle de Tarzan. Et tous tes singes ne pourront pas te protéger parce que j'ai des avions et des bombes. Mais le caporal ne savait pas que Tarzan avait un plan secret...

Avant la tombée de la nuit, les enfants parcourent les collines pour ramasser du petit bois et malgré les recommandations de leurs parents, ils ne peuvent s'empêcher d'ordonner cette collecte de brindilles selon des principes esthétiques, ne rapportant que les branches qu'ils trouvent les plus belles, celles aux formations complexes, les fourches et les tridents, celles qui sont ornées de cônes comme des arbres de Noël et leurs vêtements se maculent de traînées de résine qui diffusent leur parfum tenace, si bien que les enfants à l'odeur de forêt, les cheveux mêlés de feuilles et les bras chargés de bois hirsutes semblent être de petits sylvains. Quand l'obscurité s'abat sur le Logis d'Anne, les branches et les aiguilles crépitent dans le poêle sur lequel Ali, Yema ou Messaoud garde toujours un œil vigilant, ce qui fait qu'aucune forme de sociabilité ne peut se construire dans le bungalow sans être interrompue par les exigences du feu qui paraît ne vouloir que mourir, encore et encore, et que les adultes ressuscitent sans cesse, en fourrageant d'un coup de tison anxieux ou autoritaire dans ses entrailles.

Hamid fête pour la première fois son anniversaire, celui qui correspond à la date de naissance française officielle, dans la classe de rattrapage du camp – encouragé par l'instituteur qui l'assure que c'est ce que font les Français. L'apprentissage de la chanson réglementaire les occupe longtemps puis le maître ouvre un paquet de petits-beurres.

Ce soir-là, pour ajouter à la célébration, Cherine, la fille de leurs voisins, jette ses bras autour du cou du petit garçon, un peu comme on plonge, et elle l'embrasse au coin de la bouche – parce qu'elle a appris que c'est ce que font les Français ou parce que c'est ce que font les gosses quand ils découvrent à tâtons qu'un corps a envie d'un autre corps. Tout en s'excusant auprès d'Annie qu'il a toujours l'intention d'épouser (il est doté de cette ténacité silencieuse dont Naïma n'a pas hérité *du tout*), Hamid apprécie le contact furtif et brutal des lèvres de Cherine contre les siennes. Il ferme les yeux et il reste planté là, souriant, un long moment après que la fillette s'est enfuie. Il cherche à travers tout son corps comment la sensation de ce baiser voyage, persuadé qu'il doit désormais être marqué par ce geste d'amour comme au fer rouge.

Quand Naïma demande à sa famille de lui raconter le camp de Jouques où elle est restée près de deux années, personne ne répond la même chose. Hamid, son père, parle de l'humiliation d'avoir été à nouveau parqué. Kader se souvient d'une grotte où il allait jouer et c'est comme si le Logis d'Anne tenait entier dans cette grotte. Yema évoque l'assistante sociale honnie. Dalila dit, en s'excusant, que c'était le paradis, si, pardon, pour des enfants c'était le paradis, les arbres, la lumière, la rivière.

Ali, lui, ne peut plus rien dire. Il est mort depuis des années quand Naïma commence à poser des questions.

— Le paradis ?

— Moi j'y serais bien restée. Quand on est arrivés ici, j'ai pleuré, mais pleuré, ça ne s'arrêtait pas.

Et Dalila désigne d'un revers de la main la petite cuisine du HLM et le parc à jeux minable que l'on aperçoit dehors.

Ils plient soigneusement bagage. Cette fois, ils ont le temps. Ce n'est pas la fuite précipitée hors d'Algérie lors de laquelle ils n'ont pris que ce qu'ils pouvaient porter sur eux (quelques poignées de billets, trois bracelets d'argent ornés d'émaux et de coraux, une montre, vêtements et chaussures, les médailles enroulées dans un chèche, les clés de la vieille maison de torchis et celles du hangar où dorment les machines, une photographie d'Ali en uniforme – la seule qui existe, prise en 1944 –, un tapis de prière). Ce n'est pas, non plus, le départ de Rivesaltes lors duquel l'absence de tout objet nouveau à emporter avait rendu ridiculement simples et brefs les préparatifs. Non, cette fois, il y a de petites choses à envelopper dans du papier journal, à plier, à mettre en pile : quelques assiettes, un service à thé, les bandes dessinées de Hamid, la nouvelle veste d'Ali, l'herbier qu'a confectionné Dalila, le berceau d'osier de Claude. Cette fois, ils mettront une valise dans la soute du bus et ils partiront vers une vraie maison, un foyer-pour-de-bon qui les attend dans un endroit encore inconnu.

— C'est où ? ont-ils demandé quand le directeur du hameau est venu leur annoncer la nouvelle.

— Flers.

Personne n'a entendu parler de cette ville. Le directeur écrit le nom sur un morceau de papier. Un homme reconnaît la dernière lettre : c'est la même qu'à la fin de Paris. D'une certaine manière, ça les rassure. Ils ont l'impression qu'ils se rendent dans un petit Paris, ils trouvent que le « s » à la fin du nom est un gage d'élégance et de développement. Hamid doute de cette théorie – à force d'étudier les bandes dessinées, il commence à comprendre que les lettres ne portent pas en elles-mêmes un sens. Elles se répètent de manière aléatoire, compliquée, absurde – il ne sait pas bien – et ce qui, visuellement, se ressemble, peut désigner des réalités opposées. Le « s » n'est gage de rien, pas plus que le « a », le « h », ou le « z » – les lettres du français ne sont des talismans que pour les analphabètes.

Par la vitre arrière du bus, Yema et lui adressent de grands mouvements de bras à Messaoud qui se tient sur le bord de la route, immobile et droit comme les arbres avec lesquels il finit par se confondre.

La ville a construit pour les harkis plusieurs barres de logements HLM, à la périphérie de l'agglomération, là où s'étendra quelques années plus tard la fierté locale : le plus grand hypermarché Leclerc de France. Mais pour l'instant, il n'y a que ces barres blanches et grises, toutes identiques. C'est un paysage dessiné à la règle, à grands traits logiques : angles et arêtes des bâtiments, démarcations entre les dalles des plafonds, les rouleaux de lino au sol, lignes des rampes, froides sous la main, qui traversent la cage d'escalier. C'est un système qui s'épuise en parallèles et en perpendiculaires à force d'être répété à toutes les échelles dans les bâtiments. Les gros plans sur un détail de l'appartement que les enfants obtiennent en collant le nez contre un mur n'offrent que des lignes droites, de même que la vue sur le quartier que l'on peut avoir depuis le tertre à l'arrière des immeubles. Il n'y a pas de repos, pas de répit dans ce monde d'équerres, à part peut-être, au milieu des barres, le terrain de jeu pour enfants qui dessine au sol un ovale étonnant de douceur. Ses éléments n'ont pas été fixés correctement si bien que les toboggans et les portiques vacillent sous le poids des gamins qui les prennent d'assaut.

Lorsque le car dépose les quelques familles du Logis d'Anne dans leur nouveau quartier, il pleut. Le sol est encore boueux des travaux. C'est triste à mourir. Le problème de ce ciel nuageux, comme Hamid va le réaliser très vite, c'est qu'il permet de tout voir. Les yeux ne se plissent jamais devant une brillance excessive, il n'y a pas de flots de lumière suffisamment puissants pour rendre flous les détails environnants. La Kabylie et la Provence étaient une succession de silhouettes d'arbres, de crêtes et de maisons à moitié mangées de lumière. Elles étaient faites de taches de couleur qui dansaient entre les paupières difficilement tenues entrouvertes. Et l'Oued qui descendait la montagne depuis le village jusqu'à Palestro s'allumait par intermittence de reflets aveuglants comme si tout au long de la pente des contrebandiers avaient utilisé des morceaux de miroir pour s'envoyer des signaux. On croit que la lumière permet de montrer, d'exposer crûment chaque détail. En réalité, à pleine puissance, elle cache aussi bien que l'ombre, sinon mieux. Mais le ciel gris de Normandie ne cache rien. Il est neutre. Il laisse exister chaque bâtiment, chaque trottoir, chaque homme qui marche de l'autocar jusqu'à son futur appartement, chaque trace de boue qui macule déjà les marches de l'escalier et l'intérieur des logements car il n'y a de paillasson nulle part. Le ciel est bas et pourtant, il est distant. Il ne se mêle pas au paysage. Il se contente d'être là, à l'arrière-plan, à la manière des toiles abstraites devant lesquelles on place les enfants le jour de la photographie à l'école. C'est comme si le ciel regardait ailleurs.

Devant le bâtiment B, la famille s'arrête : pas un n'ose tirer la lourde porte. Les petits posent leurs doigts sur la vitre et y laissent des ronds graisseux. Yema retient son souffle, déçue par le gris, effrayée par les angles, perturbée par le sas au pied de cet immeuble qui se ferme deux fois. Ali s'arrache un sourire et il dit, en poussant Hamid dans le dos pour le faire avancer :

— On va être bien ici. On va vivre comme les Français. Il n'y aura plus de différences entre eux et nous. Vous verrez.

Quand ils découvrent la baignoire, les enfants poussent des cris de joie. Il faut immédiatement qu'ils enjambent le rebord de porcelaine, se laissent glisser au fond et ils s'entremêlent et se chevauchent, Hamid, Kader, Dalila, tous jambes et bras mêlés. Puis ils supplient que Yema ouvre le robinet, se déshabillent à toute vitesse, heurtant des coudes et des genoux les parois blanches et froides et le laiton rutilant du robinet avant de se regarder recouvrir en silence, presque religieusement, par l'eau chaude qui monte dans la baignoire.

Trois enfants immobiles, souffle retenu, dans la marée minuscule contrôlée par leur mère.

— Je voudrais vivre dans la baignoire, murmure Kader.

Pour la première fois, en défaisant les valises dans le nouvel appartement, Yema s'autorise à penser à tous les objets qu'elle a laissés derrière : la *tabzmit* reçue pour la naissance de son premier fils, le *khalkhal* de son mariage, ses robes et ses tuniques… Les larmes lui viennent aux yeux devant les étagères qui restent vides, une fois disposé çà et là le contenu des valises.

Les jours qui suivent leur arrivée, elle déplace plusieurs fois les quelques objets d'Algérie qu'ils ont apportés. Elle les éparpille sur la table, les range dans un placard, les aligne au pied du lit. Elle ne trouve pas de place pour ce peu. Il détonne dans l'appartement nouveau. Il devient étranger, il devient étrange. Ce qui, là-bas au village, était un objet chéri et quotidien est ici une curiosité. Les meubles en Formica, le papier peint, le lino jaune pâle constituent pour ces objets un écrin qui les isole et les rejette, une sorte de vitrine de musée. Comme ces artefacts indiens ou africains que l'on montre au Quai Branly à travers une grande glace, devancés par un court texte explicatif qui devrait vous rapprocher de l'objet mais vous en éloigne en le désignant comme une bizarrerie que vous avez besoin – justement – que l'on vous *explique*, comme ces outils utilisés avec simplicité tout au long d'une vie (cuillères, couteaux, langes brodés) que l'exposition vous présente désormais avec une surprise émerveillée, les quelques trésors de Yema ne parviendront jamais à se fondre dans l'appartement HLM, qu'ils paraissent dénoncer ses angles et sa froideur ou que ce soit, à son tour, l'appartement qui souligne leur clinquant ou leur archaïsme. Et ces choses qu'Ali et sa femme avaient voulu emporter au milieu de mille autres qu'ils abandonnaient, ces choses qu'ils ne pouvaient pas supporter de voir tomber dans les mains du FLN ou des divers pillards qui viendraient ensuite parce qu'elles étaient à eux plus que le reste, parce qu'elles étaient eux, ces choses qu'ils pensaient chérir toute leur vie comme des amulettes qui condenseraient l'Algérie et leur existence passée, ils les abandonnent peu à peu, les repoussent au fond d'un tiroir, gênés, irrités, et il n'y a plus que les enfants pour les sortir, les admirer, et jouer avec comme s'il s'agissait des pièces détachées d'un vaisseau spatial qui se serait écrasé chez eux, porteur d'une civilisation radicalement éloignée.

Malgré toute leur bonne volonté, Ali et Yema n'habitent pas l'appartement, ils l'occupent.

Les représentants ne se trompent pas qui fondent sur cette nouvelle clientèle dès le lendemain de leur arrivée ou presque. On peut tout leur vendre : ils ne savent rien. Voire mieux : ils ont peur de ne pas savoir. Ils ont peur de ces meubles qu'ils ne connaissent pas. Ils ont peur de se mettre en marge de la société en aménageant mal leurs appartements.

— Mes parents voulaient que je n'aie pas honte de la maison si jamais des petits Français venaient jouer chez nous après l'école, dira Hamid plus tard. C'est pour ça qu'ils ont acheté ce salon horrible. Et les couettes synthétiques. Et les tableaux. Il y a plusieurs choses qu'ils ne comprenaient pas. D'abord, les petits Français ne viendraient pas jouer chez nous. La plupart d'entre eux n'avaient pas le droit d'aller dans la ZUP. C'est moi qui allais chez eux quand j'avais la chance d'être invité. Ensuite, à huit personnes plus les meubles dans un logement de cette taille, il n'y avait pas de place pour jouer de toute manière. Et troisièmement, j'avais honte malgré tous leurs efforts. Honte à cause de leurs efforts, peut-être.

Une fois que les appartements de la cité sont meublés, le ballet des représentants continue : il y a les assureurs (ici, un appartement, ça s'assure, comme la vie d'ailleurs), les vendeurs d'automobiles (tous les Français en ont une), d'appareils ménagers (on ne passe pas le balai sur un sol comme ça, il vous faut un aspirateur), de livres (ça impressionnera les voisins et puis c'est bien pour l'éducation des enfants), les agents de voyages (le Maroc, ce n'est pas si différent de l'Algérie, ça vous ferait du bien), et d'autres encore qui les assomment de sourires, de brochures, de promesses et de crédits.

Dans la journée, quand Ali travaille et que Hamid est à l'école, ce sont d'autres représentants qui passent, le plus souvent des femmes qui savent que le mari n'est pas là. La plupart d'entre elles sont des Algériennes « de la ville », ce qui, pour Yema, veut dire qu'elles ne portent pas le voile et qu'elles se maquillent, voire qu'elles fument. Elles ont dans leur mallette des tissus rayés et des bijoux argentés, comme il y en avait au village. Yema leur parle de tout ce qu'elle a laissé derrière elle. Les femmes hochent la tête, compatissantes, et suggèrent que, peut-être, cela pourra la « guérir » un peu de posséder à nouveau de beaux objets. Au début, elle refuse poliment : elle ne veut pas dépenser l'argent d'Ali à son insu. Mais un jour, une des femmes revient et lui dit :

— Je sais que vous n'êtes pas coquette. Mais quand j'ai reçu ça, j'ai tout de suite pensé à vous. Ce sont des bijoux très spéciaux. Ils viennent de La Mecque.

Alors Yema va dans la chambre et sort quelques billets de la petite table de nuit. Parce que, quand même, La Mecque, ça ne peut pas être superficiel. Et elle donne une moitié du salaire de son mari à cette femme pour acheter une parure de cuivre bon marché, recouverte d'une fine feuille d'argent qui s'écaillera bientôt, laissant des traces noires et vertes sur ses poignets.

Le livre de français posé devant Hamid est destiné aux tout-petits, comme le prouvent les dessins de chiots aux grands yeux, de chatons jouant avec des pelotes de laine, les grosses fleurs s'ouvrant au soleil et les mamans gentilles préparant des gâteaux pour des bambins aux joues roses. C'est l'instituteur qui a sorti pour lui de la bibliothèque ce manuel du cours préparatoire.

Hamid tente de mettre de côté sa honte (il a onze ans, il aime les chevaliers, les super-héros, les duels à l'épée, les combats à mains nues contre les lions. Il ne croit plus au monde rose et rond des livres pour petits) et d'attraper le français à bras-le-corps. Ce qu'il appelle « français » et qu'il voit comme un butin qui étincelle et l'attire depuis un mont escarpé ou le fond d'une mer particulièrement infestée de squales, c'est en réalité l'écriture, l'alphabet. Hamid n'a jamais divisé sa langue maternelle en mots, et encore moins en signes – c'est une substance étale et insécable, faite des murmures mêlés de plusieurs générations. Alors cette série de lignes et de ronds, de points et de boucles qui se présente désormais sur la page lui paraît une armée en marche, prête à envahir son cerveau et à faire pénétrer le haut des *t*, la queue des *p* dans la matière molle qu'abrite sa boîte crânienne. Pourtant, malgré la peur, malgré la honte, malgré le mal de tête, il y a aussi de la magie dans le lent apprentissage que fait Hamid. Les premières phrases qu'il parvient à déchiffrer, celles qui s'énoncent lentement et dans lesquelles chaque syllabe pèse son poids d'importance, la beauté du son qui écarte les lèvres comme un objet physique trop gros pour sortir de la bouche, ces phrases-là lui resteront toute la vie.

Tata tape le tapis.

Papi fume la pipe.

Miroir inversé : plus de quarante ans après, Naïma fera la même expérience avec un livre d'arabe, forcée d'étouffer son orgueil qui lui hurle qu'elle a vingt-cinq ans pour mieux répéter lentement :

Yamchi al rajoul. L'homme marche.

Yatir al ousfour. L'oiseau vole.

Jak qar al kitab. Jacques lit le livre.

C'est une adulte qui ânonne avec peine la langue que ne lui a pas donnée son père.

En classe, Hamid est assis au fond avec deux autres gamins du Pont-Féron, là où l'instituteur peut venir leur parler sans déranger les autres. Il observe l'arrière des têtes de ses camarades, la ligne nette de leurs cheveux dans la nuque, parallèle au col de chemisette. Les jours de soleil, il constate que le cartilage des oreilles est translucide. Il y a eu un débat sur son cas au moment de le scolariser ; fallait-il le mettre dans une classe qui correspondait à son niveau ou bien à son âge ? La discussion aurait pu être passionnée, ouvrir sur des questions d'éducation au sens large et noble, s'égailler vers des sujets politiques, opposer le directeur à l'instituteur peut-être, mais cela n'a pas été le cas. Hamid ne pouvait pas s'asseoir aux pupitres minuscules des premières classes de primaire, on l'a donc admis en CM2.

Comme ni lui ni les deux garçons de la cité ne parviennent à lire leur manuel, l'instituteur se glisse jusqu'à eux après avoir indiqué aux autres les pages d'exercice et il leur explique patiemment les consignes. Souvent, les têtes rieuses des premiers rangs se retournent et les trois retardataires vivent comme une humiliation l'aide supplémentaire dont ils ont besoin. C'est pour cela que le soir, alors que pour les autres l'école est finie et même oubliée jusqu'au lendemain, Hamid s'acharne sur un livre pour enfants et cherche à percer les secrets de l'alphabet. Souvent, en rêve, il se voit lire et écrire. Il se voit surprendre les élèves de sa classe en déchiffrant sans heurt un poème de Jacques Prévert ou une biographie de Jeanne d'Arc. Le lendemain, quand il constate que le miracle ne s'est pas produit et que chaque mot lui fait encore un croche-pied, il sent la colère lui brûler le ventre.

Hamid ne sait pas encore qu'il a de la chance, il le réalisera plus tard. Il fait partie des dernières familles arrivées au Pont-Féron et l'école qui se trouve juste à côté de la cité était déjà pleine d'enfants de rapatriés, amenés par les premiers bus. Là-bas, comme à Jouques, les maîtres ont abandonné l'idée d'apprendre un programme à ces petits analphabètes qu'ils ne peuvent pas comprendre. Mais ici, dans cette école du centre-ville, il y a trop de « vrais » Français – ce qui veut dire trop de parents ayant des attentes, sinon des exigences – pour que l'instituteur renonce à transmettre le savoir dont il a la charge. Et comme les enfants du Pont-Féron ne sont que trois, ils ne lui font pas peur. Il les trouve même courageux : aucun ne lâche prise. Quand la cloche sonne, il les regarde repartir ensemble vers les barres qu'il ne voit pas, leurs livres sous le bras, et il lui arrive souvent de penser qu'à leur place, il ne reviendrait pas le lendemain.

À la fin du mois d'avril, pour préparer le 1er mai, l'instituteur demande aux élèves de sa classe d'accompagner un de leurs parents le jeudi qui suit et de rapporter une rédaction qui présente le monde du travail. À la récréation, toutes les conversations portent sur ce devoir exceptionnel. Les questions stridentes fusent dans la cour comme un ballon qui passerait de main en main : Et toi, ton père fait quoi ? Et le tien ? (Très peu de mères travaillent et même lorsque c'est le cas, personne ne semble s'intéresser à ce qu'elles font.)

— Et le tien ?
— Il travaille à l'usine, dit Hamid.
— Laquelle ?
— À Messei.
— Oui, mais il fait quoi ? Il fabrique quoi ?
— Il fabrique rien. Il travaille à l'usine.

Hamid ne saisit pas ce que veut son interlocuteur. Son père travaille à l'usine, comme la plupart des voisins, et dans leur discours, il semble n'en exister qu'une. C'est l'Usine. Celle qui fait qu'on les

263

a amenés là. Il n'a jamais pensé qu'elle produisait quoi que ce soit puisque Ali n'en est jamais revenu les mains chargées. Dans sa tête, l'Usine fabrique surtout de la fumée, des blessures, des crampes et une odeur de cramé que son père traîne d'une pièce à l'autre de l'appartement malgré les douches.

Dans les rapports officiels, elle porte un nom, Luchaire, une date de naissance, 1936, et elle est décrite comme la « division de transformation des métaux du groupe Luchaire, spécialisée dans la transformation des métaux en feuille, l'extrusion et la production de grandes séries destinées à l'industrie automobile, au métropolitain, à l'aéronautique et à l'industrie atomique ». On y effectue des « opérations d'assemblage, de montage et de traitement de surfaces ». Dans la réalité, c'est une grande bâtisse qui bouffe des milliers de tonnes de tôle par an pour les digérer grâce à des presses gigantesques, des fours à la gueule brûlante et des centaines de soudeurs aux masques de voyageurs de l'espace. Elle compte près de deux mille employés dont une grande partie – la masse sans qualification – vient du Pont-Féron ou des cités HLM alentour.

— Je peux t'accompagner jeudi, alors ?

— Non, répond Ali.

Il ne veut pas que son fils le voie au travail, tout en bas de l'échelle sociale, un rien du tout, un minable. Parfois, il lui arrive de regretter les minces files urticantes que formaient les chenilles processionnaires le long des troncs. Au moins, il était à l'air libre et le travail ressemblait parfois à un tour de force dont il pouvait être fier...

— C'est pour l'*école*, baba.

264

Hamid insiste sur le mot qui constitue – il le sait – une sorte de sésame dans sa famille. L'école est supposée leur apporter à tous, au terme d'années qui paraissent interminables aux petits, une vie meilleure, un statut social appréciable et un appartement hors de la cité. L'école a remplacé les oliviers porteurs de toutes les promesses. L'école est la continuation statique de leur voyage, elle les élèvera au-dessus de la misère. Comme le petit garçon s'y attendait, Ali finit par céder sous le poids du mot magique.

Réveillé à l'aube, Hamid monte dans la voiture qui les conduit à Messei, un carnet à la main et un crayon soigneusement taillé sur l'oreille. Il prend très au sérieux son rôle de reporter. Dans la caverne des métaux, il reconnaît beaucoup d'hommes du quartier et notamment le gros Ahmed. C'est la coqueluche des gamins, avec ses allures de star de cinéma déchue. Ses bras musclés et flétris de vieil acteur porte-flingue dépassent d'une combinaison vert sombre dont les manches ont été roulées jusqu'aux épaules. Ahmed a une gueule qu'on n'oublie pas facilement. S'il était connu, on le reconnaîtrait partout. On dirait : Mais si... ce nez, cette mâchoire, ces sourcils c'est le type de... On chercherait le nom du film où il joue un garde du corps analphabète et bourru qui se prend d'amitié pour le politicien brillant qu'il protège ou un vieux cow-boy dont la femme est morte des années auparavant mais qui conserve encore, dans sa maison de bois, une photographie d'elle sur laquelle aucun visiteur n'est autorisé à faire de commentaires. Entre eux, les gamins du Pont-Féron l'appellent

John Vigne – le double alcoolique et oublié du célèbre acteur américain.

— Alors, c'est quoi que vous faites ? demande Hamid en se postant derrière lui.

Ahmed répond, avec un sourire désarmant :

— Moi, je me brûle. Lui, il se coupe. Et lui, là-bas, il se pète le dos.

Hamid fait semblant de prendre des notes. Il écrit : « moi », « lui » et pour les autres mots, ceux qui sont trop compliqués, il se contente d'une série de pleins et de déliés abstraits.

Il est impressionné par le ballet minutieux que les hommes et les machines dansent ensemble, par la précision des gestes des ouvriers grâce auxquels les pièces apparaissent toujours à l'endroit où les machines les réclament. L'économie de leur mouvement (un, deux, trois ! un, deux, trois !) lui paraît être une science dont ils peuvent être fiers. Mais au fil de la matinée, il commence à s'ennuyer. Le découpage en postes strictement hiérarchisés de l'usine lui semble inutilement pesant. Il ne comprend pas que les ouvriers n'aient pas le droit de se déplacer d'un endroit à l'autre, de changer d'activité si le cœur leur en dit, de suivre une pièce à travers les diverses opérations qu'elle nécessite. Au bout de quelques heures dans le bâtiment, le bruit et la chaleur ont rendu sa tête cotonneuse. Il a du mal à penser, les mouvements des presses et des fers s'exercent à l'intérieur de son crâne, écrabouillant ou fondant les phrases au moment même où elles se forment.

Lors de la pause déjeuner, il pioche dans la gamelle de son père et constate que celui-ci montre à l'égard de ses collègues et de ses supérieurs une déférence qu'il ne lui connaît pas à la maison. Il distribue du « mon frère » et du « mon oncle » aux Arabes, du « monsieur » aux Français. Hamid se sent mal à l'aise devant cette version affaiblie d'Ali. Il voudrait lui dire : ce ne sont pas tes frères, ni tes oncles et eux, là-bas, ce ne sont pas des messieurs plus que toi. Plus tard, en grandissant, il complexifiera ce premier message qu'il n'a – de toute manière – jamais osé adresser à son père : Pourquoi est-ce que tu t'humilies ? La politesse se rend. L'amitié se partage. On ne fait pas des sourires ni des courbettes à ceux qui ne nous disent même pas bonjour.

Il repart de l'usine avec un mal de crâne sourd et écœurant qui l'empêche de parler. À l'arrière de la voiture, sur la banquette qu'il partage avec quatre ouvriers, il essaie de s'endormir, le front collé à la vitre. Il ferme les yeux mais ne peut pas trouver le sommeil : les bruits de l'usine tournent encore et encore dans sa tête et chassent les images des rêves. Le gros Ahmed lui sourit :

— Tu vois, fils, le problème de ce genre de boulot, c'est qu'à part te traîner au bistrot du coin, tu n'as plus la force de rien quand tu sors.

— *Khlas*, le coupe aussitôt son voisin.

— Tu n'as pas honte ? demande Ali. C'est juste un gamin.

Ahmed marmonne entre ses dents qu'il le sait très bien. Il n'était pas en train d'offrir un verre au petit. Il voulait simplement lui expliquer pourquoi les hommes comme lui boivent – ce n'est pas vraiment leur faute, c'est le boulot qui est trop dur et trop bête pour faire d'eux autre chose que des ânes ou des porcs.

— Tu ne pourrais pas trouver un autre travail ?
demande régulièrement Hamid à son père après sa
visite à l'usine. Un travail qui te plaise ?

— Tu rêves ou tu veux que je rêve ? répond Ali.

C'est une question rituelle chez lui, et elle n'est
pas tendre. « Tu rêves ? » est déjà une critique. Mais
« tu veux que je rêve ? », c'est pire. C'est comme
s'il demandait « Tu veux que je me fouette ? »,
« Tu veux que je me fasse mal ? ». Les enfants ne
peuvent faire autrement que de s'excuser.

— Je crois que je ne voudrais pas travailler, plus
tard, confie Hamid à sa mère au moment du dîner.

— Tu aurais dû naître dans une autre famille,
alors. Ici, on n'a pas le choix.

Lorsque du courrier arrive, c'est Hamid qui le lit et le traduit à ses parents désormais. Il bute encore sur les mots trop longs mais la tâche est de plus en plus simple. Il est fier : *Oyez, oyez : le héraut va vous annoncer la parole.*

Mi-mai, il trouve dans l'enveloppe destinée à son père une invitation pour la fête de fin d'année de l'école. Tous les parents sont conviés et la lettre ajoute avec un enthousiasme pondéré qu'il y aura dans l'après-midi un spectacle et une vente de gâteaux. Hamid imagine Ali et Yema, perdus au milieu des parents d'Étienne, de Maxime, de Guy, de Philippe occupés à manger des parts de génoise dans de petites assiettes en carton en discutant de l'inévitable réélection de De Gaulle... (La seule fois qu'il ira au théâtre, des années plus tard, il éclatera de rire à la vue des aristocrates en costume de lin blanc de *La Cerisaie* parce qu'il réalisera que la vision qu'en a Tchekhov, ou le metteur en scène, ressemble étrangement au cauchemar que lui inspirait la bourgeoisie provinciale de son enfance.) Il n'a pas envie qu'ils viennent à la fête de l'école, ils ne sauront pas se tenir, ils vont parler fort ou ne pas parler du tout. Ils n'aimeront pas, ne comprendront pas. Ils ne voudront sûrement pas venir de toute manière – pense-t-il – ils seront intimidés. Mais pour être certain de leur absence, lorsque Ali lui demande ce que dit le courrier, il répond :

— C'est l'école qui annonce qu'elle achète un nouveau tableau.

Son cœur bat si vite et si fort dans sa poitrine que c'est comme si celle-ci était vide et que l'organe pouvait rebondir partout, en grands mouvements désordonnés.

— C'est bien, c'est bien, dit Ali sans entendre le fracas du cœur de son fils.

Il quitte la chambre du petit garçon et le laisse travailler sur son lit. Hamid le regarde sortir, désemparé, honteux. Ça a été trop facile de lui mentir. Deux phrases se télescopent dans sa tête, parties à toute vitesse :

Il peut se faire avoir par n'importe qui.

Il ne sait rien.

Il hésite à courir après lui pour avouer qu'il a menti. Mais qu'est-ce que ça changera ? Ali ne pourra jamais vérifier par lui-même la teneur d'une lettre. Il est – est-ce qu'il le sait, se demande Hamid, est-ce qu'il en est conscient ? – à la merci de son fils. La pitié en lui le dispute au dégoût, au mépris et il comprend, plus violemment qu'il ne le fera jamais dans sa vie, qu'il est en train de grandir trop vite. Il entreprend de déchirer le courrier en tout petits morceaux sur lesquels plus rien n'est lisible.

Ali s'assied dans le canapé sans se douter de la tempête qui agite son fils et il écoute la radio crachoter des nouvelles et des chansons dans une langue qu'il comprend mal. Parfois, quand personne n'est dans la pièce, il imite en ricanant les intonations du présentateur qu'il trouve affectées et féminines.

Il n'est pas heureux mais au moins il ressent, ici, une chose qu'il avait oubliée depuis l'été 1962 : une impression de stabilité, une possibilité de penser la durée. Un ordre s'est reconstruit, un ordre qu'il peut espérer pérenne et tant pis s'il s'est retrouvé au bas de l'échelle : la durée lui permet au moins d'entrevoir que ses enfants peuvent avoir un avenir. Pour ne pas troubler la nouvelle structure, il s'oublie lui-même. C'est une tentative douloureuse et complexe, parfois son orgueil et sa colère remontent. Mais la plupart du temps, il répète les gestes, accomplit les actions, parle de moins en moins. Il se tient dans la place minuscule qui lui est désormais impartie.

Au mois de juin 65, les voix françaises de la radio, celles qui ressemblent pour Ali à leur propre caricature, laissent place à des accents qui lui sont familiers. Les informations, traduites partiellement par Hamid, lui apprennent le coup d'État de Houari Boumédiène, en Algérie. Aux différents étages de l'immeuble, les portes s'ouvrent et les hommes s'interpellent : *Toi aussi, tu as entendu ?* Ceux qui n'ont pas de radio font quelques pas pour se camper dans la cage d'escalier et demander à grands cris qu'on leur raconte ce qui se passe. Dans le salon d'Ali se reforme une *djemaa*, comme au temps du village et de l'Association, une assemblée d'hommes qui, l'oreille collée au poste dont ils comprennent à peine les vociférations, discutent les nouvelles et s'écharpent sur la politique. La hiérarchie du village n'est plus là pour établir des tours de parole précis et les voix s'escaladent, se bondissent sur le dos. Quand l'un d'entre eux n'a rien à dire, il gratte sa barbe naissante de ses ongles courts et carrés et Hamid, lorsqu'il s'aventure dans le salon, se demande en quoi la peau de ces hommes est faite pour produire un bruit si désagréable.

Malgré le désordre, Ali et ses voisins tombent d'accord sur un point : livrer une guerre pareille et n'arriver ni à la stabilité ni à la démocratie, c'est un gâchis terrible. Dans les jours qui suivent, ils se retrouvent devant les barres d'immeubles ou les uns chez les autres et ils répètent cette opinion, déplorent à voix haute ce gâchis. Pourtant, ils ne peuvent s'empêcher de se réjouir : ils n'ont pas si souvent l'occasion de se dire qu'ils sont mieux en France. C'est une phrase qu'ils prononcent souvent (« On est quand même mieux ici »), comme une évidence, mais silencieusement, continuellement, le pays perdu revient les hanter et alors même qu'ils pensent être en train de l'oublier, ils le repeignent aux couleurs de la nostalgie.

La radio ne leur apprend pas tout ce qui se joue en Algérie au moment du coup d'État. Elle ne leur dit pas, par exemple, que la France profite de ce changement de dirigeants pour conclure avec le nouveau gouvernement un accord sur la libération des anciens supplétifs tenus prisonniers. La Croix-Rouge estime qu'ils sont près de 13 500 – Naïma a lu le rapport de l'époque – mais la délégation humanitaire a dû se résoudre à avancer un nombre sans avoir pu visiter la plupart des lieux d'incarcération. À l'ouverture de leur prison, ces hommes quitteront le territoire et seront, eux aussi, rapatriés dans ce pays qu'ils ne connaissent pas. L'accord, de manière tout aussi secrète, interdit le retour en Algérie des anciens supplétifs. La radio ne dit rien de cela, elle ne parle que des représailles que les partisans de Boumédiène exercent à l'encontre de ceux de Ben Bella.

Cet été-là, Ali reçoit les premiers appels téléphoniques venus de l'autre côté de la mer, les premières nouvelles de la crête qui n'a pas cessé d'exister au moment de leur départ. C'est ce qu'il souhaitait, au fond : que le pays disparaisse derrière lui – et Naïma pourra comprendre ce sentiment, elle qui, quarante ans plus tard, réalisera en croisant un homme avec qui elle a brièvement vécu qu'elle aurait voulu qu'il se dissolve en fumée au sortir de ses bras plutôt que de mener, non loin d'elle, une vie parallèle dont elle ignore tout. Il n'y a rien qu'ils puissent y faire, Ali et elle :

En 2009, le jeune homme autrefois aimé par Naïma, survivant à leur passé commun, s'engouffre dans le métro en direction d'un nouvel appartement.

En 1965, les dévastations évoquées par son frère prouvent à Ali que l'Algérie subsiste, même meurtrie, entre les mains des autres.

Parmi les crachotements et les grésillements de la ligne, Ali échange quelques mots maladroits avec Hamza. Il ne sait plus comment lui parler, il se racle souvent la gorge. Hamza, lui, soupire et émet de longs sifflements entre les phrases : Djamel est toujours porté disparu, personne ne sait rien. Mais la semaine dernière, ils ont libéré des gars alors, bon, peut-être. Inch Allah, c'est ça. Inch Allah. À part ça, ça va. Tout le monde est vivant, merci mon Dieu. Appauvris mais vivants.

— Ils nous ont beaucoup pris, dit Hamza à son frère.

Mais il ne détaille pas, il laisse ouvert le champ de possibles amputations. Yema est persuadée qu'il a peur qu'Ali lui demande de rendre ce qui reste et lui revient de droit, à lui, l'aîné. Elle grommelle entre ses dents que Hamza n'est qu'un menteur et un comédien. Elle interrompt sans cesse la conversation des deux frères pour demander comment vont des femmes du village dont les prénoms n'évoquent déjà plus rien à Ali. Hamid tourne lui aussi autour de son père, n'osant pas réclamer qu'on lui donne des nouvelles de son cousin Omar, mais surtout de Youcef. Ali chasse femme et enfant d'un geste de la main. Hamid doit se résoudre à l'écouter poser des questions dont les réponses l'indiffèrent : combien reste-t-il d'oliviers, là-haut sur la montagne ? Est-ce qu'ils ont été mangés par la mouche cette saison ? Et est-ce que Hamza a pensé à vérifier sur les branches basses que les feuilles ne s'ornent pas des cercles colorés de l'œil de paon ? S'ils ont eu de la pluie, il faut absolument se méfier de ce salopard de champignon. Et s'il a les moindres doutes en observant le feuillage, il faut qu'il traite l'arbre avec du cuivre. Comment est le fruit ? Comment est la dernière huile ? Est-ce qu'il a laissé Rachida faire les conserves d'hiver ? (Il ne faut pas, elle met toujours trop de vinaigre.)

Ali n'a pas le temps d'obtenir toutes les informations qu'il souhaiterait : Hamza raccroche vite, non sans avoir souligné le coût de la communication et demandé à son frère d'appeler lui-même la prochaine fois. Il y a désormais un téléphone sur la crête, installé dans la permanence du FLN.

Alors qu'il écoute la note continue que lui joue le combiné du téléphone, Ali croit sentir l'odeur de la pulpe d'olive qui dégorge les dernières gouttes de son huile dans le ventre arrondi des scourtins en alfa.

À la fin de l'année scolaire, Hamid obtient son passage en sixième. L'instituteur écrit au bas du bulletin que ni Ali ni Yema ne pourront lire : *Hamid a accompli au cours de cette année un travail remarquable*. Il a souligné le dernier mot deux fois. Lorsque la cloche sonne les vacances, il retient le petit garçon et lui offre quelques livres, piochés au hasard sur les étagères de la classe – il n'avait pas prévu ce geste, pas prévu l'émotion qui l'étreindrait. Il empile dans les bras noués en panier du gamin un dictionnaire, un atlas et deux aventures du Club des Cinq.

Sur les premières pages du dictionnaire s'étendent les drapeaux du monde, en jaune, bleu, vert, blanc et rouge, quelques lignes noires çà et là. L'ouvrage datant des années 50, l'emblème algérien ne figure pas entre celui de l'Albanie et celui de l'Allemagne. Hamid passe le début des vacances à rêver des pays qui se cachent derrière les aigles, les palmes et les étoiles. Il s'oblige aussi, méthodiquement à apprendre chaque jour cinq nouveaux mots, même s'il n'a guère d'occasions de les utiliser – aber (n.m.), ablation (n.f.), aboi (n.m.), abolition (n.f.), abominable (adj.). Il les recopie avec soin dans les pages laissées blanches d'un de ses cahiers d'écolier et d'un coup d'œil il peut embrasser grâce aux lignes bleu pâle l'étendue toujours croissante de son vocabulaire en français.

Au mois d'août, Ali réussit à se faire prêter une voiture pour ses deux semaines de congé. Ils s'entassent à l'intérieur : les parents et leurs désormais cinq enfants dont les aînés se battent pour pouvoir s'asseoir près des fenêtres. Et, disparaissant presque sous les bagages et les sacs plastique que Yema a remplis de nourriture, ils partent pour le Sud. Sur la banquette arrière, écrasé contre la vitre par Dalila qui accuse Kader qui rejette la faute sur Claude, Hamid lit *Le Club des Cinq en péril*. Il ne relève la tête que lorsque son père lui donne l'ordre de déchiffrer les panneaux de signalisation. Il a le même sérieux quand il découvre les aventures de Claude, François et Dagobert que quand il s'escrimait sur les pages d'un manuel scolaire. C'est une chose que Naïma trouvera fascinante, plus tard : la concentration, le respect que Hamid accorde à n'importe quel texte qu'il lit, même lorsqu'il ne s'agit que d'une brève du journal local ou d'un publireportage. Les mille kilomètres se font d'une traite (ils n'ont pas de quoi s'offrir un hôtel) et Ali conduit un jour et une nuit, dans les cris, les rires et les pleurs d'enfants. Le sol du véhicule est jonché de miettes et poisseux de grenadine. Hamid ne pose *Le Club des Cinq en péril* que pour pique-niquer ou aller aux toilettes. Le reste du temps, il lit, aveugle aux paysages qui se déroulent à l'extérieur de la voiture.

— Qu'est-ce que ça raconte ? demande Dalila.

— Mick s'est fait enlever.

La petite réfléchit un instant puis déclare sentencieusement :

— C'est sûrement le FLN.

Quand ils arrivent chez Messaoud, le frère de Yema, Hamid a fini le livre et l'a recommencé (il ne voulait pas entamer tout de suite le deuxième). L'histoire le déçoit un peu, pourtant. Il n'y a pas de vraies bagarres comme dans les bandes dessinées, les méchants ne font pas peur et les gentils sont presque ennuyeux d'exemplarité – surtout François, il ne supporte pas François. Malgré tout, sitôt qu'il a posé son sac dans le salon de son oncle, il en sort *Le Club des Cinq joue et gagne* et s'y plonge avec attention. Il espère qu'il s'y cache quelque chose à comprendre, un savoir qu'il ne possède pas encore et qui le sépare des autres. Il ne lit pas réellement *Le Club des Cinq* cet été-là mais un mode d'emploi des petits enfants blonds.

Lorsque Messaoud a décidé, l'année passée, de ne pas partir avec eux en Basse-Normandie, Yema a pleuré. Elle ne pouvait pas accepter que la famille soit à nouveau séparée, un morceau ici, un autre là, toute la France au milieu, alors qu'elle était déjà minuscule cette famille, une famille de rien du tout, un moignon, mais Messaoud n'a pas cédé. Il voulait faire sa vie à lui, persuadé que la chaleur qu'il perdrait en s'éloignant du troupeau serait compensée par l'espace et le temps que sa solitude lui offrirait. Il a trouvé du travail à Manosque peu après le départ de sa sœur et il a quitté le Logis d'Anne pour s'installer dans un pavillon orangé au sud de la ville. Les retrouvailles sont heureuses et bruyantes, comme si – cette fois encore – elles étaient le fruit d'un hasard extraordinaire, d'une chance que beaucoup n'ont pas eue.

Pendant leurs deux semaines de vacances, les enfants vont se baigner dans la Durance (photographie retrouvée par Naïma où ils portent tous les quatre le même slip de bain, même Claude qui n'a que deux ans), jouent avec le chat borgne, sprintent depuis le portail de leur oncle jusqu'au panneau de sens interdit. Leur peau brunit en quelques jours, redevient couleur de terre mate. Les adultes restent groupés sous un parasol, dans la petite flaque d'ombre. Régulièrement, Yema disparaît pour nourrir Hacène qui quitte à peine ses bras, et autour de leur corps siamois flotte l'odeur aigre du lait maternel. Les deux hommes écoutent nonchalamment la musique qui passe à la radio. *Même si tu revenais, je crois bien que rien n'y ferait.* Ils ouvrent une bouteille de rosé translucide en fin de journée (il arrive désormais qu'Ali boive en public. Il se justifie en disant qu'ils vivent en France maintenant, c'est normal – et Yema paraît accepter que le Dieu de son mari connaisse des frontières. Elle ne proteste pas, se contente de garder un œil sévère sur le niveau de la bouteille). Pour faire plaisir à sa sœur, Messaoud met sur le tourne-disque des chansons d'Oum Kalthoum. *J'ai oublié le sommeil et ses rêves, j'ai oublié les nuits et les journées.* Quand les enfants reviennent, ils supplient qu'on change la musique mais Yema demeure intraitable. Tout en fredonnant, elle cuisine le repas du soir pour la maisonnée. Elle retrouve avec joie les petits fruits ronds et juteux de l'olivier qui sort ici du sol avec la même facilité qu'en Algérie. Au Pont-Féron, elle ne peut se les procurer que dans de minuscules bocaux, lardés d'anchois ou de poivrons impropres à la cuisson, vendus à des prix qui font d'eux un luxe destiné aux familles du centre-ville. Chez son frère, elle prend les olives par poignées dans un seau puis les fait blanchir jusqu'à ce que leur amertume ne soit plus qu'un lointain souvenir. Elle les ajoute au poulet revenu dans l'huile et les oignons, parfumé de cuillerées de safran. L'air de la cuisine s'emplit de fumées et de crépitements. Le *tajine zitoune*, vert et doré, tire à Messaoud des chapelets de compliments.

— Comment tu fais quand je ne suis pas là ? s'inquiète Yema. Tu te laisses mourir de faim ?

— Je me débrouille, répond son frère.

— Mais quand même, tu vas te marier ?

Il rit, il ne répond pas. Il dit qu'il est bien ici, tout seul. Dans ses paroles, dans la manière dont il regarde la maisonnette plantée sur une cour de graviers, on sent sa fierté d'avoir quitté le camp. Pourtant, presque tous les visiteurs qui passent chez lui sont des habitants du Logis d'Anne. C'est comme s'il était parti sans partir.

— Pourquoi ils viennent ici toute la journée ? demande Yema. Ils n'ont rien de mieux à faire ?

— Ils sont contents de sortir un peu, explique Messaoud. Sinon, ils se disent juste bonjour entre eux, d'une porte à l'autre il y a deux mètres.

Elle hausse les épaules. Elle n'aime pas qu'ils soient toujours là, dans les pattes de son frère, et surtout, elle déteste quand ils parlent aux enfants. Hier encore, un vieux aux yeux de fou a raconté à Hamid, Dalila et Kader des scènes d'égorgement dans une plantation d'amandiers. Elle est entrée dans le salon pour coucher le petit Hacène sur les coussins et elle a trouvé ses trois aînés subjugués par le récit monotone et terrifiant de vingt-deux assassinats successifs.

— Ferme ta vieille bouche, lui a crié Yema, ils n'ont pas la guerre dans la peau ! Pourquoi tu veux leur mettre la guerre dans la peau ?

Mais ce n'est pas vrai ce qu'elle dit, elle le sait. Hamid, à douze ans, fait encore des cauchemars et il lui arrive même de pisser au lit. Il a appris à changer ses draps tout seul, désormais, il ne la réveille plus pour lui demander son aide. Mais elle l'entend toujours crier, qu'on arrête, qu'on arrête, par pitié, et au milieu de la nuit, il n'a pas la voix d'un petit homme, juste celle d'un enfant terrifié.

Même si Yema voudrait la chasser loin de ses enfants au moins le temps des grandes vacances, la guerre continue à les poursuivre, elle n'en finit pas de finir. Elle les traque et les trouve dans l'appartement du Pont-Féron, le 23 septembre 1965. Ce jour-là, Rachida, la femme de Hamza, appelle pour leur annoncer la mort de Djamel.

— D'abord on était heureux, dit Rachida à sa belle-sœur, parce qu'il est revenu alors qu'on n'y croyait plus. On l'a vu arriver tout à coup dans une camionnette. Qu'est-ce qu'on était heureux ! Mais il était dans un sale état. Ils lui avaient fendu le crâne, le pauvre ! Et puis les coups sur tout le corps. Je te jure, il avait le corps comme une seule écorchure. Il était tellement maigre. Et dans les yeux, il était pas là, il parlait, il bougeait, mais déjà il était parti. Il a tenu une semaine et il est mort dans sa chaise.

— Il voulait mourir à la maison, dit Yema.

— C'est ça, répète Rachida, il voulait mourir à la maison.

— Je vais le dire à Ali, ça va lui faire de la peine.

— Dis-lui aussi d'envoyer de l'argent, dit Rachida. Les funérailles, ça nous a coûté cher.

Yema raccroche en saluant poliment mais au fond d'elle, elle est furieuse. Elle tourne comme une bête dans l'appartement toute la matinée. Elle pense à Rachida, régnant en maîtresse sur les trois maisons de la crête, Rachida qui doit porter les bijoux qu'elle a laissés là-bas, et ses robes qui sûrement lui vont mal. Rachida qui marche dans les oliviers dès qu'elle le veut... Yema refuse les récits de perte et d'incendie qui lui sont parvenus depuis leur départ : dans son esprit, le paysage de la crête est figé, immuable, il n'en manque pas un centimètre. Elle regarde le terrain de jeu qui s'étend sous sa fenêtre et dont le portique est à nouveau descellé. Elle s'imagine quoi, Rachida ? Qu'ils sont riches uniquement parce qu'ils sont en France ?

Cet après-midi-là, elle se rend chez Mme Yahi, la voisine du dessous. Yema a commencé à dire Mme Unetelle, M. Untel comme les Français mais surtout comme ses enfants – même si chez elle l'appellation ne revêt aucune politesse particulière, on dirait un simple prénom. Mme Yahi marie bientôt sa fille et Yema l'aide à préparer des baklavas pour la fête. C'est une chose facile parce que leurs deux cuisines sont rigoureusement identiques et jamais l'une n'a à se demander où l'autre a pu ranger l'ingrédient nécessaire. Elles vont de placard en tiroir sans une hésitation. Parfois, elles oublient même un bref instant à quel étage elles se trouvent et laquelle des deux est supposée rentrer chez elle. Tout en essuyant le miel qui lui empoisse les doigts sur un torchon, Yema avoue à sa voisine :

— Je crois que j'en veux à tous ceux qui sont restés au bled.

— Moi aussi, répond Mme Yahi comme si c'était une évidence.

Elle est un peu plus âgée et bien moins timide que Yema alors elle ajoute en rajustant son fichu :

— J'en veux aussi à mon mari parce que si ce n'était que moi, je serais restée là-bas. C'est lui qui a voulu fuir. Nous, jamais on nous demande notre avis. On nous trimballe. Ils font des conneries entre hommes et après, c'est nous qui payons.

— Pauvres de nous...

Et elles soupirent en broyant les amandes sur le pays perdu par la faute des hommes.

L'été, ici, ne s'interrompt pas brutalement, il se liquéfie en automne. Avant même que les températures ne baissent, commencent les uns après les autres – ou peut-être au contraire fondus en un seul sans début ni fin – les jours de pluie qui mènent irrémédiablement vers la saison froide. Ils ne tambourinent pas, ils ne martèlent pas, ils ne fouettent pas comme cela arrivait à Rivesaltes ou à Jouques, non, ici ça tombe sans force mais avec l'assurance de ne pas s'arrêter avant le mois de mars. Hamid suit les progressions des flaques entre les barres de la cité. L'eau se niche dans les moindres recoins de terre qu'elle peut changer en boue, elle va les chercher sous les immeubles, dans les talus qui entourent les places de parking et, en faisant sortir de sous le bitume les marais bruns que même les enfants évitent, elle renvoie à son statut d'illusion la modernité apparente des HLM. Ceux-ci paraissent redevenir peu à peu un village de glaise fragilement bâti sur la campagne gluante. L'été devient l'automne de façon d'autant plus traître que le rythme ne change en rien. Ali part au travail à la même heure, revient à la même heure. Les petits vont à l'école, Hamid au collège et la cloche sonne à la même heure, quelle que soit la saison. Yema fait les courses et les rayons du magasin sont pareillement achalandés, quel que soit le temps qu'il fait dehors. Le rythme de leur vie n'a plus rien à voir avec celui de la terre, des arbres ou du ciel. C'est plus confortable, sûrement, c'est aussi plus monotone. Le visage collé à la fenêtre de la cuisine, Hamid se demande comment il tiendra jusqu'en mars alors que la pluie de novembre paraît l'avoir déjà usé. Dans la cuisine, Yema renifle et stocke sur les étagères des boîtes de mouchoirs en papier qui se vident à une vitesse étonnante. Dans son dos, Dalila en fait des robes de mariée pour sa poupée et Kader des bandages qu'il serre avec soin autour de ses blessures de combat imaginaires.

Peu de temps après l'entrée de Hamid au collège, Ali est convoqué par le professeur principal de la classe de sixième. Celui-ci veut lui parler des signatures au bas des bulletins, parce que, voilà, toussotement, voilà voilà, c'est un peu gênant, mais il pense que c'est Hamid qui les fait lui-même.

— Oui, dit Ali en hochant la tête avec fierté. Il les fait tout lui-même.

— Mais il ne devrait pas ! s'exclame le professeur. C'est à vous de signer.

Ali secoue la tête fermement : bien sûr que non. Il ne sait pas écrire. Il ne va pas mettre une croix sur les cahiers propres et ordonnés de son fils. Celui-ci est bien plus habile à tracer les lettres, belles et étrangères, du français.

— C'est lui qui fait. C'est bien.

Le professeur change de sujet :

— C'est un bon garçon, Hamid, il travaille dur.

À nouveau, la fierté gonfle la poitrine d'Ali. Il voit que son fils est intelligent. Ça se sent dans les yeux du gamin, dans son sourire, dans la manière dont il mène les jeux avec ses petits frères et sœurs.

— Vous pensez à son avenir ?

Ali doit lui faire répéter la question, plus lentement. Quand il comprend, il se contente de hocher la tête et de pincer les lèvres, en silence. Qu'est-ce qu'il croit, ce professeur ? Bien sûr qu'il y pense. Il y pense chaque jour, devant la presse de l'usine, dans le vestiaire des ouvriers, à table, dans le bus, avant de s'endormir, tout le temps. Et il ne contrôle rien de ce que pourra être l'avenir de son fils, de ses enfants, et ça lui fait mal. Il sait que leur avenir lui échappe malgré tous ses efforts, que son incapacité à saisir le présent le rend incapable de construire le futur. Leur avenir s'écrit en langue étrangère.

— Quelle école, par exemple, voulez-vous qu'il fasse ? Vous y avez réfléchi ? Il y a de très bonnes formations au lycée technique. Comme ça, on s'assure qu'il aura un métier. Mais moi, je vais vous le dire, s'il se maintient à ce niveau scolaire, on pourrait envisager qu'il reste en filière générale et peut-être même qu'il entre ensuite dans la fonction publique.

Le professeur prononce cette phrase avec un enthousiasme visible. Il nomme le sommet de la pyramide sociale, ou plutôt de la réplique de pyramide sociale qui s'applique à la ZUP, celle dont le

286

haut est tronqué ou perdu dans les brumes d'altitude.

— Travailleur social. C'est bien, ça. J'ai connu pas mal de jeunes qui faisaient ça. Parce que ça leur permet de rester en contact avec leur...

Il hésite. Il ne voudrait pas être blessant.

— Leur milieu d'origine, quoi.

— Qu'est-ce que c'est la meilleure école de France ? demande Ali brutalement.

Le professeur est surpris.

— Je ne sais pas... Polytechnique, peut-être ? Ou l'École normale supérieure ?

— Mon fils, il les fera les deux, déclare Ali.

Il est peut-être incapable d'influer sur le présent et d'y planter les germes de ce qui deviendrait la vie sereine dont il rêve pour ses enfants mais il lui reste l'espérance magique. Elle est impatiente, elle est violente, elle progresse par sauts furieux entre deux points que rien de logique ne relie.

Quand il retrouve Hamid dans le couloir où le garçon, nerveux, attend la fin du rendez-vous, il lui dit :

— Il va falloir que tu travailles plus dur que tout le monde. Les Français ne te feront pas de cadeaux. Il faut que tu sois le meilleur, en tout, tu m'entends ? Le meilleur.

— D'accord, répond Hamid.

— Et à partir de maintenant, les notes, tu me les montres. Je veux vérifier. Je demanderai à M. Djebar de les lire pour moi.

Le sérieux qu'il demande au petit garçon contraste avec le relâchement dont il fait preuve dans son propre travail. À l'usine, Ali a entendu plusieurs fois les contremaîtres utiliser l'expression : « C'est du boulot d'Arabe », comme ça, machinalement, sans penser à mal. La phrase n'est pas tout à fait fausse, se dit-il, mais ceux qui l'emploient n'ont rien compris. C'est vrai que les ouvriers de la chaîne bâclent leur travail, mais ce n'est pas le résultat d'un atavisme maghrébin. C'est le désespoir de ceux que l'usine assomme en leur rendant seulement les moyens d'une survie, pas d'une existence. On n'a jamais vu un Algérien ni un Turc dans les bureaux, ils le savent bien. Ils vivent sans marge de progression. Alors il ne leur reste en guise de protestation possible que celle de faire le travail en traînant des pieds, en ne vissant qu'à demi, en empilant à la va-vite, en coupant en dehors des lignes. Ils ne font même pas baisser le rendement : ils s'inscrivent sans le savoir dans les prévisions de pertes, de manière morne, totalement désenchantée.

Ali a essayé au début d'y mettre un peu d'enthousiasme. Pas vraiment d'aimer son boulot mais au moins d'aimer l'argent, d'en vouloir plus. Ça n'a servi à rien. Les patrons ne lui donnent pas d'heures supplémentaires. Ils préfèrent les donner aux Algériens qui sont pourtant arrivés après lui, qui ne sont pas des harkis, qui ne sont pas des Français.

— Toi, tu n'as pas de mandats à envoyer chez toi, lui dit-on parfois en guise d'excuse.

Mais Ali sait bien que si on lui préfère les travailleurs immigrés, c'est parce que ceux-ci ne sont là officiellement que pour le travail et qu'ils acceptent d'en fournir plus que tout le monde. Ils sont là pour gagner de l'argent pour la famille, pour le village. Leur raison d'être ici est de s'abrutir de travail pendant onze mois et de rentrer ensuite. Pour un patron, c'est rassurant. Ils ne vont pas chercher à « faire une carrière », ils ne vont pas se syndiquer – du moins, pas tant qu'ils entretiennent l'illusion qu'ils seront bientôt de retour chez eux. Lui, il n'a pas d'ailleurs où retourner. Sa vie est ici.

— Est-ce que tout va bien, Hamid ?

L'assistante sociale du collège s'intéresse au sort du garçon depuis les premiers jours de septembre. Les dossiers des gamins du Pont-Féron atterrissent de toute manière sur son bureau de façon prioritaire. Elle les suit avec plus d'attention que les autres, comme si leurs petits corps bruns étaient des terrains minés et que l'établissement scolaire attendait en silence leur explosion. Mais Hamid l'intrigue particulièrement. Elle a appelé le directeur de son école primaire pour se renseigner sur lui. Il lui a appris qu'en une année de scolarisation, le garçon avait rattrapé son retard – un retard considérable – alors que personne ne s'y attendait (les traumatismes, s'étaient-ils dit sans animosité aucune, ça étouffe le développement intellectuel). Scolairement, il n'est pas en échec mais socialement, aux yeux de l'assistante, c'est plus inquiétant. Elle le trouve trop sérieux. Quand il parle, il use d'une grammaire obsolète et correcte que tout dans son corps de gamin rend absurde – il parle comme le Lagarde et Michard, réalise-t-elle un jour avec stupeur. Et puis, il a le visage tiré vers le bas par des cernes longs et bruns, constamment épuisé. La paupière de son œil gauche tremblote, comme un jouet mécanique coincé dans une mauvaise position. Si on était dans les années 80, elle craindrait peut-être les méfaits du crack qui infeste les cités HLM et peuple les rues de silhouettes hirsutes, agitées de démangeaison. Mais vingt ans plus tôt, elle ne pense pas à la drogue, celle-ci ne figure même pas dans ses manuels de formation, dans ses brochures. Il lui reste la maltraitance. Depuis qu'elle a vu le garçon se déshabiller avec réticence pour la visite médicale, elle a peur que ses parents le battent. Elle lui imagine des problèmes successifs qui lui permettraient d'agir, de le sauver, de faire ce pourquoi elle a choisi ce travail.

— Ils viennent d'où, ces bleus sur ton corps, Hamid ?

L'adolescent regarde sans comprendre les ecchymoses. Puis il relève la tête vers l'assistante sociale et il lit le soupçon dans ses yeux, l'histoire qu'elle se raconte déjà, le père violent, les coups (canne ou ceinture ?), le silence. Il rit :

— Avez-vous déjà réussi à faire jouer cinq enfants dans un appartement de quarante mètres carrés sans qu'ils se cognent aux meubles ou aux portes ? Pas moi.

Il ne sait pas si elle le croit, peut-être pas. Pourtant c'est la réalité. Il y a trop de meubles et trop d'enfants dans cet appartement. C'est étouffant. Chaque mouvement de coude, chaque trajectoire du genou risque de finir dans un heurt, rappelle que c'est trop petit ici, ou qu'ils sont trop nombreux. Hamid connaît le dialogue de sourds qui oppose les habitants du quartier à la municipalité et à l'Office des HLM puisque c'est lui qui, la plupart du temps, rédige les courriers. Revendication des familles : l'appartement ne correspond pas à nos besoins. Réponse des services sociaux, perceptible à travers les formules ampoulées : Vous n'aviez qu'à pas avoir tant d'enfants. Et il y a quelque chose d'étrange dans cette réponse pour toutes les familles arrivées ici parce qu'elle semble signifier que l'appartement est immuable et que ce sont les êtres humains qui doivent s'habituer à cette donnée sacrée qu'est sa surface. Chez eux, au bled, quand la famille devenait trop nombreuse, on construisait un étage, une dépendance, on dupliquait la maison. Le logement était en mouvement, en évolution, comme la vie, comme la famille, maintenant il est une boîte en fer dont la taille détermine fermement ce qu'elle peut contenir.

— Est-ce que tu dors bien, Hamid ? reprend l'assistante sociale.

Il secoue la tête. Non, ça non.

— C'est parce que tu travailles trop ?

Nouveau mouvement de tête, un peu méprisant. On ne travaille jamais trop lorsqu'il faut essayer d'être le meilleur en tout.

— Tu as un endroit où dormir ?

— Un lit ? C'est ce que vous voulez dire ?

— Oui.

— Tout le monde a un lit.

Il partage le sien avec le petit Hacène. Dans le lit voisin, Kader et Claude dorment ensemble. C'est la chambre des garçons. Quand il a des cauchemars, il réveille les trois autres. Il a honte. Alors c'est vrai qu'il n'essaie même plus de dormir.

— Pourquoi cet intérêt pour mon lit ?

Sous le casque de ses cheveux soigneusement disciplinés, uniforme naturel qui la protège, l'assistante rougit. Le garçon la trouble, ce mélange de l'homme et de l'enfant qui n'a pas pris et dont les deux phases apparaissent à tour de rôle. Parfois, dans ses gestes, ses mimiques, il ressemble tant à un adulte qu'elle ne peut lui prêter aucune innocence. Elle a l'impression qu'il se moque, se joue d'elle. Elle se sent en danger comme chaque fois qu'elle est confrontée à un homme (l'assistante sociale n'a personne à qui parler de ses propres peurs, pas d'assistante de l'assistante qui l'accueillerait à son tour dans un bureau décoré de tableaux rassurants pour lui demander si elle dort bien). Et puis il est beau et la beauté l'a toujours bouleversée, émue aux larmes ou poussée aux gloussements. Cette femme est peut-être la première à admettre qu'il y a de la beauté dans les traits droits et réguliers de Hamid que viennent bousculer les boucles serrées de cheveux noirs et l'agitation de la paupière gauche. Dans cette ville, on ne s'exclamera jamais devant lui comme on peut le faire devant les enfants blancs, avec tendresse, avec admiration : « Qu'est-ce qu'il est beau... » On le dira toujours avec méfiance, comme s'il s'agissait d'une faculté d'adaptation qu'il aurait développée pour survivre à son arrivée en France, pour hypnotiser la population locale et faire oublier les tares de ses origines. On le dira avec un peu de peur, un peu d'excitation, en craignant de s'approcher trop, en le voulant pourtant. On le dira pour le lui reprocher.

— C'est mon travail, dit-elle aussi sèchement qui si elle rembarrait un dragueur insistant dans un bar.

Puis elle se ravise et, s'adressant cette fois à l'enfant et non à l'adulte qui s'est installé dans son corps, elle lui tend le bocal rempli de bonbons à la menthe qui trône sur son bureau. Hamid sourit en levant les yeux au ciel et, selon une habitude qui remonte à Rivesaltes, il en prend trois : un pour lui, un pour Dalila, un pour Kader.

Quand il sort du bureau pour retrouver Gilles et François, il se dit qu'il a bien fait de se taire. Ceux qui ont des cauchemars, on leur donne des cachets, on leur fait des piqûres. On remplace en eux la substance des rêves par des produits chimiques. Il l'a vu trop de fois, à Rivesaltes comme à Jouques.

L'assistante est peut-être gentille, animée de bonnes intentions mais ce serait trop risqué de lui parler de ce qui se passe la nuit, lui dire que quand ses yeux sont fermés, des oliviers brûlent sur l'écran de ses paupières. L'homme feu, celui qui porte autour du cou un pneu enflammé, revient tous les soirs, et l'homme fer, celui qui porte colliers et bracelets de barbelés, le suit souvent. Hamid ne sait pas bien lui-même d'où viennent ses cauche-mars. Il ne se souvient pas d'avoir été témoin de ces scènes ou plutôt, il croit ne pas s'en souvenir car jamais ces images ne se sont installées dans la partie de sa mémoire à laquelle il a accès. Pour-tant, il a tort de penser qu'elles n'ont pas existé ou qu'elles ne se sont pas imprimées en lui. Elles sont là, dans des circuits cachés, ancrées sous la peau. La nuit, quand les barrières du langage cèdent sous le poids des rêves, elles remontent, elles exhalent une sève toxique au creux de son cerveau.

— Elle te voulait quoi ?

— Comme d'habitude.

— Elle est peut-être amoureuse de toi.

— N'importe quoi.

D'une bourrade, Hamid expédie au loin ses deux copains hilares. Leur amitié est une chose nouvelle et importante pour lui parce que ce ne sont pas des gamins du Pont-Féron. Gilles est fils de paysan, il vit à la campagne dans une ferme pleine de vaches et de pommes qui semble être à Hamid la réplique paisible et grasse des territoires de la crête avec leurs chèvres et leurs oliviers. François est le fils du pharmacien, il habite l'une des maisons de maître du centre-ville, grande comme une barre d'immeuble ou presque. Ils sont devenus amis par hasard : comme ils étaient côte à côte, le professeur d'histoire leur a donné un exposé commun sur l'invention de l'imprimerie. Pendant qu'ils travaillaient, Hamid n'a pas pu s'empêcher de faire remarquer à François qu'il portait le prénom d'un des héros du *Club des Cinq*.

— Je sais, a répondu l'autre, le plus chiant de tous.

Ils ont ri tous les trois, surtout Hamid qui ne se risque jamais à prononcer un gros mot.

— Et toi, ton nom, a demandé Gilles, il veut dire un truc ?

— Nan, a répondu Hamid, c'est juste mon nom.

Avec eux, il parle vélos (c'est-à-dire qu'ils rêvent de mobylettes), comics (ils aiment les histoires qui exaltent les bandes : *Les Quatre fantastiques*, *X-men* et *Les Vengeurs*), cinéma (*Batman*, *Jesse James contre Frankenstein*, toute une flopée de westerns qui les fait passer leurs pouces dans la ceinture et marcher d'un pas traînant), filles (s'ils s'en désintéressent c'est qu'aucune d'entre elles ne ressemble à Anjanette Comer, l'actrice brune de *L'Homme de la Sierra*). Ils discutent très sérieusement de musique et Hamid et Gilles, conscients qu'ils regardent davantage les pochettes qu'ils n'écoutent les disques car aucun d'eux n'a suffisamment d'argent pour les acheter, déploient une subtilité et parfois une agressivité étonnante pour que leurs avis soient reconnus par François malgré leur handicap de départ.

Avec eux, Hamid évoque quelquefois ses cauchemars – ceux qu'il ne racontera jamais à l'assistante sociale. Il leur confie qu'il déteste la nuit, qu'il a peur du sommeil :

— Mon père dit que c'est merveilleux de dormir. J'entends ça depuis que je suis tout petit : la nuit, ça sert à ce que tu puisses imaginer la vie sans les problèmes. Sauf que moi, j'ai l'impression que c'est l'inverse. Quand je suis réveillé, je vois ce que je peux faire pour que la vie devienne meilleure mais quand je dors, ça me retombe dessus, tous les problèmes à la fois, et je ne peux rien faire parce que, justement, je dors.

— Deviens insomniaque, dit François, comme ça, pendant que tout le monde dort, tu pourras conquérir le monde ! Bon, qui fait le gardien ?

Ainsi casés, entre une discussion sur les Beatles et une partie de football, les cauchemars ont l'air moins effrayants.

Depuis qu'il connaît François et Gilles, le garçon s'absente sans cesse de l'appartement. Il n'accorde plus autant d'attention à ses frères et sœurs, rechigne davantage à rendre service. Il voudrait être toujours dehors, en train de parler, en train de jouer.

— Je peux sortir voir mes copains ? demande Hamid à Yema dès qu'il a fini ses devoirs.

Elle se retourne, essuie les mains sur son tablier.

— Qu'est-ce que tu peux bien avoir à leur dire à tes copains, que tu veux parler tout le temps avec eux ? Vous n'avez pas fini par tout vous dire à force ? Qu'est-ce qu'il y a de si intéressant à parler ?

Après avoir longuement râlé, elle finit le plus souvent par le laisser dévaler en courant l'escalier et rejoindre les deux garçons à l'autre bout de la ville, sur le terrain de foot municipal ou dans le garage de François. Il s'éloigne avec joie de l'appartement et de la morosité de ses parents qui contraste violemment avec la vie qu'il sent bouillir en lui.

Yema reste assise dans la cuisine, face aux lettres qu'elle a remontées de la boîte et que ni elle ni son mari n'ouvriront en l'absence de Hamid. Elle attend qu'il rentre et pense que, peut-être, il faudrait qu'elle arrête de crier et de se plaindre alors qu'elle voudrait juste lui dire qu'elle l'aime mais elle ne sait pas bien comment. Son premier garçon. La prunelle de ses yeux. Son petit Français...

Bien sûr, elle veut qu'il joue, comme les autres gamins. Mais malgré sa volonté de lui rendre tous les morceaux d'enfance que la guerre lui a volés, elle ne peut pas ignorer qu'elle a besoin de lui auprès d'elle : il est son passeur vers le monde extérieur qui continue à la terrifier. Sans son messager, son guide aux jambes frêles, elle est perdue.

Quand le téléphone sonne, par exemple, il y a toujours un moment de flottement. Ali et Yema hésitent à décrocher au cas où ce serait une voix française à l'autre bout du fil. Elle ne parle toujours pas un mot de cette langue. Son mari se débrouille mieux mais il a besoin des visages, des mimiques qui comblent les vides laissés par tous les mots qu'il ne peut pas comprendre. Le téléphone lui donne des sueurs froides. Parfois, il arrive qu'il raccroche dès qu'il entend « Bonjour » en français, par peur de se rendre ridicule s'il essaie de commencer une conversation.

Alors la sonnerie stridente s'accompagne le plus souvent d'une seconde de silence – comme si à l'écoute de la sonnerie, ils pouvaient deviner la langue que parlera leur interlocuteur – puis d'un cri :

— Hamid !

Il est le préposé au téléphone, le secrétaire de la maison. Avant, il en était fier. Aujourd'hui, alors qu'il entre dans l'adolescence, il voudrait qu'on le laisse tranquille – que personne ne fasse irruption dans l'espace de son rêve. Il continue pourtant, parce qu'on a besoin de lui. Personne ne demande à Dalila de prendre le relais parce que Dalila est toujours, toujours en colère. Son corps mince abrite d'étonnantes réserves de rage. Il faut la voir le matin, quand elle se lève pour aller au collège, la manière dont elle boit son café au lait, elle réussit à faire la guerre à la table, la guerre à la tasse, aux sucres, à la petite cuillère. Quand le téléphone sonne, elle ne lève ses yeux noirs que pour le fusiller du regard puis elle part s'enfermer dans la chambre des filles. Hamid répond, il passe le combiné s'il entend de l'arabe ou du kabyle, il prend note des messages si c'est du français. Comme personne ne lui a jamais appris les codes du téléphone, il ne dit pas « allô » quand il décroche mais « C'est qui ? ».

La plupart des oncles et tantes de Naïma ont gardé cette habitude, trente ou quarante ans plus tard, et chaque fois qu'elle les appelle, elle est vexée de cette première question – comme si on lui reprochait de téléphoner.

Un dimanche matin gris et terne de l'année 67, une de ces journées d'hiver normand qui paraît s'étirer d'octobre à avril, alors que les enfants font leurs devoirs à la table du salon, Ali quitte le canapé et marche jusqu'au grand meuble qui occupe tout un mur de la pièce – une horreur à laquelle ni Hamid ni Naïma ne pourront jamais s'habituer : une hybridation diabolique entre le buffet et l'armoire normande sur laquelle le fabricant a jugé bon de rajouter des colonnades et une petite vitrine qui sert à exposer les plus belles tasses. Dans la partie basse, à gauche, il y a le tiroir qui contient les médailles d'Ali, « les sept kilos de ferraille » qu'il a apportés d'Algérie avec lui.

Ce jour-là, sans un mot, il se lève du canapé dans lequel il regarde la télé, va jusqu'à l'armoire, sort le tiroir du meuble et disparaît dans la cuisine. Hamid, Kader, Dalila et Claude l'entendent ouvrir un placard, en tirer la grosse poubelle puis leur parvient le bruit des médailles qui glissent depuis le fond du tiroir et tombent en tas sur les épluchures, un « ploc » assourdi et gluant.

Ali revient dans le salon, remet le tiroir vide en place et retourne s'asseoir sur le canapé. Il n'a pas dit un mot. Les enfants continuent à faire leur devoir, sans rien oser demander.

— C'était peut-être un appel à l'aide, dira Hamid plus tard.

— C'était un geste de rébellion, dira Dalila.

— C'est dommage, dira Kader.

— Je n'ai aucun souvenir de cette scène, dira Claude. Tu es sûre qu'elle a eu lieu ?

Mais sur le moment, ils se taisent.

Ils parlent de moins en moins à leurs parents, de toute manière. La langue crée un éloignement progressif. L'arabe est resté pour eux un langage d'enfant qui ne couvre que les réalités de l'enfance. Ce qu'ils vivent aujourd'hui, c'est le français qui le nomme, c'est le français qui lui donne forme, il n'y a pas de traduction possible. Alors, quand ils s'adressent à leurs parents, ils savent qu'ils s'amputent de toute une maturité nouvelle et qu'ils redeviennent des gamins de Kabylie. Il n'y a pas de place dans les conversations, entre l'arabe qui pour eux s'efface dans le temps et le français qui résiste à leurs parents, pour les adultes qu'ils sont en train de devenir.

Ali et Yema regardent l'arabe devenir langue étrangère pour leurs enfants, ils entendent les mots qui échappent de plus en plus, les approximations qui se multiplient, le français qui vient truffer la surface des paroles. Ils voient l'écart qui se creuse et ils ne disent rien, à part – peut-être – de temps en temps, parce qu'il faut dire quelque chose :

— C'est bien, mon fils.

Dans l'appartement qui ne leur a jamais paru être tout à fait le leur, ils reculent tant qu'ils peuvent pour laisser la génération poussée ici habiter la succession de pièces trop petites et de meubles superflus qu'ils avaient achetés pour imiter ils ne savent plus bien quelle image de catalogue.

La table ronde, au milieu du salon, sert de plus en plus souvent de bureau à Hamid et Kader. Non seulement les deux garçons lisent et écrivent couramment désormais mais ils maîtrisent la langue policée requise par les courriers officiels et savent interpréter les chiffres qui figurent sur les fiches de paie. Ils se sont imposés comme les avocats, comptables, écrivains publics et assistants sociaux d'une partie du voisinage qui vient à eux, les bras chargés de papiers en tous genres. Le soin avec lequel les travailleurs illettrés peuvent conserver et classer des documents qu'ils sont incapables de déchiffrer est source d'un étonnement permanent pour les deux garçons. Ils reçoivent les voisins avec un masque grave qui dissimule mal la jubilation qu'ils éprouvent et, après quelques hochements de tête, se lancent dans l'analyse des pièces apportées comme si, en devins des temps anciens, ils ouvraient le ventre d'un animal pour y lire des messages secrets et supérieurs.

— Ils ont tellement de papiers, tous ces Français, commente Yema dans la cuisine en secouant la tête. On se demande bien ce qu'on peut faire ici sans les papiers. Mourir ? Moi je suis sûre que même pour ça, ils te demandent les documents et que si tu les as pas, ils te maintiennent vivant jusqu'à ce que tu les trouves...

Autour d'elle, dans l'espace étroit laissé par l'évier, le four et le réfrigérateur pansu, les femmes attendent que leur mari sorte de la « consultation » accordée par les deux garçons dans la pièce voisine. Dalila trépigne d'être reléguée, elle aussi, à la cuisine ou à sa chambre alors qu'elle est plus âgée et plus douée que Kader. Mais malgré la perfection rectiligne et répétée de ses bulletins, elle se heurte aux barrières invisibles du monde des femmes et le bureau des réclamations n'est tenu que par ses frères. Ceux-ci ne demandent rien en paiement – « juste la gloire », glisse parfois Kader qui a hérité des bandes dessinées chevaleresques de son aîné – mais ils travaillent avec soin. Les correspondances les plus dévoreuses de temps, ce sont celles avec la Sécurité sociale. Les accidents du travail sont fréquents dans leur quartier d'ouvriers et deux des voisins demandent depuis des mois une pension d'invalidité. Au fil des courriers, Hamid et Kader ont affiné leurs techniques et les consultations se passent maintenant selon un rituel bien précis. Les hommes désignent les endroits qui leur font mal et les garçons, avec le plus grand sérieux, leur posent des questions de médecins, leur demandent de décrire la douleur, de mesurer son intensité. Ensuite, Hamid ouvre le dictionnaire donné deux ans plus tôt par son instituteur et dont la couverture se déchire le long de la tranche malgré toutes ses précautions. Kader et lui cherchent sur la double page d'anatomie colorée quel est l'organe, le muscle ou l'os responsable du mal et ils en débattent ensemble, en mimant parfois qu'ils rajustent des lunettes imaginaires.

Je me permets, écrivent-ils lorsqu'ils sont tombés d'accord, *de réclamer une contre-expertise car au vu de la douleur lancinante* (un mot dont ils abusent peut-être mais qui leur plaît beaucoup) *que je ressens quotidiennement à la rate/aux lombaires/à la rotule/aux cervicales, il me paraît possible que le docteur X ait manqué quelque chose lors de son dernier examen.*

Des années plus tard, Kader deviendra infirmier. Et il dira souvent que c'est en scrutant les schémas du corps humain dans le vieux dictionnaire qu'il a découvert sa vocation. Aujourd'hui encore, il avoue une tendresse particulière pour les patients s'étant brisé l'astragale parce que c'était, quand il était enfant, son os préféré parmi tous ceux que lui offrait la planche d'anatomie.

Dans le petit appartement plein de voisins et de voisines, la douleur est toujours bien acceptée. C'est une des règles de politesse élémentaire que Yema enseigne à ses enfants : lorsque quelqu'un dit qu'il a mal, on le croit, on le plaint. Les Français ne connaissent pas, selon elle, cet art de vivre. Quand tu dis que tu as mal, ils te répondent « Mais non », « C'est rien du tout » ou bien « Ça va aller ». Ici, dans le salon brillant, si quelqu'un dit : « J'ai mal au dos », l'assemblée entière répond « *Meskin* » avec le plus grand sérieux. Pauvre de toi. Hochements de tête lourds de compassion.

Bien sûr cela n'empêche pas qu'une fois le souffreteux sorti, Yema ou une voisine ne lance :

— Il se plaint tout le temps, celui-là.

Mais l'annonce de la douleur, elle, reste sacrée.

Naïma, petite, aimait cette zone de douleur libre que sa grand-mère créait autour d'elle. S'écorcher dans la ZUP de Flers était bien plus plaisant qu'au milieu des Français. La moindre éraflure lui valait des embrassades et pleurer signifiait qu'elle se retrouverait immédiatement la tête plaquée contre les seins généreux de Yema : Ma petite, ma chérie, *meskina*, prends un gâteau...

En grandissant, elle s'est faite à ce que sa grand-mère a toujours considéré comme une impolitesse française et elle a pris l'habitude de ne mentionner la douleur que pour qu'on la minimise. Le fait qu'on lui renvoie la petitesse de ses tracas ou la perspective de leur prompte disparition est devenu pour elle un point d'appui nécessaire dans la conversation pour ne pas basculer tête la première dans le chagrin. L'attitude de Yema lui paraît désormais étrangement déstabilisante, chaque *meskina* lui donnant l'impression qu'elle vient de rater une marche dans l'escalier.

Au moment du lycée, peut-être en seconde ou en première, il ne se souvient plus exactement, Hamid arrête de faire le ramadan. Il en a assez de sentir sa tête tourner, son ventre gargouiller, la concentration sortir de sa tête en volutes éparses. Le ramadan, ce sont des heures de tenailles dans les tripes, le cœur au bord des lèvres (il s'étonne toujours que la faim lui donne envie de vomir tout ce qu'il n'a pas dans le ventre). On lui répète depuis qu'il est petit que le jeûne rend le croyant meilleur parce qu'il lui permet de partager la souffrance des pauvres et des mal nourris mais il n'y voit qu'une survivance tenace de l'existence de paysans enrichis que ses parents menaient sur la crête une dizaine d'années plus tôt. Ici, les pauvres ce sont eux et Hamid comprend la souffrance que cela procure à peu près douze mois par an. Il n'a pas besoin de s'imposer une version commando du dénuement. Et puis il en a assez de devoir manquer les cours de sport, de ne pas pouvoir courir après le bus, de rester assis sur les bords du terrain de foot quand il retrouve Gilles et François, assez de se distinguer par sa faiblesse pendant toute la durée du jeûne. Le ramadan ne le rapproche pas davantage des pauvres, il le tient à l'écart des autres élèves du lycée.

Il ne veut pas annoncer à Yema sa décision parce qu'il est certain qu'elle aura de la peine. Sa relation à la religion est intime, affective, elle ne peut pas considérer l'islam comme un objet de réflexion : elle est musulmane comme elle mesure un mètre cinquante-deux, c'est une chose qui était inscrite en elle dès la naissance et qui s'est développée tout au long de sa vie.

Hamid se demande s'il doit en parler à son père. Il hésite : ce serait contraire à l'ordre des choses qu'un fils décide au lieu d'obéir – c'est ce qu'on lui a toujours appris. Pourtant, depuis qu'ils sont en France, son père lui délègue une partie croissante de ses pouvoirs. Il ne sait pas s'il doit s'en réjouir. Alors qu'il arrive à l'adolescence, il n'a presque plus de père contre lequel se rebeller : Ali a rétréci, diminué. Il s'est amolli là où, auparavant, il était montagne. Mais quand Hamid tient pour acquis que son père n'est plus une force à laquelle s'opposer, lorsqu'il essaie de développer avec lui une relation moins inexorablement verticale, la colère d'Ali remonte d'un coup – la colère qui demeure en lui, pure comme l'air froid, alors que l'autorité est partie – et le garçon, comme s'il avait quatre ans, se voit menacé d'une volée. Hamid trouve difficile d'être un adolescent face à un père pareil. Il ne peut pas l'affronter. Il n'arrive pas à s'en faire un complice.

C'est donc en cachette qu'il organise sa logistique de fin de ramadan. Durant le mois de jeûne, il ne franchit pas la porte du réfectoire mais, derrière l'entrepôt de ballons et de tapis de sol qui abrite tout ce que le lycée connaît de transactions secrètes, ses copains lui passent des morceaux de pain, des carrés de chocolat, une banane, tout ce qu'ils ont pu subtiliser de leur propre repas. Il en avale immédiatement la plus grande partie mais il en garde souvent un morceau pour le soir, au cas où l'*iftour* tarde trop. Les dernières heures sont les plus difficiles à tenir : Yema a déjà posé sur la table le plateau de dattes dans lequel ils prendront tous un fruit pour marquer la rupture du jeûne et dans la cuisine, les marmites exhalent les odeurs de tomate, de poivre et de piment des plats en sauce réchauffés à feu doux. La nourriture est partout mais elle demeure interdite et le ventre de Hamid ne supporte plus ses promesses sans cesse repoussées. Les maigres réserves de la journée l'empêchent de crier de faim et de frustration. Ainsi se déploie une forme de rébellion concomitante à la première mais, pour tout dire, imprévue. Hamid ne compte plus sur ses parents pour l'alimenter alors que ceux-ci ont toujours eu sur lui l'autorité due à leur statut nourricier : sa mère par le lait qui fut son premier breuvage et le lent travail en cuisine, son père qui jadis plantait les arbres et rapporte désormais l'argent de son labeur à la maison. À partir du moment où Hamid mange ce que Gilles ou François lui donne, il rompt naturellement quoique sans le réaliser une obéissance tout aussi naturelle à laquelle il n'avait jamais pensé.

Ali le surprend un jour, croquant un quignon de pain dans la buanderie sans lumière. Hamid se retourne d'un bond et devant la grande silhouette de son père qui occupe toute l'ouverture de la porte, il lève instinctivement le bras pour se protéger. Mais Ali n'a pas l'air furieux, simplement étonné.

— Si Dieu existe, lance Hamid déboussolé, je prends le pari qu'il n'est pas là pour nous faire chier.

Il vient de découvrir Pascal au lycée et en livre son interprétation toute personnelle. Ali hoche la tête et referme la porte après avoir murmuré :

— Fais attention à ce que ta mère ne trouve pas les miettes.

L'arrêt du ramadan n'est que le premier pas pour l'adolescent à qui les traditions de l'islam paraissent aussi poussiéreuses que les quelques objets apportés d'Algérie qui vieillissent dans les tiroirs de l'appartement. À la religion jugée désuète de ses parents, il préfère la politique qu'il découvre grâce au frère aîné de François. Stéphane suit des études de sociologie à Paris et quand il rentre dans sa famille, il ne manque pas une occasion d'évoquer le bouillonnement d'idées qui agite son université. On l'écoute en silence, en hochant la tête. Ses bras trop longs et son visage curieusement triangulaire, terminé par un minuscule menton pointu, lui donnent des allures de mante religieuse. Loin de le rendre repoussant, son étrange physique aimante les regards et, quand il parle, Stéphane a la diction calme et lente de celui qui sait qu'il n'a pas à fournir d'efforts pour s'assurer l'attention de ses interlocuteurs. Même ses parents, pourtant en désaccord avec lui sur la plupart des sujets, paraissent incapables de résister au charme indolent que leur fils déploie dans les conversations. François, Hamid et Gilles, quant à eux, reçoivent ses paroles dans un recueillement quasi extatique. Quand il leur raconte les grands mouvements étudiants de l'année passée, les adolescents sont tout prêts à croire que Stéphane et ses amis ont, personnellement, démis de ses fonctions le vieux général de Gaulle qui s'endormait au pouvoir. *Il est interdit d'interdire. Si tu ne t'occupes pas de politique, c'est la politique qui s'occupera de toi.* Ils adorent ces formules qui émaillent les récits de Stéphane, en réclament davantage.

— Mais les formules, les reprend Stéphane grondeur, sans discours de fond, ce ne sont que des sucreries.

En ponctuant ses phrases de gestes aériens de la main, il dit qu'il faut inventer la résistance au présent au lieu de la laisser dans les livres d'histoire. Il affirme qu'il est nécessaire d'imaginer sans cesse des possibilités de vie nouvelle pour déjouer le discours du pouvoir qui nous assure qu'il n'en existe qu'une et que seul le pouvoir est à même de la garantir. Il demande :

— Vous avez lu Marx ?

Les trois garçons secouent la tête, un peu embarrassés.

— Vous avez fait quoi en philo ?

— Platon, dit timidement François.

— Pascal, dit Hamid.

— Un type qui construit son système politique sur l'esclavage et l'autre sur la grandeur de Dieu. C'est bien, les gars, vous allez aller loin.

Stéphane leur prête ses livres, des ouvrages à la tranche cassée, aux pages cornées que Hamid traite avec le même respect que Yema montre à l'exemplaire du Coran qu'elle ne peut pas lire mais qu'elle feuillette pourtant de temps à autre, en murmurant les sourates apprises par cœur il y a si longtemps. Stéphane ramène aussi des disques, il passe Muddy Waters, les Clancy Brothers, Bob Dylan – parce que, les gars, *the times, they are a-changin'*. La musique et les mots se mêlent dans les pensées de Hamid, la politique s'écrit comme une chanson de blues, une mélodie de folk qui se gratte à la guitare et qui tourne en boucle dans sa tête. Il est interdit d'interdire... il n'y a pas de plus beau refrain. Pour lui, cette interdiction commence à l'intérieur de soi, elle commence par s'interdire de s'interdire. Hamid voyage dans sa mémoire, interroge ses réflexes, questionne ses habitudes, à la recherche des interdictions. Elles ont bourgeonné partout, c'est une jungle pleine de branches et de lianes qui encombrent le passage. On lui a tellement planté de « Tu dois » et « Tu ne dois pas », de « C'est comme ça » dans la tête qu'il a du mal à avancer. La nuit, au lieu de dormir, il jardine à l'intérieur de lui. Là où c'est noué, il taille. Là où c'est bouché, il creuse. Des interdictions internes qu'il a été capable de déceler, il n'en garde qu'une parce qu'il pense qu'elle l'aide, qu'elle n'est pas une liane mais un tuteur : l'interdiction de ne pas être le meilleur.

Et quand il a fini, il a l'impression qu'un espace en lui est dégagé, vacant, libre – il peut en faire ce qu'il veut, il peut le remplir à sa guise. C'est sur ce terrain vague qu'il bâtit sa révolte, celle qui n'appartient qu'à lui : elle a les mots de Marx, la voix de Dylan, le visage de Che Guevara, elle a – est-ce qu'il en a conscience ? – la grâce juvénile de Youcef Tadjer, et chaque fois qu'il en croise une émanation, celle-ci provoque en lui le même émerveillement, la même jubilation proche du tré-pignement, le même amour inconditionnel que lui causaient les apparitions de Mandrake dans les bandes dessinées de son enfance.

Bien qu'il continue à travailler d'arrache-pied au lycée, il commence à questionner les raisons de ce qui leur est donné à faire, l'arbitraire du savoir qui leur est transmis – la reproduction du même, a dit Stéphane, c'est la mort de la pensée. Sa manière si précise de prononcer donne à Hamid l'impression que sa voix dessine dans les airs les accents qui chapeautent chaque mot. Il s'exerce parfois à faire de même, devant le miroir fêlé de l'armoire à pharmacie.

Gilles, François et lui jouent avec la possibilité de l'affrontement tout en sachant qu'ils n'oseront pas en provoquer un. Ils se réjouissent des récits de ce qui pourrait advenir, se gargarisent d'être des héros potentiels. Alors qu'ils n'ont pas prononcé un seul mot de refus, ils s'imaginent que leurs profes-seurs les regardent de travers, que les surveillants les craignent, que leur révolte se lit comme une aura pourpre et magnifique qui se dégage de leurs corps en pleine mutation.

Un jour, en cours d'anglais, alors que les élèves doivent égrener les uns après les autres les verbes irréguliers et que l'un des adolescents bute et se reprend sans cesse, le professeur laisse échapper :

— Écoute, Pierre, si Hamid peut le faire, tu dois en être capable aussi !

— Qu'est-ce que ça veut dire ? demande Hamid.

La question a passé ses lèvres sous le coup de la surprise plus que de la colère. Il ne voulait pas la poser à voix haute mais au silence qui la suit et aux yeux écarquillés de ses camarades, il comprend qu'elle est trop énorme pour qu'il puisse la faire oublier. Le professeur se trouble, bégaie et dans l'espace laissé par son autorité qui s'effiloche, Hamid se lance à la poursuite de sa première question :

— Que ce qu'un Arabe peut faire, il est évident que c'est à la portée des Français ? Que si je peux le faire avec mon cerveau sous-développé d'Africain, l'Homme Blanc peut sûrement le faire mieux que moi ? C'est ça que vous vouliez dire ?

Devant ce manque de respect, le professeur oublie sa gêne et s'exclame :

— Bon, c'est bon, ça suffit comme ça. Tais-toi maintenant !

— Vous êtes raciste, dit Hamid le plus calmement qu'il peut mais sa voix tremble de colère et de peur mêlées.

Gilles et François, ravis, se font le relais de son indignation. Ils parlent bien plus fort que Hamid ne le fait, peut-être pour rattraper leur retard :

— Il a raison, m'sieur. Vous n'avez pas le droit !

— C'est dégueulasse !

Quelques élèves se joignent à eux pour réclamer que le professeur s'excuse. Les voix gonflent, encore empreintes d'une joie étonnée. C'est un chahut plus qu'une révolution mais le professeur est furieux, perdu, affolé. Il répète des « ça suffit » et des « taisez-vous » sans parvenir à reprendre le contrôle de la classe.

— Il est abonné à *Minute* ! crie soudain François hilare.

— Vous sortez ! hurle le professeur. Hamid, Gilles, François, dehors !

Ils quittent la salle en riant, suivis d'une poignée de leurs camarades. Tous ensemble, ils se rendent au café le plus proche et s'affalent autour des tables, jetant au loin leur sac comme s'ils se débarrassaient de tout le poids d'une éducation conservatrice. Ils sont persuadés que « ça a pété », ils sont heureux d'en avoir été, les bières et les diabolos ont goût de champagne. Les filles regardent le trio rebelle avec une tendresse nouvelle qui apparaît dans leurs yeux comme les premiers bourgeons de printemps.

— Mon père va gueuler, grimace Gilles en se rejetant en arrière, je ne crois pas que mes hauts faits révolutionnaires, ça lui plaise.

Il le dit avec l'air entendu de celui que l'engueulade ou même la rouste n'ébranlera pas dans ses convictions. Il le dit pour les filles et leurs regards de printemps. C'est pour la même raison (des seins, un sourire) que François affirme tranquillement ne rien craindre. Dans sa famille, Stéphane a ouvert la voie par des conneries bien pires. Ses parents ne s'étonnent plus de rien, lâche-t-il avec une nonchalance étudiée. C'est aussi pour les filles que Hamid tâche de garder un visage serein et bravache. Il s'étale sur la banquette en poussant un bâillement, affiche son détachement ostentatoire. Son bras, en retombant, frôle les épaules, le dos et la taille de Chantal. Il fait semblant que le contact est involontaire mais, incapable de profiter de la situation, il retire immédiatement sa main. Comme elle le

314

regarde avec un sourire qu'il imagine moqueur, il saisit son verre et le boit à grandes gorgées. Avec les filles, il est toujours perdu. Celles du lycée et celles de la cité sont des espèces trop différentes pour que l'une puisse lui enseigner quoi que ce soit sur l'autre.

Gilles propose une nouvelle tournée, soucieux de faire perdurer ce moment de gloire et la présence des filles. François hésite, regarde sa montre mais Hamid accepte bruyamment, poussant encore un peu le jeu de la bravoure : *Allez, les gars, à la santé de nos révoltes !*

En réalité, il s'en veut d'être allé aussi loin et il en veut à ses deux acolytes de l'avoir laissé faire – eux qui ont moins à perdre que lui. S'il est exclu temporairement du lycée, il ne sait pas ce qu'Ali fera – il ne comprend rien à ses explosions de colère subites et illogiques. Mais au-delà de son père, il peut voir lui-même les conséquences désastreuses qui se profilent : s'il ne peut pas passer le bac, tout son travail n'aura servi à rien, direction l'Usine. Plutôt crever, se dit Hamid en serrant les poings sous la table du café.

Quand il rentre chez lui, il ne parle à personne de ce qui s'est passé au lycée. Il ne sait pas quelle place peut trouver sa révolte nouvelle au sein de sa famille, s'il peut la partager. Dalila a quinze ans, elle est amoureuse et sa peau se boursoufle et se tend sur des boutons d'acné le long des tempes, elle n'est en colère que contre son propre corps, la politique ne l'intéresse pas – ou du moins, c'est ce que Hamid imagine, incapable de voir que la rage de sa sœur est déjà une révolte, celle d'une adolescente à qui l'on interdit tacitement toute manifestation publique de liberté parce qu'elle est née fille et que, au milieu des immeubles qui permettent aux voisins de s'épier, *les gens parlent* dès qu'une fille paraît s'affranchir des traditions. Kader a treize ans, il déborde d'une énergie électrique qui oblige sa mère à l'envoyer courir autour des barres presque tous les soirs pour qu'il parvienne à trouver le calme. Il n'a pas la concentration nécessaire pour écouter Hamid plus de deux ou trois minutes. Il veut toujours jouer, sauter, dribbler, escalader. Les autres sont trop petits : Claude a six ans, Hacène quatre, Karima trois et puis il y a les derniers arrivés, Mohamed qui a fêté son premier anniversaire, Fatiha qui vient tout juste de naître. Hamid est le père de cette tribu nouvelle bien plus que leur compagnon de jeu. S'il veut parler politique dans l'appartement, il ne lui reste que ses parents or Yema l'arrête d'un « Laisse-moi tranquille » chaque fois qu'il pose des questions sur sa condition de femme. Une fois, elle lui dit même :

— C'est dégoûtant. Un fils ne doit pas voir sa mère comme une femme, seulement comme une mère. Alors laisse-moi tranquille.

Hamid tourne autour d'Ali avec envie et effroi. C'est à lui, en vérité, qu'il voudrait parler. Il n'a jamais demandé à son père ce que celui-ci avait fait pour que la famille se retrouve obligée de fuir l'Algérie. Il ne s'était pas posé la question lui-même auparavant parce que le choix du père est sacré et que lorsque celui-ci décide, cela vaut pour son épouse et sa descendance, indépendamment des raisons qui ont motivé sa décision.

Il ne lui a rien demandé parce que jusqu'à présent l'interdit qu'il avait intériorisé et qui lui défendait de douter des choix de son père avait pour conséquence de ne pas laisser subsister d'autres options possibles, l'hypothèse d'existences différentes si le père avait adopté une position différente. À présent que Hamid a jardiné à la serpe en lui-même, il voudrait bien savoir pourquoi il a atterri au Pont-Féron, ce qui s'est produit pendant la première partie du livre et qu'il a oublié sauf dans ses cauchemars. Pourtant, il n'ose pas poser les questions qui se bousculent en lui : il a peur de découvrir un passé qu'il ne pourrait pas pardonner. Hamid est désormais du côté de l'indépendance, de toutes les indépendances – principalement celle du Vietnam, dont la partie sud est honteusement manipulée par les États-Unis pour le seul bénéfice d'un complexe militaro-industriel, comme le leur a expliqué Stéphane – mais il devient aussi un partisan rétrospectif de celle de l'Algérie. Le droit des peuples à disposer d'eux-mêmes lui paraît être une telle évidence qu'il ne comprend pas comment Ali a pu penser autrement, lui qui se trouvait du côté des opprimés. Qui dirait, au moment où on lui ouvre la porte de sa prison : « Non merci, vraiment, merci, mais je crois que je vais rester là » ? Que s'est-il passé dans la vie de son père pour qu'il se détourne de sa propre indépendance ? Comment est-ce qu'on peut *rater* un aussi gros tournant de l'Histoire ?

Il lui pose la question un soir, comme s'il lui sautait sur le dos.

— Est-ce qu'on t'a forcé ? demande-t-il.

— Forcé à quoi ?

— À collaborer avec les Français ? Est-ce qu'ils t'ont enrôlé de force ?

Il n'a pas le vocabulaire suffisant en arabe pour mener une conversation politique et il parsème ses questions de français.

— Ils t'ont menacé ?

Ali regarde son fils à qui la langue ancestrale se refuse, devant qui elle se dérobe, son fils qui parle la langue des anciens oppresseurs au moment où il prétend comprendre les opprimés mieux que lui. Cela le ferait peut-être sourire s'il n'était pas aussi directement remis en cause – pourquoi est-ce que son orgueil a encore la taille de l'Algérie ? se demande-t-il en sentant la colère lui empourprer le visage. Il ne dit rien, serre les poings jusqu'à ce que ceux-ci forment deux boules de chair et d'os qui concentrent son mal-être et que, désemparé, effrayé par leur crispation involontaire, il regarde comme des objets dans la pièce, comme une arme sortie du tiroir et il a peur de ce qui pourrait arriver parce que si ses poings se ferment sans son accord alors qui sait ce qu'ils peuvent faire ensuite et pour éviter le pire, pour forcer ses poings à obéir à sa volonté et non pas à leur sourde logique de violence, pour tromper la vigilance des poings peut-être, les prendre par surprise, d'un vaste geste des bras, d'une double envolée, il balaie les livres de son fils éparpillés sur la table en murmurant entre ses dents serrées : tu ne comprends rien, tu ne comprendras jamais rien. En réalité, lui non plus n'a rien compris, il le sent, mais il ne peut pas le reconnaître : il est plus facile de se fâcher en espérant qu'un jour quelqu'un lise ses colères comme des aveux. Non, Ali ne comprend rien :

ni pourquoi on lui a demandé dans un premier temps les marques de son amour sans faille pour la France, faisant de son parcours une ligne idéologique claire, ni pourquoi son fils lui demande à présent de prouver qu'au contraire il n'a fait que se soumettre à une violence omniprésente et polymorphe. Pourquoi personne ne veut-il lui laisser le droit d'avoir hésité ? D'avoir changé d'avis ? D'avoir pesé le pour et le contre ? Est-ce que pour les autres tout est si simple ? Est-ce qu'il n'y a que dans sa tête que rien ne vient avec une seule explication ? Pour faire bonne mesure, il envoie aussi balader la toile cirée en la tirant vers lui d'un geste sec. Puis il regarde la table nue et son fils avec l'air de lui dire : voilà ce que tu m'as fait faire. L'adolescent tourne les talons, ramasse quelques livres au passage et quitte le salon avec toute la dignité dont il est capable.

— Bordel, mais cassez-vous ! crie Hamid à ses petits frères au moment où il entre dans la chambre.

Les gamins sont occupés à jouer aux pirates, lançant des abordages d'un lit à l'autre.

— Cassez-vous, merde !

Claude et Hacène laissent tomber les fourchettes qui leur servaient de sabres d'abordage.

— Tu ne parles pas comme ça à tes frères ! ordonne Ali depuis le salon. Eux, au moins, ce sont des bons fils !

Depuis la cuisine, Yema lui fait écho en entonnant une longue lamentation. Kader tire une langue indignée à son grand frère avant de quitter la chambre. L'appartement résonne de cris et de colère. Ça vibre dans les murs de placo-plâtre.

Hamid se jette sur le lit en se disant que son père est un con. Il fait exprès de mettre ses chaussures sur la couverture criarde, à motifs d'île déserte. Après quelques secondes, cependant, il les retire en pensant à Yema et à la chaîne des lessives qui rythme son quotidien.

Il est furieux et gêné qu'au moment où le monde lui est devenu lisible dans ses grandes lignes politiques, les choix de son père constituent non pas un simple grain de sable mais une boule illogique et opaque, coincée dans ses grilles de lecture. Il voudrait avoir, comme Gilles et François, des parents aux modes de vie identifiables et cohérents, qui peuvent être rejetés en bloc – mentalité paysanne, mentalité bourgeoise. Au lieu de quoi, il a hérité d'un père insaisissable, qu'il voudrait défendre mais qui se refuse à être défendu.

Dans sa tête, ça fait comme un bruit d'ongles sur un tableau noir.

Cette nuit-là, dans la chambre étouffante, il écoute les respirations chuintantes monter des petits corps chauds disposés tout autour de lui (impossible de se branler en repensant à Chantal, impossible de se branler tout court, c'est un problème récurrent, un problème de plus en plus pesant, un de ces problèmes de pauvres qu'il n'entendra mentionnés dans aucune réunion politique, comme si personne n'estimait qu'il s'agissait d'un problème – il ne peut pas pourtant être le seul adolescent à ressentir l'envie, sinon le besoin quotidien de la masturbation et à s'en trouver empêché par l'exiguïté des chambres), il rédige des communiqués de presse dans lesquels il déclare une *rupture idéologique* claire et définitive avec son père, se *désolidarisant* totalement des choix passés de celui-ci. Le camarade Hamid réaffirme ici son soutien et son engagement dans la lutte des opprimés contre les puissants sur le sol français comme partout dans le monde.

Quand le verdict de l'incident du cours d'anglais – que les élèves appellent « révolte » et la direction « conduite scandaleuse » – tombe, Hamid, selon les gestes qui lui sont désormais familiers, récupère le courrier directement par l'ouverture de la boîte en allant au lycée, signe à la place de son père la lettre qui lui annonce qu'il est collé jusqu'à la fin de l'année et déchire l'enveloppe avant de l'abandonner dans une poubelle de la cité. Il ne ressent rien qui ressemble à l'affolement de la première fois. Tromper son père est devenu une habitude.

Le 8 mai 1970, alors que Hamid essaie de lire *Le Capital* sur les conseils de Stéphane, et que les petits aident Yema à éplucher des pommes de terre, la radio annonce que le traiteur parisien Fauchon a été attaqué par un commando maoïste. Hamid, d'un bond, est près du poste et monte le son au maximum – c'est ce qu'il faut pour couvrir les voix de ses frères et sœurs. Ali, nerveux, lui demande de traduire.

— Ils ont pillé un magasin de luxe pour redistribuer la nourriture dans la rue, dit Hamid, tremblant d'excitation.

— Ce sont des bandits, répond son père en fronçant les sourcils. Leur place est en prison.

S'extirpant du canapé, il coupe la radio d'un geste sans appel. Yema et les petits se concentrent davantage sur les pommes de terre. Une fois de plus, Hamid se désolidarise par la pensée de l'attitude rétrograde de son père. Il replonge dans *Le Capital* mais le texte lui échappe, il le trouve sec et austère et il voudrait tellement l'aimer qu'il ne supporte pas la distance qui subsiste entre lui et Marx malgré ses efforts. Il se dit que c'est l'appartement et sa famille qui rendent impossible la pleine éclosion du *Capital*, qu'ils écrasent de tout leur poids ce qu'il y a de grand et de beau dans ce monde. Personne ne pourrait être bouleversé par les propos de Marx, entouré comme il l'est du bruit de l'huile en ébullition, des rires des petits, du silence souriant de sa mère passive et de l'agressivité mal dissimulée de son père.

Quand Yema lui demande ce qu'il pense du repas, il répond, boudeur, qu'il manque de sel et au moment où il le dit, il a l'impression que la phrase résume toute son existence et qu'il vient d'en trouver l'allégorie la plus brève et la plus lumineuse qui soit. Il passe le reste du dîner à se répéter la phrase : « Ma vie manque de sel », en détachant chaque mot, et ne répond plus à personne. Ses parents regardent ses lèvres bouger en silence et haussent les épaules. À seize ans, Naïma elle aussi sera capable de s'émerveiller de révélations internes qu'elle ne partage avec personne mais qui lui paraissent si pleines, si denses qu'elles suffisent à donner de la substance à sa vie. Hamid, à ce moment-là, aura oublié l'intensité inhérente à l'adolescence et, trouvant sa fille pénible, il souhaitera qu'elle mûrisse un peu.

À la fin du dîner, quelques collègues d'Ali montent pour une « consultation » avec son fils. Il y a Mokhtar, le mari de Mme Yahi (que personne, curieusement, n'appelle M. Yahi), les deux frères Ramdane du bâtiment C et le gros Ahmed, qui ressemble de moins en moins à un acteur américain et n'est venu que pour avoir un peu de compagnie. Alors que Hamid parcourt des yeux les documents apportés, Yema s'inquiète de savoir si les nouveaux venus ont mangé et, sans croire à leurs réponses affirmatives, elle retourne immédiatement à la cuisine qu'elle vient de quitter.

— Ils ne sont pas là pour dîner, 'ma, grommelle Hamid, embêté de la voir se fatiguer ainsi.

Il ne réussit qu'à s'attirer un « Honte sur toi » : Yema ne laissera jamais repartir le ventre vide quiconque passe sa porte à l'horaire – follement extensible – d'un repas. Les consultations de son fils sont donc accompagnées de bruits de casseroles et de glouglous. Ça sent la coriandre, le *ras el-hanout* et l'ail pilé. Les moustaches se trémoussent de plaisir sous les parfums qui leur arrivent de la pièce voisine.

Mokhtar veut demander sa retraite l'année suivante et il est incapable de savoir combien de temps il a cotisé. Il a rassemblé toute une série de fiches de paie que Hamid examine avec de petites moues soucieuses, découvrant des trous répétés dans la chronologie de papier.

— On travaille trop longtemps, souffle un des frères Ramdane à qui la retraite semble aussi lointaine qu'une plage du Pacifique. Vraiment, ils nous usent les os au travail.

Au-dessus de la tête penchée de Hamid, les approbations des autres se croisent, mélange de lassitude et de rancœur. Le garçon relève les yeux :

— Vous avez déjà pensé à faire grève pour protester ?

Mokhtar hausse les épaules : penser, oui, ça ils l'ont fait. Pas seulement à la grève d'ailleurs. Il leur est arrivé de rêver de tout casser dans l'Usine, de s'enfuir sur un tire-palettes ou encore de séquestrer le patron. Les hommes rient de bon cœur autour de la table. C'est vrai, c'est vrai.

— Mais la grève et les – comment ils appellent ça aussi ? – les manifestations (il dit le mot en français), c'est surtout un truc pour les Parisiens, déclare Ahmed.

— Bien sûr que non, répond Hamid. Vous faites partie de la population la plus exploitée du pays. Vous avez le droit de protester !

Le visage de son père se ferme mais il se force à ne pas en craindre les conséquences et il insiste :

— Vous avez le droit de ne pas être d'accord.

— Pas d'accord avec quoi ? demande distraitement Ahmed.

Son regard passe d'Ali, silencieux, dents serrées, à Hamid qui rayonne d'une exaltation mal contenue.

— Moi, il y a plein de choses que je suis pas d'accord avec elles, répond un des frères Ramdane avec l'enthousiasme de celui qui tient la liste de ses rancunes toute prête dans une poche de sa veste.

— Toi, ta main gauche, elle est pas d'accord avec ta main droite, souffle Mokhtar.

Les autres partent d'un grand rire moqueur mais Ali garde le même air sombre.

— N'empêche, reprend le plus jeune des Ramdane sans se laisser démonter, ce serait bien que les choses changent. Moi, je voudrais une promotion. Y en a marre de voir que même les incapables chez les roumis, ils peuvent devenir contremaître et que nous, *ouallouh*.

— Et les accidents du travail, renchérit son frère, faut que ce soit mieux reconnu. Quand tu manipules du métal, ça arrive tout le temps.

325

Mokhtar lève au-dessus de la table une main crevassée et fine à laquelle il manque un doigt. Il fait remuer le moignon dans une série de mouvements que Hamid trouve répugnants.

— Les chefs, dit-il de sa voix fatiguée, ils nous présentent comme des imbéciles chaque fois qu'on se blesse.

— Des imbéciles ? ricane un des Ramdane. Tu es gentil. Des paresseux, oui. Ou des menteurs !

— Ils ont qu'à s'y mettre à la soudure, si c'est si facile ! ajoute l'autre. Moi je laisse ma place...

Ahmed imagine alors à haute voix ce que ferait le patron, paniqué, si on lui demandait d'actionner les machines. Il imite sa voix flûtée, toujours correcte, il mime la cravate prise dans un roulement et pousse de petits cris de terreur. Même Ali se détend un peu et risque un sourire. Yema apporte sur la table des assiettes de ragoût brûlant et le disque doré d'une énorme galette que les hommes commencent aussitôt à déchirer.

— Les accidents, c'est à cause de la fatigue, explique le jeune Ramdane à Hamid qui regarde toujours à la dérobée le doigt manquant de Mokhtar. Il faut qu'ils nous diminuent les heures sur les machines. Moi si je faisais la grève, je demanderais ça.

— Et moi, dit Ahmed la bouche pleine, je leur demanderais une vraie pause déjeuner. Parce que là, c'est ridicule, c'est pas une pause ! C'est à peine le temps d'un soupir, et hop, tu retournes bosser.

— On va faire un communiqué, décide Hamid qui s'empare aussitôt d'une feuille et d'un stylo. Comme ça, vous pourrez le donner à la direction.

Il s'imagine raconter à Stéphane comment il a uni les forces prolétaires de Normandie par sa parole de feu. Ne pas comprendre *Le Capital* ne lui paraît soudain plus si grave. Du regard, il interroge les hommes assis dans le salon, prêt à prendre en note leur moindre revendication. L'aîné des Ramdane, selon leur mécanique habituelle, répète les propos de son frère. Ahmed insiste sur l'importance de la pause en milieu de journée mais il est plus hésitant, les yeux rivés sur le stylo. Ali détourne la tête sans prononcer un mot.

— Franchement, souffle Mokhtar, moi je serais content si je peux avoir ma retraite. Ça, déjà, ce serait bien.

Une fois les hommes partis, Hamid aide Yema à débarrasser puis se laisse tomber sur une chaise, face à son père silencieux. La liste de demandes est posée sur la table, entre eux. Dans le coin gauche, il y a une minuscule tache de sauce brune. Après quelques secondes durant lesquelles l'un et l'autre se jaugent, Ali demande brusquement à son fils :

— Pourquoi ça te fait plaisir qu'on soit en colère, hein ? Tu veux qu'on perde notre travail ?

Le jeune homme répond, du même ton sec :

— Ils ne vont pas vous renvoyer parce que vous demandez quelque chose. Ce serait illégal.

— Ah bon...

Ali trouve ça curieux. Il se rappelle le temps lointain, dans le royaume de conte de fées sur la crête, où il était lui-même patron. Il renvoyait ceux qui dormaient sous les oliviers, ceux qui parlaient mal aux femmes, ceux qui volaient, ceux dont il trouvait le regard sournois. Il avait tous les droits.

Après tout, c'était son champ, ses arbres. Pourquoi les patrons français ont-ils accepté de limiter leurs pouvoirs de la sorte ?

Le lendemain matin, Ali part pour l'usine, à l'heure habituelle, dans la voiture de Mokhtar. Arrivés sur le site, ils montent tous les deux au bureau de la secrétaire, frappent à la porte et Ali annonce timidement mais d'une traite :

— Bonjour c'est pour des revendications.

La secrétaire soupire, enlève une des grosses boucles d'oreilles à clip qui lui encadre le visage, se masse le lobe de deux doigts et demande dans un soupir :

— Mais qu'est-ce que vous avez tous ?

Ali aurait bien une réponse : des fils.

Les yeux tournés vers la terre ou le volant, des paysans travaillent dans les champs voisins, lançant leur tracteur bruyant à l'assaut des flancs arrondis des collines. Allongé sur une haute pile de bottes de paille, à l'abri des regards, Hamid fume un joint avec Gilles et deux de ses cousins. Il n'aime pas beaucoup ces types, un peu plus âgés qu'eux, qui le considèrent comme une curiosité, l'appellent « l'Arabe » dans son dos, et lui posent sans cesse des questions sur la vie au Pont-Féron comme s'il s'agissait d'un endroit lointain ou soigneusement clôturé dans lequel ils ne pourraient pas s'aventurer eux-mêmes. Mais Gilles, qui a grandi avec eux, les voit encore comme les camarades de jeux de son enfance et maintient que ce sont « de bons gars ». Et puis aujourd'hui, ce sont eux qui ont de l'herbe. Hamid essaie de les supporter sans crispation (il sait que s'il commence à s'énerver, le joint ne fera qu'accroître l'irritation et le poussera vers la paranoïa). Il ferme les yeux et se répète qu'il est bien. Il sent le soleil sur sa peau et les ondulations presque imperceptibles de la pile lorsque l'un d'entre eux se déplace. Il est dans son château de paille, sa tour de fétus. Autour d'eux s'étale la Normandie verte et grasse que le soleil n'a jamais brûlée et, de l'autre côté de la route, des vaches lentes comme des animaux préhistoriques longent la clôture en ruminant.

Ils viennent de passer le bac et attendent les résultats dans une torpeur presque tranquille. Ils aident le père de Gilles à la ferme dès qu'ils le peuvent, afin d'amasser une somme d'argent suffisante pour les vacances à venir, et le reste du temps ils cherchent le meilleur endroit où s'allonger pour rêver longuement à ces vacances. François, lui, est cloîtré par ses parents, tenu de réviser les oraux qu'il sera sûrement obligé de passer, au vu de la dégradation de ses résultats scolaires. Pour une fois, Stéphane n'a pas défendu son petit frère. Au téléphone, il a soupiré :

— Tu serais bien assez con pour te farcir une année supplémentaire de bahut, si on te laissait faire. Le vieux te rend service.

Le soleil de juin tape dur. Les garçons allongés sentent les gouttes de sueur rouler et couler le long de leurs aisselles avant d'être bues par la paille, chatouilles discrètes qui leur promettent l'été. Quand même, Hamid n'arrive pas à être tout à fait serein. Si François était là, ils auraient eu de l'herbe et s'ils avaient eu de l'herbe, il n'aurait pas à supporter la présence des cousins. Aussi François lui manque-t-il triplement – se dit Hamid – son absence multipliée par les deux conséquences pénibles de celle-ci. Gilles est moins sentimental, il prétend que l'enfermement provisoire de François est une sorte de rançon de sa bourgeoisie qu'il doit bien finir par payer.

Soudain – bien qu'en réalité il bouge très lentement mais l'absence de raison donne cette impression de brusquerie – un des deux cousins se redresse sur le coude, regarde Hamid et demande :

— Et ton père vous a emmenés avec lui quand il est venu travailler en France ?

Ils ont épuisé les questions sur le présent. Ils commencent à remonter le passé.

— Oui, dit Hamid qui n'a pas le courage d'expliquer une fois de plus que son père n'est pas un travailleur immigré mais un Français.

— C'est bien, c'est bien...

Hamid lui tend le joint en espérant que cela permette d'arrêter là sa réponse mais, après avoir tiré une longue bouffée, l'autre reprend, la bouche pâteuse et appliquée :

— C'est plus humain quand même. Parce que... on peut dire ce qu'on veut mais quand on voit le nombre d'Arabes qui viennent ici pour bosser et qui laissent au village la femme et les enfants... on ne peut pas s'empêcher de penser que ces gens-là n'ont pas le même rapport que nous à l'amour. Qu'ils ne savent pas ce que c'est. Parce que s'ils aimaient comme nous leur femme et leurs enfants, ils ne pourraient pas être séparés d'eux si longtemps, hein ? Moi je viens d'avoir mon premier gamin, et ça me paraîtrait impensable de ne pas le voir grandir. Alors, je me dis que s'ils peuvent supporter ça, c'est qu'on n'est pas fait de la même manière. Ils n'ont pas de sentiments, quoi. Mais ton père, c'est bien. Ce qu'il a fait, c'est... civilisé. Et puis il a montré qu'il avait confiance en la France, tu vois.

Gilles se retourne lentement sur son matelas de paille et adresse à Hamid un regard de commisération rougi par le joint. Celui-ci se redresse à son tour et toise les deux cousins, installés sur le ballot au-dessous du sien.

— C'est assez étonnant..., commence-t-il (et lorsqu'il module la première pause avec affectation, Gilles fait semblant de tomber mort d'ennui), non vraiment, c'est étonnant la façon dont les choses que font les gens de la cité – parce qu'ils n'ont pas le choix, parce qu'ils sont pauvres, en fait, pauvres comme les pierres – deviennent sous le regard d'anthropologues amateurs comme vous des preuves qu'ils sont différents, par nature. *Ils* n'ont pas besoin des mêmes choses que nous. *Ils* ont une notion toute particulière du confort. *Ils* aiment bien vivre entre eux. Tu crois que ça nous amuse de tenir à huit dans une bagnole ? Tu crois que ça nous amuse de constater que nos mères ne passent jamais le talus surélevé qui nous sépare du centre-ville parce qu'elles ont encore peur de ce qu'il y a derrière, après dix ans ici ? Tu crois que ça nous amuse de porter des vêtements en tissu synthétique de merde qui se déchire ? Tu crois que ça nous amuse que Yema achète les sous-vêtements en gros, par lot de cinquante, et que du plus petit au plus grand, des garçons jusqu'aux filles, on porte tous les mêmes slips ?

Un des cousins ricane, l'image l'amuse beaucoup. Elle lui rappelle les Dalton.

— Mais bien sûr, reprend Hamid, je comprends que ce soit plus facile pour vous de faire semblant de croire que c'est la mode à Alger que d'accepter que ce pays traite les habitants des cités comme des citoyens au rabais.

— Des sous-toyens, marmonne Gilles rêveur.

Depuis qu'il connaît Stéphane, depuis qu'il a découvert la parole politique ou peut-être – de manière plus anecdotique – depuis qu'il a tenu tête à son professeur d'anglais, le rapport de Hamid à la langue française a changé. Il ne s'agit plus d'utilité, de respect ni même de camouflage mais désormais de plaisir et de puissance. Il parle comme s'il commençait chaque fois un poème, comme s'il voyait s'écrire ou s'imprimer des vers sur la page d'un recueil de ses plus grandes pensées. Quand il parle, il est à la fois lui-même et sa postérité rayonnante. Il s'enivre de ce pont au-dessus du temps qui s'ouvre avec sa bouche. Gilles le surnomme L'Homme aux mille gueules.

Sa tirade n'a pas eu d'effet marquant sur les cousins détestés. Elle s'est perdue dans la fumée du joint et les nuages au-dessus de leur tête qui prennent des formes d'animaux. Mais pour Hamid, elle s'est inscrite en lettres radieuses quelque part – il déroule le *mektoub* dans le sens inverse à celui que lui prêtait son père : il ne s'agit plus de déchiffrer pas à pas un destin déjà écrit au ciel mais d'écrire le présent comme une histoire que les siècles futurs sauront lire. Cette période de sa vie ne lui a pas donné beaucoup d'occasions de rédiger de brillantes épopées – il en a conscience –, mais bientôt, il aura son bac en poche et il se cassera d'ici. Pour quoi faire, il ne sait pas encore, mais il sera loin. C'est la seule chose qui importe. Et le chapitre qu'il entamera au moment de son départ commencera par une de ces enluminures énormes et convolutées qui indiquent une nouvelle lettre dans le vieux dictionnaire offert par son instituteur.

Il fait nuit, nuit totale, nuit dense, une de ces nuits qui ne permettent pas de dire si ce qui est là-haut, tout proche dans l'étendue noire, c'est le ciel obscurci ou le feuillage invisible des arbres. Il fait nuit calme et profonde, et la petite voiture de Gilles avance sur les routes qui se déroulent, deux mètres par deux mètres, dans le rayon de ses phares.

Soudain, un trou de lumière dans le tissu opaque : jaune, orange, rouge, qui déchirent la nuit de flammes et la percent d'étincelles.

— Là ! Le feu ! Le feu ! Prends à gauche !

C'est Kader qui hurle – trop content d'être le premier à l'avoir vu. Gilles obéit et le brasier se rapproche, énorme, ronflant. La tour de branchages allumée pour la Saint-Jean leur fait bientôt oublier l'heure qu'ils ont passée à se perdre et à opérer des demi-tours maladroits, à la recherche de ce bal de la Ferme Jolie dont on leur a dit que c'était le meilleur de la région. Quand leurs yeux se sont habitués à la clarté douloureuse de la charibaude (c'est le père de François qui leur a appris le mot au moment où il a accepté de laisser sortir son fils et ils le répètent avec des mines compassées), ils peuvent distinguer les guirlandes de lumière de la buvette et les projecteurs qui éclairent la piste de danse.

Ils descendent de la voiture, garée à la hâte sur le bord de la route. Hamid prend Kader par l'épaule, un peu à l'écart des deux autres, et lui répète :

— Ne me fais pas honte, d'accord ?

— Tu me l'as déjà dit dix fois, gémit Kader.

Une centaine de personnes sont réunies autour du feu de joie, du bar ou des enceintes. Il y a des corps de toutes les formes et de tous les âges. Pourtant, Gilles, François, Hamid et Kader ne voient que les filles. Certaines déjà dorées par les premiers soleils de juin et d'autres qui exhibent des jambes encore blanchies d'hiver, des cannes de neige. Les mouvements de leur chevelure accrochent la lumière en cascades dorées et quand elles tournent sur elles-mêmes au gré des accords, les cheveux ont toujours un temps de retard sur leur visage et reviennent leur fouetter la bouche et les yeux par surprise, en mèches folles qui s'attardent çà et là, prisonnières de la sueur du front. La musique passe sans prévenir de Claude François à Thiéfaine ou à Dylan. Parfois, on entend les crachotements des câbles qui jouent dans la prise et le ronronnement puissant des générateurs à essence. C'est un peu minable comme bal, et en même temps, surgi de nulle part et tant attendu, c'est le paradis qui s'ouvre aux quatre garçons. Kader est ébloui.

— Ce soir, mon petit musulman, répète un Gilles hilare, tu prends ta cuite.

— Arrête de le faire chier.

Au début, Hamid essaie de défendre à Kader l'accès à la buvette. Il intercepte les verres que

Gilles ou François veut lui faire passer. Mais à force de les boire à la place de son petit frère, il perd en volonté. Très vite, ils sont tous les quatre ivres et heureux.

À cette époque de sa vie – et cela Naïma le sait par une unique photo où il se tient devant la porte d'entrée de l'immeuble HLM – Hamid exhibe une magnifique coupe afro. Mince, élancé et couronné de cette sphère d'un noir de jais, il porte un pantalon rouge à pattes d'éléphant, un pull sans manches orange ainsi qu'une chemise blanche au col pelle à tarte. Comme la photo est prise de loin, il ressemble à une petite poupée à l'effigie du disco. Le dieu du disco. Même si elle ne distingue pas son visage, Naïma sait qu'il est très beau.

— Quand je l'ai vu la première fois, dit Clarisse – la mère de Naïma –, j'ai pensé qu'il ressemblait à Dionysos.

— Et à quoi il ressemble Dionysos ?

— Oh…, hésite Clarisse, surprise. À ton père.

Hamid-Dionysos, Kader-qui-prend-sa-première-cuite, François-enfin-libre et Gilles sont en train de danser avec énergie sur une chanson de Led Zeppelin. Une guitare électrique fonce tout droit à travers la batterie et la voix de Robert Plant, comme un bolide conduit par un épileptique. Elle les affole, les tient par les nerfs. Sur le bord de la piste, un petit groupe de garçons de leur âge les regarde faire en tordant la bouche. Quand la transe s'arrête et que la musique revient à Michel Delpech, les danseurs se dirigent vers la buvette en riant. D'un mouvement sec de la tête, ils envoient autour d'eux les gouttes de sueur qui parcourent leurs cheveux trop longs. À leur suite, le groupe d'observateurs se met en mouvement. Ils sont cinq, marchent les jambes arquées comme des cow-boys de western ou comme s'ils s'étonnaient encore d'être descendus de leur mobylette. L'un des garçons se place juste à côté de Hamid au comptoir de la buvette, commande une pinte de bière en criant joyeusement le nom du serveur puis, sans même tourner la tête vers son voisin, il glisse :

— Hé, Mohamed, tu sais que c'est une fête catholique ?

Hamid sursaute, regarde autour de lui. Il prend alors conscience que Kader et lui sont les seuls Arabes présents au bal de la Saint-Jean. C'est drôle : d'habitude, il vérifie toujours. Il a développé une sorte de radar automatique qui s'enclenche dès qu'il entre quelque part et lui fournit un aperçu de la mixité des lieux. Ce soir, il a oublié. Il était trop content d'être enfin arrivé. D'instinct, il recule de deux pas, place les mains devant lui dans un geste qui signifie qu'il ne veut pas se battre. Parfois, ça suffit. Mais ce soir, les mecs ont décidé de ne pas lâcher leur petite bande. Ils ne sont pas ouvertement agressifs, ils ne les touchent pas, ne les poussent pas, mais ils tiennent à vider leur sac. Peu importe que Hamid et les trois autres quittent la piste pour se rendre à la buvette ou la buvette pour s'asseoir à une table en plastique, les mecs les suivent.

— Vous, vous êtes des déracinés et tout le monde vous plaint. Nous, on est envahis et personne n'en a rien à foutre. Tu trouves ça normal ?

Ils utilisent des mots qui blessent ou qui claquent pour se donner l'illusion d'être en colère mais la réalité, c'est qu'ils s'ennuient à crever, ici. Ils n'ont pas envie de danser avec les filles qu'ils connaissent toutes et qui ont déjà distribué plus que de raison à chacun d'eux leur affection ou leur mépris. Ils n'aiment pas la musique. La bière est une vraie pisse. Ils meurent d'ennui et ça leur fait du bien d'être en colère ou de faire semblant de l'être – c'est l'espérance vibrante qu'il va peut-être se passer quelque chose.

— Oh, bougnoule, je te parle ! On ne t'a pas appris à respecter les Blancs ? Qui c'est qui te nourrit, merde ?

C'est Hamid qui frappe en premier. Il voudrait bien raconter le contraire mais c'est son poing qui part. Ceux des autres, ensuite, frappent peut-être plus fort ou mieux, rien ne peut effacer la chronologie des coups. C'est lui qui, en premier, leur fait cadeau de la violence. Gilles le suit aussitôt, avec la joie furieuse de celui qui a confiance en sa force. Kader, échauffé par l'alcool, n'hésite pas longtemps. Il s'agite beaucoup mais ne sait pas viser alors il est cogné plus qu'il ne cogne mais il crie quand même, avec enthousiasme, parce que c'est sa première bagarre. François tire et pousse : il ne veut pas se battre, seulement séparer, il cherche des espaces à agrandir, des mouvements assez lents pour qu'il puisse les arrêter. Sa volonté d'apaisement ne le protège pas. Il reçoit, lui aussi, des coups – qui lui font d'autant plus mal qu'il refuse l'exercice obligé qui consiste à les rendre. Ce que font précisément ceux d'en face, je ne sais pas. Mais ils tapent dur, c'est une chose certaine. Ils laissent des marques.

338

Le lendemain matin, malgré les habiles manœuvres par lesquelles ils tentent de les dissimuler, Hamid ne peut cacher son arcade sourcilière ouverte ni Kader son nez tordu, redoublé de papillons bleu sombre sous les yeux. Quand leurs parents demandent une explication, Hamid hausse les épaules et répond qu'il n'y est pour rien, c'est parce que les Français sont racistes, ceux-là en tout cas, pour sûr, comme s'ils avaient voulu être les seuls Français du monde, eux cinq et personne d'autre. Il pose le bol sur la table, garde les mains à plat et présente au reste de la famille le tableau parfaitement dégagé de la ligne écrasée et sanglante de son sourcil. Il pense que ses parents vont comprendre ce discours, il croit qu'il récoltera l'empathie qui suit toute douleur dans cette maison mais Ali lui jette un morceau de pain à la figure et crie qu'il est idiot. Bien sûr qu'il y a du racisme, qu'est-ce qu'il croit ? Qu'on l'a attendu pour faire cette découverte ? Il n'a qu'à rester avec les siens s'il veut l'éviter, au lieu de courir la campagne et de traîner son petit frère avec lui. Kader, sans dire un mot, s'enfonce davantage dans son bol de café.

— Tu crois qu'il va faire quoi le racisme, si tu restes ici ? Qu'il va sauter par la fenêtre pour entrer ? Laisse le racisme dans le salon des Français, ne va pas le chercher. C'est tout. C'est comme ta sœur qui fricote avec un roumi…

Dalila, devant l'accusation, quitte la table du petit déjeuner avec des airs de reine offensée. Ali continue, il hausse encore la voix pour qu'elle puisse en profiter depuis la chambre :

— Elle croit que je ne vois pas qu'il l'attend de l'autre côté du terrain de jeu. Eh bien elle cherche les ennuis. Qu'est-ce qu'elle s'imagine ? Que la mère du garçon, elle va être contente que sa belle-fille, elle est algérienne ? Pourquoi vous voulez les gifles, hein ? Vous êtes tous des ânes. Vous me fatiguez.

En effet, il a l'air fatigué. D'un geste de la main, il fait signe qu'il a fini. Yema débarrasse puis remet la table pour les petits qui se lèveront bientôt. Hamid et Kader partent prendre leur douche et, à chaque mouvement qu'ils font pour se déshabiller, découvrent de nouvelles contusions.

— Il croit qu'il est encore en Algérie, râle Hamid en effleurant les bleus sur ses côtes, et qu'on peut vivre chacun dans son coin. Il ne comprend rien. Je m'en fous de son coin, je n'en veux pas de son coin.

Il étouffe dans le jet d'eau chaude les commentaires injurieux qui lui viennent. Kader patiente, en sautillant d'un pied sur l'autre dans la salle de bains. Aucun d'entre eux ne pense à associer Dalila aux imprécations du matin, de même que – malgré toute l'ouverture d'esprit qu'ils sont persuadés d'avoir – aucun d'entre eux ne l'a invitée au bal de la veille.

Dans la cuisine, Ali reste immobile et silencieux. Les tuyaux de la salle de bains ronflent et déflagrent dans les murs. Il sait qu'il ne parviendra pas à garder les enfants près de lui. Ils sont déjà partis trop loin.

Ils ne veulent pas du monde de leurs parents, un monde minuscule qui ne va que de l'appartement à l'usine, ou de l'appartement aux magasins. Un monde qui s'ouvre à peine l'été quand ils rendent visite à leur oncle Messaoud en Provence, puis se referme après un mois de soleil. Un monde qui n'existe pas parce qu'il est une Algérie qui n'existe plus ou n'a jamais existé, recréée à la marge de la France.

Ils veulent une vie entière, pas une survie. Et plus que tout, ils ne veulent plus avoir à dire merci pour les miettes qui leur sont données. Voilà, c'est ça qu'ils ont eu jusqu'ici : une vie de miettes. Il n'a pas réussi à offrir mieux à sa famille.

Pieds nus dans les fontaines du Sacré-Cœur, mains enfouies dans les bacs de livres d'occasion sur le boulevard Saint-Michel, corps étendu sur les pelouses des Tuileries, silhouette perdue au milieu des touristes qui photographient un Louvre nu de toute pyramide de verre, gorge déployée dans les concerts des arrière-salles de bar, tempes percées par une migraine due à l'alcool et au soleil, poches lestées de cadeaux minuscules qu'il destine à ses frères et sœurs et trouve tout au long de son chemin, autocollants divers constellant sa besace, oreilles emplies du rugissement des moteurs, Hamid s'enivre de Paris tant qu'il peut. Il voudrait pouvoir s'injecter la ville, il l'aime, il est amoureux d'une ville, il ne croyait pas que c'était possible mais il ne veut plus la quitter. Ici, tous les monuments sont célèbres et les visages anonymes. Les photographies et les films font que Paris semble appartenir à tous et Hamid, plongé en elle, réalise qu'elle lui manquait alors même qu'il n'y avait jamais posé le pied.

Il veut connaître chaque moment de la ville, change ses heures de sortie, tente de la surprendre en train de dormir. Il est fasciné par le fait qu'au milieu de la nuit, quel que soit le quartier qu'il arpente, ses promenades le mènent toujours devant une fenêtre allumée derrière laquelle quelqu'un est occupé à vivre une vie dont il ne connaît rien. François, déjà habitué à la capitale, et Gilles que rien ne saurait réveiller ne l'accompagnent pas lors de ses sorties nocturnes. Il est seul avec les fenêtres mystérieuses. Il voudrait leur chanter des sérénades. Il se sent des accointances avec tous les désendormis, Paris est à eux.

L'appartement de Stéphane, un deux-pièces sous les toits près de l'arche de Strasbourg-Saint-Denis, est parfait pour un étudiant. Pour trois garçons en quête d'aventures, il est un peu serré aux encoignures. Il y fait une chaleur de dogue. Ils y évoluent pliés en deux, une main sur les poutres pour vérifier qu'elles sont à bonne distance de leur tête. Les livres dégueulent de sous le lit où Stéphane les a empilés. La cabine de douche est une espèce de curiosité : elle a été glissée dans un placard et donne sur la cuisine. Il n'y a pas de salle d'eau, encore moins de salle de bains pour l'entourer et la protéger des regards. On ouvre la porte pour entrer directement dans la douche et on en sort de la même façon, sans sas dans lequel s'entourer d'une serviette. Les trois garçons se font peu à peu à cette disposition étrange qui les force à sortir nu devant celui qui prépare le café ou cuit les spaghettis. Et même, ils se montrent curieux de cette occasion que leur offre l'appartement d'étaler les uns devant les autres leur nudité, à la fois gênés et fiers. L'exhibition – camouflée en pudeur – de leurs fesses de gamins et de leurs bites d'hommes prend valeur de serment d'amitié. C'est la première fois qu'ils sont confrontés à la nudité d'une autre personne, une vraie personne, pas les frères et sœurs qui sont chair de la chair et donc une extension de soi, pas les filles qui sont territoires de conquêtes et de faire semblant à défaut de savoir-faire, mais une altérité simple qu'ils peuvent observer et devant laquelle ils peuvent se montrer, conscients qu'il se joue là quelque chose d'important, une confiance qu'ils ne partageront pas souvent, une tendre compétition qui ne leur fait aucun mal. Gilles et François se moquent du pénis circoncis de Hamid. Il répond en accablant de reproches leurs prépuces inutiles aux airs de tristes trompettes.

Avant de partir en Italie, Stéphane leur a laissé une liste d'adresses : des cafés, des restaurants, des permanences d'associations où ses amis se retrouvent souvent, tous des hauts lieux de débats politiques. Il ne sait pas qu'une fois terminés le lycée et l'impression d'emprisonnement qui en découlait, les trois garçons s'intéressent moins – tout à coup – au renversement de la société. Ils s'y rendent tout de même, ne serait-ce que pour croiser d'autres gens que les touristes qui remplissent Paris en été et la déforment de casquettes et d'appareils photo, comme la graisse peut brouiller les traits d'un visage. Hamid et Gilles jalousent François qui serre des mains ici et là et surjoue pour eux le fait d'avoir ici ses habitudes. Ils découvrent que l'anonymat de la grande ville, qui les libère, crée aussi le besoin paradoxal de lieux où l'on peut entrer et être reconnus.

Dans ce qui reste à l'été des groupes de réflexion, des associations de quartier, des tribus de squatteurs ou des réunions syndicales, ils mènent une politique de vacances, entrecoupée de demis en terrasse et de parties de football dans les parcs où les gardiens les sifflent et les pourchassent avec un enthousiasme que la chaleur épuise vite. Ils suivent pendant quelques soirées décousues un étudiant mythomane, rencontré sur un banc près de Montparnasse, qui leur promet de leur faire rencontrer Bourdieu et finit par disparaître dans les escaliers du métro Barbès par une nuit particulièrement étouffante. Ils draguent des Parisiennes parce qu'elles sont parisiennes, incapables de ne pas s'excuser, sitôt qu'ils se plantent devant elles, de vivre dans le département inconnu de l'Orne. Souvent, ils cherchent à se vieillir pour ne pas avoir à avouer qu'ils étaient au collège pendant Mai 68 devant les amis de Stéphane qui ont envahi la Sorbonne, dépavé le Quartier latin, tonitrué à l'Odéon et qui peuplent maintenant le bois et les bancs de Vincennes. Ils aident à l'organisation d'un barbecue dans un foyer de travailleurs immigrés en banlieue pendant lequel ils assistent à une engueulade qu'ils ne comprennent pas sur la place de la religion dans la Cimade. Le nom, ressurgi pour la première fois depuis dix ans, ramène brièvement Hamid au temps des toiles de tentes agitées par la tramontane, au temps où il se tenait de l'autre côté de la table lors des distributions de nourriture. Il perd pied et oppose un sourire pâle et obstiné au monde qui tourne autour de lui et le confond avec ceux qui tendent leurs assiettes, eux, moi, eux, moi... Une jolie bénévole d'ATD Quart

Monde le fait asseoir sur une chaise en plastique. Comme il ne desserre pas les lèvres – sur lesquelles flotte toujours son fragile sourire – elle parle pour deux. Il s'endort sur son épaule alors que la dispute continue un peu plus loin. Le lendemain, il raconte à Gilles et François qu'ils se sont mis à l'écart pour... vous voyez – clin d'œil – et qu'il a son numéro de téléphone.

Ses deux amis ont l'impression que Hamid a beaucoup de succès. Dès qu'ils se rendent à une soirée ou à un groupe de parole, il est le premier à se retrouver entouré de filles. Gilles et François lui jettent des coups d'œil envieux, se demandent ce qu'il peut bien trouver à leur dire. Les féministes de la capitale les impressionnent, ils ne savent pas les aborder. Hamid, lui, recherche leur compagnie. Elles sont comme lui affublées d'une tare supplémentaire aux yeux de la société parce qu'elles sont femmes. Quand il parle avec les hommes de discrimination ou d'injustice, il trouve souvent que ceux-ci oublient qu'en tant que mâles blancs, même s'ils sont jeunes et même s'ils sont prolétaires, ils appartiennent déjà à une fraction de la population qui domine cette société. Ils oublient que ce n'est pas pareil quand on a la gueule de Hamid. Avec les filles, il y a une connivence, ils parlent des regards immédiats qui décrédibilisent, regards sur les seins d'un côté, sur la peau bronzée de l'autre. Ils parlent de l'impossibilité de faire illusion ne serait-ce qu'un instant face à l'ennemi, alors même qu'ils voudraient parfois déserter cette guerre qui les épuise. En de rares occasions, Hamid finit par embrasser son interlocutrice à pleine bouche mais le plus souvent, il récolte un bras amical passé sur ses épaules et il s'en contente avec joie. L'appartement est trop petit, pense-t-il en philosophe. Quand ils s'allongent tous les trois dans la chambre de Stéphane, sous le vasistas ouvert au maximum, Gilles, François et lui convoquent, par la répétition chuchotée de leurs prénoms, les fantômes des filles croisées dont les sourires et les robes semblent se glisser jusqu'à eux dans le noir.

Un soir, dans ce qu'il prétendra être de la précipitation désorganisée mais que Gilles et Hamid interpréteront comme une fierté exhibitionniste ou, au mieux, comme une mise en commun maladroite du plaisir, François rentre quelques heures après ses amis accompagné d'une fille dont les deux autres ne verront jamais le visage. Les silhouettes avancent sur la pointe des pieds, traversent le noir de la chambre et se glissent à tâtons dans le lit.

Gilles et Hamid font semblant de dormir. Ils écoutent les gloussements, les soupirs, la fille qui murmure, navrée : « Mais qu'est-ce que tu fais ? » (Gilles doit mordre le drap pour ne pas qu'on l'entende rire), les respirations qui s'accélèrent, les peaux qui s'accrochent l'une à l'autre comme des ventouses humides, les petits cris, les halètements, le prénom de leur ami répété comme une incantation, les râles étouffés et l'exhalation finale et soulagée. Quand ils se réveillent, la fille est partie et François fume une cigarette à la lucarne de la cuisine, un sourire large comme une médaille de guerre sur la figure. De cette nuit-là, ils garderont tous les trois le souvenir qu'ils ont fait l'amour, même si Gilles et Hamid ne savent pas avec qui.

Pas très loin de chez Stéphane, se trouve un café enfumé dont les prix défient toute concurrence et où les trois garçons ont quasiment élu domicile, dans le but de doter le petit appartement d'un salon supplémentaire qui le rendrait moins étouffant. Le patron est un Kabyle de Fort National, coiffé d'un chapeau de musicien de jazz, fort en gueule et en sourires. Quand les garçons n'ont pas dîné (ce qui arrive régulièrement car la nourriture est une ligne secondaire de leur budget), il remplit trois assiettes creuses de cacahuètes luisantes et salées et les place devant eux sur le comptoir. Il appelle ça « le ragoût du pauvre » :

— Parce que ça te cale le ventre pour rien mais ça t'assèche tellement que tu es sûr de dépenser tes dernières pièces pour un verre.

Au fil de leurs passages, il raconte aux garçons qu'il est arrivé avec ses parents au début des années 50, il a connu la grande époque du bidonville de Nanterre, la misère et la crasse aux portes de Paris. Il frime en laissant entendre qu'il a été quelques années un voyou, avant de se ranger et de « prendre » ce bar. Il prononce ce mot comme si l'événement se rapprochait, un peu, de la prise de la Bastille. Quand il boit trop, il devient subitement nostalgique et il assure à Gilles et François que sa région d'origine est le plus bel endroit du monde. Il décrit des toits blancs, des lauriers-roses, des versants escarpés couverts d'arbres centenaires et demande sans cesse à Hamid : « Vrai ou pas vrai ? » Ses descriptions évoquent au jeune homme des cartes postales poussiéreuses plutôt que des souvenirs réels mais comme il aime le bar et le couvre-chef du patron, il hoche vigoureusement la

tête et prétend que la Kabylie lui demeure familière. Un soir, au détour des louanges du pays
natal, hébété par les quelques bières qu'il vient
de descendre, il répond naïvement quand l'autre
lui demande quand il est arrivé en France :

— En 62.

Sous le chapeau, le sourire disparaît d'un
coup. La date ferme le visage du patron. Hamid
voudrait pouvoir rattraper les mots qu'il a laissés
tomber sur le bar. Il sourit nerveusement à Gilles
qui ne comprend pas. Il apprendra plus tard à
Naïma à ne jamais répondre à cette question si
elle ne veut pas que toute l'histoire de sa famille
s'engouffre dans la brèche ouverte par cette date.

— Qu'est-ce qu'il a fait, ton père ? demande
durement le patron.

La question heurte d'autant plus Hamid qu'il
n'a pas la réponse. Ce n'est pas le sous-entendu
politique, agressif et pesant, qui le fait enrager,
c'est que l'autre veuille savoir, comme ça, brutalement, ce que couvre le silence d'Ali que Hamid n'a
jamais réussi à fendre. C'est qu'il piétine ses années
de doutes, ses tentatives avortées pour parler à
son père, les disputes – c'est qu'il souligne, en fait,
l'ignorance qui le blesse déjà si douloureusement.

— Et toi ? répond-il en étant conscient qu'il
donne l'impression de défendre son père. Qu'est-ce
que tu as fait de si magnifique pendant la guerre ?

Il ne sait pas pourquoi il accepte de devenir
l'avocat des choix d'Ali. Ce n'est pas comme ça
que la conversation devrait se dérouler. Hamid
devrait tomber d'accord avec le patron, ressortir
de sa mémoire tous les communiqués rédigés dans
la chambre des garçons et par lesquels il a – ne

serait-ce qu'en lui-même – pris ses distances avec l'histoire de son père. Mais ça ne vient pas, aucune des formules, pourtant soigneusement répétées, ne se présente et il en est réduit à imiter l'autre, à poser des questions fielleuses. Malheureusement pour lui, le patron du bar a porté des valises à la fin des années 50, alors qu'il n'était qu'un adolescent, et il en est très fier. Il parle de liasses de billets glissées dans le cartable qu'il convoyait d'un appartement à l'autre, il parle des barrages de police qui n'ont jamais mis la main sur lui, des risques pris pour son pays naissant. Voilà ce qu'il a fait pendant la guerre. Les deux clients accoudés au bar l'acclament et, sur le bord du zinc, ils imitent du plat de la main un roulement de tambour triomphal. Plus loin, au fond de la salle, des maçons polonais jonglent avec des sous-bocks en se désintéressant totalement de la conversation.

— Ton père a vendu son pays, dit le Kabyle héroïque à Hamid qui serre les dents. C'est un traître.

Gilles fait signe à son ami qu'ils devraient sortir. François est déjà dehors et fume une cigarette en regardant un par un les lampadaires avec attention, comme s'il jouait au jeu des Sept Erreurs. Mais Hamid ne veut pas quitter le bar : dire du mal de son père est un droit qui lui est réservé et que personne ne peut s'octroyer. Les souvenirs ordonnés et propres du patron le mettent hors de lui – lui qui n'a plus en mémoire de la guerre qu'un brouillard confus. C'est facile de se défendre quand on se souvient. C'est trop facile.

— Toi qui n'as pas trahi l'Algérie, crie-t-il au visage fier sous le chapeau, dis-moi, c'est quand la dernière fois que tu es rentré, hein ? Tu dis que tu es algérien, mais ça fait vingt ans que tu es ici. Pourquoi tu te mens ? Parce que tu vas retourner y mourir ? Quel bien ça va te faire ? Les vers qui vont te bouffer vont être algériens et toi, ça te suffit pour être content.

— Oui, je suis content ! hurle le patron qui devient écarlate. Parce que moi, au moins, j'ai un pays !

Hamid applaudit, goguenard :

— En attendant, tu ne vis nulle part. Tu ne vis pas ici, tu tournes le dos à tout ce qui s'y passe parce que tu es algérien et que la France, c'est pas tes affaires. Mais tu ne fais rien pour l'Algérie parce que tu es trop loin. Ta vie, c'est toujours « demain », c'est toujours « là-bas » !

Le patron répond quelque chose mais Hamid ne l'écoute pas. Il se détourne ostensiblement et saisit le journal qui traîne sur le comptoir. Tout en faisant semblant de le parcourir, il adresse des signes las de la main au barman, comme si la conversation ne l'intéressait déjà plus. Il sait qu'il devrait payer sa consommation et quitter le café. Mais, alors qu'il tourne la page des sports, il ne peut s'empêcher de relever la tête et d'agiter le journal sous le nez de l'autre.

— Lire les résultats des matchs de foot entre deux équipes du trou du cul de la Kabylie depuis ton comptoir parisien, c'est ça que tu appelles être algérien ?

Gilles et lui se font sortir du bar par le patron et ses deux fidèles dans une salve de coups et de bières renversées. Alors qu'ils sont poussés vers la porte, ils essaient de rendre quelques gnons, par-dessus leurs épaules, au petit bonheur. Leurs adversaires les jettent sans ménagement sur le trottoir où les deux garçons entraînent les chaises dans leur chute. Ils tombent dans un fracas métallique qui fait accélérer les rares passants de la rue. François, qui s'approche précipitamment pour les aider, reçoit un coup d'épaule en pleine poitrine et il s'écroule sur ses deux amis avec un cri grotesque et enfantin.

— Putain ! hurle Gilles sous le poids inattendu.

Alors qu'ils se relèvent en gémissant, le patron du bar leur envoie depuis la porte le contenu de sa vaste cuvette à vaisselle. L'eau est grise, rougeâtre et graisseuse. Elle les éclabousse avec des bruits mous.

Trempés et puants, ils errent à travers les rues de Paris sans trouver un bar qui accepte de leur servir le dernier verre dont ils auraient besoin. Ils tournent autour de la place de la République, longent le canal Saint-Martin, descendent vers Châtelet. Dans les parcs pris par la nuit, des silhouettes sombres s'installent sur les bancs dans des murmures mêlés aux bruits de verre brisé et ils ont trop peur pour passer les grilles et les rejoindre. Rue Saint-Denis, un établissement accepte de les laisser entrer mais les visages plâtrés des femmes dans la lueur des néons les dégoûtent, masques d'ogresse prêts à les dévorer. Ils font demi-tour et prennent la route de chez Stéphane. Leurs épaules finissent par pointer vers le bas, leurs corps sont repliés comme une carte mal utilisée. Hamid jette à la dérobée des regards sur les deux autres sans parvenir à interpréter leur silence. Il n'y a pas d'autre bruit que celui des semelles qui s'usent contre le béton et arrachent les chewing-gums de la route. Les fenêtres s'éteignent et les rideaux métalliques descendent un peu partout sur leur chemin. Avant de regagner l'appartement, ils s'assoient sur les marches de la station de métro pour fumer une dernière cigarette.

— Bon, lâche Gilles, c'est quand même un peu fort. Traîner avec toi, ça veut dire qu'on se fait casser la gueule et par les Français et par les Algériens.

Il crache une salive rosâtre encore teintée de sang sur le trottoir.

— Qu'est-ce qu'on se marre !

Ses yeux brillants indiquent qu'il n'est pas tout à fait ironique.

— Malheur aux vaincus, commente laconiquement Hamid.

— Malheur à tes mille gueules, répond Gilles en lui envoyant une bourrade.

— Vous êtes des cons, dit François en souriant.

Leurs vêtements dégagent des odeurs de bolognaise et de bière qui se mêlent à celles du goudron chaud et aux vapeurs d'essence. Ils regardent les bas-reliefs de la porte Saint-Denis sur lesquels se déroulent des batailles qu'ils ne connaissent pas et que la pierre chante en longues inscriptions latines. C'est une nuit d'été parisienne et ils se tiennent là tous les trois, indifférents aux coups qu'ils ont reçus, ou peut-être même heureux des coups qu'ils ont reçus comme d'une aventure qui les rapprocherait encore, comme d'un de ses événements qui se transforment presque instantanément en souvenirs fondateurs, destinés à être racontés encore et encore pour assurer la cohésion du groupe.

L'été 72 finit presque lorsque Hamid rencontre Clarisse. Déjà, dans l'appartement de Stéphane, les garçons ont cessé d'éparpiller leurs affaires un peu partout. Ils les lancent plus près de leur sac en prévoyant le retour. Ils commencent à parler de septembre comme si c'était demain et non plus un futur si lointain que tout y serait possible.

Ce soir-là, ils se rendent à une fête donnée par des étudiants des Beaux-Arts dans l'entrepôt d'une gare de banlieue désaffectée. Sous les arcs métalliques, dans la lumière du soir que laissent péniblement passer les vitres opaques, Hamid la voit pour la première fois. Elle est coincée entre le mur et des glacières instables par un type vaguement grimé en Warhol qui lui reproche de se montrer une mauvaise féministe en choisissant des activités manuelles traditionnellement réservées aux femmes.

— Mais puisque *j'aime* ça…, répond Clarisse, agacée.

— C'est ce que tout le monde veut te faire croire, dit le faux Andy.

Il continue à lui prouver qu'elle a tort à grand renfort d'exemples et de citations, sans remarquer l'ennui croissant de son interlocutrice. Elle tourne la tête en soupirant, évalue les contorsions que lui demanderait le franchissement des glacières multicolores et croise le regard de Hamid qui s'approche timidement de la réserve de bières. Elle lui adresse alors un immense sourire, écarte son interlocuteur comme mue par une urgence irrépressible et se jette à son cou en s'exclamant : « Je t'attendais ! » Hamid joue le jeu, prétend être un vieil ami et l'entraîne au loin. Plus tard, lorsqu'ils en reparleront, elle dira avec une petite grimace destinée à montrer qu'elle est consciente du romantisme tiède de sa phrase (mais espérant toujours qu'il puisse le partager avec elle) :

— Peut-être que j'avais raison, peut-être que je t'attendais réellement.

Dès qu'elle a échappé à son interlocuteur aux cheveux décolorés, Clarisse s'excuse de s'être ainsi collée à Hamid. Il ne comprend pas si elle est gênée ou si elle plaisante : elle utilise des mots comme « horrible », « terriblement » ou même « à mourir », en les enchaînant à toute vitesse et sans cesser de sourire. Elle parle beaucoup, comme pour faire naître entre eux, le plus rapidement possible, une intimité qui rendrait vrai son premier élan. Elle lui explique que Véronique, sa colocataire, l'a traînée ici parce qu'elle y retrouvait son petit ami mais qu'elle regrette d'être venue. Elle ne supporte pas les étudiants des Beaux-Arts qui la prennent de haut. Elle suit des cours d'arts manuels depuis deux ans, près de Filles du Calvaire.

— Ça les rend dingue qu'il y ait le même mot – « arts » – dans les noms de nos deux écoles. Ils veulent me prouver qu'ils sont les seuls à le mériter. Mais très bien, tout ce qu'ils veulent, moi je leur rends...

Elle prononce ensuite cette phrase qui laisse Hamid perplexe – mais la curiosité est peut-être le premier stade de l'amour ? –, elle dit :

— Moi, ça m'est égal d'être juste une gentille fille.

Clarisse tisse, coud, dessine, peint, sculpte, modèle, cuisine. Ses mains font ce qu'elle veut du monde, quelle que soit la matière qu'on lui donne. Elle n'a pas d'autre prétention et c'est déjà énorme.

Après un happening dont ils s'avouent en riant n'avoir rien compris, ils décident de quitter l'entrepôt. Ils prennent un bus qui les ramène, bringuebalant, vers le centre de Paris. Elle vit dans le quartier de la Bastille, le répète plusieurs fois comme si elle craignait tout à coup qu'il ne l'entraîne plus loin ou qu'elle-même ne l'oublie. Pourtant, une fois qu'ils sont descendus à Gare de Lyon, au lieu de prendre la direction de son appartement, ils se mettent à marcher vers la Seine. Dans la lumière glauque et déjà vieillie des réverbères, ils atteignent le ruban sombre du fleuve et le descendent vers l'ouest. Sans le savoir, ils frôlent de leurs mains, posées légèrement sur les pierres, la longueur du muret sur laquelle s'étalait en lettres noires, dix ans plus tôt :

ICI ON NOIE LES ALGÉRIENS

Elle marche quelques pas devant lui, agitant au bout de son bras une espèce de sac de plage qui ne contient que deux billets de dix francs et un paquet de cigarettes et qui tressaute comme un reptile. Il la suit, les mains dans les poches. Quand elle s'arrête pour faire semblant d'observer quelque chose sur la rive en contrebas, il s'approche jusqu'à poser sa tête sur son épaule (ils font presque la même taille). Il n'ose pas l'enlacer. Il respire son cou, ses cheveux, la tiédeur de sa peau. Immobiles jusqu'à la crampe, ils regardent un rat déchiqueter un emballage de biscuits sur les larges pavés.

— Tu m'embrasses ? propose Clarisse comme on offre une clope.

Il se dit alors qu'ils n'ont probablement pas la même notion de ce qu'est *une gentille fille*.

Aux derniers jours du mois d'août, Gilles, François et lui bouclent leur valise dans le petit appartement de Stéphane qu'ils regardent déjà avec nostalgie, théâtre d'une pièce qu'ils ne rejoueront jamais, *Un été à Paris*. Sur le quai de la gare, ils se prennent dans les bras avec émotion. Gilles et François montent dans un train bondé de vacanciers qui quittent la capitale. Gilles part bosser comme serveur dans un hôtel, à Granville. François entre bientôt à l'université à Caen, en biologie. Hamid reste là. Il a pris la décision de ne pas redescendre ses bagages jusqu'au Pont-Féron. Il les déposera dans l'appartement que Clarisse partage avec Véronique. Ils ne se sont presque pas quittés depuis leur premier baiser sur les bords de la Seine dix jours plus tôt et quand elle lui a proposé de rester chez elle à la fin de l'été, il a dit oui, sans réfléchir, peut-être juste pour rêver, pour imaginer que ce serait possible. Clarisse a souri, elle a murmuré « Très bien » avant de passer à autre chose et puisque tout lui semblait si simple, il a voulu, pour une fois, penser que ça l'était.

Dans le film d'Arnaud Desplechin, *Comment je me suis disputé... (ma vie sexuelle)* – que Naïma regardera régulièrement, bien plus tard, avec son amie Sol – Jeanne Balibar a cette réplique magnifique et tordue : « C'est facile pour vous, les épargnés. » Hamid éprouve quelque chose de similaire quand il regarde Clarisse vivre. Son envie d'être comme elle est parfois teintée de ressentiment mais le plus souvent, il l'admire et cherche à l'imiter.

Au téléphone, quand il a annoncé à ses parents qu'il restait à Paris, il a senti la même accélération folle de son cœur que lorsqu'il a menti pour la première fois sur la teneur du courrier de l'école. C'est une décision qu'il a prise sans les consulter, un éclatement supplémentaire de la famille. Il sait, pourtant, qu'il fallait qu'il la prenne immédiatement, que s'il rentrait, s'il était confronté à la joyeuse tribu de ses frères et sœurs dont il s'est toujours occupé, il ne trouverait peut-être pas le courage (l'égoïsme ?) de les laisser à nouveau.

— Tu vas faire quoi ? demande Clarisse.
— Bosser, dit-il.

Elle grimace. Quand le mot vient tout seul, c'est qu'il est vide de tout intérêt. Bosser, ce n'est que la mécanique simple pour accéder à l'argent. Sans passion. Sans attrait.

NE TRAVAILLEZ JAMAIS

disait un autre graffiti sur les murs de la capitale, quelques années plus tôt. Celui-là, elle l'a lu et il lui plaît.

— Ce n'est pas un problème, assure Hamid. J'ai été programmé toute ma vie pour faire ça. Et puis, je ne vais pas vivre à tes crochets...

Clarisse insiste, cherche à le convaincre qu'il n'y a pas d'urgence, qu'il peut étudier. Elle lui parle des hommes enfermés dans les usines, bien qu'elle en connaisse moins que lui à ce sujet, et pour qui le travail est une peine à perpétuité. En riant comme s'il s'agissait d'un vers obscène ou d'un gros mot qu'elle ne devrait pas prononcer, elle cite Marx : Il faut repartir à l'assaut du ciel. C'est peut-être à ce moment que Hamid tombe vraiment amoureux, quand il comprend que pour Clarisse, il a le droit à l'immensité – comme tout le monde.

Dans les semaines qui suivent, il ne fait que tomber davantage. L'amour est un tunnel sans fin comparable à celui qui mène Alice jusqu'au Pays des Merveilles. Il attend, pourtant, de déceler chez Clarisse un défaut qui arrêterait ou ralentirait sa chute mais il n'en trouve pas, alors il tombe, effrayé, ravi, étonné. Elle ne change en rien à partir du moment où ils s'installent ensemble. Il ne supporte pas les revirements qu'il a constatés avant chez d'autres filles, les petites amies de François notamment. Dès que la relation devient sérieuse, elles cessent d'être les partenaires charmantes et pleines de vie des premiers temps. Elles se mettent à geindre et à bouder, se muent en enfants capricieuses qui cherchent l'attention par de longues plaintes ou par des ordres subits. Clarisse demeure identique à elle-même, à la fille des quais de Seine la nuit de leur rencontre, comme si elle pensait qu'être la petite amie de quelqu'un ne lui donnait aucune prérogative particulière, ou comme si elle n'avait aucun masque à mettre bas, aucun marécage dans lequel elle puisse s'enfoncer tranquillement. Clarisse est un bloc de Clarisse inaliénable.

Quand il redescend à Flers pour la première fois, il a la bouche pleine de « Clarisse a dit », « Clarisse pense ».

— Mais c'est qui, cette fille ? C'est une sorcière, ou quoi ? demande Yema, méfiante.

C'est qui, cette fille ? Il se pose souvent la question. Il l'étudie en espérant trouver des éléments de réponse. Il pourrait la regarder vivre sans jamais s'ennuyer. Il pourrait rester des heures dans une salle de cinéma sombre, devant un film qui ne comporterait que des gros plans de ses mains et de son visage.

Clarisse a les cheveux courts comme un hérisson soyeux. Clarisse a les yeux bleus avec des points marine. Clarisse n'a de fossette que d'un côté. Clarisse met ses T-shirts et ses jeans et il met les vêtements de Clarisse.

— Tu es tellement mince, murmure-t-elle avec admiration, tu es beau comme une fille.

Il savoure ce compliment qui n'aurait jamais pu être prononcé au Pont-Féron sans devenir une insulte, la nouveauté d'une phrase pareille au creux de son oreille.

Clarisse a la peau blanche et crémeuse. Souvent, ils collent leurs bras ou leurs jambes pour comparer les différences de couleur.

Clarisse est sa force, sa colonne vertébrale. Auprès d'elle, il peut se débarrasser jusqu'au moindre oripeau de son rôle de frère aîné, de chef de famille dont il n'a jamais voulu. Elle n'attend

de lui aucune autorité, aucune protection ni même
– il en est toujours surpris – de conseils :

— Je sais ce que je vais faire, dit-elle souvent
quand il suggère des solutions au problème qu'elle
vient de lui exposer.

— Alors pourquoi tu me racontes tout ça ?

— Pour partager, répond Clarisse joyeusement
comme si le problème était un gâteau qu'elle venait
de sortir du four.

Auprès d'elle, il est libre de penser, d'avoir du
temps, d'être inefficace. Il se dit que toute personne, au contact de Clarisse, rêverait de devenir
artiste, s'imaginerait que cela est possible. Elle a
une hiérarchie des occupations qui ne ressemble
pas à celle du commun des mortels – en tout
cas pas à celle des gens que Hamid a fréquentés
jusque-là. Clarisse a la liberté de ceux à qui jamais
on n'a dit qu'ils devaient être les meilleurs mais
qu'ils devaient trouver ce qu'ils aiment.

Il s'inscrit malgré tout dans une boîte d'intérim
et traverse la ville pour louer ses bras quelques
heures, quelques jours – semblable en cela à son
père avant que la rivière ne lui apporte un pressoir, à l'époque où il n'était encore qu'un paysan volant, semblable aussi à Youcef qui courait
toujours après les embauches sur le versant de
la montagne. Le temps qu'il passe avec Clarisse
entre ses petits boulots lui est suffisant pour
qu'il n'ait pas la sensation d'une vie réduite au
labeur. Elle essaie de lui apprendre à peindre. Il
peint Clarisse. De lui apprendre à sculpter. Dans
un morceau de savon de Marseille, il sculpte
Clarisse de la pointe d'un biseau. De lui apprendre

à modeler. Il se tache les doigts d'argile rouge pour reproduire les courbes de ses hanches. Ensuite, ils tombent d'accord sur le fait qu'elle ressemble tour à tour à un héron, à Georges Marchais et à la baleine qui avala Jonas.

— Peut-être que ce n'est pas ton truc, murmure gentiment Clarisse.

Elle le dit avec la confiance de celle qui sait qu'il y a un truc pour chacun et que Hamid trouvera bientôt le sien.

Avec elle, il découvre un autre Paris que celui de son été, une ville de brocanteurs, d'artisans et de matières. Clarisse adore se rendre aux Puces de Saint-Ouen. Elle y collecte des vieilles choses que ses mains précises ramènent à la vie. Lorsque Hamid l'y accompagne pour la première fois, il a l'impression qu'on étale le long des rues les biens de cadavres fraîchement dépouillés. Tout sent la peau. Il ne comprend pas que l'on veuille prendre la suite d'un corps inconnu dans des vêtements ou des meubles. Devant les objets dispersés sur le trottoir, à même le sol ou sur des couvertures, il revoit les piles de vêtements déversés dans le camp de Rivesaltes par les camions de l'aide humanitaire et le dégoût lui serre la gorge. Comme Clarisse veut à tout prix lui faire un cadeau et insiste pour qu'il choisisse quelque chose, il se décide pour une vieille bande dessinée de Tarzan sur la couverture de laquelle le Roi de la Jungle survole au bout de sa liane un train en feu qui déraille au bord d'un précipice (un malheur n'arrive jamais seul). Sa main tremble lorsqu'il se met à la feuilleter et que sur les pages les HA et les AAAAAAAH de son enfance lui sautent aux yeux.

— Tout va bien ? demande Clarisse, inquiète.

Sur les murs de leur chambre sont épinglées des photos d'elle aux différents âges de sa vie, souriante, barbouillée, en larmes. Lui n'apparaît que sur quelques images récentes, comme s'il était né à vingt ans. Du passé et surtout des premières années en France, il ne lui dit rien. Aux questions qu'elle pose, il répond d'un haussement d'épaules, d'un sourire, d'une feinte. Parfois il se dit qu'il ressemble à son père, qu'il sacrifie malgré lui aux obligations du *sabr* : maîtrise les tempêtes de ton âme, interdis à ta langue de se plaindre, ne te griffe pas les joues quand la vie t'envoie des épreuves. Comme cette pensée lui déplaît, il s'acharne à trouver d'autres justifications à son silence : Clarisse serait gênée. Elle le prendrait en pitié. Elle réaliserait soudain l'ampleur de leurs différences. Est-ce qu'une épargnée peut comprendre un bouleversé ?

Deux fois par semaine, il descend téléphoner depuis la cabine de l'angle de la rue. Le plus souvent, elle pue la pisse. Parfois, elle pue la mort et il se demande s'il est possible que pendant la nuit quelqu'un s'y soit traîné pour crever, comme une bête malade. Le téléphone de l'appartement se trouve dans la chambre de Véronique. Hamid ne veut pas être vu lorsqu'il se retransforme en gamin du Pont-Féron. Ni Clarisse ni son amie ne comprennent ses conversations en arabe mais il trouverait indécent de se montrer à elles dans son autre langue. L'appartement parisien n'est pas un endroit pour ça, il est le lieu de sa réinvention.

Il descend affronter à la fois la puanteur de la cabine et les regards des passants à travers les quatre faces vitrées. Il passe ses appels avec la régularité d'une machine, mêmes jours, même heure, rattrapé par un sens du devoir dont la puissance le surprend. La famille utilise son éloignement comme un cahier de doléances et elle y inscrit toutes les querelles de voisinage, les problèmes scolaires des petits, la mauvaise humeur de Dalila qui voudrait s'échapper comme il l'a fait mais que les parents forcent à finir le lycée, les résultats sportifs de Claude qui a gagné la course d'endurance mais que l'entraîneur n'a pas voulu envoyer à la compétition régionale.

— C'est bien, dit-il sans vraiment écouter, c'est bien.

Comme son père le faisait avant lui, comme un patriarche qui ne comprend plus sa famille mais ne s'est pas pour autant départi de son rôle d'autorité.

Après qu'il a passé quelques semaines en intérim à la Sécurité sociale en tant que « technicien aux écritures complexes » (un titre qui le fascine comme s'il était Champollion devant la pierre de Rosette mais le limite, dans la réalité, au classement de dossiers), on lui propose de suivre des cours de cadre.

— Tu dois merveilleusement classer ces dossiers, murmure Clarisse rêveuse, pour t'être fait remarquer en si peu de temps.

Il accepte l'offre avec joie, persuadé de trouver dans cette formation, sinon un épanouissement intellectuel, du moins une sociabilité au long terme qui pourrait l'empêcher de peser de tout son poids de solitude sur Clarisse. Il retrouve Stéphane de temps en temps mais celui-ci le traite davantage en petit frère qu'en copain, incapable de voir que Hamid se veut, depuis la fin de l'été, devenu un homme nouveau et que les allusions à son existence précédente le blessent. À Gilles et François, il envoie parfois des cartes postales qu'il déniche dans les vieux bacs des brocantes chères à Clarisse et qui immortalisent les lieux de leur épopée parisienne : pas de monuments mais des rues, des places, des parcs, des morceaux de nuit, des flaques de réverbères. Au dos, il écrit quelques mots laconiques qu'il voudrait mystérieux et adultes. Ses copains lui manquent et, bien qu'il refuse de se l'avouer, ses frères et sœurs aussi. Les lieux lui semblent vides quand ils ne résonnent pas du brouhaha perpétuel de leurs cris et de leurs rires. Il se surprend même à penser à certaines figures du Pont-Féron qu'il était pourtant certain d'oublier au moment de son départ. Ce ne sont pas vraiment les personnes qui lui reviennent à l'esprit, mais les dispositions des groupes au pied des barres d'immeubles, cette certitude qu'il avait en rentrant au quartier qu'untel pouvait être trouvé à tel endroit et un autre ici, cette géographie rassurante des lieux de sociabilité immuables. La valse des visages dans les rues parisiennes l'étourdit. C'est un mouvement perpétuel aux passants interchangeables d'où surnagent çà et là de frêles silhouettes d'habitués : le kiosquier, la vieille dame qui lit *Paris Match* à la même table de café, le concierge de l'immeuble d'en face, l'ivrogne qui fait sa sieste dans la laverie automatique…

Il apprend à connaître ceux qui étudient avec lui le soir, y compris ceux dont il se dit à première vue qu'ils ne l'intéressent pas, qu'ils ressemblent trop à leur chemise, proprettes, brillantes, bien repassées. Il reste boire des bières avec eux. Il y a deux Martiniquaises aux noms de Bible et un Corse qui surjoue le Corse. Ils lui demandent d'où il vient et quand Hamid dit qu'il est de Basse-Normandie, chacun fait semblant de s'être attendu à cette réponse.

Il commence aussi à connaître la bande qui entoure Clarisse et Véronique, un drôle de mélange de gentilles filles qui l'assument et de garçons qui se rêveraient mauvais. Il a parfois l'impression que c'est pour lui, en raison du passé qu'ils lui imaginent, que les amis de Clarisse jouent les durs, exagèrent ou inventent des bagarres dont ils viennent tout juste de sortir vainqueurs, comme s'ils cherchaient à faire de leur vie calme une jungle qui ressemblerait aux fantasmes qu'ils ont de l'existence de Hamid.

Un soir, une des filles passe en gloussant les doigts dans ses cheveux crépus :

— On dirait de la mousse, rit-elle.

Il rentre la tête dans ses épaules, sans oser protester. La main s'attarde, joue, se faufilant dans les boucles serrées. Il a chaud. On le regarde. Il s'efforce de ne pas bouger.

— Arrête, ordonne sèchement Clarisse à son amie.

L'autre retire sa main, interloquée. Elle ne comprend pas la réaction de Clarisse. Elle racontera ensuite, avec un étonnement peiné, que celle-ci est jalouse. Après le départ de ses amis, Clarisse dit, espérant consoler Hamid :

— Quand je me suis coupé les cheveux court, tout le monde a fait pareil.

Il fait semblant d'accepter le parallèle entre leurs situations, bien qu'il sache qu'elles n'ont rien en commun. (Des années après, Aglaé, la plus jeune sœur de Naïma, provoquera un débat enflammé lors d'un repas de famille en portant un T-shirt qui proclame Ta main dans mon afro, ma main dans ta gueule.)

Il écoute les bruits de la ville qui montent jusqu'à la fenêtre entrouverte de la chambre, les crissements de freins, les conversations nocturnes, la musique d'un lointain voisin, les pépiements des oiseaux rendus fous par l'éclairage public et qui ne savent plus quand dormir. Paris, au-dehors, est immense mais l'amour émerveillé qu'il lui porte ne suffit pas à faire disparaître une amère sensation de solitude.

C'est la première fois qu'il se retrouve sans personne avec qui il partagerait une histoire. Ses souvenirs les plus lointains avec Clarisse n'ont que quelques mois et ils les ont déjà usés à force de vouloir se remémorer l'instant de leur rencontre seconde par seconde pour parvenir à en extraire la magie. Ce qui précède la soirée dans l'entrepôt, personne à Paris ne le connaît. En quittant le Pont-Féron, Hamid a voulu devenir une page blanche. Il a cru qu'il pourrait se réinventer mais il réalise parfois qu'il est réinventé par tous les autres au même moment. Le silence n'est pas un espace neutre, c'est un écran sur lequel chacun est libre de projeter ses fantasmes. Parce qu'il se tait, il existe désormais en une multitude de versions qui ne correspondent pas entre elles et surtout qui ne correspondent pas à la sienne mais qui font leur chemin dans les pensées des autres.

Pour être sûr d'être compris, il faudrait qu'il raconte. Il sait que Clarisse n'attend que ça. Le problème, c'est qu'il n'a aucune envie de raconter. Elle le regarde avec inquiétude dériver sur une mer de silence.

— Je ne peux pas te dire au téléphone, il faut que tu viennes, coupe Ali.

Il entend la voix distante de sa mère qui le prie et le cajole. Le bon flic et le mauvais flic, il en a soupé de leur duo. Mais l'odeur de la cabine est vraiment insupportable aujourd'hui et il est pressé de la quitter. Il accepte de rentrer le week-end suivant, raccroche, fait deux pas à l'extérieur, respire enfin.

— Est-ce que je peux t'accompagner ? demande Clarisse.

Il hésite puis secoue la tête.

— Une autre fois, propose-t-il.

Si Clarisse connaissait le kabyle, elle répondrait à la manière de Yema : *Azka d azqa*, demain c'est le tombeau.

— Peut-être que ses parents veulent qu'il épouse une fille de chez lui ? suggère Véronique.

Clarisse hausse les épaules. Et alors ? Les parents font tout le temps ça. Depuis qu'elle est partie, sa mère lui a trouvé deux avocats, un médecin et un professeur de mathématiques à Dijon.

— Et tu lui as présenté Hamid ? demande Véronique qui connaît déjà la réponse.

Clarisse marmonne que s'il ne veut pas qu'elle rencontre ses parents, elle ne va pas lui présenter les siens. Elle s'accroche à l'idée de cette réciprocité pour ne pas avoir à interroger davantage les raisons qui l'ont poussée à ne jamais mentionner l'existence de Hamid devant sa famille. La manière dont elle travaille soigneusement le monde de ses mains lui permet souvent de s'épargner les questions qui tournent en boucle et deviennent folles. Pourtant, elle n'a pas pu museler tout à fait ses réflexions et des bribes de réponses surgissent de temps à autre, lui traversant lentement la tête en attendant qu'elle ait le courage de s'en saisir et de les penser. Son oncle Christian a été envoyé en Algérie lors de son service militaire et il en a ramené un chapelet de désignations pour les locaux qui semble n'avoir pas de fin : *crouille, bicot, l'arbi, fatma, moukère, raton, melon, mohamed, tronc-de-figuier, fellouze...* Il les dit pour s'amuser, pour provoquer un peu et les parents de Clarisse froncent les sourcils mais jamais elle ne les a entendus condamner ses propos. Elle ne croit pas, cependant, qu'ils soient *racistes*, un mot terrible mais qui lui demeure lointain, qui s'applique aux nazis en uniformes, à une poignée de skinheads prêts à tout pour se différencier des hippies, et à ce nouveau parti qui court après quelques voix et dont Jean-Marie Le Pen a récemment obtenu la présidence. Le problème ne vient pas de ce que Hamid serait un étranger : au contraire, en arrivant d'Algérie, il appartient déjà, sans rien y pouvoir, à l'histoire de Christian, à l'histoire de la famille de Clarisse et dans ce livre-là, il ne fait pas partie des bons personnages. Il faudrait que Clarisse puisse écrire un palimpseste et faire disparaître sous son histoire d'amour avec Hamid les inscriptions plus anciennes de Christian. Elle ne sait pas si elle en est capable.

Le train avance dans la campagne verdoyante où les vaches promènent leurs taches bicolores. Hamid les ignore comme il ignore les tentatives de conversation faites par son voisin de siège : tout ce qui n'est pas Clarisse l'ennuie. Il ne comprend pas pourquoi il doit jouer les secrétaires de la famille alors qu'il est parti (dans ses cours du soir, on appelle ça un « abandon de poste »). Il a peur que cela signifie que jamais il ne pourra quitter tout à fait le Pont-Féron et il traite ce premier retour contraint comme s'il s'agissait d'une constante – celle qu'il imagine et craint de voir se dérouler au long des prochaines années. Par sa mauvaise humeur, il entend faire payer à ses parents tout ce qu'ils ne lui ont pas encore demandé.

Quand il s'est assis à la table du salon et que Yema a installé devant lui la cafetière et les cornes de gazelle qui lui blanchissent la bouche et les doigts, Ali pose entre eux une large enveloppe et lui désigne d'un geste hésitant le tampon officiel du gouvernement algérien. C'est à cause de lui qu'ils n'ont pas osé demander à un voisin ni aux petits de leur lire le courrier – par petits, Hamid a toujours désigné uniquement les plus jeunes de ses frères et sœurs mais Ali et Yema l'utilisent pour tous les enfants qui ne sont pas l'aîné et ne seront donc jamais à leurs yeux tout à fait majeurs, tout à fait responsables.

Hamid ouvre l'enveloppe et en tire les papiers de différentes couleurs, feuille à feuille, se défendant d'y jeter un œil avant de les avoir tous disposés sur la table. Les documents qu'on leur a envoyés sont en deux langues, arabe et français, chacune courant vers la marge opposée, et elles s'ignorent superbement, enfermées dans leurs systèmes d'écrire le monde qui ne se ressemblent en rien.

Oyez, oyez, lance la voix intérieure de l'enfance lorsque Hamid commence à lire le contenu de l'enveloppe à ses parents : *par les présents documents, et au nom de la Révolution agraire, le sieur Ali est sommé d'officialiser le transfert de ses terres à ceux qui les travaillent.* Il peine à trouver les mots justes en arabe pour traduire la langue officielle mais Ali et Yema comprennent rapidement ce dont il s'agit et se décomposent. La lettre leur demande de céder les oliviers, les figuiers, les maisons et les entrepôts à Hamza et à la famille de Djamel. La Révolution considère en effet qu'il n'existe plus de propriété hors de l'usufruit. Celui qui retourne la terre la possède, c'est aussi simple que ça. Ali doit également renoncer à une partie de ses champs car leur surface est supérieure à celle qu'autorise la nouvelle politique agraire. Les parcelles excédentaires seront reversées à une coopérative de production et redistribuées ensuite à des *khammès*, des paysans trop pauvres pour s'acheter une terre qui payaient jusque-là une rente aux propriétaires pour avoir le droit de cultiver les leurs. (Les documents lus par Hamid, en réalité, sont plus succincts – c'est Naïma qui, grâce à ses recherches, étaiera le propos de la Révolution.)

Dans un des tiroirs du meuble-monstre, Yema a conservé les clés de la vieille maison et du hangar. Son premier réflexe est de les en retirer, comme si ce qu'exigeait la lettre, c'était qu'elle renvoie ces clés qui l'ont accompagnée partout. Elle les regarde et les serre dans son petit poing potelé sans dire un mot. Ce n'est pas qu'elle ait cru en avoir un jour besoin mais ces pendentifs inutiles, accrochés à une cordelette qui s'effiloche, faisaient perdurer leur statut de propriétaires, l'idée qu'au-delà de la Méditerranée, il y avait des champs qui leur appartenaient et qui les attendaient – peut-être – de la même manière que eux les attendaient, sans bouger, sans rien faire.

Hamid voit la détresse de sa mère minuscule et de son père vieillissant mais il ne partage pas leur peine. Il ne peut qu'adhérer aux principes de la réforme agraire, si conforme à ceux des livres prêtés par Stéphane. Il tente d'expliquer à ses parents qu'ils participent à un monde plus juste mais Ali hausse les épaules et Yema regarde ailleurs. Hamid change de discours : les champs, ils ne les ont pas vus depuis dix ans. Qu'est-ce que ça peut bien leur faire qu'ils soient à eux, au frère de son père ou à un métayer ? Quelle différence ? Il insiste car il sait bien que ses parents ne peuvent rien contre l'avancée de la Révolution. La politesse officielle du courrier ne masque pas pour autant l'absence d'alternative à la dépossession.

— Tu n'auras rien à léguer à tes enfants, dit tristement Ali.

Hamid éclate de rire. Il a du mal à imaginer ce que ses enfants hypothétiques auraient bien pu faire de plantations d'oliviers et de figuiers, situées à deux mille kilomètres de là.

— Ton père les avait plantés pour toi et pour eux, ces arbres, lui reproche Yema. Tu ne comprends rien.

Il a tant de fois entendu cette phrase qu'il ne réfléchit pas, ne cherche pas en lui de compassion. Un jour, il fera la liste à ses parents de ce qu'ils ne comprennent pas, eux non plus.

— Très bien, dit-il avec défi, les arbres sont à moi, et moi je les rends à l'Algérie. Tout le monde est content.

Alors qu'il s'empare du stylo, il reçoit la dernière gifle de sa vie. Ali se lève à demi et lui porte le coup de l'autre côté de la table, avec toute la lourdeur de sa posture maladroite. Sa grosse main vient cogner sur la mâchoire.

— Montre un peu de respect, grogne-t-il. Au moins, un peu de respect.

Hamid sent la douleur qui irradie de l'os à travers tout son visage. Il s'est mordu la langue, ça saigne, il a le goût du fer dans la bouche. Yema lui apporte aussitôt un torchon mouillé. Il ne voit ni sa sollicitude ni son affolement. Il ramasse le stylo tombé au sol et signe les documents à la place de son père avec une rage triomphale.

— *Li fat met*, lance-t-il en repoussant les papiers vers le centre de la table.

Les mots ressurgissent d'une époque ancienne et la renvoient d'un même mouvement dans les limbes. *Li fat met*, c'est-à-dire : le passé est mort. Hamid vient de signer son acte de décès. Il quitte l'appartement sans y passer la nuit qu'il avait promise à sa mère et aux petits.

Il entend Yema pleurer quand il claque la porte – cet étrange bruit de colombe qu'elle émet quand elle sanglote – mais il ne se laisse pas attendrir. Il marche dans la cité à grands pas, tête baissée, sans saluer personne. Il se promet de ne pas y revenir et, pendant de longs mois, il tiendra sa promesse. (Ali, de son côté, ne préviendra pas son fils quand il se rendra à Paris le mois suivant.)

Entre le Pont-Féron et lui, Hamid fera peser désormais chaque kilomètre. À la gare, il attend longtemps qu'un train finisse par arriver pour le ramener à Paris, déroulant en sens inverse la campagne ennuyeuse qu'il a boudée quelques heures plus tôt et dont il savoure à présent l'étendue qu'il entend ne plus retraverser.

Il est de retour à la nuit tombée. Sur sa mâchoire, la trace du coup a bleui. Il ôte son manteau et ses chaussures dans l'entrée exiguë en faisant semblant de ne pas voir les regards inquiets de Clarisse.

— Qu'est-ce qui s'est passé ? finit-elle par demander.

— Je n'ai pas envie d'en parler.

Elle insiste. Elle le suit alors qu'il se dirige vers la salle de bains, la chambre, la cuisine. Elle dit qu'elle a le droit, se reprend, dit qu'elle a besoin, plutôt, besoin de savoir, s'il te plaît. Elle se sent humiliée d'avoir à le supplier pour obtenir des informations. Elle ne continue que parce qu'elle a commencé et que, sur le moment, elle ne peut penser à rien d'autre, même pas à se taire (surtout pas à se taire). Comme elle lui bloque le passage dans le couloir, il lui demande durement pourquoi ses histoires de famille l'intéressent tant. Est-ce que c'est un folklore qui lui paraît exotique ?

— Laisse-moi te prévenir tout de suite : il n'y a pas de chameau.

Les lèvres de Clarisse se mettent à trembler, son visage s'affaisse. Hamid allume une cigarette qu'il fume en silence, sans la regarder.

— Excuse-moi, finit-il par dire.

En s'endormant à côté de lui, aussi loin de ses bras que la largeur du lit le leur permet, elle se demande si elle devrait le quitter. On ne peut pas – se dit-elle – être amoureuse du silence de quelqu'un, ça n'a pas de sens. Elle devrait se moquer de ce que tait Hamid et estimer que son passé n'appartient pas à leur présent, qu'il est libre d'en faire ce qu'il veut. Mais parce qu'elle a l'impression qu'il le porte en lui, toujours, et que son passé agit sur lui, sur eux, elle ne peut pas se résoudre à le considérer comme un livre refermé. Elle le voit plutôt comme une vie secrète qu'il mène en parallèle au temps passé avec elle. C'est plus douloureux qu'une autre femme, se dit-elle, ou qu'une addiction honteuse qu'il cacherait, tout simplement parce que c'est plus long et que pour chaque seconde qu'il passe avec elle, il déploie silencieusement vingt ans qui lui sont interdits. Peut-être que oui, pense Clarisse en se retournant dans les draps qui lui semblent écorcher sa peau à force de frottements, peut-être qu'elle devrait le quitter. Mais lorsqu'elle le regarde dormir en s'imaginant que ce pourrait être la dernière fois qu'elle voit son visage, ses yeux clos, sa poitrine mince soulevée à intervalles réguliers par la calme respiration du sommeil, elle a instantanément envie de pleurer, ça lui broie le cœur comme une main d'ogre de penser quelque chose comme ça. Qu'est-ce qu'elle peut faire ? Elle décide de rester mais de lui donner moins, de garder secrets, elle aussi, un certain nombre de pensées, de souvenirs, d'accomplissements. Elle décide d'établir entre eux une égalité qui lui permettra peut-être de moins souffrir du silence de Hamid.

Au matin, quand celui-ci se réveille, il découvre Clarisse qui le regarde. Quelque chose dans son visage l'effraie – il devine la résolution de la nuit gravée dans une ride entre ses sourcils, dans les coins de la bouche qui tombent un peu plus. Il voudrait lui parler mais aucune de ses mille gueules ne semble prête à s'ouvrir, aucune d'elles ne s'est entraînée à l'exercice de l'intimité. Il referme les yeux sans avoir prononcé un mot.

— C'est qui ?

La voix, à l'autre bout du fil, répond en kabyle. Kader passe le téléphone à son père en disant simplement :

— Mohand.

Il ne sait pas qui est cet homme, il n'a aucun souvenir des compagnons de l'Association de Palestro, mais il voit au visage de son père que cet appel est une surprise.

— *Salamu Elikum*, dit Ali en prenant le téléphone.

Il n'ajoute rien, ni « ça fait longtemps », ni « qu'est-ce que tu me veux ? ». Il laisse Mohand raconter qu'il est en France, à Lyon, chez son neveu, mais qu'il projette de monter dans le Nord pour voir des cousins. Peut-être qu'ils pourraient se croiser.

— Bien sûr, dit Ali. Retrouvons-nous à Paris.

Il le dit comme si c'était la ville voisine, un endroit qu'il connaît bien et où il se rend souvent.

— Tu ne devrais pas le voir, dit Yema. C'est un sale type, un égorgeur.

— Il est de chez nous, répond Ali.

Si le courrier de la Révolution agraire n'avait pas provoqué entre père et fils une dispute qui opacifie encore le silence qui les sépare, Ali aurait peut-être demandé à Hamid de se joindre à eux et, à cette occasion, par la bouche de Mohand, il aurait pu lui redonner un petit morceau de l'Algérie quittée brutalement. Peut-être que Hamid aurait reconnu en Mohand un des invités de sa circoncision, peut-être qu'il aurait été heureux de le revoir. Et peut-être qu'alors, il aurait parlé de lui à Naïma, d'un homme qui vivait de l'autre côté de la mer et qui, lui, avait eu le courage, la clarté d'esprit ou la chance de combattre du bon côté. Mais Ali est trop fier pour faire le premier pas et contacter son fils. C'est seul qu'il se rend au rendez-vous qui – si je ne l'écrivais pas – sombrerait avec sa mort dans un oubli irrémédiable.

Au jour convenu, il met son plus beau costume (son seul costume) et il prend le train pour Paris. Il retrouve Mohand à la gare Montparnasse. Celui-ci l'attend sur le quai venteux dans son plus beau manteau (son seul manteau). Les deux hommes se serrent la main, maladroitement. Cela fait plus de dix ans qu'ils ne se sont pas vus. Ils ont désormais la cinquantaine et les cheveux grisonnants, ils guettent sur le visage de l'autre les traces du temps qu'ils sont incapables de détailler dans leur propre reflet et ils redressent le torse en marchant pour essayer de ressembler à ce qu'ils pensent être le souvenir qu'ils ont laissé.

Ali, en sa qualité de Français, traite Mohand en touriste, ce qui exige que lui-même fasse semblant d'être parisien. Il lui montre vaguement du doigt des monuments qui pour lui sont tous identiques et devant lesquels il ne peut, de toute manière, penser qu'une chose : son fils vit-il loin d'ici ? Est-ce pour lui une vue familière ? Ils se promènent sans parler ou presque et à l'heure du dîner, Ali s'arrête près d'un restaurant à la vitrine traversée de lettres dorées et à l'intérieur de velours, devant lequel le portier les regarde avec étonnement. Il aimerait faire semblant qu'il a ses habitudes dans ce genre d'établissement mais il est mal à l'aise dès qu'ils entrent. Il ne sait pas quoi faire de son corps, de sa voix, de son regard. Il ne sait pas comment s'asseoir sans bousculer les autres clients. Il ne sait pas quoi commander, ni – ce qui est pire – comment commander. Il voit que Mohand voit son malaise et cela ne fait qu'empirer les choses. Alors qu'arrive sur leur table une entrée dont il n'a pas envie, il lui demande d'une manière qu'il espère nonchalante des nouvelles du bled. Mohand soupire et, la bouche pleine de hareng, répond que ça ne va pas fort :

— Nous remplissons la France et nous vidons le pays. Au village, il n'y a plus d'hommes. Tous ceux qui restent, ce sont les cassés et les tordus. Ceux qui ne peuvent pas travailler. Ceux qui sont heureux que leur mère, elle les nourrisse. Ou ceux qui sont rentrés de France et qui disent que la France les a fatigués, les a brisés, qu'ils ne peuvent plus rien faire. Et c'est probablement vrai. Quand tu regardes leurs faces, ils ont l'air vieux. Toi aussi, Ali, pardon, tu as l'air vieux. C'est un effet de la France, c'est comme ça. Il aurait mieux valu rester à la maison.

— Je ne pouvais pas.

— Tu ne sais pas. Peut-être ils t'auraient tué, peut-être pas. Regarde Hamza, il est encore là-bas. Ils ne l'ont même pas arrêté. Il y a beaucoup de harkis qui sont restés au pays et qui se tiennent encore debout.

— Ils ont tué Djamel ! s'étrangle Ali alors qu'aux tables alentour, les dîneurs se retournent sur son cri. Et Akli ! Et des milliers d'autres ! Pourquoi j'aurais tenté ma chance ? C'était évident que l'Algérie, elle ne voulait pas de nous. Ils nous ont poussés vers la sortie au son des rafales de mitraillettes...

La mauvaise foi de Mohand lui coupe l'appétit. Il repousse son assiette dans laquelle s'alignent des légumes minuscules et bariolés, strictement inconnus, dont il n'espère pas grand-chose.

— Peut-être, peut-être, admet Mohand. Tu sais, parfois je ne suis pas sûr à quoi ça a servi tout ça. L'indépendance, d'accord. Mais quand tu vois le village aujourd'hui, tu te dis qu'on est toujours mangé par la France. Complètement. Les jeunes, ils n'essaient même pas de trouver du travail au pays. Ils demandent les papiers et ils partent pour la France. Après quand ils reviennent, ils font les malins. Ils sortent l'argent en veux-tu en voilà. Ils font semblant d'avoir oublié comment ça marche au village et ils n'ont que la France à la bouche. Tu pourrais croire que là-bas, ils sont les rois. Mais je suis allé chez mon neveu, à Lyon. Il m'avait dit l'été dernier qu'il m'accueille quand je viens, sans problème. Mais quand j'arrive à Lyon, il ne répond pas au téléphone. Il fait semblant d'être disparu. Moi, comme je sais où il travaille, je vais le trouver. Il est tout gêné. Il me dit : « Mon oncle ! Quelle surprise ! » Et il commence à m'expliquer que ce n'est pas un bon moment pour lui. Que sa situation n'est pas facile. Bon, il ne va pas me laisser dans la rue comme un chien. Alors il m'emmène à l'appartement. Quand il ouvre la porte, c'est la nuit là-dedans. Et ils sont quatre hommes du village qui vivent ensemble dans une toute petite chambre. C'est ça, la France. Je partage le matelas avec lui. Il me dit : « Tu viens pour les francs. Bon. Je vais te les trouver. » Mais je sais bien qu'il ne peut pas. Il n'a pas un seul grain dans sa poche. Même pour aller au café, il emprunte à ses voisins. Et quand je pars, il me dit : « Mon oncle, c'est mieux de ne pas en parler. » Je ne demande même pas quoi. Je sais qu'il veut dire sa vie. Parce que l'été prochain, quand il rentrera, il continuera à faire le malin. Il creusera un peu plus le sillon de la France dans le cœur des jeunes qui voudront partir aussi. C'est ça qu'il est le village, une caisse de résonance pour les mensonges que ramènent les émigrés. Il est suspendu à leur bouche qui ne donne que des fausses paroles. Peut-être que tu as de la chance, finalement. Tu ne peux pas l'entendre. D'accord. Mais au moins, toi, tu n'as à mentir à personne puisque tu ne reviens pas. Et puis tu as ta famille. Nous, au village, on voit les femmes et les enfants qui n'ont pas le mari, pas le père. Ce sont comme des veuves et des fils de veuves alors que l'homme est encore vivant, mais il travaille de l'autre côté de la mer. L'Algérie compte ses absents en permanence. Tu sais qu'en 1966, ils ont fait le recensement, ils ont mis les absents dedans aussi. La prochaine fois, ils feront quoi ? Les morts ?

Quand l'addition arrive, Ali insiste pour payer. Il le regrettera à la fin du mois mais il ne peut s'empêcher de vouloir montrer à Mohand qu'il se débrouille bien. Ou plutôt – parce qu'il sait que Mohand ne croira jamais qu'il est riche, que Mohand a compris ce qui se passait ici pour la plupart des Maghrébins – il ne peut pas renoncer à faire semblant, à jouer le jeu de la réussite quand bien même il est évident pour chacun d'eux qu'il ne s'agit que d'un jeu. Et Mohand, par politesse, accepte de jouer aussi.

Ils errent dans les rues du 3ᵉ arrondissement et finissent par s'asseoir à la terrasse d'un café.

— J'ai envie d'une anisette, dit Mohand.

Tous les deux se sourient pour la première fois de la soirée. Ils boivent l'alcool trouble à petites gorgées et sur le boulevard passent quelques voitures aux phares jaunâtres, de moins en moins nombreuses.

— Est-ce que tes fils sont des bons fils ? demande soudain Mohand.

Ali croit sentir sous sa grosse main la mâchoire de Hamid qu'il a giflé de ses forces restantes le mois dernier.

— Oui, finit-il par lâcher, presque surpris.

— C'est bien.

— Je leur dis le contraire à longueur de temps.

Ils commandent une nouvelle tournée et Mohand insiste cette fois pour payer. Il tire de sa poche des billets froissés.

— Mes fils ont droit à des appartements, à des prêts, à des emplois parce que j'ai pris le maquis pendant la guerre. Tout est facile. C'est ce qu'on voulait, non ? Qu'on choisisse un côté ou l'autre, ce qu'on voulait c'est que ça devienne facile pour nos enfants...

— Oui, dit Ali.

— Mes fils sont comme tous les autres : ils veulent partir en France, ou même en Amérique du Sud. Ils parlent de l'Algérie en tordant la bouche et ils ne donneraient pas une minute de leur temps pour améliorer ce qu'ils critiquent...

Le serveur pose devant eux deux nouveaux verres au fond tapissé d'alcool blanc.

— C'est toujours moi qui parle, fait remarquer Mohand en versant de l'eau dans le breuvage. Dis-moi quelque chose, toi. Moi je m'ennuie...

Ali hésite et puis, il lâche, tout à trac :

— Je suis devenu *jayah*.

C'est la première fois qu'il avoue ce sentiment. Il sait que, même si Mohand n'est pas un ami, il peut le comprendre. C'est comme cela qu'on désigne l'animal qui s'est éloigné du troupeau et l'émigré qui a coupé les liens avec la communauté. *Jayah*, c'est la brebis galeuse. Celui qui n'a plus rien à apporter au groupe, qu'il s'agisse de la famille, du clan ou du village. *Jayah*, c'est un statut honteux, une déchéance, une catastrophe. C'est ce que ressent Ali. La France est un monde-piège dans lequel il s'est perdu.

— Je ne suis plus fier de rien...

— Est-ce que tu travailles, mon frère ? demande Mohand avec une tendresse nouvelle.

Ali hoche lentement la tête :

— J'ai peur de perdre mon emploi à l'usine. Tout le monde parle de la crise. Tout ferme. S'ils me renvoient, je ne sais pas ce que je ferai. Mes bras n'ont plus de force et mes mains ne savent plus rien fabriquer. Je suis un inutile parmi des milliers... Qui me donnera du travail si je perds celui-là ?

Comme Mohand l'encourage du regard, il continue, il explique. *Celui qui ne fait rien, qu'il taille au moins sa canne.* Ce qui était possible au village ne l'est plus ici. Ici, il y a le chômage. Il y a les meubles que l'on jette sans les réparer parce qu'ils ne sont pas faits pour durer. Il y a la télévision. Celui qui ne fait rien la regarde. C'est comme ça, en France. Mais comment rester chef de famille lorsque l'on regarde la télévision au côté de ses enfants et de sa femme ? Quelle différence y a-t-il entre soi et les enfants ? Soi et l'épouse ? La télévision et le canapé effacent les hiérarchies, les structures de la famille pour les remplacer par un avachissement similaire chez chacun.

Au village, Ali avait « gagné » le droit de ne pas travailler. S'il ne touchait pas la terre, c'est qu'il était devenu trop important pour ça, qu'il assumait désormais des fonctions purement représentatives de chef de famille et d'entreprise (ce qui n'était qu'une seule et même chose). Le repos qu'il prenait, c'était adossé à une maison dont il avait fait une maison pleine. Ici, il craint l'oisiveté parce qu'elle s'appelle chômage. Elle se racornit dans une maison vide et elle est amère comme les feuilles de laurier-rose.

— Je me souviens de ma mère, souffle Ali, quand j'étais gosse et que j'essayais de gagner ma vie. Le visage qu'elle avait quand je me plaignais que c'était trop dur. Elle disait tout le temps : « C'est dehors que l'homme est un homme, à la maison il est donné à tout homme d'être homme. »

— Pour être franc, dit Mohand en comptant les pièces de la monnaie rendue (il reste suffisamment pour une autre anisette), je n'ai jamais compris ce proverbe.

Ali ne dit rien. Il retourne la phrase dans sa tête.

— Peut-être qu'il est complètement con.

Alors qu'ils s'enfoncent un peu plus dans l'ivresse, ils se changent en parole pure. Leur corps est immobile, comme s'ils n'avaient laissé sur la chaise que le tas de leurs vêtements d'hiver, une silhouette qui s'effondrerait si quelqu'un venait la pousser du doigt. Ils ont fini le paquet de cigarettes. Ils ne bougent plus du tout. Seule la parole témoigne qu'ils sont encore là, encore éveillés :

— Quand tu es monté au maquis, tu ne t'es jamais dit que c'était mal ?

— Pourquoi ?

— Ce que le FLN avait fait avant, ça ne t'a pas pesé ?

— Non.

Mohand a répondu immédiatement mais il le regrette un peu. Il ne veut pas manquer de respect au cadavre d'Akli, laissé nu dans le froid de l'hiver. Le vieux leur était cher à tous, malgré ses récits poussiéreux, et Mohand aurait aimé qu'il puisse mourir d'une belle mort de vieux.

— Akli aurait compris, dit-il. Il n'a jamais été contre l'indépendance.

— Contre l'indépendance ? *Ya hamar*, mais qui était contre l'indépendance ? Ça fait dix ans que je vis parqué avec des harkis et je n'en ai pas trouvé un pour me dire qu'il était contre l'indépendance ! C'est ça que tu te racontais quand tu tuais pour le FLN ? Que ces gens étaient contre l'indépendance ?

— Je n'ai tué personne.

— De toute l'année 62, de toutes les représailles ?

— Non. J'ai arrêté des gars.

— Tu savais ce qui leur arrivait.

— Comme tout le monde, je suppose...

— Tu trouvais ça acceptable ?

Mohand hésite :

— Non... Ou peut-être si. Aujourd'hui, je me dis c'est tragique, je ne comprends plus. Mais à l'époque, c'était normal. Toi, tu crois qu'après la signature des accords, on était tout seuls et on pouvait calmer le jeu. Mais c'est faux. On avait l'OAS en face alors ils frappaient, on frappait. C'était pas personnel. Moi je n'ai jamais pensé que ça tombait sur untel ou untel parce qu'il avait, lui spécifiquement, trahi la cause. Il fallait tuer quelqu'un pour répondre aux autres. Alors toi, toi, toi. Les voisins nous disaient des choses, parfois on savait que ce n'était pas vrai. Mais on montrait qu'on n'avait pas peur. On leur disait : tu veux nous apprendre la terreur, OAS ? C'est nous qui l'avons inventée. C'était nécessaire, c'est tout, même si ça avait l'air injuste. Il aurait fallu que tu voies... Ça pétait de partout, tout le temps. Le monde, d'un coup, je le trouvais fragile, je regardais autour de moi et je me disais ça peut exploser, ça peut mourir demain. Le simple fait que ça reste debout, maison ou humain, ça me donnait des bouffées d'amour. Je te jure, je disais merci aux immeubles de Palestro, aux vieux encore en vie, aux enfants qui continuaient à naître. Toi, tu ne peux pas comprendre.

— Toi non plus, tu ne peux pas comprendre.

Et c'est à nouveau comme à l'Association, le fossé entre les vieux de la Première Guerre et ceux de la Seconde désormais remplacé par celui que creuse l'appartenance aux deux camps d'un même conflit. C'est un problème qu'ils connaissent. Et s'ils ne peuvent pas se comprendre, ils peuvent – au moins – comprendre pourquoi ils ne se comprennent pas. Cela suffit à ce qu'ils se serrent la main en quittant la terrasse du café et à ce qu'ils se disent, sans fausse politesse, qu'ils étaient heureux de se revoir.

En janvier 1974, à la fin du service militaire de Hamid – une autre période de sa vie dont il ne parlera pas, des mois de silence à peine troué des mots « racisme », « cachot », « officier de service », « tour de garde » et « dortoir », un silence si opaque que ses filles s'imagineront plus tard que leur père a, en réalité, mené des missions secrètes comme James Bond ou Largo Winch –, Clarisse et lui s'installent tous les deux dans un appartement rue de la Jonquière, près de la piscine municipale qui exhale des vapeurs de chlore par ses portes vitrées régulièrement ouvertes. Avec ses blouses bleues et ses chaussures en plastique, le personnel ressemble à une tribu d'infirmiers au sortir du bloc. En face, le Bar de la Piscine ne doit son nom qu'à son emplacement et les clients qui s'accoudent au zinc, avec leurs gueules cassées, leurs trognes écarlates et leurs poumons tapissés de Gitanes Maïs, n'ont jamais parcouru la moindre longueur et n'ont pas l'intention de s'y mettre.

À quelques mètres de la porte de l'immeuble se trouve une cabine téléphonique devant laquelle Hamid passe sans un regard. Il appelle rarement chez lui et uniquement quand il est sûr qu'Ali est absent. Les échanges sont brefs, ses frères et sœurs lui parlent comme en cachette, à mots vagues et précipités. Yema et lui se répètent les mêmes répliques, incapables de laisser de côté la dispute du père et du fils. Et comme une petite musique, reviennent toujours les mots « ne pas comprendre », conjugués, déclinés sous toutes les formes possibles, un défilé haute couture de l'incompréhension, dans tous ses modèles de saison, dans toutes les couleurs disponibles.

Clarisse ne pose plus de questions. Elle laisse Hamid habiter son silence et elle essaie de s'en construire un, de taille équivalente. Soustrait à sa curiosité, il devrait se sentir mieux mais ce n'est pas le cas. La distance qu'elle a adoptée – qu'il l'a poussée à adopter – l'angoisse. Il voudrait pouvoir lui demander de redevenir celle qui partageait tout mais il sait qu'il n'a rien à lui offrir en échange. Ils s'aiment en se tournant respectueusement autour. Aucun des deux n'en est satisfait mais chacun estime que seul l'autre a le pouvoir de changer la situation. Il leur arrive toujours, au gré de leurs insomnies décalées, de se demander s'ils devraient mettre un terme à cette relation, si elle les mène quelque part. Ils ne peuvent ni l'un ni l'autre se résoudre à l'arrêter parce qu'ils sentent que leur amour est encore là, derrière leur mutisme, et qu'il n'est pas possible de le rediriger, comme un ingénieur agronome détournerait le cours d'une rivière afin qu'elle vienne arroser d'autres terres. Cet amour bloqué n'a qu'un bénéficiaire, c'est Hamid, c'est Clarisse. Ils avancent donc, malgré le silence, ils franchissent les étapes.

Le nouvel appartement est long et compliqué, bas de plafond, doté d'une succession de pièces exiguës. Ce sont plusieurs chambres de bonne que le propriétaire a reliées à coups de masse dans des cloisons de plâtre dont une crête rappelle çà et là l'existence passée. La vie des locataires précédents peut se lire dans les rainures noircies où des minces strates de miettes et de poussière sont emprisonnées. Les toilettes se trouvent à l'extérieur du bâtiment, au fond de la cour. Y accéder la nuit est toute une aventure de marches et de couloirs, de celles qu'aurait appréciées Kader-le-lapin-magique à l'époque du pyjama rouge. Clarisse s'y rend en grelottant. Hamid – bien qu'il s'en défende – pisse dans l'évier chaque fois qu'il est sûr qu'elle est profondément endormie. Pour ne pas risquer de la réveiller, il lui arrive même de renoncer à sortir la vaisselle sale qu'il asperge d'un jet jaune et presque silencieux avant de laisser le robinet couler longtemps, doucement et effacer les traces de son crime.

Quelques mois après leur installation, Hamid réussit son concours et entre à la Caisse d'allocations familiales. Le bâtiment est un énorme paquebot situé à la lisière de la ville. Dans les étages, les bureaux se ressemblent tous, avec leurs stores lamés, leur moquette sombre, leurs meubles de rangement métalliques, leur table de Formica, la tranche de couleur des différents dossiers. Les ordinateurs, massifs et carrés, ronronnent comme des turbines. Là-haut, tout est en ordre. Les employés viennent travailler en veste et chemise, ne serait-ce que parce que le sérieux du mobilier semble l'exiger. En bas en revanche, à l'accueil des prestataires, c'est le bordel. Il y a des files d'attente qui juxtaposent les langues et les degrés de misère comme sur un nuancier de papier peint. Hamid évite d'y passer, il emprunte la porte de derrière. Il préfère ne pas voir les gens dont il traite les dossiers parce que lorsqu'il se concentre sur les documents, il a l'impression d'aider mais lorsque l'on entend parler les gens d'en bas, l'impression s'inverse : il n'y a que des histoires de sommes non versées, de remboursements illogiques réclamés, de centaines de francs manquants, de vies déjà précaires et encore maintenues en attente. Et puis souvent, entre les grands corps des adultes, il y a le frêle visage d'un enfant traducteur, d'un enfant scribe qui lui ressemble trop et auquel il ne peut se confronter sans gêne.

Quand Clarisse lui demande s'il est heureux là-bas, il répond que oui. Ne serait-ce que parce que ce n'est pas l'Usine, parce qu'il gagne un salaire sans avoir à abîmer son corps chaque jour sur des machines trop lourdes, trop chaudes, trop dangereuses, ne serait-ce que parce qu'il est – malgré sa peau bronzée et sa tignasse noire dans laquelle il va bientôt couper pour avoir l'air plus sérieux – installé à un bureau dans les étages et pas en train d'attendre à l'accueil, dans la file qui avance à pas de souris vers les guichets, en traînant des cabas, en soufflant, en serrant sur son cœur une poignée de formulaires que les mains moites déforment. Peut-être que s'il avait eu l'enfance de Clarisse, il aurait fait autre chose : il aurait pris le temps qu'elle le suppliait de prendre pour découvrir ce qu'il aimait réellement, ce à quoi il voulait consacrer chacune de ses journées, mais il n'a pas pu se défaire totalement de l'obligation de l'utile, de l'efficace et du concret, il n'a pas pu éviter non plus que la fonction publique se présente à lui comme un Graal auquel il était chanceux d'avoir droit. Au soir, quand il règle son réveil, il se dit parfois que s'échapper prend plus de temps que prévu, et que s'il n'a pas fui aussi loin de son enfance qu'il le souhaiterait, la génération suivante pourra reprendre là où il s'est arrêté. Il s'imagine que dans la petite pièce étouffante qu'est son bureau, il amasse en réalité des stocks de liberté qu'il pourra distribuer à ses enfants.

Une nuit, après avoir descendu précipitamment les escaliers les jambes serrées, la main enfouie entre les cuisses en ultime rempart, Clarisse voit un rat se glisser sous la porte des toilettes, tranquillement, sans lui accorder un regard. Elle s'immobilise net, au milieu de la cour, les genoux pressés l'un contre l'autre au point que ça en devient douloureux et elle tremblote sur place, terrifiée à l'idée d'entrer à la suite du rongeur dans la cabine sombre. Elle piétine devant la porte, incapable de prendre une décision, et son bas-ventre lui paraît dur comme du ciment et sur le point d'exploser mais elle croit encore entendre le rat s'agiter de l'autre côté...
Elle pisse debout, au milieu de la cour, les jambes encore collées l'une contre l'autre ce qui oblige l'urine chaude à trouver des routes diverses pour s'enfuir, dévalant les pans de ses cuisses en torrents et ruisseaux sous sa chemise de nuit.
Sur le moment, c'est un bonheur intense, le corps entier qui crie de joie, de soulagement. Mais

dès que le jet se tarit, Clarisse se demande comment elle a pu faire une chose pareille. Elle pue. Elle goutte. Elle colle. Pour se nettoyer un peu, il faudrait qu'elle pousse la porte et entre dans le domaine du rat à la recherche du rouleau de papier. Elle ne peut pas faire ça. Elle ne peut pas non plus remonter et prendre le risque que Hamid la voie – elle sait qu'elle l'a réveillé en descendant, qu'il a les yeux ouverts dans le noir. Paniquée, rendue folle par l'odeur de sa propre pisse, elle tourne dans la cour avec des mouvements de pantin cassé. Elle est secouée de sanglots rauques. Il faut qu'elle attende que Hamid se rendorme avant de se glisser jusqu'à la salle d'eau pour se laver. Elle s'assied sur une des poubelles de la cour puis se relève, sa chemise de nuit froide et mouillée contre ses fesses lui est insupportable. Elle tourne en rond, encore et encore. Elle n'a rien pour s'occuper. Elle agite les pans de sa chemise de nuit en espérant la faire sécher plus vite. Elle a tellement honte qu'elle se demande si elle devrait partir, passer la grande porte cochère et disparaître dans les rues de Paris. Cette honte qui la paralyse est pour elle un sentiment neuf, d'une force insoupçonnée et elle se demande si son apparition au milieu de la nuit n'est pas la preuve que sa relation avec Hamid est une erreur. Mais aussitôt, elle se reprend, se rend seule responsable de la situation pitoyable dans laquelle elle se trouve et elle voudrait pouvoir se gifler. Clarisse ne comprend pas pourquoi, pour la première fois, elle visite les profondeurs de Clarisse, un palais dans les égouts, taillé dans le limon. Elle a horreur de cet endroit intérieur, elle voudrait s'en extraire pourtant elle se répète qu'il n'y a pas de portes de sortie – rien à faire – tant que Hamid n'est pas endormi. Les parois de son cauchemar lui renvoient les ricanements d'une foule qui pour être fantasmatique n'en est pas moins cruelle. Je ne vais pas y arriver, pense Clarisse sans savoir à quoi s'applique cette certitude accablante. Je ne vais pas y arriver.

Inquiet de ne pas la voir remonter, Hamid finit par se pencher à la fenêtre de la salle de bains, celle qui donne sur la cour. Il aperçoit Clarisse recroquevillée et tremblante dans un coin, la tache pâle de sa chemise de nuit contre les murs noirs. Un instant, il se dit qu'elle va le quitter, qu'elle rassemble ses forces, met les mots en ordre avant de remonter lui dire que tout est fini et il trouve terrible de penser qu'elle aurait peut-être raison. Il voudrait refermer la fenêtre, faire semblant de n'avoir rien vu. Pourtant, il s'oblige à ne pas être lâche, à se pencher un peu plus et à demander :

— Tout va bien ?

Elle sursaute, lève la tête, croise son regard et s'écroule. Accrochée à la poubelle comme à une bouée, elle pleure que non non non, tout ne va pas bien. Il sort de l'appartement en courant et dévale les marches jusqu'à elle.

Le fait qu'il la voie ainsi, dans cet état qu'on ne tolère que des nourrissons et peut-être des vieillards (encore que de leur part, cela provoque un dégoût violent et bref comme un hoquet), le fait de se montrer à lui souillée, en larmes et faible comme elle ne l'a jamais été, procure à Clarisse un soulagement surprenant. Elle se dit que Hamid l'aimera quoi qu'il découvre sur elle, qu'elle ne contient pas de songes ou de souvenirs plus répugnants que la pisse froide dont il l'a vue couverte. Elle pleure encore en montant les escaliers mais elle a l'impression d'une libération.

La douche, longue et brûlante – et pourtant pas suffisamment longue, pas suffisamment brûlante au goût de Clarisse qui aurait voulu se décaper la peau pour être certaine d'en faire partir toute odeur – la laisse fumante et rouge comme une écrevisse. Hamid l'enveloppe d'une grande serviette, lui tire une chaise pour qu'elle s'asseye pendant qu'il fait bouillir de l'eau.

— J'aurais dû trouver un vrai travail tout de suite, s'excuse-t-il, si j'avais mis de l'argent de côté dès mon arrivée, on pourrait se payer un vrai appartement, entier, pas un truc en kit dont une partie se trouve dans la cour.

— C'est ma faute, dit Clarisse. J'ai été stupide. Je suis quand même vingt ou trente fois plus grosse que ce rat et je l'ai laissé me terrifier.

— Mon père avait peur des chenilles, lui répond Hamid en souriant. Pendant nos années dans le Sud, il en voyait partout.

— Dans le Sud ? demande Clarisse qui a toujours entendu qu'il avait grandi en Normandie. Quand est-ce que tu as vécu dans le Sud ?

Gêné d'avoir laissé échapper cette information, il fait un geste tournant de la main pour indiquer que cela remonte à des années.

— C'était bien ?

L'effort de Clarisse pour conserver à la question un caractère léger, une réserve tout juste teintée d'intérêt est flagrant : il lui déforme la voix et fait trembler le coin de sa lèvre supérieure. Hamid ne veut pas l'éconduire une nouvelle fois alors qu'elle est posée là sur la chaise de la cuisine, enveloppée comme une enfant, fragile et douce. Il essaie de trouver quelques phrases qui décriraient ces années-là. Il lui raconte des conneries sur les pins et les cigales, sur le soleil, sur la Durance, une sorte de prospectus vide de souvenirs, un dépliant photos. Il met sur cette période des mots qui ne valent pas plus que le silence tant ils sont impersonnels, il les aligne pour dire quelque chose, pour ne pas décevoir Clarisse. Mais plus il parle, plus son regard encourageant lui devient insupportable alors il s'arrête et entoure de ses soins la théière pleine d'herbes odorantes comme si la préparation de la tisane demandait la minutie d'une opération chirurgicale.

— C'était quand ? demande Clarisse.

Il y a un moment de silence. La petite pièce est emplie de buée, les contours des objets sont flous. Hamid espère qu'on ne peut pas déceler le tremblement de ses mains.

— Pardon..., murmure-t-il. Je n'ai pas envie d'en parler.

Clarisse réalise qu'elle s'est trompée en croyant que les choses iraient mieux simplement parce qu'elle ne peut plus avoir de secrets pour Hamid, après une nuit comme celle-là. Elle n'a jamais réellement eu de secrets. Elle est une vie sans zones d'ombre, à peine des petites crasses qu'elle voudrait ne pas avoir commises, des regrets d'être restée coite sous l'insulte, des rêves sporadiques de grandeur, mais ce n'est pas qu'elle les cache, c'est qu'ils n'ont aucun intérêt. Celui qu'il faut ouvrir à l'autre, celui qui devrait se pisser sur les jambes toutes les années contenues à l'intérieur, malgré leur laideur, malgré leur douleur, c'est lui, ce n'est pas elle.

Elle s'approche de Hamid et ouvre la serviette pour l'accueillir à l'intérieur. Elle referme sur son corps mince les deux pans de coton pelucheux. Elle se blottit contre lui et il peut sentir la chaleur que la douche a laissée sur sa peau. Alors qu'il s'apprête à la serrer dans ses bras, heureux de la facilité avec laquelle elle prodigue son pardon, elle recule de deux pas et elle dit :

— Je ne peux pas vivre avec toi si tu vis tout seul.

Elle le dit sans brusquerie mais avec toute la gravité dont elle est capable. Elle est nue et rouge au milieu de la cuisine, la serviette rejetée en cape inutile derrière son dos, et Hamid la trouve belle et ridicule, peut-être belle de ce ridicule qui ne lui fait pas peur, dont elle ne s'aperçoit même pas et qui finalement la magnifie. Tout le corps de Clarisse, exposé dans la petite pièce, la lumière blanche, l'air chargé de vapeur, est tendu vers les deux seuls possibles qu'elle vient de fixer : la reddition ou la rupture. Le corps vibre d'attente, il est un unique point d'interrogation qui se tient debout, tremblant d'être mal interprété.

— On est arrivés en France quand j'étais encore gamin, dit Hamid d'une voix qu'il espère neutre (et le discours qui suit est sans doute plus proche du discours qu'il espère tenir que de celui qu'il tient réellement à ce moment-là, beaucoup plus haché, plus hésitant, et plus obscur). On était dans un camp, on était derrière des barbelés, comme des bêtes nuisibles. Je ne sais plus combien de temps ça a duré. C'était le royaume de la boue. Mes parents ont dit merci. Et puis après, ils nous ont foutus dans la forêt, au milieu de nulle part, tout près du soleil. C'est là qu'il y avait les chenilles. Mes parents ont dit merci. Ensuite, ils nous ont envoyés dans une cité HLM de Basse-Normandie, dans une ville où avant nous, je ne crois pas que qui que ce soit ait jamais vu un Arabe. Mes parents ont dit merci. C'est là qu'ils sont encore. Mon père bossait, ma mère faisait des gosses, et je pourrais te dire comme tous les gars du quartier que je les aime et que je les respecte parce qu'ils nous ont tout donné mais je ne crois pas que ce soit honnête. J'ai détesté qu'ils me donnent tout et que eux arrêtent de vivre. Je me suis senti étouffé, ça me rendait fou. J'ai passé mes dernières années là-bas à ne rêver que de partir et maintenant que je suis parti, je n'arrive pas à ne pas me sentir coupable. Quand j'ai vu mon père, la dernière fois, il m'en a collé une et je l'ai haï de toutes mes forces mais en même temps, je le comprenais. Parce qu'il a arrêté de vivre pour moi et qu'il croit que je n'en fais qu'à ma tête et il doit penser que je suis le pire des égoïstes. Peut-être que je suis le pire des égoïstes… Mais parfois je me dis que si j'avais suivi le chemin qu'ils voulaient, ça n'aurait rien changé pour eux non plus : peut-être que mes parents auraient dit merci *beaucoup*, cette fois, mais à part ça…

Quand il a fini de parler, quand les mots s'éteignent d'eux-mêmes sur ses lèvres et qu'il sait que pour le moment, il est incapable d'aller plus loin, il cherche les yeux de Clarisse en se disant que s'il y lit de la pitié, s'il voit qu'il est devenu pour elle une cause humanitaire ou qu'elle se rengorge d'avoir gagné une bataille contre son silence, il partira tout de suite de l'appartement. Mais elle s'emmitoufle de nouveau dans la serviette et elle dit :

— C'est vrai que cette histoire manque de chameaux.

Dans sa famille, Clarisse a toujours prétendu (bien qu'elle préfère le terme « laisser entendre ») qu'elle poursuivait sa colocation avec Véronique. Lorsque ses parents annoncent leur visite à Paris, Clarisse et Hamid rangent et déguisent soigneusement l'appartement – les vêtements masculins, le nécessaire de rasage, les documents qui portent son nom sont mis sous clé dans le petit placard de la chambre. Véronique, gentiment, accepte de s'installer sur le canapé du salon et de disperser çà et là quelques objets qui lui ressemblent, le temps de donner le change. Elle embrasse Madeleine et Pierre sur les deux joues, prend de leurs nouvelles, parle de son avenir, se vautre sur les coussins avec des mimiques réjouies de propriétaire ou de gros chat. Dès que les parents de Clarisse sont partis, elle fourre dans un sac de voyage les deux ou trois vêtements, flacons de parfum ou magazines qu'elle a apportés et repart vers son propre appartement, sans émettre le moindre jugement sur ce service qu'on lui demande. Véronique aime penser qu'au cours de sa vie elle a été témoin de choses bien plus bizarres et qu'elle est difficilement impressionnable.

Dans un long entretien, Simone Boué, la compagne de Cioran, raconte qu'elle aussi a dissimulé pendant des années leur relation à ses parents. Elle a d'abord loué à son nom une chambre qui jouxtait celle du philosophe et dans laquelle elle ne se rendait que lorsque ses parents étaient de passage à Paris. Puis, quand Cioran et elle ont emménagé ensemble rue de l'Odéon, elle a pris l'habitude de déplacer un meuble devant l'une des portes de l'appartement pour faire croire à sa mère qu'elle vivait avec un « colocataire étranger » mais que le logement était soigneusement divisé en deux espaces qui ne communiquaient pas. Je ne sais pas si elle a un jour cessé de mentir ni ce qui a provoqué l'aveu – elle ne raconte rien à ce sujet.

Naïma n'a jamais réussi non plus à se faire expliquer pourquoi, un beau jour, Clarisse décide qu'elle a suffisamment ménagé ses parents (ni Clarisse ni Hamid n'ont parlé à leurs filles de la nuit où leur mère s'est pissé dessus et où la guerre du silence a pris fin). Tout ce qu'elle sait, c'est qu'après deux ans de relation secrète, Clarisse déclare qu'il est temps pour Pierre et Madeleine de se confronter au fait qu'elle est amoureuse d'un Arabe.

— Les Kabyles ne sont pas des Arabes.

— D'un Algérien, je voulais dire.

— Je ne suis pas algérien non plus.

— Tu sais ce que tu es : tu es innommable...

Hamid lève les mains en grimaçant : il n'y peut rien. Elle n'est pas la première à se heurter à l'absence d'une désignation qui lui conviendrait.

Peut-être même que c'est cette absence qui a naturellement entraîné des années de silence – quand le substantif principal vous manque, comment bâtir un récit ?

— Je te présente à mes parents, déclare Clarisse, tu me présentes aux tiens. Donnant-donnant.

Elle ne peut pas se départir si facilement de la règle d'égalité selon laquelle elle a avancé à ses côtés depuis deux ans. Elle a peur d'être renvoyée à leurs positions de départ et que la guerre du silence n'ait servi à rien. Elle préfère donc continuer un système de troc prudent mais têtu. Hamid commence par refuser le marché : il lui rappelle la dispute qui le tient éloigné de chez lui et l'oppose à son père. Elle répond qu'elle devra regarder en face le racisme qu'elle redoute sans jamais l'avoir réellement aperçu – faute d'occasion – chez ses parents. Ils ont plusieurs fois ce même dialogue, à d'infimes variations près. Les répliques leur viennent désormais sans qu'ils aient à y réfléchir, c'est un pas de deux connu, un échange chorégraphié. Pourtant, un après-midi, assise en tailleur sur le canapé, Clarisse bifurque, fait un saut de côté. Elle dit :

— Ce n'est pas facile pour moi non plus, Hamid... même si tu t'obstines à penser le contraire.

Décontenancé par cette irrégularité, il ne répond rien.

— J'ai besoin d'une petite place quand même, ajoute Clarisse. Une toute petite place pour mes tout petits soucis... Ce serait – quoi ? Peut-être le quart de cette table basse ? On pourrait dire que le quart de cette table basse...

Elle dessine du doigt sur la surface du meuble un espace vaguement carré :

— ... c'est l'endroit où je peux déposer mes soucis sans que tu les méprises, les relativises, ou les ignores. D'accord ?

Il fixe le coin de la table.

— Ça te laisse tout le reste, note bien.

Le sérieux de sa démonstration l'amuse et il lui fait signe, en souriant, de continuer.

— Alors disons que toi, tu es fâché avec ton père et que pour me présenter à tes parents, il faut que tu dépasses cette dispute. C'est un effort énorme comme trois quarts de table basse. Moi, de mon côté, j'aime mes parents, j'ai une relation agréable avec eux – je n'ai pas fait de crise d'adolescence, tu sais, j'ai toujours été une gentille fille... Et j'ai peur que te présenter à eux nous donne finalement l'occasion de nous brouiller, parce que mes parents ne sont pas géniaux, pas extraordinaires, ils sont même d'une banalité navrante, je suppose. Mais ce sont mes parents... Et j'ai cru toute mon enfance qu'ils étaient formidables.

Clarisse prononce le dernier mot d'une voix bizarrement étranglée. Hamid s'arrache à la contemplation du meuble. Elle a les larmes aux yeux, une mince pellicule liquide qui nappe et obscurcit l'iris et qu'elle tente d'ignorer, ou de faire disparaître, en conservant un visage parfaitement immobile. Il s'assied près d'elle.

— D'accord, murmure-t-il gentiment, on va faire ça ensemble. Qu'est-ce qu'on risque, de toute manière ?

— Nos parents pourraient nous déshériter, répond Clarisse, faussement dramatique.

Hamid se laisse basculer dans le canapé trop mou et, d'un geste ample, pose ses pieds sur la partie de la table basse qui lui est réservée.

— Pas les miens, dit-il avec un sourire éclatant. Ils ont tout perdu.

DONNANT (1)

Ce n'est pas le meilleur moment pour découvrir la cité, pour peu que celle-ci ait vraiment eu des jours fastes. Le Pont-Féron offre à Clarisse et Hamid une haie d'honneur faite de barres décrépites, d'antennes de télévision tordues, de chaussées défoncées, de vieux assis devant les immeubles, leurs bouches à demi vides ou bien brillantes de dents en or, les sacs plastique à leurs pieds contenant un mélange de médicaments et de nourriture. Il semble à Hamid qu'il a suffi qu'il s'absente un an pour que la cité s'effondre sous le poids de l'âge. Elle fait partie de ces constructions qui n'ont d'allure que flambant neuves et qui vieillissent comme on pourrit. La conjoncture s'ajoute aux faiblesses de son architecture pour faire craquer les murs : la crise sonne le glas des Trente Glorieuses et écrase ce quartier de travailleurs qui travaillent de moins en moins. L'inflation et le chômage connaissent des courbes jumelles dont les écrans de télévision de plus en plus nombreux montrent l'escalade sur des graphiques aux couleurs vives. Bientôt, le gouvernement ordonnera par spots publicitaires répercutés dans chaque salon la chasse au gaspi, n'hésitant pas à lister les conseils permettant les économies de fuel : faites tourner le moteur en sous-régime, évitez les coups de frein brusques, maintenez la température de votre domicile à dix-huit degrés. Bientôt, il y aura des vieux du quartier pour suggérer que l'on coupe le chauffage central et qu'on revienne au *kanoun* individuel parce qu'ils ne peuvent plus payer les charges. Les jeunes, grandis ici entre le terrain de jeu et les cages d'escalier, regarderont comme des extraterrestres ces hommes d'un autre temps qui réussissent, par ils ne savent quel tour de force, à se croire encore au bled. L'endettement commence dans la cité HLM, d'autant plus facile à pratiquer que la crise est crue éphémère, d'autant plus nécessaire que l'idéal de la maison pleine, tel que pratiqué sur la crête, a survécu lui aussi à quinze ans de France et que lorsque le réfrigérateur et les étagères débordent, rares sont les habitants qui perçoivent le danger d'un nombre négatif au bas d'une feuille ou sur un compte en banque dématérialisé. Alors que Clarisse et Hamid garent la voiture au bas de l'immeuble dans lequel vivent Ali et Yema, ils ne peuvent deviner les dettes, amicales ou familiales, les emprunts bancaires, les crédits à la consommation, qui se tiennent invisibles au-dessus des têtes des habitants, comme de belles épées de Damoclès financières, mais ils sentent que le paysage est morne et que les hommes sont inquiets.

La cage d'escalier sent la bière et la chorba, la rampe est gravée des noms des gamins qui y ont inscrit du bout d'une clé leurs identités minuscules. Tous les détails sautent aux yeux de Hamid. Il ne sait pas s'il voudrait trouver un moyen de les masquer de son corps les uns après les autres : boîtes aux lettres défoncées, vitres de portes fendues, sacs débordants du local à poubelles, ou au contraire s'il devrait les exhiber, forcer Clarisse à les recevoir en pleine face et lui dire : Voilà, c'est d'ici que je viens et c'est à prendre ou à laisser.

Elle se sent observée et ne remarque pas vraiment ce qui l'entoure parce que, bien qu'elle s'oblige à regarder devant elle, toute son attention se porte sur ce que Hamid attend d'elle et qu'elle ne parvient pas à définir. Ils sont nerveux et se communiquent sans avoir à se parler cette irritation qui tend leurs nuques, fige leurs épaules, crispe leurs doigts.

Lorsque Yema ouvre la porte, sa petite taille frappe Clarisse. Elle ne doit pas mesurer plus d'un mètre cinquante. Ses cheveux bruns et orange, patinés par des années de henné, s'échappent d'un fichu fleuri noué en triangle sur sa tête. Il y a quelque chose d'asiatique dans l'amande frangée de longs cils de ses yeux noirs et plissés. Elle sourit de tout son visage rond et, découvrant la jeune femme en robe trapèze qui se trouve sur le seuil, elle lui adresse une des seules formules de politesse qu'elle ait jamais apprises en français :

— Bonjour bonjour, comme tu as grandi.

Alors que Clarisse demeure interdite, Yema la prend dans ses bras et la serre contre elle. Clarisse ploie les genoux pour être à sa hauteur. Elle sourit bêtement tandis que l'étreinte s'éternise et aperçoit par-dessus l'épaule de Yema une jeune fille au regard sombre qui la toise depuis la cuisine. D'après son âge, ce ne peut être que Dalila. Elle a un beau visage, dur et fin, qui ressemble à celui de son frère aîné et une masse de cheveux qu'elle doit défriser au fer sans parvenir pour autant à masquer leur épaisseur. Ils forment une lourde muraille noire qui lui tombe jusqu'aux reins.

Yema finit par lâcher Clarisse mais durant toute la visite, elle cherche de nouveaux contacts physiques avec elle. Elle prend prétexte à n'importe quoi pour la toucher, lui saisir la main, lui palper le bras, la coller contre elle, la cajoler, la caresser. Il y a de la tendresse maternelle dans ses gestes mais aussi une sorte de sagesse de maquignon jugeant de la santé d'une bête, se dit Clarisse qui hésite à trouver agréable d'être ainsi offerte aux mains de cette petite femme. Elle apprécie la bise distante par laquelle Dalila la salue.

À part les deux femmes, l'appartement est vide et Clarisse est surprise du silence qui y règne. Les petits ont été confiés à une voisine pour éviter qu'elle ne soit effrayée par leur horde, lui explique Dalila, quant à Kader et Claude, ils sont à une compétition sportive dans la ville voisine.

— Il n'y a que moi qui n'aie jamais le droit de sortir, murmure-t-elle en lançant à sa mère un regard de reproche.

— Et *baba* ? demande Hamid, sans prêter attention aux griefs de sa sœur.

— Il arrive…, murmure Yema. Il devrait déjà être rentré.

Le jeune homme hausse les épaules et tout en la guidant dans le salon, il glisse à Clarisse que son père fait exprès d'être en retard, c'est son moyen de le punir. Ils s'assoient à la grande table où le couvert est déjà dressé, les assiettes couvertes de petites fleurs et les verres ornés de dorures, royaume du brillant qui contraste si fort avec le gris déglingué qui s'étend à l'extérieur de l'appartement.

— On ne l'attend pas, dit Hamid.

Il entame aussitôt avec sa mère et sa sœur une conversation décousue en arabe et pose une série de questions dont il traduit rarement les réponses à Clarisse. Chaque fois que Yema tente de s'adresser à elle en français, elle le voit qui grimace aux sons des mots tordus par la bouche de sa mère. Elle peine à comprendre la petite femme et doit, gênée et rougissante, lui demander de répéter. Hamid interrompt souvent l'échange mais, même quand il parle, les regards de Yema et de Dalila se posent sans cesse sur Clarisse, comme si elles attendaient qu'elle prenne part à leur discussion en arabe. Elle hoche la tête, sourit et dans son visage devenu brûlant, ses sourcils blonds – presque blancs – et ses yeux marine ressortent comme des bancs de sable et des flaques.

Hamid ne se tait que lorsque Yema apporte le couscous et que les bouches pleines ne s'occupent plus que de nourriture. Clarisse mange avec gourmandise, noie sa semoule de la sauce rouge et brûlante de la *marga*, embroche joyeusement les pois chiches sur sa fourchette. Voyant son assiette se vider, Yema la ressert encore et encore et Clarisse n'ose pas dire non. Elle considère que la politesse exige qu'elle finisse son plat. Yema considère au contraire que la politesse consiste à remplir les auges jusqu'à ce que l'invité ne puisse plus les finir. Les cuillères s'agitent en continu et bientôt Clarisse a l'impression d'être le loup du Petit Chaperon Rouge, ventre lesté de la gamine et de sa grand-mère.

Lorsque Ali rentre, il fait semblant d'être surpris par la présence de son fils, comme s'il avait oublié quel jour on était, comme si ça n'avait pas beaucoup d'importance et son jeu de mauvais acteur irrite Hamid qui s'agite sur sa chaise. Clarisse regarde avec stupéfaction la stature de l'homme-montagne à côté de sa femme-boule. Elle ne peut s'empêcher de se demander comment, au lit, ils parviennent à s'entendre (ils ont tout de même dix enfants) et cette simple pensée – même dénuée d'images – la fait rougir davantage.

Ali mange rapidement sur un coin de table pendant que les autres prennent leur café. Il ne parle presque pas mais sourit maladroitement à Clarisse lorsqu'il croise son regard. À côté d'elle, Hamid s'agite de plus en plus – il lui expliquera ensuite que son père lui adressait son sourire *spécial Français*, celui qu'il déteste. Elle ne voit rien de tout cela et répond aux sourires par des sourires plus grands encore, étonnée de découvrir dans ce père dont Hamid parle comme d'un patriarche dur et autoritaire un monsieur aux cheveux gris, un peu timide, gêné par sa propre taille. Quand il a fini d'avaler son repas, Ali se lève et demande qu'on l'excuse mais c'est l'heure de la sieste.

— On va y aller, de toute manière, dit Hamid.

— Tu n'attends pas tes frères ? demande Yema en ouvrant de grands yeux. Ils vont bientôt rentrer de la course.

Hamid secoue la tête :

— Non, non. On va y aller.

Clarisse, alourdie au point de souhaiter rester des heures immobile, le regarde se lever prestement. Elle le suit avec peine et se cogne aux meubles maintenant que les chaises ont été écartées de la table et que la pièce révèle ses dimensions insuffisantes pour un déjeuner familial (elle est incapable d'imaginer que Hamid a pu vivre ici avec cinq ou six autres enfants, ça ne lui paraît physiquement pas possible). Les embrassades avec Yema reprennent, la bise à Dalila. Ali ne se lève pas mais lui serre gravement la main comme si elle était un dignitaire étranger. Quand ils sont à la porte, il lance depuis sa chaise à Hamid qu'il ne regarde pas :

— C'est bien que tu sois passé.

Même si Clarisse ne comprend pas l'arabe, elle sent au relâchement de tout le corps de Hamid qu'il ne venait peut-être que pour cette phrase.

DONNANT (2)

La rencontre avec les parents de Clarisse se passe dans une brasserie parisienne le mois suivant. Madeleine et Pierre sont gris, blancs, bleus, droits et terriblement navrés d'être en retard. Hamid trouve qu'ils se ressemblent comme un frère et une sœur et se demandent si les années de mariage leur ont donné une même patine ou s'ils avaient déjà cette tenue similaire, ces mêmes gestes, ces mêmes expressions lorsqu'ils se sont connus. Au moment de l'entrée, ils évoquent à demi-mot leur surprise de découvrir son existence et leur regret d'avoir été tenus si longtemps dans l'ignorance mais ils se coupent mutuellement la parole du regard et laissent les phrases s'éteindre bien avant le point final. On peut sentir qu'ils sont tombés d'accord, peut-être dans la voiture ou juste après l'appel de Clarisse, pour ne pas accabler le jeune couple de reproches à l'occasion de ce déjeuner et pour tenter, malgré la situation « inédite », de se présenter sous leur meilleur jour. Seulement, une fois qu'ils sont assis à la table du restaurant, ils peinent à tenir leur résolution. Ils déguisent leur malaise par une conversation impersonnelle mais constante : les difficultés à circuler, le coût de la vie, les commerces de Dijon. Ils ne posent de questions que d'ordre général comme s'ils avaient peur que leur fille et son compagnon ne se mettent à révéler des obscénités si on les interrogeait sur leur vie commune et peut-être ont-ils raison dans la mesure où toute évocation de leur vie commune leur semble être une obscénité. Lorsque Clarisse tente de parler de Hamid, sa mère répond avec un sourire anxieux :

— Oui, oui, ma chérie. Tu me l'as dit au téléphone.

Elle reprend ensuite le fil de sa conversation et Pierre lui donne la réplique, ou inversement. Hamid et Clarisse, condamnés à hocher la tête ici et là, ressentent l'étrange impression de s'être assis à la mauvaise table. Au dessert, Pierre et Madeleine émettent des hypothèses sur la santé du président Pompidou dont le visage gonflé les inquiète. Clarisse et Hamid se regardent par-dessus leurs îles flottantes en hésitant entre le fou rire et le désespoir. Au café, ils parlent de la météo et semblent prêts à remonter le fil de nuages des mois précédents pour tenir jusqu'à la fin du repas. Clarisse se mord l'intérieur de la joue et Hamid regarde les tables voisines.

Lorsque l'addition arrive, le père de Clarisse insiste pour régler – il a une gravité presque sacrificielle, comme s'il voulait prendre sur lui seul le fardeau qu'a été ce repas. Il s'éloigne vers le comptoir,

Clarisse se lève pour aller aux toilettes et Hamid reste seul avec Madeleine. Il lui sourit en touillant le fond de sa tasse de café déjà vide mais elle se détourne et, fixant la rue à travers la baie vitrée, elle murmure « C'est très passant ici » avant d'entreprendre de compter les voitures. Gêné, Hamid se perd dans la contemplation des grains de sucre gorgés de liquide brun. Il est très surpris, alors qu'ils raccompagnent Pierre et Madeleine à leur véhicule, que ceux-ci les invitent à venir à Dijon aux prochaines vacances.

Naïma n'a assisté à aucune de ces deux rencontres mais elle peut les imaginer car il lui semble que des années plus tard, rien n'a changé dans les relations qui unissent ses parents à leur belle-famille. Yema et Clarisse continuent de se serrer l'une contre l'autre sans parler ou presque, puisque le fossé de la langue ne leur permet même pas d'essayer, alors que Hamid et Madeleine échangent, de loin, une succession de propos polis et désincarnés comme s'ils venaient de faire connaissance.

Si les deux rencontres ont eu lieu selon la règle d'égalité qu'avait voulue le jeune couple, leurs conséquences sont tout à fait disproportionnées. Du côté de Clarisse, cela signifie une invitation à Dijon de temps à autre et la mention du nom de Hamid dans les conversations téléphoniques qu'elle a avec ses parents, le plus souvent au dernier moment, juste avant de raccrocher (« Tu lui passeras le bonjour »). Mais du côté de Hamid, cette rencontre a scellé sa réconciliation tacite avec la famille et le jeune couple voit défiler à Paris les frères et sœurs tenus à l'écart du déjeuner et qui veulent tous profiter d'un week-end pour visiter la capitale. Clarisse, la fille unique, rit de leurs apparitions successives comme de ces scènes de dessins animés où l'on voit une dizaine de personnages s'extraire les uns après les autres d'une minuscule automobile. Kader est désormais en école d'infirmier. Il a gardé l'énergie rieuse dont il faisait déjà preuve dans son jeune âge et, pour Clarisse, il transforme l'enfance dont Hamid a honte en une succession de récits qui lui tirent des larmes de rire. Dalila s'ennuie dans une formation de commerciale qu'elle suit trop près du Pont-Féron pour avoir pu quitter l'appartement de ses parents. Elle passe le week-end à pointer du doigt les immeubles où elle aimerait vivre. La ville ne l'intéresse que parce qu'elle pourrait l'accueillir plus tard. Une église aux dentelles de pierre l'arrête moins qu'un balcon exigu sur lequel une jeune fille qui lui ressemble fume une cigarette ou étend son linge. Claude n'a pas de chance : il se fait arrêter rue de Turbigo par un policier qui estime qu'il n'a pas droit à son prénom, qu'il doit s'agir d'un mensonge ou d'une farce. Il est emmené au commissariat dont Hamid vient le tirer et il gardera de Paris le souvenir d'une ville raciste où il ne veut plus remettre les pieds. Karima ne vient pas : au dernier moment, elle préfère assister à l'anniversaire d'une de ses amies – une Marocaine, précise Yema au téléphone avec un mélange de surprise et de reproche dont Hamid ignore s'il est causé par l'annulation du voyage ou la nationalité de l'amie. Sans cesse repoussée, jamais accomplie, la visite de Karima se transforme en une plaisanterie familiale que Naïma entendra souvent dans son enfance : « envoyer Karima à Paris » étant devenu pour ses oncles et tantes un synonyme de « décrocher la lune ». Mohamed et Fatiha arrivent ensemble et Hamid les attend nerveusement devant la porte du wagon dont il s'est fait répéter plusieurs fois le numéro, craignant de ne pas les retrouver ou qu'ils soient descendus au mauvais arrêt, et il se demande ce qu'il fera si les deux gamins ne sortent pas de la voiture qui s'immobilise lentement mais non, les voilà, main dans la main, sautant la marche sous le regard attendri d'une passagère qui dit à leur grand-frère, comme si elle parlait de petits animaux : *Ils sont adorables. Je voudrais les adopter.* Leurs sept et six ans transforment Hamid et Clarisse en parents. Elle le regarde avec étonnement arrêter les pleurs des gamins, les doucher, les habiller. Il est le frère et le père de ses frères, se dit-elle en pensant que la formule a une étrangeté antique.

Au Pont-Féron, dans les bras de Yema, il ne reste que le petit Salim, le dernier, le dixième enfant. Elle le cajole doucement, en souriant, en imaginant que bientôt elle tiendra le fils de Hamid et Clarisse et que la chaîne des enfants qu'elle a serrés contre son sein ne connaîtra pas d'interruption.

Dans le café bondé où il est sorti prendre un verre avec ses collègues de travail, Hamid voit entrer une jeune femme aux longs cheveux bruns qui se fraie un chemin parmi les buveurs d'un pas assuré, les bras levés devant son visage comme un boxeur tenant sa garde. Elle avance à l'aveuglette, riant de sa propre brutalité et il reste planté là, immobile, le cerveau vide, fasciné par ce corps sans visage qui vient vers lui, le heurte, finit par baisser le bouclier de ses bras et sursaute. Ils se regardent tous les deux. Ils n'osent ni l'un ni l'autre prononcer un prénom qui pourrait être aussitôt refusé (« Vous devez vous tromper »). Ils sont suspendus au doute et à l'espoir puis Hamid se risque à bégayer :

— Annie ?

Le son qu'elle émet ressemble à un rugissement, son sourire lui déforme le visage.

— Hamid !

Elle saute à son cou, sans égard pour les buveurs qu'elle bouscule et qui protestent mollement. Fous de surprise, ils s'écartent pour se regarder encore, répètent le prénom de l'autre pour l'entendre y répondre, s'attrapent les épaules pour vérifier qu'ils sont bien là, bien réels, et pour mesurer combien ils ont grandi. Quelques minutes plus tard, alors qu'ils cherchent à se faire une place à coups d'épaule au comptoir, Annie murmure :

— Je n'arrive pas à croire qu'on se soit reconnus...

Hamid sourit sans rien dire : il ne l'a pas, à proprement parler, reconnue. Ce n'est pas la petite fille avec laquelle il jouait qu'il a vue apparaître devant lui mais sa tante, Michelle, qu'il pensait avoir totalement oubliée depuis quinze ans. Annie ressemble à un souvenir qu'il croyait ne pas avoir et il s'émerveille de cette découverte.

Elle lui dit qu'il n'a pas changé puis s'agace d'avoir pu utiliser un cliché pareil. Il est évident qu'il a changé. Elle l'a quitté alors qu'il n'était qu'un petit garçon, huit, neuf ans peut-être, elle ne sait plus bien.

— Mais tu es devenu l'adulte que je pensais que tu deviendrais. C'est ça que je voulais dire : tu ressembles à celui que tu promettais de devenir.

Elle est émue, tremble, crie un peu mais surtout elle rit à gorge déployée, comme Michelle le faisait au comptoir de l'épicerie de Palestro.

— C'est un signe pour moi de tomber sur toi ce soir, déclare Annie. Enfin... un signe, je ne sais pas, je n'ai jamais vraiment... Mais une coïncidence, une incroyable coïncidence !

Elle éclate de rire sans qu'il comprenne pourquoi, tire fébrilement de son sac un paquet de cigarettes, en porte deux à sa bouche et les allume d'un même mouvement avant de lui en tendre une. C'est un geste qu'il n'a vu qu'au cinéma et il est sûr qu'elle est en train d'imiter, peut-être sans le réaliser, un acteur américain du temps de leur adolescence. En tirant de petites bouffées rapides, elle lui confie qu'elle a beaucoup hésité mais qu'elle s'apprête à repartir pour l'Algérie le mois suivant, avec d'autres membres de son groupe (elle ne précise pas lequel), pour aider à construire l'Algérie socialiste.

— Je croyais que ça arrêterait de me manquer au bout d'un moment. Mais non, tous les jours, toutes ces années, j'ai continué à penser au pays. Il n'y avait rien à faire. Ici, ils n'ont jamais compris les pieds-noirs. « Qu'ils aillent se réadapter ailleurs. » Tu parles d'un accueil. La seule chose qui leur faisait plus peur que nous, c'était vous, les Bougnoules. Pays de cons.

Hamid grimace :

— Tu préfères Boumédiène ?

— Tu préfères Pompidou ? Quoi, tu es de droite ?

— Tu aimes les coups d'État militaires ? Tu es fasciste ?

— Tu veux ma main dans la gueule ?

Ils se sourient, heureux de voir qu'ils redeviennent l'un avec l'autre les petites brutes qui faisaient tomber les conserves et se chamaillaient dans les décombres. Comme ils ne parviennent pas à attirer l'attention du barman, elle se penche par-dessus le comptoir et, sur la pointe des pieds, remplit elle-même leurs verres à la tireuse. Il la revoit dans la boutique de son père, escaladant les étagères pour se servir, régnant sans partage sur les bocaux et les bouteilles.

— Et Claude, il en pense quoi de ton projet de départ ?

— Claude, il est mort, dit Annie durement. Cancer.

Tenir son verre droit semble soudain requérir toute son attention. Pourtant, il tremble encore et un peu de bière se répand sur le zinc.

— C'est étrange, reprend Annie très concentrée sur la petite flaque de bière dorée, mais j'ai fini par l'accepter. J'étais bien obligée, tu me diras. Par contre... je n'arrive toujours pas à me faire à l'idée qu'il soit enterré si loin de ma mère, ça c'est insupportable. Chacun d'un côté de la Méditerranée... Il ne se l'est jamais pardonné, je crois, de l'avoir laissée derrière, sous son petit carré de marbre blanc. Il y pensait toujours. Il cherchait des amis, des personnes de confiance restées là-bas à qui il aurait pu demander d'aller sur la tombe, de mettre des fleurs, de vérifier qu'on ne lui prenne pas la concession. Et il a fini par me transmettre cette angoisse. Ne plus revoir la maison, je m'en moque. Ne plus revoir sa tombe, en revanche, je ne pouvais pas m'y résoudre. C'est idiot. Tu as déjà joué à ce jeu « Qu'est-ce que tu emporterais sur une île déserte ? »

— Évidemment.

— À ma connaissance, personne n'a jamais répondu : « Mes morts. » Et pourtant, depuis qu'on est revenus ici, ce sont eux qui nous manquent.

Hamid hoche la tête, sans lui dire que jamais il n'a pensé aux tombes sur la crête, pas même à celle de ce petit frère qu'il n'a pas eu le temps de connaître et qu'il pense parfois avoir inventé, ou confondu avec Dalila ou Kader. Il ne veut pas s'exclure du « nous » prononcé par Annie, quitte à mentir par omission.

Il y a un nouveau mouvement serpentin dans la masse chaude des buveurs. Des dos se pressent contre eux, les obligent à se pencher sur le bar. Le verre d'Annie crache un peu plus de mousse et de bulles. Des excuses s'élèvent de partout à la fois, adressées à personne. La jeune femme balaie d'un geste les morts qu'elle a convoquées et qui flottent autour d'eux. Tout en dessinant dans la bière renversée des figures tournoyantes, elle raconte son projet à Hamid, les amis avec qui elle part, les gens qui les accueilleront là-bas, les champs qu'ils culti-veront ensemble. Elle s'émerveille de la révolution agraire qu'il a vu arriver chez lui dans une mince enveloppe brune et qui lui a valu sa dernière gifle. Elle s'applique à dire Lakhdaria chaque fois que le nom de Palestro, débaptisé depuis leur départ, lui monte aux lèvres.

— Tu ne veux pas venir ? demande-t-elle sou-dain, déjà enchantée par son idée.

Il secoue la tête en souriant :

— Je ne crois pas qu'ils veuillent de moi.

— Tu n'en sais rien.

— Un pays qui t'a chassé n'est plus ton pays.

— Ils ne nous ont pas chassés, Hamid. On est partis. Nos parents sont partis parce qu'ils avaient peur. On s'est retrouvés en Picardie... Si la sécu-rité ressemble à la Picardie, je crois que je préfère avoir peur.

Il rit et dit :

— Pour moi, c'était l'Orne.

Elle grimace puis déclare, avec un accent pied-noir de comédie :

— Je veux retrouver mes racines.

420

— Les miennes, elles sont ici, dit Hamid. Je les ai déplacées avec moi. C'est des conneries, ces histoires de racines. Tu as déjà vu un arbre pousser à des milliers de kilomètres des siennes ? Moi j'ai grandi ici alors c'est ici qu'elles sont.

— Mais tu te souviens à quel point c'était beau ?

Elle écarquille les yeux comme pour faire de la place à tous les paysages qu'elle se rappelle ou pour lui faire de la place à lui, Hamid, qu'il puisse entrer dans le pays de ses souvenirs par les deux hublots de ses yeux. Pendant un moment, il rêve... Il revoit la montagne, la vallée, les hautes herbes éclaboussées des éclats de coquelicots, les arbres sombres aux troncs tordus et puis il imagine une vaste maison blanche au toit plat, des champs peuplés de jeunes gens qui travaillent ensemble avant de partager le pain à l'ombre d'un figuier en corolle, au son des cigales, Annie en robe d'été qui court dans les oliviers, sa peau dorée par le soleil, qui se tourne vers lui en souriant, en criant son nom note suspendue quelques secondes puis qui enfle devient stridente insupportable cris multiples hommes femmes hurlements déchirent la gorge et les oliviers brûlent traits noirs contre le ciel odeur du pneu fondu chair éclatée homme-feu qui trébuche homme-fer tombé au sol sous les huées on reviendra pour toi pour ton père on reviendra.

— Je ne peux pas, dit-il. Et puis... je ne sais même plus parler la langue.

Quelques minutes plus tard, Annie est rejointe par un groupe d'amis et Hamid s'éclipse rapidement. Il quitte le bar avec l'impression d'être totalement saoul, ivre d'une bière et de plusieurs années de souvenirs qui explosent dans son cerveau.

Dans les mois suivants, il recevra d'Annie plusieurs cartes postales envoyées d'Alger puis de la Mitidja, les premières enthousiastes, les suivantes de moins en moins.

À l'une d'elles, il répond en informant Annie qu'il va être père. Clarisse est enceinte.

L'échographie leur apprend qu'il s'agit d'une petite fille et, en quittant l'hôpital, Clarisse n'ose pas avouer qu'elle est déçue : elle aurait voulu un enfant qui soit une miniature de Hamid. Avoir une fille l'intéresse moins, elle se connaît trop bien, elle imagine la petite comme une deuxième Clarisse qui répéterait son développement. De son côté, Hamid exulte. Jusque-là, il n'a pas voulu se l'admettre mais maintenant il le sait : ça aurait été trop compliqué d'élever un garçon, de lui transmettre des valeurs indépendantes du système qu'il a connu, de ne pas penser à ce rôle de fils aîné qu'on lui a inculqué, de ne pas tout faire en fonction de sa propre enfance, contre elle la plupart du temps. Une fille, c'est différent. Dans sa famille, dans les villages de la crête, les pères ne s'en occupent pas. Il a tout à inventer.

Au téléphone, quand elle apprend la nouvelle, Yema félicite Clarisse puis leur souhaite que le prochain enfant soit un garçon. Elle ne sera jamais exaucée : Clarisse ne donnera naissance qu'à des filles, quatre filles, un pied-de-nez de la nature aux traditions patriarcales.

Peu après, Clarisse, Hamid et la petite Myriem quittent Paris pour s'installer à la campagne. C'est là que naîtront Pauline, Naïma et Aglaé. Les prénoms mêlés des quatre filles ne suffisent pas à décrire la façon dont leur héritage se fragmente en de multiples variations et ne cesse de surprendre leurs parents puisque Myriem et Pauline ont des cheveux crépus d'un blond cendré alors que Naïma a les yeux et la chevelure noire, puisque Aglaé a hérité de l'afro de son père et des mains précises de sa mère, que Myriem n'a le nez de personne, que Pauline est un garçon manqué, Aglaé bavarde et Naïma lunatique, puisqu'elles demandent très tôt à Yema de leur apprendre à pousser des youyous mais parlent l'arabe en un yaourt grotesque qui a pour seul but de les faire rire, puisque Pauline prétendra devant ses sœurs qu'elle a été adoptée – au nom d'un grain de beauté qu'elle est seule à arborer au coin de la bouche – et s'inventera une famille russe alors que Naïma, au fil des années, deviendra une sorte de portrait de sa mère peint entièrement avec les mauvaises couleurs. Hamid et Clarisse les regardent grandir et se différencier en les encourageant de leurs gestes joyeux et timides. Et comme, à partir de cette date, ils deviennent des parents, c'est-à-dire des figures immuables entièrement absorbées par l'attention constante que réclament des enfants, il est impensable pour Naïma qu'ils aient encore une histoire à raconter. Alors que leurs filles font leurs premiers pas sur le tapis vert de pelouse et de mousse, ils se figent au sein de cette maison, deviennent des images d'eux-mêmes, saisies, inaltérables.

Partie 3 :

PARIS EST UNE FÊTE

« Quand il fut de retour enfin,
Dans sa patrie, le sage Ulysse
Son vieux chien de lui se souvint
Près d'un tapis de haute lisse,
Sa femme attendait qu'il revînt. »

Guillaume APOLLINAIRE,
La Chanson du mal-aimé

« Les conditions ne sont pas encore
venues pour des visites de harkis, ça
il faut que je le dise. C'est exactement
comme si on demandait à un Français
de la Résistance de toucher la main à
un collabo. »

Abdelaziz BOUTEFLIKA,
président algérien,
14 juin 2000

PARTIE II

PARIS EST UNE FÊTE

De loin, si l'on pouvait prendre du recul sans s'écraser contre la vitrine de la galerie ou le mur blanc du fond – ce qui est impossible un soir comme celui-là, un soir de vernissage – on ne verrait qu'une masse mouvante de robes noires et de vestes en tweed, de jeans anthracite portés sur des bottines à talons, de chemises à larges carreaux, de coupes de champagne remplies à divers niveaux, plus ou moins maculées de traces de rouge à lèvres, de paires de lunettes aux montures larges, de barbes soigneusement taillées et d'écrans de smartphones illuminés, bleutés ou blancs. On distinguerait que la foule se déplace le long de deux spirales soigneusement emboîtées, l'une concentrique et l'autre centrifuge, également lentes, créées par la déambulation devant les tableaux et par la difficulté à accéder au buffet.

En reculant encore, on laisserait les invités du vernissage derrière la large vitrine de la galerie et l'on pourrait embrasser du regard la rue calme du 6e arrondissement où celle-ci se situe, les boutiques de vêtements dans lesquelles les vendeuses éteignent une à une les lumières, la pâtisserie dont les rideaux vert amande de toile épaisse ont été baissés et, adossée à une voiture, on remarquerait dans la pénombre Naïma qui fume une cigarette, les yeux fixés sur les occupants de la galerie.

C'est ici qu'elle travaille depuis près de trois ans. À la fin de ses études, elle a d'abord passé deux ans dans la rédaction d'un magazine culturel dont les horaires de travail extensibles, après lui avoir procuré d'excitantes montées d'adrénaline, l'ont conduite à un état d'épuisement et de fragilité qu'elle n'avait jamais connu auparavant. Elle a fini par démissionner, honteuse de ce qui lui paraissait être sa propre faiblesse mais encouragée par Sol qui lui répétait qu'il existe un Code du travail pour de bonnes raisons. Elle a traversé quelques mois d'un chômage tour à tour anxiogène et apathique puis elle est arrivée ici. Elle n'imaginait pas qu'elle pourrait un jour être employée par cette galerie qu'elle connaissait bien. Elle y avait vu beaucoup d'expositions qui l'avaient enthousiasmée, surtout de la photographie : les Japonaises nues et encordées d'Araki exposant les fleurs de leur vulve et de leurs kimonos, la dignité de leur visage hiératique, les autoportraits de Raphaël Neal sur les terres perdues d'Islande et puis le travail du Hollandais Piers Janssen sur la fatigue, les cernes pris de si près qu'ils font penser à des paysages lunaires... Naïma pouvait en citer une dizaine quand elle a passé son entretien d'embauche avec Christophe, elle se répandait en compliments pleins d'une ferveur réelle mais (elle en avait conscience) excessive, elle évoquait certaines images avec une précision émerveillée, se rappelait soudain une autre série et, tout en s'intimant de se taire, de cesser immédiatement de parler, elle la décrivait à son tour et elle répétait que ce serait un rêve de travailler ici, un rêve, vraiment. Christophe, face à elle, se contentait de sourire : il avait déjà décidé qu'il l'engagerait. Il aimait :

— ce qu'elle dégageait, dit-il à ses employés, ses clients, sa femme ;

— son sourire et ses seins, dit-il à ses amis.

Depuis deux ans maintenant, ils couchent ensemble. Elle ne sait plus exactement comment cela a commencé.

Entre ses vingt et ses vingt-cinq ans, après des premières romances qui ressemblent à toutes celles que lui ont promises les magazines (et qu'elle a peut-être, sans le réaliser, façonnées pour qu'elles leur ressemblent), Naïma décide qu'elle préfère coucher avec des inconnus. Ce qui ne veut pas dire au hasard. Ce sont toujours des hommes qui lui plaisent. Simplement, ils lui plaisent dès le premier regard, sans qu'elle ait besoin de justifier cette attraction par le déroulé mutuel, et souvent mensonger, de leur CV.

Parfois, elle plaisante sur son histoire familiale et elle dit :

— Ma grand-mère s'est mariée à quatorze ans. Ma mère a rencontré mon père quand elle en avait dix-huit. Il faut bien qu'une femme dans cette famille se décide à faire du chiffre.

À vingt-cinq ans, cependant, elle se résout à mettre un frein à cette pratique. Ce n'est pas que son désir ait diminué ni qu'une forme de moralité ancestrale la rattrape, c'est qu'elle a l'impression, subitement, que son comportement a été tant banalisé par les séries américaines – et notamment *Sex and the City* – qu'il est devenu une norme. Il n'y a plus de surprise dans le regard des types à qui elle propose, après quelques verres, de venir chez elle et elle n'est même plus sûre qu'il y ait une réelle envie : ils la suivent parce que c'est ce qu'il *faut* faire désormais et ils pensent sans doute qu'elle les invite pour la même raison. Elle trouve que son désir est gâché, ou peut-être sali, par cette nouvelle obligation de coucher qui s'est répandue un peu partout. Comme si l'on exigeait des femmes (considérées comme un ensemble) qu'elles prouvent qu'elles sont l'égale des hommes (un ensemble, également) en imitant le comportement sexuel que l'on prête à ceux-ci, c'est-à-dire en adoptant envers eux un rapport de prédateur à proie, dans ce qui n'est même plus une chasse mais une battue à grande échelle. Elle n'a plus l'impression d'être libre de choisir mais, au contraire, de rentrer dans le rang de ceux qui ne choisissent pas et se rabattent sur tout ce qui est à leur portée. Naïma est également gênée par la prise de conscience qu'en promouvant les femmes au rang de consommatrices du sexe, la société actuelle en a fait, purement et simplement, des consommatrices. Les bars et les restaurants où elles ne sont plus les invitées à qui l'on tend le menu aux prix absents, l'ont peut-être compris les premiers : les femmes paient l'addition. Ils ont été suivis par les marchands de sex-toys, les esthéticiennes qui proposent des forfaits minute (ton maillot brésilien pendant ta pause déjeuner, pas de temps perdu !) et les laboratoires pharmaceutiques qui vendent à prix d'or des cures chargées de retarder la ménopause, ou du moins ses effets, pour que « les femmes » puissent consommer quelques années de plus le sexe et ses produits dérivés. Depuis que chaque affiche dans les rues de Paris, chaque article de magazine semble lui demander d'être une prédatrice sexuelle et de dépenser les sommes que cela implique, Naïma a presque perdu le goût des coups d'un soir.

Depuis deux ans, elle couche principalement avec Christophe. Parfois, elle voit d'autres hommes mais curieusement c'est son histoire avec lui qui est devenue centrale. Il a quarante ans, il est marié, il a deux enfants. Elle ne comprend pas bien pourquoi ça dure. Un jour où elle se confiait à Élise (elle continue à prétendre devant Christophe que personne à la galerie ne sait rien), celle-ci a répondu – sans grande originalité, mais elle était ce jour-là un peu distraite – que les types comme lui étaient tous les mêmes : ils promettaient de quitter leur femme et n'en faisaient rien. À ce moment-là, Naïma a réalisé que Christophe ne lui avait jamais promis ça. Il n'avait jamais fait semblant que leur relation pourrait devenir plus. Elle s'est dit qu'elle allait arrêter. Elle a recommencé. Elle ne sait pas si elle est amoureuse de lui ou si elle est mue par le seul désir qu'il tombe finalement amoureux d'elle, si c'est l'ego qui lutte et qui a décidé d'avoir cet homme à l'usure ou si c'est le cœur qui bat. Peut-être un peu des deux.

Elle sait qu'elle se comporte dans ce domaine comme dans beaucoup d'autres : c'est-à-dire qu'elle refuse de ne pas avoir droit à quelque chose. Au fil des années, elle a poussé beaucoup de portes uniquement pour vérifier que celles-ci lui étaient ouvertes, portes d'institutions ou de chambres à coucher. Si elle a eu peur que les écoles, les galeries, les musées, les fondations la refusent, elle a pareillement peur que les hommes issus d'un milieu culturel supérieur au sien ne la voient pas comme une femme. Et de même que le principe des quotas la rebute car il dévaloriserait son travail, elle ne se considère pas comme acceptée quand elle pense qu'elle n'est pour ces hommes qu'un moment d'exotisme. Elle vit donc avec l'angoisse au ventre. Elle couche avec des hommes en attendant le signe que ceux-ci la méprisent et si elle en trouve un, elle les méprise. C'est toujours par le mépris que ses dernières histoires ont commencé à pourrir.

Yema lui a dit un jour :

— Je ne te verrai jamais mariée si tu continues. Trouve un gentil. C'est ça le plus important. Un qui ne te laisse pas te tuer au travail dans la maison.

— J'en veux un qui me comprenne, Yema, a ri Naïma en serrant au creux de ses mains un verre de thé brûlant.

— Autant chercher les racines du brouillard...

Quand l'une de ses cousines lui a annoncé qu'elle se mariait à un Algérien de Draâ El Mizan, Naïma a réalisé qu'elle n'avait jamais eu de relation (sexuelle ou autre) avec un Maghrébin. Pire : elle n'avait jamais été attirée par l'un d'eux. Elle s'est demandé si elle avait développé une forme de racisme propre à certains descendants d'immigrés : elle ne peut pas envisager d'avoir une relation avec quelqu'un qui soit originaire de la même région que sa famille. Cela irait à l'encontre de la logique d'intégration, qui est aussi quoique de manière plus secrète une logique d'ascension et réclame que l'on aille procréer avec la majorité dominante pour prouver que l'on a réussi. Elle n'a jamais confié ce doute à personne. Et si jamais quelqu'un suggérait qu'elle puisse être raciste, elle répondrait avec colère – en mêlant à ses propos quelques mots d'arabe – que c'est impossible, pas elle, non, pas avec sa double culture.

Double culture, mon cul. À dix ans, elle a fait des makrouds avec sa grand-mère. Et elle sait dire : merci, je t'aime, tu es belle, ça va – et sa variante quasi obligatoire : merci mon Dieu ça va –, casse-toi, je ne comprends pas, mange, bois, tu pues, le livre, le chien, la porte. Ça s'arrête là, même si elle refuse de le reconnaître.

— Parfois tu es aussi con que mes élèves, lui dit Romain. J'entends ça toute la journée : « M'sieur, je peux pas être raciste, je suis noire ! », « Je peux pas être raciste, je suis arabe ! ». À part ça, ils se foutent tous de la gueule des Asiatiques, des Chrétiens, des Roms... Mais ils sont persuadés qu'ils sont vaccinés contre le racisme par leur couleur de peau et que c'est un mal qui n'arrive qu'aux autres.

— Je t'emmerde, *roumi*, lui répond Naïma dans un immense sourire.

Comme d'habitude, ils se disputent et finissent la soirée en se disant qu'ils s'aiment. Naïma a créé autour d'elle, dès ses premières années à Paris, une nouvelle famille à qui elle a toujours été fidèle et dont Romain et Sol sont les piliers immuables. En cela, pense Clarisse sans jamais en parler, elle ressemble terriblement à son père : elle a hérité de son besoin de se réinventer pour avoir l'impression d'exister pleinement. Et Clarisse soupire parce que les choix de Hamid avaient fait d'elle le centre de tout et que ceux de Naïma l'ont, tout aussi irrémédiablement, évincée du cœur de sa vie.

Avec ses amis, Naïma a élaboré une théorie selon laquelle les gens peuvent être regroupés en deux tribus, celle de la Tristesse et celle de la Colère – et qu'on ne leur dise pas qu'il existe des gens heureux, ça ne compte pas : c'est quand le bonheur s'arrête qu'ils sont reconnaissables, qu'on voit leur vérité. Tout le monde s'effondre à un moment ou à un autre, il faut juste attendre un peu. Il y a des jours où vous croyez que tout va bien – pense Naïma, ou Romain, ou Sol – et puis vous vous penchez et vous voyez votre lacet défait. Soudain, l'impression de bonheur disparaît, le sourire lui-même s'écroule, comme des bâtiments soufflés par une explosion : il tombe comme les immeubles. En fait, vous n'attendiez que ça, le lacet, la chose minuscule. Tout le monde a secrètement envie d'être furieux ou malheureux. Ça rend intéressant.

Romain est de la famille de la Tristesse. Sol, comme Naïma, est une fille de la Colère. Leur colocation, qui tient depuis des années, a connu des moments difficiles au début, colère debout contre colère. Parfois, elles arrêtaient de se parler pendant des semaines, il y avait comme un mur de Berlin dans l'appartement. Et puis l'une d'elles cédait finalement. Elles organisaient des réconciliations internationales et pour fêter l'événement, elles buvaient la vodka au goulot. Maintenant que la carrière de journaliste de Sol la tient éloignée de l'appartement la majeure partie du temps, elles ne connaissent plus ces engueulades épiques.

Naïma n'a jamais compris d'où venait la rage de Sol. Son amie parle à peine de ses parents, elle donne l'impression de s'être enfuie de chez elle plutôt que d'en être partie pour ses études. Elle défend son indépendance d'une façon qui laisse croire que celle-ci lui a permis de survivre à une jeunesse terrifiante, comme si son indépendance était un vieux couteau suisse qui ne l'avait jamais quittée et lui avait plus d'une fois sauvé la mise. Quand Naïma a rencontré sa famille, elle s'est aperçue que rien ne justifiait la conduite de Sol et elle est restée perplexe. Ses parents sont charmants, sa petite sœur est une Boucle d'or miniature, sa maison est agréable. Il est impossible de deviner l'origine de sa colère.

— Et la tienne, elle vient d'où ?

— Ji berdu mi racines, dit Naïma en imitant l'accent de sa grand-mère.

— Tu as regardé derrière le frigo ? demande Sol (réplique d'Ewan McGregor dans *Petits meurtres entre amis,* un de leurs films cultes).

Elle n'a regardé nulle part, sinon dans quelques romans, parce qu'elle a longtemps pensé qu'elle n'avait, en réalité, rien perdu du tout.

— Tu connais l'Algérie ? Tu y es déjà allée ? lui demande Christophe une nuit.

Il est nu, le corps totalement étiré, les yeux mi-clos. Sur l'aine et le bas du ventre, couverts d'une toison dorée ou rousse, sa queue se recroqueville lentement, se dégonfle comme sous l'effet d'une fuite invisible et irréparable. Un mouvement sinueux et compliqué réorganise la peau de ses testicules. On dirait qu'un animal passe juste sous l'épiderme avant d'aller dormir. Christophe, silencieux, attend que son corps ait fini de sortir du désir, d'en éliminer les traces et les agencements.

Au début, quand elle le voyait allongé sur son lit après l'amour, totalement abandonné, Naïma pensait que peut-être il s'endormirait là. Mais le relâchement de son corps n'est qu'apparent. Après de longues minutes d'immobilité, il se lève, se rhabille et part. Ils n'ont jamais passé une nuit ensemble. Christophe prétend qu'avant Naïma, il n'a jamais trompé sa femme. Elle a du mal à le croire.

— Non, répond-elle.

Après qu'ils ont couché ensemble, la parole peine à leur revenir et les silences entre les phrases s'éternisent. Parfois, Naïma les attribue à la gêne, parfois au bien-être, au sommeil qui les surprend là, parfois à la difficulté de revenir à un mode conversationnel après avoir gémi et hoqueté si longtemps.

— Pourquoi ?

C'est une sorte de ping-pong extrêmement lent, un mot, un temps, un mot. Pourtant la réponse qui suit est une rengaine déjà prête. Le couplet habituel lui vient sans même qu'elle ait à y penser :

— Mon père attendait que mes sœurs et moi soyons un peu plus grandes pour nous emmener toutes les quatre. Mais en 1997, pendant la décennie noire, mon cousin et sa femme ont été tués dans un faux barrage et alors mon père a changé d'avis. Il a dit qu'il ne rentrerait plus jamais au pays.

Le couplet évite d'aller patauger du côté des fonds troubles de l'Histoire, ceux dont Naïma n'a pu remonter que des morceaux : un grand-père harki, un départ brutal, un père élevé dans la peur de l'Algérie. Le couplet est pratique, chargé de ce qu'il faut de tragédie pour ne pas qu'on le questionne, et il a même l'avantage d'être vrai. Jusqu'à ce que Azzedine – le fils d'Omar et petit-fils de Hamza, dont Naïma ne sait rien – meure criblé de balles de mitraillette dans les environs de Zbarbar, Hamid a laissé entendre à ses quatre filles qu'elles verraient un jour le pays d'où il vient. Elles attendaient, déçues chaque année que les vacances scolaires les envoient vers Pierre et Madeleine à Dijon et jamais de l'autre côté de la Méditerranée. Patience, disait Hamid, patience, vous êtes trop petites. À quel âge a-t-on droit à l'Algérie ? se demandaient parfois Naïma et ses sœurs en traversant la Bourgogne dans la voiture de leurs grands-parents maternels. Peut-être Hamid a-t-il réellement pensé qu'il ferait un jour la traversée, peut-être n'attendait-il qu'une excuse pour déclarer que c'était infaisable, de cela Naïma n'est pas sûre. Mais depuis 1997, il oppose un veto catégorique à tout projet de voyage que tentent d'amorcer ses filles. Myriem a fait son deuil rapidement, remplaçant le pays perdu du père par l'Amérique plus lointaine et plus brillante où elle vit depuis quelques années. Pauline est allée cinq fois au Maroc, elle s'est frottée à la frontière comme un vieux chat sur un coussin. Aglaë dit qu'elle s'en fout : elle est internationaliste. En chantant faux Brassens, elle se moque des imbéciles heureux qui sont nés quelque part. Naïma, elle, a un peu insisté mais mollement. Pendant ses années d'université, elle a suivi des cours d'arabe avant de réaliser que la langue littéraire qu'elle bégayait à grand-peine ne ressemblait que très peu au dialecte de Yema. Malgré leurs différences, elle sait que ses sœurs donnent la même réponse que celle qu'elle vient de réciter à Christophe lorsqu'elles doivent expliquer pourquoi elles ne connaissent rien de l'Algérie. Le couplet fait partie de leur éducation au même titre que les injonctions à ne pas parler la bouche pleine ou à ne pas mettre les coudes sur la table.

— Mon père m'a emmené voir Tipaza quand j'étais petit, murmure Christophe, rêveur.

Sur son bas-ventre, le sexe est désormais si minuscule qu'il ne dépasse plus du triangle de poils vers le nombril. Il est enfoui dans la toison, fragile, lové. Naïma ne l'aime pas beaucoup quand il est comme ça. Une des raisons pour lesquelles Christophe lui plaît, c'est que sa bite en érection lui ressemble : droite, longue, peut-être un peu trop fine. Elle ne lui plaît pas en elle-même mais dans la ressemblance qu'elle entretient avec le corps et le caractère de l'homme auquel elle est attachée. Sol a écrit l'année dernière un article sur la manière dont le porno a uniformisé ce que devaient être les parties génitales pour les hommes comme pour les femmes, une certaine taille, une certaine variation chromatique, des proportions fixes. Naïma pense que c'est absurde. Les hommes qui l'ont troublée ont toujours eu des queues qui leur ressemblaient – aussi leur faire l'amour paraissait-il être une continuation de dialogue.

— Il y avait la mer sous le soleil, souffle Christophe, elle brillait comme un bouclier, et la stèle avec la phrase de Camus...

Naïma, presque machinalement, complète :

— *Je comprends ici ce qu'on appelle gloire : le droit d'aimer sans mesure...*

Elle regrette un peu d'avoir prononcé ces mots-là devant lui. Elle ne voudrait pas qu'il croie que c'est une revendication. Elle met un point d'honneur à ne rien demander de plus que ce qui arrive. En ce moment, par exemple, elle pense qu'elle aimerait bien qu'il dorme ici, qu'ils puissent à nouveau coucher ensemble en se réveillant, au petit matin. Mais elle ne dit rien.

— Tu voudrais y aller un jour ? demande Christophe.

Il la regarde en souriant. Il a un vrai sourire de gamin, une grimace à la fois espiègle et naïve. Son cœur accélère un peu parce qu'elle imagine que ce serait possible qu'ils s'y rendent ensemble. Il dirait à sa femme : voyage d'affaires ou ces choses que se disent les couples mariés qui n'ont pas l'honnêteté de s'avouer que le désir est pluriel et puis ils partiraient de l'autre côté de la mer. Elle répond solennellement, comme s'il s'agissait d'une demande en mariage :

— Oui.

Mais il n'ajoute rien. Il sourit encore, lui caresse le visage puis se lève et se rhabille.

La galerie Christophe Reynie expose de l'art contemporain, c'est ce qui est écrit sur la vitrine. Il y défile beaucoup de photographie mais aussi de la sculpture, des installations, de la peinture (« Que du figuratif, exige Christophe, moi l'abstrait, ça m'a gavé. Je veux des gens qui sachent faire un truc de leurs mains, pas des mecs qui ont trouvé un concept »), un peu moins de vidéo (« Ça se vend mal »). Des artistes du monde entier et de tous les âges y exposent. C'est ce qu'aime Naïma ici : c'est une maison qui n'appartient à aucune génération, à aucune école, ce n'est pas un terrier où un groupe spécifique d'artistes pourrait se cacher, arrêter de regarder ce qui se fait ailleurs et se gargariser d'être à la pointe de quelque chose ou d'être l'arrière-garde de tout le monde, le dernier bastion d'une société qui a perdu son âme après eux.

Cependant, Christophe a une passion particulière – lui préfère parler de « spécialité ». Il s'intéresse aux œuvres d'art produites dans les pays colonisés durant les années de la décolonisation (violente ou non). Il appelle ça l'*esthétique non alignée*. Dans son bureau, au premier étage de la galerie, il y a Fanon et Glissant.

— Je suppose que tu les as lus, dit-il un jour à Naïma.

Elle hausse les épaules.

— Je ne vois pas pourquoi.

Elle n'est pas née dans une famille qui lui a donné les livres que Christophe a lus dans sa jeunesse, ceux *à partir desquels* il a pu se diriger ensuite vers ceux-là. Hamid ne lit que les journaux et, de temps en temps, la biographie d'un grand personnage historique. Clarisse lit des livres de hippies qui traitent de l'environnement et de l'éducation. Sur les couvertures, il y a des arbustes, des points compliqués de broderie et des visages souriants. Naïma n'est jamais entrée dans une galerie d'art quand elle était enfant. Elle n'est pas allée une seule fois au théâtre non plus. Elle, elle a passé des années à chercher à s'approprier la culture dominante (qu'elle a longtemps appelée « la culture », tout simplement, avant de rencontrer Sol et Romain et de se politiser, sans rien faire ou presque, à leur contact, par capillarité) avec la peur que certains de ses codes ne lui manquent. Une fois infiltrée dans la culture hôte, on pourra peut-être l'exploser de l'intérieur, s'est-elle dit à l'université, sans savoir si le « on » désignait les femmes, les jeunes, les enfants d'immigrés ou tout simplement la personne encore floue qu'elle allait devenir. Mais la culture dominante s'est avérée toujours plus vaste et elle a fini par perdre son intention de la subvertir. La connaître et pouvoir l'habiter, y être à l'aise comme un poisson dans l'eau, est un objectif qui nécessite déjà une vie entière pour être atteint.

Naïma est fière d'avoir fait des études qui ne servaient à rien d'autre qu'à la nourrir intellectuellement, ne la préparaient pas à un métier et qui, couchées sur son CV, n'ont jamais impressionné personne. Quand elle et ses sœurs étaient enfants, Hamid consultait nerveusement leurs bulletins et les poussait toujours à mieux faire. Il rêvait de cursus insupportables qui paraissaient pour les petites étirer le temps de l'école jusqu'à la vieillesse ou la mort. Aucune de ses filles n'est allée à Polytechnique ni à l'École normale supérieure, finalement. Avec les années, l'obsession de leur père était devenue une plaisanterie entre elles, une ritournelle qu'elles n'entendaient plus. Myriem et Pauline, les deux aînées, ont fait une école de commerce et Aglaé, la plus jeune, est professeur au lycée depuis l'année dernière. Naïma a étudié l'histoire de l'art à l'université pendant cinq ans. Elle dit qu'elle voulait faire entrer de la beauté gratuite dans son cursus : les études utiles, c'est une manie de pauvres, une peur d'immigrés. Elle n'avait pas envie d'écouter les conseils de son père dans ce domaine.

Christophe a suivi les mêmes études qu'elle, à peine moins longtemps : il s'est arrêté à la licence – c'est ce qu'il lui a dit pendant l'entretien d'embauche. Elle aurait voulu lui répondre que pourtant leurs parcours n'avaient rien en commun. Christophe a hérité du bâtiment dans lequel son père avait établi une galerie d'arts primitifs et il l'a transformée en galerie d'art contemporain. Christophe a grandi dans un appartement à deux pas d'ici, entre les marbres antiques et les statues africaines qui passaient par le salon de ses parents avant d'atterrir en vitrine. Il a choisi sa licence comme il doit choisir une chemise le matin : parmi un éventail de possibilités immense et en sachant qu'elles peuvent toutes être remplacées par la suivante.

— Tu sais que tu représentes probablement tout ce que ces gars combattent ? demande-t-elle par provocation en montrant les livres du doigt.

(Question réelle mais non prononcée : tu sais que tu représentes tout ce que *je* combats ?)

— Par principe, dit Christophe sans prendre la mouche, ou pour faire chier mes parents, ou alors parce que j'ai estimé qu'on a toujours le droit de se réinventer… j'ai décidé d'être du côté des opprimés.

Naïma, en le regardant assis dans un fauteuil de luxe derrière son bureau, n'arrive pas à se former une opinion. Est-ce que les luttes appartiennent à quelqu'un ? Est-ce qu'elles appartiennent davantage – par exemple – à ceux qui sont directement opprimés qu'à ceux qui les mènent sans jamais avoir subi l'oppression ? Est-ce que la révolte de Christophe peut être autre chose qu'un vernis de salon ? Elle hésite.

— Tu devrais quand même essayer, décide-t-il en lui tendant *Les Damnés de la terre* de Frantz Fanon avant d'appeler un taxi.

Elle regarde s'éloigner la voiture noire et brillante en pensant que Christophe passe tellement de temps en taxi qu'il a développé une forme d'indifférence au monde. Il reçoit toutes les nouvelles (personnelles, nationales ou internationales) dans le cocon confortable, sombre et parfumé du véhicule. Aucune de ces nouvelles ne peut altérer le calme qui règne sur la banquette arrière, modifier la conduite du chauffeur ni changer le contact du cuir sous sa main. Il en a retiré l'impression qu'il est inébranlable, l'impression d'être doté d'une force et d'un équilibre mentaux bien supérieurs à ceux qu'il possède réellement puisqu'il ne s'agit pas des siens mais de ceux de l'habitacle, de ceux qu'une compagnie a sciemment créés à l'arrière de ses taxis pour que les clients s'y sentent bien.

— Je n'ai peur de rien, dit-il parfois avec un peu de regret.

Naïma aimerait n'avoir peur de rien. Ce n'est pas le cas. Elle a doublement peur, croit-elle. Elle a reçu en héritage les peurs de son père et elle a développé les siennes. Clarisse, sa mère, ne lui en a légué aucune. Clarisse semble ne rien craindre et Naïma se dit parfois que la vie doit être comme les chiens : quand elle sent que l'autre n'a pas peur, elle n'attaque pas. La vie est douce pour Clarisse et celle-ci se meut sans heurt en son sein.

En guise d'exercice avant de s'endormir, il arrive que Naïma liste parmi ses peurs celles qui lui sont propres et celles dont elle a hérité. Parmi les peurs qui lui viennent de Hamid, elle range :

— la peur de faire des fautes de français

— la peur de donner son nom et son prénom à certaines personnes, surtout celles qui ont plus de soixante-dix ans

— la peur qu'on lui demande en quelle année sa famille est arrivée en France

— la peur d'être assimilée aux terroristes

La dernière est évidemment la pire de toutes mais Naïma n'a réalisé sa présence que quelques années auparavant, en mars 2012, date à partir de laquelle la peur ira en croissant toujours. Au moment des premiers meurtres commis par Mohammed Merah, alors qu'on ignorait encore l'identité du tueur et que les journalistes se répandaient en conjectures sur le fait qu'il puisse être un islamiste comme un fanatique d'extrême droite, elle rentrait chez elle et allumait la télévision qu'elle laissait toute la soirée sur BFM (« Merci d'insulter mon travail », disait Sol), croisant les doigts pour que le coupable s'avère appartenir à la Suprématie blanche. Et elle savait qu'à quelques centaines de kilomètres de son appartement parisien, Hamid faisait la même chose. Ça, il lui a transmis, oui, cette impression qu'elle paiera pour tout ce que font les autres immigrés de France. Elle prend personnellement leurs conneries, depuis les voitures brûlées sans raison jusqu'aux massacres à la mitraillette. Elle pense que ce qu'elle a fait, le chemin qu'elle a accompli, le parcours qui est le sien, aurait pu être celui de tout le monde. Elle crache sur le discours victimaire qui veut qu'il soit excusable que les enfants d'immigrés deviennent des criminels. Elle crache aussi sur le discours conservateur musclé qui veut que ce soit un scandale mais finit par la même conclusion : les enfants d'immigrés deviennent des criminels.

Les 7, 8, 9 janvier 2015, alors que le massacre à Charlie Hebdo est suivi par la prise d'otages de l'Hyper Cacher et par une course-poursuite sordide, Sol vomit ses tripes dans le lavabo de la salle de bains entre deux reportages alors que Naïma, immobile, hoquette de rage devant la télévision. À la suite de ces trois jours d'horreur, elle remarque

que les regards méfiants se multiplient sur Kamel, son collègue de la galerie, ou sur le Tunisien qui tient le kiosque à journaux en bas de chez elle. Elle les imagine se braquer avec la même intensité sur son père, Yema, ses oncles et tantes et sur ses cousins dont elle a perdu le compte. Ces regards lui paraissent insupportables dès qu'ils se portent sur des personnes qu'elle connaît et pourtant, elle ne peut s'empêcher elle aussi d'avoir peur quand monte dans la rame de métro un homme barbu portant en bandoulière un sac de sport trop rempli.

Le soir du 13 novembre, Naïma est au cinéma. Elle regarde le dernier James Bond, ce qui lui apparaîtra rétrospectivement comme un choix d'une légèreté presque obscène. Un de ses anciens collègues, du temps de la revue culturelle, meurt au Bataclan. Elle l'apprend au petit matin et s'effondre sur le carrelage froid de la cuisine. Elle pleure sa mort puis, tout en se reprochant son égoïsme, elle pleure sur elle-même, ou plutôt sur la place qu'elle croyait s'être construite durablement dans la société française et que les terroristes viennent de mettre à bas, dans un fracas que relaient tous les médias du pays et même au-delà.

Naïvement, elle pense que les coupables des attentats ne réalisent pas à quel point ils rendent la vie impossible à toute une partie de la population française – cette minorité floue dont Sarkozy a dit à la fin du mois de mars 2012 qu'elle était *musulmane d'apparence*. Elle leur en veut de prétendre la libérer alors qu'ils contribuent à son oppression. Elle répète ainsi un schéma historique de mésinterprétation, amorcé soixante ans plus tôt par son grand-père. Au début de la guerre d'Algérie,

Ali n'avait pas compris le plan des indépendantistes : il voyait les répressions de l'armée française comme des conséquences terribles auxquelles le FLN, dans son aveuglement, n'avait pas pensé. Il n'a jamais imaginé que les stratèges de la libération les avaient prévues, et même espérées, en sachant que celles-ci rendraient la présence française odieuse aux yeux de la population. Les têtes pensantes d'Al-Qaïda ou de Daech ont appris des combats du passé et elles savent pertinemment qu'en tuant au nom de l'islam, elles provoquent une haine de l'islam, et au-delà de celle-ci une haine de toute peau bronzée, barbe, et chèche qui entraîne à son tour des débordements et des violences. Ce n'est pas, comme le croit Naïma, un dommage collatéral, c'est précisément ce qu'ils veulent : que la situation devienne intenable pour tous les basanés d'Europe et que ceux-ci soient obligés de les rejoindre.

Après les attentats de novembre, Naïma, sous le choc, traverse les semaines qui suivent sans s'en rendre compte et se retrouve propulsée en décembre. Elle déteste décembre parce que c'est un mois bouffé par la nuit qui tombe d'un seul coup, avant qu'elle ait eu le sentiment de se réveiller, un mois bouffé par les fêtes de Noël qui donnent l'illusion qu'il se termine le 25 et orchestrent les jours qui précèdent en un vaste crescendo de guirlandes et de boules lumineuses, un mois bouffé par la chasse aux cadeaux comme si rien d'autre n'avait d'importance et cette année-là, pour elle, un mois bouffé par la peur des terroristes comme par la peur d'être assimilée, d'une manière ou d'une autre, aux terroristes.

Une fin d'après-midi de décembre, alors qu'au-dehors il fait nuit noire, nuit glaciale et bruit de vent, elle feuillette les magazines en compagnie d'Élise dans la galerie vide de tout visiteur. Sa collègue a ouvert *Charlie Hebdo* sur le comptoir de l'accueil – Christophe a pris un abonnement au mois de janvier, comme près de deux cent mille personnes.

— Quand même, les musulmans n'ont pas vraiment condamné les attaques, fait remarquer Élise. Tu peux comprendre que le reste de la population se dise qu'ils sont peut-être solidaires.

Élise possède ce don particulier de paraître si fragile que personne ne s'énerve jamais contre elle, quand bien même elle débiterait les pires atrocités. Elle fait partie de ces êtres minuscules aux grands yeux chez qui tout, jusqu'à la sottise, acquiert un charme enfantin désarmant.

— Tu veux qu'ils fassent quoi ? demande Naïma en s'étonnant de ne pas crier. Qu'ils se baladent avec un petit panneau « Not in my name » dès qu'ils sortent ? Tu veux que j'appelle ma grand-mère et que je te la passe pour qu'elle te présente ses excuses ?

Élise lève un sourcil puis répond doucement :

— J'ai dit une connerie. On oublie.

Elles passent la fin de la journée à discuter sans entrain des articles qu'elles parcourent, évitant soigneusement ceux qui ont trait aux attentats. Naïma est perturbée par le fait qu'Élise considère que « les musulmans » forment une communauté indivisible qui pourrait s'exprimer d'une seule voix et par la promptitude avec laquelle elle-même a pris leur défense, comme si – dans l'hypothèse que cette communauté existe – il était inévitable qu'elle en fasse partie ou du moins qu'elle y soit rattachée, plus ou moins vaguement. Élise n'est d'ailleurs pas la seule à la renvoyer à ce double problème : la télévision, la radio, les journaux et les réseaux sociaux bruissent des mots « les musulmans de France » – une expression que Naïma n'avait jamais entendue auparavant. Et lors des débats sur l'islam qui prennent avec la soudaineté d'un feu de forêt dans les conversations, il est fréquent que l'un des participants se tourne vers elle à la recherche de son appui, de son opinion ou d'un éclaircissement. Tout en expliquant fermement que cette religion n'est pas la sienne (un descendant d'immigré a aussi le droit à l'athéisme, merci), elle ne peut s'empêcher d'évoquer sa grand-mère ou ceux qui parmi ses oncles et tantes pratiquent l'islam, à différents degrés de rigueur (et les phrases de Mohamed lui reviennent alors : *vos filles qui se conduisent comme des putes, elles ont oublié d'où elles viennent*). Elle prétend qu'elle n'est pas dans une position qui lui permettrait de donner un avis *de l'intérieur* alors même qu'elle donne cet avis, souvent de manière véhémente. Elle se sent perdue, ambivalente. Elle n'a jamais autant pensé à son propre rapport à la religion. Elle se souvient de la curiosité qu'elle éprouvait, enfant, quand elle voyait Yema prier. Celle-ci le faisait toujours de manière très discrète : elle s'éclipsait sans un mot et revenait quelques minutes plus tard. Naïma n'a découvert ce qu'elle faisait qu'en ouvrant la porte de sa chambre par erreur. L'opacité du silence qui régnait dans la pièce l'a surprise. Yema était là, agenouillée, la face contre le sol sur un petit tapis de prière. Elle était juste de l'autre côté du lit et pourtant elle avait paru très loin à Naïma.

— Qu'est-ce qu'elle fait, Yema ? avait-elle demandé à Clarisse.

— Elle prie, ma chérie.

Naïma n'avait pas compris, en partie parce que la virgule lui avait échappé et que, pour elle, sa mère avait dit quelque comme chose comme « elle primachérie », un verbe dont elle ignorait le sens. Au retour de sa grand-mère, elle avait insisté :

— Qu'est-ce que tu faisais, dis ?

Yema avait répondu en arabe et Dalila avait traduit :

— Elle était avec son Dieu.

Petite, Naïma avait aimé la discrétion du rapport que Yema établissait avec Allah. C'était plus agréable que les messes auxquelles ses grands-parents maternels la traînaient parfois et où on lui demandait de parler à Dieu en public, dans une église froide, pendant trop longtemps. Ce que faisait Yema, c'était un peu ce que Naïma faisait avec ses poupées, pensait-elle, un voyage vers des mondes imaginaires qui ne pouvait s'accomplir que dans le silence de la chambre. Elle se souvient d'avoir essayé de prier, elle aussi, après ça. Mais il ne se passait rien et elle a arrêté.

À la fin de l'année 2015, Naïma liste de nouvelles peurs :

— peur que Yema se fasse agresser dans la rue parce qu'elle porte le voile (il y a peu de risque : elle sort de moins en moins souvent et de moins en moins loin)

— peur de mourir en prenant un verre en terrasse

— peur de réaliser que durant les années où elle
ne l'a pas vu, son oncle Mohamed se formait en
réalité en Syrie ou au Pakistan

— peur d'être elle-même en train de se laisser
aller à des amalgames en incluant cette dernière
peur dans sa liste

— peur que les 28 % de Français qui affirment
comprendre les représailles à l'encontre des musulmans après les attentats deviennent de plus en plus
nombreux

— peur qu'il se déclenche une guerre civile des
« eux » contre « nous » dans laquelle Naïma ne
parviendrait pas à déterminer son camp.

Naïma se prépare un troisième café près de la fenêtre dans l'espoir que le liquide brûlant finisse par desserrer l'étau de froid qui l'a saisie en remontant la rue depuis la station de métro. Dehors, il tombe quelques flocons. La salle de réunion, entièrement blanche, éclairée d'une lumière douce, paraît avoir déjà été ensevelie. Naïma frissonne et va s'asseoir près du radiateur. À la grande table, Élise et Kamel flirtent doucement en se racontant une version magnifiée de leurs vacances de Noël ponctuée de « Tu aurais dû être là ».

Comme en chaque début d'année, Christophe réunit son équipe pour « faire le point » et « parler de la suite » – un exercice qui frise la prise de bonnes résolutions et que Naïma a vu, une fois ou deux, se muer en règlements de comptes. D'ordinaire, c'est un moment qu'elle affectionne parce qu'il leur permet de revisiter l'année passée, de la réécrire à coups d'ellipses et d'exagérations (deux processus dans lesquels elle excelle). On en rejoue les meilleurs moments, on transforme les échecs en aventures, on taille – au passage – un costard à un ou deux artistes particulièrement pénibles. Cette année-là, c'est un peu différent :

— Personne n'entre dans une galerie juste après un attentat, il faut bien l'avouer. Les gens se foutent de l'art.

Les gens se foutent de beaucoup de choses. En revanche, on a observé après le 7 janvier comme après le 13 novembre une hausse des ventes des coloriages pour adultes. Le bilan est morose, Christophe se concentre donc sur l'avenir.

— Pour la rentrée prochaine, en septembre, annonce-t-il, je voudrais qu'on fasse quelque chose sur l'Algérie. Je trouve que ce serait bien. Ces derniers temps, on développe une image du monde arabe déplorable dans les médias. Que ce soit avec la destruction de Palmyre, le Bardo ou les attentats ici... On va finir par croire que les Arabes détestent tous l'art, la culture, la musique, le journalisme et j'en passe. Du coup, je me suis dit que ce serait le moment d'aller à l'encontre de la peur et de mettre en avant des productions artistiques puissantes qui viennent de là-bas. On va peut-être se faire traiter d'islamo-gauchistes ou de Bisounours mais ça va me permettre de réaliser un de mes rêves : la première rétrospective de Lalla.

Autour de la table, l'équipe fait preuve d'un enthousiasme circonspect. Lalla est un peintre kabyle dont Christophe a déjà exposé quelques tableaux, il y a dix ans, dans une exposition collective intitulée « Lutte des Glaces ». Il s'agissait d'huiles de grands formats représentant des bâtiments couleur de sable, perdus dans un fond ocre, à mi-chemin entre le palais et la pierre tombale. Naïma a consulté le catalogue, au moment de son

454

arrivée à la galerie, et elles ne l'ont pas marquée. Elle a jugé que la partie la plus intéressante du catalogue, c'était la biographie du peintre. Lalla n'est pas son vrai nom, c'est un pseudonyme qu'il a pris dans les années 60, juste après l'indépendance de l'Algérie, en hommage à Lalla Fatma N'Soumer, la « Jeanne d'Arc du Djurdjura ». Le pseudonyme a été abrégé au fil des ans si bien qu'il ne signifie plus que Madame, une appellation étrange pour celui qu'une photographie au coin de la page montrait comme un vieil homme à la lourde moustache jaunie par le tabac. Né en 1940, Lalla a été par ailleurs l'élève, le disciple et l'ami du peintre Issiakhem et par lui, il a été amené à fréquenter Kateb Yacine. On est donc au cœur de la passion de Christophe : l'art non aligné, l'esthétique révolutionnaire. Menacé par le Front islamique du salut comme par le gouvernement pendant les années noires, l'artiste s'est réfugié en France à contrecœur et aujourd'hui il est sur le point de mourir, rongé par la maladie du siècle, dans une maisonnette de Marne-la-Vallée. Lalla a peint très peu de grands tableaux et à vrai dire ceux-ci ne sont pas exceptionnels, reconnaît Christophe devant son équipe. Ce qu'on sait moins, en revanche, c'est qu'il a produit une incroyable série de minuscules dessins à l'encre qu'il a utilisés toute sa vie comme moyens de paiement, cartes de visite, dessous de verre, et qui sont aujourd'hui disséminés un peu partout, de part et d'autre de la Méditerranée. Christophe lui a rendu visite le mois dernier et il a pu en voir une trentaine. Lalla a conservé l'habitude d'intégrer les dessins à sa vie quotidienne après les avoir terminés et certains étaient barrés par des listes de courses, d'autres faits sur des morceaux de tissu colorés lui servaient de chiffons à poussière. La plupart étaient en très mauvais état et ne pourraient pas être exposés dans la galerie. Christophe voudrait réussir à s'en procurer d'autres, à en regrouper le plus possible. Il voit déjà ce que donnera l'exposition :

— On mettrait quelques grands tableaux au centre des murs de la galerie. Pas ceux de « Lutte des Glaces ». Il faudrait en trouver d'autres, plus anciens, ceux qu'il a peints quand il était aux Beaux-Arts dans les cours d'Issiakhem, par exemple. Et ce n'est pas grave s'ils ne sont pas à vendre. On pourrait juste se les faire prêter par Alger. Et tout autour, partout, exposés avec une simplicité brutale, les petites encres, les dessins minuscules.

— Se faire prêter des œuvres ? Mais c'est quasiment muséal, comme démarche ! proteste Kamel. Est-ce que tu es bien sûr qu'on est là pour ça, nous, en tant que galerie ?

— Pour faire ce que les musées ne feront jamais ? On est là exactement pour ça. Ensuite, on refera de la photo, ne t'inquiète pas. Sûrement un Chinois. Élise, tu peux voir si S-Tao aurait quelque chose pour le printemps ?

— Et pour le Coréen qui travaille sur les vieilles diapos, tu n'es plus intéressé ?

Kamel est inquiet : c'est son projet, c'est la première fois que Christophe a accepté d'exposer une œuvre qu'il n'a pas découverte lui-même. De plus, il n'aime pas quand la galerie met des artistes maghrébins à l'honneur parce qu'il y a toujours des dames qui entrent et qui le félicitent.

— Si, bien sûr que si. Tu continues à avancer sur ça. Peut-être que ça a besoin d'être une expo collective. J'ai peur que tout seul, il soit un peu faible. Tu penses que tu peux le convaincre ?

Avant même d'entendre la réponse de Kamel, Christophe se tourne vers Naïma. Elle ne sait pas si c'est par gêne, par peur de révéler quelque chose de leur relation, mais il lui adresse toujours la parole en dernier lors des réunions.

— Naïma, je te laisse bosser sur Lalla ? Tu vois ce qu'on peut récupérer dans son entourage ?

— Ses coordonnées sont dans la Bible ?

C'est l'énorme carnet en galuchat de Christophe, le livre sacré de la galerie. Il l'apporte chaque matin et repart avec lui chaque soir, comme si les adresses et numéros des artistes étaient des données particulièrement convoitées. Naïma trouve qu'il ressemble à un enfant qui prend un morceau de verre dépoli pour une pierre précieuse et ne peut s'imaginer que les autres – adultes compris – ne rêvent pas de le lui voler. Ses employés se sont d'abord moqués de lui mais ils en sont venus très vite à ne manipuler la Bible qu'avec la plus grande précaution, eux aussi. Elle pense parfois que c'est pour cela que Christophe est patron – pas parce qu'il a hérité du lieu mais parce que sa folie est contagieuse. Parfois, au contraire, elle pense que si sa folie est contagieuse, c'est parce qu'il a toujours été aux commandes et qu'il n'a jamais eu besoin de brider sa folie pour répondre aux attentes d'un patron. Christophe hoche la tête et ajoute :

— Il faudra sûrement que tu entres en contact avec son ex-femme. D'après ce que dit Lalla, elle a gardé pas mal de ses œuvres. Lui ne veut plus lui adresser la parole mais il pense qu'elle accepterait de s'en défaire si elle touche quelque chose sur les ventes ensuite.

Naïma grimace. Elle a horreur des histoires de divorce dans le milieu de l'art. C'est toujours exceptionnellement laid – et très souvent hérissé de diverses clauses légales qu'elle ne parvient pas à contourner. Elle se concentre sur la minuscule tasse de café qu'elle fait tourner devant elle pour ne pas montrer son mécontentement. Elle s'est plainte une fois, l'année dernière, d'une mission que lui avait confiée Christophe et il lui a reproché d'exiger un traitement de faveur – ou peut-être même a-t-il dit « de princesse », *tu voudrais que je te traite comme une princesse*. Elle n'a pas supporté les sous-entendus de sa phrase : tu es incapable de coucher simplement avec moi, tu exiges que cela se voie, te détache du reste du monde, du commun des mortels, tu es une romantique, au fond. Alors aujourd'hui, elle se tait.

— Et pour les frais de voyage, tu essaies de t'en tenir au minimum. On est un peu dans le rouge en ce moment.

— Quels frais de voyage ? demande-t-elle d'une voix morne, le RER Paris-Marne-la-Vallée ?

— Très drôle. Pour Tizi. Il faudra que quelqu'un aille à Tizi. C'est là que sont la plupart de ses dessins. J'ai vu avec lui : il te donnera une liste de noms.

Le café reflète les néons de la salle de réunion et puis un sursaut de Naïma crée une vague à sa surface. Il ne reflète plus rien, déborde la petite tasse et se répand sur la table. Elle lève les yeux, persuadée d'avoir mal entendu. Christophe a le

458

large sourire du Père Noël : Naïma, je te rends l'Algérie. Algérie, je te rends Naïma.

Bien sûr, elle a rêvé de ce voyage de temps à autre, elle ne peut pas le nier. Quand elle a suivi quelques cours d'arabe à l'université, c'était dans le but de les mettre en application si un jour elle traversait la Méditerranée. Mais au fil du temps, elle s'est habituée à ce que le Couplet sur la décennie noire vienne légitimer l'absence de réalisation de ce rêve, elle a accepté que l'Algérie était trop dangereuse pour elle.

Il y a des années qu'elle ne voyage plus à la découverte de contrées exotiques. Son travail à la galerie lui donne l'occasion de connaître de nouvelles terres à travers les œuvres exposées ou les biographies des artistes qu'elle met en forme pour le catalogue. Elle aime s'attacher tour à tour à un patelin du Nevada, à une ligne de ciel japonais, à une succession de hangars rouillés à la périphérie de Manchester et sentir, devant tel ou tel paysage, qu'il constitue un chez-soi. Peut-être qu'il ne s'agit que d'un pis-aller magnifique, peut-être que quelque chose lui manque encore et creuse en elle des radicelles mais elle estime qu'il lui revient de décider si elle veut combler ces éraflures de vide. En l'envoyant à Tizi Ouzou, elle a l'impression que Christophe s'est arrogé le droit d'écrire son histoire à sa place, ou plutôt qu'il vient de l'obliger à rentrer dans le rang d'une histoire familiale dont elle s'était libérée pour mieux écrire la sienne.

— Mais quel salaud, quel salaud, fulmine-t-elle en tournant en rond dans la cuisine trop petite et trop pleine.

— Tu ne veux pas y aller ? demande Sol depuis le salon.

— Si ! Mais je me suis toujours dit que j'irais plus tard, quand je serais prête.

— Dans dix ou quinze ans, quoi, raille Sol, peut-être trente ou quarante. Et puis si tu mourais avant, ce ne serait pas très grave.

— Voilà, avoue Naïma sincèrement en la rejoignant. C'est à peu près ce que je me disais.

— Qu'est-ce que tu perds à aller voir maintenant ?

Naïma ne peut pas répondre. Elle perdrait l'absence de l'Algérie peut-être, une absence autour de laquelle s'est construite sa famille depuis 1962. Il faudrait remplacer un pays perdu par un pays réel. C'est un bouleversement qui lui paraît énorme.

— Et si c'est dangereux ?

Sol hausse les sourcils, un bouchon de stylo dans la bouche. Elle est partie en reportage en Afghanistan, au Mali, en Égypte et dans d'autres pays que Naïma doit oublier ou serait incapable de situer sur une carte. Elle n'a jamais montré de peur au moment du départ.

— Un pays n'est dangereux que si tu as les mauvais contacts, dit-elle après avoir craché le bouchon.

Naïma se couche en retournant vingt fois, cent fois, les termes du refus qu'elle opposera à Christophe. Elle veut n'y laisser aucune faille qui lui permette de prétendre que c'est un caprice alors elle s'épuise à reformuler encore. Elle pense même à lui parler d'Ali, mais elle n'a rien à en dire sinon qu'il a transformé la Méditerranée en muraille qu'aucun de ses descendants n'a franchie après son départ.

Les chiffres orange défilent trop vite sur la box qui fait face à son lit. Ils flottent dans le noir de la chambre, raccourcissant le temps de sommeil chaque fois qu'elle les regarde. Elle continue ses tentatives d'assemblage mais les mots sont de moins en moins manipulables.

Au fur et à mesure que le sommeil empâte ses pensées, des éléments absurdes et colorés viennent perturber les phrases péniblement préparées et celles-ci éclatent et se dissolvent en violettes, en dinosaures ou en ponts suspendus.

Les grandes vitres laissent passer un long triangle de lumière qui tremble sur le parquet et vient lécher de sa pointe le mur du fond. Élise se tient dedans, les yeux fermés, les bras ballants. De l'autre côté de la pièce, dans l'ombre, les marches étroites de l'escalier mènent à l'étage qui paraît silencieux.

— Christophe n'est pas arrivé ?

Élise s'étire sans répondre tout d'abord, sinon par les petits craquements de ses vertèbres, puis elle se tourne vers Naïma :

— Si. Il a laissé un truc pour toi sur le comptoir.

Elle reprend ses mouvements, le décompte minutieux de ses muscles, indifférente aux regards des passants ou peut-être heureuse de s'offrir en spectacle. Naïma ouvre la chemise de plastique et en tire les photographies des encres que Christophe évoquait hier. Elle les fait glisser sur la surface lisse et blanche, observe l'ensemble puis les examine l'une après l'autre. Elle est surprise par leur qualité. Les dessins de Lalla sont empreints de finesse et de brutalité à la fois : il n'y a rien de serein dans son travail, même dans les encres les plus récentes. Naïma aime les gens qui vieillissent sans mollir. C'est un effort et un risque considérables : le corps avec l'âge supporte moins bien les coups. Décider de rester droit, debout et dur, c'est s'exposer à la brisure nette des os ou de l'ego. Alors, chez la plupart des gens, la colonne vertébrale ploie lentement avec les années et une sorte de calme s'installe – qui ressemble pour Naïma à une renonciation et transforme les dernières œuvres des artistes vieillissants en des vignettes nostalgiques qui ne l'intéressent pas.

Quand Christophe descend de son bureau, elle le regarde évoluer dans la grande pièce claire sans lui adresser la parole, sinon pour des banalités. Avant de refuser la mission qu'il lui a confiée, elle peut se charger de la première partie du travail : rencontrer Lalla. Il sera toujours temps de se défiler ensuite, pense-t-elle. Mais lui, elle a envie de le voir. Elle veut savoir qui dessine encore comme ça, à plus de soixante-dix ans.

En fouillant dans la Bible à la recherche du numéro du vieux peintre, elle parvient même à se convaincre que si elle est efficace lors de leurs rendez-vous, elle pourra mener toute l'affaire depuis Paris : obtenir suffisamment de contacts et d'entregent pour que les œuvres remontent jusqu'à elle sans qu'elle ait à quitter le cadre rassurant des murs blancs et des vitres larges.

— Venez demain, propose la femme qui répond au téléphone.

Assise dans le RER, Naïma ne peut se défaire de l'impression étrange d'avancer dans un piège. Elle repense à ces scènes de films dans lesquelles un petit groupe progresse lentement dans un défilé bien trop propice à une embuscade. Enfant, avec ses sœurs, elles hurlaient à l'adresse des personnages :

— Fais demi-tour ! Mais enfin, fais demi-tour !

Elles étaient persuadées alors qu'il fallait avoir la bêtise d'un héros de cinéma pour continuer sa route malgré la sourde menace et qu'elles-mêmes feraient montre de bien plus d'intelligence. Pourtant, elle ne descend pas à la station suivante pour rebrousser chemin. Elle se cale davantage dans son siège et se ronge les ongles en fixant le paysage de banlieue qui défile par intermittences entre les tunnels.

Une fois sur place, elle ne trouve que des petites maisons au crépi beige et des rues aux noms de ministres obscurs de la Troisième République, exemptes de tout exotisme comme de tout danger. Elle marche jusqu'à l'impasse que lui a indiquée la femme au téléphone, et qui porte un nom comme seules les banlieues pavillonnaires en donnent : Impasse du Parc de la Noisette ou bien des Grands Chênes, elle ne sait plus très bien, une tentative maladroite ou peut-être méprisante de faire croire aux habitants qu'ils sont à la campagne. La maison du peintre ressemble comme deux gouttes d'eau à ses voisines, et à celles des rues plus bas. Rien n'indique qu'un artiste y vive, pas le moindre millimètre carré de beauté ou de folie sur le bâtiment fonctionnel et faussement coquet. Pas non plus de grands chênes ou de noisetiers. Lalla lui ouvre la porte et, après un bref regard sur elle, dit en souriant :

— Formidable, ils ont envoyé l'Arabe.

— Kabyle, répond machinalement Naïma.

464

Lalla s'esclaffe :

— Encore mieux ! Allez, entre.

À l'intérieur, la maison donne l'impression d'avoir été aménagée par quelqu'un qui n'y vivra pas. Tout est consensuel et neutre, depuis la couleur des murs jusqu'aux meubles et aux bibelots. Lorsque l'on regarde de plus près, pourtant, les livres aux pages cornées, les piles de lettres, les CD d'Aït Menguellet, les dessins qui traînent au milieu des magazines sous le plateau de verre de la table basse révèlent par touches progressives qu'il s'agit bien du domicile de Lalla Fatma N'Soumer. Ils font faire au pavillon un pas de côté, l'extirpent de la vie-type d'une banlieue française, une vie écartelée entre Paris, presque inatteignable, et Euro Disney.

Naïma ne peut s'empêcher de comparer cette maison avec l'appartement de sa grand-mère dans lequel l'Algérie est toute surface, criarde et criante : il y a de l'Algérie dans les calendriers musulmans épinglés au mur (calendriers que sa grand-mère ne peut pas lire, a-t-elle réalisé bien tard et à sa grande stupéfaction), dans les plateaux cuivrés décorés de caractères arabes, dans la photo de La Mecque et son cadre doré incrusté de fausses pierres précieuses, dans le service à thé, les dattes collantes qui emplissent les placards et la collection de couscoussiers qui fait la fierté de Yema et occupe toutes les étagères du débarras. Il y a de l'Algérie sur l'écran plat de la télé géante, toujours allumée, toujours en arabe. Il y a de l'Algérie dans les bijoux autour des doigts et des poignets, dans le fichu jaune et rouge qui ceint les cheveux de Yema, eux aussi porteurs d'Algérie, soigneusement teints au henné chaque mois. Mais en profondeur, il n'y a rien. La famille de Naïma tourne autour de l'Algérie depuis si longtemps qu'ils ne savent plus vraiment ce autour de quoi ils tournent. Des souvenirs ? Un rêve ? Un mensonge ?

— Je suis désolé pour l'accueil, s'excuse Lalla en lui servant un café. C'est juste que – tu as remarqué cette tendance qu'ont les Français à croire que les Algériens se comprennent entre eux ? Depuis vingt ans que je suis là, j'ai l'impression que chaque fois que j'ai eu à traiter avec une institution quelconque, ils dégottaient l'Arabe de service pour me l'envoyer.

— Dans son bureau, Christophe Reynie a des copies de tous les fichiers du Pôle Emploi classés par pays d'origine, dit Naïma. Et il nous embauche en intérim selon la nationalité des artistes qu'il expose.

Lalla éclate de rire, ça lui arrache une quinte de toux. Naïma trouve qu'il ressemble à Hemingway avec sa barbe blanche, sa moustache à la couleur légèrement répugnante et ses yeux noirs qui ne sourient pas – le sourire apparaît dans les plis autour des yeux, jamais dans un réchauffement de l'iris.

Elle avait pensé qu'elle passerait une heure ou deux avec lui, qu'ils échangeraient des noms, des numéros de téléphone, des adresses, la description des œuvres après lesquelles elle court puis qu'elle remonterait dans le RER. Elle s'était imaginé une conversation efficace comme elle en a généralement avec les artistes, qui réservent à Christophe leurs discours sur la création, leurs opinions sur le monde ou l'épanchement de leurs états d'âme et ne s'adressent à elle que pour les détails logistiques. Mais Lalla lui parle de façon désordonnée de tout et de rien (cette expression est fausse, il parle de sa vie) avec une volubilité qui l'étonne et l'empêche de diriger la discussion. Il lui confie qu'il lie cette rétrospective à sa mort prochaine (cancer) et qu'elle l'angoisse autant qu'elle lui fait envie. Il ne sait pas s'il veut vivre assez longtemps pour la voir :

— Imagine, dit-il à Naïma, ce sera la première fois que je serai confronté à tout ce que j'ai fait, depuis les années 60 jusqu'aujourd'hui, un concentré de ma vie en griffures d'encre et de couleurs. Et si je me disais, au dernier moment, alors qu'il est trop tard pour créer autre chose, que c'est de la merde ? J'ai très peur de ça.

Elle répond par quelques compliments convenus qu'il balaie d'un soupir. Un peu plus tard, tout en vidant un paquet de spéculoos sur une petite assiette, il revient à son angoisse :

— J'ai accepté de mourir, ça n'a pas été trop difficile. Mais je ne sais pas si je pourrais accepter d'avoir eu une vie médiocre et puis de mourir sur ce constat.

— Comment peut-on accepter de mourir ? demande Naïma.

Elle est sûre que ce n'est qu'une phrase, une coquetterie d'homme brave. Assis dans son fauteuil beige et gris, vêtu d'un grand pull-over que hérissent quelques poils de chien, le peintre lui paraît trop vieux et trop frêle pour ne pas avoir peur d'une fin qui ne saurait tarder.

— C'est une question de longue fréquentation de la mort, répond Lalla en finissant son café à petites gorgées.

Il a tenté plusieurs fois de se suicider dans sa jeunesse. C'était compliqué, raconte-t-il, d'être aussi triste qu'il l'avait été dans l'Algérie rurale des années 50, parce que les vieux se contentaient de lui dire que c'était l'œuvre d'un djinn et personne ne voulait parler de sa tristesse avec lui parce que cela serait revenu à discuter avec le djinn et personne ne voulait faire ça. Et puis tout a changé avec la guerre, à la fin de 1954, quand la mort est réellement entrée dans son champ de vision. Il devait avoir quinze ans. Son frère aîné a très rapidement pris le maquis et lui s'est retrouvé à faire les commissions du FLN. Ça a été un basculement étonnant pour Lalla : quand la vie lui était donnée, il n'en voulait pas mais quand elle a été menacée, il n'a plus voulu que ça. Il avait des montées d'adrénaline incroyablement puissantes quand il croisait des patrouilles et il se souvient de courses folles dans les bois et d'un rire qui sortait de sa poitrine et qu'il ne pouvait plus arrêter lorsqu'il réalisait qu'il avait semé ses poursuivants. Il n'a jamais autant aimé la vie qu'à ce moment-là, dit-il, et il n'a jamais retrouvé ce rire particulier. Alors quand le pays entier a recommencé à respirer après sept ans d'horreur, lui a eu peur. Peur que l'envie de mourir revienne avec le départ du risque. C'est comme ça qu'il s'est retrouvé un peu plus tard à militer parmi les rebelles kabyles et qu'il s'est finalement mis à dos le gouvernement comme les islamistes. C'était par conviction, bien sûr, mais aussi pour consolider la fragilité de sa vie. Lalla estime qu'il gère le risque comme les diabétiques gèrent leur taux d'insuline. Trop peu, il veut mourir, trop, il meurt réellement. Il a fui en 1995 parce que la décennie noire menaçait un équilibre qu'il avait patiemment construit.

— Je suis un ex-suicidaire qui serait prêt à devenir immortel pour peu qu'on le menace tous les jours, dit-il.

La maladie, finalement, est un risque comme un autre. C'est une des choses qui le forcent à aimer le fait d'être vivant. Et quand la mort arrivera, il aura suffisamment joué avec elle pour qu'elle ait le droit de venir le prendre une bonne fois pour toutes. Il en a conscience : elle doit être frustrée vu comme il a dansé avec elle pour toujours finir par s'enfuir.

— C'est violent, une vie. La mienne, en tout cas…

Cette dernière phrase paraît tout à coup l'arracher à ses considérations et reporter son attention sur Naïma :

— Ta famille a connu la guerre ? Quand est-ce qu'ils sont arrivés en France ? demande-t-il.

Hamid a répété à ses filles que répondre à cette question ne revenait jamais à donner une simple date mais à ouvrir la porte à toute une Histoire qui suscite aujourd'hui encore des réactions violentes. D'ordinaire, Naïma ne précise jamais l'année, elle se contente de la décennie. Mais elle se sent bien ici, dans la puanteur de vieux chien et l'odeur de café, et peut-être aussi qu'une part d'elle-même espère qu'en se brouillant avec le peintre, elle se verra retirer le voyage en Algérie qui se profile. Alors elle le dit :

— En 62.

Il hausse à peine les sourcils.

— Harkis ?

— Oui.

C'est la première fois que Naïma entend le mot prononcé avec l'accent arabe et le « h » qui prend

469

tant de place, lui ajoute une certaine gravité. Lalla
se renverse dans son fauteuil et l'observe, le visage
impassible.

— Et toi, tu en penses quoi ?

— Je ne comprends pas.

— De l'indépendance, tu en penses quoi ?

— Je suis pour, évidemment.

— Évidemment...

Il n'ajoute rien. Un bruit de clés vient interrompre le silence ambigu. Céline entre chargée
de sacs de courses et les salue gaiement. C'est elle
que Naïma a eue au téléphone. Elle comprendra
lors de ses visites futures que depuis la maladie
du vieux peintre, Céline est à la fois son amante,
son infirmière, son modèle et son assistante, une
compagne polymorphe et discrète, à l'amour têtu
et aux yeux gris. Quand celle-ci lui propose de
rester dîner, Naïma réalise qu'elle a laissé filer
l'après-midi. Elle se lève d'un bond et chasse les
miettes de spéculoos de sa jupe.

— Il va falloir que tu reviennes, dit Lalla, là
je suis trop fatigué pour mettre mes pensées en
ordre. J'ai trop parlé.

Et à son fin sourire, Naïma se demande s'il ne
l'a pas fait exprès, s'il ne cherche pas à reculer la
mise en place de l'exposition en la noyant dans
le flot de ses récits, comme si malgré ses paroles
d'acceptation il voulait danser une dernière fois
avec la mort et s'échapper.

La semaine suivante, des langues de chat ont
remplacé les spéculoos dans la petite assiette pla-
cée sur la table basse. C'est une boîte de biscuits
industriels qui vient d'un supermarché, il doit

s'en vendre des milliers dans le monde chaque jour et pourtant, en mordant dans une langue-de-chat, Naïma pense encore à Yema. À un moment de son enfance qu'elle est incapable de dater, sa grand-mère a décidé d'intégrer la nourriture occidentale à ses recettes et à ses réserves, comme si elle voulait montrer à ses petits-enfants qu'elle pouvait se mettre à la page ou comme si elle avait peur que leur palais de petits Français les poussent vers des aliments qu'ils ne pouvaient trouver chez elle. Yema a essayé le couscous avec des frites, la pizza au mouton, le hamburger fait de *kesra* et bien sûr toutes les marques de biscuits du plus grand Leclerc de France qui jouxtait la cité. Elle était tellement fière de ses achats – entièrement basés sur les images apparaissant sur les paquets – que jamais Naïma ni ses sœurs n'ont osé lui dire que les gâteaux secs du supermarché étaient insipides et qu'elles espéraient le prompt retour des pâtisseries au miel. Naïma ne sait plus combien de langues-de-chat, identiques à celles offertes par le vieux peintre, elle a ingurgité en souriant à sa grand-mère pour ne pas la peiner. Elle en prend une deuxième bouchée – le goût, ou plutôt l'absence de goût, n'a pas changé.

Cette fois, Lalla porte une chemise jaune pâle et une veste épaisse à la coupe démodée. Il ressemble un peu à un vieil oncle sur une photo de mariage ou à ces messieurs archaïques qui mettent un beau costume pour aller boire un coup au PMU le dimanche – pas pour le PMU, ni pour les quelques tronches d'ivrogne qu'ils vont y retrouver mais parce que c'est dimanche, jour de costume et de chaussures vernies. Naïma, désireuse d'être plus efficace que lors de sa précédente visite, lance immédiatement la conversation sur les encres que veut se procurer Christophe :

— À quel moment est-ce que vous avez commencé cette forme ? Les plus anciennes remontent à quand ?

Lalla se pince la lèvre inférieure de deux doigts :

— En 65, ou un peu avant. Je ne suis plus sûr. En tout cas, c'était quelques années après l'indépendance...

Il sourit rêveusement à ce mot et, malgré les regards pressants (ou peut-être légèrement affolés) de Naïma, il reprend le récit de sa vie là où il l'avait laissé la dernière fois, comme si c'était un livre dont il avait marqué la page et qu'il avait glissé sous la table basse jusqu'à ce qu'elle revienne et qu'il puisse l'ouvrir, sans effort, au bon endroit.

— L'indépendance, c'était... C'était un foutoir merveilleux et tragique, tu sais. Il y a eu de bons moments, de très bons moments. La vie changeait. Grâce au socialisme, nous avons eu tout à coup des tas de nouveaux amis. Alger était pleine d'étrangers qui parlaient des langues auxquelles nous n'avions jamais pensé auparavant. Il y avait des intellectuels, des artistes venus de pays lointains et froids qui venaient donner des cours. On nous apprenait à nous servir de machines. Dans à peu près tous les domaines, qu'il s'agisse d'agriculture, d'hydrocarbure ou d'arts plastiques, la machine était reine, ou plutôt on nous disait que nous pouvions en être les rois. Au début, j'ai suivi des cours de photographie et de cinéma. J'ai rencontré René Vautier plusieurs fois – ça te dit quelque chose ? – avec son obsession de filmer le vrai, de capturer

472

chaque image de ce qu'il appelait « notre peuple en marche ». Il m'a envoyé documenter un défilé militaire une fois, j'ai vu les anciens moudjahidines en béquilles, tout moignon dehors, j'ai regardé les yeux écarquillés mais je n'ai pas tourné une seule image. J'avais oublié que j'avais une caméra.

Il rit et, au-dessus de sa bouche, la moustache blanchâtre s'agite comme un petit animal.

— Je crois que les machines, ça n'a jamais été pour moi. En fait, rêver de machines, je trouvais que c'était un truc de paysan. Ça me rappelait mon père qui me disait qu'un jour, peut-être, nous aurions un tracteur, comme si c'était un but en soi dans la vie. Alors je me suis rabattu sur la peinture et le dessin. Ça, ça me plaisait. Je suis allé à l'École des beaux-arts d'Alger et c'est là que j'ai rencontré Issiakhem. Il m'impressionnait, bien sûr, mais pas pour des raisons artistiques (je ne savais pas ce que ça voulait dire être bon ou mauvais en peinture, je ne suis pas sûr de le savoir aujourd'hui non plus), non, il m'impressionnait parce que je savais que c'était lui qui avait dessiné les billets de banque de cinq dinars, et ça, ça me paraissait la réussite absolue. Je veux dire : tu fais une peinture qui va dans telle galerie ou dans un musée, c'est bien pour toi, c'est joli pour ton CV. Mais les billets de cinq dinars ! Ils circulent à longueur de journée. Tout le monde les voit. Ta peinture jaillit des portefeuilles et des fichus et des chaussettes, cling-cling, ta peinture sort de la caisse du magasin, ta peinture rentre dans les banques, se cache sous les matelas. Je crois que si je n'ai jamais aimé peindre des grands formats, c'est parce que j'étais trop impressionné par les foutus billets de cinq dinars d'Issiakhem.

Cette fois, Naïma rit avec lui. Céline se montre dans l'encadrement de la porte. Elle ne demande pas ce qui les amuse, elle n'essaie pas d'entrer dans la conversation. Elle se contente de regarder les deux visages éclairés par le rire pendant un bref moment puis retourne à son travail, après un léger froncement de sourcils. Naïma se demande si Céline a conscience, comme elle, que le peintre se livre à des confidences ininterrompues qui paraissent, au premier abord, spontanées et confuses – ces ritournelles de vieux qui avancent comme un bateau au gouvernail brisé – mais finissent par former un mur de paroles solide qui l'empêche, elle, d'approcher son sujet. À moins qu'il ne soit pas, en réalité, en train de construire ce mur de mots – ce qui est une autre possibilité – et que ce soit elle, Naïma, qui transforme une conversation à bâtons rompus en un monologue chaleureux parce que ses propres répliques lui paraissent si insignifiantes qu'elle les oublie sitôt prononcées alors que les récits de Lalla la tiennent en haleine, comme s'il était Shéhérazade et elle le sultan – or, si ce dernier a interrompu à de multiples reprises la conteuse dans son palais d'arabesques et de fontaines, les différentes versions des *Mille et Une Nuits* n'en font pas état, les contes ne sont pas troués de leurs dialogues circonstanciels, et Naïma, comme le sultan, s'efface de ses propres souvenirs pour ne conserver que le suc enivrant des histoires. Le peintre regarde un instant l'ouverture de la porte laissée vide par Céline puis reprend :

— Bon... le problème, c'est qu'on n'a pas mis longtemps à réaliser que l'indépendance, ce n'était pas tout. Qui a dit ça – est-ce que c'est

Shakespeare ? – le pouvoir n'est jamais innocent. Pourquoi alors est-ce qu'on continue à rêver qu'on peut être dirigé par des gens bien ? Ceux qui veulent assez fort le pouvoir pour l'obtenir, ce sont ceux qui ont des egos monstrueux, des ambitions démesurées, ce sont tous des tyrans en puissance. Sinon ils ne voudraient pas cette place... L'élection de Ben Bella, il y en avait déjà qui disaient que c'était truqué, qu'il n'aurait jamais dû se retrouver à cette place, qu'il avait court-circuité les négociations internes. Moi je ne les écoutais pas parce que je voulais que l'indépendance soit belle. Mais en 1965, c'est devenu difficile de croire qu'on vivait dans une démocratie... Le coup d'État de Boumédiène, quelqu'un t'a déjà raconté ?

Naïma secoue la tête et les yeux de Lalla s'allument, tout pleins déjà du plaisir de raconter. Il se penche en avant :

— Tu es une artiste, ça va te plaire. Figure-toi que Pontecorvo tournait *La Bataille d'Alger* dans la ville à ce moment-là, alors on avait l'habitude de voir les soldats, les chars, et tout le carnaval de la guerre. Quand on a vu les hommes de Boumédiène, on a cru que c'était Pontecorvo qui filmait une grosse scène ce jour-là. On a dit : « Il est fort ! » Et d'ailleurs les soldats se sont bien servis de cette confusion. Ils nous disaient : « Pas la peine de s'affoler. C'est du cinéma. » Sauf que c'était un vrai coup d'État et que le lendemain, ils ont lancé la chasse aux opposants. Alors ça a recommencé : les arrestations, les disparitions... C'est terrible de disparaître comme ça. Moi, je peignais comme un furieux en espérant que ça m'empêcherait de disparaître. Je voulais devenir célèbre pour que mon nom reste après moi au moins, si mon corps se volatilisait...

Il lui tend à nouveau l'assiette de biscuits et Naïma, la bouche encore tapissée d'une couche de miettes pâteuses, se ressert. À manger ainsi des langues-de-chat en écoutant des histoires venues d'un autre temps, elle a l'impression de replonger quelques heures en enfance.

— Dans ces années-là, de toute manière, ça créait de partout, continue Lalla, c'était comme si l'art nous démangeait. Le théâtre à Alger, par exemple, c'était un milieu en ébullition. Il y avait des spectacles chaque soir, les troupes apparaissaient par poignées, comme les coquelicots dans les champs, il y avait celle de Kateb bien sûr mais...

Quelque chose paraît lui venir à l'esprit et l'arrêter au milieu de sa phrase. Il laisse sa voix s'éteindre et lui adresse un petit sourire contrit :

— Pardon si je radote, tu dois déjà savoir tout ça.

C'est à ce moment-là – précisément, bien qu'il s'agisse en même temps du point final d'une longue succession de moments plus infimes amorcée dix ou quinze ans plus tôt – que Naïma réalise à quel point elle ignore tout de l'Algérie historique, politique et géographique, de ce qu'elle va appeler la vraie Algérie en opposition à Yema et au Pont-Féron qui constituent son Algérie personnelle et empirique.

En rentrant chez elle, elle s'empare du *Larousse* qui traîne dans un coin (et qu'elle consulte régulièrement malgré l'arrivée d'Internet, selon une habitude héritée de son père). Elle l'ouvre à la lettre *h* et lit :

harki, n.m. :
Militaire servant dans une harka.
harki, n. et adj. :
Membre de la famille d'un harki ou descendant d'un harki.

— Non, dit-elle au dictionnaire. C'est hors de question.

Ce soir-là, elle appelle Clarisse et lui annonce son intention de venir les voir en fin de semaine. Elle entend à la voix de sa mère que celle-ci s'inquiète : Naïma ne rentre habituellement qu'en cas de chagrin amoureux, de chômage temporaire ou – plus rarement – de fêtes nationales occasionnant des week-ends de trois jours. Elle lui assure que tout va bien, qu'elle veut simplement parler. En s'entendant prononcer ces mots, elle prend conscience de ce qu'ils ont de menaçant. C'est la phrase qui précède les ruptures, c'est le mensonge du méchant dans les films d'action pour qu'on lui ouvre la porte... Est-ce qu'il est si difficile de *simplement parler* ? Est-ce que lorsque l'on annonce cette volonté, c'est toujours que l'on veut autre chose ? Est-ce que ce n'est pas une tromperie – finit par conclure Naïma – puisque ce qu'elle veut c'est « faire parler », formule encore plus inquiétante qui se prononce le plus souvent avec un accent allemand ?

La maison de l'enfance semble rétrécir entre chacune de ses visites. Elle n'a depuis longtemps plus rien de l'énorme longère à la pâture infinie dans laquelle elle pensait avoir joué avec ses sœurs. L'étang qui s'ouvre à l'arrière du jardin et qui, gelé à l'hiver, leur servait de patinoire prend des allures étroites de flaque. Naïma est surprise chaque fois qu'elle rentre chez ses parents et constate que les dimensions du lieu jurent avec celles de ses souvenirs.

En portant sa valise à l'étage, elle observe une fois de plus les portraits de famille qui pendent au long de l'escalier. Ils permettent de remonter les générations qui ont précédé Clarisse et de suivre les ramifications qui l'entourent. La famille de Hamid, quant à elle, se limite à une photographie d'Ali datant de la Seconde Guerre mondiale et à une autre sur laquelle il apparaît avec Yema dans la petite cuisine du Pont-Féron, retirée en noir et blanc pour lui donner des allures d'archive. La branche paternelle n'a jamais fourni à Naïma d'arrière-grands-parents, ni de grands-oncles ou de grands-tantes posant devant des fleurs de soie ou des tissus chamarrés.

Dans les premières heures qui suivent son arrivée, elle se comporte comme à l'ordinaire : elle sort marcher dans le jardin malgré le froid piquant, aide sa mère à décongeler des pommes pour une tarte, partage avec ses parents les dernières nouvelles de ses sœurs. Elle évite d'aborder trop tôt le sujet de sa venue. Faire parler Hamid n'est pas une chose facile, elle le sait déjà. Il n'a que deux modes de parole : celle du tribun et celle du Pierrot, c'est-à-dire le silence. Quand il veut parler, il parle – trop, il harangue, on ne peut plus l'interrompre, on échoue à l'aiguiller. Quand un sujet ne l'intéresse pas, l'intimide, le chagrine ou le fâche, il se retire dans un coin de sa tête et joue les idiots.

Naïma attend qu'ils se retrouvent tous les deux dans la cuisine, pour lui exposer prudemment le projet de Christophe. Elle lui raconte ses premières rencontres avec Lalla, tente de faire rire son père en reprenant certaines anecdotes du vieux peintre, évoque les dessins restés de l'autre côté de la mer. Ce faisant, elle nomme de façon répétitive le pays où les œuvres se trouvent, d'abord timidement et puis un peu plus fort mais le mot ne fait pas réagir Hamid, c'est un mot comme les autres, comme si elle disait « table », ou « appartement », ou encore « pivoine » mais elle continue à l'asséner, en espérant qu'à force de réitérations, il finisse par se démarquer. Son père prépare le plateau de l'apéritif sans rien dire, comme s'il attendait qu'elle en vienne au but, comme s'il savait – mais peut-être devient-elle paranoïaque ? – qu'il ne s'agit que d'un long préambule. Elle parle dans le vide et se relance sans cesse et sans aide dans la parole, elle a l'impression de perdre pied alors, confuse, irritée, elle lâche :

— Je vais y aller. En Algérie.

Elle pense ne le dire que pour le faire réagir mais au moment où elle jette les mots vers lui, elle découvre qu'elle n'est pas en train de mentir : elle va partir là-bas. Elle ne sait pas quand elle a pris la décision, peut-être dès le début, en ne refusant pas immédiatement la proposition de Christophe, peut-être dans le salon de Lalla il y a quelques jours, peut-être une seconde plus tôt en constatant que le silence de son père ne lui laissait pas d'autre choix.

Il finit de trancher minutieusement le saucisson et le bruit sec et répété de son couteau évoque celui d'une pendule, allongeant le temps alors même qu'il le détaille. Puis il place les fines rondelles dans un bol de porcelaine et se décide enfin à regarder Naïma :

— Est-ce que je peux te l'interdire ?

— Non.

Hamid hausse les épaules pour signifier qu'alors, elle n'aurait pas dû lui en parler.

— Ce que je voudrais, c'est que tu m'aides.

— Je ne vois pas comment.

— Tu ne m'as jamais rien dit de l'Algérie, souffle Naïma.

Quand elle avait imaginé cette conversation, elle entendait cette phrase s'insérer dans la conversation nonchalante d'un soir d'été, elle lui prêtait la légèreté des propos qui se créent en dentelles autour du vin blanc et des tranches de saucisson. (Alcool + porc, parfois elle se dit que son père s'est fait un devoir de prouver à chaque instant qu'il pouvait être maghrébin sans être musulman.) Mais la réplique est rageuse, chargée de reproche, et dehors le salon de jardin est pris dans le givre de janvier.

— Qu'est-ce que tu voulais que je te dise ? répond Hamid sans la regarder. J'ai découvert la forme qu'elle avait quand j'ai vu une carte du monde en France. J'ai vu Alger pour la première fois en m'enfuyant du pays. Alors tu voulais que je te raconte quoi ? La couleur des murs de la chambre à coucher ? Je ne connais rien de l'Algérie.

— Mais ton enfance ?

— Les enfants sont les mêmes partout.

Pour éviter qu'il ne s'enferme dans une bouderie mutique, elle n'insiste pas. Elle préfère aiguiller la conversation sur les films de super-héros, une passion qu'elle partage depuis longtemps avec Hamid et qui, parfois, ressemble au besoin vague que quelqu'un vienne les sauver, même si elle ne sait pas de quoi. Pendant le reste du dîner, ils classent les membres des X-Men selon leur ordre de préférence, conspuent Superman par trop invincible et à jamais bien coiffé, encensent en revanche l'Homme Araignée aux affres morales permanentes et se moquent de Clarisse qui n'est jamais parvenue à s'intéresser à ces personnages et les confond tous.

Le lendemain, elle accepte une promenade matinale en forêt bien que la boue des chemins qui s'étend de novembre à mars sous les arbres nus l'ait toujours attristée. Ils avancent tous les trois en silence au milieu du bois qui a, lui aussi, rétréci par rapport aux souvenirs, perdu ses endroits secrets et précieux : la Clairière des fées, le Sentier des biches. Alors que Clarisse s'attarde à la recherche des signes peints sur les troncs qui désignent les prochaines zones de coupe, Naïma décide de poser frontalement à son père la question qui la taraude :

— Qu'est-ce qu'il a fait Ali, pendant la guerre ?

Dans la tête de Hamid explose une sensation qu'il n'a plus connue depuis l'adolescence. Ça fait comme un bruit d'ongles sur un tableau noir. Et il lui semble que le bruit est tellement fort que Naïma l'entend, elle aussi, que ça se transmet de son crâne à celui de sa fille, lui entre par l'oreille en vrillant.

— Je ne sais pas, finit-il par avouer. Pas grand-chose, je crois...

Elle voit à ses yeux que c'est une espérance qu'il voudrait ériger en vérité.

— Il faudrait peut-être que tu demandes à ta grand-mère, ajoute-t-il, moi je ne me souviens de rien.

— Très drôle, répond Naïma.

Il sait pertinemment qu'elle ne peut pas avoir ce genre de conversations avec sa grand-mère. Après tout, c'est lui qui n'a pas voulu apprendre l'arabe à ses enfants. Quand ses filles l'ont interrogé à ce sujet, il a répondu, comme presque toujours dans les conversations qui ont trait à l'Algérie, qu'il ne se souvenait de rien, et surtout pas des structures de cette langue qu'il continue pourtant de parler, de plus en plus mal, avec sa mère et ses frères et sœurs. Il a avancé que pour enseigner une langue, il fallait savoir comment elle fonctionne, comment elle se construit. Naïma n'a jamais trouvé ses réponses convaincantes. Pour elle, il a confondu l'intégration avec la politique de la terre brûlée, ne laissant à ses filles que le mince espace de discussion ouvert par le piètre niveau de français de Yema et les traductions partielles des oncles et tantes qui gravitent encore autour de leur mère. Elle termine la promenade en traînant ostensiblement des pieds comme une enfant contrariée.

Alors qu'elles ôtent toutes deux leurs chaussures croûteuses devant la porte, Naïma pose la même question à sa mère, sans grand espoir :

— Personne ne sait, je crois, répond celle-ci. Mais une chose est sûre : ton père s'en voudra toute sa vie de ne pas savoir.

Et Naïma entend l'autre phrase qui s'est glissée sous la première, sans être prononcée : *peut-être que tu devrais le laisser tranquille avec ça.* Mais elle ne peut pas obéir, simplement, facilement, comme à l'époque où ses parents lui paraissaient être, sinon des héros, du moins dotés d'une autorité parfaite à laquelle elle devait se soumettre parce qu'un sens plus profond lui échappait et qu'elle leur faisait confiance pour l'avoir saisi à sa place. Elle marmonne entre ses dents des remerciements ironiques.

À l'intérieur, le téléphone se met à sonner et Clarisse se précipite, chaussettes encore tire-bouchonnées à ses pieds, pour répondre. Hamid, pourtant installé dans un des fauteuils du salon, ne fait pas le moindre geste vers l'appareil. Depuis quelques années, il ne décroche plus le téléphone. Il a décidé – Naïma ne sait plus exactement quand, sans doute peu après les venues de Mohamed et de sa tristesse fluo dans le jardin de ses parents – qu'il ne prendrait plus le temps, ou le risque de parler avec ses frères et sœurs. Il voudrait simplement qu'on le laisse tranquille, dans sa maison qui rétrécit, avec sa femme et ses filles, ses filles d'abord de plus en plus nombreuses, puis quatre pour longtemps, puis de moins en moins nombreuses au fur et à mesure que les études les appelaient au loin, et finalement, tranquille avec sa femme, son jardin, et la pensée de ses filles, évoluant dans des grandes villes plus ou moins distantes.

Quand elle était enfant, Naïma l'a souvent vu accroché au combiné, ployant sous la charge de ce que lui et Clarisse appelaient en riant (elle, en riant, lui, avec un rictus) le cahier de doléances de sa famille. Il y avait les histoires de joints et de canettes de Mohamed dont Yema désespérait de pouvoir jamais faire un homme, il y avait les problèmes de santé de Salim qui, en parfait petit dernier, demeurait le plus fragile, les histoires de cœur toujours malheureuses, toujours recommencées de Fatiha qui cherchait un mari aimant et fidèle chez des hommes qui n'avaient rien de fidèle et peut-être rien d'aimant et bien sûr il y avait les longs appels de Dalila qui invectivait sans presque reprendre son souffle l'office HLM qui volait la famille, les médecins qui ne savaient pas soigner leur frère, l'économie pourrie qui sombrait dans le chômage, le gouvernement de faux socialistes qui n'avaient jamais vu de pauvres et Dalila se laissait aller à un formidable désordre de colère qui brassait et broyait le Ciel, les patrons, les membres de sa famille, les riches, les paumés, le sol, l'air, l'eau, les cons, les fachos et par-dessus tout, la voisine de Yema, cette vieille sorcière aux cheveux lavande, un jour elle me fera péter les plombs, *ouallah*, un jour je vais me la faire. Hamid soupirait et répétait :

— Oui, oui, calme-toi, qu'est-ce que tu veux que j'y fasse, eh bien ne lui parle pas, calme-toi, ne va pas les monter l'une contre l'autre, oui, non, d'accord, d'accord.

La guerre de Dalila contre la voisine n'avait rien à envier à celle de Troie, que Naïma découvrait à cette époque, dans des versions expurgées destinées aux enfants. Elle paraissait tout aussi longue et presque aussi violente. La voisine du dessous – peut-être est-elle morte depuis, se dit Naïma qui pense à elle au passé sans en être certaine – était une Française qui n'en revenait pas d'avoir atterri au Pont-Féron, selon Dalila, et qui s'acharnait à prouver qu'elle valait mieux que tous les locataires arabes de la Cité et surtout que l'espace public lui appartenait à elle en priorité, puisqu'elle était française de souche.

— Mais pourquoi tu dis ça ? demandait Hamid. Elle t'a dit ce genre de choses ?

— Non, répondait Dalila, mais ça se voit. Elle laisse son chien jouer sur le terrain de jeu et il chie partout et il déterre les fleurs mais par contre, si ce sont des mômes qui s'y aventurent, elle sort pour dire qu'il y a trop de bruit. Comme si son chien, même pas son petit-fils – mais personne ne vient jamais la voir de toutes façons – son chien, avait plus de droits que les petits bougnoules du Pont-Féron. Et puis elle écrit sans cesse des lettres pour dire qu'on fait trop de bruit, pour interdire qu'on mette le linge aux fenêtres. C'est la nana de la mairie qui me l'a dit. Elle prétend qu'au prochain ramadan, si on fête l'*iftour* trop tard dans la nuit, elle mettra le feu. Le feu, Hamid ! Et c'est nous qui sommes les mauvais locataires ?

— C'est juste de la peur, disait Hamid. Quand elle verra qu'elle n'a rien à craindre, elle s'amadouera.

Mais il n'y avait jamais de trêves.

— Ce sont des gens comme elle, enrageait Dalila, qui contribuent à répandre une mauvaise image des quartiers dans toute la France en acceptant d'aller raconter dans les journaux ou même simplement à ses amies que c'est la jungle et que tout est systématiquement abîmé, volé, pillé.

Parfois, Hamid essayait de faire entendre à sa sœur que la vieille dame avait lieu de se plaindre des dégradations et Naïma le voyait qui luttait pour glisser quelques mots, comme au chausse-pied, entre les phrases fleuves de sa sœur qui ne voulait rien entendre, n'entendait rien. Bien qu'à l'époque elle eût voulu prendre le parti de sa tante, Naïma trouvait elle aussi qu'à la fin des années 90, la cité était un endroit d'une laideur triste, peu accueillant pour ceux qui y étaient étrangers et propre à effrayer une vieille dame. Quand elle sentait que son frère n'en pouvait plus d'entendre parler de la sorcière du dessous, Dalila bifurquait alors brutalement et elle ponctuait sa conversation du nom des banlieues lyonnaises qui s'enflammaient les unes après les autres : Vaulx-en-Velin, Givors, les Minguettes, Vénissieux, Rillieux-la-Pape et puis Bron, Villeurbanne, Saint-Priest, les émeutes qui se répandaient en cercles concentriques dans la jeunesse furieuse chaque fois qu'un gamin des cités était brutalisé par la police et toutes ces émeutes semblaient passer par le corps de Dalila, y créant un nouveau nœud qui l'empêchait de dormir, ou des plaques sèches sur la peau et elle pestait que c'étaient tous des crevards, sans savoir bien de qui elle parlait, les jeunes ou les flics, sûrement les deux, pourquoi tu ne dis rien ?

— Je ne suis pas concerné, disait Hamid, ça ne me concerne pas.

Quand la télévision passait des reportages sur les banlieues « chaudes » – et elle en passait souvent, comme avec gourmandise –, il éteignait vivement le poste pour que ses filles ne voient aucune image choquante mais la radio prenait le relais, chaque fois qu'ils montaient en voiture. Les médias s'étaient mis à parler régulièrement du « problème des banlieues » (ils ne s'arrêteraient plus) comme s'il était avéré que ces endroits multiples et divers formaient un lieu unique de non-droit et, lorsqu'on les écoutait, la responsabilité des violences semblait peser à la fois sur l'urbanisme et les mœurs des habitants. Les présentateurs prenaient des voix concernées, presque compatissantes – « le *problème* des banlieues » – et c'est peut-être sans en être conscients, en pleine montée interne de bons sentiments, qu'ils stigmatisaient ainsi durablement toute une population dont le principal malheur était d'habiter à la marge de la vraie vie, celle des possédants. Les images d'échauffourées entre les jeunes des tours et les CRS rutilants se multipliaient au journal télévisé. Les voitures brûlaient en boucle à travers les baffles de l'autoradio.

— Pourquoi est-ce que je serais obligé de me sentir concerné par ça ? demandait Hamid d'une voix lasse.

Et – sans doute pour se prouver qu'il ne l'était pas, pense aujourd'hui Naïma – il a cessé de répondre au téléphone. Il la raccompagne à la gare le dimanche soir avec le même refus entêté. L'Algérie ne le concerne pas.

La lumière du printemps précoce est capable de tout embellir, même Marne-la-Vallée qui reverdit en bord de route et dissimule ses pavillons sous des bosquets aux couleurs tendres. Le soleil timide fait apparaître dans l'air une poussière dorée et tremblante. Au fil de ses conversations avec Lalla, Naïma note de temps à autre un nom, une adresse, mais avant tout, elle l'écoute et regarde par la fenêtre la ville qui se transforme. Parfois, Céline se joint à eux et elle écoute, elle aussi, cet homme qu'elle a connu déjà vieux et usé parler d'un temps qui semble aussi ancien que celui des contes de fées. Il arrive que Naïma les laisse dialoguer tous les deux, comme une entremetteuse shakespearienne qui se retirerait discrètement, à la seule différence qu'elle reste dans la pièce et se perd dans la contemplation de la rue. Elle finit par trouver agréable le fait que depuis chez Lalla, elle ne puisse voir que des pavillons similaires à celui dans lequel elle se trouve, comme si en guise de fenêtres il n'y avait en réalité que des miroirs.

— Tu as remarqué le nombre de paraboles dans ce quartier ? demande Lalla. Avant il n'y en avait pas. Elles sont toutes arrivées d'un coup. Et avec elles, les chaînes religieuses de l'Arabie saoudite, du Qatar, de je ne sais où. L'islam est entré dans les maisons par les paraboles... Même mon fils, le plus jeune, tout à coup, il s'est mis à aller à la mosquée. Il s'est laissé pousser la barbe. Je ne disais rien, je voulais lui laisser de l'espace. Et un jour, sur le marché, je le vois en train de mendier. Je n'arrivais pas à en croire mes yeux. Il mendiait de l'argent pour sa mosquée, tranquillement, au vu et au su de tout le monde. Pour la première fois de ma vie, j'ai cru que j'allais le frapper. Au moins, je ne te vole pas de l'argent, il a dit. Je crois que j'aurais préféré. Ton argent, il m'a dit, il est *haram*, comme ta peinture, comme toute ta vie, je n'y toucherai jamais ! Tu le crois ça, Naïma, tu le crois ? C'est pour ça qu'on s'est battus ? On voulait offrir un pays libre à nos enfants, on s'est battus contre les Français, on s'est battu contre les fanatiques du FIS, on s'est battus entre nous et nos enfants nous tournent le dos, ils deviennent des cons à qui je n'ai pas envie de donner dix euros et encore moins un pays.

Il tord et triture les extrémités de sa moustache. Naïma imagine, un bref instant, qu'il pourrait l'arracher.

— Évidemment, ajoute-t-il d'un ton méchant, il a aimé Dieu aussi longtemps qu'il a aimé son hamster ou son chien quand il était petit. Six mois après, il était passé à autre chose. Il n'y a que moi qu'il déteste pour de bon. Je suis la seule constante de sa vie.

Puis il fait dans l'air plusieurs gestes désordonnés, comme s'il chassait une nuée de mouches. *Khlas.* Sur ses mains, les poils blancs hirsutes et les taches de vieillesse se répètent en alternance, selon des motifs changeants que Naïma détaille du coin de l'œil avec une fascination dégoûtée.

— Tu as fait les papiers pour partir ? demande-t-il.

— Non.

Elle attend le courrier officiel émanant d'un musée de Tizi Ouzou qui attestera sa prise en charge sur place et lui permettra, joint à une lettre de mission que Christophe a rédigée dès le mois de janvier et qui sommeille dans un tiroir de son bureau d'où Naïma ne l'a jamais sortie, de demander un visa d'affaires. Le musée a promis plusieurs fois le document mais la galerie n'a encore rien reçu. Parfois Naïma espère que le courrier n'arrivera jamais. Elle a lu quelque part qu'il y avait une liste noire, une liste des harkis et que certains, en voulant rentrer au pays, s'en sont vus interdire l'accès. Elle a peur que son nom de famille y figure et elle l'avoue au vieux peintre.

— Mais ton grand-père, il a fait quoi exactement ? demande Lalla, sans imaginer que c'est la même question que pose Naïma aux membres de sa famille depuis des semaines sans obtenir de réponse.

Dalila, appelée à l'aide, n'a pas pu lui dire grand-chose de plus que Hamid et Clarisse :

— Peut-être rien, a-t-elle hasardé. Peut-être que c'était son frère. Je ne me souviens pas mais je sais qu'ils ont tué le frère de baba après qu'on soit partis. Ton père en a longtemps fait des cauchemars…

Pour éviter d'avoir à répondre au peintre, Naïma se concentre sur la vue que lui offre la fenêtre du salon.

De la vie d'Ali, elle n'a connu qu'un silence dont elle n'a jamais pensé qu'il constituait un manque mais qui lui apparaît désormais, alors que le voyage se fait réel, comme un trou à l'intérieur de son corps – non pas une plaie mais plutôt une large étendue semblable à ces images de l'espace que prennent certains télescopes et qui font parfois la couverture des magazines scientifiques. Elle regrette les conversations qu'elle n'a jamais eues avec lui et elle s'en veut, de manière irrationnelle puisqu'il est mort trop tôt pour qu'elle ait pu lui demander de raconter l'histoire de sa vie. Elle avait huit, neuf ans – elle n'est plus très sûre – quand il s'est éteint dans son lit. Elle n'a que très peu de souvenirs de lui et, lorsqu'elle essaie de les mettre en ordre, elle est horrifiée de constater que la plupart d'entre eux ont trait à sa lente agonie.

Dans la mémoire de Naïma, Ali apparaît malade. Il est alité depuis des semaines. Il se couvre d'escarres. La douleur est atroce. Il crie. Il crie en arabe. Il a oublié le français. Les tantes traduisent pour Clarisse, et Naïma surprend des bribes de leur conversation. Ali hurle que le FLN est là. Il hurle qu'on tue, qu'on égorge, qu'il faut faire attention aux barbelés. Il hurle que les maisons sont perdues, perdus les champs, perdue la crête. Il hurle qu'il ne veut pas qu'on brûle les oliviers. Il appelle Djamel au crâne fendu. Il appelle Akli à la gorge ouverte. Et puis il s'enfonce encore plus loin dans les couches de la mémoire que la maladie a rendu poreuses et qu'il traverse dans la fièvre comme s'il passait le pied à travers des planches pourries. Il annonce que les Allemands arrivent. Il parle d'un camp de prisonniers dans l'est de la France.

Il voit des uniformes nazis sous le sucre triste de la neige. Il crie qu'il faut se cacher. Il injurie Naïma qui ouvre la porte parce qu'elle va dévoiler leurs positions. Et à partir de ce moment-là, il n'y a plus que les insultes qui jaillissent en gros bouillons de sa bouche écumante. Insulte chaque fois qu'on change ses pansements, qu'on essaie de le faire boire, insulte quand le rideau bouge, quand le lit grince, quand une branche d'arbre frappe la vitre, quand les ombres dansent au plafond…

Et Yema dit, de sa toute petite voix :

— Il est fou, le pauvre, c'est parce qu'il a mal.

Mais peut-être qu'Ali n'est pas fou, se dit Naïma maintenant qu'elle y repense. Peut-être que la douleur lui donne le droit de crier, ce droit qu'il n'a jamais pris auparavant. Peut-être que, parce qu'il a mal à son corps pourrissant, il trouve enfin la liberté de hurler qu'il ne supporte rien, ni ce qui lui est arrivé ni cet endroit où il est arrivé. Peut-être qu'Ali n'a jamais été aussi lucide que lorsqu'il insulte ceux qui ouvrent sa porte. Peut-être que ces cris ont été étouffés quarante ans parce qu'il se sentait obligé de justifier le voyage, l'installation en France, obligé de masquer sa honte, obligé d'être fort et fier face à sa famille, obligé d'être le patriarche de ceux qui pourtant comprenaient mieux que lui le français. Maintenant qu'il n'a plus rien à perdre, il peut gueuler. Derrière la porte de sa chambre, les quatre petites filles de Hamid demandent si elles peuvent aller jouer dehors. Elles ne veulent plus entendre les cris.

— Je ne suis pas allée à son enterrement, dit-elle soudain à Lalla.

Le fait vient de lui revenir en mémoire.

— C'était interdit aux femmes. Je suis restée dans l'appartement avec ma grand-mère, ma mère, mes tantes, mes sœurs, mes cousines… Je ne l'ai pas vu être mis en terre. Je ne sais rien de sa vie et j'ai raté sa mort.

Le peintre se tourne lentement vers Céline :

— Toi, tu n'y couperas pas, hein ? Je veux que tu sois là et que tu pleures pour dix. Ma réputation post-mortem sera basée sur tes larmes.

— Je pleurerai tellement, répond Céline, que tout Marne-la-Vallée se dira que tu devais être un amant merveilleux, même dans tes vieux jours.

— C'est bien, murmure Lalla en souriant, c'est bien. Naïma ?

Elle lui sourit en retour.

— Tu peux venir aussi, tu seras ma caution artistique.

Son ordinateur portable est ouvert sur la table basse, carré de lumière grise et bleu dans l'appartement éteint. Elle le contemple en finissant un bol de soupe et retarde le moment de se pencher sur le clavier en aspirant le liquide épais par gorgées de plus en plus petites.

Puisque sa famille lui oppose la mort, le silence et les vœux pieux, il reste à Naïma la mémoire tentaculaire d'Internet pour appréhender l'histoire des harkis. Taper le nom de son grand-père sur Google ne lui apprend rien, ce qui est déjà un soulagement car les sites sur la guerre d'Algérie regorgent de délations et d'accusations personnelles, nominatives et violentes. Apparemment, personne n'a cru bon de surnommer son grand-père le Boucher de l'Atlas ou la Hyène de Palestro ni de dédier une page aux recensements de ses exactions.

Elle entre les uns après les autres les mots-clés suivants :
Harkis
Actions des harkis guerre algérie
rôle des harkis
Représailles harkis algérie

harkis kabyles
Départ harkis 62

Ils la renvoient instantanément vers des milliers d'images, des pages et des pages de textes, des informations en pagaille et des fautes d'orthographe multicolores sur lesquelles elle clique, sans être sûre de ce qu'elle recherche, à travers lesquelles elle tombe, ce soir-là comme ceux qui suivent.

Les nuits désormais se ressemblent : elle ne reste pas prendre un verre avec Kamel et Élise au sortir de la galerie, elle n'appelle personne et ne répond pas non plus aux textos de Christophe qui parviennent à se faire insistants tout en demeurant lapidaires. Elle reste chez elle à regarder des documentaires sur YouTube en mangeant de la bouffe chinoise achetée au traiteur d'en bas, sauveur de tant de journées de gueule de bois. Elle visionne à la suite les trois parties de *L'Ennemi intime* de Patrick Rotman, en piochant des nouilles froides dans une barquette, et ne s'endort qu'à l'aube sans se lever de son fauteuil, la tête pleine de récits de torture et de lente soumission à la violence ambiante. Elle écoute des présentateurs et des invités, sagement installés en rond dans des fauteuils futuristes, répéter que la guerre d'Algérie se poursuit aujourd'hui encore sous la forme d'une guerre de mémoires. Elle les entend dire : « blessure à vif », « déchirure », « traumatisme », « violence aveugle » et malgré la compassion dont chacun essaie de faire preuve à l'égard des récits des autres, il arrive souvent que Naïma ait l'impression qu'ils sont à deux doigts de se foutre sur la gueule, tout engoncés qu'ils sont dans leurs petits sièges de plateau télévisé. Elle regarde, sans bien la comprendre, une vidéo tournée en août 1955 qui montre l'opération de représailles lancée par l'armée française contre la population d'Aïn Abid, après l'assassinat de sept Européens. Ce sont des images étranges sur lesquelles aucune des victimes ne court ou ne s'agite. Calmement, les soldats arrivent, mettent en joue et tirent. Par une coïncidence curieuse, tous les corps tombent face contre terre dans la vidéo. On dirait ces scènes de documentaire animalier pour lesquelles on a drogué une gazelle afin d'être sûr que les lionnes finissent par l'attraper et en déchirer une première bouchée de viande tout près de la caméra.

Rapidement, Naïma s'intéresse au fil des commentaires qui se dévident sous les vidéos. Aucune image de la guerre d'Algérie ne peut être mise en ligne sans déclencher une série de réactions qui conduit forcément, bien que plus ou moins rapidement selon le site, à des injures contre les harkis. D'où que parte le débat, il débouche à cette explosion de haine précise. Cette variation de la loi de Godwin, selon laquelle « plus une discussion en ligne dure longtemps, plus la probabilité d'y trouver une comparaison impliquant les nazis ou Adolf Hitler s'approche de 1 », la plonge dans une horreur hébétée.

Tu dis que tu rêve de rentre en Algérie, sal harki. Viens ! Je t'attend pour t'égorgé.

Harki, batars et collabos : allah vous hais et moi aussi

Et celui-là, encore, qui paraît lui être personnellement destiné, ou presque :

les francais se sont battus par garder l aglerie ils ont de quoi être fière les pieds noirs voulais gardez les richesses et les fermes ils ont de quoi être fière les algeriens sont battu pour leurs indépendance ils ont de quoi être fiers mais la pute la fille du harkis c est sa le probleme elle doit avoir honte de son pere le traitre et je lui dit que nous peuples algeriens nous avons une envie de masacrer les descendants des harkis

Entre ces insultes et ces menaces, elle trouve parfois des commentaires qui prennent la défense des anciens supplétifs de l'armée française – de manière tout aussi virulente que ceux de leurs contradicteurs. Mais les débatteurs qui refusent l'équation selon laquelle un harki est un traître, comme celle qui veut qu'un bon traître soit un traître mort, et qui pourraient, un instant, desserrer l'étau de peur et de dégoût qui prend Naïma à la gorge, se révèlent souvent être aussi des défenseurs des méthodes des paras voire de celles de la SS Charlemagne. Au bas de leurs commentaires, des images, des slogans entraperçus alors qu'elle descend très vite le long de la page :

TU VAS NOUS COMPRENDRE

OAS VEILLE TOUJOURS
L'OAS FRAPPE OU ELLE VEUT QUAND ELLE VEUT

Elle a l'impression que sous son ordinateur se trouve une immense caverne souterraine où se débattent des monstres aux visages tordus de haine et dans laquelle les câbles de la fibre doivent plonger directement afin d'injecter dans chaque site ce brouet d'insultes et de violence. Déterminer ce qui est une information fiable et ce qui n'est que de la colère ou de la tristesse, écrite comme on rote, comme on crache, lui demande trop de temps. Elle préfère se rabattre sur le support plus calme, moins furieusement participatif des livres.

Sur les couvertures jaunes, rouges, noires ou blanches de ceux qu'elle a commandés, s'étale sans discrétion le mot harki – celui dont le dictionnaire prétend qu'il la désigne, celui qu'Internet utilise, à claviers rabattus, comme une injure. Elle prend la mesure de l'impact qu'ont eu sur elle les commentaires en ligne quand elle réalise qu'en parcourant ces ouvrages dans le métro ou au café, elle en masque le titre. Elle n'est même pas sûre de ne pas avoir baissé la voix quand elle a passé commande au libraire. Elle ne sait pas exactement ce qu'elle redoute mais elle est désormais consciente du nombre jusque-là inimaginable de gens pourvus d'avis, tranchés et contradictoires, sur la trajectoire des harkis. Le soir, dans son lit, elle descend les livres comme on boit cul-sec un verre de tord-boyaux.

Pour faire entendre leurs souffrances, les anciens harkis et leurs descendants ont aligné des chiffres. Il y a dans leur témoignage une volonté d'être pris au sérieux qui passe par l'énumération. Pourtant, ils sont incapables de conserver à ces chiffres leur froideur et leur précision. Ils les hurlent, ils les pleurent, ils les postillonnent. Les chiffres ne sont pas faits pour ça. Ils sont faits pour le calcul. Ils pourrissent le pathos et le pathos les entache à son tour. Naïma voit danser les chiffres de la douleur en une ronde sauvage, une ronde qui ne veut rien dire.

Ceux donnés par les harkis s'ajoutent à ceux qui recensent les exactions commises par l'armée française et que les livres d'histoire plus généraux lui répètent et lui détaillent. Elle a conscience que certains auteurs voudraient que ces chiffres, au contraire, s'annulent mais ce n'est pas le cas : un massacre ne disparaît pas face à l'ampleur de ses représailles et la loi du talion, dans les variations sans fin de ses applications, ne fait que multiplier les borgnes et les édentés sans que jamais l'œil resté valide de la première victime ne forme une paire avec celui de la seconde. Les sommes atteintes au fur et à mesure des pages sont si élevées que Naïma se retrouve engluée dans l'arithmétique, dans le comptage, elle bouffe de la dizaine, elle s'étrangle sur des centaines, elle a – coincés au fond de la gorge – plusieurs blocs de milliers qui ne passent pas et ça continue à s'empiler, d'un chapitre à l'autre, ça grimpe toujours, si bien qu'elle ne peut plus penser les chiffres ni tenter d'imaginer des personnes derrière eux, elle se contente de les lire et puis simplement de poser son regard dessus, ils ne lui disent plus rien.

L'invitation officielle de Tizi Ouzou est enfin parvenue à la galerie. Pourtant, Naïma n'a toujours pas demandé son visa. Elle est perdue dans les livres qui se multiplient et qu'elle empile tout autour de l'appartement, comme des cairns qui marqueraient l'avancée de ses recherches. Christophe lui a fait plusieurs fois remarquer, d'un ton excédé, qu'il était temps qu'elle accomplisse les démarches nécessaires à son voyage et elle a murmuré, sans lui prêter attention, qu'elle allait le faire, bien sûr, peut-être demain, lundi, bientôt. Depuis qu'elle ne couche plus avec lui, il lui parle avec une froideur qu'elle voudrait ignorer mais qui la flatte puisqu'elle constate qu'il est affecté par l'arrêt de leurs relations sexuelles. (Si elle était honnête, elle reconnaîtrait qu'elle l'est aussi. Elle multiplie les sourires nerveux quand elle s'adresse à lui. Comme il est plus grand qu'elle, elle doit lever la tête, très légèrement, pour accrocher ses yeux. Depuis qu'ils ne couchent plus ensemble, ce simple mouvement lui paraît être l'amorce d'une dangereuse mécanique.) Demain, lundi, bientôt, répète-t-elle et, en repoussant l'obtention de son visa, elle tient aussi Christophe et son désir à l'écart. Quand elle retrouve les fragiles colonnes de livres qui l'attendent dans le salon, elle se dit pourtant que c'est lui qui a raison : elle ne peut pas – même si c'est ce qu'elle souhaite – attendre d'avoir absorbé toute l'Histoire contemporaine de l'Algérie pour y partir.

Elle ouvre à nouveau son ordinateur, avec des gestes lents et peureux, comme si les commentaires lus lors de ses visites précédentes pouvaient lui sauter au visage.

Viens ! Je t'attend pour t'égorgé.

Elle soupire, secoue la tête et s'efforce de ne pas y penser. Elle se concentre sur une question d'ordre pratique : la difficulté pour les harkis et leurs descendants de retourner au pays, c'est-à-dire – mais Google ne répondra jamais *directement* à cette question, la seule pourtant qui vaille – est-il possible que Naïma ne puisse pas gagner l'Algérie à cause du passé de son grand-père ?

Elle lit, sans beaucoup de surprise, que plusieurs anciens harkis se sont vu récemment refuser le droit d'entrer sur le territoire. Un homme a été arrêté à la frontière à cause d'actes commis par son frère, ce qui la trouble davantage puisque cela laisserait entendre que la responsabilité, la culpabilité et le châtiment voyagent d'un membre à l'autre d'une même famille, sans distinction. Elle repense au grand-oncle évoqué par Dalila, celui qui est mort à la fin de la guerre, celui à qui le FLN a fait payer quelque chose – sans que personne de ce côté de la mer ne paraisse se rappeler quoi. *Peut-être que ce n'est pas baba, peut-être que c'est son frère.*

La possibilité qu'une action accomplie par son grand-père ou par son grand-oncle cinquante ans plus tôt ait un effet sur elle aujourd'hui lui paraît absurde – mais elle commence à peine à comprendre à quel point la colère est pérenne, elle n'est sûre de rien, alors elle s'entête à chercher des cas d'enfants ou de petits-enfants pour voir sur combien de générations l'opprobre peut s'étendre.

En 1975, découvre-t-elle enfin, l'Algérie a empêché un fils de harki de sortir du pays. C'est une situation qu'elle n'avait pas imaginée : pouvoir entrer mais pas repartir. C'est pourtant ce qui est arrivé à Borzani Kradaoui, âgé de sept ans et venu passer des vacances à Oran avec sa mère cette année-là. Les autorités algériennes ont prétendu que le gamin ne possédait pas « l'autorisation paternelle de voyage à l'étranger que la loi exige ». Selon d'autres versions, on aurait glissé à la mère, laissée libre : « Tu diras à ton harki de mari qu'il vienne le chercher lui-même. » Il y a eu plusieurs cas similaires dans les années 70 mais si l'affaire Kradaoui est la plus présente dans les articles que Naïma déterre peu à peu, c'est qu'elle a joué un rôle important dans les soulèvements des camps de harkis, survenus au même moment en France. Naïma se laisse emporter par cette découverte qui l'éloigne de sa question initiale et la ramène quarante ans en arrière. C'est presque par hasard qu'elle découvre, dans les archives de l'INA, les premières images des camps de la France froide que son père n'a jamais voulu décrire. Au printemps 1975, avant même l'affaire Kradaoui, les enfants des harkis se réveillent en grondant derrière les barbelés et pour la première fois depuis l'arrivée de leurs parents, les caméras du pays se braquent sur eux.

En mai, à Bias, ils prennent d'assaut les locaux administratifs qu'ils occupent deux semaines, avant de s'en faire déloger par les CRS.

À Saint-Maurice, de jeunes hommes en armes transforment le camp en bastion militaire. Ils mettent à sac les bureaux, brûlent les archives.

Le jeudi 19 juin 1975, à seize heures, quatre enfants de harkis prennent en otage le directeur du camp de Saint-Maurice-l'Ardoise, armés de fusils, de dynamite et d'essence et s'enferment avec lui dans la mairie du village voisin, Saint-Laurent-des-Arbres. « Nous ne voulons aucun mal à M. Langlet. Mais, il représente pour nous l'administration contre laquelle nous luttons en vain pour faire valoir nos droits de citoyens français. » Ils le libèrent vingt-huit heures plus tard et rentrent chez eux où ils sont accueillis en héros. Un journaliste du *Nouvel Observateur* leur emboîte le pas et découvre, horrifié, « le camp de la honte ». *Bien sûr*, écrit-il, *ces harkis n'attirent pas a priori la sympathie, notre sympathie, mais quand même !* Pendant plusieurs secondes, Naïma fixe le « bien sûr » tranquillement installé au bas de la première colonne de l'article puis elle se force à continuer sa lecture.

La révolte s'étend au cours du mois de juin et soudain, sur la page Internet que consulte Naïma, apparaît un nom familier : les résidents du hameau forestier dit le Logis d'Anne occupent les locaux administratifs pour exiger, entre autres, le départ des militaires servant à l'encadrement du hameau. Elle voit apparaître, trop brièvement, un panneau rouillé et des bungalows vieillissants, oubliés au milieu des pins. Son esprit y dessine la silhouette enfantine d'un Hamid dont elle n'a vu aucune photo.

Quelques jours plus tard, les murs de Pertuis se couvrent d'affiches exhortant les harkis à continuer la lutte.

Début juillet 1975, la CFMRAA (Confédération des Français musulmans rapatriés d'Algérie et leurs amis) par l'intermédiaire de son président M'hamed Laradji demande aux Français musulmans effectuant leur service militaire et aux futurs appelés qu'« ils cessent d'accomplir leur devoir de citoyen tant que l'État considérera leurs familles et eux-mêmes comme des citoyens de deuxième zone n'ayant que des devoirs vis-à-vis de leur patrie ». À la connaissance de Naïma, son père a effectué le sien peu de temps auparavant. Elle se demande s'il a pensé à refuser.

Le dimanche 3 août, M'hamed Laradji exige « la dissolution des camps de transit avec le reclassement, l'encadrement moral et financier des familles, le retour des familles retenues en Algérie, une indemnisation juste et rapide, et la désignation d'une commission d'enquête parlementaire et non administrative ».

Naïma regarde sur les images d'archives de jeunes garçons s'agiter entre des baraquements tristement identiques et même si, bien sûr, aucun n'est Hamid, elle ne peut se défaire de l'idée qu'ils auraient pu être son père ou que son père aurait pu être parmi eux. Certains garçons racontent n'être jamais sortis du camp en près de quinze ans : « Toujours, toujours on nous disait : Tu vas faire quoi dehors ?

C'est plein de fellaghas. Ils te couperont la gorge. Et nous, comme des cons, on y a cru. » Ils parlent des années passées à vivre sous la férule d'une administration de type colonial dans laquelle l'électricité leur était coupée tous les soirs à vingt-deux heures, posséder une télévision leur était interdit, des années à dépendre de la Croix-Rouge qui venait distribuer du lait concentré et des patates, des années à tourner en rond. Quelques-uns ont eu l'audace de percer des trous dans les clôtures et se sont aventurés dans les champs voisins – ceux qui se sont fait attraper ont fini en centre de correction. Sur les images cahotantes, les garçons aux cheveux noirs, aux visages furieux et juvéniles portent des vêtements de vieux, des frusques d'une époque qui paraît bien antérieure aux années 1970.

Il n'y a pas longtemps, Sol écrivait un article sur les camps de réfugiés dirigés par le HCR et, levant la tête de son ordinateur portable, elle a demandé à Naïma :

— Tu connais la durée moyenne passée dans un camp par réfugié ?

Celle-ci a secoué la tête.

— Dix-sept ans, a répondu Sol avant de replonger dans son travail.

Quand elle regarde les fils de harkis de Bias ou de Saint-Maurice-l'Ardoise dénoncer la pérennité de leurs prisons avec une surprise douloureuse, Naïma a sur eux l'avantage de savoir déjà que malgré toutes les appellations officielles, il n'existe pas de « transit » ni de « provisoire » dans le réseau des camps d'accueil.

Au milieu de l'été 1975, alors que la jeunesse des camps est déjà vibrante et rageuse, l'Algérie achève de la mettre hors d'elle en retenant Borzani Kradaoui et en montrant par là qu'elle tient les fils pour redevables des crimes ou des erreurs des pères.

Le 6 août, des jeunes de Saint-Maurice-l'Ardoise prennent en otage des travailleurs algériens enlevés au foyer de l'usine Keller et Leleux.

Le lendemain, quatre enfants de harkis font irruption, arme au poing, dans un café de Bourges et séquestrent le propriétaire et quelques consommateurs, tous algériens. Ils les relâchent trois heures plus tard.

La brièveté répétée des enlèvements et des occupations perturbe un peu Naïma. Elle ne sait pas si cela signifie que les révoltés paniquent devant l'ampleur de leurs actions, s'ils croient chaque fois avec naïveté les promesses qui leur sont faites ou s'ils demandent simplement à ce qu'enfin on les regarde.

« Avant, on vivait dans l'ignorance. Maintenant la France sait », déclare un jeune garçon aux yeux tristes, filmé par FR3. Peut-être, mais qui regarde la télévision par ces chaudes journées d'août 1975 ? se demande Naïma. Éparpillés sur les plages de la Manche, de l'Atlantique et de la Méditerranée, la plupart des Français construisent des châteaux de sable sans prêter attention aux journaux. Elle fait un rapide calcul sur ses doigts : Clarisse devait, à cette époque, être enceinte de Myriem. Occupés à préparer l'arrivée de leur premier enfant, ses parents ont-ils vu une quelconque image de ce soulèvement ? Son père y a-t-il reconnu quelqu'un ?

Le lundi 11 août, un groupe occupe une nouvelle fois les locaux administratifs du camp de Bias dans lesquels, depuis mai, Naïma suppose qu'on avait à peine eu le temps de remettre debout les lourdes armoires métalliques et de punaiser de nouvelles cartes de France, divisée en départements nets et colorés. La différence avec la précédente occupation, c'est que cette fois, les types sont armés de fusils de chasse. À l'aube, le préfet s'engage à recevoir les occupants « pour exposer au ministère de tutelle leurs revendications » et le commando quitte les lieux.

Samedi 16 août, Djelloul Belfadel, dirigeant de l'Amicale des Algériens, est enlevé près de son domicile par quatre jeunes Français musulmans (trois hommes et une femme, note Naïma avec intérêt car c'est la première fois qu'elle voit une femme participer à l'un des commandos). Ceux-ci le conduisent jusqu'au camp de Bias et réclament la libre circulation des harkis et de leurs enfants entre la France et l'Algérie. Un communiqué de la Confédération musulmane met en garde l'État français contre toute intervention musclée : « Si une tentative est faite pour reprendre l'otage par la force, il sera abattu. » Bias est en état de siège, quadrillé par des CRS et des gendarmes. Dans le ciel, des hélicoptères passent en vrombissant, comme de grosses libellules de guerre. FR3 a posté ses caméras tout autour du camp et elles filment en gros plans les visages des ravisseurs qui ne pensent même pas à dissimuler leur identité, tout débutants qu'ils sont dans l'art de la guérilla. Le lundi 18 août à dix-sept heures trente, l'otage est libéré après négociations entre le préfet du Lot-et-Garonne et des membres de la communauté harkie.

Cette dernière insurrection sonne le glas du camp de Bias dont le démantèlement débute la même année. Dès lors, les harkis qui le désirent peuvent s'établir en dehors du ghetto. Mais peut-être qu'il est trop tard pour redécouvrir le goût de la liberté, ou peut-être la France est-elle trop vaste, peut-être qu'ils en ont assez d'être déplacés d'un lieu à l'autre, toujours est-il que bon nombre de familles d'ex-supplétifs s'installent à proximité du camp et que d'autres conservent leurs maisons dans son enceinte même.

Naïma referme l'ordinateur et le repousse au centre de la table basse. Dans la salle de bains, le chauffe-eau fuit, répétant le petit bruit lancinant mais agréable de ses gouttes perdues au milieu de la nuit. Elle est épuisée et ses yeux piquent et brûlent. Elle ne sait pas si le fait qu'elle ait pu regarder des images de ces garçons révoltés et écouter leurs revendications prouve qu'ils ont réussi, comme ils l'affirment, à briser le silence qui entourait leur existence. Tout ce qu'elle a vu ces jours passés, elle l'a découvert. Rien ne lui était déjà connu, elle dont la famille a pourtant vécu dans les camps. Elle cherche à se rappeler si son manuel d'histoire mentionnait l'existence des harkis quand, au lycée, elle a brièvement étudié la guerre d'Algérie. Elle croit que oui, elle croit se souvenir que le nom avait fait irruption sur la page et qu'elle avait d'abord souri comme s'il s'agissait d'une mention personnelle de son grand-père puis qu'elle avait ressenti un malaise diffus mais tenace en réalisant qu'il jouait un piètre rôle, sur lequel personne – ni les auteurs du manuel ni son professeur – ne paraissait avoir envie de s'étendre.

Elle regarde la pile de livres qui oscille à côté de son ordinateur et elle se demande pourquoi aucune de leurs lignes ne s'est frayé un chemin jusqu'à elle avant aujourd'hui. De l'orteil, elle repousse le plateau de verre de la table et les livres s'écroulent les uns sur les autres dans un fracas mou de carton et de papier. Ils se confondent, versions des harkis et version des moudjahidines éparpillées au hasard.

L'Histoire est écrite par les vainqueurs, pense Naïma en s'endormant. C'est un fait désormais connu et c'est ce qui lui permet de n'exister qu'en une seule version. Mais quand les vaincus refusent de reconnaître leur défaite, quand ils ont, malgré leur défaite, continué d'écrire l'Histoire à leur manière jusqu'à la dernière seconde et quand, de leur côté, les vainqueurs veulent écrire leur Histoire rétrospectivement, pour arriver à l'inéluctabilité de leur victoire, il subsiste de part et d'autre de la Méditerranée des versions contradictoires qui ne paraissent pas être l'Histoire mais des justifications ou des revendications, qui se déguisent en Histoire en alignant des dates. Peut-être que c'est ce qui a maintenu les anciens habitants de Bias à proximité du camp pourtant haï : ils n'ont pas pu se décider à dissoudre une communauté dans laquelle ils étaient tombés d'accord sur une version de l'Histoire qui leur conviendrait à tous. Peut-être que c'est un socle de vie commune qu'on oublie trop souvent mais qui est strictement nécessaire.

Le 22 mars, Naïma se réveille en entendant les jurons de Sol et la voix quasi inhumaine d'une radio d'information. Des kamikazes ont provoqué une double explosion dans le hall des départs du principal aéroport de Bruxelles, en Belgique, peu avant huit heures... Elle se lève et boit son café en écoutant les détails d'une oreille distraite. Elle ne connaît personne à Bruxelles. Elle n'a pas de textos à envoyer. Un mort qu'on ne connaît pas meurt un peu moins, pense-t-elle.

Naïma est – je trouve intéressant de le souligner même si je ne suis pas certaine de ce qu'il faudrait en faire – la première depuis des générations à ne pas avoir entendu le cri que pousse un homme quand il meurt de mort violente, ce cri dont les films hollywoodiens n'offrent qu'une pâle copie, une facette tronquée (ce qu'un morceau de viande bovine est, par exemple, à l'animal paissant), ou un fantasme erroné, parce qu'on ne peut pas connaître ce cri, et encore moins le jouer, à moins de l'avoir entendu ou peut-être même de l'avoir poussé, ce qui veut dire qu'on ne le connaît jamais qu'une demi-seconde et puis qu'on ne connaît plus rien.

À la radio, quelques journalistes discutent de la récompense que les *shahid* se croient promise lorsqu'ils meurent dans un attentat : soixante-dix ou soixante-douze vierges, selon les propos, mais l'origine du nombre est flou car le seul texte retrouvé décrirait simplement une abondance. Il s'agit, de toute manière, d'une erreur d'interprétation du Coran, avance un invité, puisque le Livre sacré utilise un mot de syriaque qui évoquerait en réalité des raisins. Ils paraissent tous enchantés de cette bribe de foi exotique et érotique offerte à leur débat mais personne ne pose les questions qui intéressent Naïma, à savoir : est-ce que les jeunes terroristes croient vraiment à un paradis peuplé de soixante-douze vierges qui les combleront pour l'éternité ? Et si c'est le cas, que s'imaginent-ils ? Qu'ils sont tous là-bas dans une même pièce immense, les milliers de combattants de Daech et les vierges multipliées que cela demande ? Ou alors pensent-ils que le paradis est fait de cellules individuelles, comme un dortoir d'étudiants, comme une maison close, et qu'ils pourront profiter de ces femmes sans avoir à subir les vantardises ni les pets de leurs anciens frères d'armes ? Elle se laisse aller au rêve, cubicules taillés dans les nuages qui voguent à travers une immensité de ciel sans âge, chacun accueillant un film pornographique où les sexes se mêlent aux sequins.

En descendant du RER pour se rendre chez Lalla quelques jours plus tard, Naïma voit sur un abribus comme un remugle des profondeurs d'Internet qui aurait ressurgi :

MORTS AUX MUSULMANS
LA VALISE OU LE CERCUEIL

Quand elle en parle à Céline, celle-ci lui apprend que, la veille, la salle de prières de la ville a été retrouvée barricadée de lard et de tranches de jambon.

— C'est une colère d'une grande bêtise, dit Céline, une colère... de porc.

À la douce lenteur avec laquelle elle prononce ses mots, Naïma se dit que Céline est plutôt une Fille de la Tristesse. Cela fait des années qu'elle n'a pas repensé à son vieux système de classification mais elle le trouve toujours opérant. Le peintre, lui, est d'une humeur de chien qui montre qu'il appartient à l'autre famille, celle que Naïma connaît le mieux, celle de la Colère.

— Le racisme est d'une bêtise crasse, gronde Lalla en direction de sa compagne. Ne me dis pas que ça te surprend. Il est la forme avilie et dégradée de la lutte des classes, il est l'impasse idiote de la révolte.

Céline soupire et lève les yeux au ciel :

— Encore ?

— Bien sûr que oui, tonne Lalla, encore et toujours ! C'est exactement ça le problème : on vous a fait croire à vous, les plus jeunes, que ces mots-là étaient creux, poussiéreux, dépassés. Plus personne ne veut en parler parce que ce n'est plus sexy, la lutte des classes. Et en guise de modernité, de glamour politique, qu'est-ce qu'on vous a proposé – et pire, qu'est-ce que vous avez accepté ? Le retour de l'ethnique. La question des communautés à la place de celle des classes. Alors les dirigeants pensent qu'ils peuvent apaiser toute tension avec une jolie vitrine de minorités – une tête comme la leur, en haut de l'appareil d'État, sûrement, ça va calmer les gens des cités. Ils nous montrent Fadela Amara, Rachida Dati, Najat Vallaud-Belkacem au gouvernement. Mais la peau brune, le nom arabe, ça ne suffit pas. Bien sûr, c'est beau qu'elles aient pu réussir avec ça – ça n'était pas gagné – mais c'est aussi tout le problème : elles ont réussi. Elles n'ont aucune légitimité à parler des ratés, des exclus, des désespérés, des pauvres tout simplement. Et la population maghrébine de France, c'est majoritairement ça : des pauvres. Regarde, quand ils réussissent, tout ce qu'ils peuvent s'offrir…

Et d'un geste de la main, il désigne les petits pavillons du 77 qui lui paraissent crever d'ennui les uns à côté des autres.

— Elles, au contraire, elles renvoient le message du « C'est possible puisque ça m'est arrivé ». Et donc le corollaire : si ça ne vous est pas arrivé, c'est que vous n'avez pas fait ce qu'il fallait. Elles ne font que culpabiliser les pauvres.

Une quinte de toux l'interrompt et il se plie en deux sur son fauteuil.

— Moi aussi, dit Naïma pensivement.

— Quoi ?

— Moi aussi je renvoie ça.

— Alors tu ferais mieux de fermer ta gueule.

Naïma se fige, interdite. Le vieil homme tousse de nouveau, plus violemment encore. C'est un bruit effrayant de tissus qui se déchirent. Quand elle approche de lui un verre d'eau posé sur la table, il gémit, grogne et lui fait signe de partir. Un peu de salive, d'une couleur indéfinissable, forme une vaguelette qui sèche sur sa lèvre inférieure. Elle obéit sans un mot. Au moment de refermer la porte, elle croise le regard désolé de Céline et, en n'y répondant que d'un haussement d'épaules, c'est à elle qu'elle fait payer la blessure infligée par le vieux peintre, ce qui est parfaitement injuste mais – se répète Naïma offensée – humain, après tout, pas justifiable mais compréhensible, ou du moins excusable. Elle dépasse à grands pas les maisons clonées, les arbustes en fleurs et longe le chemin de fer, dont les câbles et les boîtiers tendus dans les airs émettent un sourd vrombissement. Il se pourrait – elle n'en est pas sûre, elle ne veut pas l'être – que Lalla ait dit vrai et qu'elle participe depuis des années à une fumisterie qui la dépasse et vise à créer un stéréotype du « bon Arabe » (sérieux, travailleur et couronné de succès, athée, dépourvu de tout accent, européanisé, moderne, en un mot : rassurant, en d'autres mots : le moins arabe possible) que l'on puisse opposer aux autres (qu'elle oppose elle-même aux autres). Mais si elle s'est engagée aussi fermement dans cette voie, c'était pour éviter ce que son père lui présentait comme le chemin le plus sûr vers la catastrophe : ressembler au « mauvais Arabe » (paresseux, fourbe voire violent, parlant un français aiguisé de « i », religieux, archaïque et d'un exotisme confinant à la barbarie, en un mot : effrayant). Et elle enrage de se sentir ainsi coincée entre deux stéréotypes, l'un qui trahirait, comme le pense Lalla, la cause des immigrés pauvres et moins chanceux qu'elle, l'autre qui l'exclurait du cœur de la société française. Par moments – comme là, comme maintenant – elle trouve profondément injuste de ne pas pouvoir être simplement Naïma et de devoir se penser comme un point sur une représentation graphique de l'intégration, au bas de laquelle figurerait le repoussoir du mauvais Arabe et en haut le modèle du bon. Furieuse, elle donne un coup de pied dans le grillage qui longe les rails et celui-ci tinte faiblement, presque indistinctement, sous le choc. La petitesse de son geste de colère l'agite d'un fou rire nerveux – tremble, France, car j'ai heurté de la pointe du pied tes biens publics.

Les quelques minutes de marche suffisent à faire disparaître la vexation causée par les paroles brutales de Lalla. Naïma s'en étonne, elle dont la rancune est d'ordinaire plus tenace. Elle se dit qu'il est difficile d'en vouloir au vieil homme pour de nombreuses raisons. Tout d'abord parce qu'il dispose déjà d'une cohorte d'ennemis, officiels et prestigieux, à qui il doit son exil et auprès de qui Naïma ferait pâle figure. Ensuite parce qu'il se pourrait très bien qu'il ait raison. Enfin parce qu'il n'a eu de mots durs qu'entre deux quintes de toux et qu'elle ne peut pas être en colère contre quelqu'un en qui, patiemment, la mort creuse les tunnels multiples du cancer.

Au moment où elle entre dans la gare RER, elle pense pour la première fois que si elle ne se dépêche pas, Lalla mourra avant sa rétrospective.

La première semaine d'avril, elle se rend enfin au consulat d'Algérie, derrière l'Arc de Triomphe, dans cette partie de Paris où elle ne va jamais parce que l'argent trace des frontières invisibles mais solides dans la capitale et que se trouver perdu dans ce quartier, ou obligé d'y attendre quelqu'un, signifie avoir une dizaine d'euros à perdre pour la moindre consommation, à moins d'accepter de s'asseoir derrière les tables formatées d'un McDonald's ou d'un Starbucks – c'est-à-dire de refuser le fait même d'être sur les Champs-Élysées pour trouver refuge dans l'espace d'un café ou d'un restaurant de chaîne qui, à force d'être multiplié et répété à l'identique, s'est extrait de toute carte et n'existe qu'en lui-même : que la ville au-dehors exhibe une grande avenue parisienne ou une place cairote, on est avant tout *chez* McDonald's.

Naïma marche en rond, incapable de se repérer, lisant un à un les noms de rues qui partent en rayons réguliers de la place de l'Étoile. *Mais qui vit ici ?* ne peut-elle s'empêcher de se demander devant les bâtiments crème qu'abritent des arbres taillés à angles droits. Rien n'est à l'échelle humaine, surtout pas les voies de circulation. Toute tentative de vie domestique est attaquée, sectionnée, amputée et finalement détruite – semble-t-il à Naïma – par la largeur des artères gorgées de véhicules grondants. Elle emprunte l'avenue de la Grande-Armée, tourne dans la rue d'Argentine et passe devant les panneaux publicitaires en marbre du Petit Matelot qui promettent, sans doute depuis longtemps, des vêtements spéciaux de qualité pour la chasse et le yachting. Elle entre dans le bâtiment moderne sis au numéro 11, devant lequel flotte un drapeau algérien (le drapeau algérien lui évoque toujours les matchs de foot). Elle salue avec une politesse anxieuse les gardiens qui se tiennent de part et d'autre du portique de sécurité et lui répondent d'un signe de tête sévère. Au rez-de-chaussée, les guichets s'occupent uniquement des ressortissants algériens et ceux-ci sont nombreux à attendre là, assis sur les sièges en plastique, sur une valise, parfois même sur le sol. La plupart ont un air de patience furieuse, celle qui ne se résigne pas mais se concentre sur son explosion future. Une employée jette un coup d'œil au passeport français de Naïma et lui indique l'escalier du sous-sol.

Elle prend place dans une des files d'attente les plus bordéliques qu'il lui ait été donné d'observer – et au moment où elle le pense, elle s'interdit de le penser parce qu'elle ne voudrait pas avoir une vision raciste, un cliché. Pourtant, il est difficile de ne pas noter que les gens négocient leur place dans la file, remontent subitement jusqu'au guichet pour se plaindre qu'ils trouvent le temps trop long, se passent sans cérémonie un enfant ou un sac pour soulager leurs bras quelques minutes.

Naïma participe comme elle peut à cette série de mouvements impétueux qui lui donnent au moins l'illusion d'avancer. Elle prête des pièces pour la photocopieuse du fond de la salle, ramasse des feuilles tombées, défend sa position dans la ligne sinueuse. Lorsque c'est enfin à son tour de présenter ses documents, la femme assise derrière le comptoir marmonne d'une voix lasse qu'elle s'est trompée, pour les visas officiels, c'est en haut.

— Mais on m'a dit de venir ici.

— Sûrement parce que vous avez une tête d'Algérienne, répond la femme. Ils ont dû croire que vous rentriez voir la famille.

Le couple qui se tient derrière Naïma, entendant qu'elle est au mauvais guichet, la double sans lui laisser le temps de pester et entame une conversation en arabe avec la fonctionnaire comme si elle n'était déjà plus là. À contrecœur, elle quitte la salle où elle a piétiné inutilement plus d'une heure et, alors qu'elle remonte l'escalier, l'idée de tout abandonner lui traverse l'esprit – la porte est là, sur sa gauche, et la rue derrière qu'elle devine à travers les pans de verre teinté. Elle peut encore renoncer, elle dira que c'est la faute de l'administration algérienne. Des incapables. Elle prendra l'air ennuyé. Mais l'image du vieux peintre plié en deux sur son fauteuil râpé la retient. Elle gagne le premier étage tout en se promettant qu'elle fera demi-tour s'il lui faut attendre à nouveau. Là-haut, dans la salle blanche dotée de mobilier en bois vernis et courbe, il n'y a personne d'autre que l'employé derrière la vitre de son guichet. Il lui fait signe de prendre un numéro à la machine et Naïma tire le 254, qui se met instantanément à clignoter au-dessus du comptoir. Elle s'approche.

— Il n'y a que moi ?

La question est absurde puisque la salle est vide. L'homme hoche la tête.

— C'est bizarre, par rapport à en bas… Pourquoi vous m'avez demandé de prendre un ticket ?

— Je me sens très seul, lui dit le fonctionnaire algérien, avec une sorte de mélancolie théâtrale. Je vois – quoi ? – trois, quatre personnes par jour… Quand je pars et que je constate que la petite langue de papier a diminué de quelques numéros, j'ai quand même l'impression qu'il s'est passé quelque chose. Qu'est-ce que je peux faire pour vous ?

Elle lui tend ses papiers d'une main hésitante et nerveuse, tremblant à l'idée qu'au moment où il entre son nom dans l'ordinateur, une alarme ne se déclenche, un WANTED qui s'afficherait en lettres surdimensionnées sur l'écran. Mais quand il lit le lieu de naissance de son père sur le formulaire, il sourit et dit :

— Moi aussi, je suis kabyle. Vous avez déjà vu la Kabylie ?

— Non.

Il secoue la tête avec commisération, comme si elle lui annonçait qu'elle n'avait pas eu d'enfance ou que ses parents ne l'avaient jamais aimée.

— C'est bien d'y aller au printemps, dit-il en ouvrant délicatement son passeport, c'est ma saison préférée.

— Si j'y vais au début de l'été, c'est bien aussi ? demande Naïma sans quitter l'ordinateur des yeux.

— Tout est bien en Kabylie, dit-il. Mais tu vas mourir de chaud.

Elle ne sait plus ce qu'elle répond. Elle a l'impression d'être une espionne qui soigne sa couverture. À chaque sourire qu'il lui adresse, elle pense qu'elle fait merveilleusement illusion, qu'elle n'a pas l'air d'une petite-fille de harki – elle serait bien incapable pourtant de décrire ce que cet air pourrait être. Elle ressort de la salle du premier étage avec le sentiment de *l'avoir bien eu*.

Quatorze jours plus tard, comme le lui recommande le site Internet, elle revient au consulat et on lui tend une pochette plastique dans laquelle se trouve son passeport, tout arabisé du nouveau visa. L'employé mélancolique a été remplacé par une femme d'âge mûr, aux joues flasques. Alors que Naïma contemple sans bouger le tampon officiel, l'air hagard, celle-ci demande :

— Il y a un problème ?

Naïma est incapable de répondre à cette question. L'Algérie lui ouvre ses portes pour un mois. Elle ne sait pas si elle est soulagée, déçue ou terrifiée.

En sortant du 11 rue d'Argentine, elle appelle Lalla pour lui donner la nouvelle. Personne ne répond. D'un geste, le gardien lui intime de ne pas faire les cent pas devant le bâtiment. Elle s'éloigne rapidement, tâchant de contenir l'agitation non identifiée qui l'a saisie à l'intérieur du consulat. Avant de s'engouffrer dans la bouche de métro, au milieu des arbres mutilés et des immeubles trapézoïdaux, elle tente une nouvelle fois de joindre le vieux peintre. Céline décroche, la voix faible et lointaine, et répète plusieurs fois « Naïma », très lentement. Lalla a été hospitalisé la nuit dernière pour détresse respiratoire. Les médecins disent qu'il est désormais hors de danger mais il ne rentrera pas chez lui avant la fin de la semaine et puis « hors de danger », ça n'a aucun sens dans son état actuel, il n'y a pas d'extérieur au danger, Céline bégaie, il n'y a que ça au contraire, ils baignent dedans. Après un silence, elle ajoute qu'il a établi une liste de ses dessins, juste avant que « ça » arrive, pour la donner à Naïma. Il a aussi photocopié des pages de son carnet d'adresses. La voix de Céline est si triste que Naïma a l'impression que l'on parle d'un testament – ce qui n'est peut-être pas tout à fait faux.

— Je peux passer maintenant, dit-elle.

— Non, murmure Céline, je te rejoins à Paris. C'est affreux, cette maison sans lui.

Naïma l'attend dans un café près de République, en jouant rêveusement avec les pages de son passeport. Malgré son inquiétude sincère pour Lalla, elle voit dans l'avancée brutale de sa maladie, ou plutôt dans la concomitance de celle-ci et de l'obtention de son visa, une chance dont elle se sent un peu honteuse (elle voudrait d'ailleurs trouver un autre mot, elle se déteste de penser « chance » mais le terme revient). La mort possible du peintre rend son départ nécessaire et lui donne une nouvelle portée, une dimension humaine qui n'appartient qu'à elle, ne concerne pas sa famille et excède aussi sa simple obéissance à Christophe. Elle permet que le voyage soit lourd de sens, tout en évitant à Naïma de se demander ce qu'il peut bien y avoir *pour elle*, de l'autre côté.

Céline entre dans le café, les traits tirés, et vient s'asseoir sur la banquette.

— Tu vas bien ? demande Naïma.

Elle regrette aussitôt la question, la platitude des civilités. Il faudrait se comporter avec Céline comme Yema saurait le faire. Il aurait fallu la prendre dans ses bras dès qu'elle s'est approchée de la table, la serrer contre son cœur et murmurer comme à un enfant qui s'est blessé : *meskina, meskina...* Mais elle a oublié comment on fait face à la douleur sans le rempart des mots de tous les jours, ceux qui la mettent à distance et lui assignent des règles de bonne conduite.

Céline tire de son sac une mince liasse de papiers qu'elle tend à Naïma. Pendant que celle-ci les parcourt rapidement, elle commande un café qu'elle ne boit pas, joue avec l'anse de la tasse. Elle regarde sans cesse son téléphone, vérifie qu'il capte, tapote nerveusement sur l'écran du bout des ongles. Elle s'excuse à plusieurs reprises, dit qu'elle n'est *pas vraiment là,* puis elle commence à parler de l'hôpital, des tuyaux, des branchements, des docteurs qui la traitent comme une intruse, des infirmières qui la traitent comme une enfant, et de Lalla qui, fataliste, prend ses dernières dispositions.

— Il ne l'avouera jamais mais il a envie d'être enterré au pays. Je ne sais pas pourquoi il s'entête à vouloir sa tombe à Marne-la-Vallée. C'est comme s'il croyait qu'il peut punir l'Algérie de cette manière : vous ne m'avez pas voulu vivant, vous ne m'aurez pas mort. C'est puéril. C'est à lui que ça fait du mal. Ici, à part moi et son fils à qui il ne parle plus, il n'a personne. Il voit de temps en temps quelques exilés qui sont malheureux comme les pierres et qui essaient de le cacher. Ils parlent de la liberté d'expression qui existe ici comme si c'était un air pur qui leur entrait dans les poumons mais personne n'avoue que c'est une liberté qui ne leur sert à rien parce que les Français ne s'intéressent pas à ce qui arrive en Algérie et que personne ne les écoute.

Au départ de Céline, Naïma reste encore un peu dans le café. Il se remplit au fur et à mesure que les gens sortent du travail. Le volume croissant des conversations qui l'entourent paraît dessiner encore plus nettement autour de la table de Naïma une zone de silence que rien ne peut perturber.

Elle pense à la Méditerranée, aux vaguelettes calmes qui lèchent la Côte d'Azur, aux îles qui surgissent des livres de mythologie à demi oubliés : Rhodes, Lesbos et la Crète de monstres et de labyrinthes. Elle pense aux particules de micro-plastique qui scintillent comme des paillettes, aux corps qui doivent venir dormir au fond de l'eau, naufrage après naufrage, aux poissons qui voient tout, aux épaves des corsaires turcs rejointes par celles des passeurs, à la mer polymorphe, pont et frontière, creuset et décharge. Elle se demande si elle la franchira en avion ou en bateau, si elle la verra, de haut, comme cette mer minuscule et enclavée que lui ont toujours montrée les cartes ou si, pour la première fois, elle se mesurera à son étendue.

L'avion la mènerait en à peine plus de deux heures de Paris à Alger, ou plutôt – et cette pensée l'amuse parce qu'elle lui paraît distordre les livres d'histoire dans lesquels elle s'est plongée – de Roissy-Charles de Gaulle à Houari Boumédiène. Le bateau est bien plus lent – dans le cadre de son travail, c'est sans doute une perte de temps – mais voyager par la mer, c'est accomplir le chemin en compagnie des pauvres et des chargés, des conducteurs des voitures cathédrales photographiées par Thomas Mailaender, c'est faire un lent et lourd voyage de fourmi dans le ventre d'une baleine de métal. Prendre le bateau, c'est retourner à Alger de la même manière que sa famille l'a quittée.

Quand elle pense au départ de 1962, elle se le représente comme la scène de *La Guerre des mondes* où Tom Cruise et ses deux enfants tentent de monter à bord d'une navette fluviale dont les militaires défendent l'accès. Les manteaux sombres, les chapeaux et les valises exténuées de ceux qui attendent sur le quai évoquent plusieurs exodes qui n'ont rien de futuristes. Dans cette masse de corps fermée par le feutre et le cuir, il y a les trous clairs formés par les trois visages de Ray Ferrier – le personnage joué par Tom Cruise –, de son fils adolescent et de sa petite fille qui regardent à contresens : non pas le bateau qui peut les sauver mais la colline qui dissimule, pour un instant trop court, la menace. Les machines extraterrestres surgissent soudain, parfaites dans leur mécanique meurtrière et les hurlements s'élèvent. Malgré la bousculade, la famille du docker parvient à monter sur l'embarcation. Tom Cruise se retourne pour tendre la main à ses voisins restés à quai. Il constate alors que les militaires retirent la passerelle du bateau avant même que celui-ci ne soit plein. Il se met à crier à s'en briser la voix : *D'autres peuvent monter ! Nous pouvons prendre plus de gens ! Il y a encore de la place !* L'injustice de la situation le fait dérailler, il hurle au nom des autres mais personne ne l'écoute et le bateau part. Naïma imagine Ali déchiré par des cris similaires. *Nous pouvons prendre plus de gens !* Les bourrades des soldats pour l'éloigner du bastingage. *Il y a encore de la place !* Les coups de crosse. La sirène.

Mais peut-être qu'au contraire, il est resté muet sur le pont du bateau, qu'il a serré contre lui sa femme et ses enfants et qu'il n'a ressenti que le soulagement qu'ils puissent être tous ensemble. Jamais Naïma n'a imaginé cette traversée autrement qu'avec les membres de sa famille à l'extérieur, sur le pont, dressés devant la ville et la mer. Jamais elle n'a pensé qu'il était improbable que ceux-ci soient restés à la même place et exposés aux intempéries pendant plus de vingt heures. Elle n'a, en fait, aucune idée du temps qu'il faut pour aller d'Alger à Marseille par la mer.

Au petit matin, dans la lumière trop blanche qui aplatit la ville de Marseille, Naïma suit lentement les barrières métalliques qui serpentent depuis le hall d'accueil du port jusqu'à la passerelle du ferry. Elle monte à bord en s'accrochant fermement à la rampe, la mer noirâtre coincée entre le quai et le bateau clapote en une mince bande sous ses pieds. Elle longe des couloirs aux teintes démodées, aperçoit d'immenses salles emplies de fauteuils sur lesquels ne s'installent que de rares passagers, monte et descend des escaliers à l'odeur de Javel et pénètre dans sa cabine. Elle s'était imaginé qu'il y aurait un hublot mais le mur est aveugle. Elle doit être sous le niveau de la mer. Les parois métalliques répercutent toutes sortes de bruits. Elle s'allonge sur le lit étroit et ferme les yeux.

Elle a choisi le bateau comme un ultime retardement à son arrivée, pour avoir vingt heures au cours desquelles elle pourra apprivoiser l'idée qu'elle sera bientôt de l'autre côté. L'avion n'aurait fait que fracasser les années de silence.

Dans son sac, ouvert sur le sol de la cabine, se trouvent la liste de noms, numéros et adresses donnée par Lalla, une carte du pays, une autre de la région, du gel antibactérien, de la crème solaire, les tuniques aux manches longues qu'elle a achetées un peu au hasard, deux grandes jupes datant de sa période hippie qu'elle a ressorties du fond d'un placard et une écharpe qu'elle pourra nouer sur ses cheveux. Alors qu'elle pliait soigneusement sa panoplie de vêtements « décents », elle s'est sentie un peu comme Dupont et Dupond dans les albums de Tintin lorsqu'ils arrivent en Chine déguisés en mandarins ou bien en Syldavie avec leurs costumes de danseurs folkloriques grecs. Elle a rajouté, au dernier moment, un jean et un sweat à capuche. Collé à l'un d'eux comme un chewing-gum à une semelle, avec l'air de ne pas vouloir être là, se trouve un Post-it jaune barré d'un unique numéro de téléphone. C'est celui de Yacine, un vague cousin à elle qui vit à Tizi Ouzou et que sa tante Dalila a tenu à lui donner avant son départ. Naïma l'a noté sans poser de questions et a pris garde de ne pas l'oublier quand elle a bouclé son sac mais maintenant qu'elle observe la petite langue jaune qui dépasse, elle trouve qu'il y a quelque chose d'absurde dans cette ligne griffonnée. Sa famille a vécu en Algérie pendant des siècles et tout ce qu'elle a été capable de lui fournir pour la guider au moment de son départ tient sur ce minuscule morceau de papier.

La veille de son voyage, elle a finalement répondu aux textos de Christophe. Comme à son habitude, il a sonné chez elle dans l'heure qui suivait son message. Christophe est toujours ponctuel, Christophe est toujours efficace. Une fois qu'il a été parti, elle a regardé le préservatif bleuté laissé sur le sol. Elle s'est demandé pourquoi elle avait fait ça. Parce qu'elle a peur de mourir, peut-être. Pour se changer les idées. Par habitude. Parce qu'il lui plaît toujours.

Parce qu'elle n'a aucune idée de ce que veut dire être une femme, de l'autre côté de la mer.

L'énorme navire dresse au-dessus de l'eau ses flancs blancs auxquels sont accrochés de minuscules canots orange, comme s'il tenait hors d'atteinte des vagues les petits de sa portée. Sa taille ne le rend pas insensible à la houle et lorsque Naïma sort sur le pont après une nuit de secousses et de cliquetis, il y flotte l'odeur aigre du vomi. D'abord, elle ne voit que la mer à perte de vue puis, quelques heures plus tard, la ligne de la côte qui se dessine, semble clignoter, un mirage plus qu'un pays. Lorsque le ferry entre dans la baie d'Alger, Naïma pense à la formule des contes de fées : *je ne vois que la mer qui bleuoie et les maisons qui blanchoient*. Il n'y a pas un nuage dans le ciel et l'étendue d'eau reflète le soleil doré, argenté et coupant sur chaque crête de vague. Au fur et à mesure que son regard s'habitue, elle remarque qu'Alger la Blanche n'est blanche qu'au premier plan. À l'arrière, là où la ville escalade la colline, elle se colore d'ocre et de jaune, et plus loin encore du brun-rouge d'immeubles de briques, perdus sur la ligne lointaine d'un sommet.

Des barques de pêcheurs, filets tendus derrière elles, croisent désormais en sens inverse le ferry qui approche du port un peu plus chaque seconde. Elle peut distinguer les visages burinés et curieux des marins qui manœuvrent pour éviter la large vague ouverte par l'énorme bateau.

Naïma regrette d'être seule, de n'avoir personne avec qui partager l'émotion ambiguë qui l'étreint – c'est un cube bloqué dans sa poitrine qui se refuse à être de la joie, de la peur, du soulagement ou même de l'indifférence.

Elle regrette d'être seule sans trouver pourtant quelqu'un qui aurait pu l'accompagner. L'image convoquée de Christophe se refuse à rester près d'elle, la nargue, lui échappe.

Aux guichets de la douane, elle ouvre son sac de voyage devant une employée qui regarde à peine son contenu et lui demande si elle se rend dans le désert.

— Non, dit Naïma.

— C'est bien, répond la douanière.

Autour d'elle, les colis et les cabas des autres passagers déversent sur les tapis roulants des présents en tous genres dans lesquels les militaires fourragent en fronçant les sourcils. Un peu plus loin, après le point de contrôle, un homme lui fait de grands signes. Ce doit être Ifren, le neveu de Lalla que le vieux peintre a chargé de la conduire à Tizi Ouzou. Naïma referme son sac et se dirige vers lui, avec le sourire exagéré qu'elle a toujours lorsqu'elle rencontre quelqu'un pour la première fois. La douanière la devance à petits pas rapides et se plante devant Ifren :

— Elle ne va pas dans le désert ? demande-t-elle.

— Non, dit-il.

La femme repart alors vers les guichets et leur déferlante de boîtes de parfum et de vêtements brillants. Naïma la regarde faire, interloquée, puis se retourne vers Ifren :

— Pourquoi elle veut savoir ça ?

— Depuis la prise d'otages dans la compagnie de gaz, explique-t-il, on déconseille à tous les Français de se rendre dans le Sud. C'est dommage, c'était peut-être le dernier endroit où on avait quelque chose qui ressemblait à du tourisme.

À l'extérieur des bâtiments du port, sur la route mangée de lumière, les familles s'enlacent, les voitures démarrent, chargées de cabas et de cartons qui ont traversé la mer, les conducteurs s'invectivent. L'air est saturé d'une poussière qui assèche la bouche et le nez de Naïma. À travers les minces semelles de ses sandales, elle sent la tiédeur du trottoir monter du goudron défoncé. Il est encore tôt et elle a déjà chaud dans la tenue couvrante qu'elle a revêtue avant de quitter le navire. Ifren, lui, ne porte qu'un bermuda et une chemisette bariolée. Elle s'attend à ce qu'il lui indique où est garé son véhicule mais il reste planté sur le trottoir, le visage offert au soleil.

— J'ai prêté ma voiture à un copain qui devait bouger un frigo, explique-t-il. Il devait en avoir pour une heure mais il est bloqué dans les embouteillages.

Il hausse les épaules, comme si le contretemps était le rythme normal de l'existence et demande :

— Tu veux voir un peu la ville avant de partir ?

Naïma acquiesce et rajuste sur ses épaules le sac à dos qui pèse trop lourd.

Elle suit Ifren au fil des rues, tournant la tête dans toutes les directions. Alger échappe sans cesse à son regard par une multitude d'escaliers décorés qui montent en lignes brisées à l'assaut des collines et dont elle ne peut apercevoir les sommets. Les stores rayés pendent des fenêtres et créent de petites zones d'ombre et de secret sur les balcons de fer forgé. De part et d'autre des rues, les fils électriques se mêlent aux cordes à linge et aux feuilles de palmiers épars. C'est un nouveau continent qu'elle découvre et Naïma regrette de commencer l'Algérie de façon bancale, l'épaule droite désaxée par une bretelle trop courte.

— Lalla m'a dit que tu étais peintre, toi aussi, souffle-t-elle en trottant derrière Ifren.

Il sourit et hausse les épaules :

— Pas de manière officielle.

— C'est-à-dire ? demande Naïma.

— Je peins en plein air, répond-il de manière sibylline ou absurde.

Ils montent jusqu'à la Grande Poste, belle comme un palais de calife perdu avec sa blancheur immaculée trouée de trois portes immenses. Ils dépassent le Jardin de l'Horloge fleurie sur les bancs duquel dorment de jeunes hommes noirs, un baluchon sous la tête, puis le bâtiment du ministère de l'Intérieur qu'une rangée de palmiers d'un vert étincelant ne parvient pas à rendre moins austère. Les rues sont pleines d'une foule vive et bruyante. Naïma s'arrête sans cesse pour ne pas heurter les passants alors que, quelques pas plus loin, Ifren semble savoir instinctivement dans quelle direction se déplacer pour éviter les corps sans avoir à ralentir.

Elle marche derrière lui dans Alger comme une vieille Chinoise aux pas minuscules.

Ils quittent les larges avenues pour des rues qui se contorsionnent à des angles étranges. Derrière les premiers rangs de bâtiments colossaux et étincelants, la ville porte sa splendeur passée comme un vieux costume effiloché. Les bâtiments sont lépreux, grossièrement suturés d'antennes de télévision et, pris isolément, Naïma les trouverait sans doute laids. Mais leur dégradation ne peut rien contre le fait qu'ils se dressent face à la mer et à l'arrondi de la baie sur lesquels une envolée de marches ouvre soudain une perspective et dont la beauté défie toute construction humaine et paraît rejaillir sur chacune.

Les bruissements de l'arabe entourent Naïma, familiers à son oreille sans qu'elle puisse pourtant en saisir le sens. Ni les journées passées chez Yema dans le bain de la langue, ni les heures usées sur un manuel scolaire ne lui permettent de comprendre ce qui se dit dans les rues algéroises. Elle reconnaît les sons comme elle reconnaissait, petite, le chant de l'oiseau qui avait fait son nid près de la fenêtre de sa chambre mais ils ne lui disent rien. Elle essaie de se concentrer et de détacher les mots un par un dans le flot des phrases. Le sens s'épuise à atteindre son esprit et meurt avant la fin de la route. Ossements obscurs des sons qui ne veulent rien dire. Ni les conversations des gens, ni les messages de panneaux publicitaires ne lui sont destinés. Rien ne peut lui parvenir sinon les mots de français épars qui surgissent à la surface de l'arabe et sautent à son oreille.

— Tu as de l'argent à changer ? demande Ifren.

Penser à la liasse qui se trouve dans son portefeuille la rend nerveuse. Elle n'a jamais de liquide sur elle d'ordinaire. Elle aime l'idée que l'éventuel pickpocket qui la détroussera – et dont les annonces du métro parisien révèlent parfois la proximité soudaine – ne trouvera pas grand-chose dans ses poches.

Ifren l'emmène dans les ruelles encombrées d'un marché où les fruits et les légumes, sous le soleil qui se fait plus pressant, dégagent une douce odeur de pourrissement. Partout, debout derrière les stands ou assis sur des seaux retournés, les hommes fument à petits gestes saccadés. Ils déplacent les cageots d'un seul bras pour continuer à tirer sur leur cigarette ou bien calent la tige embrasée entre leurs dents pour se libérer les mains, s'obligeant alors à plisser les yeux tant qu'ils peuvent pour éviter que la fumée n'y entre. Les cendres tombent sur les fruits et les légumes, dans les bacs de glace à demi fondue qui contiennent les fruits de mer, dans les bassines de calamars minuscules et gluants et les mégots flottent à la surface de l'eau grise.

Naïma voudrait elle aussi allumer une cigarette mais quand elle plonge la main dans son sac pour en sortir son paquet, Ifren l'arrête d'une moue désapprobatrice :

— Pas ici, pas dans la rue.

— Je n'ai pas le droit de fumer ?

— Ce n'est pas une question de droit. Rien ne te l'interdit. Mais il y a les regards, les réflexions…

— Je m'en moque, dit légèrement Naïma en haussant les épaules.

Elle joue la fille qui en a vu d'autres et elle est consciente, ce faisant, qu'elle imite Sol au passé foisonnant de voyages dangereux.

— Tu en es sûre ? demande Ifren avec un sourire rêveur. Tu sais ce que ça fait d'avoir l'impression que la rue entière te déteste ? Que si quelqu'un en avait l'occasion, il te giflerait ? Tu veux essayer ?

Elle enfouit de nouveau au fond de son sac le paquet de Camel.

— Attends qu'on soit à Tizi, là-bas, c'est un peu différent pour les femmes.

Sous le marché, dans les profondeurs de la place, il y a une galerie dans laquelle les emplacements des boutiques modernes sont presque tous vides – trop chers pour la plupart des commerçants qui continuent à s'installer dehors sur leurs étals de cartons et de cagettes. Ifren la conduit dans l'un des rares magasins qui soient ouverts, une boutique de maroquinerie aux murs lumineux. Le patron, pense Naïma, ressemble à un vizir de dessin animé avec sa barbiche pointue et ses yeux de biche fatigués sous des sourcils de charbon.

— Donne-lui tes euros, indique Ifren. Il a le meilleur taux de change d'Alger.

Dans son portefeuille, les billets sont remplacés par une nouvelle liasse sur laquelle paressent des éléphants, des buffles, des antilopes et des vaisseaux anciens aux voiles gonflées de vent. Naïma cherche les images peintes par Issiakhem dont Lalla lui avait parlé mais les billets ne sont sans doute plus en circulation. Elle ressent une déception brève et vive, qui se répétera souvent au long de son voyage, à la pensée que l'Algérie, en évoluant au fil des décennies, en se modernisant, s'est défaite de ce qui, pour Naïma, aurait constitué un marqueur important, un des rares points de repère laissés par quelques récits elliptiques.

Ils retrouvent l'ami d'Ifren sur la place de l'émir Abd el-Kader, anciennement place du maréchal Bugeaud. Le Milk Bar existe toujours et offre ses granités et ses sodas par de larges vitres grandes ouvertes. La statue du maréchal français, gouverneur de l'Algérie de 1840 à 1847 et célèbre pour ses méthodes de combats non conventionnelles telle celle qui consista à enfumer des centaines de villageois réfugiés dans des grottes pour les faire mourir d'asphyxie a quant à elle disparu. Elle a été rapatriée en 1962 et installée bien plus tard dans une bourgade de Dordogne. La sculpture austère représentant Bugeaud, main sur le cœur, a laissé la place à celle d'Abd el-Kader perché sur un alezan fougueux et sabre au clair. L'émir que le militaire français combattit près de dix ans avant d'obtenir sa reddition est passé du statut de perdant à celui de héros au moment de l'indépendance et la plaque vissée sous sa statue l'appelle « humaniste, philosophe et père fondateur de l'État algérien ». Naïma lit distraitement ces mentions, l'attention focalisée sur le véhicule couturé de scotch dont Ifren lui ouvre le coffre. Alger n'est pour elle qu'une introduction, comme ces zones entre l'aéroport et le centre-ville des capitales étrangères que l'on regarde depuis la banquette arrière du taxi en essayant vaguement de deviner le pays qu'elles préfigurent. Si elle savait qu'à la fin de l'été 56, son grand-père s'était trouvé ici, à quelques mètres à peine de l'endroit où elle se tient, pris dans une pluie de verre, de plâtre et de sang, elle contemplerait peut-être la place avec avidité, substituerait aux passants qui la frôlent des visages familiers, demanderait à Ifren quelques minutes supplémentaires pour tenter d'imaginer le fracas et la peur. Mais elle sait si peu de chose qu'elle a hâte de quitter la capitale et monte sans regret dans la vieille voiture.

Pendant qu'ils sortent lentement de la ville en direction de l'est, Ifren lui propose de regarder quelques photographies de ses œuvres. Elle découvre alors sur le petit écran du téléphone une succession de murs de commissariats, de mairies, de sièges de partis politiques recouverts de visages immenses et de symboles amazighs. Plus loin, ce sont des façades de villas luxueuses sur lesquelles sont maintenant peintes des ombres fuyant, hurlant, se tordant entre des lignes de nuit. Ifren n'a pas la précision de son oncle, se dit-elle en faisant défiler les images, mais il est clairement plus à l'aise avec les grands formats. La manière dont ses peintures géantes envahissent la ville fait oublier toutes les faiblesses du trait. Certaines sont à couper le souffle.

— Tu demandes des autorisations avant de commencer une fresque ? veut-elle savoir.

— Bien sûr que non, répond Ifren en souriant. Elles se contentent d'apparaître. Et très souvent, ils les font disparaître le jour qui suit. Je ne peux pas les revendiquer, je ne peux pas les montrer, je suis une sorte de peintre sans tableaux.

Il a l'air de s'en amuser beaucoup.

— Et la police ne fait rien pour t'arrêter ? s'inquiète Naïma.

— Si.

Il répond du même ton joyeux, l'air de trouver
parfaitement normal que les policiers le pourchassent – chacun son travail, en quelque sorte. Il
ajoute qu'il a fait plusieurs courts séjours en prison,
sans avoir là non plus de raison *officielle* d'y être :
peintre sans œuvre, prisonnier sans condamnation,
tous ces manques lui plaisent. Il danse au-dessus
du vide. Il n'y a que l'hôpital psychiatrique qu'il
n'ait pas supporté. Ça, il refuse qu'on l'y renvoie.

— Je me serais cru dans un vieux film d'horreur
russe. Et encore, d'après Lalla, ça n'a rien à voir
avec son époque. Il paraît que je suis chanceux...

Ils parlent un peu du vieil homme, de son départ
d'Algérie et du rapport ambigu qu'il entretient
désormais avec son pays.

— Comme s'il désespérait qu'il puisse y avoir
une évolution positive, dit Naïma.

Ifren soupire : son oncle n'est pas le seul dans
ce cas. Il connaît tout un tas d'intellectuels et d'artistes qui sont partis à la fin de la guerre civile,
dix ans plus tôt, parce que au moment où le pays
aurait pu renaître et avancer, ils n'ont vu que de
la régression.

— Tu sais, beaucoup de gens n'ont pas compris
que l'Algérie n'avait pas fini de se construire, que
tous les problèmes dont on a hérité après l'indépendance ne sont pas immuables. Beaucoup de gens
ont pensé que si c'était la merde, et bien c'était
comme ça et c'est tout. Moi je n'y crois pas. Je crois
qu'un pays c'est un mouvement ou que ça meurt.

Quand elle a fini de faire défiler les photos, Naïma observe Ifren à la dérobée. Avec sa grande taille, ses traits fins et aiguisés, la masse vaporeuse de ses cheveux blonds qui se durcit déjà de fils blancs çà et là, il ressemble à la statue d'or d'un guerrier. Elle repense à tout ce qu'elle a lu récemment sur l'origine des Kabyles. Ifren pourrait servir de publicité vivante à ceux qui prétendent que les tribus imazighen descendent génétiquement des Vikings ou des Vandales. Sentant qu'il est scruté, il se retourne et la fixe à son tour en souriant, négligeant de regarder la route – une habitude répandue, comme le constatera bientôt Naïma. Gênée, elle baisse les yeux.

À plusieurs reprises, lorsque la file d'attente à un feu ou à un carrefour lui paraît trop longue, Ifren sort de la voiture et s'engouffre dans une petite boutique ou tourne autour d'un des étals qui jalonnent le bas-côté. Il revient avec des bouteilles d'eau, des amandes, des cigarettes, entourées de sacs plastique nombreux comme des pelures d'oignons. Jamais il n'éteint le moteur de sa voiture.

— L'essence ne coûte rien, ici, explique-t-il quand Naïma lui en fait la remarque. On est le royaume de la bagnole et c'est peut-être le seul luxe que la majeure partie des Algériens puissent se permettre alors, franchement, l'écologie...

Comme pour ponctuer son propos, un des sacs plastique s'envole et va s'accrocher aux palmes brûlées des arbres qui bordent la route.

Ifren conduit sans paraître dérangé par les guérites militaires omniprésentes, ni par les dents métalliques qui viennent parfois rétrécir les voies de circulation à leurs abords. Naïma regarde quant à elle avec étonnement ce défilé d'uniformes et d'armes ainsi que les gamins moroses qui les arborent, l'air de vouloir être ailleurs. Chaque fois qu'elle a croisé à Paris les militaires déployés par l'opération Sentinelle, elle a observé avec inquiétude leurs képis rouges ou bleus et les canons noirs de leurs armes qui paraissaient transformer les rues de son quartier en zones de guerre comme il n'en existait, jusqu'à peu, que dans les films ou sur d'autres continents. À leur manière de sourire maladroitement aux riverains, elle a pensé qu'ils savaient l'effet qu'ils produisaient et qu'ils tentaient presque de s'en excuser. Ils avaient l'air, tout comme elle, persuadés que leur présence n'était que temporaire et qu'il fallait se faire à cette étrange cohabitation pour le peu de temps qu'elle durerait. Les militaires algériens que leur véhicule ne cesse de dépasser semblent au contraire avoir surgi en même temps que le paysage et l'ennui boudeur qui déforme leurs visages adolescents prouve à Naïma qu'ils savent qu'ils sont là pour des années encore, peut-être des siècles.

Ils passent Bordj Menaïel où brûlèrent jadis les dépôts de liège et les hangars emplis de tabac puis longent l'Oued Chender. Sur les minarets, les antennes télévisées, les murs inachevés et les poteaux électriques, des cigognes se tiennent perchées, dans leur plumage blanc et noir, élégant comme une tenue de soirée du siècle dernier. Naïma trouve que leurs nids énormes et ronds, toques de brindilles qui viennent coiffer les constructions humaines, dégagent une étrange impression de sérénité. Elle tord la tête pour mieux les voir, espérant y repérer des œufs.

Dans le documentaire de Hassen Ferhani, *Dans ma tête un rond-point*, qu'elle a regardé le mois dernier au milieu de la nuit, un employé de l'abattoir d'Alger raconte une histoire de cigogne remontant à l'époque de la colonisation. L'oiseau avait volé le drapeau français pour le mettre dans son nid. Les soldats, furieux de ne pas retrouver leur emblème, ont arrêté et torturé une partie du village sans résultat. C'est un coin de drapeau tricolore dépassant du nid qui a fini par révéler l'identité du criminel. Les Français ont arrêté la cigogne et l'ont gardée en prison plusieurs mois. Ils l'ont tabassée régulièrement sans qu'elle avoue rien. Ils ont fini par la libérer.

— C'est une histoire vraie, répète plusieurs fois le conteur en souriant fièrement.

Ifren dépose Naïma à la Maison de l'artisanat de Tizi Ouzou d'où Mehdi, son hôte pour les quelques jours à venir, sort à leur rencontre dès qu'il aperçoit le véhicule. Lorsqu'elle a préparé son voyage, Naïma était heureuse que le réseau de Lalla s'active avec tant de bonne volonté pour l'accueillir. Maintenant qu'elle est sur place, elle se fait un peu l'effet d'un paquet encombrant qui se refile de main en main. Elle regarde le conducteur doré s'éloigner au volant de sa voiture lasse, en agitant la main jusqu'à ce qu'il disparaisse à l'angle de la rue (c'est ce que fait toujours Yema quand ses enfants partent de chez elle, et comme il n'y a aucune différence pour Naïma entre l'Algérie et sa grand-mère – Yema *est* l'Algérie de Naïma –

c'est tout naturellement qu'elle reproduit ses gestes maintenant qu'elle est ici).

Mehdi est un petit homme dont la nervosité efface toute impression d'âge. Il bouge comme un moineau ou un enfant, cligne beaucoup des yeux (il est myope, apprendra-t-elle plus tard, mais ne supporte pas le poids des lunettes sur son nez). Il a connu Lalla dans sa jeunesse, alors qu'ils étudiaient la photographie ensemble et il paraît lui vouer un amour fraternel teinté d'inquiétude. Quand Naïma lui donne des nouvelles de sa santé, il soupire en hochant la tête avec désapprobation, comme si Lalla faisait exprès d'être mourant, comme s'il s'agissait d'une manière de plus pour le peintre de chercher les ennuis. Il mène Naïma jusqu'à chez lui et insiste pour porter son sac bien qu'il mesure une dizaine de centimètres de moins qu'elle et que le sommet du bagage, agité par ses mouvements incessants, revienne lui heurter l'arrière du crâne à l'endroit où la calvitie dénude une peau blanche presque bleutée. À peine ont-ils franchi la porte de sa maison qu'il lui pose la même question qu'Ifren :

— Tu veux voir la ville ?

L'architecture de Tizi Ouzou déçoit Naïma. Le centre est formé essentiellement de bâtiments neufs qui pourraient avoir été construits n'importe où et malgré les promesses que contient son nom (*Ouzou* désignant les genêts), la ville offre plus de boulevards et de voitures que de buissons fleuris. Naïma se désintéresse des façades pour mieux regarder les passants. Les rues semblent appartenir à la jeunesse, aux lycéens et aux étudiants. Les rires et les insultes s'échappent des petits groupes réunis autour d'un banc. Contrairement à Alger, il y a des filles en jupes courtes, tête nue, dans la rue. M'douha, un quartier à l'écart du centre-ville, est connu pour sa cité universitaire de jeunes filles, explique Mehdi. Il ne sait plus combien elles sont exactement, peut-être mille, deux mille, peut-être plus.

— Évidemment, soupire-t-il, ça attire les tordus. La nièce de ma femme était là-bas mais elle a préféré rentrer chez ses parents. Elle disait que la nuit, il y avait des hommes louches sur le campus.

Naïma trouve pourtant que les regards masculins pèsent moins ici qu'à Alger. Ils ressemblent davantage à des plaisanteries ou à des compliments qu'à des actes d'appropriation.

La musique est omniprésente, jaillissant des véhicules, des radios posées en équilibre sur les bords de fenêtres ou crachée par les téléphones des passants. Naïma demande à Mehdi ce qu'écoutent les jeunes de Tizi et il hausse les épaules avec une grimace. Quelques mètres plus loin, il la fait entrer dans un magasin de disques sur la vitrine duquel sont scotchées des centaines de pochettes. Après un bref échange avec le vendeur, il lui tend une série de CD en lui assurant :

— C'est ça, la musique kabyle.

Naïma regarde le visage du bel homme brun qui apparaît sur les différents disques.

— Qui c'est ? demande-t-elle.

Mehdi et le commerçant éclatent de rire parce que pour eux, ne pas reconnaître Matoub Lounès, c'est aussi absurde que de ne pas reconnaître le Che, ou Jésus. Blessé en 1988 par un gendarme qui tira sur lui à cinq reprises, enlevé en 1995 par un groupe armé islamiste qui le libéra sous la pression populaire, l'artiste a longtemps semblé invincible. Pendant près de deux décennies, il a enregistré chaque année un nouvel album, sans paraître se soucier des ennemis que ses chansons lui attiraient. Il faudra finalement un assassinat sordide et mystérieux sur le bord de la route, en 1998, pour faire taire le défenseur de la culture amazighe, combattant de la liberté et de la laïcité, héros – presque vingt ans après sa mort – de toute une partie de la population kabyle.

— Mais vous, en France, vous ne le comprenez pas, regrette aussitôt le vendeur. Comment il s'appelle ce journal que tout le monde lit ?

— *Libération*, dit Mehdi.

— Voilà, continue le vendeur, dans *Libération*, ils ont dit que Matoub Lounès était fasciste parce qu'il n'aimait pas les Arabes. La France ne comprend rien.

— Parce qu'en fait... il aimait les Arabes ? demande Naïma, un peu perdue.

— Certainement pas, répond le vendeur.

— C'est compliqué, préfère dire Mehdi.

Lorsqu'ils reviennent à la Maison de l'artisanat, Naïma est épuisée et les lanières de ses sandales mordent douloureusement dans ses pieds gonflés. Pourtant, elle sourit gentiment à Mehdi qui lui propose une visite de la collection et, devant les vitrines, elle se laisse couvrir de bijoux qu'elle ne connaît pas : *khalkhal, tabzimt*. Elle répète les noms comme des formules magiques. Alourdie par l'argent vieux de plus d'un siècle, elle cherche à voir si les parures la transforment en princesse berbère

544

mais ce n'est que son visage habituel qu'elle trouve dans la glace, celui d'une Parisienne de trente ans, ridiculement déguisée. Elle accepte avec gêne que Mehdi la photographie (« pour ta famille », dit-il) pendant qu'elle prend une pose qu'elle imagine orientale, elle repense à Dupond et Dupont.

Le lendemain, elle commence à remonter les pistes qui doivent la mener aux dessins de Lalla. Mehdi et sa femme Rachida, une éditrice au beau visage sévère, l'aident avec un enthousiasme qui la dépasse. Ils complètent les informations parcellaires qu'elle a reçues, la conduisent d'un bout à l'autre de la ville, mènent parfois les conversations à sa place si bien qu'elle se sent redevenue petite fille, traînée dans des réunions d'adultes où rien de ce qu'elle pourrait dire n'a d'importance ou plutôt – car on l'écoute avec attention, en souriant, en fronçant les sourcils, en émettant du fond de la gorge une série de petits bruits d'acquiescement – où rien de ce qu'elle pourrait dire n'est susceptible d'avoir des conséquences fâcheuses. Elle trouve cela reposant et se laisse balader de maison en maison, d'une ancienne connaissance à l'autre, en regardant les croquis qu'on lui montre sans essayer d'accélérer le mouvement. Elle opère un premier tri parmi les encres et les dessins, met de côté ceux qu'elle trouve les plus intéressants. Parmi eux se trouve une série d'autoportraits de Lalla qu'elle affectionne particulièrement : aux traits de son visage se mêlent des lignes d'écriture et des motifs traditionnels qui y jettent des flaques d'ombre. Les textes peuvent être des fragments de journaux, des slogans politiques comme des vers de poèmes anciens et parfois, en minuscule sous un œil ou le long du nez, des souvenirs honteux ou violents, jetés là en quelques mots. Naïma explique à ses interlocuteurs comment fonctionne la galerie, elle précise qu'elle ne vient pas acheter les œuvres mais demander qu'elles lui soient prêtées le temps d'une exposition dans laquelle elles sont susceptibles d'être vendues. C'est un travail compliqué parce qu'alors, le propriétaire des dessins opère à son tour un tri qui vient brouiller le précédent : il reprend les œuvres dont il ne veut pas se séparer, en propose d'autres. Les discussions rappellent à Naïma les parties de Monopoly qu'elle jouait avec ses sœurs pendant les vacances. *Je te donne la rue de la Paix contre tes deux oranges. Tu peux avoir mes gares et j'ajoute 50 000.*

Elle comprend mieux l'opposition de Kamel au projet : c'est réellement une démarche muséale, une opération que la galerie n'a pas l'habitude de mener. Les œuvres qu'ils exposeront auront des propriétaires multiples et chacun veut fixer un prix différent – soit que son amitié pour Lalla le pousse à se défaire pour rien de ce qu'il a en sa possession (il me l'a donné, je ne vais pas le vendre), soit que cette même amitié le conduise à demander des sommes exorbitantes (c'est un immense artiste).

Parmi les noms que lui a communiqués le vieux peintre, certains mènent à des impasses : la plupart du temps, ce sont des familles qui ont déménagé sans laisser d'adresse, ont finalement gagné la France, l'Italie, l'Espagne ou le Maroc dans les années 2000, dégoûtées de voir qu'après la décennie noire, la liberté n'était pas revenue comme elles l'espéraient. En quelques occasions, même Mehdi et Rachida semblent surpris lorsque la porte s'ouvre sur un visage inconnu. « Lui, je ne pensais pas qu'il partirait », glisse un des deux, Mehdi avec tristesse, Rachida avec colère.

La plupart du temps, cependant, la quête est étrangement facile. Les amis de Lalla sont charmants, disponibles et surtout, ils paraissent attendre depuis des années que le génie de celui-ci soit reconnu et qu'on lui consacre enfin la rétrospective que leur décrit Naïma.

— Ce n'est pas trop tôt, soufflent-ils en tirant d'une armoire, d'une boîte à chaussures ou de leur portefeuille les encres délicates et minuscules qu'ils avaient reçues en cadeau.

Elle aime tous ceux qu'elle rencontre durant ces journées de négociations et plus particulièrement Mehdi et Rachida qui l'entourent d'une constante attention. Ils constituent une galerie de personnages qu'elle n'imaginait pas trouver ici, elle qui n'a hérité que de quelques souvenirs d'une Algérie rurale où chacun s'occupait de l'olive. Dans la quête fléchée par Lalla, elle découvre des intellectuels, des artistes, des militants, des journalistes et à chaque parole qu'ils prononcent, l'Algérie intérieure de Naïma grandit dans des directions inattendues. Ses interlocuteurs paraissent tous avoir combattu pour l'indépendance, qu'il s'agisse de celle du pays, de la Kabylie ou de celle des artistes vis-à-vis du pouvoir. En se liant avec eux, elle tend naturellement à occulter le passé de sa famille (elle se présente, par demi-mensonges et omissions comme une descendante d'émigré). Elle n'est pas sûre qu'il s'agisse d'une mauvaise chose : elle exerce sa liberté, se dit-elle, et elle donne tort au dictionnaire, ce qui est un peu grisant. Au lieu de poser ses pas dans les pas de son père et de son grand-père, elle est peut-être en train de construire son propre lien avec l'Algérie, un lien qui ne serait ni de nécessité ni de racines mais d'amitié et de contingences. Elle a jeté le numéro de Yacine qu'elle sait qu'elle n'appellera pas.

— Et Tassekurt ?

La question de Mehdi la tire de sa torpeur. Elle repose le gros classeur dans lequel elle a soigneusement entreposé les œuvres rassemblées et le regarde en grimaçant.

— Demain...

Elle a gardé pour la fin ce qu'elle considère l'étape la plus délicate de son travail : sa rencontre avec l'ex-femme de Lalla. Le peintre n'en a jamais parlé, c'est une ligne de silence le long de laquelle il marche avec précaution. Rachida l'a décrite comme une vipère. Mehdi s'est contenté de soupirer que *c'était compliqué*. (Quand il est gêné, lui dont le français est pourtant parfaitement chantourné d'ordinaire, retrouve des prononciations qui rappellent à Naïma celles de Yema. Une langue où les mots ne se découpent pas, où les « é » disparaissent : *cicompliki*.) Aucun d'eux n'a souhaité l'accompagner cette fois-ci. Naïma se rend seule au rendez-vous de la vipère, le ventre noué.

Tassekurt habite la Haute-Ville, le vieux quartier de Tizi Ouzou. D'après Rachida, elle possède un appartement plus moderne dans le centre, mais c'est dans sa demeure familiale qu'elle a donné rendez-vous à Naïma. Tout autour, les rues sont étroites et les maisons basses, comme traditionnellement dans les villages – ce que cet endroit n'a pas tout à fait cessé d'être. Les murs de pierres se lézardent et il manque souvent des tuiles aux petits toits rouges mais, malgré les dégradations apparentes, Naïma découvre avec plaisir ce quartier troué de placettes où des fontaines, le plus souvent taries, offrent leurs grottes fraîches et colorées.

Alors qu'elle flâne, tourne autour de la maison et retarde le moment où elle sonnera à la porte, elle finit par remarquer qu'à une fenêtre du premier étage, Tassekurt l'observe en silence derrière la gaze d'une moustiquaire. Elle soutient son regard d'agate en essayant de ne pas rougir.

À l'intérieur, la lumière qui filtre des moucharabiehs dessine des dentelles sur le sol carrelé. Il n'y a pas d'autre décoration que celle créée par les rayons de soleil dans les pièces que Naïma traverse timidement, derrière la femme au port de reine. La courette où elles s'installent est si bien abritée par les feuilles larges d'un figuier qu'on pourrait y croire que la nuit tombe. Tassekurt leur sert du café et fume les unes après les autres de longues cigarettes mentholées.

Elle a cette beauté fanée des grosses fleurs, qui paraissent être au summum de leur déploiement chatoyant quand déjà un simple effleurement suffirait à en détacher tous les pétales. De son corps, des plis de son cou – comme de toute sa maison – monte le parfum doux et poussiéreux du vieillissement et elle dégage l'érotisme trouble du monument sur le point de devenir ruines. Ses cheveux d'un blond-gris sont noués à l'arrière de sa tête en un chignon compliqué et volumineux qui rappelle un peu à Naïma les coiffures de Oum Kalthoum sur les vinyles de ses parents.

Contrairement à ce qu'elle imaginait, Tassekurt mène la conversation sans jamais critiquer son ancien mari. Elle n'évoque même pas leur relation. Elle parle de lui comme d'un peintre dont elle aurait acheté les œuvres par hasard ou par intuition lors d'une de ses premières expositions de jeunesse. Elle s'intéresse à ce que Naïma lui raconte de la rétrospective mais comme si on attendait d'elle des conseils et non qu'elle mette en vente les œuvres qu'elle possède.

— Qui a décidé de l'exposition ? C'est vous ?

Naïma parle de Christophe, de « Lutte des Glaces », de la vision du monde arabe, de l'unicité des travaux de Lalla mais Tassekurt est rêveuse, elle ne l'écoute plus :

— Est-ce que vous réalisez que vous, je veux dire votre patron, la galerie, votre milieu en général, décidez peut-être qui a le droit de passer à la postérité et qui ne l'a pas ?

Naïma bredouille qu'elle n'a jamais vu les choses comme ça, que c'est sûrement bien plus compliqué.

(Elle prend malgré elle les intonations de Mehdi – qui sont aussi celles de Yema.)

— Qu'est-ce que vous pensez de la notion de mérite ? demande Tassekurt. Tous les Algériens de France que je connais sont obsédés par le mérite. Personnellement, je trouve cette idée répugnante.

— Je... mais... oui..., commence Naïma incapable de produire une réponse cohérente.

Cette femme l'impressionne avec ses grands yeux recouverts d'un fard bleu turquoise et brillant, le jonc d'or qui enserre son poignet et la structure trop élaborée de sa coiffure. Elle a l'allure d'une actrice en fin de carrière qui interpréterait une dernière fois le rôle de Cléopâtre.

— Je ne mérite rien de ce que j'ai, dit Tassekurt en ignorant ses bégaiements. Lalla ne mérite pas de rétrospective. Les choses arrivent, tout simplement, certaines que l'on peut provoquer et d'autres qui sont un mélange de chance et de hasard...

Elle empile leurs deux tasses avant même que Naïma ait fini son café épais et sucré, lui donnant le signe qu'elle la congédie.

— Pour les dessins, je vais réfléchir, dit-elle. Je ne sais pas si je veux m'en séparer.

Naïma se lève et se reproche de se lever, d'obéir si facilement aux commandements silencieux de son interlocutrice. Elle voudrait briser le masque majestueux et froid de Tassekurt, elle voudrait l'émouvoir et c'est sans doute pour cela qu'elle lâche, en quittant la terrasse :

— Il est à l'hôpital. Il pourrait ne jamais voir cette rétrospective si on tarde.

Elle sait que Lalla détesterait l'entendre dire de telles choses, utiliser sa maladie pour créer du pathos, pour faire avancer ce qui n'est après tout qu'une transaction. À la manière dont Tassekurt lève lentement un sourcil, Naïma voit que celle-ci pense exactement la même chose que le vieux peintre. Une fraction de seconde, elle peut imaginer qu'ils ont formé un couple spectaculaire, sans concessions, sans politesse.

Ce soir-là, Mehdi et Rachida l'invitent à dîner dans un restaurant de grillades un peu à l'écart du centre-ville. À sa demande, ils la régalent d'anecdotes sur la jeunesse radieuse de Lalla. Naïma apprend avec surprise que Rachida l'a connu avant Mehdi. Il arrivait au peintre de dessiner des couvertures de livres pour la première maison d'édition dans laquelle elle a travaillé. Le sourire dévoreur et nostalgique qui lui monte aux lèvres quand elle le raconte ne laisse guère planer de doutes sur la nature de leur relation passée. Naïma pense qu'elle aimerait qu'un homme parle d'elle comme ça, à l'heure où ses cheveux seront blancs et sa peau aura l'air d'un costume trop grand et trop plissé. Mehdi ne semble pas se soucier d'entendre sa femme évoquer des souvenirs troublants, il sourit, cligne des yeux, commande de nouveau à boire. Quand il disparaît aux toilettes, Naïma avoue à Rachida que le sans-gêne de sa parole la stupéfie. Celle-ci éclate d'un grand rire de gorge, visiblement flattée :

— Le petit jeu de la pureté et du « ma vie a commencé à mon mariage », très peu pour moi, répond-elle. Ça me tue de voir que les gamines d'aujourd'hui se font avoir par ces conneries. La situation a clairement régressé pour nous dans ce pays.

Elle regarde autour d'elle, remarque quelques groupes de convives exclusivement masculins et ricane :

— La plupart des choses que les femmes ne font pas dans ce pays ne leur sont même pas interdites. Elles ont juste accepté l'idée qu'il ne fallait pas qu'elles les fassent. Tu as vu à Alger le nombre de terrasses où il n'y a que des hommes ? Ces bars ne sont pas interdits aux femmes, il n'y a rien pour le signaler et si j'y entre, le personnel ne me mettra pas dehors, pourtant aucune femme ne s'y installe. De même qu'aucune femme ne fume dans la rue – et ne parlons pas de l'alcool. Moi je dis que tant que la loi ne me défend pas les choses, je continuerai à les faire, dussé-je être la dernière Algérienne à boire une bière tête nue.

Un peu plus tard, elle reprend la conversation comme si les autres sujets abordés entre-temps n'avaient été que des parenthèses :

— On ne peut pas résister à tout, hélas. Moi je sais qu'ils ont en partie gagné parce qu'ils ont réussi à me mettre en tête que j'aurais préféré être un homme. J'ai détesté, détesté arriver à la puberté, je me souviens très bien. J'ai attrapé des seins à treize ans et j'avais l'impression que c'était une maladie ou un greffon fait sur mon corps pendant la nuit par un savant fou. Je m'étais endormie plate, encore un peu garçon, une sorte de double de mon frère et je me suis réveillée bossue de partout, transformée en mère, visiblement femme, violable, ou mariable, et puis molle, obligée de protéger ma poitrine des chocs, incapable de courir sans soutien-gorge. Quelques semaines après, j'ai eu mes règles et là, c'était la fin de tout. J'ai pleuré pendant des heures.

Dans le restaurant, les éclats de voix de Rachida font se retourner des dîneurs et Naïma observe que, de temps à autre, son mari lui pose doucement la main sur le bras et que Rachida, au contact de sa peau, baisse le ton sans s'interrompre.

À la fin du repas, ils sont rejoints par un groupe d'amis et s'installent à l'extérieur autour d'une table énorme sur laquelle les coupelles de sorbet et les bouteilles tournoient. À ceux qui ne la connaissent pas encore, Rachida et Mehdi présentent leur invitée à la fois comme une envoyée de Lalla et comme la fille prodigue qui rentrerait enfin au pays après une longue absence. Elle recueille ainsi de nombreux hochements de tête approbateurs qu'elle est sûre de ne pas mériter (elle n'a avoué à personne qu'elle a longtemps pensé à refuser de faire ce voyage). L'un des nouveaux arrivés lui demande d'où vient son père. Elle dit le nom du village, des sept hameaux égrenés sur la crête, persuadée que personne ne le connaîtra (personne n'a jamais réagi quand elle l'a prononcé en France, même devant des Kabyles).

— C'est à côté de Zbarbar, ça ? répond l'homme.

— Au-dessus du barrage, ajoute son voisin.

Elle ne sait pas. Ce qu'elle sait (pour l'avoir lu sur Internet) :

— C'est dans le district de Bouira.

— Oui mais pas vraiment, corrige quelqu'un d'autre. C'est juste à côté de Palestro.

— Tu y es déjà allée ?

Elle reconnaît que non, en secouant la tête.

— Bien sûr qu'elle n'y est pas allée, dit Rachida. Tu voudrais qu'elle y soit allée quand ? C'est le coin des barbus !

Ici, Naïma se sent autorisée à placer son couplet, celui qui justifie que jamais elle ne se soit rendue dans le village familial :

— Mon père attendait que mes sœurs et moi soyons un peu plus grandes pour nous emmener toutes les quatre. Mais en 1997, mon cousin et sa femme sont morts dans un faux barrage et alors mon père a changé d'avis. Il a dit qu'il ne rentrerait plus jamais au pays.

Certains acquiescent en silence, avec l'air de connaître déjà cette situation. Et Rachida dit :

— Il aurait fallu tous les égorger, ces chiens, quand ils sont descendus de la montagne. Au lieu de leur donner des appartements et de leur ouvrir des comptes en banque.

Très rapidement, la conversation s'anime et les gens crient. Autour de la placette dont le centre est tenu par une envolée d'enfants qui poursuivent en riant une balle multicolore, les terrasses bondées offrent presque toutes ce même spectacle de convives emportés et tonitruants. Naïma assiste aux échanges enflammés qui ont lieu autour de la grande table sans pouvoir y participer puisque la décennie noire qu'a traversée l'Algérie et que les autres ici ont vécue ne l'a atteinte que par le ricochet, si faible et si bref, du Couplet. Elle prend intérieurement des notes pour pouvoir raconter cette conversation à son retour. Elle assiste – se dit-elle – à une tranche de vie algérienne, le genre de scènes que l'on est heureux qu'un voyage nous offre parce qu'elles constituent une expérience à laquelle le commun des touristes n'a pas accès et nous donnent un instant l'impression de faire partie des habitants du pays. Elle pense que la question de son village s'est perdue dans le flot de la discussion, que son origine a été notée mais n'a pas grande importance. Elle se trompe.

— Ils ont gagné parce que, encore aujourd'hui, les gens ont peur de la montagne. Les touristes, eux, c'est évident. Ils ne sont jamais revenus. Mais même les Algériens, ils ont peur. Regarde-toi, tu dis à la petite qu'elle ne peut pas aller dans son village parce que c'est trop dangereux !

— Ce n'est pas ce que j'ai dit, se défend Rachida.

— Mais bien sûr que si. C'est la première fois qu'elle vient au pays et toi tu lui dis : Chez toi, c'est chez les barbus.

— En même temps, Rachida a raison, la défend son mari. Moi je ne connais personne qui accepterait de conduire Naïma jusqu'à chez elle. Tout le monde sait bien que l'endroit est dangereux.

De nouveau, les convives crient sans s'écouter. Il y a désormais deux clans : ceux qui pensent que l'endroit est sûr et ceux qui le considèrent comme un coupe-gorge. De manière surprenante, il semble acquis pour tous que Naïma *veut* aller au village et qu'ils discutent la faisabilité de son voyage.

— Moi je n'ai pas peur, dit un des hommes présents, j'y vais très souvent pour les affaires.

— Et jamais tu n'as de problème ?

— Jamais.

— Très bien, dit Mehdi, alors demain, tu emmènes la petite.

Ils se tapent dans la main sans même se concerter avec la principale intéressée. Le futur chauffeur se tourne vers elle et se présente : il s'appelle Noureddine, c'est un lointain cousin de Mehdi. Elle le regarde fixement mais n'entend pas ce qu'il lui raconte. Il a le même sourire triomphal que Christophe au moment où celui-ci a décidé de l'envoyer à Tizi Ouzou. Pourquoi tous ces gens s'obstinent-ils à vouloir lui rendre le lieu de ses origines ? Naïma le remercie de se proposer ainsi mais elle est obligée de décliner son offre : le travail, pardon.

— Les dessins qui sont restés chez Tassekurt ? intervient Rachida. Ne t'en fais pas. Elle t'a fait mariner juste pour le plaisir mais elle te les donnera tous. Il y a longtemps qu'elle aime l'argent plus que les souvenirs de Lalla...

Son visage se tord de mépris quand elle parle de la première femme du peintre.

— Aucun de nous n'a jamais compris pourquoi il l'a aimée.

Les hommes qui l'entourent regardent leurs chaussures, l'air de rien. Il y a des blessures que les décennies n'effacent pas.

— Mais vous êtes sûrs que ce n'est pas trop dangereux ? insiste Naïma après quelques secondes.

Les autres semblent avoir du mal à saisir de quoi elle parle. Ils sont déjà passés à un autre sujet de conversation, Rachida est perdue dans ses souvenirs.

— Oh non, dit Noureddine, les terros sont plutôt respectueux des femmes maintenant. Ils préfèrent tuer les policiers.

La table couverte de bouteilles vides brille sous les guirlandes de lumières multicolores. Naïma ne sait plus quoi opposer à ce départ. La peur qui lui mange le ventre n'est qu'en partie due à la présence des terroristes sur la crête. Ce qui l'effraie, c'est de poser les pieds dans un endroit que sa famille a figé dans ses souvenirs depuis 1962 et, par cet acte, de le ramener brutalement, bruyamment dans l'existence. Son geste lui semble comparable à celui de l'explorateur inconscient qui, dans *La Machine à remonter le temps*, écrase un papillon à l'ère jurassique et détruit ainsi le présent vers lequel il pensait revenir. Comment pourrait-elle partager cette crainte avec la bande de joyeux buveurs rassemblés autour d'elle ? Comment pourrait-elle réussir à en exprimer ne serait-ce que la moitié de manière compréhensible ?

Cette nuit-là, elle dort très mal, la tête traversée par les bruits de machines qui peuplent la nuit. Elle a remarqué pendant ses allées et venues dans la ville les boursouflures, parfois suintantes, des caissons de climatisation sur les bâtiments, une éruption désordonnée qui atteint les immeubles de bureaux comme ceux d'habitation et si l'on tend l'oreille, dans la nuit, lorsque la circulation et les voix des passants s'effacent, on entend alors le bourdonnement sourd et continu des moteurs qui cliquettent à chaque arrêt et à chaque reprise sans jamais se synchroniser. Naïma sursaute, se tourne, se débat à chaque cliquetis sur le matelas trop mince de sa chambre.

Le klaxon insistant de Noureddine la tire de la cuisine où elle buvait un énième café en se brûlant les lèvres, cherchant à gagner du temps avant de sortir de la maison. De peur qu'il ne réveille tout le quartier, elle prend rapidement son sac, réalise qu'elle n'a toujours pas réglé la bretelle, pense qu'elle aura mal à l'épaule demain, pense qu'elle vieillit, pense que si les barbus la tuent elle n'aura pas vieilli bien longtemps, et le rejoint dans la voiture. Noureddine démarre en trombe.

Dès qu'ils s'éloignent de l'axe principal, sa conduite devient franchement chaotique. Le temps passé sur des routes défoncées qui se trouent de nids-de-poule et s'enroulent autour des rochers le rend fou d'impatience et dès qu'il le peut, dès qu'il distingue quelques mètres droits et lisses, il fonce comme s'il criait de joie, une main sur le volant, l'autre sur le rebord de la fenêtre, dans ses cheveux ou portant une cigarette à sa bouche. Naïma s'accroche à la poignée qui surmonte sa portière à chaque accélération, le plastique glissant entre ses doigts de plus en plus moites.

Elle se force à se concentrer sur le paysage pour ne pas penser aux risques d'accidents. Ce sont les mêmes maisons éternellement en construction, les mêmes arbres décorés de sacs plastique, les mêmes cahutes militaires qu'elle a longés les jours précédents mais parce qu'elle sait désormais qu'ils constituent une part du chemin du retour (elle ne peut pas s'empêcher de penser ce mot, *retour*, alors qu'elle ne sait même pas où elle va), elle les regarde avec une concentration nouvelle, comme si – peut-être – elle pouvait les reconnaître.

Au fil de leur trajet, elle remarque que les femmes sont de moins en moins nombreuses et de plus en plus couvertes. Les tongs et les débardeurs des filles de Tizi se transforment en blouse traditionnelle et en *fata*. Plus loin encore, le fichu kabyle se change en voile islamique. Dans les rues de Lakhdaria (anciennement Palestro), il n'y a plus une tête nue. Naïma demande à Noureddine de s'arrêter afin de prendre dans le coffre l'écharpe qu'elle a emportée pour se couvrir et qui, jusque-là, a dormi sagement au fond de son sac. Quand elle se regarde dans le rétroviseur intérieur après avoir noué l'étoffe de coton autour de sa tête, elle se dit que son turban coloré ne lui permet en rien de se fondre dans la masse des femmes en *hidjab* et souvent en *jilbab* austère qu'elle aperçoit sur les trottoirs. Elle a moins l'air de respecter un commandement religieux que de se rendre à la plage. Des mèches noires et bouclées s'échappent sur son front et dans sa nuque. Elle se rencogne aussi loin de la vitre qu'elle le peut, incapable d'appliquer les préceptes que

Rachida a énoncés la veille et de vivre fièrement son droit de ne pas se couvrir.

Au croisement de la rue du 5-Juillet et de la route du marché, la devanture blanche et verte d'une petite épicerie écaille sa peinture desséchée sur le trottoir. Le propriétaire, assis devant la vitrine, fait pensivement aller et venir un cure-dents entre ses incisives trop écartées. Il vend des tomates, des pois chiches, des olives, des oignons. Ce n'est pas si différent de la marchandise de Claude sauf que sur les étagères, à l'intérieur, il n'y a plus de pastis, de Picon ni de Fernet-Branca. Naïma baisse la tête pour qu'on ne puisse pas lui reprocher d'avoir impudiquement regardé un homme dans les yeux. Même si elle l'avait regardé longuement, elle aurait été incapable de reconnaître Youcef Tadjer qui fut le compagnon de jeu et le héros de Hamid, là-haut, sur la crête. Elle n'en a jamais entendu parler. La voiture le dépasse sans même ralentir.

Malgré ce qu'a affirmé Noureddine au restaurant, il ne sait pas exactement où se situe le village. Au sortir de Lakhdaria, il s'arrête à plusieurs reprises pour demander son chemin à des soldats et chaque fois, on lui répond :

— Ah, vous allez chez les terros ?

Ça fait rire Noureddine qui lève le pouce en signe d'appréciation. Pour Naïma, c'est beaucoup moins drôle. Pourtant, elle ressent une sorte de joie quand elle tord la tête vers les hauteurs. Pour la première fois depuis son arrivée en Algérie, elle sait que ce qu'elle regarde a été vu par les membres de sa famille. Dans un sursaut d'angoisse et d'enthousiasme confondus, elle appelle son père :

— Je suis en route pour le village.

Il répond aussitôt par une série de questions :

— Pourquoi ? Avec qui ? Tu as prévenu quelqu'un ? Ils savent que tu viens ?

— Tout va bien, répond Naïma d'une voix qu'elle trouve étrangement sereine. Ne t'inquiète pas. Je voulais simplement savoir si tu pouvais m'aider à trouver la maison.

— Je ne me souviens de rien, Naïma. De rien du tout ! Qu'est-ce que tu veux me faire avouer ?

Elle ne sait pas. Peut-être qu'elle voulait simplement qu'il lui dise merci.

La vieille voiture entame son ascension sur les routes minces de la montagne, vers la crête que l'on ne devine plus, perdue au milieu des pins, des fleurs et des figuiers. Trente-trois kilomètres séparent Lakhdaria du village mais ils prennent un temps infini à les parcourir sur cette route tortueuse. Noureddine ne lâche plus le volant. Il est concentré sur les virages en épingle qui promettent le grand saut à celui qui négocierait mal leur tournant. Ils ne croisent plus de militaires, à peine quelques bergers de temps à autre. Noureddine finit par remarquer que Naïma est recroquevillée dans son siège.

— Qu'est-ce qui ne va pas ? Je conduis mal ?

— Depuis qu'on a quitté la ville, il n'y a plus une seule femme dehors, souffle-t-elle.

Il hausse les épaules, un peu amer :

— C'est vrai que par ici, ça s'est pas mal islamisé...

Une demi-heure plus tard, ils finissent pourtant par en apercevoir une, entourée de quelques chèvres. Ils pensent qu'elle leur tourne le dos jusqu'à ce qu'ils la dépassent et réalisent qu'elle porte un *sitar* noir si épais qu'il les empêche de déterminer de quel côté se trouve son visage.

— C'est Batman sur la montagne, dit Noureddine et ils pouffent tous les deux.

L'odeur de la pinède qui envahit le véhicule cahotant semble aussi lourde et poisseuse que la résine elle-même. Dans les environs de Zbarbar, les guérites militaires refont leur apparition et derrière elle des miradors imposants.

— Ici, ça a vraiment été le carré VIP des barbus pendant la décennie noire, commente laconiquement Noureddine. L'armée a mis le feu à la forêt pour les faire sortir… Des kilomètres d'arbres partis en fumée.

Naïma est incapable de distinguer les cicatrices de l'incendie : la forêt semble s'être refermée de nouveau sur la montagne. La nature la surprend par sa verdure dense. Elle s'était toujours imaginé cette partie du monde comme une succession de monts pelés, de déserts verticaux, un Sahara de papier peint collé sur le mur de la roche, et pourtant, il y a quelque chose de familier dans ce qu'elle observe. Elle finit par trouver ce que le paysage lui rappelle : ce ne sont pas des souvenirs de famille mais les décors du film *Manon des Sources*, les coteaux abrupts vêtus d'arbres tordus et des bosquets sombres de genévrier et de ciste. Sauf qu'il n'y a pas de Manon ici, elle en est certaine : aucune femme nue n'est en train de danser sous l'eau fraîche d'une cascade toute proche.

Ils aperçoivent enfin les premières maisons de la crête et Noureddine s'arrête pour demander à un groupe d'hommes, assis sur de grosses pierres en amont du village, si le nom de famille de Naïma leur est connu.

Le premier groupe d'hommes dit « non ». Pour être honnête, ils ne le disent même pas. Ils font un signe avec la main qui indique que la voiture peut repartir, qu'ils ne disposent d'aucune information et Naïma ne sait pas si le geste veut dire au chauffeur qu'ils ne peuvent rien lui apporter et qu'il ne fera que gaspiller son temps et sa salive en parlant avec eux ou bien que c'est eux qui perdront leur temps à parler avec lui.

Un peu plus loin, un deuxième groupe d'hommes hoche la tête à l'écoute du nom. « Ils ont un magasin d'alimentation dans le village d'après », disent-ils.

Le troisième groupe d'hommes dit : « Pas ce magasin-là. L'autre. Celui du hameau plus loin. »

Naïma a l'impression qu'on la repousse pour mieux tester son envie, déjà fragile, de retrouver sa famille mais maintenant qu'elle est là, elle sent une énergie électrique qui lui interdit de renoncer. Tout son corps se tend sur le siège et son visage s'approche imperceptiblement du pare-brise, comme si elle pouvait faire avancer plus vite le véhicule en lui communiquant son élan.

Dans le hameau suivant, Noureddine s'arrête en face d'une petite épicerie à la devanture encombrée par des seaux d'olives de toutes les tailles.

— On y va, dit-il.

L'intérieur du magasin est lui aussi empli de seaux, de jarres, de bocaux. Le comptoir scintille des papiers brillants qui enveloppent les barres chocolatées. Il semble n'y avoir que ça : des olives et des friandises. Un adolescent un peu gros se dandine d'un pied sur l'autre et les regarde entrer avec surprise (on doit rarement faire un détour pour venir jusque dans sa boutique, et plus rarement encore en compagnie d'une touriste). Noureddine se lance dans une explication en kabyle dont Naïma ne comprend rien sinon son nom de famille qui revient plusieurs fois. L'adolescent fait courir son regard de son interlocuteur à Naïma puis répète, l'air indifférent :

— Zekkar ?

— Zekkar, dit sèchement Noureddine que son apathie paraît exaspérer.

— Zekkar, c'est moi, déclare le gros garçon en se désignant du doigt pour être sûr que Naïma comprenne.

Et elle, lentement, avec application, reproduit exactement le même geste (on se croirait dans *E.T.*) et dit :

— C'est moi aussi.

Ils se sourient béatement.

Le garçon s'appelle Reda. Naïma ne parvient pas à déterminer quel est le lien de parenté exact entre eux mais il se lance dans une harangue enthousiaste et ferme le magasin.

— On va aller voir la maison de ta famille, traduit Noureddine en se remettant au volant. Il dit que son père parle un peu français et qu'il saura sûrement qui tu es.

Le jeune Reda guide le chauffeur tout en passant une série de coups de fil. Naïma ne sait pas ce qu'il raconte au téléphone, à toute vitesse et sans sourire. La seule chose qu'elle comprend (qu'elle croit comprendre) c'est qu'il l'appelle « la Française ». Elle en est vexée, sans raison valable, comme si l'altérité qu'il nomme était forcément une insulte.

Quelques kilomètres plus loin, ils s'arrêtent devant un immense portail métallique sur lequel Reda fait pleuvoir une grêle de coups de poing. Bientôt, il s'ouvre en grinçant et Naïma découvre trois maisons de couleur, une rose, une jaune et une blanche, disposée en un triangle irrégulier sur une parcelle de terre pelée que parcourent quelques poules. Dès que le portail se referme, une tribu d'enfants se précipite hors des maisons pour venir à leur rencontre. Au milieu de cette horde joyeuse et dépenaillée, Naïma voit soudain surgir le visage de Myriem, sa sœur aînée, ou plutôt un visage qui paraît sorti des albums photos de famille dans lesquels Myriem a encore sept ans. La gamine qui s'approche d'elle en riant a exactement les mêmes traits.

— Shems, dit Reda dans une présentation monosyllabique.

S'entendant nommée, la petite se met à babiller en tirant sur la main de Naïma et il y a quelque chose d'absurde pour celle-ci dans le fait que ce visage parfaitement connu puisse émettre des sons totalement étrangers. Elle n'arrive pas à détacher ses yeux de Shems, elle pense : elle est de ma chair et de mon sang. Elle s'imagine des soubresauts et des fusions de chromosomes (dont les représentations lui viennent de lointains souvenirs d'un livre de SVT) qui ont pu, à trente ans d'écart et de chaque côté de la mer, parmi des millions de combinaisons possibles, créer Myriem et Shems, des êtres si étrangement similaires. Jamais la biologie n'a eu autant de réalité pour elle.

La fillette la guide par la main jusqu'à la maison blanche et la fait asseoir dans un petit salon, sur la banquette aux motifs passés qui longe les trois murs. Il y règne une chaleur assommante, lentement accumulée derrière la porte fermée. Elles sont peu à peu rejointes par un vieillard, un couple d'une soixantaine d'années, une femme d'âge indéfinissable – peut-être parce que le bleu de ses yeux accroche tant le regard que le reste de son apparence disparaît derrière eux – et deux jeunes femmes qui (Naïma le constate avec soulagement) ne portent sur la tête qu'un léger fichu coloré. Les enfants, à l'exception de Shems, restent à la porte d'où ils gloussent et regardent cette cousine inconnue en se poussant du coude.

Noureddine est resté dehors, où il doit fumer cigarette sur cigarette en regardant les poules subir une succession d'échecs dans leur tentative pour s'envoler. L'intérieur de la maison, domaine de l'intime, est une zone à laquelle il n'a pas accès en tant qu'étranger à la famille. Il est condamné au sas entre le portail et la porte. Il n'a même pas essayé de suivre Naïma et celle-ci regrette son absence. L'impossibilité de parler avec ceux qui l'entourent la frappe de plein fouet sitôt qu'elle est assise. Nul endroit où laisser errer son regard dans cette pièce sans décoration dont l'unique fenêtre est trop haute pour offrir une vue. Elle ne peut pas faire semblant que son silence est une rêverie volontaire. Elle les regarde. Ils la regardent. La gêne le dispute à l'infinie bienveillance. Le vieillard ne sourit pas, peut-être cela ferait-il craquer la peau fine et ridée de son visage, mais les autres ne laissent pas redescendre les coins de leurs lèvres. Et puis, soudain, comme si tous avaient eu la même pensée à la même seconde (« Ce silence est *vraiment* gênant »), la conversation démarre de partout, dans le sabir des langues mélangées. À la surprise de Naïma, il y a même de l'anglais :

— La famille, all is bien ? demande l'une des jeunes femmes avant d'éclater de rire au son de sa propre phrase.

— All is bien, répond Naïma.

Et elles concluent ensemble :

— *Elhamdulillah*.

Rapidement, Naïma se retrouve occupée à mimer son arbre généalogique, dessinant dans les airs les ronds qui représentent son grand-père Ali, sa grand-mère Yema et le trait qui mène à son père Hamid, au côté de qui elle trace une succession de cercles avant d'entonner la litanie de ses oncles et tantes : Dalila, Kader, Claude, Hacène, Karima, Mohamed, Fatiha, Salim. Puis elle revient au début de la ligne en pointant le rond de Hamid (comme s'il était resté là, en suspension, une fois terminé le mouvement de ses mains) et elle tire le trait qui mène à elle et à ses sœurs : Myriem, Aglaé et Pauline. Les enfants à la porte rient et l'imitent, jetant dans les airs des noms, des ronds et des traits. Mais la jeune femme à l'anglais incongru se lève et s'approche de cet arbre généalogique invisible avec le respect craintif qu'inspirent les choses fragiles, celles que le plus petit geste maladroit pourrait balayer. Elle désigne du doigt le rond supérieur, celui d'Ali, et sur une ligne horizontale, elle ajoute ses frères : Djamel – dont le nom est suivi d'un silence triste – et Hamza. Le vieillard parcheminé vers qui tous les regards se dirigent fait tourner lentement la canne au pommeau d'ivoire dans sa main sans paraître s'intéresser à son inclusion dans le schéma aérien. La jeune femme continue à s'agiter aux côtés de Naïma : du rond de Hamza découlent ceux d'Omar, assis là, avec sa femme et sa fille – le petit garçon qu'Ali détestait parce qu'il était né avant Hamid est désormais un patriarche au ventre imposant et aux cheveux gris – d'Amar qui est absent mais dont l'apprentie généalogiste, Malika, est la fille, ainsi qu'une dizaine d'autres qui viennent flotter à ses côtés, suspendus aux fils invisibles des liens familiaux. Parmi eux se trouvent Yacine, ce cousin totalement inconnu dont elle a jeté le numéro de téléphone, et Fathi, le père de Reda. En l'entendant nommer, le gros garçon de l'épicerie mime lui-même depuis la porte le mince trait qui les relie. Du rond de Djamel partent ceux d'Azzedine, de Leïla aux yeux bleus, sans âge et sans mari, et de Mustapha. La ligne de la descendance de Djamel est si courte que Naïma comprend qu'il est l'homme-cauchemar dont lui a parlé Dalila : celui que le FLN a pris en 1962, celui qui a mis le point final au récit selon lequel l'Algérie était pays de mort.

Ils regardent tous le rien de ce qui s'est dessiné dans les airs comme s'il s'agissait d'une cathédrale de dentelles. Naïma et Malika s'observent en souriant parmi les morceaux de famille flottants qu'elles sont parvenues à assembler puis elles font un pas et s'étreignent. Leïla se lève à son tour pour prendre la nouvelle arrivée dans ses bras et à sa

suite la femme d'Omar fait de même. Pour la première fois depuis qu'elle a franchi le portail, Naïma
se sent bien. Ce sont de ces embrassades qui remplacent tout, et surtout l'absence de langue commune. Les femmes d'ici l'étreignent comme seule
le fait Yema, c'est un vrai bras-le-corps, pas un
geste symbolique. Elle sent les seins qui s'écrasent
contre elle, les perles de leurs colliers s'impriment
dans sa peau en petites marques rouges, elle aspire
l'odeur de leur chair et de leur sueur.

Malika adresse quelques mots à Shems et la fillette revient avec une collection de vieilles photographies que Malika place avec autorité dans les
mains de Naïma :

— Pour toi.

Celle-ci remercie en rougissant. Elle s'aperçoit
qu'elle n'a apporté aucune photo, aucun cadeau
– même pas la plus petite tablette de chocolat pour
les enfants. Yema la maudirait d'oser arriver chez
la famille les mains vides (souvenir de Naïma :
les rares fois où Yema venait chez eux, conduite
par l'un de ses enfants, elle apportait toujours des
kilos de sucre et d'amandes – il ne s'agit pas d'une
image, littéralement plusieurs kilos – et Hamid
soupirait devant l'archaïsme de cette tradition mais
acceptait toujours les sacs ventrus).

Pour rattraper partiellement son impolitesse, elle
fait défiler quelques photographies sur son téléphone : Hamid et Clarisse à Noël dernier (ils ont
une coupe de champagne à la main), Myriem dans
le bar en bas de chez elle à Brooklyn (on voit clairement les tireuses à bière), Pauline et Aglaé lors
d'un pique-nique aux Buttes-Chaumont (bouteilles
de vin rouge dans l'herbe). Naïma n'avait jamais

remarqué jusqu'à ce moment à quel point l'alcool faisait partie de leur vie quotidienne. Elle ne sait pas ce que pense sa famille de la crête à ce sujet mais il est évident que personne ne lui a tendu une canette de bière bien fraîche à son arrivée (elle en rêverait, pourtant). L'image suivante remonte au dernier vernissage de la galerie, elle pose avec Kamel devant une structure de dragon faite de clous rouillés. Il la tient par le cou :

— Ton mari ? demande Malika.

Elle répond oui, sans même y réfléchir, dans l'espoir qu'un peu d'éthique maritale pourrait faire oublier l'omniprésence de l'alcool. Elle ne veut pas qu'à son départ sa famille – dont elle ne savait rien jusqu'aujourd'hui, dont elle n'a jamais requis la validation – la décrive avec les mots de Mohamed : *une pute qui a oublié d'où elle vient*. Pourtant – elle en tire une fierté subite, comme une bouffée d'air – c'est elle qui se tient là, avec eux, dans le salon étouffant. Elle, pas Mohamed dont les discours sur l'Algérie n'ont jamais porté au-delà des limites de l'Orne.

Pointant tour à tour le téléphone puis l'assemblée, Malika lance le projet d'une photo de groupe. Tout le monde se lève et se rassemble autour de Hamza en effectuant de petits pas de côté maladroits, les bras ballants. Les enfants montent sur la banquette, les autres se serrent autour du vieil homme immobile. Alors que Naïma s'apprête à les photographier, Reda lui prend le téléphone des mains et lui fait signe d'aller rejoindre la famille. Elle se glisse entre Leïla et la femme d'Omar et sent, sur ses épaules, les mains de Shems qui se posent comme de petits animaux. Ils se tiennent droits, souriants et crispés, attendant le déclic libérateur qui ne vient pas. (Autre souvenir de Naïma : une des premières vidéos réalisées par Hamid après l'achat d'un caméscope. Dans le salon du Pont-Féron, ses oncles et tantes crient et grimacent face à l'objectif mais Yema reste immobile et très droite, malgré la voix souriante de Clarisse, hors champ, qui lui répète : « C'est un film, pas une photo, vous pouvez bouger. ») Au moment d'appuyer sur le bouton, Reda pose l'appareil, sort en courant et crie quelque chose dans la cour. Venus de la maison rose et de la maison jaune, trois hommes et deux femmes, dont Naïma n'avait pas deviné la proximité, entrent dans la pièce. Dans leur nez, leurs yeux, leur stature, il y a un peu d'Ali, un peu de Hamid, ou un peu de Dalila – des détails infimes qui pourraient facilement passer inaperçus et soulignent encore l'incongruité du visage de Shems-Myriem. Ils se joignent au groupe en souriant et c'est comme si l'arbre dessiné dans les airs devenait réel, chaque rond remplacé par une tête, chaque trait par des mains qui cherchent celles du voisin. Tous les habitants des trois maisons ne sont pas là, certains travaillent, d'autres ne sont pas sortis peut-être et puis il manque Azzedine, le cousin fantôme, celui qui est mort en 1997 dans un faux barrage, celui que le Couplet sur l'impossibilité du retour a invoqué à de multiples reprises, mais Naïma ne voit pas le trou que constitue son absence. Elle ne sent que la chaleur que dégage la multitude de corps dans la pièce devenue trop petite. Reda prend une série de photographies et le groupe se disperse de nouveau à travers la maison.

De la cour, on entend alors la voix de Noureddine, qui lance :

— Je vais repartir, Naïma. Je voudrais être rentré avant la nuit. Qu'est-ce que tu fais ?

— Reste ce soir, propose la femme d'Omar si vite que l'on dirait qu'un automatisme parle à travers elle.

Ces mots-là, Naïma les comprend. Elle les a entendus tant de fois de sa grand-mère et de ses tantes, sans effet la plupart du temps car Hamid a toujours répugné à passer une nuit dans l'appartement du Pont-Féron où il avait grandi. Elle embrasse du regard les membres de sa famille qui attendent sa réponse, les sourires chaleureux des femmes et des enfants, l'indifférence d'Omar et le visage dur du vieux Hamza qui marmonne :

— Est-ce que quelqu'un t'a vue arriver ici ?

Malika traduit tant bien que mal la question du patriarche et Naïma hoche la tête. Toute la crête sait qu'elle est là. Elle sent qu'il est nerveux et mécontent. Il ne dit rien parce qu'il n'a pas le droit d'annuler l'hospitalité qui vient de lui être offerte mais il est clair qu'il préférerait ne pas avoir à héberger Naïma. Elle ne peut qu'imaginer ce qui lui fait peur, c'est-à-dire lui prêter ses propres peurs : l'intrusion d'un groupe d'hommes en armes suivie d'un enlèvement, d'un assassinat ou d'une lapidation. Ici – elle le suppose parce que les villages isolés ont toujours constitué de redoutables dépôts d'archives où trop peu s'oublie ou se pardonne – personne n'ignore le parti qu'a pris son grand-père pendant la guerre et la jeune femme qui est soudainement apparue en demandant aux hommes du bord du chemin où était sa famille ne peut qu'être la descendante d'Ali. Elle est Française et petite-fille de harki, elle imagine que cela fait d'elle une excellente candidate à l'égorgement.

et je lui dit que nous peuples algeriens nous avons une envie de masacrer les descendants des harkis

Malgré tout, elle décide de rester – peut-être parce qu'elle ne veut pas donner l'impression de fuir trop vite la famille qu'elle vient de retrouver, peut-être parce que la désapprobation du vieillard la met au défi, peut-être parce que la perspective de sa mort bien que terrifiante demeure irréelle, peut-être en vertu de ce même espoir qui la fait rester jusqu'à l'aube dans les fêtes parisiennes : espoir qu'il puisse se passer quelque chose de beau et qu'elle en soit témoin. Le bruit du moteur de Nourredine qui s'éloigne fait battre son cœur plus vite, comme lorsqu'elle réalise que l'heure du dernier métro est passée : elle est désormais là *pour de vrai*.

Fathi, le père de Reda, un homme d'une quarantaine d'années dont le visage rond et affable ressemble tant à celui de son fils que la différence d'âge entre les deux s'estompe, arrive peu après. Comme l'avait annoncé fièrement l'adolescent, il parle en effet un meilleur français que les autres membres de la famille. Avec lui, elle peut avoir une conversation heurtée mais cohérente. Il a également une connaissance partielle de la famille de Yema et d'Ali car c'est lui qui se charge depuis une vingtaine d'années des échanges téléphoniques qui ont lieu de loin en loin.

— Comment s'appelle celle qui crie tout le temps ? demande-t-il avec un sourire fatigué. J'ai oublié...

— Dalila, répond Naïma.

Elle retient à la dernière seconde ce qui constitue pour elle la deuxième partie du prénom de sa tante : Dalila-Colère. Pourtant, c'est comme si Fathi l'avait entendue.

— Elle est dure, dit-il, mais c'est de famille. Elle est de la même pierre que mon père, et Omar, et Leïla. Ces gens-là détestent la faiblesse des autres.

— C'est pour ça qu'il ne sourit jamais, Hamza ? demande Naïma.

Fathi secoue la tête, l'air amusé :

— Tu n'as pas compris qu'il a peur de toi ?

— Pourquoi ?

— Il a peur que tu viennes reprendre la maison.

Naïma éclate de rire. Elle n'avait jamais pensé que son arrivée puisse produire cet effet. Mais si elle y réfléchit bien, c'est vrai qu'elle est la fille du fils aîné du fils aîné et qu'elle pourrait représenter les droits de la branche d'Ali à la propriété. En regardant les maisons soigneusement mises à l'abri derrière le portail et les murs hérissés de barbelés, construites sur une crête où pas une femme ne se promène, elle se demande ce qu'elle pourrait faire de cet endroit. Elle n'a aucune envie de le posséder et encore moins d'y vivre.

Shems et Malika lui étendent un matelas dans la chambre des filles de la maison jaune. En posant son sac au sol, Naïma remarque les yeux brillants de la petite et elle la laisse l'ouvrir, en sortir les vêtements qui paraissent la décevoir un peu, la trousse de toilette dont elle extirpe avec des gestes de chirurgien un rouge à lèvres, une petite boîte d'ombre à paupières, un tampon qui la fait glousser et finalement une unique boucle d'oreille, coincée et oubliée dans la doublure depuis des années. C'est une reproduction en toc et déjà ternie du Crâne au diamant de Damien Hirst que Naïma se rappelle avoir trouvée à Beaubourg. Le bijou piteux semble plaire beaucoup à Shems et Naïma lui dit :

— Tu peux le garder.

La fillette n'a pas besoin de traduction. Elle glisse la breloque dans une des poches de sa robe avec un sourire radieux. Sa joie ravive la honte de Naïma : elle est arrivée les mains vides et, après plus de soixante ans de silence, elle ne laissera à la famille enfin retrouvée que ce minuscule bijou qui représente ce qu'elle déteste le plus dans le monde de l'art contemporain. Elle offre un petit morceau de la loi du marché.

Au soir, elle prépare avec les femmes de trois générations mêlées un couscous aux cornilles et aux pommes de terre. Les mouches tournoient autour des moindres restes de nourriture laissés sur la table de la cuisine ou au fond de l'évier. Elle les chasse avec dégoût et ses grimaces lorsque les insectes se posent sur elle tirent des rires moqueurs aux femmes qui l'entourent.

— You don't have bzzzzz fil Francia ? demande Malika dans cette langue de Babel dont dépend leur maigre communication.

Naïma ne peut s'empêcher de sourire en pensant que, peut-être, à cause de sa venue et de sa peur des insectes, les habitants des maisons de la crête se représenteront désormais la France comme un pays sans mouches. C'est une représentation fantasmée qui n'est pas plus absurde que d'autres, se dit-elle. Les journaux télévisés depuis deux ou trois ans filment des migrants qui, au moment de leur arrivée, décrivent la France comme la patrie des droits de l'homme. Le communiqué de Daech après les attentats du 13 novembre en faisait le haut lieu « des abominations et de la perversion ». Elle a croisé de nombreux amis américains de sa sœur pour qui son pays était celui des fumeurs de Gitanes et des femmes qui ne s'épilaient pas sous les bras. Aucun ne voulait être détrompé. Si Malika venait un jour en France, elle refuserait probablement de voir les mouches.

Au moment du dîner, les femmes servent les hommes dans la pièce commune et restent manger dans la cuisine, comme si la réunion mixte qu'avait déclenchée l'arrivée de Naïma n'était déjà plus qu'un lointain souvenir et que les frontières habituelles ressurgissaient avec les gestes quotidiens du repas. Est-ce possible qu'il n'y ait que ça ? s'interroge-t-elle. Que les retrouvailles familiales n'apportent rien de plus, finalement, que l'occasion d'une photo de famille et que chacun ensuite en retourne à sa vie imperturbée ? Les fillettes sont les seules à ne pas être affectées par la partition des lieux, elles passent d'une pièce à l'autre en pépiant comme des oiseaux et non comme les femmes qu'elles deviendront. En regardant Shems s'ébattre joyeusement dans une liberté qui disparaîtra bientôt – avec l'arrivée traître de la puberté dont Rachida lui a parlé la veille au soir – Naïma

579

se demande quelle vie connaîtra après son départ cette petite cousine qui ressemble encore tant à sa sœur. Est-ce qu'elle deviendra elle aussi un Batman sur la montagne ? Est-ce qu'elle quittera la crête pour aller vivre à Lakhdaria, loin des villages haut perchés que la jeunesse déserte de plus en plus ? Dans une dizaine d'années, elle en est sûre, le miracle de la biologie aura disparu et rien chez Shems ne rappellera plus Myriem. L'existence lui aura sculpté un autre visage. Alors elle sort à nouveau son téléphone de son sac et elle prend toute une série de photos de l'enfant-pont, celle qui par-delà le temps et la mer représente le lien qui les unit.

Une fois couchée dans la maison jaune, elle a du mal à trouver le sommeil. La respiration des dormeuses autour d'elle est chaude et bruyante. Chaque craquement de branches à l'extérieur, chaque tremblement de la porte dans son chambranle la fait sursauter et guetter une attaque qui ne vient pas. Dans cette chambre d'enfants, elle renoue avec des terreurs enfantines, de celles qui peuplent la nuit de légions de créatures, monstres en lames, en dents et en tentacules. L'obscurité bouge, à l'intérieur d'elle-même, sur elle-même – Naïma ne sait pas très bien comment le noir peut bouger dans le noir mais elle le voit trembler et elle croit y deviner le fait d'une main, d'un pied, d'un visage. Elle est si trempée de sueur qu'au matin, le T-shirt dans lequel elle a dormi est traversé de striures blanches et salées et le drap du matelas conserve lui aussi, comme un léger fantôme d'elle-même, le contour esquissé et blanchâtre de son corps.

Alors que les premiers pinceaux de lumière pénètrent par les volets disjoints, les mouches se réveillent et se lancent dans des vols bas au travers de la pièce, toutes proches du visage des dormeuses, toutes proches du visage, yeux ouverts, de Naïma. Elles se posent sur les peaux tièdes qu'elles parcourent un peu, en rond, avant de repartir.

Les mouches font partie de ces êtres qui s'immobilisent sitôt que le noir se fait et redécollent avec le jour. Elles sont d'une exemplaire binarité qui leur épargne les insomnies et Naïma observe le ballet de leur réveil avec l'envie de celle qui n'a pas pu se reposer.

Le soleil est à peine levé quand elle sort dans la cour mais les poules ont déjà repris leur vain arpentage du terrain. Sur les marches de la maison blanche, elle voit Fathi qui lui fait signe de la main, une tasse de café brûlant posée à ses pieds. Il sourit en regardant l'astre monter peu à peu dans le ciel. Bien qu'elle n'en ait aucune preuve, elle est convaincue qu'il a passé la nuit à veiller – au cas où la présence de la Française chez lui aurait des conséquences brutales. Quand elle repensera plus tard à cette scène, sa mémoire, prompte au fantasme, lui rajoutera toujours au côté un vieux fusil qu'elle sait pourtant ne pas avoir vu.

— Qu'est-ce que tu veux faire aujourd'hui ?

— Je ne sais pas..., dit Naïma. Mon avion part demain. Il faudrait sans doute que je rentre à Tizi Ouzou...

Elle interrompt sa phrase, peu pressée d'expliquer à Fathi les derniers trocs de dessin qui l'attendent, et les bouteilles que Mehdi et Rachida ont accumulées sous l'évier de la cuisine pour sa soirée de départ. Elle sait qu'elle doit regagner la ville et elle n'a pas particulièrement envie de s'attarder ici, dans cette zone sans langue et sans femmes, mais elle n'éprouve aucune urgence à prendre une décision. C'est comme si dans l'enclave des murs en haut de la crête, le temps qui passait n'avait rien à voir avec les vingt-quatre heures finement découpées de la journée officielle. Elle jette un regard au poignet brûlé de soleil de Fathi : il ne porte pas de montre. Personne ici – croit-elle – n'en possède une. Il n'y a pas non plus d'horloge ou de pendule dans les deux maisons qu'elle a visitées. Il est l'heure des choses (des mouches, du lever, du chant des coqs, de partir, de manger, des cigales qui se taisent, des petits qui pleurent, des prières, et des arbres qui réclament de l'eau), cette heure souple et vivante qui doit regarder le cadran d'une montre comme Le Mont-Saint-Michel regarde sa réplique en plastique, prisonnière d'un globe dans lequel une rotation de la main déclenche une tempête de neige.

Peu à peu, sa famille aux ramifications floues émerge du sommeil et la cour s'anime : les plus petits s'extirpent avec peine de leur torpeur, les yeux et les lèvres gonflés comme s'ils y stockaient encore un peu de rêve de la nuit. Le portail s'ouvre en grinçant pour leur permettre de partir à l'école. Une voiture démarre un peu plus tard, conduite par Omar qui laissera Reda à la boutique du village avant de descendre à Lakhdaria. Le rugissement du moteur effraie les poules rousses et dorées, elles s'enfuient dans tous les sens, jusque dans les jambes de Naïma et Fathi, observateurs immobiles du retour de la vie. Finalement, la jeune femme s'arrache elle aussi à sa torpeur :

— Je vais partir dans la matinée, décide-t-elle.

— Sans regret ? demande Fathi. Tu es bien sûre que tu ne veux pas récupérer les maisons ?

Quand elle se tourne vers lui, perplexe, il se met à rire. D'un geste théâtral, il désigne et déploie le royaume qu'elle refuse de conquérir : trois maisons aux enduits colorés, qui sèchent au soleil dans une cour sans arbres. Elle secoue la tête en souriant : elle les lui laisse, il peut rassurer Hamza.

Elle serre dans ses bras Malika à l'anglais embryonnaire, Leïla aux yeux bleus, la femme d'Omar et d'autres dont elle n'a pas retenu le nom (elle se demandera à plusieurs reprises, une fois rentrée en France, pourquoi les prénoms de certains n'ont jamais imprimé sa mémoire, si cela a à voir avec un lien familial qu'elle n'aurait pas perçu, si une part de son cerveau qu'elle ignore a senti, ou décidé, qu'il ne s'agissait là que de personnages secondaires). Elle doit refuser les boîtes de dattes, les galettes de pain épaisses et brunes, les sachets de pignons de pin et de menthe séchée que les femmes entassent dans ses bras et qu'elle ne pourra jamais faire rentrer dans son sac à dos. Elle sait, cependant, qu'elle ne peut pas dire non à tout, qu'elle montrerait alors la plus grande impolitesse et elle finit par accepter la menthe, la plus légère des denrées, dont le nom en arabe l'a toujours enchantée, *nahnah*.

Fathi offre de la conduire jusqu'à la maison de Rachida et Mehdi, bien que l'aller-retour lui prenne la journée. Elle s'enquiert de l'existence d'un bus qui partirait de Lakhdaria mais elle ne le fait qu'à mi-voix, déjà effrayée à l'idée de le prendre. De nouveau, elle se retrouve paquet confié à un homme, sans savoir si la gêne qu'elle éprouve vient de son manque d'indépendance réel ou de la différence qui se creuse entre ses chauffeurs providentiels et elle, la Parisienne qu'aucun touriste perdu n'a pu faire se détourner de son chemin jusqu'à Notre-Dame ou au Sacré-Cœur, les monuments fussent-ils à trois rues de l'endroit où on l'a arrêtée. Elle se demande s'il lui sera possible de parler de l'hospitalité des gens qu'elle a croisés sans donner l'impression de répéter un discours pseudo-tiers-mondiste qu'elle exècre à force de l'entendre et qui fait généralement survenir après les louanges de l'hospitalité une remarque sur le sens du rythme ou sur le bonheur dans le dénuement que sont capables de trouver les habitants de *là-bas*. Cette générosité de l'accueil – pense-t-elle alors que Fathi prend le volant – est à double tranchant : elle peut se retourner contre celui qui la prodigue. En mettant son temps à la disposition de l'autre, il laisse penser qu'il en a à revendre, qu'il ne sait pas quoi faire de ses journées et celui qu'il aide se retrouve à penser qu'il est en train de sauver celui qui le sauve en lui donnant une occupation. La plupart des Parisiens – dans lesquels elle s'inclut – qui laissent aux étrangers, touristes ou non, une détestable impression d'impolitesse sont des gens qui estiment avoir toujours *mieux à faire* que d'aider l'autre, quand bien même ils ne sont sortis de chez eux que pour se rendre à un bureau où ils sont malheureux, faire quelques courses au supermarché le plus proche ou prendre un verre avec des amis. Elle se demande à quand remonte la dernière fois qu'elle a accepté de se laisser dévier du cours de sa route, physique ou symbolique, par une irruption. Elle ne trouve pas et se dit que, peut-être, c'est ce qu'elle cherchait aussi en acceptant de partir avec Noureddine sur la crête : la preuve qu'elle pouvait se surprendre encore puisqu'elle ne laissait à personne d'autre l'occasion de le faire.

À Tizi Ouzou où la dépose un Fathi muet qui paraît avoir épuisé ses réserves de français au cours du long trajet cahotant, elle retrouve Mehdi et Rachida avec un plaisir qui la surprend. Elle comprend rapidement qu'il est en partie constitué de soulagement, de relâchement. De retour dans leur maison, ses jambes mollissent et ses épaules retombent, ne conservant de leur crispation antérieure qu'un nœud minuscule mais douloureux entre les omoplates. Pendant la journée sur la crête, tout son corps s'est contracté malgré elle, dans la crainte d'une attaque venue de l'extérieur mais incapable aussi, à l'intérieur, de savoir comment un corps de femme devait évoluer. Elle a eu peur d'avoir l'air trop garçonne, trop pute, trop coincée, trop entreprenante, tout à la fois. Elle a passé, malgré elle, son temps à essayer de comprendre quel était le statut de la femme et quelle était la place qu'elle devrait occuper – elle qui ne pouvait être comme Celles de la crête puisqu'elle arrivait de France, elle qui pourtant arrivait pour dire qu'elle venait aussi d'ici, qu'ils formaient une même famille.

Chez Mehdi et Rachida, son corps cesse d'être aux aguets et elle aime profondément ce couple qu'elle connaît mal pour la liberté qu'ils lui donnent d'être elle-même – identité mouvante dont elle n'a qu'une vague idée mais dont elle est sûre qu'elle commence par être Naïma et non par être femme. Aux questions qu'ils lui posent sur ce qu'ils appellent « son escalade », elle répond de manière évasive, sans savoir encore ce que celle-ci lui a inspiré. Pensant les faire rire, elle leur raconte tout de même l'attitude revêche du vieux Hamza, convaincu qu'elle venait faire valoir son droit sur les maisons.

— Tu aurais dû leur en demander une, répond sérieusement Rachida. Ça te ferait un endroit où revenir pendant les vacances.

Naïma lui décrit à grands traits l'atmosphère de la crête, cette zone sans femme où sa simple visite a nécessité la présence d'un guetteur toute la nuit. Ce n'est pas – explique-t-elle – un endroit où elle envisage de revenir pour les vacances. Elle ne le dit pas mais elle ajoute intérieurement : ce n'est probablement pas un endroit où je reviendrai du tout.

— Alors les barbus ont encore gagné, dit Rachida avec colère. Ils ont réussi à faire entrer dans la tête de tout le monde que des centaines de kilomètres carrés dans ce pays ne sont pas régis par la loi commune mais par eux, et qu'aucune femme n'y est la bienvenue.

— Arrête, tu veux, souffle gentiment Mehdi. Tu ne vas pas demander à la petite de mener tes combats, si ?

Elle lève la main en l'air en signe de reddition mais lorsqu'elle allume une cigarette, ses gestes nerveux et saccadés trahissent sa colère avalée.

Pour sa dernière soirée en Algérie, Mehdi et Rachida ont convié plusieurs amis que Naïma a rencontrés lors de ses tractations. Ils se rassemblent dans le jardin, autour de la table chargée de brochettes d'agneau et de vin de Tlemcen. Ils passent des chansons qu'elle ne connaît pas et l'encouragent à reprendre les refrains en kabyle. Elle photographie les convives le verre à la main et le corps agité par la conversation, Rachida échevelée et hilare, Mehdi plissant les yeux, silhouettes floues démultipliées par le mouvement. Elle voudrait pouvoir écrire au travers de leurs visages, comme sur les autoportraits de Lalla, les phrases qu'ils profèrent au moment où elle les prend en photo. Ifren, le neveu du peintre, arrive au cours du dîner. Le lendemain, il reconduira Naïma à Alger, bouclant ainsi la boucle des chauffeurs généreux et aimables. Il fait déjà nuit quand il les rejoint dans le jardin et Naïma, qui n'a pas bougé depuis la fin de l'après-midi, est ivre de vin et de soleil. Elle le voit réellement doré, statue immense dans l'encadrement de la porte. (Plus tard, en racontant son voyage à Sol, elle avouera qu'Ifren lui plaisait un peu plus qu'elle ne voulait se l'avouer, et en disant cela, elle pensera qu'elle invente peut-être ce sentiment pour ajouter au récit de son voyage un élément de romance.) Il s'assied à la table où Mehdi, Naïma, Rachida et Hassen, un auteur qu'elle publie, sont lancés dans une conversation animée sur les récits de vie omniprésents dans la littérature contemporaine.

— C'est de la thérapie narcissique, répète Rachida. Ils n'ont qu'à aller voir des psys.

— Je ne suis pas d'accord, entonne Hassen sur tous les tons mais sans jamais développer son propos.

— Peut-être que c'est un besoin qu'ils ont, dit Mehdi, mais ce n'est pas forcément un mal.

— Mais pourquoi ils en ont besoin ? crie presque Rachida. Et surtout pourquoi ils s'imaginent que ça intéresse les autres ?

— Peut-être qu'ils ont peur du silence, suggère Ifren attrapant la conversation et une bouteille au vol.

Rachida émet un ricanement méprisant.

— Je crois que je peux comprendre ça, commence Naïma avec hésitation (la présence d'Ifren l'a soudain rendue timide). Personne ne sait ce que les autres vont faire de notre silence. La vie de mon grand-père, par exemple, si on pouvait la regarder écrite, bien étalée sur des pages, et peut-être que c'est possible, ma grand-mère me dirait que, oui, sûrement, dans la prunelle de Dieu, si on pouvait la regarder au travers de ses paroles et bien on distinguerait deux silences, qui correspondent aux deux guerres qu'il a traversées. La première, celle de 39-45, il en est ressorti en héros et alors son silence n'a fait que souligner sa bravoure et l'ampleur de ce qu'il avait eu à supporter. On pouvait parler de son silence avec respect, comme d'une pudeur de guerrier. Mais la seconde, celle d'Algérie, il en est ressorti traître et du coup son silence n'a fait que souligner sa bassesse et on a eu l'impression que la honte l'avait privé de mots. Quand quelqu'un se tait, les autres inventent toujours et presque chaque fois ils se trompent, alors je ne sais pas, peut-être que les écrivains dont vous parlez se sont dit qu'il valait mieux tout expliquer tout le temps à tout le monde plutôt que de les laisser projeter sur le silence.

Dans la lumière jaunâtre que diffuse la lampe fixée au mur de la maison, des dizaines de petits moustiques dansent une ronde frénétique qui se mêle au bruit des climatisations et des dernières voitures. Ifren se lance, en souriant, dans la description d'un monde imaginaire où chacun dirait à chaque moment ce qu'il pense, de peur que le silence ne soit mal interprété.

— Mais il y a des états que l'on ne peut pas décrire comme ça, soupire Mehdi, des états qui demanderaient des énoncés simultanés et contradictoires pour être cernés.

Naïma comprend tout à fait ce qu'il veut dire. Elle est en train d'en expérimenter un.

Elle ne veut plus partir d'ici. Elle veut absolument rentrer chez elle.

Lors du trajet vers le port d'Alger, le paysage malingre et souillé du bord de la route gagne cette dignité imperceptible des haies d'honneur au moment des adieux. Les marcheurs, les chiens errants et même les sacs plastique paraissent saluer d'un dernier mouvement le véhicule qui gagne la capitale. Ifren demande à Naïma :

— Tu as trouvé ce que tu voulais ici ?

Il est évident qu'il ne parle pas des dessins de son oncle, soigneusement rangés dans le classeur qu'elle emporte à Paris et sur lequel elle a trouvé, la veille au soir, une grosse enveloppe de papier brun contenant les œuvres que possédait Tassekurt. (Je te l'avais bien dit, a ricané Rachida, elle a envoyé quelqu'un nous les remettre pendant ton absence.)

— Je n'en suis pas sûre, répond-elle sincèrement.

— Est-ce que tu savais seulement ce que tu voulais ?

Elle hésite :

— Une preuve.

Ifren rit et tousse. Il jette sa cigarette par la fenêtre et attrape une bouteille de soda qui roule

derrière son siège. La voiture fait une embardée.
Il ne paraît même pas le remarquer.

— Que tu venais d'ici ?

— Je suppose. Je m'étais dit… que si je ressentais quelque chose de spécial en étant dans ce pays alors c'est que j'étais algérienne. Et si je ne ressentais rien… ça n'avait pas beaucoup d'importance. Je pouvais oublier l'Algérie. Passer à autre chose.

— Et qu'est-ce que tu as ressenti ?

— Je ne pourrais pas l'expliquer. C'était très fort. Mais en même temps, à chaque seconde du voyage, j'étais prête à tourner les talons et à rentrer en France. Je me disais : « C'est bon, c'est fait. Ça vibre à l'intérieur. Maintenant, on rentre. »

— Tu peux venir d'un pays sans lui appartenir, suppose Ifren. Il y a des choses qui se perdent… On peut perdre un pays. Tu connais Elizabeth Bishop ?

Elle rit parce que l'apparition du nom de la poétesse américaine dans cette voiture qui longe la côte algérienne à toute vitesse a quelque chose d'incongru. Ifren commence à réciter :

Dans l'art de perdre il n'est pas dur de passer maître,
tant de choses semblent si pleines d'envie
d'être perdues que leur perte n'est pas un désastre.

Perds chaque jour quelque chose. L'affolement de
  perdre
tes clés, accepte-le, et l'heure gâchée qui suit.
Dans l'art de perdre il n'est pas dur de passer maître.

Puis entraîne-toi, va plus vite, il faut étendre
tes pertes : aux endroits, aux noms, au lieu où tu fis
le projet d'aller. Rien là qui soit un désastre.

J'ai perdu la montre de ma mère. La dernière
ou l'avant-dernière de trois maisons aimées : partie !
Dans l'art de perdre il n'est pas dur de passer maître.

J'ai perdu deux villes, de jolies villes. Et, plus vastes,
des royaumes que j'avais, deux rivières, tout un pays.
Ils me manquent, mais il n'y eut pas là de désastre.

Naïma reste silencieuse. Ifren lui sourit :

— Personne ne t'a transmis l'Algérie. Qu'est-ce que tu croyais ? Qu'un pays, ça passe dans le sang ? Que tu avais la langue kabyle enfouie quelque part dans tes chromosomes et qu'elle se réveillerait quand tu toucherais le sol ?

Naïma éclate de rire : c'est exactement ce qu'elle avait espéré, sans oser jamais le formuler.

— Ce qu'on ne transmet pas, ça se perd, c'est tout. Tu viens d'ici mais ce n'est pas chez toi.

Elle s'apprête à ouvrir la bouche mais il lui coupe la parole aussitôt :

— Non s'il te plaît, s'il te plaît. Ne fais pas comme tous les Français qui rentrent au bled pour les vacances et qui ne supportent pas de s'entendre dire qu'ils ne sont pas algériens. Tu vois de quel genre de petits mecs je parle ?

Elle pense à Mohamed qui s'est érigé en gardien du pays perdu sans y avoir mis les pieds et hoche la tête.

— Eux, personne n'arrive à savoir ce qu'ils veulent. Ils se plaignent qu'en France, on ne les laisse pas être français parce qu'il y a trop de racisme. Mais si nous, on leur dit qu'ils sont français, tout à coup ils s'énervent : je suis aussi algérien que toi. Et ils te citent dix noms de villages, dix noms de rues.

Il s'interrompt pour reprendre son souffle puis continue, plus doucement :

— Tous ceux dont je te parle, ils n'ont pas vraiment le choix d'être tiraillés. Au moment où ils naissent, l'Algérie dit « Droit du sang : ils sont algériens ». Et la France dit « Droit du sol : ils sont Français ». Alors eux, toute leur vie, ils ont le cul entre deux chaises et de manière très officielle. Mais toi... ne joue pas à l'Algérienne si tu ne veux pas revenir en Algérie. Ça servirait à quoi ?

Elle se tait, apaisée, heureuse qu'il ait, lui, deviné ce qu'elle n'a pas pu dire à Mehdi et encore moins à Rachida : qu'elle n'avait pas – du moins pour le moment – envie de revenir. Mais comme il existe des états qui ne peuvent s'exprimer que par des énoncés contradictoires et simultanés, elle se surprend à penser que pour lui, l'homme doré qui comprend ses silences, elle pourrait un jour avoir envie de revenir.

Quand le bateau quitte le port d'Alger, elle ne sait pas si elle regarde la fausse ville blanche avec l'intensité des adieux ou d'un simple au revoir.

Plusieurs de ses oncles et tantes sont venus et l'appartement qui autrefois résonnait de leurs cris d'enfants et offrait ses couloirs à leurs glissades paraît ne plus pouvoir les contenir tous. La cuisine est au bord d'une crise d'apoplexie mais peu importe : ils se tassent et se poussent pour prendre place autour de la table, tout près de Yema. Ils veulent être là pour cette étrange cérémonie intime : celle du retour, non pas de Naïma, mais de l'Algérie. À travers son récit, ses photographies, les petits cadeaux qu'elle a rapportés, c'est le pays tout entier qui rentre au Pont-Féron. Il faudrait mettre les cartes à jour : la Méditerranée est redevenue un pont et non plus une frontière.

Il y a Kader et Dalila, ceux qui sont nés au bled, et surtout il y a les affamés d'Algérie, ceux qui ne l'ont jamais vue : Fatiha, Claude, Hacène, Leïla. Il y a même Mohamed qui avait pourtant déserté depuis quelques années le nid de mauvais musulmans et de mécréants notoires que formait sa famille. Hamid, lui, n'est pas venu. Naïma lui a envoyé par mail quelques images et il a répondu d'un laconique : C'est joli.

Elle a compris qu'elle ne pouvait pas l'obliger à se souvenir, qu'il avait définitivement verrouillé quelque chose en lui et décidé de construire sa vie sans la faire reposer sur les premières années de son enfance. Pour lui, l'Algérie n'est pas (n'est plus ?) un pays perdu mais un pays absent, ou du moins lointain. Elle n'a pas le droit de le forcer à réintégrer l'histoire de sa lignée en prétendant que c'est pour son bien. C'est elle qui voulait l'Algérie, finalement, c'est en elle qu'une plaie insoupçonnée s'est refermée, vaguement, si vaguement sous le soleil.

Naïma ne s'attendait pas à l'amphithéâtre que sa famille forme à présent dans son dos quand elle a pris en photo les différents lieux de son voyage. Elle est un peu nerveuse, ouvre son ordinateur et commence à faire défiler les clichés. À chaque nouvelle image, on attend les commentaires de Yema, Kader et Dalila. Est-ce qu'ils reconnaissent quelque chose ? Est-ce que des visages leur sont familiers ? Lorsque le portrait, figé et maladroit, d'Omar apparaît sur l'écran, il y a un temps de silence puis Dalila soupire :

— C'est incroyable ce qu'il ressemble à Baba...
Ils hochent tous la tête.
— Comme il a vieilli, le pauvre, dit Yema.
Elle avait quitté un enfant bruyant, à la tignasse de jais hirsute, aux jambes griffées par les broussailles et elle retrouve soudain un homme âgé, ventru, un grand-père. Ce saut brutal rend le passage du temps insupportable, parce que, pour Yema, il ne s'est pas déroulé lentement et continûment depuis 1962 mais il a soudain avancé de cinquante

ans au moment où elle a vu la photographie. Elle se penche vers l'ordinateur et timidement, elle caresse du doigt le visage du petit garçon devenu vieux du jour au lendemain.

Naïma n'ose pas la déranger dans sa contemplation. Elle suggère à Yema de passer elle-même d'une image à l'autre et sa grand-mère pose sa main potelée et chargée de bagues sur le carré tactile de la souris, dont elle la retire vivement à plusieurs reprises avant de prendre confiance. Ses enfants rient de la voir utiliser pour la première fois un ordinateur portable et Fatiha sort son téléphone pour la photographier. Elle envoie ensuite le résultat à Salim, qui n'a pas pu être présent, en écrivant au-dessous : *Petit voyage au pays. Tu nous manques.* Mais ce que va recevoir son oncle, pense Naïma, n'a rien d'un voyage : c'est une photo de Yema regardant des photos.

La vieille femme ne réagit pas à l'image de la maison rose, ni à celle de la maison jaune mais quand elle voit la blanche, elle s'arrête et dit :

— Celle-là, oui. Celle-là, je la connais. C'est la maison du serpent.

Devant le visage perplexe de Naïma, elle commence à raconter dans un arabe mêlé de quelques mots de français qui nécessite les traductions maladroites de ses enfants :

— Un jour, je suis dans la cuisine de l'autre maison, celle du père de ton grand-père, elle est tombée peut-être, et je fais les gâteaux. Ton père, il arrive en criant et en pleurant. Il était à la sieste avec Dalila. Et il crie : Yemaaaaaaa ! Yemaaaaaaa ! Le serpent ! Le serpent. Alors moi, je pense : Oh Dieu tout-puissant, le grand serpent il a mangé ma fille. Et je cours, je cours très vite jusqu'à l'autre maison. Et là, je vois Dalila, elle dort tout bien sur son lit. Tout en long. Et le serpent, il fait pareil. Il dort tout en long à côté d'elle. Il bouge pas du tout. Mais quand je crie et que je lève mon bâton, alors le serpent il me voit et il saute sur l'armoire et il s'en va dans un trou du toit.

— Mais Yema, ça ne saute pas, les serpents, objecte Fatiha.

— Ah oui, ma fille, dit la vieille femme avec une calme assurance. Mais celui-là, il saute.

Dalila rit de cet épisode de son enfance qu'on ne lui a jamais raconté. Et dans son rire, il y a toute la fierté de celle que le serpent n'a pas attaquée, auprès de qui il a dormi paisiblement. L'Algérie de Yema ressemble à un conte de fées pétri d'un symbolisme archaïque, elle n'inclut rien de ce que Naïma a connu chez les amis de Lalla, c'est-à-dire un pays en vie, en mouvement, fait de circonstances historiques modifiables et non de fatalités irréversibles. L'Algérie de Yema ne paraît pas se réveiller à la vue des images qui lui prouvent qu'elle n'est pas endormie pour toujours dans le cercueil de verre de la mémoire. Elle reste cette terre lointaine, figée dans le *il était une fois*. Mais si Naïma est honnête, elle doit reconnaître que sur la crête, elle a ressenti elle aussi une perte de ses repères quotidiens, efficaces et modernes qui laissait la place à un retour des mythes solides comme des rochers, des contes familiers comme un vieil air de musique : Fathi en guetteur, Shems en lutin, Malika en passeuse du Styx, la vieille Leïla en sorcière et Hamza en Créon vieillissant et tyrannique.

Quand Yema arrive à la photo de groupe, celle sur laquelle ils sont une bonne dizaine à se tenir dans le petit salon, elle pointe justement un doigt vengeur vers Hamza.

— Il est toujours vivant, lui ?

Elle n'a pas besoin de la réponse de sa petite-fille. Elle soupire que c'est une honte qu'un mauvais homme comme lui n'ait pas rencontré plus tôt la mort alors que son Ali est parti depuis trop longtemps.

— Tu as parlé avec lui ? Il savait qui tu étais ?

— Oui.

— Et il ne t'a pas égorgée ?

Naïma lève les yeux au ciel et Yema lui attrape le visage dans les mains pour la couvrir de baisers :

— *Elhamdullilah*, tu es rentrée en vie, tu es saine et sauve.

— Elle a toujours dit que c'était trop dangereux pour nous d'y retourner, dit Mohamed avec crânerie, c'est la seule raison pour laquelle je n'ai pas fait le voyage. Mais évidemment, toi tu ne parles pas à ta famille, tu ne pouvais pas savoir qu'il y avait des risques.

Il n'a pas pu retenir le reproche fielleux – il est évident qu'il pardonne mal à Naïma de s'être rendue avant lui sur les lieux originels de l'épopée familiale, ceux dont il a décidé quelques années plus tôt qu'ils constitueraient la donnée principale de son identité. Dalila braque sur lui son regard de colère le plus intense et il n'insiste pas.

Sur l'écran s'affichent désormais les images de Shems qui tournoie dans les couloirs sombres de la maison ou bien dans le jardin, entre les poules rousses et hagardes. Personne ne les commente, comme si Naïma était la seule à pouvoir reconnaître sa sœur dans cette petite fille. Viennent ensuite les oliviers couverts de fruits minuscules qui descendent en pentes abruptes derrière les maisons et dont la vue fait monter les larmes aux yeux de Yema, puis un portrait de Naïma couverte de parures traditionnelles – une photographie que celle-ci a pensé effacer à plusieurs reprises tant elle s'y trouve ridicule mais devant laquelle sa grand-mère s'arrête à nouveau. Elle touche du doigt, sur l'écran, la *tabzimt* qui orne le front de la jeune femme et dit, avec une fierté que font trembler les larmes :

— La mienne, elle était plus belle.

— Tu voudrais y retourner, Yema ? demande soudain Naïma. Est-ce que tu voudrais que je t'emmène avec moi si j'y retourne ?

— Oh *benti, benti…*, murmure tristement Yema. Moi je voudrais mourir là-bas, c'est sûr. Mais aller comme ça ? Pour les vacances ? Je connais plus personne.

Et elle marmonne quelque chose que Naïma ne comprend pas. Fatiha traduit :

— Elle dit : je ne vais pas rentrer chez moi et aller dormir à l'hôtel.

Il est deux heures du matin quand Naïma termine le texte qui présentera l'œuvre de Lalla dans le catalogue de l'exposition. Elle se dit que lors de la dernière relecture pour traquer les fautes d'orthographe, elle a le temps d'une autre cigarette. Elle sent, pourtant, que sa gorge la brûle et le cendrier déjà trop plein se déverse sur son bureau. Chaque fois qu'elle soupire, des cendres viennent voleter jusque sur son clavier. Mais il y a dans cette image d'elle fumant une cigarette tard dans la nuit, penchée sur un texte, quelque chose de fantasmatique que les années passées à fumer des cigarettes tard dans la nuit penchée sur d'autres textes n'ont pas réussi à ternir et qui constitue pour Naïma la meilleure des incitations à travailler tout comme la plus belle des récompenses. Elle ne croit pas qu'il existe des gens capables de produire un quelconque type d'œuvre sans recevoir de validation ni d'encouragement. Elle pense que ceux dont on admire l'indépendance créatrice et l'isolement ont simplement réussi à déplacer en eux-mêmes cette validation. Ils sont leur propre regard extérieur, ils se tapotent sur l'épaule en se disant qu'ils ont été braves. L'image d'elle-même fumant dans la nuit lui sert de validation plus sûrement que sa confiance en la qualité de ce qu'elle produit, parce que dans ce qui pourrait n'apparaître que comme une posture, il y a en réalité un émerveillement de la liberté qui est la sienne et donc un désir instinctif de continuer à l'exercer.

Elle allume la cigarette et sent la fumée couler dans sa gorge irritée. Elle relit :

L'œuvre de Lalla est empreinte d'une violence enfantine, mais « enfantine » n'est pas à prendre ici comme un qualificatif qui atténuerait la violence. Au contraire, il s'agit du stade auquel la violence est la plus terrible parce qu'elle ne peut prendre aucun sens. On voit revenir dans ses travaux diverses figures qui surgissent à la fois de l'Histoire de l'Algérie et des cauchemars d'un enfant : l'homme-feu et l'homme-fer, des morceaux de corps, de cordes et de barrières.

À cet endroit du texte, elle efface une phrase : *Lorsqu'il les dessine, Lalla paraît créer comme on explose, comme on meurt.*

Elle continue sa relecture : *Mais dans d'autres séries de dessins, on trouve des visages amicaux, des portes entrouvertes, des esquisses d'animaux qui s'enroulent autour des ruines antiques caressées par une nature lourde de présents. Ceux-là portent des inscriptions tirées de poèmes ou de chansons qui célèbrent la joie qu'il y a à aimer, à se battre, à partir à l'assaut du ciel, et ils ne sont pas moins puissants que les premiers.*

Ce sont des pays multiples qui s'entrechoquent et s'amalgament dans les travaux de Lalla, ou peut-être justement n'est-ce qu'un pays unique. Ce que nous disent plus de cinquante ans de dessins et de peintures, c'est qu'un pays n'est jamais une seule chose à la fois : il est souvenirs tendres de l'enfance tout autant que guerre civile, il est peuple comme il est tribus, campagnes et villes, vagues d'immigration et d'émigration, il est son passé, son présent et son futur, il est ce qui est advenu et la somme de ses possibilités.

La troisième partie de cette histoire finit comme elle a commencé. De loin, si l'on pouvait prendre du recul sans s'écraser contre la vitrine de la galerie ou le mur blanc du fond – ce qui est impossible un soir comme celui-là, un soir de vernissage – on ne verrait qu'une masse mouvante de robes noires et de vestes en tweed, de jeans anthracite portés sur des bottines à talons, de chemises à larges carreaux, de coupes de champagne remplies à divers niveaux, plus ou moins maculées de traces de rouge à lèvres, de paires de lunettes aux montures larges, de barbes soigneusement taillées et d'écrans de smartphones illuminés, bleutés ou blancs. On remarquerait que la foule se déplace le long de deux spirales soigneusement emboîtées, l'une concentrique et l'autre centrifuge, également lentes, créées par la déambulation devant les tableaux et par la difficulté à accéder au buffet. Et si l'on s'approchait ensuite de cette foule parisienne et élégante, on pourrait distinguer le visage radieux de Naïma buvant du champagne avec Kamel, la silhouette fragile et majestueuse de Lalla qui se tient assis sur une chaise, Céline près de lui, la main sur l'épaule, comme un garde du corps qui chercherait à tenir à l'écart toutes les vicissitudes du monde et en premier lieu le cancer qui grignote. On distinguerait les yeux dorés d'Ifren qu'un combat acharné avec le consulat français a finalement récompensé d'un visa touristique et qui parle avec Élise de fresques urbaines bien qu'elle comprenne difficilement son accent, l'allure goguenarde de Sol qui s'est trouvé un appui sur la table du buffet et regarde les participants évoluer comme les animaux d'un cirque occupés à leurs tours de piste, animaux parmi lesquels le plus doué, le plus souple est toujours Christophe, ce qui le rend difficile à ignorer, ce qui retarde tout point final que Naïma pourrait vouloir mettre à leur histoire qui dure et qui s'étiole.

La troisième partie finit comme elle a commencé parce que Naïma dit que ce voyage l'a apaisée, sans doute, et que certaines de ses questions ont obtenu des réponses mais il serait faux pourtant d'écrire un texte téléologique à son sujet, à la façon des romans d'apprentissage. Elle n'est *arrivée* nulle part au moment où je décide d'arrêter ce texte, elle est mouvement, elle va encore.

Remerciements

à Romain qui se tenait près de moi sur le pont du ferry quand Alger est apparue à l'horizon,

à Sylvain Pattieu et à Pierre Stasse pour leurs conseils avisés et enthousiastes,

à Sol qui n'a jamais manqué une occasion de me faire parler d'un livre qui n'était pas encore né,

à Marie et Élise, mes sœurs,

à mon éditrice, Alix Penent, qui a suivi pas à pas le chantier de ce manuscrit avec une confiance et une chaleur dépassant mes espérances, à Emma Saudin pour le temps passé à traquer les moindres faiblesses de ce texte,

aux historiens Sylvie Thénault et Didier Guignard qui ont répondu promptement à mes questions pourtant maladroites et vastes,

à ceux qui ont rendu possibles et passionnants mes voyages en Algérie : Jean tout d'abord, Mehdi, Hassen, Lamine, Arezki, Hacène et Karim, Azzedine, Rafik, Farida, Khadidja, Massinissa et puis

Béa et Rafael qui se sont joyeusement embarqués avec moi en juillet 2013,

à Ben, patiemment assis devant la cheminée pendant que je lui lisais à voix haute les centaines de pages qu'il commentait – parfois ligne à ligne – avec précision et intransigeance, mais sans cesser de sourire.

Enfin, ce texte n'aurait jamais vu le jour sans les travaux précieux de sociologues et d'historiens dont les livres m'ont accompagnée tout au long de mes recherches. Il serait fastidieux de les nommer tous mais je tiens à leur adresser ici une reconnaissance profonde, quoique générale.

Table

12281

Composition
NORD COMPO

Achevé d'imprimer en Espagne
par BLACK PRINT
le 21 janvier 2020.

Dépôt légal : décembre 2018.
EAN 9782290155158
OTP L21EPLN002305A008

ÉDITIONS J'AI LU
87, quai Panhard-et-Levassor, 75013 Paris

Diffusion France et étranger : Flammarion